Hü

Zu diesem Buch

Zwischen Luxus und tiefer Erniedrigung, dem feudalen Leben in europäischen Adelskreisen und der Einsamkeit in Hotelzimmern spielte sich das Schicksal der Prinzessin Louise von Coburg und ihres Geliebten, dem kroatischen Oberleutnant Graf Geza von Mattachich ab. Die nach der Staatsräson verheiratete Prinzessin war Tochter und Erbin des schwerreichen Monarchen Leopold II. von Belgien, ihre Vettern waren der russische Zar und der deutsche Kaiser. Solange sie den Ulanenleutnant traf, ohne daß es an die Öffentlichkeit drang, sah man in den europäischen Dynastien schamhaft darüber hinweg. Als die Prinzessin sich jedoch offen zu ihrem unstandesgemäßen Geliebten bekannte, kam es zu einem unerhörten Skandal. Vom Hofe verbannt und von ihren Freunden gemieden, mittellos und zu betrügerischen Manipulationen gezwungen, zog das geächtete Liebespaar zwei Jahrzehnte lang von Versteck zu Versteck zwischen Karlsbad, Cannes und Paris. Aber selbst Kerker, Irrenanstalten und der Erste Weltkrieg konnten ihre «Liaison» nur vorübergehend unterbrechen.

Dieser historische Liebesroman der erfolgreichen Fernsehautoren spiegelt Vorurteile, Glanz und Tragik der sogenannten guten alten Zeit aufregend wider. «‹Die Liaison› muß man lesen wie einen Krimi, in einem Zug und mit vor Beteiligung glühenden Wangen. Es ist ein raffiniert zusammengestellter Tagebuchroman. Man gibt sich dem Lesevergnügen ohne schlechtes Gewissen hin, man fühlt sich beteiligt und möchte immer wieder hoffen, die Tragödie möge gut ausgehen. Diese Geschichte, die im Oktober 1895 beginnt und am 5. März 1924 endet, erreicht den Leser ohne Umwege» (Münchner Merkur).

Maria Matray, geboren in Berlin, trat unter dem Namen Maria Solveg als Schauspielerin und Tänzerin auf. Max Reinhardt holte sie an sein Deutsches Theater und zu den Salzburger Festspielen. 1934 emigrierte sie in die Vereinigten Staaten, arbeitete als Regieassistentin mit Reinhardt in New York und Hollywood, schrieb Drehbücher für Film und Fernsehen sowie Shortstories. 1953 kehrte sie nach Deutschland zurück. Seit 1956 arbeitet sie als freie Schriftstellerin in Autorengemeinschaft mit Answald Krüger.

Answald Krüger, geboren 1918 in Heidelberg als Sohn des Theaterintendanten und ersten deutschen Dozenten für Theaterwissenschaft, Max Krüger, war aus rassischen Gründen bis zum Kriegsende in einem Zwangsarbeitslager inhaftiert. 1945–49 war er künstlerischer Leiter und Regisseur an der «Jungen Bühne» in Hamburg, danach Chefdramaturg der «Jungen Film-Union» und von 1952–55 Chefdramaturg der «Deutschen London-Film». Seitdem arbeitet er als freier Autor.

In Zusammenarbeit mit Maria Matray entstanden zahlreiche Bühnenstücke (u. a. «Die Abendgesellschaft», 1961), Fernsehspiele und Spielfilme, die in viele Sprachen übersetzt und von Fernsehstationen in aller Welt gesendet worden sind. Dazu gehören u. a. die preisgekrönten Dokumentarspiele «Der Prozeß Carl von Ossietzky», «Der Hitler-Ludendorff-Prozeß», «Waldhausstr. 20» und die Kriminalfilmreihe «Sonderdezernat K 1». 1970 erschien ihr erstes Buch: «Der Tod der Kaiserin Elisabeth von Österreich».

Maria Matray
Answald Krüger

Die Liaison

Roman einer
europäischen Tragödie

rororo

Rowohlt

Umschlagentwurf Werner Rebhuhn

Veröffentlicht im Rowohlt Taschenbuch Verlag GmbH,
Reinbek bei Hamburg, Mai 1976
Lizenzausgabe mit Genehmigung des Scherz Verlages
Bern–München–Wien

Gesamtherstellung Clausen & Bosse, Leck/Schleswig
Printed in Germany
680-ISBN 3 499 11955 2

Um die Jahrhundertwende erregte Europa und seine Königshäuser ein Skandal, der in den bizarren Formen, die er annahm, wie wegen der verlogenen Scheinmoral und einer unmenschlichen Härte, mit der man ihn zu vertuschen suchte, nicht seinesgleichen hatte: Die Liaison zwischen der Prinzessin Louise von Coburg, einer Tochter des Königs Leopold II. von Belgien, und dem Grafen Geza von Mattachich, einem k. und k. Ulanen-Oberleutnant.

Im vergangenen Sommer entdeckte ein westlicher Journalist, der in Budapest die Welt-Jagdausstellung besuchte, in einem kleinen Antiquitätengeschäft zwei alte, halbvergilbte handgeschriebene Tagebücher, das eine in französischer, das andere in kroatischer Sprache. Es handelte sich um die Aufzeichnungen eben jener Prinzessin Louise und ihres Liebhabers.

Der Journalist erwarb die beiden Bücher von Janos Berlinger, dem Besitzer des Ladens, für den Gegenwert von 200 Dollars, schmuggelte sie in seinem Wagen aus Ungarn heraus und ließ sie übersetzen. So gut der Ablauf der für diese untergehende Epoche beispielhaften Geschehnisse aus den spärlichen und nicht immer zuverlässigen Daten zu erkennen war, fügte er die Texte ineinander und ergänzte die sehr persönlichen Aufzeichnungen des Paares durch zeitgenössische Presseveröffentlichungen und Dokumente. Dem Ganzen gab er den Titel DIE LIAISON.

ERNST I., Herzog von Coburg, 1784–1844
⚭ (1817) LUISE, Prinzessin von Altenburg 1800–1831

FERDINAND, Prinz von Coburg (–Kohary), 1785–1851
⚭ (1816) ANTONIE, Prinzessin von Kohary, 1797–1862

ERNST II.,
Herzog von Coburg
1818–1893

ALBERT,
Prinz von Coburg
1819–1861,
⚭ (1840)
VICTORIA,
Königin von England
1819–1901

FERDINAND,
Prinz von Coburg,
1816–1885,
1837 König von
Portugal

AUGUST,
Prinz von Coburg
1818–1881
⚭ (1843)
CLEMENTINE,
Prinzessin von Orléans,
1817–1907
(Tochter von Louis Philippe,
König von Frankreich;
Schwägerin von Leopold I.,
König von Belgien)

PHILIPP,
Prinz von Coburg,
1844–1921,
⚭ (1875) LOUISE,
Prinzessin von Belgien,
1858–1924,
geschieden 1906
(Tochter von
Leopold II., König
von Belgien)

FERDINAND,
Prinz von Coburg,
1861–1948
1887 Fürst von
Bulgarien,
1908 König von
Bulgarien,
⚭ (1893) MARIA-LUISA,
Prinzessin von
Bourbon-Parma,
1870–1899

VICTORIA,
Prinzessin von
England
1840–1901
⚭ (1858)
FRIEDRICH III.,
Deutscher Kaiser
1831–1888

LEOPOLD,
Prinz von Coburg
1878–1916

DOROTHEA (Dora),
Prinzessin von Coburg
1881–1967,
⚭ (1898) ERNST GÜNTHER,
Herzog zu
Schleswig-Holstein,
1863–1921,
(Schwager von
Wilhelm II.,
Deutscher Kaiser)

WILHELM II.,
Deutscher Kaiser,
1859–1941
(abgedankt
1918)
⚭ (1881)
AUGUSTE VIKTORIA,
Prinzessin zu
Schleswig-Holstein,
1858–1921
(Schwester von
Ernst Günther zu
Schleswig-Holstein,
dem Gatten von Louises
Tochter Dorothea/Dora)

FRANZ, Herzog von Coburg, 1750–1806

⚭ (1777) AUGUSTA, Gräfin Reuss, 1757–1831

VIKTORIA,
Prinzessin von Coburg,
1786–1861,
⚭ (1818) EDWARD,
Herzog von Kent,
1767–1820,
(Bruder von Georg IV.,
König von England)

LEOPOLD,
Prinz von Coburg, 1790–1865,
1831 Leopold I., König von Belgien,
⚭ (1816) CHARLOTTE,
Prinzessin von England, 1796–1817
(Tochter von Georg IV., König von England)
⚭ (1832) LOUISE,
Prinzessin von Orléans, 1812–1850
(Tochter von Louis Philippe,
König von Frankreich)

VICTORIA,
Königin von England,
1819–1901
⚭ (1840) ALBERT,
Prinz von Coburg,
1819–1861

LEOPOLD II.,
König von Belgien,
1835–1909,
⚭ (1853) MARIE HENRIETTE,
Erzherzogin von
Österreich,
1836–1902

CHARLOTTE,
Prinzessin von
Belgien,
1840–1927,
⚭ (1857) MAXIMILIAN,
Erzherzog von
Österreich,
1832–1867,
1864 Kaiser von
Mexiko
(Bruder von
Franz Joseph I.,
Kaiser von
Österreich,
1830–1916 –
und von Ludwig
Viktor, Erzherzog
von Österreich,
1842–1919)

EDWARD,
(„Bertie")
Prinz von Wales,
1901 König
von England
(Edward VII.)
1841–1910
⚭ (1863)
ALEXANDRA,
Prinzessin von
Dänemark

ALICE,
1843–1878,
⚭ (1862)
LUDWIG IV.,
Großherzog
von Hessen,
1837–1892

ALFRED,
(„Alfie")
Herzog von
Edinburgh,
1893 Herzog
von Coburg,
1844–1900,
⚭ (1874)
MARIA,
Prinzessin von
Rußland,
1853–1920,
(Tochter von
Alexander II.,
Zar von Rußland)

LOUISE,
Prinzessin
von Belgien,
1858–1924,
⚭ (1875)
PHILIPP,
Prinz von
Coburg,
1844–1921,
(Geschieden
1906)

LEOPOLD,
Kronprinz
von Belgien,
1859–1869

STEPHANIE,
Prinzessin von
Belgien,
1864–1945,
⚭ (1881)
RUDOLF,
Kronprinz von
Österreich,
1858–1889
(Sohn von
Kaiser Franz
Joseph I. und
Kaiserin Elisa-
beth von
Österreich)
⚭ (1900)
Fürst
LONYAY
1863–1946

CLEMENTINE,
Prinzessin von
Belgien,
1872–?

ALIX,
Prinzessin von
Hessen,
1872–1918,
⚭ (1894)
NIKOLAUS II.,
Zar von Rußland,
1868–1918

Dieser Stammbaum ist nicht komplett.
Es sind nur diejenigen Familienmit-
glieder erwähnt, die im Text vorkommen.

Maria Matray – Answald Krüger

L

Wien, Oktober 1895. Das Mittagessen verlief mit derselben tödlichen Langeweile wie immer.

Philipp, seine Mutter und ich saßen um den Tisch, der bequem dreißig Personen Platz bietet. Das sicherte jedem die kühle Distanz zum Nachbarn, die unseren Beziehungen trefflich entspricht.

Die Lakaien servierten mit lautloser Perfektion. Ich schreckte jedes Mal zusammen, wenn plötzlich wie aus dem Nichts eine silberne Schüssel an meiner Linken auftauchte.

Ich hasse diesen düsteren prunkvollen Speisesaal, hasse die Portraits der arrogant dreinblickenden königlichen Verwandten mit ihren langen spitzen Coburger Nasen.

Bei Tisch wird nie ein Wort gesprochen. Die alte Prinzessin Clementine ist schwerhörig. So laut zu schreien, daß sie uns versteht, verstieße gegen die Regeln des Anstands. Eine Unterhaltung zwischen Philipp und mir unter Ausschluß meiner Schwiegermutter wäre ebenso unpassend. Außerdem haben wir uns nichts zu sagen.

Ich blickte also wie immer schweigend auf meinen Teller. Als die Prinzessin die Tafel aufhob, küßte ich ihr die Hand und wartete geduldig, bis sie den Raum verlassen hatte. Wie es sich in Gegenwart der Dienstboten gehört, wünschte ich Philipp nun eine ‹Gesegnete Mahlzeit› und ging rasch in meine Zimmer.

Antonia zog mir Kleid und Schuhe aus, lockerte das Korsett und bettete mich auf das Recamier.

Ich betrachtete zum hunderttausendsten Mal die Stuckatur an der Decke, folgte den endlosen Schlangenlinien, die sie beschrieb, und schlief schließlich ein.

Als ich aufwachte, verspürte ich eine leichte Migräne. Aus irgendeinem Grund, ich weiß nicht aus welchem, wählte ich das grüne Samtkostüm, das mir besonders gut steht. Dazu den entzückenden kleinen Filzhut mit Pleureusen, von dem Philipp behauptet, ich sähe darin wie ein Zirkuspferd aus. Was nur beweist, daß er einen miserablen Geschmack hat.

Die Fugger ließ fragen, ob wir Dora und die Gouvernante mitnehmen würden. Ich sagte nein.

Dora ist reizend und nett, und ich habe sie von Herzen lieb, aber sie ist erschreckend kindlich für ihre vierzehn Jahre. Ihr Geplapper geht mir oft entsetzlich auf die Nerven und noch mehr die pädagogischen Auslassungen von Mademoiselle de Rouvignard. Wenn die Rouvignard Dora Vorhaltungen macht, habe ich stets das Gefühl, sie meint im Grunde mich. Ich werde sie demnächst entlassen. Oder besser noch, ich werde den Kammervorsteher bitten, sie zu entlassen und für Ersatz zu sorgen. Vielleicht findet er eine Erzieherin, die manchmal auch lachen kann. Aber selbst wenn er sie fände, würde ihr das Lachen hinter den Mauern des Palais Coburg bald vergehen. Ist sie hübsch, wird Philipp sie verführen. Das wäre mir zwar vollkommen gleichgültig, aber seine Mutter würde es sofort rausbekommen, obwohl sie so taub ist, daß sie kein Wort versteht, und so schlecht sieht, daß sie nicht mehr lesen kann. Ich weiß nicht, ob die Gebrechen ihre Instinkte geschärft haben oder ob die alte Prinzessin einen privaten Spionagedienst unter den Bedienten eingerichtet hat. Jedenfalls passiert in diesem Haus nichts, was sie nicht weiß. Also würde die hübsche lachende Gouvernante, die wir nicht haben, bald durch eine zweite Mademoiselle de Rouvignard ersetzt werden. Deshalb kann ich genausogut das Original behalten. Nur will ich sie nicht in den Prater mitnehmen.

Der Kutscher hatte die Apfelschimmel eingespannt, die Sonne war hinter den Wolken vorgekommen, ich lehnte mich in den Fond der Equipage zurück, die Migräne war vergessen.

Der Herbst ist oft melancholisch, und ich kann ihn nicht leiden.

Aber es war ein heiterer Tag geworden, die Blätter lagen wie ein goldbrauner Teppich auf der Fahrbahn.

Wir überholten die Kutsche der Erzherzogin Elisabeth Amalie. Als unsere Wagen einige Sekunden nebeneinander herrollten und wir uns zunickten, warf die Erzherzogin einen Blick auf meine Pleureusen und erblaßte.

In Wien sind Pleureusen überhaupt noch nicht zu bekommen. Da ich meine Hüte in Paris machen lasse, bin ich der hiesigen Mode natürlich voraus. Das schien die Arme sehr zu kränken.

Viele Freunde und Bekannte waren unterwegs. Graf Carvajal kutschierte sein neues Gig, das er sich in England hatte bauen lassen. Ein elegantes, sportliches Gefährt.

Als wir in die Hauptallee einbogen, bemerkte ich, daß die Spaziergänger stehenblieben und neugierig nach dem Reitweg hinübersahen.

Dort stand, völlig unbeweglich, ein störrischer Rappe mit einem Ulanenleutnant im Sattel. Das Pferd verweigerte den Gehorsam und blockierte die Passage für die anderen Reiter.

Der Leutnant gab ihm hart Peitsche und Sporen, der Rappe stieg ein paar Mal, bohrte aber dann eigensinnig die Hufe in den Sand und rührte sich nicht von der Stelle. Es schien ein junges, feuriges Tier zu sein, das zugeritten wurde. Plötzlich entschloß es sich zu einem Überraschungsmanöver, stieg wieder, galoppierte dann auf die Fußgänger los, die erschreckt auseinanderstoben, raste weiter auf den Fahrweg und nahm geradewegs Kurs auf unsere Equipage.

Der Kutscher brachte geistesgegenwärtig die Apfelschimmel zum Stehen, die Gräfin Fugger schrie vor Angst, und ich genoß das Schauspiel. Wenige Meter vor unserem Wagen gelang es dem Leutnant, das Pferd in die Gewalt zu bekommen.

Ich sah ihn mir an, diesen Leutnant. Er war jung, schlank, Schweißperlen standen ihm auf der Stirn. Als ob er damit das störrische Tier bezwingen könnte, biß er die Zähne so hart aufeinander, daß die Haut über den Backenknochen schneeweiß aussah. Er warf mir einen schnellen, prüfenden Blick zu, und ich dachte, wenn ich ihn jetzt auslache, bringt er mich um. Er könnte das Stigma der Lächerlichkeit nie verwinden.

Nun ließ mein Kutscher die Schimmel laufen und fuhr im Halbkreis um den Rappen herum, der sich mitten auf dem Fahrweg wieder in ein regloses Standbild verwandelt hatte. Nach etwa hundert Metern befahl ich anzuhalten. Ich wollte sehen, wie der Kampf zwischen Reiter und Rappen ausgehen würde.

Der Leutnant lockerte die Zügel. Mit einem Mal schien das Pferd der eigenen Bosheit müde. Gehorsam machte es kehrt und trabte zwischen den Kutschen hindurch an uns vorbei. Ein unterdrücktes Siegerlächeln war auf dem Gesicht des Leutnants zu sehen. Er schielte kurz zu mir herüber und verschwand dann auf dem Reitweg.

Drei Wochen lang war ich jeden Tag im Prater, und immer habe ich den unbekannten Leutnant gesehen. Manchmal ritt ich, manchmal fuhr ich in der Equipage, manchmal kutschierte ich selbst. Manchmal nahm ich sogar Dora und ihre Gouvernante mit. Der Prater ist zwar sehr groß, trotzdem trafen wir uns immer wieder. Der Rappe hat inzwischen Fortschritte gemacht. Er verursachte keine Aufläufe mehr, gehorcht und blamiert seinen Reiter nicht.

Während der ersten Woche warf mir der Leutnant nur verstohlene Blicke zu, von denen er zu glauben schien, daß ich sie nicht bemerkte. Als er dann feststellte, daß ich ihm freundlich zulächelte, salutierte er jedesmal, wenn er vorbeiritt.

Heute abend gingen wir in die Oper, Philipp, seine Mutter, Leopold und ich. Leopold ist für eine Woche von der Kadettenschule beurlaubt. Er sieht arrogant und erwachsen aus. Niemand würde mir einen so großen Sohn zutrauen.

Als Baby war er mein erklärter Liebling, mein kleines Spielzeug. Obwohl es sich nach Philipps Meinung ganz und gar nicht schickte, hielt ich mich stundenlang im Kinderzimmer auf und spielte mit ihm, zum Ärger der Amme und des Kindermädchens. Drei Jahre später war ich wieder in anderen Umständen, Dora kam zur Welt, und ehe ich mich versah, hatte ich Leopold verloren. Sein Vater hatte ihn in Beschlag genommen. Das bedeutet nicht etwa, daß er sich persönlich seiner annahm! So weit ging Philipps Interesse nicht, dazu war er zu bequem. Aber er sorgte dafür, daß der Stammhalter «männlich» erzogen wurde und nicht länger meinen «weiblichen Einflüssen» ausgesetzt war. Philipp bestimmte seine Erzieher, sorgte für einen Platz in der Kadettenschule und für die zukünftige Position im Regiment.

Irgendwann, sehr früh in Leopolds Leben, gelang es Philipp, ihn gegen mich einzunehmen. Ich weiß nicht genau, wann es geschah, noch was er ihm sagte, oder was er gegen mich ins Feld führte. Sicher ist aber, daß Leopold sich bewußt und betont von mir abwandte und daß Philipp keinen Finger rührte, um es zu verhindern.

Plötzlich hatte ich in meinem eigenen Kind einen kleinen Feind. Ich machte verschiedene Versuche, die Entfremdung zu durchbrechen, doch ich begegnete der geschlossenen Front von Vater und Sohn. Ich sagte mir, daß nur Philipp die Schuld traf, trotzdem nahm ich es Leopold übel, daß er so leicht zu beeinflussen war.

Seit dieser Zeit fällt es mir schwer, meinen Sohn aufrichtig zu lieben. Aber er braucht weder mich noch meine Liebe. Vater und Großmutter vergöttern ihn. Alle Betisen und Frechheiten werden ihm verziehen, als charmante kleine Unarten ausgelegt. Er wird auf ein Piedestal gestellt, ist ein Halbgott, nein, ein Gott. Mit nur einem einzigen Makel behaftet: Ich bin seine Mutter. Damit muß er allerdings leben.

Die Melba gastierte als Norma. Da Philipp sich einbildet, musikalisch zu sein, und es außerdem hieß, Kaiser Franz Joseph würde die Oper besuchen, wurde eine Loge bestellt.

Ich genoß die Vorstellung, bewunderte die phantastischen Koloraturen der Australierin, von der man sagt, daß sie Wilhelm II. ausnehmend gut gefalle, und hatte für nichts anderes Augen.

Plötzlich zischte Philipp mir ins Ohr: «Wer ist der Kerl, der dich so unverschämt anstarrt?» Er deutete ins Parkett.

Dort saß mein Leutnant, würdigte die göttliche Melba keines Blickes und sah unverwandt zu mir herauf. Es war nichts Unverschämtes in seinem Blick, nur Bewunderung.

«Ich habe keine Ahnung. Ich sehe den Menschen zum ersten Mal im Leben!» sagte ich. Ich mußte meinen Reiter aus dem Prater verleugnen. Sonst hätte es wieder eine von Philipps unerträglichen Szenen gegeben. Und danach war mir nicht zumute. Aber es machte mir großen Spaß, den kleinen Leutnant in der Oper wiederzusehen.

Nach der Vorstellung soupierten wir im «Sacher». Ich trank viel Champagner und war bester Laune.

Erzherzog Ludwig Victor kam an unseren Tisch. Er gehört zu meinen Verehrern und betet mich an. Auch ich kann ihn gut leiden. Er ist charmant, witzig, auf amüsante Weise boshaft und weiß stets den neuesten Tratsch.

An diesem Abend machte er mir wieder auf recht unverfrorene Weise den Hof. Philipp war wütend, schwieg aber. Um dem Bruder des Kaisers den Mund zu verbieten, ist er viel zu feige.

Der Leutnant hat sich vervielfacht. Es gibt ihn nicht nur im Prater und in der Oper, sondern in ganz Wien. Er steht am Graben, wenn ich mit Dora bei Braun Besorgungen mache, er läuft den Kohlmarkt entlang, wenn ich mit der Gräfin Fugger beim «Demel» ein Eis esse, er spaziert die Seilerstätte hinunter, wenn ich aus dem Palais fahre. Er kennt meine Lebensgewohnheiten besser als ich.

Armer Leutnant, er wird mich bald vermissen. Am Montag reise ich zu meiner Schwester nach Abbazia.

Januar 1896, in der Eisenbahn. Ich frage mich, ob ich Stephanie wirklich liebe oder ob uns nur anerzogene verwandtschaftliche Gefühle verbinden.

Äußerlich ähneln wir uns sehr. Stephanie ist zwar sechs Jahre jünger, aber das sieht man ihr nicht an. Sonst sind wir grundverschieden. Sie glaubt alles, was man uns beigebracht hat über Standesbewußtsein, Ehre, Moral und Etikette. Sie glaubt treu und fest, was ich längst anzweifle. Sie nimmt ernst, worüber ich nur noch lache. Manchmal rührt mich diese Simplizität, aber oft reizt sie mich entsetzlich.

Ich bin ihre Vertraute. Sie hat keine Geheimnisse vor mir. Jedenfalls schwört sie mir das. Ich dagegen habe tausend Geheimnisse, von denen ich ihr keines anvertraue.

Nie habe ich ihr gestanden, daß mich mit Kronprinz Rudolf eine intime Freundschaft verband, ehe er Stephanie heiratete. Rudolf und ich waren beide siebzehn, als wir uns begegneten und sofort ineinander verliebten.

Ich war damals schon über ein Jahr verheiratet. Philipp ist vierzehn Jahre älter als ich. Ich verabscheute ihn vom ersten Tag an – genauer: von der ersten Nacht an –, fand ihn abstoßend, lüstern und berechnend, während Rudolf schön, charmant und liebenswert war.

Rudolf dachte dasselbe von mir, denn es war kein Zufall, daß er schließlich Stephanie heiratete. Ich hatte ihm eines Tages gesagt: «Wenn du wirklich jemanden willst, der mir ähnelt, geh nach Brüssel und sieh dir meine kleine Schwester an!»

Natürlich habe ich Stephanie erst recht verschwiegen, daß unsere Beziehungen nie völlig aufhörten.

Ich denke besonders an die Zeit, als uns das Kronprinzenpaar in Ungarn besuchte. Die ahnungslose Stephanie durfte nicht reiten, der Arzt hatte es ihr verboten. Der keineswegs so ahnungslose Philipp mußte den perfekten Gastgeber spielen und ihr Gesellschaft leisten.

In jenen Tagen gelang es Rudolf und mir ein paar Mal, unser Gefolge von Reitknechten und Jägern abzuschütteln. Dann flüchteten wir in einen kleinen Heuschober. Wir waren längst nicht mehr ineinander verliebt, aber wir hatten Spaß. Nicht nur an uns, sondern auch am Betrug. Es erfüllte mich mit wahrer Wollust, etwas zu tun, was Philipp nicht recht sein konnte, und Rudolf ging es mit Stephanie genauso.

Ich denke auch an die Wochen auf Lacroma.

Franz Josephs Bruder Maximilian hatte sich vor Jahren in die kleine Insel verliebt und das halb verfallene Kloster San Marco für sich und Tante Charlotte ausbauen lassen. Wenn Maximilian nicht vom Ehrgeiz zerfressen gewesen wäre, könnte er noch heute glücklich mit seiner Frau in Lacroma leben, weit genug weg von Wien, um sich nicht über den Bruder ärgern zu müssen. Aber er mußte ja auch unbedingt Kaiser werden! Ausgerechnet bei den Indianern in Mexiko, die ihn partout nicht wollten und prompt umbrachten! Meiner armen Tante Charlotte hat das Abenteuer den Verstand gekostet. Sie ist wahnsinnig darüber geworden. Rudolf liebte und bewunderte Onkel Maximilian, weil der sich mit seinen Plänen gegen Franz Joseph durchsetzen konnte, was Rudolf nie gelungen ist. Jahre nachdem Maximilian in Queretaro erschossen worden war, kaufte der Kronprinz die Insel. Nach Rudolfs Selbstmord überließ Franz Joseph sie den Dominikanern, die das Schlößchen wieder in ein Kloster verwandelten.

In Wien war man ‹über die Gesundheit des Kronprinzen beunruhigt›. Wenn diese Ausrede herhalten mußte, hatte es meist Ärger zwischen dem Kaiser und ihm gegeben. Entweder hatte Rudolf einen seiner unvorsichtigen Artikel in den Zeitungen lanciert oder eine neue skandalöse Liebschaft begonnen. Dann wurde er stets auf Reisen geschickt.

Diesmal bestieg er mit Stephanie in Triest die Jacht *Miramar* und kreuzte in der Adria. Als sie in Lacroma an Land gingen, erkrankte Stephanie.

Auf Wunsch ihres Leibarztes wurde ein Spezialist aus Wien gerufen, und ich, die besorgte Schwester, eilte an ihr Lager.

Sie hatte hohes Fieber und durfte nur kurze Besuche empfangen. So waren Rudolf und ich viel allein. Aber wir waren beide keine siebzehn mehr, sondern achtundzwanzig.

Vielleicht bedrückte uns die Romantik des alten Klostergemäuers oder der schwere Duft der fast tropischen Blütenpracht. Jedenfalls überfiel uns häufig tiefe Melancholie.

Rudolf verfluchte sein verpfuschtes Leben, seine ungeliebte Frau, die nicht mal imstande war, ihm einen Thronerben zu schenken, und seinen starrköpfigen Vater, der allem Anschein nach zu regieren gedachte, bis Rudolfs beste Jahre vorbei sein würden.

Von solcher Schwermut angesteckt, beklagte auch ich mein Leben und meine unglückliche Ehe. Aber Rudolf hatte kein Verständnis für mich. Die Jahre hatten ihn mehr und mehr zum Egoisten gemacht. Er dachte nur noch an sich selbst, haderte mit dem eigenen Schicksal und hielt nur sich für beklagenswert.

Manchmal schlug seine Stimmung plötzlich um, und der alte Leichtsinn war wieder da, aber mit einem seltsam hektischen Unterton. Dann fürchtete ich mich regelrecht vor ihm und war schließlich erleichtert, als Stephanies Gesundheit mir erlaubte, nach Wien zurückzukehren.

Was mag Stephanie empfunden haben, als Rudolf sich und diese levantinische Schlampe, die Vetsera, in Mayerling umbrachte? Er nahm seine letzte Geliebte mit in den Tod und zeigte so der ganzen Welt, daß er sich nichts aus meiner Schwester machte. Es war eine abgrundtiefe Beleidigung für sie. Ich glaube fast, er hatte es darauf angelegt, Stephanie weh zu tun.

Ich erinnere mich an ein großes Diner bei uns im Palais Coburg, nicht lange vor seinem Tod. Rudolf saß zu meiner Rechten und Stephanie mir gegenüber, glücklicherweise durch die Tischdekoration ein wenig abgeschirmt.

Rudolf hatte seine Frau ein paar Sekunden gedankenverloren angestarrt. Plötzlich zog er eine goldene Zigarettendose aus der Tasche, öffnete sie und hielt sie mir hin. Im Deckel sah ich eine Fotographie der Vetsera.

«Wie gefällt sie dir?» fragte er, ohne die Stimme im geringsten zu dämpfen. «Ist sie nicht schön?»

Es war eine beispiellose Taktlosigkeit. Ich war entsetzt.

«Sie ist sehr schön . . . die Dose», entgegnete ich und sah schnell zu meiner Schwester hinüber, die harmlos mit Philipp plauderte.

Damals verspürte ich zum ersten und wohl auch einzigen Mal Mitleid mit Stephanie.

G

29. Jänner 1896. War nach längerer Zeit wieder bei Fanny. Nicht sehr erhebend. Als ich ihr das billige Korsett aufschnürte, hab ich mir die kostbaren Dessous der Prinzessin vorzustellen versucht. Am liebsten wär ich wieder gegangen. Aber sie hat mich natürlich doch rumgekriegt. Im Bett ist sie in Ordnung, das Luder. Sonst von Mal zu Mal unerträglicher. Wenn sie den Mund aufmacht, könnt ich schreien. Diese Art Weiber sollten stumm sein und die Betten nie verlassen dürfen.

Zog mich gleich wieder an.

«Hat's dir net g'fallen? War ich vielleicht net liab g'nug?»

Es hat mir gefallen. Weil ich die ganze Zeit an die andere gedacht hab. Aber das konnte ich ihr schlecht sagen.

«Hast eine Neue?»

Schön wär's! Aber ich bin noch keinen Schritt weiter. Ich grüße. Sie grüßt zurück. Mehr nicht.

Halt! Richtig überlegt, bin ich doch schon ein Stück weiter. Ich will nicht Geza heißen, wenn die Art, wie sie zurückgrüßt, nicht bedeuten soll: Nur immer voran so, Herr Oberleutnant! Nicht nachlassen! Nicht aufgeben! Rom wurde auch nicht in einem Tag erbaut!

Himmel, was für eine Frau!

Sie ist das aufregendste und schönste Weib, das ich je gesehen hab. Ganz Wien liegt ihr zu Füßen.

Zum Glück war's deshalb auch kein Problem, rauszukriegen, wer sie ist. Man mußte schon wie ich aus der ödesten Provinz kommen, um sie nicht zu kennen. Es heißt, niemand aus der ganzen Hofgesellschaft gibt annähernd so viel Geld für Garderobe aus wie meine Angebetete, und da sie ihre Kleider zu tragen versteht, sollen die Erzherzoginnen und Prinzessinnen nicht besonders gut auf sie zu sprechen sein. Ganz im Gegensatz zu den Erzherzögen und Prinzen!

Da bin ich gleich beim wichtigsten: Ich hab' aus zuverlässiger Quelle erfahren, daß Ihrer Königlichen Hoheit nicht das geringste Standesbewußtsein im Weg steht, wenn sie sich amüsieren will. Eine gute Nachricht! Es soll mehrere junge Kameraden aus der Suite ihres Gemahls, des k. und k. Feldmarschalleutnants Prinz Philipp von

Coburg, geben, die das Vergnügen hatten, es persönlich feststellen zu dürfen.

Jetzt bin ich natürlich erst recht scharf auf sie.

Die Tochter Leopolds II., ein echtes Königskind! Das wär doch mal was anderes als geldgierige Huren oder stupide Hausmeisterstöchter. Die können ausschauen, wie sie wollen, Ackergaul bleibt Ackergaul.

Ich muß rauskriegen, wo sie steckt. Seit einer Woche ist sie verschwunden. Ich reite wie blöd bei einer Mordskälte kreuz und quer durch den Prater, aber meine Prinzessin ist verschollen.

30. Jänner. Klirrender Frost. Trotzdem treibe ich mich drei Stunden in der Seilerstätte rum. Ohne Erfolg.

Halb erstarrt geh ich ins Kaffeehaus in der Johannesgasse. Ich blättere übellaunig in der *Presse* und lese ganz zufällig: «Ihre Königliche Hoheit Prinzessin Louise von Coburg hat sich mit ihrer Tochter Dora nach Abbazia begeben. Sie wird dort Ihre Kaiserliche Hoheit Kronprinzessin-Witwe Stephanie besuchen, die seit längerem in Abbazia weilt.»

Im selben Moment weiß ich, daß ich ebenfalls nach Abbazia fahren werde.

Abends. Ich muß meine Kriegskasse auffüllen, bevor ich reise. Sonst komm ich nicht bis Wiener Neustadt. Meine finanzielle Situation ist derzeit leider wieder äußerst desolat.

2. Feber. Seit drei Tagen laufe ich nur hinter Geld her. So schwer war's noch nie. Alles ist stier. Jedenfalls behaupten sie's. Die Lindnerin hat mir fünfzig Kronen aus der Ladenkasse ihres Gatten gegeben, eine gute Seele. Das war immerhin ein Anfang. Fünfundzwanzig Kronen konnt ich dem Ferdl abknöpfen. Ich brauch's für ein Mädel, hab ich ihm gesagt, das Pech gehabt hat. Daraufhin hat sein Kavaliersherz gesprochen. Den Rest hab ich mir beim Juden in der Rotensterngasse geholt. Meinem seligen Vater sei wieder mal Dank. Ich werde zwar ohne seinen Brillantring und ohne Uhr in Abbazia erscheinen, dafür aber mit annähernd fünfhundert Kronen in der Tasche. Das sind keine schlechten Auspizien.

Morgen früh geht's los. Mal sehen, was eine Prinzessin kostet!

Abbazia, Mittwoch. Früher konnte ich Stephanies Vorliebe für Abbazia nie ganz verstehen. Ich weiß, es ist in Mode, es gehört zum guten Ton, sich hier zu zeigen. Aber warum soll ich stundenlang in der Eisenbahn sitzen, um dann dieselben Gesichter zu sehen wie in Wien oder Budapest. Landschaftlich ist es zwar recht hübsch, und ich gebe auch zu, daß es am Meer wirklich malerische Spaziergänge gibt, nur ist Abbazia im großen und ganzen doch sehr provinziell und kann sich weder mit Biarritz noch mit Ostende messen.

Trotzdem gefällt es mir diesmal ausnehmend gut.

Stephanie hat die Villa *Amalia* gemietet, eine Dependance des Hotels «Quarnero», und mich eingeladen, auch dort zu wohnen. Aber ich habe nur Dora, die Gouvernante und mein Gefolge drüben in der Villa untergebracht. Für mich und die Gräfin Fugger nahm ich Appartements im Haupthaus.

Stephanie ist verändert. Sie ist weniger steif, heiterer und sieht besser aus als in den letzten Monaten. Für diese Veränderung muß es einen Grund geben, und ich erwarte, daß sie ihn mir schnellstens mitteilen wird. Sonst hätte ich mich sehr in ihr getäuscht.

Donnerstag. Stephanie ist verliebt.

«Bitte, faß es nicht falsch auf und denk vor allem nicht schlecht von mir, wenn ich dir gestehe, daß ich einen neuen Sinn in meinem Leben gefunden zu haben glaube!» So kompliziert drückt sie sich aus, wenn sie so simple Dinge sagen will. «Ich weiß, was ich meiner Stellung schuldig bin, und ich schwöre dir, daß ich niemals einen Fauxpas begehen werde, aber es macht mir Freude, in den Augen eines jungen Mannes aufrichtige Verehrung lesen zu können. Verstehst du das, Louise?» Dabei sieht sie mich flehentlich an.

Nachdem ich ihr versichert habe, daß ich es verstehe, fährt sie fort: «Er heißt Elemer Lonyay und ist nichts! Überhaupt nichts! Stell dir das vor, ein Graf! Ein ungarischer Graf!» Es klang, als ob sie sagen wollte: ein bosnischer Bergwerksarbeiter.

Der «bosnische Bergwerksarbeiter» kam zum Tee. Er ist ein wohlerzogener, aristokratisch aussehender junger Mann, in dessen Augen ich tatsächlich so etwas wie Verehrung für die Kronprinzessin-Witwe lesen konnte.

Stephanie war entsetzlich nervös. Sie zitterte, ob Graf Lonyay mir gefallen würde.

Es war keineswegs ein Tee unter sechs Augen. Das hätte sie für eine unentschuldbare Verletzung der Etikette gehalten. Unsere Hofdamen waren anwesend und unsere Töchter. Stephanies Erszi und meine Dora mit ihren Gouvernanten. Außerdem einige Offiziere, vermutlich Regimentskameraden des Grafen. Es war also ein formvollendeter *Five o'clock tea*, eine Veranstaltung, die ich zutiefst verabscheue.

Ich entschuldigte mich früh und ging hinüber ins Hotel.

Ich ließ mich von meiner Kammerfrau entkleiden, schlüpfte in ein Negligé und bestellte schließlich ein leichtes Souper, das ich im Salon einnahm, der eine Terrasse mit herrlicher Aussicht aufs Meer hat.

Als ich zu Bett gehen wollte, erschien Stephanie.

«Warum bist du so früh aufgebrochen? Wie gefällt er dir? Hat er nicht schöne sanfte Augen? Findest du mich ein bißchen närrisch?»

Ich hatte sie selten so erregt gesehen. Ihre Fragen prasselten auf mich nieder. Ich versuchte, alle zu beantworten.

«Er gefällt mir gut, er hat sanfte schöne Augen. Aber es ist wahr, du benimmst dich ein bißchen närrisch.»

Stephanie ließ sich in einen Fauteuil gleiten.

«Ja, ich bin närrisch», gab sie zu. «Graf Lonyay bedeutet mir natürlich in Wahrheit nichts. Du darfst nicht denken, daß ich in ihn verliebt wäre. Bestimmt nicht!» Sie hob zwei Finger zum Schwur. «Bei allem, was mir heilig ist! Ich habe so Entsetzliches durchgemacht mit Rudolf. Ich bin so tief gedemütigt worden ... von ihm und der ganzen Wiener Hofkamarilla. Da bin ich eben glücklich, wenn mich jemand wirklich verehrt.» Und wieder fragte sie flehentlich: «Verstehst du das?»

Ja, ich verstand es.

Wir ließen uns einen Lindenblütentee kommen und schwatzten jetzt über harmlose Dinge.

Stephanie erzählte, daß übermorgen eine Redoute im Kursaal stattfinden würde, die wir alle in großer Gesellschaft besuchen sollten. Dann erhob sie sich. Sie umarmte und küßte mich mit einer Wärme, die ich bei ihr nie zuvor wahrgenommen hatte, und verschwand.

Jetzt, wo ich allein bin, fühle ich mich einsam. Ich bin traurig. Warum bloß? Es hat sich in den letzten Stunden nichts verändert. Ich war glücklich, als ich hier ankam, es gefiel mir, die Sonne schien, Abbazia war hübsch. Und plötzlich sehe ich alles grau. Ich möchte am liebsten abreisen. Zurück nach Wien.

Aber wie soll ich Stephanie das erklären? Welchen Grund könnte ich angeben? Keinen. Es gibt keinen.

Zum ersten Mal spüre ich, daß Stephanie jünger ist als ich. Nicht daß sie jünger aussieht! Aber ihr Wesen. Sie hat eine Naivität, die ich nie besessen habe. Und dann diese unglaublich verbohrte Vorstellung von Standesbewußtsein! Kann sie tatsächlich so besessen von ihrer Würde sein, daß sie sich ihren ungarischen Grafen, diesen ‹bosnischen Bergwerksarbeiter›, entgehen läßt? Daß sie sich nur in seiner Verehrung, seiner Anbetung badet, ihn aber sonst in seine Schranken verweist, die irgendwo abgrundtief unter ihr liegen?

Diese Vorstellung erheitert mich. Es ist grotesk, aber ich glaube, daß sie der Wahrheit entspricht. Eben noch wollte ich Stephanie um ihr Glück beneiden, nun weiß ich, daß sie es verspielen wird.

Sie sollte mir eigentlich leid tun.

Freitag. Vormittags unternahm ich mit den Kindern eine Promenade den Strandweg entlang.

Es war stürmisch, und die Wellen brachen sich mit solchem Getöse an den Felsen, daß die Gischt bis zu uns hinaufspritzte. Man konnte sein eigenes Wort nicht verstehen. Wir hatten ursprünglich eine Dampferfahrt nach Lovrana geplant, aber daran war bei diesem Seegang nicht zu denken.

Mittags trafen wir uns mit Stephanie bei «David» am Kurpark, wo wir vorzüglich speisten. Stephanie wollte wissen, was für ein Kostüm ich morgen zur Redoute tragen werde. Sie plante, als Marie-Antoinette zu kommen.

Nur Stephanie kann sich eine Königin, die so tragisch geendet hat, als Maske für einen Kostümball aussuchen. Als ich mich erkundigte, ob sie mit oder ohne Kopf zu erscheinen gedächte, sah sie mich verständnislos an, und Dora fragte mit großen Kinderaugen: «Wieso kann denn Marie-Antoinette mit oder ohne Kopf rumlaufen?»

Mademoiselle de Rouvignard hat meiner Tochter die Französische Revolution vorenthalten. Sie paßt nicht in ihr Weltbild.

Rücksichtslos klärte ich Dora darüber auf, daß die Königin von Frankreich ein Opfer der Guillotine geworden war. Eine Mitteilung, die sie in äußerstes Erstaunen versetzte.

Ich mußte mich aber jetzt ernsthaft mit der Frage beschäftigen, was ich anziehen soll. Ich habe nichts Passendes aus Wien mitgebracht. Auf eine Schwester, die Redouten besucht, war ich nicht vorbereitet.

Freitag abend. Diana, die Göttin der Jagd! Ich werde Diana sein.

Die Gräfin Fugger hat mit Hilfe von Herrn Lederer, dem Besitzer des Hotels, in Fiume einen Ballen zart-rosa Seidenmusselin aufgetrieben, wie geschaffen, um daraus ein entzückend leichtes griechisches Gewand zu schneidern. Der Stoff war gerade aus dem Orient eingetroffen. In einem großen Raum im Souterrain sitzen bereits zehn Näherinnen, die Herr Lederer aus Abbazia und den umliegenden Orten zusammengetrommelt hat, und sticheln sich die Finger wund.

Herr Lederer hat mir auch einen Schuhmachermeister beschafft, einen komischen Kauz, der kaum Deutsch versteht. Er wird mir bis morgen abend ein Paar goldene Sandalen machen, mit Bändern, die bis zum Knie hinauf gebunden werden, außerdem einen vergoldeten Köcher mit Pfeilen und einen Bogen. Der rührige Lederer hat den besten Coiffeur aus Triest herbeordert, denn meine liebe Ilona ist überfordert, wenn es um einen klassischen griechischen Knoten geht.

Ich bin begeistert von der Idee. Dabei sind wir durch puren Zufall auf die Diana gekommen, nachdem wir schon Cleopatra, ein Wiener Waschermadel und die Jungfrau von Orléans in Betracht gezogen und wieder verworfen hatten. Unter den Büchern, die Mademoiselle Rouvignard für Dora nach Abbazia mitgenommen hat, fand sich eine wunderhübsch illustrierte Ausgabe von Schwabs *Sagen des klassischen Altertums.* Als ich darin das Bild der Diana sah, war mein Entschluß gefaßt. Das Kostüm und die Schuhe werden bestimmt gelingen. Nur über den Schmuck bin ich mir noch nicht im klaren.

Samstag morgen. Auch diese Frage ist gelöst. Auf der einen Schulter wird das Gewand durch eine große Smaragd-Agraffe zusammengehalten sein. Und im Knoten werde ich entzückende kleine Goldpfeile tragen, die mit Brillanten und Smaragden verziert sind. Ich hatte ursprünglich gedacht, mein Haar käme ganz ohne Schmuck besser zur Geltung, aber der Juwelier überzeugte mich, daß die Pfeile dem

Charakter der Diana entsprechen. Er hat mir auch ein goldenes Armband gezeigt, in das eine Grecque-Borte ziseliert ist. Ich glaube, es paßt gut zu dem Kostüm. Ich werde es nehmen.

Nachts. Er ist von makelloser Schönheit, wie ein griechischer Gott. Er ist Knabe und Mann zugleich, schmalhüftig, breitschultrig, kräftig, ohne brutal zu sein.

Seine Augen werde ich bis an mein Lebensende nie vergessen. Sie sind ernst, wach, aufmerksam, ihnen entgeht nichts. Dabei ist sein Blick von entwaffnender Reinheit, erwartet alles, ohne zu fordern.

Die Knie zittern mir, wenn ich an ihn denke.

Wie hatte es angefangen? «Königliche Hoheit gestatten, daß ich meinen Regimentskameraden Geza von Mattachich präsentiere?» sagte der kleine Sinzendorff. Und da steht er vor mir, mein Leutnant aus dem Prater, in einem purpurnen Domino.

Während er sich über meine Hand beugt, sage ich: «Wir kennen uns.»

Sinzendorff ist verblüfft. «Fleht mich doch dieser Kerl kniefällig an, ihn Königlicher Hoheit vorzustellen, dabei . . .» stottert er.

Es war dumm von mir, dies: Wir kennen uns. «Wir sind eine Praterbekanntschaft», sage ich etwas maliziös.

Sinzendorff lacht, als ob ich einen guten Witz gemacht hätte.

«Königliche Hoheit war Zeugin, als ich im Prater einen Rappen zuritt», sagt mein Leutnant.

«Um ein Haar wäre ich nicht seine Zeugin, sondern sein Opfer geworden! Der Gaul raste geradewegs auf mich zu!» Ich sage das etwas spöttisch, aber es irritiert meinen Leutnant nicht.

«Deshalb konnte ich die Gelegenheit heute nicht vorbeigehen lassen, Königliche Hoheit untertänigst um Pardon zu bitten!»

«Es sei Ihnen verziehen, wenn Sie mir noch einmal Ihren Namen sagen.»

«Mattachich», wiederholt er. «Geza Mattachich.»

«Ungar?» frage ich.

«Der Graf ist Kroate», sagt Sinzendorff und klingt nun seinerseits maliziös.

Sein Ton ärgert mich. «Kroatien soll ein sehr schönes Land sein», sage ich ostentativ. «Ich kenne es leider zu wenig.»

«Schön! Einmalig schön!» sagt der Leutnant und sieht mich bewundernd an.

Ich vergesse, daß die Redoute in Abbazia ein klein bißchen lächerlich ist, das Orchester mäßig, die Kostüme verstaubt. Ich wärme mich an dem Blick des Leutnants und warte darauf, daß er mich um einen Tanz bittet.

Wir tanzen nach den Klängen des Kaiserwalzers.

Mein Leutnant führt ausgezeichnet. Es besteht keine Gefahr, daß er auf meine goldenen Sandalen tritt. Ich kann mich ihm vollkommen anvertrauen. Ich tanze leidenschaftlich gern, wenn ich einen guten Partner habe.

«Was machen Sie eigentlich in Abbazia?» frage ich schließlich, nur um irgendwas zu reden.

«Ich bin hier, weil Sie hier sind!»

«Und woher wußten Sie das?»

«Ich weiß alles über Sie. Ich weiß, wann Sie in die Oper gehen, wann Sie bei Rodeck Einkäufe machen, im Prater kutschieren und eben auch, wann Sie nach Abbazia reisen!»

Der Herr von Mattachich unterhält sich mit mir wie mit seinesgleichen. Das bin ich nicht gewohnt. «Reden Sie nicht etwas respektlos daher, Graf?»

«Möglich, Königliche Hoheit», entgegnet er.

Stunden später hüllte Antonia mich in das Negligé, Ilona zog die goldenen Pfeile aus dem Knoten und löste mein Haar. Dann knicksten beide, wünschten eine gute Nacht und ließen mich allein.

Es war ein unerwartet amüsanter Abend gewesen. Stephanie und ich haben viel getanzt. Sie ein bißchen zu oft mit ihrem Grafen

Lonyay, ich nur zwei Mal mit meinem Leutnant, der übrigens Oberleutnant ist. Eine Mazurka und einen Walzer.

Der Walzer und der Champagner mußten mir in den Kopf gestiegen sein. Mir war noch immer ganz heiß. Ich zog die Vorhänge zurück und öffnete die Balkontür.

Er stand auf der Terrasse! Obwohl ich ihn in der Dunkelheit nicht gleich erkannte, schrie ich nicht. Dabei bin ich sonst sehr schreckhaft. Er lehnte gegen die Balustrade und sah mich an. Er trug nicht mehr den albernen Domino.

«Auf diesen Augenblick habe ich gewartet», sagte er ruhig und mit einer Bestimmtheit, die jede Nichterfüllung seiner Erwartung ausschloß. Er betrat das Zimmer, ließ die Balkontür ins Schloß fallen und zog die Vorhänge vor. Dann kam er auf mich zu, ganz respektlos und ganz nah. Ein Duft von starkem Männerparfüm und englischem Tabak schlug mir entgegen. Mit einer sanften Handbewegung schob er mein Negligé beiseite und küßte meinen Busen.

Das war eine unerhörte Frechheit! Dafür hätte man ihn auspeitschen müssen. Besser noch aufknüpfen. Ich brauchte nur zu klingeln, zu schreien, um Hilfe zu rufen, und er wäre auf der Stelle arretiert worden.

Ich tat nichts von alledem. Es reizte mich, genauso sicher, genauso impertinent zu sein wie er.

Ich machte mir nicht die Mühe, das Negligé zu schließen, legte mich aufs Bett, verschränkte die Arme hinter dem Kopf und befahl: «Zieh dich aus!»

Er lächelte und sagte: «Zu Befehl, Königliche Hoheit!» Als ob ich ihn um eine Tasse Tee gebeten hätte.

Dann begann er, sich zu entkleiden, ohne übertriebene Hast, als wollte er mich nur langsam in den Genuß seiner Schönheit kommen lassen.

Irgendwann im Laufe der Nacht sah ich uns im Spiegel. Mich sehr weiß, sehr blond und ihn, im matten Licht der Lampe, dunkel wie ein Sizilianer. Er hat eine sanfte, goldbraune Haut. Meine Augen wanderten von dem Bild im Spiegel zu dem Mann in meinen Armen, der wie ein Knabe aussah.

«Wie alt bist du?» fragte ich.

«Neunundzwanzig.» Schlaftrunken küßte er mich.

Ich erschrak. Es ist neun Jahre her, daß ich neunundzwanzig war. Die Frau, die ich da drüben im Spiegel sah, vom seidenen Lampenschirm gnädig beschattet, ist achtunddreißig Jahre alt und Mutter von zwei Kindern. Als Leopold geboren wurde, war dieser Mann hier ein Kind von elf Jahren. Als Dora zur Welt kam, war er vierzehn.

«Woran denkst du?» fragte Geza, und als ich nicht antwortete, wurde er ungeduldig: «Du mußt mir sagen, woran du denkst!»

«Ich rechne.»

Er setzte sich auf und lachte laut.

«Was ist so komisch?»

«Du rechnest! Das finde ich herrlich. Wenn ein armer kroatischer Oberleutnant rechnet, dann muß er das. Aber nein, die Prinzessin Louise von Coburg rechnet, während sie mit dem armen Oberleutnant im Bett liegt!»

Jetzt mußte auch ich lachen.

«Was hast du gerechnet?» Er umarmte mich, daß mir die Luft verging. «Sag es mir auf der Stelle!»

«Du erdrückst mich . . .»

«Ja. Ich wiege 69 Kilo. Möchtest du das in Pfund, Deka und Gramm umrechnen?»

G

Abbazia, Sonntag früh. Alles riskiert und alles gewonnen. Die Frau ist es wert, daß man sich ihretwegen den Hals bricht.

Kann leicht passieren!

Ich bin, was die Weiber angeht, beim besten Willen kein heuriger Hase und hätt es für schier unmöglich gehalten, daß mich das alte Spiel noch so aufregen kann. Als ob ich grad heut nacht meine Jungfernschaft verloren hätte!

Ich stand auf ihrem Balkon und wagte nicht, mich bemerkbar zu machen. Das hätte zu leicht das Ende bedeuten können, bevor es angefangen hatte. Ich rührte mich nicht und dachte nur immerzu ganz intensiv: Mach auf! Mach deine Balkontür auf, schönste Louise! Wenn uns diese Nacht nicht zusammenbringt, haben wir unsere Chance für immer verpaßt! Ich war ganz besessen davon. Sie mußte meine Nähe spüren. Sie mußte einfach!

Es ist sechs Uhr früh. Ich bin noch so aufgedreht, als wär ich wahrhaftig zum erstenmal bei einer Frau gewesen. Du bist eben eine echte Königstochter, Louise. Jetzt weiß ich auch genau, was das bedeutet. In jeder Beziehung.

L

Sonntag abend. Ich sollte mit Stephanie und den Kindern zu Mittag speisen, aber ich ließ mich entschuldigen. Bis zwölf Uhr blieb ich im Bett und war unsagbar zufrieden. Ich dachte über nichts nach, freute mich am eigenen Wohlbehagen und frühstückte ausgezeichnet.

Im Morgengrauen hatte Geza den Heimweg angetreten.

Er mußte sich über die Balustrade schwingen, um die Trennwand zur Nachbarterrasse, die zum Zimmer der Gräfin Fugger gehört, klettern, sich an ihrer Balkontür vorbeischleichen und eine zweite Trennwand überwinden, bis er sein eigenes Zimmer erreichte.

Ich blieb noch eine Weile auf der Terrasse und beobachtete in sehr romantischer Stimmung den Sonnenaufgang. Sicherlich war es gefährlicher für Leander, den Hellespont zu durchschwimmen, als für Geza, über die Balustrade zu steigen, aber wie auch immer, es war ein Wagnis, das er für mich unternahm, und es machte mich stolz.

Für den Nachmittag war eine Wagenfahrt mit Stephanie vereinbart. Wir wollten an der hübschen Vrutki-Quelle vorbei nach Veprinac fahren, wo hoch auf einem Felsen eine schöne alte Kirche thront und man im Dorf unter Bäumen eine Jause einnehmen kann.

Ich hatte mit Sicherheit erwartet, daß wir die Kinder und die Gouvernanten oder zumindest die Hofdamen mitnehmen würden.

Zu meinem Erstaunen saß Stephanie allein im Landauer, als sie mich abholte. Sie wollte sich also wieder mal aussprechen.

Nachdem wir die letzten Häuser von Abbazia hinter uns hatten und der Kutscher die Fahrt verlangsamte, weil der Weg steil bergauf führte, fing sie an.

«Was soll aus mir werden, Louise? Wie wird mein Leben weitergehen? Ich bin sehr bedrückt, wenn ich darüber nachdenke!»

Ich hatte wenig Lust, mir durch Stephanies Lamentieren die gute Laune verderben zu lassen.

Sie beklagte ihr Los, als trauernde Witwe eines Mannes leben zu müssen, der sie nur gedemütigt und nie geliebt hätte, und beschwerte sich über die unerträglichen Intrigen in Wien, vor denen sie ständig auf der Flucht sei.

Ich hörte nur mit halbem Ohr zu. «Laß uns doch gleich vom Grafen Lonyay sprechen», unterbrach ich sie schließlich und gab mir Mühe, scherzhaft zu klingen. «Darauf willst du doch hinaus!»

Sie errötete. Meine kleine Schwester kann noch erröten. Das ist rührend.

«Ja», gestand sie, «ich habe an den Grafen gedacht. Vielleicht war ich nicht ganz aufrichtig, als ich sagte, daß er mir nichts bedeutet.»

«Ich habe es sowieso keine Sekunde lang geglaubt.»

«Dann verstehst du also, was ich durchmache?»

Stephanie dürstet immer nach Verständnis. Ich wurde ungeduldig. «Du bist doch kein unschuldiges junges Mädchen mehr! Worauf wartest du eigentlich? Wenn dir dein ungarischer Graf Spaß macht, warum gehst du nicht mit ihm ins Bett?!» So offen hatte ich noch nie mit ihr gesprochen. Die Wirkung war ungeheuerlich. Sie starrte mich an, als ob ich sie aufgefordert hätte, nackt die Kärtnerstraße entlang zu laufen. Vor Schreck war sie unfähig, auch nur ein Wort rauszubringen. Ich mußte laut lachen.

«Oh, Louise, du bist abscheulich! Einen Augenblick habe ich tatsächlich geglaubt, du hättest es ernst gemeint», sagte sie erleichtert.

«Vielleicht habe ich es ernst gemeint. Warum eigentlich nicht?» scherzte ich.

Jetzt war sie ihrer Sache ganz sicher. «Nein, nein! Du willst mich nur schockieren.»

Es hat keinen Sinn, mit meiner Schwester über solche Dinge zu reden.

Als wir in Veprinac im Garten der Gastwirtschaft, eingehüllt in Pelzdecken, unseren Kaffee tranken, war Stephanie still und nachdenklich.

«Hast du mal daran gedacht, den Grafen zu heiraten?» fragte ich und fügte etwas spöttisch hinzu: «Die heilige Zeremonie müßte deine Bedenken doch aus dem Weg räumen!»

«Ich gestehe, daß ich daran gedacht habe. Nur wird der Kaiser nie die Einwilligung geben. Und selbst wenn er einwilligt, unser Vater würde es nie und nimmer gestatten!»

Ich versuchte, ihr zu widersprechen, aber sie war nicht zu überzeugen.

«Papa ist es ganz gleich, ob ich unglücklich bin oder nicht. Weißt du, daß er mir verboten hat, wieder nach Brüssel zu ziehen? Ich bat ihn flehentlich, nach Hause kommen zu dürfen. Ich bat Mama, Einfluß auf ihn zu nehmen. Nichts hat genützt. Ich mußte in diesem verhaßten Wien bleiben.»

«Du hättest nicht Mama, sondern eine seiner Freundinnen anflehen sollen. Damals tanzte er doch gerade spanisch, oder?»

Von allen Eskapaden meines Vaters hat seine Beziehung zu der spanischen Tänzerin Cléo de Mérode das unliebsamste Aufsehen erregt. Die Witzblätter der ganzen Welt bemächtigten sich dieses Skandals, und den Namen «Cléopold» wird er nicht wieder los, obwohl die Affäre längst beendet ist.

Es schmerzt Stephanie jedesmal tief, wenn ich vom König von Belgien so respektlos rede. Sie brach daher das Gespräch ab und hielt mir einen Vortrag über die Entstehungsgeschichte der Kirche von Veprinac, die sie vermutlich zuvor im Baedeker gelesen hatte.

Auf der Rückfahrt schmiegte sie sich plötzlich an mich und flüsterte: «Eines Tages werde ich vielleicht doch noch glücklich. Ich muß eben warten. Vielleicht sehr lange. Aber ich bin geduldig. Das verstehst du doch, Louise?»

Ich verstand nur, daß es ihr gelungen war, mir die Laune zu verderben, und daß noch viele Stunden vergehen mußten, bis es wieder Nacht sein würde.

Mittwoch abend. Ein Piano-Virtuose, der sich bemüht, wie Franz Liszt auszusehen, aber nicht wie Liszt spielen kann, produzierte sich im Musikzimmer der Villa Amalia.

Stephanie hatte zwanzig oder dreißig Gäste zu einer musikalischen Soiree gebeten. Wir saßen alle gottergeben und unbequem auf kleinen goldenen Stühlchen, die Herr Lederer für den Anlaß beschafft hatte.

Das Programm war zwischen dem Künstler und Stephanie abgesprochen. Nachdem er sich und uns durch Werke von Anton Rubinstein, Scarlatti und Berlioz gequält hatte, kam er zum Clou seiner Darbietung, der Ungarischen Rhapsodie seines großen Vorbilds Franz Liszt. Ich bemerkte, wie Stephanie und Graf Lonyay Blicke tauschten. Die Ungarische Rhapsodie war vermutlich als Huldigung für ihn gedacht.

In diesem Augenblick tauchte eine Anzahl Offiziere in der Flügeltür zum Salon auf. Ich entdeckte sofort Geza unter ihnen.

Das war gegen die Verabredung! Er hatte mir sein Wort geben müssen, tagsüber unsichtbar zu bleiben. Wir konnten zu leicht ins Gerede kommen, was mir bei Stephanies Begriffen von Standesehre und Moral äußerst unangenehm sein würde.

Ich gestehe, daß es mich glücklich machte, ihn zu sehen, aber gleichzeitig war ich ärgerlich, daß er mein Gebot mißachtet hatte. Schlimmer noch: Wenn er schon kam, warum dann so spät? Man kommt nicht unpünktlich zu einer Einladung der Kronprinzessin-Witwe. Das ist ganz und gar unschicklich!

Zu meiner Verwunderung lächelte Stephanie jedoch dem Grafen Thun, der der Gruppe angehörte, äußerst freundlich zu. Ich erkannte jetzt auch die Rittmeister Zeileisen und Codelli. Und der unvermeidliche kleine Sinzendorff war ebenfalls dabei.

Die Lisztsche Rhapsodie erhielt donnernden Applaus, besonders von den Offizieren an der Tür. Der Virtuose verneigte sich und spielte dann als Zugabe den Rákóczi-Marsch, der alle ungarischen Herzen höher schlagen läßt.

Ich dachte an meine Mutter, die in Ungarn aufgewachsen ist. Sie liebt das Land heiß. Für sie bedeutet es Jugend, Freiheit, Glück. Alles, was sie nicht mehr besitzt, seit sie in Brüssel an der Seite eines

Mannes lebt, dessen berüchtigte Liebschaften ihn und damit auch sie zum Gespött ganz Europas machen.

Als die Gesellschaft sich erhob, um in den Salon zu gehen, klärte sich das Rätsel der unpünktlichen Offiziere auf.

Thun salutierte. «Kaiserliche Hoheit, melde untertänigst, die Biester haben bereits ihr Leben gelassen!» schnarrte er.

Auf Stephanies Wunsch waren die Herren nach Fiume geritten und hatten im Fischereihafen das Einlaufen der Boote von der Insel Veglia abgewartet. Dort soll es die besten Langusten geben, behauptet Herr Lederer.

Thun stellte meiner Schwester den Grafen Mattachich vor. «Ohne den Mattachich wären wir nichts geworden, Kaiserliche Hoheit! Die Burschen sprechen alle nur Kroatisch, und der Oberleutnant spricht das Kauderwelsch erstaunlicherweise auch!»

Es paßte mir nicht, daß Stephanie sich herzlich bei Geza bedankte und alle Anwesenden ihn und die andern Offiziere hochleben ließen, als die Köche wenig später ein riesiges Arrangement mit rotgekochten Langusten hereintrugen.

Ich will, daß Geza mein nächtliches Geheimnis bleibt.

Donnerstag. Immer wieder sage ich mir: Du hast mit einem unbedeutenden kleinen Ulanen-Oberleutnant eine ebenso unbedeutende kleine Liaison angefangen, die nur durch die besonderen Umstände von Abbazia möglich war und mit der Abreise von hier ihr Ende finden wird. Ich schwöre bei allem, was mir heilig ist, daß ich nichts anderes im Sinn hatte und nie über die Gegenwart hinaus gedacht habe.

Aber heute, nach zehn Tagen und zehn Nächten, weiß ich, daß jetzt nicht Schluß sein kann! Ich bin noch nicht soweit. Ich bin mit ihm einfach noch nicht fertig.

Wien ist nicht Abbazia. Das Palais Coburg hat keine Terrassen, über die man klettern kann. Dafür hundert wachsame Augen und Ohren, die mich von morgens bis abends bespitzeln.

Wie soll es weitergehen?

Freitag. Geza hat die Lösung gefunden. Ich richte mir einen Stall ein und mache ihn zum Stallmeister. Ich habe jetzt nur fünf Reitpferde in Wien. Das ist lächerlich wenig. In den Stallungen des Palais können nicht mehr untergebracht werden, da dort auch die Kutschpferde stehen. Philipp reitet nicht gern in der Stadt und hält seine Pferde auf Schloß Ebenthal. Die anderen sind auf unseren ungarischen Besitzungen.

Geza meint, ich brauche mindestens fünfzehn Pferde. Das ist völlig richtig. Es müssen also irgendwo Stallungen erworben werden. Am besten in der Nähe des Praters. Wenn wir sie haben, wird Geza die Pferde kaufen, das nötige Personal einstellen und mir Reitunterricht erteilen. Er versteht sehr viel von der Equestrik. Ich selbst war Zeuge, wie fabelhaft er den störrischen Rappen zugeritten hat.

Es gibt noch ein kleines Problem. Geza befindet sich augenblicklich auf Erholungsurlaub wegen des Sumpffiebers, das er sich bei den letzten Sommer-Manövern in Galizien geholt hatte. Er hat viel durchgemacht, aber jetzt geht es ihm schon wieder ganz gut. Niemand weiß das besser als ich.

In zwei Wochen muß er zurück zu seinem Regiment nach Warasdin, um sich vom Militärarzt nachuntersuchen zu lassen. Der schreibt ihn womöglich diensttauglich.

Nun sehe ich nicht ein, warum er ausgerechnet in Warasdin untersucht werden muß. In Wien gibt es doch auch Militärärzte.

Ich werde mit seinem Divisionär, Feldmarschalleutnant Khevenhüller, sprechen. Das ist ein sehr charmanter Herr, der mir beim letzten Hofball große Komplimente gemacht hat.

G

Wien, 4. April. Ich bin Herr über sechzehn Rassepferde, die sich mit den renommiertesten und ältesten Ställen Wiens messen können. Ich bin Herr über fünf Reitknechte und ein weibliches Faktotum von zwei Zentnern Lebendgewicht, das für mich kocht, wäscht, bügelt, putzt. Ich besitze eine kleine, aber äußerst gemütliche Wohnung und bin auf ein weiteres Jahr von der Armee beurlaubt. Außerdem habe ich eine Geliebte, die zu den begehrtesten Frauen der Monarchie zählt: schön, elegant, gebildet, von echt königlichem Geblüt und immens reich. Nicht nur immens reich, sondern auch immens nobel. Was bekanntlich zweierlei Stiefel sind. Sehr wichtige Stiefel nota bene.

Und für das alles zahlt mir die Hofhaltung Seiner Hoheit des Prinzen Philipp von Sachsen-Coburg und Gotha ein respektables Salär, so respektabel, daß ich sicher bin, Louise hat es persönlich festgesetzt. Taktvoll, wie sie ist, leugnet sie das natürlich. Da will ich nicht nachstehen und versichere, daß ich ihr glaube. Das stärkt ihr Selbstbewußtsein. (Obwohl es eigentlich meines stärken sollte.)

Die Pferde haben ein Vermögen gekostet. Aber was heißt in Kreisen, wo Geld keine Rolle spielt, schon Vermögen. Auch für mich sprang eine hübsche Summe raus bei dem Geschäft. Als Provision. Mit bestem Gewissen übrigens, denn ich finde das nur recht und billig. Es ist ja nicht das Geld der Prinzessin, sondern das des Prinzen, der mich einen Schmarren angeht.

Zum ersten Mal hab ich was auf der Bank. Ein erhabenes Gefühl. Der Ring vom seligen Papa und die Uhr sind wieder eingelöst, mein Jude wird mich so bald nicht wiedersehen. Die Zeiten haben sich geändert.

Wien. Alles ist nach Wunsch verlaufen. Der Arzt hat festgestellt, daß Geza noch keineswegs geheilt ist, obwohl er lange keinen Anfall mehr gehabt hat. Manchmal verstehen sogar die Ärzte etwas.

Er hat seine Stallungen und sechzehn wundervolle Reitpferde. Er gibt mir täglich Unterricht.

Aber ich bin trotzdem nicht glücklich. Er haust in einer kleinen Mansarde direkt über den Ställen, in der es immer nach Pferden riecht, ganz gleich, wieviel Parfüm ich versprühe. Ich komme mir vor, als schliefe ich mit einem Stallburschen und nicht mit dem schönen Ulanenleutnant Graf Mattachich.

Geza leidet genau wie ich, aber um mir nah zu sein, erträgt er alles. Hier in Wien ist ein gesellschaftlicher Verkehr zwischen uns ein Ding der Unmöglichkeit. Die Abende und Nächte müssen wir also immer getrennt verbringen.

Ich denke mit Sehnsucht an das Hotel Quarnero zurück.

Freitag. Trotz aller Vorsicht beginnt man zu reden. Die Fürstin Levkova, die über ein böses Mundwerk verfügt, hat sich bemüßigt gefühlt, mein plötzliches Interesse am Reitsport auf höchst anzügliche Art zu kommentieren. Da sie eng mit meinem Gemahl befreundet ist, obwohl der sich sonst eigentlich mehr für Damen der Halbwelt zu erwärmen pflegt, dürfte Philipp also Bescheid wissen.

Dienstag. Gestern waren wir im Burgtheater. Man spielte *Versprechen hinterm Herd* mit Katharina Schratt in der Hauptrolle. Ein abscheuliches Stück in einer abscheulichen Aufführung.

An dem kuriosen Dreieck Elisabeth – Franz Joseph – Schratt imponiert mir die Kaiserin Elisabeth weitaus am meisten. Sie soll Franz Joseph die Geliebte ausgesucht und zugeführt haben, um dadurch ungestört seinem Bett und Wien fernbleiben zu können.

Wenn die Favoritin spielt, wohnt seine Majestät der Aufführung bei. Und wenn Seine Majestät anwesend ist, darf Philipp nicht fehlen.

In der Pause verschwand er, um dem Kaiser seine Aufwartung zu machen. Kaum war er fort, erschien Erzherzog Ludwig Victor in unserer Loge.

Die Prinzessin Auersperg hat mich neulich beiseite genommen. Ich müßte mich unbedingt vor dem Bruder des Kaisers in acht nehmen, behauptete sie. Ich hätte von ihm nichts Gutes mehr zu erwarten. Er sei wie ausgewechselt.

Ich wollte ihr nicht glauben. Aber gestern konnte ich feststellen, wie recht sie hat.

Ohne von der Gräfin Fugger die geringste Notiz zu nehmen, redete er auf mich ein. Er hätte gehört, ich sei unter die Ulanen gegangen, begann er mit der ihm eigenen Boshaftigkeit und fragte dann, ob ich mir schon eine Uniform machen ließe.

Ich nahm mich zusammen und gab vor, ihn nicht zu verstehen.

«Du nimmst jetzt fleißig Reitstunden», fuhr er impertinent fort. «Komisch, ich glaubte immer, du seist so perfekt in dieser Kunst, daß du keinen Nachhilfeunterricht brauchst! Du bist übrigens nicht die einzige in eurer Familie, die Lektionen bekommt.»

Jetzt wußte ich wirklich nicht, wovon er sprach.

«Philipp hat eine seiner abgelegten Freundinnen beauftragt, euren Sohn Leopold in die Geheimnisse der Liebe einzuführen. Ob sie allerdings mehr von der Sache versteht als die eigene Mutter, bezweifle ich.»

Ich verspürte den unwiderstehlichen Drang, ihn zu ohrfeigen, und ich weiß nicht, was passiert wäre, wenn Philipp nicht in diesem Augenblick die Loge betreten hätte.

Der Erzherzog tat, als ob nichts geschehen wäre. Völlig harmlos wandte er sich an Philipp: «Louise behauptet, die Schratt sei heute abend noch schlechter als sonst. Ist mein hoher Bruder derselben Meinung?»

Philipp setzte das Gesicht auf, das er immer macht, wenn er nicht weiß, was er sagen soll, und schwieg.

Mit «Küß die Hand, Louise, und vergiß nicht, was ich dir gesagt habe!» verabschiedete sich Ludwig Victor von mir. Philipp schlug er jovial auf die Schulter und sagte: «Mach's gut, *mon vieux!*»

Damit ging er.

«Kannst du nicht den Mund halten?» fuhr Philipp mich an. «Er wird deine Bemerkung über die Schratt sofort dem Kaiser hinterbringen. Du solltest allmählich wissen, was für ein Waschweib er ist!»

«Seine Kaiserliche Hoheit hat nur gescherzt», verteidigte mich die gute Fugger. «Ihre Königliche Hoheit hat kein einziges abfälliges Wort über Frau Schratt geäußert.»

Nein, über die Schratt wird er dem Kaiser nichts sagen. Aber es gibt andere Dinge, die er erzählen könnte. Und er würde bei Franz Joseph offene Ohren finden, fürchte ich.

Mittwoch. Gestern herrschte große Aufregung im Palais Coburg, und ausnahmsweise war ich nicht der Grund.

Unerwartet und unangemeldet traf Philipps Schwägerin, die Fürstin Maria Luisa von Bulgarien aus Sofia ein. Sie kam in Begleitung ihres jüngsten Sohns, des kleinen Kyrill, ihres Haushofmeisters und einer italienischen Kinderfrau. Außerdem brachte sie zwei Kammerzofen mit, einen Mops, einen Diener und zwanzig Reisekörbe.

Noch bevor die Zimmer für sie hergerichtet waren, hatte sie eine drei Stunden dauernde Unterredung mit unserer gemeinsamen Schwiegermutter. Dabei soll es sehr heftig zugegangen sein. Diese Information stammt von Ilona, die es von einem der Lakaien hat, der den Damen Portwein servierte. Aber vielleicht mußte Maria Luisa nur so laut schreien, weil Prinzessin Clementine schwer hört.

Donnerstag. Heute stattete mir Maria Luisa einen Besuch in meinen Appartements ab.

Sie sieht aus wie eine alte Frau. Ich war erschrocken. Dabei ist sie keine sechsundzwanzig Jahre.

Sicherlich sollte es nur ein Höflichkeitsbesuch sein, aber nach zehn Minuten begann sie zu weinen und schüttete mir ihr Herz aus. Sie hat Ferdinand verlassen und wird nicht mehr zu ihm zurückkehren.

Jetzt begriff ich die Erregung unserer Schwiegermutter. Es war damals schwer genug gewesen, für Ferdinand eine standesgemäße Braut zu finden. Er war kreuz und quer durch die Hauptstädte Europas gereist und hatte sich an jedem Hof einen Korb geholt. Niemand glaubte, daß er sich auf dem bulgarischen Thron halten könnte, auf den er sich so eigenmächtig und eigensinnig gesetzt hatte. Schließlich war es gelungen, den Herzog von Parma zu überreden, ihm seine Tochter zu geben. Wenn Maria Luisa ihn jetzt verläßt, so ist das sehr übel für den ehrgeizigen Sohn einer ehrgeizigen Mutter.

Ich erwartete einen aufregenden Bericht über entsetzliche Orgien, bei denen sie Ferdinand überrascht hat, oder über einen anderen Mann, den sie so heiß liebt, daß sie seinetwegen auf Thron und Gemahl zu verzichten gedenkt. Nichts dergleichen war der Fall.

Der wahre Grund enttäuschte mich. Ferdinand hat seiner Gemahlin vor kurzem erklärt, daß er den Thronfolger Boris, der ganze zwei Jahre alt ist, nach griechisch-orthodoxem Ritus taufen lassen will. Wie alles in Ferdinands Leben ist das natürlich reine Berechnung. Er erfüllt eine Forderung von Zar Nikolaus und hofft, so Rußland zum Freund zu gewinnen. Ob das die Feinde aufwiegt, die er sich dadurch macht, muß er selbst am besten wissen. Der Papst hat bereits mit Bannfluch gedroht, falls der Thronfolger wirklich umgetauft werden sollte. Maria Luisa, die wie wir alle römisch-katholisch ist, war über Ferdinands Plan derart empört, daß sie auf der Stelle befahl, die Koffer zu packen. Sie wollte den Thronfolger vor dem ihm drohenden Schicksal bewahren und nach Wien entführen. Aber Ferdinand muß das geahnt haben. Der kleine Boris war verschwunden. Also nahm sie statt dessen den einjährigen Kyrill und verließ mit ihm Sofia. Sie versicherte mir, sie wolle nie wieder dorthin zurückkehren.

Wahrscheinlich bin ich nicht fromm genug, um Maria Luisa zu verstehen, aber ich frage mich: Sagt sie die Wahrheit, oder ist die ganze Geschichte nur ein Vorwand, um Ferdinand und dem balkanesischen Leben da unten zu entfliehen?

Abends. Zufrieden und bester Dinge kam ich vom Reitunterricht ins Palais zurück. Kammervorsteher Freiherr von Kodolitsch bat mich, sofort die Prinzessin Clementine aufzusuchen.

Ich fand sie in ihrem Boudoir. Philipp war bei ihr.

Meine Schwiegermutter kann bestrickend sein, wenn sie etwas von einem will. Sie umarmte und küßte mich, bewunderte meinen Reitzylinder und bat mich dann, im Interesse der Familie eine kleine Unannehmlichkeit auf mich zu nehmen.

Solcher Liebenswürdigkeit gegenüber bin ich machtlos. Ich versprach, ihren Wunsch zu erfüllen, noch bevor ich ihn gehört hatte. Dann kam sie zur Sache.

Philipp und ich sollten so schnell wie nur möglich, am besten auf der Stelle, nach Sofia reisen. Es ginge darum, einen Skandal, der dem Fürsten von Bulgarien und damit der ganzen Familie drohe, mit allen Mitteln zu verhindern. Philipp müsse seinem Bruder ins Gewissen reden, und meine Gegenwart wäre unerläßlich, um der Reise in den Augen der Welt einen privaten Charakter zu verleihen.

Ich war ihr in die Falle gegangen. Mit ihrer zittrigen, greisenhaften Höflichkeit hatte sie mich überrumpelt. Mir blieb nur übrig, gute Miene zum bösen Spiel zu machen.

Als ich das Boudoir verließ, sagte Philipp so leise, daß seine Mutter ihn nicht verstand: «Ich wäre dankbar, wenn du deinen Stallmeister nicht mit auf die Reise nehmen würdest!»

Ich versuche, vernünftig zu sein. Ich sage mir, daß es gut ist, jetzt, wo alles über mich redet, Wien auf eine Zeit zu verlassen. Es ist sogar gut, die Reise gemeinsam mit Philipp zu machen. Aber in Wahrheit kann ich es mir einfach nicht vorstellen, wochenlang ohne Geza zu sein.

Louise mußte mit ihrem Gatten zum Fürsten von Bulgarien. Ihrem Schwager. Dort gibt's Krach. Die Frau ist ihm auf und davon, und die ganze Dynastie scheint zu wackeln.

Zum ersten Mal seit Abbazia bin ich Strohwitwer. Ein Opfer Coburgscher Familienpolitik!

Bei Licht betrachtet, sollte mir das ungemein schmeicheln. Ich trete damit in eine Reihe mit unserem Kaiser, dem Fürsten Bismarck und dem inzwischen dahingeschiedenen Zar Alexander III. Alle drei haben den offensichtlich durch nichts zu bändigenden Ehrgeiz von Louises Schwiegermutter hart zu spüren bekommen. Keinem der hohen Herren hat es gepaßt, daß der jüngste Coburg-Prinz auf den bulgarischen Thron gar so versessen war, und sie haben alles getan, um seine Träume (die, wie Louise sagt, in Wahrheit die seiner Mutter waren) zu durchkreuzen. Der Zar wollte partout keinen römisch-katholischen Fürsten in Bulgarien sehen, schon gar nicht einen deutscher Abstammung. Bismarck zeigte größtes Verständnis für die heftigen Proteste aus Petersburg. Dem Zar zuliebe. Er wollte den deutsch-russischen Ausgleich. Alles, was dabei störte, war ihm zuwider. Und Franz Joseph mochte Bismarck um keinen Preis verärgern, was bei einer Unterstützung der ehrgeizigen Pläne Ferdinands unweigerlich passieren mußte. Sogar die Türken und Engländer waren dagegen. Aber all das konnte Louises Schwiegermama nicht zurückhalten, mit der ihr eigenen Energie (und mit ihrem Geld!), an der Karriere des Lieblingssohns weiterzustricken. Nachdem es der Bruder ihres früh verstorbenen Gatten zum König von Portugal gebracht hatte, wollte sie die Welt buchstäblich um jeden Preis mit einem weiteren Herrscher aus der österreichisch-ungarischen Seitenlinie der Coburger beglücken. Sie wollte nicht nur, sie hat es trotz aller Widerstände geschafft. Auch wenn das Fundament des neuen Throns noch leicht ins Wanken zu bringen ist. Wie man grad wieder mal sehen kann!

Ich muß direkt lachen, in was für Kreise ich geraten bin. Über Nacht – über Nacht stimmt haargenau – bin ich mit der europäischen Fürsten-Clique sozusagen auf du und du. «Denk dir, der Kaiser hat neulich zu mir das und das gesagt ... und der Erzherzog Joseph das ... Mein Vater, der König, besteht darauf, daß meine arme Tante, die Kaiserin von Mexico ...» Herrgott, manchmal muß ich mich zwicken und fragen, ob ich das alles nur träume. Ob ich nicht wieder bei einer der acht Warasdiner Offiziershuren eingeschlafen bin, jeden Moment aufwache und mich wie närrisch beeilen muß, um pünktlich zum Morgen-Rapport in der Kaserne zu sein.

Montag. Louise geht mir sehr ab. Jetzt bin ich schon eine Woche allein. Es ist Zeit, daß sie zurückkommt.

War gestern seit einer Ewigkeit wieder mal beim Heurigen. Mit Ferdl.

Er wollte partout alles genau von dem Mädel wissen, für das er mir im Feber die fünfundzwanzig Kronen gepumpt hat. Erst ahnte ich gar nicht, wovon er sprach. Dann hab ich versucht, mich rauszureden. «Der Kavalier genießt und schweigt!» Aber damit bin ich nichts geworden. Er hat mich so sekkiert, daß ich ihm einen ganzen Roman erzählen mußte. Schließlich hat er die Katz aus dem Sack gelassen: er wollte den Arzt wissen. Für alle Fälle, wie er sich auszudrücken beliebte. Kann sein. Kann auch sein, daß er just momentan in der Bredouille sitzt. Ich hab ihm gesagt, daß ich gar nicht wüßte, ob das Mädel bei einem Arzt oder bei einer Frau war. Sie hätte sich vor lauter Angst auch mir gegenüber total ausgeschwiegen und rein gar nichts erzählt. Außer daß es vierzig Kronen gekostet hätte. Und daß sie nie mehr im Leben so was mitmachen möcht.

Ich kam so in Fahrt, daß er ganz gerührt war und mir jedes Wort abgenommen hat.

Zum Schluß haben wir noch zwei fesche Katzen aufgerissen. Aber es waren Nieten. Saublöde Weiber. Die haben allen Ernstes geglaubt, wir wollen ihnen aus purer Menschenliebe den Wein zahlen, ohne jede Gegenleistung. Aber da waren sie an der falschen Adresse. Wir haben ihnen einen recht schönen Abend gewünscht und uns schnell wieder empfohlen.

Ich bin dann nach Haus und hab an meine Louise gedacht. Man

kann sich bekanntlich auch allein amüsieren. Ist noch nicht das schlechteste.

Ich will nur hoffen, daß sie mir auch treu ist. Auf so einer Reise kommt sie mit Gott und der Welt zusammen und kann haben, wen sie will. Obwohl ihr Appetit im Moment einigermaßen gestillt sein dürfte. Jedenfalls sollte sie inzwischen genau wissen, was sie an mir hat. Nicht nur im Bett.

Sie liebt mich. Das weiß ich. Noch nie hat sie so geliebt. Sie hat es mir oft genug geschworen, mein schönes perlen- und brillantenbehangenes Königskind. Was das Zeug alles wert ist? Millionen!

Bei mir ist es auch anders als sonst. Wo sie zum ersten Mal auf längere Zeit weg ist, merk ich, wie verrückt ich nach ihr bin.

Der Ferdl ist noch ins «Moulin Rouge». Er wollt's unbedingt wissen. Früher wär ich um jeden Preis mitgegangen. Aber jetzt bin ich hübsch brav allein nach Haus.

Wenn ich das im Casino erzähl, glauben's die Kameraden nicht. Idiotisch!

L

Sofia. Was ist aus mir geworden? Wie ist es möglich, daß ich mich in so kurzer Zeit derart verändert habe?

Ferdinand bereitet mir ein Leben wie im Himmel, ich werde verwöhnt, angebetet, beschenkt, gefeiert. Nichts hilft. Ich gebe mir Mühe, lustig zu sein, mir nichts anmerken zu lassen. Aber meine Gedanken sind ständig in einer elenden Mansarde in Wien.

Das Nesthäkchen Ferdinand, mein jüngster Verehrer im Hause Coburg, ist ein Potentat geworden, ein Alleinherrscher, wie es ihn in den zivilisierten Ländern Mitteleuropas heute nicht mehr gibt. Was er befiehlt, geschieht. Er kann den Leuten den Kopf abhacken lassen, wenn er will.

Da er seiner neuen Würde wohl nicht ganz traut, hat er sich einen prächtigen Vollbart wachsen lassen. Außer dem Bart ist auch die Nase gewachsen. Sie ist sehr lang. Sie erinnert mich an meinen Vater und meinen Großvater. Diese Ähnlichkeit ist kein Zufall, denn Ferdinand ist nicht nur mein Schwager, sondern auch mein Onkel, obwohl er jünger ist als ich. Wir sind alle zweifach, dreifach und vierfach verwandt.

Er ist noch genauso verrückt wie früher, und leider auch noch genauso verrückt nach mir.

Er sah unbeschreiblich komisch aus, wie er in Sofia zu unserem Empfang auf dem Bahnhof stand. Er trug weiße Pluderhosen, hohe Schaftstiefel, eine buntbestickte Weste über einem weitärmligen Hemd und auf dem Kopf ein komisches Käppi, an dem vorn ein Büschel prachtvoller Reiherfedern mit einem großen Rubin befestigt war. Er erinnerte mich an einen Zauberkünstler im Ronacher.

Als unser Sonderzug einfuhr, präsentierte die Leibgarde das Gewehr. Es war alles sehr feierlich. Ferdinand umarmte und küßte Philipp und mich und geleitete uns dann zu einer Staatskarosse, die von vier Schimmeln gezogen wurde. Die Pferde hätten Geza gut gefallen.

Das Gefährt muß enorm solide gebaut sein, denn es überstand die Fahrt zum Schloß trotz tiefer Löcher und mangelnder Pflasterung ohne sichtbaren Schaden. Nur eine riesige Hammelherde, die mitten im Stadtzentrum vor uns die Straße überquerte, war ein ernstzunehmendes Hindernis. Die zotteligen Tiere blökten laut und klagend, als ihr Hirte sie zur Eile antrieb. Ich lachte, Philipp kicherte, und Ferdinand lief rot an, weil er sich genierte.

Das Schloß sieht von außen wie die Villa eines besseren Fabrikbesitzers aus. Es kann sich weder mit dem Palais Coburg in Wien noch mit dem in Budapest oder Paris messen. Von innen ist es allerdings eine echte Sehenswürdigkeit, ein Gemisch von Orient und Okzident, von westlichem Komfort und letzter balkanesischer Primitivität.

Der Hausherr ließ Philipp und mich an entgegengesetzten Enden des Gebäudes unterbringen. Mir hat er einen Leibwächter zugeteilt, einen Riesen in äußerst malerischer Uniform, der keine Sprache spricht oder versteht, deren ich mächtig bin. Nachts schläft dieses

Ungeheuer wie ein treuer Hund auf meiner Türschwelle. Sollte Philipp auf die Idee kommen, mein Zimmer zu betreten, würde mein Riese ihn ohne Zweifel kaltblütig erdrosseln. Ich befürchte allerdings, daß er seinem Herrn und Gebieter den Zutritt nicht verweigern würde.

Zu meinen Appartements gehört ein luxuriöses Badezimmer mit einer Wanne aus italienischem Marmor. Aber es gibt kein fließendes Wasser und keinen Badeofen. Morgens marschiert eine Heerschar von Mägden mit Eimern knicksend durch mein Schlafzimmer. Ilona und Antonia schütten sich aus vor Lachen über diese Prozedur, und die bulgarischen Bauernmägde verstehen nicht, was meine verwöhnten Kammerfrauen so komisch finden.

Elektrischen Strom gibt es nicht. Tag und Nacht brennen in den Gängen und den kleinen Salons arabische Öllampen, die nur einen schwachen Dämmerschein von sich geben. Orientalische Räucherkerzen glimmen in durchbrochenen Messing-Gefäßen und verbreiten schweren, süßlichen Duft. Phantastische Masken, die mein Schwager von fernen Reisen mitgebracht hat, starren den Beschauer an und versetzen ihn – oder zumindest mich – in Schrecken.

Die größeren Gesellschaftsräume dagegen sind abends taghell erleuchtet. Hunderte von Kerzen flackern in glitzernden Kristall-Lüstern aus Murano.

Philipp, der nie mit sarkastischen Übertreibungen geizt, behauptet, der Speisesaal wäre deshalb so blendend illuminiert, damit die Kakerlaken nicht aus den Küchenräumen hereinspazieren. Womöglich hat er ausnahmsweise recht.

Wenn es um sein leibliches Wohl geht, versteht Ferdinand keinen Spaß. Den Chef-Koch hat er sich von «Maxim's» in Paris geholt. Auch das gesamte Küchenpersonal ist französisch. Die erlesenen Weine kommen aus Deutschland und Frankreich, die weiblichen Bediensteten sind so hübsch, daß ich darin weit eher einen Grund für Maria Luisas Flucht sehe als im Glaubensbekenntnis des kleinen Boris, der uns vorgeführt wurde und ein niedliches Kind ist.

Jeden Abend werden rauschende Feste gefeiert. Nach dem Diner wird getanzt. Der Fürst hat für mich die schönsten Offiziere und besten Tänzer der bulgarischen Armee abkommandiert. Aber es gibt keinen Geza darunter. Trotzdem walze ich unermüdlich bis in den frühen Morgen hinein.

Die Offiziere sind gebildet, sprechen Französisch und Deutsch, können Konversation machen, und ihre Litewken sind exzellent geschneidert.

Philipp flüsterte mir zu, alle Uniformen des Offizierskorps seien ein Geschenk seiner Mutter. Sie hat sich ihrem Lieblingssohn Ferdinand gegenüber wirklich sehr spendabel benommen. Das Coburgische Geld ist überall im Lande sichtbar und bewirkt, daß Philipp seinem Bruder stets mit mühsam verdeckter Feindseligkeit begegnet.

Wenn die beiden Zwiesprache halten, das heißt, wenn Philipp versucht, sich der Aufgabe zu entledigen, deretwegen wir hier sind, nutzen die Fugger und ich die Zeit und sehen uns Sofia genauer an. Der moderne Teil, Ferdinands ganzer Stolz, ist entsetzlich langweilig. Dagegen übt die Altstadt eine große Faszination auf mich aus, besonders das mohammedanische Viertel.

Man fühlt sich plötzlich tief in den Orient versetzt. Die Gassen der Basare sind eng und schattig, die niedrigen Häuser, zur Straße hin offen, beherbergen Werkstätten von Schuhmachern, Kupfer- und Silberschmieden, Sattlern oder Schneidern. Es ist eine Welt der Männer, der Kinder und der Gerüche von Moschus, kochendem Öl, Hammelfleisch und frisch geröstetem Kaffee. Die Gräfin Fugger und ich, in hellen Sommerkleidern, mit Strohhüten und Sonnenschirmen, wirken unendlich fremd in dieser fast frauenlosen Umgebung.

Die Kinder starren uns mit ihren kohlschwarzen Augen an, hin und her gerissen zwischen Neugier und Angst. Wenn die Neugier die Angst besiegt und sie sich zu nah an uns herantrauen, werden sie von Ferdinands Geheimpolizisten, die uns auf Schritt und Tritt folgen, zur Ordnung gerufen.

Selten begegnen uns Frauen. Nur die Augen frei in ihren verschleierten Gesichtern, huschen sie scheu an uns vorbei. Trotzdem sehen sie uns einen Moment lang forschend an und senken dann schnell wieder den Blick.

Gestern wagten wir uns in den Vorhof der Moschee. Es war Freitag, und wir hatten nicht daran gedacht, daß dies der Sonntag der Mohammedaner ist. Vor der Schwelle, die ins Innere führt, standen

Stiefel, Sandalen und Pantoffeln aufgereiht, alle zerrissen, alle schmutzig. Gerade wollte ich die Schwelle überschreiten, da traten unsere geheimpolizeilichen Schatten in Aktion. Sie versperrten mir den Weg und redeten auf Marie und mich in ihrer Landessprache ein. Wir verstanden kein Wort. Immer wieder deuteten sie auf die Schuhe. Wir rätselten, ob sie meinten, daß auch wir die Schuhe ausziehen müßten, wenn wir die Moschee besichtigen wollten. Dann fiel uns auf, daß alles Männerschuhe waren. Versuchten sie, uns klarzumachen, daß Frauen den heiligen Raum nicht betreten dürften?

Bald waren wir von einer neugierigen Menge umringt, die uns nicht übermäßig freundlich anstarrte. Wir gaben unser Vorhaben auf.

Ohne Zweifel werden unsere Schatten Ferdinand Bericht erstatten. Der wird sich bei Philipp beschweren. Philipp wird mir eine Szene machen, und mit unseren Ausflügen in die Altstadt dürfte es zu Ende sein.

Dienstag. Ich bemühe mich, jedem Tête-à-tête mit Ferdinand aus dem Weg zu gehen. Er merkt es, und es reizt ihn. Zurückweisung hat ihn leider schon immer angespornt.

Als ich jung verheiratet war, fürchtete ich mich manchmal regelrecht vor ihm. Seine Exzentrizitäten, sein Hang zum Mystischen waren mir unheimlich. Er glaubte an Vorzeichen und begrub seine alten Krawatten und Handschuhe feierlich im Park, aus Angst vor dem bösen Blick. Ich bildete mir ein, daß er mich behexen wollte. Um Mitternacht mußte ich ihm auf dem Flügel den Marsch aus Aida vorspielen, während er unverständliche Unterhaltungen mit irgendwelchen Dämonen führte. Die Dämonen befahlen meist, daß ich Ferdinand zu Willen sein sollte. Aber ich war es nie. Ich spielte eine Art Hinhaltespiel mit ihm, das mich amüsierte und ihn quälte. Das behauptete er jedenfalls immer.

Gestern abend tanzte er mit mir scheinbar zufällig in einen kleinen Salon, in dem wir ganz allein waren.

«Louise», sagte er. «Bleib hier bei mir! Ich baue dir einen Palast, wie du ihn nie gesehen hast! Ich lege dir eine ganze Nation zu Füßen! Ich bete dich an, wie ich noch nie eine Frau angebetet habe!»

Meine alte Angst erwachte wieder. Ich fürchtete mich vor seinen Händen, den spitz manikürten Nägeln und den vielen funkelnden Ringen an seinen Fingern. Es waren Zaubererhände, Zigeunerhände, aber keine Hände wie Gezas, zu denen man Vertrauen haben kann.

Ich versuchte zu scherzen. «Ich weiß nicht, ob Maria Luisa einverstanden sein wird.»

Er wurde ärgerlich. «Die alte Betschwester bin ich los. Sie hat den Thronfolger produziert und damit ihren Zweck erfüllt.»

«Deine Mutter wird sie bestimmt überreden, zurückzukommen.»

«Nur nicht! Ich habe Philipp schon gesagt, daß ich sie nicht mehr sehen will.» Er versuchte mich zu küssen. «Ich brauche dich, Louise!»

«Und was ist mit Philipp?» fragte ich.

«Möchtest du, daß er aus dem Weg geräumt wird? Du brauchst nur ein Wort zu sagen! Es gibt Mittel genug.» Er lachte.

Aber ich wußte, daß ich ihn jederzeit beim Wort nehmen könnte.

Ich bat die Gräfin Fugger, bei mir im Zimmer zu schlafen. Nachdem mich die Kammerfrauen entkleidet hatten und gegangen waren, begann ich zu schluchzen, ohne zu wissen warum.

Die Fugger schloß mich in ihre Arme und streichelte mich mit einer mütterlichen Zärtlichkeit, die ich von der eignen Mutter nie erfahren hatte.

«Ich weiß schon, Kindchen, ich weiß!» murmelte sie.

Ich wäre verloren, wenn ich die Fugger nicht hätte. Sie ist meine Zuflucht, eine wirkliche Freundin und der einzige Mensch auf der Welt, von dem ich unerschütterlich überzeugt bin, daß er mich liebt. Geza natürlich ausgenommen. Ich segne den Tag, an dem sie meine Hofdame wurde.

Ihre Vorgängerin, eine neugierige, spinöse Bohnenstange, war von meiner Schwiegermutter bestochen. Um ihren Judaslohn zu verdienen. hinterbrachte sie ihr wahllos Erfundenes und Wahres. Es bedurfte großer Anstrengungen meinerseits, sie loszuwerden.

Ich bin sonst kein allzu guter Menschenkenner, aber ich bin stolz darauf, daß ich selbst die Fugger unter vielen Bewerberinnen für den Posten auswählte. Ihr freundliches Gesicht und ihre Art mich anzublicken gab wahrscheinlich den Ausschlag. Sie ist hübsch. Aber von einer bescheidenen Hübschheit, die man erst allmählich gewahr wird.

Ich sah damals nicht voraus, obwohl ich es hätte tun sollen, daß eine hübsche Hofdame Philipps Aufmerksamkeit erregen mußte. Er versuchte auch prompt, sie zu verführen. Sie wich ihm mit Takt und Diplomatie aus, was er ihr bestimmt nicht leicht machte, denn er ist beharrlich und brutal.

Als feststand, daß er sein Ziel nicht erreichen würde, versuchte er, sie bei mir anzuschwärzen. Damals fand eine Aussprache zwischen ihr und mir statt, bei der ich mich von ihrer Anständigkeit überzeugen konnte. Seitdem halte ich zu ihr, und sie ist mir treu ergeben.

Philipp bezeichnet sie als Kupplerin. Das ist genauso infam wie alles, was er sagt und tut. Wenn ich mich auf ihre Diskretion verlassen kann und sie mir manchmal behilflich ist, so beruht das auf ihrer Überzeugung, daß ich ein Recht habe, mein eigenes Leben zu führen.

Dabei stellt sie für sich selbst keinerlei Ansprüche. Sie stammt aus einem verarmten Zweig der berühmten Fuggerschen Familie, ist unverheiratet, und da sie keine Mitgift erwarten kann, wird sie es wohl auch bleiben.

G

12. Oktober. In Wien wird über uns geredet. Wundern tut's mich nicht. Da es Louise nicht geniert, läßt's mich erst recht kalt. Ich bin nicht verheiratet. Und König ist mein Vater auch nicht. Nur ein kleiner Landedelmann, der nicht mehr unter den Lebenden weilt.

Was den legitimen Gatten meiner Angebeteten betrifft, so schau ich nicht recht durch. Er weiß längst, was sich zwischen Louise und mir tut. Aber er spielt Vogel Strauß.

Das hat natürlich Gründe. Wenn nämlich einer im Glashaus sitzt, ist er's. Er geht von einer Amour in die andere. Das war schon immer so. Als der unglückliche Kronprinz noch lebte, war er Rudolfs Intimus, Bruder Lustig und ganz spezieller Zeremonienmeister. Er war ja auch Kronzeuge in Mayerling. Zusammen mit Graf Hoyos. Daß er die grausige Komödie ohne ernsthafte Differenzen mit dem Kaiser überstand, ist eines der vielen habsburgischen Wunder. Louise schwört, Philipps Stellung bei Hof wäre damals an einem seidenen Faden gehangen.

Wieso hat der Faden gehalten?

Weil Philipp die ungezählten Affären des Kronprinzen besser kannte als Polizeipräsident Krauss, der Rudolf auf kaiserlichen Befehl ständig bespitzeln ließ. Das war der Grund, warum sich Seine Majestät für Frieden mit Philipp von Coburg entschied. Aus Staatsraison sozusagen.

Er und sein Spezi Hoyos wissen auch, was sich in Mayerling zugetragen hat. Was sich tatsächlich zugetragen hat, meine ich. Sie haben beide brav das Maul gehalten. Vom ersten Allerhöchsten Communiqué an, in dem es ergreifend hieß, daß der Durchlauchtigste Kronprinz infolge eines Schlaganfalls die edle Seele ausgehaucht hat, über jede neue peinliche Variante bis hin zur derzeit noch gültigen Version. Die aber bestimmt nicht minder verlogen ist.

Offiziell heißt es noch immer, die Obduktion habe eine abnorme Gehirnveränderung gezeigt, wodurch einwandfrei bewiesen sei, daß Rudolf seinen Selbstmord in einem Zustand von Geistesverwirrung begangen hätte. Durch diese goldene Brücke, die die Ärzte (was mögen sie wohl dafür bekommen haben?!) dem Hof gebaut hatten, war's überhaupt nur möglich geworden, dem Kronprinzen ein christliches Begräbnis zu sichern. Die Vetsera, seine Geliebte, die mit ihm gestorben ist, existiert amtlicherseits bis zum heutigen Tag überhaupt nicht!

Die ausländischen Zeitungen versäumten nicht, jedes Gerücht über das Schauerdrama von Mayerling gebührend auszuwalzen:

Sie wurden in der k. und k. Monarchie natürlich alle prompt verboten. Aber für jedes Exemplar, das trotzdem über die Grenze gekommen ist, möchte ich eine Krone haben. Da hieß es einmal, Rudolf hätte ein Techtelmechtel mit einer Förstersfrau gehabt. Der eifersüchtige Förster war ihnen draufgekommen und hat seinen Widersacher kurzerhand mit dem Jagdmesser entmannt. Wahnsinnig vor Schmerzen, hätte der Thronfolger zum Revolver gegriffen, um seinen Qualen ein Ende zu machen. Das andere Mal war er vom Bruder der bildschönen Prinzessin Auersperg, die er verführt haben soll, zum «amerikanischen Duell» gefordert worden. Zwischen den beiden Kontrahenten galt es, eine schwarze und eine weiße Kugel zu ziehen. Wer schwarz zog, mußte sich innerhalb einer genau festgelegten Frist selber umbringen. Der 30. Jänner, so konnte man damals in französischen Journalen lesen, sei der letzte Tag für Rudolf gewesen, der die schwarze Kugel gezogen hatte. Auch von einem wüsten Saufgelage, bei dem unter anderen Prinz Philipp und Graf Hoyos mit von der Partie gewesen sein sollen, war die Rede. Einer seiner höchst erlauchten Gäste hätte dabei dem k. und k. Gastgeber mit einer Champagnerflasche den Schädel eingeschlagen. Schließlich tauchte der Name Mary Vetsera in den ausländischen Gazetten auf. Damit wurde ein wichtiger Teil des streng gehüteten Geheimnisses gelüftet.

Die Schergen des Wiener Polizeipräsidenten Krauss hatten sie als Selbstmörderin ausgegeben, die im Wald gefunden worden wäre, und sie im Friedhof des Klosters Heiligenkreuz bei Nacht verscharren lassen.

Ich kann mir nur allzugut vorstellen, welche Süppchen damals in der Hofburg gekocht wurden, als es drum ging, den braven Bürgern im Land das in jeder Weise so überraschende Ende ihres geliebten Thronfolgers verständlich zu machen. Die trauernden Untertanen mußten ja einiges schlucken. Sie würgen noch heute dran.

Wie erstaunt wären die lieben Völker Seiner Apostolischen Majestät erst gewesen, wenn Prinz Philipp einige pikante Details hinzugefügt hätte? Wenn ihnen zu Ohren gekommen wäre, daß ihr Thronerbe die Nacht, ehe er die liebestolle Baroness und sich ins Jenseits beförderte, im Bett einer stadtbekannten Hure verbracht hat?

Nein, da war's schon besser, sich zu arrangieren. Seine Majestät hat folglich den allerhöchsten Zorn bezwungen. Das beweist staatsmännische Größe. Und der Prinz blieb in der kaiserlichen Huld. Nur ist er seit Mayerling vorsichtig geworden. Peinlich bedacht, jeden Skandal zu vermeiden. Er möchte das Wohlwollen Franz Josephs nicht so bald wieder einer Belastungsprobe aussetzen.

Ich hab lang darüber nachgedacht. Louise mag recht haben: Vielleicht ist dies wirklich die Erklärung dafür, daß uns der Prinz in Frieden läßt. Mir kann's nur angenehm sein.

L

Wien. Wir haben uns wiedergesehen, Geza und ich. Endlich! Endlich! Ich konnte es kaum erwarten nach den langen Wochen der Trennung, und ihm ging es ganz genauso.

Die Reise nach Sofia hat sich als völlig sinnlos herausgestellt. Philipps Mission scheiterte kläglich. Ferdinand ist viel zu eigensinnig und dickköpfig, als daß er sich von einmal gefaßten Plänen abbringen ließe. Der bulgarische Thronfolger muß nun unwiderruflich nach griechisch-orthodoxem Ritus selig werden.

Aber die alte taube Prinzessin Clementine konnte hier in Wien einen großen Sieg erringen. Sie hat es geschafft, daß Maria Luisa trotzdem zu Ferdinand zurückkehrt.

Gestern ist die Ärmste mit dem kleinen Kyrill und ihrem Gefolge nach Sofia abgereist.

Freitag, 13. November. Dies ist der schwärzeste Tag meines Lebens. Ein Freitag der 13., wie er im Buch steht.

Heute morgen, als ich gerade frühstückte, erschien der Kammervorsteher in meinem Schlafzimmer und meldete, Seine Majestät wünsche, mich um elf Uhr in der Hofburg, in den Gemächern meiner Schwester zu sehen.

Es blieb mir so wenig Zeit zum Aufstehen und Ankleiden, daß ich überhaupt nicht darüber nachdenken konnte, was der Kaiser eigentlich von mir wollte. Aber ich zweifelte keinen Augenblick, daß es etwas äußerst Unangenehmes sein würde.

Erst zog ich ein violettes Kleid an mit weißen Samtschleifen. Dann schien mir das zu heiter, und ich befahl das schwarze Kostüm von Worth. Darin sah ich wie eine Witwe aus. Ich entschied mich schließlich für ein silbergraues Tuchkleid, das mir sehr gut steht.

Beim vielen An- und Auskleiden mußte jedesmal das Haar nachfrisiert werden, beim Durchprobieren der Hüte gab es weitere Verzögerungen, und die Wahl des Schmucks war auch zeitraubend. Es kam darauf an, nicht zu wenig Schmuck zu tragen, das würde eine Bescheidenheit ausdrücken, die nicht am Platze war. Aber auch nicht zu viel, denn schließlich war es ja noch Vormittag.

All diese Probleme hatte ich in den knappen Stunden zu lösen, die mir zur Verfügung standen. Infolgedessen traf ich fünf Minuten zu spät in der Burg ein, und Seine Apostolische Majestät mußte auf mich warten. Unpünktlichkeit ist in Franz Josephs Augen ein schwereres Delikt als Raubmord. Kerker, wenn nicht Exekution, erscheint ihm die angemessene Strafe dafür.

Stephanie warf mir einen entsetzten Blick zu, als ich den Salon betrat und im vorgeschriebenen Hofknicks versank.

Der Kaiser sah zum Fenster hinaus.

Von hinten wirkt er erstaunlich jugendlich für seine sechsundsechzig Jahre. Er hat sich eine sehr schlanke Taille bewahrt. Dazu gehört allerdings nicht viel, wenn man so gut wie nichts als gekochtes Rindfleisch ißt. Einem Gerücht zufolge passen ihm heute noch die Uniformröcke, die er als junger Mann getragen hat.

«Meine Schwester ist da, Majestät», murmelte Stephanie kaum vernehmbar.

Er wandte sich sofort um, obwohl er so schwer hört, daß er ihre Worte nicht verstanden haben konnte. Er wußte also ganz genau, daß ich eingetreten war, und hatte mir den Rücken zugewandt, um mich zu strafen.

Von vorn verschwindet der Eindruck der Jugendlichkeit. Dabei sieht er eher verstaubt aus als alt. Im Wachsfigurenkabinett der Madame Tussaud in der Baker Street von London steht seine Nachbildung. Sie ist treffend ähnlich und kommt mir stets vor Augen, wenn ich an ihn denke. Ich glaube, ich kann diese Vorstellung nicht loswerden, weil der Kaiser sich wie ein Automat bewegt und sein Gesicht meist so starr ist wie das wächserne Antlitz in London.

Seine Majestät reichte mir nicht die Hand. Die Augen waren zwar auf mich gerichtet, aber er sah mich nicht. Er blickte durch mich hindurch, als ob hinter mir noch jemand stünde.

Ich entschuldigte mich für mein verspätetes Eintreffen, aber er hörte mich auch nicht.

Er wandte sich an Stephanie. «Willst du deiner Schwester bitte erklären, um was es geht.»

Stephanie sah leichenblaß aus. «Seiner Majestät ist zu Ohren gekommen, daß du in Begleitung eines gewissen Ulanenleutnants in einem Séparée im ‹Sacher› warst», brachte sie mühsam heraus.

Jetzt wußte ich Bescheid.

Es war meine Schuld! Alles ganz allein meine Schuld. Geza hatte mich gewarnt. «Man wird dich erkennen», hat er immer wieder gesagt. Aber ich wollte mich nicht von meinem Plan abbringen lassen. Ich freute mich zu sehr darauf, einmal mit ihm ganz elegant und ganz verworfen in einem Séparée zu soupieren, als ob er ein Erzherzog und ich seine kleine Geliebte wäre.

Wir hatten das «Sacher» durch einen Seiteneingang betreten. Ich hielt den Pelzkragen hochgeschlagen und war dicht verschleiert. Im Korridor, der zu den Séparées führt, begegnete uns Ludwig Victor. Ausgerechnet Ludwig Victor! Seit dem entsetzlichen Abend im Burgtheater hatte ich ihn nicht wiedergesehen.

Ich ging an ihm vorbei und betete, daß er mich unter dem Schleier nicht erkennen würde.

Als der Ober uns die Tür zum Séparée öffnete, drehte ich mich kurz um. Ludwig Victor stand da wie eine Salzsäule und starrte uns nach. Er war seiner Sache offenbar nicht sicher, aber er hatte Verdacht geschöpft.

Geza hatte von alledem nichts mitbekommen. Er kennt den Erzherzog nicht. Und da ich ihm die Laune nicht verderben wollte, erwähnte ich den Vorfall mit keinem Wort.

Heute ist es mir unbegreiflich, aber damals klammerte ich mich an die unsinnige Hoffnung, Ludwig Victor sei zu indolent, um einem vagen Verdacht nachzulaufen.

Wir tranken viel Champagner, aßen einen Berg Kaviar, lachten über die diskreten Gesichter der Kellner, die uns beim Servieren nie ansahen, sondern stets taktvoll auf die Platten und Teller starrten, jedesmal anklopften und erst eine gewisse Zeit verstreichen ließen, bevor sie eintraten.

Vielleicht war es der Champagner, vielleicht auch die Tatsache, daß Ludwig Victor nicht zu sehen war, als wir das Sacher verließen, jedenfalls schöpfte ich Mut. Und nachdem Tage und Tage vergingen, ohne daß etwas passierte, glaubte ich wirklich, alles sei noch einmal gut abgelaufen.

Diese Illusion war nun gründlich zerstört.

«Ich . . . im ‹Sacher› soupiert?» fragte ich und gab mir Mühe, empört zu klingen. «Wann soll das gewesen sein?»

«Am Montag abend», sagte Stephanie.

Das war meine Rettung! Wir waren am Sonntag dort gewesen. Nicht am Montag. Jetzt konnte ich alles abstreiten, ohne zu lügen.

«Du bist gesehen worden!»

«Von wem? Wer will mich gesehen haben?» fragte ich.

Der Kaiser machte eine Handbewegung, um Stephanie von der Beantwortung dieser Frage abzuhalten, aber sie merkte es nicht.

«Von Erzherzog Ludwig Victor», sagte sie.

Ich wandte mich direkt an den Kaiser. «Majestät, ich bin das unschuldige Opfer einer Verleumdung. Fragen Sie meinen Gemahl, fragen Sie alle im Palais Coburg! Man wird Ihnen bestätigen, daß ich am Montag abend das Haus nicht verlassen habe. Philipp würde mich nie in Schutz nehmen, wenn eine solche Beschuldigung auf Tatsachen beruhte.»

«Sparen Sie Ihre Worte, Madame. Sie können mich nicht überzeugen. Ich weiß alles!»

«Ich appelliere an Ihren so oft bewiesenen Sinn für Recht und Gerechtigkeit, Majestät! Ich schwöre, bei allem was mir heilig ist, daß ich am Montag abend das Hotel ‹Sacher› nicht betreten habe!»

«Sie müssen selbst wissen, was Ihnen heilig ist, Madame. Ich empfehle aber dringend, nicht zu schwören. Außerdem geht es nicht nur ums Sacher. Ich sagte bereits: Ich weiß alles!» Er klang kühl und reserviert.

Er war also im Bilde. «Majestät, es handelt sich um Tratsch, um gemeinen, üblen Tratsch! Wie können Sie einem solchen Gerede Glauben schenken!» Dabei wußte ich genau, daß Franz Joseph jedem Gerede Glauben schenkt und sich zum Sittenrichter über seinen Hof macht. Nur die Dame, mit der er schläft, ist sakrosant. Katharina Schratt, die Seelenfreundin, ist über jeden Tratsch erhaben.

Wenn er vorher kühl gewesen war, war er jetzt eiskalt. «Madame, Sie vergessen, wer mir diesen Vorfall berichtet hat!»

«Ihr Bruder, Majestät. Ich habe es nicht vergessen. Aber auch er kann sich irren! Gerade Erzherzog Ludwig Victor hat nicht das Recht, den ersten Stein auf mich zu werfen. Da Sie ja über alles informiert zu sein scheinen, ist Ihnen sicher auch zu Ohren gekommen, daß ich mich seiner Aufmerksamkeiten kaum erwehren konnte.»

«Die Frage ist, ob Sie sich erwehren wollten, Madame! Aber das steht hier nicht zur Debatte.»

Ich versuchte es noch einmal, obwohl Stephanie hinter dem Rücken des Kaisers beschwörend den Finger auf den Mund legte. «Ich will gar nicht behaupten, ohne Fehler zu sein, Majestät. Aber wäre es nicht möglich, daß Erzherzog Ludwig Victor sich nur an mir rächen möchte?»

«Geben Sie sich keine Mühe, ich weiß alles!» wiederholte er monoton. Dann sah er mir zum ersten Mal wirklich ins Gesicht. «Ich bedaure, daß Sie verhindert sein werden, in nächster Zeit bei Hof zu erscheinen!»

Er verließ den Raum. Stephanie und ich konnten nur noch unseren Knicks machen.

Kaum hatte sich die Tür hinter ihm geschlossen, fing Stephanie zu weinen an. «Wie konntest du das tun?!» schluchzte sie. «Wie konntest du das nur tun!»

«Wie konnte ich was tun?» fragte ich ärgerlich.

«Mit diesem Mattachich ins ‹Sacher› gehen! Der Kerl ruiniert dich! Verstehst du das denn nicht?!»

«Du glaubst dem Kaiser also?»

«Willst du behaupten, der Kaiser lügt?»

Das war Stephanie, so wie ich sie ganz und gar nicht ausstehen kann. Gott und der Kaiser lügen nicht. Das glaubt sie wirklich trotz allem, was Franz Joseph ihr angetan hat. Aber ich wollte die Dinge jetzt nicht unnötig auf die Spitze treiben.

«Schön, dann ist Ludwig Victor der Lügner!» sagte ich. «Ich schwöre dir, daß ich am Montag wirklich nicht im ‹Sacher› gewesen bin!»

«Warum hast du dich nur mit ihm eingelassen?» jammerte sie.

«Von wem sprichst du?» fragte ich vorsichtig.

«Von beiden», entgegnete sie hilflos und trocknete die Tränen mit ihrem Spitzentüchlein.

Ich erklärte ihr, daß Herr von Mattachich mein Stallmeister und Reitlehrer sei und sich seine Aufgabe mit dieser Dienstleistung erschöpfe. Ludwig Victor verfolge mich mit seinen Lügen, weil ich ihn nicht erhört hätte. Ich erinnerte sie daran, daß Kaiserin Elisabeth sich stets weigert, ohne Zeugen mit Ludwig Victor zusammenzutreffen, damit er ihr nicht nachher Dinge in den Mund legen kann, die sie nie gesagt hat.

Stephanie sah mich kopfschüttelnd an. «Ich glaube, du hast noch nicht begriffen, was passiert ist! Du darfst nicht mehr bei Hof erscheinen! Verstehst du denn nicht, was das bedeutet? Wie kannst du in Wien leben, wenn du nicht mehr empfangen wirst? Das ist unausdenkbar! Die Menschen werden mit Fingern auf dich zeigen! Du bist gebrandmarkt! In Acht und Bann getan! Bald wird dich keiner mehr sehen und kennen. Denke nur daran, was die Eltern sagen werden!» Sie begann wieder zu weinen.

Stephanie hatte recht. Ich hatte wirklich noch nicht begriffen, aber jetzt dämmerte es mir. Es geht nicht mehr um Tratsch und Gerede.

Nein, es ist sehr viel ernster. Ludwig Victor hat beschlossen, mich zugrunde zu richten, und es sieht ganz so aus, als ob es ihm gelingen würde. Er kann nicht verwinden, daß ein kleiner kroatischer Leutnant seine Stelle einnimmt. Er verzeiht es nicht.

Abends. Ich verabscheue es, wenn Philipp tobt, wenn er mich bedroht, wenn er schimpft. Aber am meisten verabscheue ich, wenn er einen herablassenden, sarkastischen Ton anschlägt. Dann ist er mir derart zuwider, daß ich mich zwingen muß, ihm zuzuhören.

So klang er, als er mein Boudoir betrat, nachdem ich mich vom Mittagessen hatte entschuldigen lassen. «Ich nehme an, daß die Audienz bei Seiner Majestät dir den Appetit verschlagen hat», begann er und machte es sich auf dem Fauteuil am Kamin bequem.

Ich hatte mich auf der Chaiselongue ausgestreckt. «Ich habe entsetzliche Migräne», sagte ich, «und bin außerstande zu denken.»

«Das bist du auch ohne Migräne», entgegnete er in dem mir so verhaßten Ton. «Ich komme eben aus der Burg. Der Kaiser hat mich über alles informiert. Ich muß leider trotz deines verständlichen Kopfwehs mit dir reden.»

Seine Ruhe machte mich rasend.

Mir sei großes Unrecht geschehen, erklärte ich gekränkt. Man könne mich unmöglich dafür verantwortlich machen, daß Ludwig Victor seinem Bruder eine von Anfang bis Ende verlogene Geschichte hinterbringt.

«Erzherzog Ludwig Victor lügt nicht», sagte Philipp und klang wie meine Schwester.

Ich erinnerte ihn daran, daß wir am Montag abend Gäste zum Diner hatten. Ich konnte das Palais also gar nicht verlassen haben. Ich rief ihn selbst zum Zeugen an.

«Ganz recht», stimmte Philipp zu. «Am Montag kannst du nicht im ‹Sacher› gewesen sein.»

Ich triumphierte innerlich.

«Aber am Sonntag warst du da!» fuhr er fort. «Ludwig Victor hat sich im Tag geirrt. Ich werde das selbstverständlich richtigstellen. Wie soll es jetzt weitergehen? Ich wäre dankbar, darüber etwas von dir zu hören. Hast du irgendwelche Vorschläge?»

Ich stand auf. «Ich erwarte von dir, daß du Ludwig Victor zum Duell forderst! Nur so kann die Sache aus der Welt geschafft werden!» Ich sagte es spontan, wie es mir in den Kopf kam.

Philipp lachte aus vollem Halse. «Warum soll ich mich mit ihm schlagen? Weil er sich im Tag geirrt oder weil er mit dir geschlafen hat? Da müßte ich ja halb Wien zum Duell fordern! Das lehne ich ab. Womöglich ist unter deinen Liebhabern einer, der besser schießt als ich.»

Mir traten Tränen des Zorns in die Augen. Es empörte mich, daß Philipp mit seinen stadtbekannten Affären es wagte, mir Vorwürfe zu machen. Ich sagte ihm das in unmißverständlichen Worten. Und ich beschwerte mich auch, daß seine Fürstin Levkova sich ebenso taktlos wie verleumderisch über mich ausgelassen hätte.

«Dann würde ich vorschlagen, daß du die Fürstin zum Duell forderst», sagte er, scheinbar noch immer amüsiert. «Es gibt da einen entzückenden französischen Stich von einem Damen-Duell. Wenn ich mich richtig erinnere, tragen die Damen Hüte, Röcke und sonst nichts. Der Oberkörper ist entblößt. Ich weiß nicht mehr genau, ob sie sich mit Degen oder Pistolen duellieren. Darauf habe ich weniger geachtet. Also wenn du die Levkova forderst, bin ich bereit, dein Sekundant zu sein. Der Gedanke an euer Duell regt mich geradezu auf!»

Ich sah in seinen Augen ein wohlbekanntes Flackern, das mich auf der Hut sein ließ. Es war zu oft vorgekommen, daß Philipp mitten in einem hitzigen Streit zu Avancen überging, die an Vergewaltigung grenzten. Der Gedanke daran ließ Übelkeit in mir aufsteigen.

Ich versuchte, ihn abzulenken. «Du bist einfach zu feige, um den Bruder des Kaisers zu fordern!»

«Vor allem bin ich zu klug», sagte er fast liebenswürdig, während er sich erhob. «Du bist noch immer sehr reizvoll für dein Alter.»

«Und du bist widerlich», schrie ich. «Rühr mich nicht an, oder ich rufe um Hilfe!»

Er senkte die Augen und wurde sachlich. «Die Vorstellung, daß ich mich deinetwegen duellieren sollte, ist einfach absurd!»

«Mein Vater wird es von dir verlangen!»

«Nicht, wenn ich ihm die Umstände erkläre.»

Darauf wußte ich keine Antwort.

«Der Kaiser war sehr gnädig», fuhr er fort. «Er hat mir ausdrücklich versichert, daß die angekündigte Maßnahme nur dich betrifft, wogegen ich ihm nach wie vor äußerst willkommen bin.»

«Dazu soll ich dir wohl gratulieren! Und was wird aus mir?»

«Du mußt die Suppe auslöffeln, die du dir eingebrockt hast, meine Liebe. Ich habe mich ja nicht mit meinem Stallmeister kompromittiert!»

Damit ließ mich Philipp allein.

G

Samstag morgen. Louise hat mich gestern nachmittag aufsitzen lassen. Zum ersten Mal. Sonst schickt sie stets eine Nachricht, wenn sie nicht kommen kann. Gestern nicht.

Ich muß zugeben, daß ich mir Sorgen gemacht habe. Blöd. Ich sagte mir immer wieder, daß nichts dahinter steckt. Bei ihren vielen Verpflichtungen kann jederzeit was passieren, was alle Verabredungen über den Haufen wirft. Trotzdem hab ich mir Sorgen gemacht.

Ursprünglich wollte ich ins Theater. Aber ich bin nicht gegangen.

Mein Abendessen stand unberührt auf dem Tisch. Die dicke Theresa hatte ich längst weggeschickt. Die Reitknechte auch. Ich lag angekleidet auf dem Bett, rauchte und döste verstimmt vor mich hin.

Gegen Mitternacht hörte ich einen Wagen vorfahren. Louise!

Sie war in einem Fiaker gekommen, den sie warten ließ. Ihr nächtliches Erscheinen, noch dazu im Mietwagen, war was Neues. Mein Instinkt hat mich also nicht getäuscht, dachte ich. Es ist was vorgefallen.

Aber sie behauptete, es sei alles in bester Ordnung. Ihre Schwester brauchte in einer persönlichen Angelegenheit Rat und Hilfe, erzählte sie. Louise war den ganzen Tag bei ihr draußen in Laxenburg. Von dort konnte sie mir keine Nachricht schicken.

Ich freute mich zwar, sie wohlbehalten bei mir zu sehen, nur ihre Geschichte klang mir irgendwie nach Ausrede. Fast hätte ich ihr das ins Gesicht gesagt, hielt aber dann doch damit zurück. Ich wollte ja wissen, was tatsächlich passiert war. Ein Wortwechsel oder nur ein falscher Ton hätte geschadet. Louise ist nämlich närrisch empfindlich, wenn man ihre Worte anzweifelt. Also blieb ich still und beobachtete sie genau.

Ich weiß wirklich nicht mehr, woran ich bin. Streckenweise benahm sie sich völlig unverdächtig. Dann sagte ich mir, alles ist in Ordnung. Ich sehe Gespenster. Kaum wurde mir wohl bei dem Gedanken, stellte sie plötzlich Fragen, wie sie ihr nie über die Lippen gekommen waren. Sofort begann ich von neuem zu zweifeln.

Sie erzählte etwas hektisch, aber voller Esprit, wie sie sich aus dem Palais geschlichen hatte. Zum ersten Mal im Leben. Durch eine der zahllosen Nebentüren. Die Gräfin Fugger hat die ganze Sache organisiert.

Die gute Fugger ist nicht mit Gold aufzuwiegen. Sie fragt nie etwas. Sie will auch gar nichts wissen. Sie will der Prinzessin nur immer helfen, so gut sie kann.

Die heimliche Unternehmung schien einen prickelnden Reiz auf Louise auszuüben. Sie trank schnell hintereinander drei Glas Champagner. Ihre Augen bekamen einen Glanz, dem ich prompt zu erliegen begann. Ich war schon halb beruhigt und versuchte, sie zu küssen. Aber sie entwand sich der Umarmung mit einer Konsequenz, die mir völlig neu an ihr war. Gleich erwachte mein Verdacht wieder.

Sie wollte jetzt plötzlich wissen, ob ich mir je Gedanken über unsere Zukunft gemacht hätte.

«Über unsere Zukunft?» fragte ich etwas dumm.

«Ja», sagte sie. «Was ist daran überraschend? Wie soll es weitergehen mit uns beiden?» Sie sah mich ernst und forschend an.

Ich wußte keine Antwort. Was sonst nicht meine Art ist. Ich stellte innerlich fest, daß ich nie über meine Zukunft nachgedacht hatte. Und über unsere schon gar nicht. Aber das konnte ich schwer zugeben. Ich versuchte, ihr klarzumachen, daß ich Soldat sei. Daran gewöhnt, daß die Armee für mich entscheidet. In ihrem Gesicht war deutlich zu lesen, wie wenig sie diese Antwort befriedigte.

«Wir werden nicht immer so leben können», sagte sie.

Ihre Worte klangen alarmierend. Als ob sie jeden Moment mit einer Überraschung aufwarten würde. Mit einer unangenehmen Überraschung, die uns beide betraf.

Dann lachte sie wieder völlig gelöst, bat noch um ein Glas Champagner und amüsierte sich über die Fugger, die draußen im Fiaker wartete. Das Abenteuer des nächtlichen Ausflugs hätte der Gräfin den größten Spaß gemacht.

«Dir scheint es nicht halb soviel Spaß zu machen», bohrte ich jetzt.

«Ganz im Gegenteil», antwortete sie.

«Dann weiß ich nicht, weshalb du dich so zierst», sagte ich. «Ich hab den ganzen Abend auf dich gewartet! Ich hatte Theaterkarten. Aber ich bin hiergeblieben und habe gewartet!»

Ich stand auf, zog sie aus dem Sessel, nahm sie in die Arme und begann, die Haken ihres Kleides zu öffnen. Sie liebt es, wenn ich sie ausziehe. Es macht sie verrückt. Ich hatte es oft genug ausprobiert.

«Seit Abbazia haben wir nachts nicht mehr zusammen in einem Bett gelegen», flüsterte ich ihr ins Ohr.

«Aber dafür am Tag um so öfter», antwortete sie. «Bitte laß mich los. Ich muß gehen. Der Fiaker wartet. Die Fugger wartet. Ich muß pünktlich sein. Ich brauch dir doch nicht zu erklären, warum!»

Am liebsten hätte ich ihr die Kleider vom Leib gerissen. Sie muß meine Gedanken erraten haben.

«Ich appelliere an Ihre Ehre, Graf Mattachich!» sagte sie. Es sollte kokett klingen. Aber es klang ganz ernst. Wie es in Wahrheit gemeint war.

Ich ließ sie los.

Sie richtete sich das Haar, setzte den Hut auf und verbarg das Gesicht unter dem dichten Schleier. Dann half ich ihr in den Mantel.

Als ich ihr nachblickte, wie sie in die Nacht davonfuhr, war ich wieder von allen Zweifeln befallen, die es geben kann. Ich bin sie seither nicht mehr losgeworden.

Louise war anders. Ganz anders als sonst.

Was steckt hinter dem seltsamen Besuch? Weshalb kommt sie mitten in der Nacht angefahren, wenn sie nicht mit mir schlafen will? Was war der Grund? Wollte sie mir was sagen und fand dann nicht den Mut?

Ich zermartere mir das Gehirn.

Hat sie einen andren? Oder gab's etwa im Haus Coburg Versöhnung?

Zum ersten Mal, seit wir uns kennen, hab ich das Gefühl, daß sie mir was verschweigt. Nein, ich bin sogar sicher, sie tut's!

Ich sollte wirklich anfangen, über die Zukunft nachzudenken. Falls es noch nicht zu spät ist.

L

Samstag. Ich wollte mit Geza sprechen. Ihm alles erzählen, mich mit ihm beraten. Ich war bei ihm, mitten in der Nacht. Aber ich brachte kein Wort heraus.

Sollte ich ihm sagen: Du hattest ja so recht! Wir hätten nie ins «Sacher» gehen dürfen. Jetzt ist es passiert, und ich weiß nicht mehr, wie es weitergehen soll.

Als ich endlich im Bett lag, konnte und konnte ich nicht einschlafen. Ich klingelte nach Antonia und bat sie, mir ein Glas Zuckerwasser zu bringen. Das hat mir als Kind immer geholfen. Aber für Zuckerwasser scheine ich zu alt zu sein. Es nützt nichts. Ich lag noch Stunden wach.

Schließlich schlief ich doch ein und hatte einen entsetzlichen Traum. Ich war als Odaliske kostümiert, trug ein wunderschönes orientalisches Gewand und einen Schleier vor dem Gesicht. So fuhr ich in einer offenen Equipage ganz allein zum Hofball in die Burg. Der Wagen hielt, ich stieg aus und schritt durch ein Spalier von Fackelträgern die Stufen zum Portal hinauf. Plötzlich versperrten mir zwei riesige Lakaien den Weg. Ich versuchte, an ihnen vorbei zu schlüpfen, aber sie ergriffen mich und wollten mich zurückstoßen. Ich schrie und schlug um mich. Endlich gelang es mir, mich zu befreien. Dabei ging mein Gewand in Fetzen. Nackt lief ich die große Freitreppe hinauf durch ein zweites Spalier von Fackelträgern und erreichte den Ballsaal vor meinen Verfolgern. Das Fest war im Gange. Franz Joseph führte die Polonaise, Katharina Schratt an der Hand. Ich lief auf ihn zu, aber er tanzte an mir vorbei. Die beiden Lakaien rannten hinter mir her. Ich drängte mich zwischen die Paare und flehte um Hilfe. Sie hörten mich nicht, und sie sahen mich nicht. Sie tanzten an mir vorbei, nein, sie tanzten durch mich hindurch, als ob ich eine Chimäre wäre. Die Verfolger erreichten mich, legten Hand an mich und schleppten mich weg. Da wachte ich auf.

Es war heller Morgen, mein Zimmer war freundlich und warm, und ich beruhigte mich langsam.

Antonia brachte das Frühstück. Als ich im Bett saß und meine Schokolade trank, verblaßte der Schrecken des Traums. Auch die gestrigen Ereignisse nahmen ein etwas rosigeres Aussehen an. Es kann nicht so arg sein, wie es mir erschienen war, es wird sich alles einrenken, dachte ich.

Die Gräfin Fugger ließ sich bei mir melden. Ihr ernstes Gesicht dämpfte meinen morgendlichen Optimismus, und das Billett, das sie mir übergab, ließ ihn vollends verschwinden.

Es kam von Stephanie und lautete: «Liebe Louise, die Erszi hat einen abscheulichen Husten. Doktor Widerhofer rät dringend zu einem Aufenthalt im Süden. Ich habe daher Hals über Kopf die Koffer packen lassen. Wenn du diese Zeilen liest, sind wir schon unterwegs. Wohin die Reise geht, weiß ich noch nicht. Ich denke an Meran oder Bozen, falls es dort jetzt warm genug ist.

In großer Eile, Deine Dich treu liebende Schwester St.»

Die mich treu liebende Schwester hat die Flucht ergriffen. Aus lauter Angst, ich könnte ihr folgen, verschweigt sie sogar, wohin sie gefahren ist.

Ich schob das Tablett zurück und stand auf.

Sobald ich angekleidet war, ging ich zu Philipp hinüber.

Wie ihm bekannt sei, hätte der Kaiser beschlossen, mein Dasein in Wien unmöglich zu machen, eröffnete ich ihm. Ich müsse daraus die Konsequenzen ziehen.

«Was sind die Konsequenzen?» fragte er mit gespielt mildem Interesse.

«Scheidung!»

Philipp sah mich an, als ob ich ihm zugemutet hätte, in die Gosse hinabzusteigen.

«Scheidung widerspricht meinem Gefühl für Ehre und Anstand sowie meiner Religion. Scheidung ist ganz und gar unmoralisch. Ein Prinz von Coburg läßt sich nicht scheiden.»

«Wenn die Tochter des Königs von Belgien dazu bereit ist, braucht ein Prinz von Coburg keine Bedenken zu haben!»

Mit dieser Antwort traf ich ihn an einer empfindlichen Stelle. Er wußte, daß mein Vater für mich ursprünglich eine bessere Heirat gewünscht hatte.

Ich sollte an ein regierendes Haus vermählt werden. Auf Drängen meiner Mutter gab der König schließlich seine Einwilligung und besiegelte damit mein Schicksal.

«Ich habe meinen Worten nichts hinzuzufügen», sagte Philipp ärgerlich.

«Dein Loblied auf Moral, Ehre und Anstand ist sehr rührend. Du entschuldigst, wenn es mich gerade aus deinem Mund nicht besonders überzeugt.»

Philipp wollte aufbrausen, nahm sich aber zusammen. «Ich gebe ohne weiteres zu, daß unsere Ehe ein Fehler war. Er ist nicht mehr aus der Welt zu schaffen. Wir sind beide getrennte Wege gegangen. Auch das gebe ich zu. Aber bisher war es uns immerhin gelungen, Skandale zu vermeiden. Ich kann nichts dafür, daß du mit einem Mal durch deinen sträflichen Leichtsinn den Rahmen des Anstands gesprengt hast. Auch das ist leider nicht mehr aus der Welt zu schaffen. Auch nicht durch eine Scheidung!»

Es fiel mir schwer, ruhig zu bleiben. «Da ich den Rahmen des Anstands so sträflich gesprengt habe, wie du es nennst, wird die Welt um so eher verstehen, wenn du die Scheidung einreichst!»

«Über dieses Thema gibt es keine Diskussion!» Es klang scharf und endgültig. «Das Sakrament der Ehe ist mir heilig!»

Jetzt war es mit meiner Beherrschung vorbei. Ich sagte ihm auf den Kopf zu, warum er die Scheidung ablehnte. Nicht aus Frömmigkeit. Nicht weil er auf Moral und Anstand hielt. Nicht weil ihm das Sakrament der Ehe heilig war. Sondern allein weil mein Vater der reichste Mann Europas ist, wahrscheinlich der reichste der Welt! Ganz allein deshalb! Weil ich nach meines Vaters Tod zusammen mit meinen Schwestern den riesigen Kongo erben werde, all die ungeheuren Reichtümer an Kautschuk und Kupfer, die jenes Land besitzt und die alleiniges Privateigentum meines Vaters sind. Auf so ein Erbe will Philipp nicht verzichten, obwohl er selbst über ungezählte Millionen verfügt, die sein Großvater in Ungarn erheiratet hat, als er Antonia von Kohary zur Frau nahm. Ja, aufs richtige Heiraten versteht sich die Familie!

Philipp ließ die Beschuldigungen über sich ergehen, ohne mit der Wimper zu zucken. Es wäre ihm gleichgültig, was ich dächte. Scheidung käme nicht in Betracht.

«Gut», sagte ich. «Du willst dich also nicht scheiden lassen. Was erwartest du von mir? Soll ich hier in meinen Zimmern hocken, während du dich bei Hof amüsierst?»

Philipp entgegnete, daß es mir frei stünde, mich auf unsere Besitzungen in Ungarn zurückzuziehen. Das wäre ihm sogar sehr recht.

«Ich werde Wien verlassen», erklärte ich. «Aber ich gehe nicht nach Ungarn. Ich werde mich wie Kaiserin Elisabeth auf Reisen begeben! Ich werde an der Riviera leben, wenn es mir paßt, oder in unserem Palais in Paris, oder ich werde die Badeorte Europas aufsuchen. Ich nehme die Gräfin Fugger mit, meinen Leibarzt, einen Sekretär und einen ganzen Hofstaat. Wie es sich für eine Königstochter gehört!»

«Du hast deinen Stallmeister vergessen!» Philipp klang sehr sarkastisch.

«Oh, nein! Den vergesse ich nicht! Wer sollte denn sonst meine Pferde betreuen? Außerdem werden mich Dora und ihre Erzieherin begleiten. Das wird meinen Verleumdern das Maul stopfen!»

Philipps Nerven waren nicht so gut, wie er es mir weismachen wollte. Nie würde er gestatten, daß ich Dora mitnähme, brüllte er jetzt.

Je lauter er wurde, desto sicherer fühlte ich mich.

«Schön, wenn das deine Entscheidung ist, weiß ich, was ich zu tun habe. Ich bleibe in Wien und soupiere jeden Abend mit meinem Stallmeister im ‹Sacher›. Die Küche ist ausgezeichnet, es hat uns beiden sehr gut dort gefallen. Wenn es im Séparée zu langweilig wird, setzen wir uns einfach ins Restaurant. Dort trifft man bestimmt viele alte Freunde. Und jetzt darfst du dir aussuchen, was dir am besten konveniert!»

G

Sonntag. Wir brechen unsere Zelte in Wien ab! Ich weiß noch kaum Einzelheiten. Nur daß Louise und der Prinz sich darauf geeinigt haben, bis auf weiteres zwei getrennte Hausstände zu führen. Eben war Louise hier, um mir die Neuigkeit zwischen Tür und Angel mitzuteilen. Sie mußte gleich wieder weiter.

Die Coburgs haben ein Palais in Paris. (Wo haben sie keins?) Das ist unser erstes Ziel.

Wir werden mit großem Gefolge reisen. Auch alle Pferde kommen mit. Das freut mich natürlich besonders. Die Tiere sind jetzt endlich in bester Form. Es wäre ein Verbrechen, sie in so tadellosem Zustand fremden Händen zu überlassen. Meine ganze Arbeit wär für die Katz.

Louise drückte mir zehntausend Gulden in die Hand. Ich hab noch nie soviel Geld auf einem Haufen gesehen. Als ich fragte, was ich damit machen soll, lachte sie und sagte: «Die Pferde einpacken!» Ich muß ein ziemlich dummes Gesicht gemacht haben. «Vom Rest läßt du dir eine nagelneue Garderobe anfertigen. Und sei bitte nicht knausrig. Paris ist die eleganteste Stadt der Welt. Bald wirst du dich dort ganz offiziell an der Seite der Tocher des belgischen Königs zeigen müssen. Vergiß das nicht, mein kleiner kroatischer Leutnant.»

Sie weiß, daß mich der «kroatische Leutnant» ärgert.

«Sei nicht gleich wieder böse», mahnte sie vergnügt. «Ich sag's nie wieder. Ich werde dich zu meinem Kammerherren ernennen! Ist dir das recht?»

Ich steckte das Geld lässig in die Tasche und sagte: «Ich will mir Ihren Vorschlag überlegen, Königliche Hoheit.»

«Tun Sie das, Graf, und geben Sie mir morgen nachmittag Bescheid. Ich komme wie üblich.» Sie machte eine kleine Pause. «Zum Unterricht. In Paris werden wir's komfortabler haben. Das verspreche ich Ihnen.» Damit reichte sie mir die Hand zum Kuß.

Endlich werde ich Paris kennenlernen. Ich bin enorm begierig drauf. Daß Louise und ich es dort bequemer haben sollen, freut mich. Es freut mich sogar aufrichtig. Wird mich aber nicht hindern, die Schönheiten der Stadt genau zu studieren.

Was mach ich mit dem vielen Geld in der Tasche? Ich denke, ich geh tatsächlich erst mal zum Schneider und zum Schuhmacher.

Wenn ich die Lage richtig beurteile, so wird sich, was meine Person betrifft, einiges entscheidend ändern. Ich denke, unter diesen Umständen brauchen wir bald einen neuen Stallmeister.

Das könnte der richtige Posten für Ozegovich sein. Es wär ein Mordsspaß, wenn er mit nach Paris käm. Ich will ihm auf jeden Fall schreiben und anfragen, ob er dran interessiert ist.

28. November 1896. Nun weiß ich doch, wozu ich die Kriegsakademie besucht hab. Ohne die dort erworbenen Kenntnisse in Logistik wär ich jetzt total aufgeschmissen.

Seit drei Wochen bin ich von morgens bis abends beschäftigt, unseren Aufbruch nach Paris vorzubereiten. Ich hatte keinen blassen Schimmer, was da auf mich zukommen würde. Nicht daß ich mich beschwere. Gott bewahre! Nur mußt ich mich ein bissel plötzlich auf bemerkenswerte Veränderungen in meinem Leben umstellen.

Bisher bin ich hübsch zum Bahnhof gegangen und hab mir eine Fahrkarte gekauft, wenn ich verreisen wollte. Das hat sich gewandelt. Grundlegend. Die noble Clique, zu der ich jetzt gehöre, fährt Extrazug. Falsch! Wir fahren sogar in zwei Extrazügen. Drunter machen wir's nicht!

Im ersten wird Louise mit ihrer Hofdame untergebracht. Außerdem Prinzessin Dora und die Rouvignard, der Leibmedikus Dr. Schnee, meine Wenigkeit und schließlich ein besonders ausgewählter Teil der Dienerschaft. Jeder verfügt seinem Rang entsprechend über ein mehr oder minder geräumiges Schlafabteil. Dazu kommen zwei Salon- und ein Küchenwagen. Dieser Zug wird unterwegs überall mit Vorrang abgefertigt, was die Strecke Wien–Paris um volle vier Stunden gegenüber dem fahrplanmäßigen Expreß verkürzt. Unser zweiter Zug bringt das übrige Personal, die (im wahrsten Sinne des Wortes) Masse des Gepäcks, die Pferde (samt Futtervorräte), zwei Equipagen und was sonst noch alles mitgeschleppt wird (von Louises Bett bis zu Prinzessin Doras Flügel).

Erst war Philipps Kammervorsteher dazu bestimmt worden, das Notwendige zu arrangieren. Als aber immer deutlicher wurde, wie überfordert er damit war, hab ich bei Louise durchgesetzt, daß mir die gesamte Regie anvertraut wurde. Inzwischen sind alle Probleme gelöst. Ich hab manchmal ganz schön geschwitzt. Jede Entscheidung, was mit- oder nicht mitgenommen werden soll, und jeder neue «endgültige» Abfahrtstermin wurde x-mal umgestoßen. Welche zusätzlichen Kosten allein dadurch entstanden sind, ist kaum zu beschreiben. Aber das ist offenbar das einzige, was überhaupt nicht interessiert. Ich werd mich in Zukunft da sehr umstellen müssen, wenn ich nicht unangenehm auffallen will.

2. Dezember. Jetzt ist alles perfekt: Artur von Ozegovich kommt mit. Er ist bereits im Anrollen. Eben erreicht mich seine Depesche. In ein paar Stunden hol ich ihn vom Ostbahnhof ab.

G

Paris, 16. 1. 1897. Grand Hotel – Appartement 21–24. Ich, Geza Graf Mattachich, lebe wie Gott in Frankreich!

Ich bewohne ein unerhört elegantes Appartement in der Beletage des feinsten Hotels von Paris. Ich habe einen eigenen Diener. Er heißt Mirko und ist ein Landsmann. Ich esse nicht mehr, ich speise nur noch. Bei «Maxim's», im «Ritz», bei «Prunier» oder wo es sonst noch teuer genug ist.

Ich muß mich immer wieder erinnern, wie stier ich noch vor kurzem war und wie oft Ring und Uhr des seligen Papas zur Pfandleihe wanderten, um meine jetzige Karriere so recht von Herzen bewundern zu können.

Als mir Louise die zehntausend Gulden in die Hand drückte, hielt ich mich so ungefähr für den reichsten Mann Wiens. Heut' gehen ganz andere Summen durch meine Hände. Denn meine Louise ist die Verschwendung in Person. In ganz besonders liebreizender Person! Ich bin dagegen ein wahrer Pfennigfuchser. Aber ich bin ein gelehriger Schüler und bessere mich von Tag zu Tag. An nichts gewöhnt man sich so schnell wie ans Geldausgeben.

Die Pferde sind bis jetzt aus purem Vergnügen hier in Paris. (In der Beziehung geht's ihnen wie mir!) In all den Wochen sind wir ein einziges Mal im Bois geritten. Ozegovich mußte zusätzlich vier Bereiter auftreiben, um unseren Gäulen Bewegung zu verschaffen. Er hat den Posten des Stallmeisters übernommen, während ich inzwischen zum Kammerherren avanciert bin.

Seit man mich mit dieser Würde bedacht hat, entdecke ich wahrhaft weltmännische Züge an mir. Ich bin Mitglied des Jockey Clubs, spiele, wie's *de rigueur* ist, dort Roulette oder Baccarat und verliere wie ein Gentleman. Niemand merkt, daß es doch noch ein bissel weh tut, das schöne Geld auf diese Weise zu verplempern.

An nichts gewöhnt man sich so schnell . . .

. . . wie ans Geldausgeben, empfand Graf Mattachich in Paris.

Geschäftshäuser lassen sich in zwei Gruppen ordnen: Die eine lädt dazu ein, Geld auszugeben, die andere verhift dazu, Geld einzunehmen. Dummerweise gibt es weit mehr Gebäude von der ersten Art: Boutiquen, Schnapsläden, Hotels, Kneipen, Tankstellen, Juweliergeschäfte, Spielsäle, Buchhandlungen, Kürschnereien, Reisebüros und endlose Reihen anderer. Dagegen sind die paar Häuser, aus denen man Geld herausträgt, an einer Hand aufgezählt: Die Firma, in der man arbeitet, das Haus, in dem der Freund wohnt, der einem zur Not etwas pumpt, die Bank, die einem die Zinsen zahlt fürs Ersparte. Und diese wenigen Quellen müssen die vielen Abflüsse speisen.

Ich bin ein Dandy geworden und kleide mich nach der letzten englischen Mode. Die Wiener Schneider sind Lichtjahre hinterher, hab ich gelernt.

Selbst Kultur gehört zu meinem neuen Lebensstil. Bei jeder Premiere haben wir unsere Loge in der Oper. Wir besuchen regelmäßig die *Comédie Française*, wo ich allerdings ebenso regelmäßig einzuschlafen drohe. Auch durch den Louvre bin ich verschiedentlich geschleift worden. Anstrengend! Sehr anstrengend!

An den Abenden, wo Louise durch offizielle Empfänge anderweitig beschäftigt ist, erhol ich mich mit Artur Ozegovich in den «Folies-Bergères». Wir nehmen nie Sitzplätze, sondern schlendern durchs *Promenoir*. Vor ein paar Wochen ahnte ich noch nicht, was ein *Promenoir* ist. Aber heut' «promenieren» Artur und ich wie gelernte Pariser in dem hufeisenförmigen Raum hinter den Sitzplätzen, betrachten die Damen, die hier Kundschaft suchen, die Studenten, die sich die Damen nicht leisten können und mit den optischen Darbietungen auf der Bühne vorliebnehmen müsse, die Provinzler, dic vor Staunen den Mund nicht zubringen und die zumeist durchaus sehenswerten Leistungen der Chanteusen, Danseusen undsoweiter, undsoweiter.

Ich bin richtig froh (was vielleicht etwas ordinär von mir ist), daß Artur den Ärger hatte und seinen Dienst quittieren mußte. Wir verstehen uns nach wie vor erstklassig. Ohne ihn wär es manchmal recht fad hier. Ich denke, ich werd ihm die Sorge für die Pferde bald abnehmen. Es braucht zu viel Zeit. Ich werd einen neuen Stallmeister engagieren und Artur zum Reisemarschall machen. Da ist er nicht mehr so angebunden, was für uns beide von Vorteil sein wird.

Meine offiziellen kammerherrlichen Pflichten bestehen fast ausschließlich im Bezahlen von Rechnungen, die Louise mit nie erlahmender Ausdauer herzuzaubern versteht. Wenn ihr ein Hutmodell gefällt, bestellt sie gleich zehn Stück davon in allen Farben. Wenn ihr ein Schuh paßt, läßt sie sofort ein Dutzend anfertigen. Dabei findet sie das erste Paar schon nach wenigen Wochen unmodern, so daß alle zwölf weggeworfen oder verschenkt werden. Von den Kleidern will ich gar nicht sprechen. Jedes kostet ein Vermögen und wird meist nur einmal getragen.

Bisher schöpfe ich aus einem Konto, das ihr fürs erste von Philipp beim *Crédit Lyonnais* eingerichtet wurde. Daneben bekommt sie pro Jahr eine Apanage aus Wien in Höhe von 72 000 Gulden und ein zusätzliches Nadelgeld ihres Vaters von 30 000 belgischen Francs. Alles in allem ein hübsches Sümmchen. Aber man muß kein Adam Riese sein, um schon jetzt zu erkennen, daß es für den Aufwand, den wir treiben, kaum lang reichen dürfte.

Sie ist nämlich wahnsinnig generös, meine Louise. Mit sich selbst und auch mit mir. Manchmal fast beschämend generös, wenn sie nicht gleichzeitig so taktvoll wär. Nie deutet sie an, daß sie für ihre Großzügigkeit irgend etwas von mir erwartet. Ich gehör eben zu ihr und soll es genauso gut haben wie sie.

Wenn sie's unbedingt will: Den Gefallen tu ich ihr gern.

Karlsbader Bote vom 25. Mai 1897. – Unsere Stadt beherbergt seit wenigen Tagen einen hohen Gast, die Prinzessin Louise, Tochter des Königs Leopold II. von Belgien und Gemahlin des k. und k. Feldmarschalleutnants Herzog Philipp von Coburg. Sie wird von ihrer Tochter, der Prinzessin Dorothea, begleitet.

Herr Artur von Ozegovich, Reisemarschall Ihrer Königlichen Hoheit, traf bereits Anfang Mai als Vorhut hier ein und mietete für die hohe Frau und ihren Hofstaat die Villa «Sonnenblick», eines der prächtigsten Anwesen, das Karlsbad aufzuweisen hat. Das palastartige Gebäude ist kostbar möbliert und von einem riesigen Park umgeben, in dem sich die Stallungen und Gewächshäuser befinden.

Der Kammervorsteher Ihrer Königlichen Hoheit, Graf Geza von Mattachich, hat im Grand Hotel «Pupp» Appartements bezogen. Wie wir von Seiner Exzellenz erfahren konnten, beabsichtigt die Prinzessin einen Kuraufenthalt von mindestens vier Monaten. Im Herbst wird Ihre Königliche Hoheit Meran aufsuchen und anschließend den Winter an der Riviera verbringen.

Prinzessin Louise ist berühmt für ihre Schönheit und Eleganz. Sie gilt als eine der glänzendsten Erscheinungen der Wiener und Budapester Hofgesellschaft. Ihr Sohn, Prinz Leopold, ist Zögling der österreichisch-ungarischen Kavallerie-Kadettenschule, ihr Gemahl, Prinz Philipp von Sachsen-Coburg und Gotha, verwaltet das riesige Familienvermögen sowie die Güter in Ungarn und Böhmen.

Gestern machte unser Bürgermeister, Herr Dr. Stefan Durek, der Prinzessin seine Aufwartung und hieß sie im Namen der Stadt willkommen. Er fand die Durchlauchtigste Frau bei bester Laune. Ihre Königliche Hoheit lud Herrn Dr. Durek ein, an einer Soiree teilzunehmen, die sie morgen abend in ihrer Villa gibt. Der junge russische Pianist Sergej Rachmaninoff wird konzertieren, das Tanzorchester kommt eigens aus Wien angereist. Es verspricht ein rauschendes Fest zu werden. Zu den Gästen gehört auch Herzog Ernst Günther zu Schleswig-Holstein, der Bruder Ihrer Majestät der deutschen Kaiserin.

L'Ami du Peuple, Marseille, 12. November 1897. – Im österreichischen Meran ist Prinzessin Louise von Coburg mit ihrem Hofstaat eingetroffen. Dieser besteht, unserem zuverlässigen Gewährsmann zufolge, aus einer Hofdame, einem Kammerherrn, einem Reisemarschall, einem Leibarzt, einer Gouvernante für die Tochter, sechs Kammerfrauen, fünf Lakaien, zwei Köchen, vier Küchenhilfen, einem Kellermeister und vier Gärtnern. Die Prinzessin führt auf ihren Reisen stets einen Stall von sechzehn Reitpferden mit, außerdem Kutschpferde und Kutschen. Die Tiere werden von einem Stallmeister, zwei Bereitern und sechs Stallburschen betreut.

Das Gepäck Ihrer Königlichen Hoheit besteht aus annähernd hundert riesigen Reisekörben. Man spricht von 125 Sonnenschirmen (Regenschirme scheint eine Prinzessin nicht zu brauchen!), 75 Paar Seidenschuhen, 110 Paar Stiefeletten, unzähligen kostbaren Roben für jede Tages- und Nachtzeit, Dutzenden von Hüten, Mänteln, Pelzen, Handschuhen, Bergen von Lingerie und – nicht zu vergessen – einer Schmuckschatulle, die der russischen Zarin, die für ihre Juwelen berühmt ist, Ehre machen würde.

Prinzessin Louise ist sicherlich nicht der einzige Sproß europäischer Herrscherhäuser, der auf so großem Fuße lebt und reist. Ihr Aufwand ist beträchtlich, aber keineswegs extraordinär.

Warum dann all diese Details aufzählen, obendrein wo es sich um eine so charmante Dame handelt wie die Prinzessin Louise?

Weil es schmerzlich ist, daß in Meran ein solcher Luxus getrieben wird, während zur gleichen Zeit nicht weit davon, in Mailand, Menschen verhungern, verzweifelte Frauen die Bäckerläden stürmen, täglich schwere Rencontres stattfinden zwischen Polizei und Militär einerseits und der zum Letzten entschlossenen armen Bevölkerung. Die Wurzel des Übels sind steigende Preise und Arbeitslosigkeit.

Wieso sich aber über Prinzessin Louise beschweren, wird man fragen, da sie doch einer erstaunlichen Anzahl von Personen Verdienst und Arbeit beschert? Betrachtet es nicht die hohe Aristokratie zu Recht als Pflicht, ihr Geld unter die Menschen zu bringen? Möglichst vielen Personen ein Auskommen zu geben? Ein Geizkragen ist um vieles unsozialer als ein Verschwender, könnte man folgern.

Aber leider stimmt in diesem Fall die Rechnung nicht. Denn durch den Gewährsmann erfahren wir, daß unsere verschwenderische Prinzessin weit über ihre Verhältnisse lebt! Auch in sogenannten allerhöchsten Kreisen gibt es das!

Schneider, Schuhmacher, Pelzhändler, Putzmacherinnen und Juweliere, ganz zu schweigen von den Lieferanten, die den hochherrschaftlichen Haushalt mit Lebensmitteln versorgen, warten allzu lange und leider oft vergeblich auf die Bezahlung ihrer Rechnungen.

Wenn man gewissen Gerüchten Glauben schenken darf, sind sogar Wechsel im Umlauf, die die Unterschrift der hohen Frau tragen. Bisher sollen sie allerdings immer von ihrem Gemahl, dem Prinzen Philipp von Coburg, beglichen worden sein.

Was wir hier sagen wollen, ist, daß die Prinzessin unter Umständen ehrliche Handwerker um ihren sauer erarbeiteten Verdienst, auf den sie Anspruch haben, prellen und somit die Regel, daß es der Aristokratie gut ansteht, ihr Geld unter die Leute zu bringen, auf das schlimmste ad absurdum führen könnte.

Es steht zu hoffen, daß die hohe Frau vor ihrer Abreise aus Meran allen ihren Verpflichtungen nachkommt, auf daß ihr Abschied von der schönen Stadt nicht durch unfreundliche Gefühle getrübt werde.

Gazette de Nice vom 10. Januar 1898. – Ihre Königliche Hoheit Prinzessin Louise von Coburg mietete die Villa «Le Paradis», eine der schönsten Besitzungen an der französischen Riviera.

Die Prinzessin wird schon in der kommenden Woche in Nizza eintreffen.

Wie wir erfahren, wurden für Graf Geza von Mattachich, ihren Kammerherrn, im «Hotel de France» Appartements reserviert.

L

Ich bin sehr zufrieden, daß wir uns in Nizza niedergelassen haben, obwohl ich erst dachte, Cannes wäre vielleicht ein bißchen mehr *en vogue*. Nach Cannes gehen jetzt vor allem Engländer, weil dort ein Golfplatz eröffnet wurde. Der erste an der Riviera, glaube ich. Ohne Golf können Engländer neuerdings scheinbar nicht mehr leben. Aber jetzt, wo wir einige Tage hier sind, merke ich, daß Nizza mehr Charme, mehr Ursprünglichkeit hat. Auch unsere Villa «Le Paradis» verspricht, ihrem Namen Ehre zu machen und ein wirkliches Paradies zu werden.

Wien kommt mir im Vergleich zur Riviera richtig provinziell vor. Das Publikum hier ist international und sehr, sehr elegant. Ich habe sofort gesehen, daß meine Garderobe einer gründlichen Auffrischung bedarf. Zum Beispiel sind die Hüte bedeutend größer und schon jetzt, im Februar, mit den schönsten künstlichen Blumen, Blüten und Schleiern garniert. Vermutlich werden wir im August Pelzkappen aufsetzen. Hammelkeulenärmel sind *passé*. Man trägt Schleppen auch tagsüber, nicht nur am Abend. Douçet führt heute das beste Modehaus von Paris. Er hat Worth und Paquin überflügelt. Ich habe Monsieur Doucet nach Nizza beordert, um mich von ihm beraten zu lassen.

Die Côte d'Azur verdankt ihren großen Aufschwung bestimmt nicht nur dem milden Klima im Winter, sondern in erster Linie dem Spielsaal von Monte Carlo. Wie ein riesiger Magnet zieht das Casino die Menschen aus ganz Europa und Amerika an. Allen voran die Russen, deren Spielleidenschaft kaum zu übertreffen sein dürfte.

Im Sommer wird es hier natürlich viel zu heiß. Das kann kein Mensch aushalten, da muß man fort. Aber wenn das Paradies hält, was es verspricht, werde ich es kaufen und zu unserem ständigen Winterquartier machen.

Die liebe Fugger beklagt sich, Nizza sei staubig und entsetzlich überfüllt. Außerdem findet sie die vielen Automobile geradezu lebensgefährlich. Sie behauptet, fast jede Woche würde ein Mensch überfahren. Mich stören weder Fülle noch Automobile. Im Gegenteil. Das Leben hier macht mir große Freude, und ich bin bester Laune.

Es gibt entzückende Spazierfahrten nach La Bastide und das Tal des Paillon hinauf. Gestern haben wir einen Zoologischen Garten besucht, der einer Comtesse de la Grange gehört. Er soll ein einträgliches Geschäft sein. Man sagt der Besitzerin nach, daß sie sich das Kapital zu diesem Unternehmen durch ein anderes, wohl noch einträglicheres Geschäft beschafft haben soll. Wenn man sie sieht, kann man das glauben.

Ich bummle stundenlang durch die Straßen und lasse mich von den herrlichen Auslagen der eleganten Geschäfte in Versuchung führen. Meine Spaziergänge enden fast immer am Blumenmarkt, der in seiner Farbenpracht unübertrefflich ist.

In Wien herrschen jetzt Eis und Schnee. Ich hoffe, daß alle meine früheren Freunde dort entsetzlich frieren und sich erkälten.

G

Nizza, den 10. Feber 1898. Vor etwa einer Stunde erschien bei mir im Hotel ein leibhaftiger amtierender Minister und ein waschechter Feldmarschalleutnant der k. und k. Monarchie. Meine Karriere in der exklusiven Wiener Hofgesellschaft ist wahrhaft schwindelerregend. Die Herren kamen als Kartellträger für Seine Hoheit Prinz Philipp von Sachsen-Coburg und Gotha. Ich konnte mir trotz des feierlichen Ernstes, mit dem sie mir ihre Offerte vortrugen, nur mühsam das Lachen verkneifen.

Der Prinz wünscht das Duell mit Pistolen auszutragen. Falls nach zweimaligem Kugelwechsel keine Entscheidung gefallen ist, soll es unverzüglich an Ort und Stelle mit schweren Säbeln fortgesetzt werden. Bis zur Kampfunfähigkeit eines der Gegner.

Wie sich's in so erlauchten Kreisen gehört, trugen die beiden Exzellenzen, Honved-Minister Baron Fejeryary und FML Graf Wurmbrand, ihr Anliegen so artig und leidenschaftslos vor, als ob es um eine Einladung zur Fasanenjagd ginge. Ich beeilte mich, im gleichen Ton zu versichern, daß ich dem Prinzen gern die gewünschte Genugtuung geben und die vorgeschlagenen Bedingungen akzeptieren würde. Auch gegen den Austragungsort, den Hof des Militär-Reitlehrinstituts in Wien, erhob ich keine Einwände. Auf Bitte der Gegenseite wurde der 18. Feber, ½ 9 Uhr morgens, als Termin vereinbart. Ich verpflichtete mich, rechtzeitig meine Sekundanten zu benennen und selbst pünktlich zur Stelle zu sein.

Die Formalitäten waren damit erledigt.

Ich offerierte den Herren dann einen Sherry, der dankend angenommen wurde. Wir wechselten dabei ein paar bedeutungsvolle Worte über das Wetter an der Riviera und über die Frage, ob es wegen Kuba zwischen Spanien und den Vereinigten Staaten zum Krieg kommen könnte, den nach Wurmbrands Meinung die gottlose Republik Amerika mit Sicherheit verlieren würde.

Danach begleitete ich meine Gäste bis vors Hotel zu ihrem Wagen. Ich wünschte eine angenehme Rückreise. Es wäre mir ein Vergnügen, sie in Wien wiederzusehen.

Ich werde mich also mit dem Prinzen duellieren. Das wundert mich nicht. Wundern tut mich, daß es erst jetzt passiert.

Warum ausgerechnet jetzt? Aber ich brauch mir darüber nicht den Kopf zu zerbrechen. Ich muß mich darum kümmern, meine Sekundanten zu benennen. Bevor ich Louise Bescheid sage, werde ich Ferdl telegrafieren. Er soll sofort alles Nötige arrangieren. Zum Glück ist er absolut zuverlässig. Es wird eine Mordshetz für ihn werden.

L

Eben ist Geza abgefahren. Ich ahne nicht, wie ich die Stunden, Tage, Nächte überleben soll, bis ich Gewißheit habe!

Dieser Schuft! Dieser ehrlose, infame Mensch! Ludwig Victor wollte er nicht fordern. Vom Bruder des Kaisers brauchte er keine Satisfaktion. Aber von Geza verlangt er sie!

Seit zwei Jahren weiß er, wie Geza und ich zueinander stehen. Er weiß es so genau, als ob er Tag und Nacht dabei gewesen wäre. Und jetzt fühlt er sich plötzlich in der Ehre, die er nicht hat, gekränkt? Mit einem Mal? Warum? Ich zermartere mir den Kopf und finde keine Erklärung. Ich zittere bei dem Gedanken, daß Geza der Rache dieses entsetzlichen Menschen ausgeliefert ist.

Ich habe ihn angefleht, mich nach Wien mitzunehmen. Ich wollte mich vor Philipp erniedrigen, mich ihm zu Füßen werfen und ihn bitten, Geza zu verschonen. Geza hat mich nur ausgelacht. Duelle sind Männersache, sagte er, in die sich eine Frau nicht einmischen darf. Ich glaube, diese hirnverbrannten Ehrenmänner halten ein Duell für eine Art Gottesurteil. Und Gott liebt den, der besser schießt.

Als wir vor Jahren in den Karpaten zur Jagd waren, erlegte Philipp einen Hirsch mit einem einzigen Schuß. Auf riesige Entfernung. An einem nebligen Tag. In der Manege wird es hell sein, und die beiden Männer werden keine fünfundzwanzig Meter voneinander entfernt stehen.

Ich weiß, daß er Gezas Tod wünscht. Er will mir nehmen, was ich liebe. Er zielt auf Geza und will mich treffen.

Wenn er Geza tötet, bringe ich ihn um.

Und wenn Philipp sterben muß? Was ist dann? Könnte ich einen Mann noch lieben, der meinen Gatten erschossen hat? Wenn ich ganz ehrlich bin, und das will ich jetzt sein, muß ich mit ‹ja› antworten. Ich könnte. Das mag unmenschlich klingen, aber es ist die Wahrheit. Ich kann diesem fetten, parfümierten, reichen Geizhals nicht verzeihen, daß er mich an sich kettet, nur um durch mich an das Geld meines Vaters heranzukommen.

Was ich ganz im geheimen wünsche, darf ich trotzdem nicht erhoffen. Denn wenn Geza Philipp tötet, wird man ihn sofort verhaften. Davon bin ich überzeugt. Anderen Duellanten erlaubt man, ins Ausland zu flüchten, ehe der tödliche Ausgang offiziell der Polizei bekannt wird. Aber am 18. Februar werden die Schergen schon vor der Kaserne warten und Geza auf der Stelle einsperren, wenn er Philipp erschießen sollte.

Welche Perversität von meinem Gemahl, ausgerechnet den 18. Februar zum Tag des Duells zu bestimmen. Meinen Geburtstag! Meinen vierzigsten Geburtstag!

Geza ist einunddreißig. Er sieht älter aus. Niemand würde ihn für einunddreißig halten. Das hat mir die Gräfin Fugger vor ein paar Tagen bestätigt. Und mir sieht man nicht an, daß ich in zwei Tagen eine Frau von Vierzig sein werde. Als Ernst Günther, der gestern in Nizza eintraf, uns seine Aufwartung machte, sah er Dora und mich vergleichend an und sagte: «Wie geht es den schönen Schwestern?»

Ich sollte allerdings bedenken, daß der Herzog zu Schleswig-Holstein mit diesem schmeichelhaften Kompliment vermutlich nur seine eigenen Pläne zu fördern hofft. Er möchte nämlich Dora heiraten. Aber ich weigere mich, jetzt schon Entscheidungen über die Zukunft meiner sechzehnjährigen Tochter zu treffen.

Es ist neun Uhr. Dora war eben hier, um mir gute Nacht zu wünschen. Die liebe gute Fugger hat mir ein kleines Souper heraufschicken lassen. Aber ich habe nichts angerührt.

Der Zug, der Geza nach Wien bringt, muß jetzt in Italien sein, irgendwo vor Mailand.

Ich bin einsam. So einsam wie nie seit dem gesegneten Tag, als ich mit Geza ins Exil ging. Was wie eine Katastrophe aussah, und nach Franz Josephs und Philipps Willen auch eine sein sollte, war Glück, reinstes Glück. Ich denke an keinen anderen Mann, nur noch an Geza. Seine Umarmungen, seine Zärtlichkeiten bedeuten mir mehr als alle Umarmungen, die ich in meinem früheren Leben empfangen habe. Zeit kann uns nichts anhaben. Die gestrige Nacht war so aufregend wie die erste in Abbazia. Nein, sie war viel aufregender. Ich darf nicht daran denken, sonst wird das Warten noch unerträglicher.

𝒢

18./19. Feber 1898. Ferdl hat vorzüglich funktioniert. Er ist eben ein Schatz, auf den man sich in jeder Situation verlassen kann. Dabei blieb ihm verdammt wenig Zeit.

Glücklicherweise war Rittmeister Skarda gerade dienstlich in Wien. Der Ferdl hat ihn sich sofort geschnappt. Als Skarda den Namen meines Provokanten erfuhr, versuchte er, die Sache loszuwerden. Aber der Ferdl ließ ihn nicht mehr aus. Er appellierte an unsere alte Freundschaft und daran, daß Skarda mich unmöglich im Dreck steckenlassen dürfte.

Da es so pressierte, entschloß sich der gute Ferdl, den andern Sekundanten-Posten selbst zu übernehmen.

Achtundvierzig Stunden nach Erhalt meines Telegramms nahmen beide mit den Kartellträgern des Prinzen, die gerade erst nach Wien zurückgekehrt waren, Kontakt auf. Tags darauf fand eine gemeinsame Sitzung statt.

Die Herren einigten sich ohne Schwierigkeiten auf den Unparteiischen und den hinzuzuziehenden Arzt. Sie blieben beisammen, bis zwei berittene Soldaten, die auf Befehl Wurmbrands bereitstanden, von den benannten Personen die Zustimmung zur erbetenen Mitwirkung beigebracht hatten.

Inzwischen wurden die Details für die vorgesehenen Waffengänge im einzelnen festgelegt. Ferdl und Skarda akzeptierten, meinem Auftrag folgend, von vornherein alle Wünsche des Provokanten ohne jeden Einwand.

Für das Pistolen-Duell lauten die Bedingungen: Waffen mit gezogenem Lauf, Distanz 25 Schritt ohne Avancieren, zweimaliger

Kugelwechsel, 20 Sekunden Zeit für jeden Schuß zwischen den Kommandos «Achtung: Feuer! – Halt!» Für den Fall einer Fortsetzung des Kampfes mit Säbeln wurde vereinbart: Schwere Assautsäbel mit geschliffener Spitze, Stich nicht ausgeschlossen, Dauer bis zur Kampfunfähigkeit eines der Gegner. Die Kampfunfähigkeit ist vom Arzt zu testieren.

Oberst Graf Karolyi, der Unparteiische, verlangte am Tag vor dem Zweikampf eine weitere Zusammenkunft der Sekundanten. Er gab hierbei seiner Auffassung Ausdruck, daß ihm die Bedingungen für den Säbel-Gang zu hart erschienen. Er schlug vor, die Spitzen der Säbel nicht zu schleifen und auf den Stich zu verzichten.

Honved-Minister Fejeryary lehnte dies im Auftrag seines Mandanten ab und wurde dabei von Graf Wurmbrand nachhaltig unterstützt. Der Feldmarschalleutnant vertrat sogar die Meinung, daß Stich beim Säbelduell nie untersagt sein sollte. Nach seiner Erfahrung würden in der Hitze des Gefechts – ob vereinbart oder nicht – allzuoft Stiche geführt. Hiernach müßten jedesmal entweder die Kontrahenten oder die Sekundanten disqualifiziert werden, was aber in der Praxis erfahrungsgemäß nie geschähe. Diesen vom Standpunkt der Ehre und der Moral gleichermaßen unerträglichen Zustand wollte Wurmbrand in einem Duell, bei dem er mitwirkte, von Anfang an ausgeschlossen wissen.

Meine Sekundanten hielten sich weisungsgemäß zurück. Dennoch insistierte Graf Karolyi auf einer Lockerung der Bedingungen. Er drohte, andernfalls sein Amt zur Verfügung zu stellen. Schließlich einigte man sich darauf, den Säbelkampf, falls es dazu kommen würde, mit Hals-, Schlagader- und Pulsbandagen durchzuführen.

Ich selbst war im Lauf des 17. Feber in Wien angekommen und im «Sacher» abgestiegen.

Ferdl und Skarda erschienen gegen abend im Hotel und informierten mich über alles Wissenswerte. Ich dankte ihnen für die mir bewiesene Freundschaft und lud sie zum Diner ein.

Es war vorzüglich wie immer. «Sacher» bleibt «Sacher». Auch wenn man inzwischen ausgiebig im «Maxim» zu Haus war. Wir tranken jeder eine Flasche Champagner und sprachen kein Wort über den nächsten Tag.

Nach Tisch bat ich die Kameraden, mich zu entschuldigen, befahl dem Portier, dafür zu sorgen, daß ich pünktlich um sechs geweckt würde, und ging ins Bett.

Seit frühester Kindheit lernte ich eine unerhört praktische Gabe so perfekt zu entwickeln, daß mich schon viele darum beneidet haben. In unangenehmen, bedrohlichen Situationen, die mir Ärger oder gar ernsthafte Sorgen bereiten, kann ich mich ins Bett legen, mir die Decke über den Kopf ziehen und auf der Stelle einschlafen.

Diesmal wurde nichts damit. Immer wieder mußte ich mir den kommenden Tag vorstellen. Ich kam nicht davon weg. Aber wie die Bilder auch aussahen, zum Schluß wurden sie stets von Blut überschwemmt. Mal von dem meines Gegners, oft von meinem eigenen. Ich wälzte mich von einer Seite zur anderen und begann entsetzlich zu frieren. Dabei war das Zimmer gut geheizt, und ich lag unter einem schweren Federbett.

Ich wußte von Louise, daß Philipp von Coburg als guter Schütze gilt. In ihrem ersten Schreck über das Duell hatte sie mir wahre Wunder von seinen spektakulären Jagderfolgen erzählt. Um sie zu beruhigen, versuchte ich, ihr klarzumachen, daß ein guter Gewehrschütze noch längst kein Meister mit der Pistole zu sein braucht. Aber sie versicherte mir zitternd, daß er genausogut mit Pistolen umzugehen weiß. Vor Jahren, so berichtete sie, pflegten er und Kronprinz Rudolf ihre unzähligen idiotischen Wetten gern durch Zielschießen mit Pistolen zu entscheiden. Philipp wäre dabei oft als Sieger hervorgegangen, trotzdem Rudolf bekanntlich ein hervorragender Schütze gewesen ist.

In Nizza nahm ich Louises Erzählungen nicht besonders ernst und tröstete mich mit dem Gedanken, daß seit Rudolfs Tod fast zehn Jahre vergangen sind und mein Gegner inzwischen ein Alter erreicht hat, wo das Auge nachläßt und die Hand nicht mehr so ruhig ist wie früher.

Aber jetzt, in der nächtlichen Stille, wenige Stunden bevor ich meinem Herausforderer gegenübertreten sollte, wo meine Kunst, Bedrückungen und Nöte ‹wegzuschlafen› zum ersten Mal völlig versagte, sahen die Dinge sehr viel bedrohlicher aus. Immer wieder hörte ich Louise mit angsterfüllter Stimme das ungewöhnliche Schießtalent meines Gegners schildern.

Ich weiß nicht, wann ich dann doch endlich eingeschlafen bin. Als der Hausdiener an meine Tür klopfte und verlauten ließ, daß es sechs Uhr sei, fuhr ich erschreckt auf. Mit bleiernen Gliedern stieg ich aus dem Bett. Mir war, als hätte ich kein Auge zugetan.

An den Fenstern hatten sich während der Nacht dicke Eisblumen gebildet. Draußen brannten noch die Laternen.

Ich hatte lange nicht mehr Uniform getragen. Als ich sie jetzt anzog, stellte ich fest, daß ich zugenommen hatte. Ich beschloß in Zukunft etwas auf meine Taille zu achten.

In Zukunft!

Ich mußte lachen. Wie sicher war es eigentlich an diesem kalten Morgen, ob ich noch eine Zukunft hatte?

Um sieben kam der Barbier. Während er mich rasierte, mußte ich den neuesten Wiener Klatsch über mich ergehen lassen. Wenigstens wurde ich langsam munter dabei. Er schwärmte von der Operette *Der Opernball*, dem Erfolg der Saison, der angeblich an die Glanzzeiten von Strauß und Millöcker erinnert. Auch Ferdl hatte mir schon begeistert davon erzählt. Wenn ich noch eine Karte bekomme, geh ich vielleicht heut' abend . . . Vielleicht!

Punkt acht wurde gemeldet, daß der Wagen vorgefahren ist.

Als ich das Hotel verließ, schlug mir die Kälte ins Gesicht. Der Fiaker sagte, das Thermometer hätte in der vergangenen Nacht den tiefsten Stand des Jahres erreicht.

Wir fuhren über den Schwarzenberg-Platz den Heumarkt hinunter. Die kahlen Bäume des Stadtparks waren mit einer dicken Reifschicht überzogen.

In der Ungargasse fragte mich der Fiaker, ob ich lang im Reitlehrinstitut zu tun hätte. Wenn es nicht über Gebühr dauern würde, könnte er warten. Ich war schon einverstanden, dann regte sich der Aberglaube. Ich schickte ihn weg.

Meine beiden Sekundanten waren vor mir eingetroffen. Im Gegensatz zum gestrigen Abend trugen sie heute Uniform. Wir hatten grad ein paar Worte gewechselt, als Oberst Graf Karolyi und Sanitätsrat Dr. Poindl erschienen.

Rittmeister Skarda und Ferdl kannten den Oberst ja bereits. Skarda stellte mich vor, Karolyi macht uns dann mit dem Arzt bekannt, einem etwas besorgt dreinschauenden älteren Herrn.

Graf Karolyi trug weiße Husarenuniform und einen leuchtend blauen Dolman mit goldenen Schnürschlingen. Er war um die Fünfzig, eine blendende Erscheinung und mir gegenüber von korrektester weltmännischer Höflichkeit, was ich mit Genugtuung quittierte.

Nun fuhren zwei Luxusequipagen in den großen Innenhof. Der einen entstieg der Prinz, der andern Honved-Minister Fejeryary und Graf Wurmbrand. Die Wagen verschwanden gleich wieder in der Einfahrt, worauf das Tor zum Hof geschlossen wurde.

Philipp von Coburg und seine beiden Sekundanten trugen Generalsuniform.

Der Ferdl riß prompt einen Witz: «Du kannst völlig beruhigt sein», sagte er. «Wo so viel Generäle beisammen sind, wird höchstens mit Platzpatronen geschossen!»

Das folgende Begrüßungszeremoniell war steif und förmlich. Die Sekundanten gaben sich kurz die Hand, danach grüßten sie (ohne Handschlag) den Duellteilnehmer der Gegenseite. Schließlich leistete ich zu Philipp gewandt die vorschriftsmäßige Ehrenbezeigung, wie sie seinem Rang als Feldmarschalleutnant gebührt, bekam aber lediglich einen feindlichen Blick als Erwiderung.

Die Sekundanten und der Unparteiische maßen die Kampfbahn ab, überprüften die Waffen und losten sie aus. Sie verrichteten ihre Pflichten mit betontem Ernst und sprachen nur mit gedämpfter Stimme, als ob sie sich bei geschlossenem Vorhang auf einer Bühne befänden und das Publikum nichts von den Vorbereitungen für das Spektakel mitbekommen sollte, das in Kürze zum besten gegeben würde.

In dem weiten backsteinernen Viereck des Innenhofs standen, jeder gut fünfzig Meter vom andern entfernt, die Hauptakteure. Zwei von ihnen, Philipp und ich, hatten den eigentlichen Part zu spielen. Über die Rolle des Arztes war noch nicht entschieden.

Die Szenerie war mit fachmännischer Kenntnis ausgesucht. Obwohl im Freien gelegen, war sie der Beobachtung durch ungebetene Zaungäste entzogen. Der Hofraum wurde durch die fensterlosen Rückseiten von vier gleich langen einstöckigen Gebäuden gebildet, in denen die Stallungen und Wirtschaftsräume des Reitlehrinstituts untergebracht sind. Der einzige Zugang, das massive große Holztor, war geschlossen. Das ganze Bild hatte etwas spukhaft Unwirkliches. Es drang kaum ein Geräusch von außen an unser Ohr. Wir waren im Herzen Wiens in einer verlassenen, steingefaßten Einöde.

Endlich waren die Vorbereitungen getroffen. Nachdem Graf Karolyi uns kurz ermahnt hatte, die festgelegten Bedingungen genau zu beachten und fair zu kämpfen, war es soweit: Philipp und ich standen uns mit entsicherten Pistolen auf fünfundzwanzig Schritt Distanz gegenüber.

Er sieht älter aus, als er eh schon ist. Aber es blieb keine Zeit, mich weiter mit seinem Aussehen zu beschäftigen, denn Karolyi, die Taschenuhr in der Hand, gab bereits das Kommando: «Achtung – Feuer!» Bei jedem der beiden Worte sah ich den Atem vor dem ernsten Gesicht des Grafen.

Ich hatte den ersten Schuß.

Zwanzig Sekunden sind keine lange Zeit. Ich hob die Pistole. Mein Gegenüber stand unbeweglich. Seine Augen hingen an der sich langsam aufwärts bewegenden Mündung meiner Waffe. Zwei handbreit unter der Gürtellinie hielt ich ein. Ich konnte mir nicht verkneifen, einen Augenblick dorthin zu zielen, wo es den deutschen Revoluzzer Lassalle bei seinem unglücklichen Genfer Duell erwischt hatte. Ich registrierte den Ausdruck des Entsetzens im Gesicht meines Gegners und gestehe, daß ich ein diebisches Vergnügen empfand. Den Anblick hätte ich zu gern Louise gegönnt. Ich zählte leise mit. Etwa fünf Sekunden blieben noch. Jetzt riß ich die Pistole schnell hoch und schoß in die Luft.

Für mich hatte sich der Spaß gelohnt. Der kleine kroatische Leutnant war auf seine Rechnung gekommen.

Nun war der Herr General an der Reihe.

Wenn es eine Möglichkeit gegeben hat, einen Menschen wie Philipp von Coburg zusätzlich zu kränken, so war es mein Schuß in die Luft. Ich sah, wie verletzte Eitelkeit und aufsteigender Zorn das feiste Gesicht noch mehr röteten, als es die Kälte ohnehin schon getan hatte. Ob es noch eines Anstoßes bedurfte, entzieht sich meiner Kenntnis, aber der Mensch, der mir gegenüber stand, war zweifellos entschlossen, aufs Ganze zu gehen.

Während er jetzt auf meine Brust zielte, sah ich ihn mir genau an. Ich schätze ihn kleiner als Louise. Dafür hat er einen enormen Kopf mit stechenden Augen und einer gewaltigen Nase. Der Mund ist schmal. Kaum vorhanden.

Sonderlich stolz kann ich nicht darauf sein, diesen alternden Roué bei der schönen Louise ausgestochen zu haben. Dennoch hat er unleugbar etwas Aristokratisches an sich. Im denkbar schlechtesten Sinn allerdings. Er wirkt herrisch, abweisend, dünkelhaft und intrigant.

Weil er's gar so genau wissen wollte, zielte er zu lange. Ein Fehler, der einem wirklich guten Schützen nicht passieren darf. Noch zwei oder drei Sekunden mochten ihm bleiben. Dann war die Zeit überschritten. Im buchstäblich letzten Moment pfiff das Geschoß über meine linke Schulter. Ich spürte den Luftzug, ehe ich den Mündungsknall hörte.

Das Spiel wiederholte sich. Ich schoß abermals in die Luft, und der Prinz verfehlte wieder sein Ziel. Obwohl er sich die größte

Mühe gab, mich zu treffen. Das war allen Beteiligten deutlich geworden.

Ich kann für mein Verhalten keine Erklärung geben. Eine Menge Gründe sprachen dafür. Und ebenso viele dagegen. Darunter sehr triftige. Der Entschluß war nicht das Produkt langen Grübelns oder auch nur einer gründlichen Überlegung. Ich folgte der Intuition. Beide Male. Ich wußte beim ersten Schuß auch noch nicht, was ich beim zweiten tun würde. Falls es zum zweiten kommen sollte. Was ja durchaus nicht feststand.

Die Sekundanten sammelten die Pistolen ein. Mit Ausnahme meines Gegners waren alle mit dem bisherigen Verlauf zufrieden.

Graf Karolyi bat die Kartellträger zu sich. Sie sprachen leise miteinander. Dann wandte sich der Unparteiische an den Prinzen.

«Die Herren Sekundanten und ich sind übereingekommen, den Herrn Provokanten zu fragen, ob ihm zu diesem Zeitpunkt nicht vielleicht schon Genugtuung gegeben wurde und demzufolge die Aussöhnung der Gegner möglich ist?»

Ein kurzes «Nein!» war die Antwort auf diesen höchst ehrenwerten Versuch.

Wiederum wurden die Waffen ausgelost. Wir zogen trotz der schneidenden Kälte die Uniformröcke aus. Die Bandagen wurden uns angelegt.

Karolyi trat ohne Maske und völlig ungeschützt ganz dicht an uns heran. Er hoffte, damit zu verhindern, daß der Kampf in eine unkontrollierte Schlägerei ausartete.

Nach dem ersten Klingenwechsel wußte ich, daß der Prinz wenig Chancen hatte, das Treffen für sich zu entscheiden. Obwohl dies auch ihm klar sein mußte, attackierte er verbissen und ziemlich kopflos. Er vernachlässigte sträflich die Deckung, während ich spielend parieren konnte.

Als er mit gestrecktem Arm zu einer Terz ausfiel, gelang es mir mit Mühe, meine Säbelspitze im letzten Moment zur Seite zu lenken. Sonst wäre er mir in blinder Wut mit voller Wucht hineingerannt. Es hätte vermutlich sein Ende bedeutet. So traf ich ihn nur am rechten Unterarm, dicht an der Bandage. Das Blut floß heftig, und der Gang wurde sofort unterbrochen.

Der Arzt stellte eine tiefe Stichverletzung fest, die durch die Bandage gemildert worden war. Er legte einen ersten Notverband an. Danach beriet er sich mit den Sekundanten und Graf Karolyi.

Die Herren kamen einstimmig zur Auffassung, daß mein Gegner angesichts der Verletzung am rechten Arm kampfunfähig war. Das Duell hatte sein ordnungsgemäßes Ende gefunden.

Im Gegensatz zu Philipp von Coburg, der mit Sanitätsrat Dr. Poindl den Wagen bestieg und davonfuhr, ohne mich eines Blickes zu würdigen, sprachen mir die Exzellenzen Fejeryary und Wurmbrand ostentativ ihre Anerkennung für mein Verhalten während des Zweikampfs aus.

Die Ereignisse des Vormittags blieben in der Stadt nicht lange geheim. Natürlich gab es die wildesten Gerüchte. Bald war der Prinz tot, bald ich.

Am Abend entschloß sich das Palais Coburg, ein offizielles Communiqué herauszugeben, da es nach Lage der Dinge sinnlos war, die Angelegenheit weiter vertuschen zu wollen.

Es erschien am 19. Feber in der *Freien Presse* und verkündete, das Befinden des Prinzen sei zufriedenstellend. Er befände sich außer Bett, müsse den Arm aber in der Schlinge tragen und dürfe, um Komplikationen zu vermeiden, das Palais vorerst nicht verlassen.

In einer eigenen Meldung schrieb dieselbe Zeitung wörtlich: «Der Oberleutnant schoß beide Male in die Luft, während der Prinz seine Schüsse zielend abgab, ohne jedoch zu treffen.» Diese Lektüre muß ihn enorm gefreut haben. Mich freute sie natürlich auch.

Ich kaufte mir ein Dutzend Exemplare der Ausgabe. Louise und unsere Freunde in Nizza sollen auch ihren Spaß haben.

Ferdl und Skarda brachten mich zur Bahn, obwohl wir fast die ganze Nacht durchgefeiert hatten.

Skarda wußte noch eine sensationelle Neuigkeit. Sein Vetter, der in der Kabinettskanzlei beschäftigt ist, hat ihm heut' früh erzählt, daß das Duell auf Drängen der Generalität zustande gekommen sei. Der Adjutant des Kaisers, Feldzeugmeister von Bolfras, war von den Generälen ersucht worden, Seiner Majestät das tiefe Befremden der Armeeführung darüber zum Ausdruck zu bringen, daß ein k. und k. Feldmarschalleutnant es jahraus, jahrein tatenlos quittiert, wie seine Frau mit einem anderen Mann in ehebrecherischer Beziehung steht. Der Kaiser, der aus religiösen Gründen bekanntlich strikt dagegen ist, daß sich seine Offiziere schlagen, mußte schließlich nachgeben, da die Unruhe unter den obersten Befehlshabern immer stärker wurde. Er selbst verlangte vom Prinzen, mir die Kartellträger zu schicken. Um beim Stand der Dinge nicht als Feigling zu gelten, ließ Philipp daraufhin verbreiten, daß er erst in jüngster Zeit von der Liaison erfahren habe. Unter den scharfen Augen seiner empörten Generalskameraden mußte er dann alles dransetzen, sich so zu schlagen, daß jeder Makel der Feigheit von ihm genommen wurde.

Ich hatte ursprünglich vor, schon gestern abend nach Nizza zurückzufahren. Aber um diese Nachricht Louise erzählen zu können, hat es sich gelohnt, daß ich noch eine Nacht geblieben bin.

Als sich der Zug in Bewegung setzte, übergab ich jedem meiner Sekundanten ein goldenes Zigarettenetui. Ich hatte die Dinger bei Rodeck erstanden und das Datum «18. 2. 1898» eingravieren lassen. Das Geschenk war nicht gerade billig. Aber ich denke, daß Louise vollauf damit einverstanden sein wird.

L

18. Februar 1898. Er lebt! Er lebt! Er lebt! Alles andere ist unwichtig. Gleich nach Erhalt seiner Depesche telegrafierte ich ihm: «Das ist der schönste Geburtstag meines Lebens!»

Aus purer Angst und, ich gebe es zu, auch aus Aberglaube hatte ich nicht gewagt, ein Fest vorbereiten zu lassen. Sowie die gute Nachricht da war, gingen die Einladungen raus, versehen mit der Bitte um Verständnis für die Verspätung.

Im «Negresco» wurde schnell der Ballsaal gemietet, ein luxuriöses Souper bestellt, ein Orchester engagiert. Ozegovich hatte alle Hände voll zu tun, aber solche Dinge erledigt er ganz vorzüglich. Er spart nicht, geizt nicht, alles ist erstklassig und reichlich, so wie ich es liebe.

Ich ließ anspannen und fuhr zu Monsieur Hartog. Das ist der beste Juwelier an der Côte d'Azur, ein wahrer Künstler. Er kann es mit Cartier und allen Konkurrenten in der Rue de la Paix aufnehmen.

Ich habe bei ihm auch genau das gefunden, was ich wollte: ein bildschönes Collier aus Brillanten und großen Saphiren mit passenden Ohrringen. Einfach bezaubernd. Ich konnte natürlich nicht nach dem Preis fragen, aber ich hoffe, daß es sehr, sehr teuer ist, denn ich habe die Rechnung an Seine Hoheit den Prinzen Philipp von Coburg nach Wien schicken lassen. Ich bat Monsieur Hartog, eine kleine Karte beizulegen. Auf die schrieb ich: «Dies ist Dein Dankopfer dafür, daß Graf Mattachich so großzügig war, Dir das Leben zu schenken. Ich hoffe, Du kannst auch mit Deiner verwundeten Rechten bezahlen.»

Es amüsiert mich unbändig, Philipp auf diese Weise zu zwingen, mir ein hübsches Geburtstagspräsent zu machen.

19. Februar, morgens. Es war ein himmlisches Fest, nur leider, leider ohne Geza. Dafür habe ich ununterbrochen an ihn gedacht.

In Wien wäre es einfach unmöglich gewesen, erst mittags Einladungen für denselben Abend rauszuschicken. Aber hier, an der Riviera, lebt man ungezwungen.

Niemand nahm Anstoß, alle kamen. Man verstand, daß ich keine Arrangements treffen konnte, bevor ich nicht wußte, wie das Duell ausgegangen war.

Mit vielen meiner Gäste, die mir an diesem Abend die Ehre gaben, bin ich seit Jahren befreundet. Beim Herzog und der Herzogin von Chartres sind Philipp und ich oft in der Normandie zu Gast gewesen. Der Prinz von Joinville hat mit uns in Ungarn gejagt. Und mit seinem Bruder, dem Herzog von Montpellier, habe ich in Paris viele Nächte durchgetanzt.

Alle wissen natürlich, daß es in Wien um mich einen Skandal gegeben hat. Aber es stört sie nicht. Die französische Aristokratie ist eben aufgeschlossener und vorurteilsfreier. Es mag daran liegen, daß sie in einer Republik lebt. Sie hat keinen Hof, keinen Franz Joseph, nicht einmal mehr einen Napoleon III., obwohl der ein Parvenü war, wie seine ganze Familie, und von den echten Royalisten zumeist ignoriert wurde. In gewisser Hinsicht ist die Situation meiner hiesigen Freunde der meinen nicht unähnlich. Wir sind alle heimatlos. Das verbindet.

Das Souper war so vorzüglich, daß ich dem «Negresco» am liebsten den *Chef de cuisine* wegengagiert hätte, aber das wäre undankbar gewesen. So ließ ich ihm durch den braven Ozegovich mein Kompliment in Form eines Tausendfrancscheins überbringen.

Dora sah niedlich und erstaunlich erwachsen aus. Ich erlaubte ihr, bis Mitternacht aufzubleiben. Ernst Günther brennt darauf, sich mit ihr verloben zu dürfen, aber ich kann mich nicht dazu entschließen, ihm meine Einwilligung zu geben. Er ist mit seinen fünfunddreißig Jahren viel zu alt für sie.

Keiner meiner Partner konnte Walzer tanzen wie Geza. Mein kroatischer Leutnant und seine belgische Louise, wie er mich manchmal nennt, schlagen sogar alle Wiener. Obwohl die sich einbilden, ein Patent auf Walzer zu besitzen.

Gegen Mitternacht fuhren wir noch nach Monte Carlo ins Casino.

Ich verlor eine Menge, aber das macht mir nichts aus. Wer Glück in der Liebe hat, darf keins im Spiel haben. Im Gegensatz zu Geza bin ich kein leidenschaftlicher Hasardeur. Trotzdem bin ich gern im *Cercle privé*. Es fasziniert mich, das Treiben zu beobachten. Wenn der Croupier sein *Rien ne va plus* verkündet und die Elfenbeinkugel rollt, ist die Stille einfach atemberaubend. Man hört nichts mehr als das Summen der Gaskandelaber, dann den hellen Aufschlag, wenn die Kugel von Nummer zu Nummer springt. Sowie sie ihren Platz gefunden hat, setzt ein solcher Lärm ein, als ob man Stummen plötzlich die Sprache geschenkt hätte.

Die meisten Spieler sind außerstande, ihre Emotionen zu verbergen, obwohl es alle versuchen. Eine alte Dame, die ich fast immer dort antreffe, ist die Ausnahme. Es heißt, sie sei eine russische Großfürstin. Das mag stimmen, denn sie ist über und über mit Schmuck behangen. Die Ohrläppchen sind vom Gewicht der schweren Gehänge so lang geworden, daß sie demnächst die Schultern berühren werden. Ihr Gesicht ist eine Maske. Kein Stirnrunzeln verrät, daß sie verliert, kein noch so angedeutetes Lächeln, daß sie gewinnt. Wenn die Kugel rollt, greift ihre linke Hand automatisch nach dem großen goldenen Kreuz, das ihr wie einem Popen um den Hals hängt, und die rechte umklammert den Talisman, der immer vor ihr auf dem grünen Tisch steht, einen albernen kleinen Zinnsoldaten. Das ist ihre einzige Reaktion. Punkt zwei Uhr nachts steckt sie den Zinnsoldaten ein, rafft ihre Jetons zusammen, gibt den Croupiers ein wahrhaft fürstliches Trinkgeld und geht, ohne die Umgebung eines Blickes zu würdigen.

Im Morgengrauen fuhren wir zähneklappernd über die Corniche zurück. Der kleine Gramont schlug vor, zum Hafen von Villefranche runterzufahren und heiße *Soupe à l'oignon* zu essen.

Die ersten Fischerboote waren schon eingelaufen und wurden gerade entladen, als wir das Bistro betraten. Ich staunte, wie viele Menschen um diese Zeit auf sind.

Es war ein lustiger Anblick, wie wir, die Damen in großer Abendtoilette, die Herren im Frack, friedlich zwischen den Arbeitern, Fischern und Matrosen saßen. Es ging richtig demokratisch zu, und wir lachten viel. Nach der Zwiebelsuppe und mehreren Gläsern zweifelhaften Cognacs war ich ein bißchen beschwipst und sehr müde.

Als ich endlich in meinem Schlafzimmer war, Antonia und Ilona mich ausgezogen und mein Haar gelöst hatten, fielen mir die Augen zu.

Mein Bett war zwar leer, aber es war trotzdem eine schöne Nacht gewesen. Ich hatte die Schwelle zu den vierziger Jahren schmerzlos überschritten, und Geza war am Leben.

Ich schlief glücklich ein.

G

Nizza, 2. März. Heute kam eine Depesche aus Wien. Von Barber. Er wird übermorgen hier eintreffen.

Was will er? Es muß sich um den Wechsel handeln, der in den nächsten Tagen fällig wird.

Barber kann sich die Reise getrost sparen. Es besteht nicht die geringste Aussicht, daß wir das Akzept einlösen. Unsere Finanzsituation ist momentan äußerst prekär.

Ich hab sofort zurücktelegrafiert, er soll sich das Geld im Palais Coburg holen. Verklausuliert, versteht sich. Aber so, daß er's kapiert. Der Prinz wird nach dem Wirbel, den das Duell machte, nicht zulassen, daß ein Wechsel platzt, der die Unterschrift seiner Gemahlin trägt. Nach dem, was der Vetter von Rittmeister Skarda erzählt hat, kann er sich das unmöglich leisten.

3. März. Eben erschien Ozegovich mit der neuesten Ausgabe der *Gazette de Nice.*

Auf der zweiten Seite, unübersehbar, tut Philipp von Coburg allen Geschäfts- und Privatleuten in einer Annonce kund, daß er ab sofort nicht mehr für die Schulden seiner Frau aufkommt.

Das ist die Rache für das Collier und die Ohrringe, die sich Louise von ihm zum Geburtstag «schenken» ließ!

Zudem haben alle europäischen Zeitungen groß über das Duell berichtet. Er hat dabei nirgendwo gute Figur gemacht. Nun scheint er entschlossen, nicht länger für die Vertuschung einer Affaire zu zahlen, über die die Welt eh Bescheid weiß.

Artur war noch da, als ein Hotelpage ein zweites Telegramm von Barber brachte. Er hat in der Seilerstätte nichts erreicht und wird morgen in Nizza sein.

Wenn ich mich recht erinnere, geht es um 450 000 Gulden. In unserer Kasse sind noch knapp zwanzigtausend.

Nach der heutigen Annonce in der *Gazette* wird man uns an der ganzen Riviera keinen Franc mehr pumpen. Ich wette, das Hotel legt mir morgen eine fette Rechnung vor. Und nicht nur das Hotel.

Das sind die Fakten.

Ich hab keine Ahnung, wie's weitergeht. Sicher ist nur, daß magere Zeiten vor uns liegen.

Wir müssen uns was einfallen lassen, oder der ganze Laden fliegt auf. Mit einem Mordsknall.

Da wär's vielleicht besser, man setzt sich rechtzeitig vorher ab.

5. März. Barber ist da. Wir hatten gleich gestern abend ein ausführliches Gespräch. Ich tat anfangs ungnädig und sagte, die Prinzessin sei sehr verärgert. «Wozu habe ich einen der besten und teuersten Anwälte Wiens, wenn er mir solche Kleinigkeiten nicht vom Hals hält», hätte sie geäußert. Und: «Vielleicht muß ich mich nach jemand umsehen, der meine Interessen besser vertritt!»

Aber die Tour konnte den alten Fuchs keine Sekunde beeindrucken. Im Gegenteil. Er war sofort bereit, sein Mandat niederzulegen. Das fehlte gerade noch! Damit wär uns jetzt überhaupt nicht gedient.

Ich hab's also schnell mit einer andern Gangart versucht. Ich schob alles auf Louise. Sie sei ungehalten und nervös, weil sie von den Dingen nichts versteht. Und ich versicherte ihm, daß er nach wie vor mein volles Vertrauen hat.

Als wir endlich vernünftig miteinander redeten, kam raus, daß wir den Wirbel allein der Annonce verdanken. Sie war keineswegs nur in der *Gazette* erschienen, wie wir glaubten, sondern in jeder halbwegs wichtigen Zeitung Europas. Zu ihrer systematischen Verbreitung war eigens die Agentur Havas bemüht worden. Von Budapest bis London, von Neapel bis Petersburg konnte alle Welt lesen, daß Philipp von Coburg seiner Gemahlin den Geldhahn abgedreht hat.

Am selben Tag, an dem die Wiener *Freie Presse* die Annonce brachte, waren die Bankiers Reicher und Spitzer mit besorgten Gesichtern in Barbers Kanzlei aufgekreuzt. In ihrem Safe liegt ein Wechsel über 450 000 Gulden, der Louises Unterschrift trägt. Sie wollten wissen, ob Prinz Philipp trotz der öffentlichen Erklärung bereit sei, das Akzept einzulösen, so wie er's bisher zu tun pflegte. Oder ob unter den veränderten Umständen das Papier, das am 20. März fällig wird, nun der Prinzessin präsentiert werden müßte.

Barber war daraufhin zweimal im Palais Coburg vorstellig geworden. Zunächst ehe er mir telegrafierte und dann nochmals danach. Ohne jeden Erfolg. Philipp ließ sich nicht sprechen. Dafür gab ihm Kammervorsteher Kodolitsch aber unmißverständlich zu verstehen, daß Seine Hoheit nicht daran dächte, den Wechsel einzulösen. Er hätte seinen Standpunkt zu dieser und allen ähnlichen Fragen in der bewußten Annonce unmißverständlich deklariert. Dabei bliebe es. Basta.

Als der Anwalt mit seinem Bericht geendet hatte, sah er mich forschend an. Dann sagte er: «Sie wissen, Graf, daß ich das Geschäft seinerzeit entriert habe. Sie waren, geben wir's freimütig zu, in ärgster Bedrängnis und brauchten Geld zu jedem Preis. Ich bitte, sich zu erinnern, daß Sie mir dies ausdrücklich sagten! Es wäre mir mehr als peinlich, wenn die Bankiers, die Ihnen auf meine Empfehlung hin behilflich waren, nun geschädigt werden sollten.»

Seine Leichenbittermiene reizte mich zum Widerspruch: «Jetzt machen Sie aber einen Punkt, Doktor!» antwortete ich. «Die Bankiers, von denen Sie sprechen, sind ordinäre Wucherer. Für einen kleinen Übergangskredit mit halbjähriger Laufzeit haben sie fünfzig Prozent Zinsen kassiert. Ich denke, wir waren diesen sauberen Herren behilflich und nicht umgekehrt!»

«Man kann auch Ihren Standpunkt vertreten, Graf Mattachich, das will ich einräumen. Nur wird sich ein endgültiges Urteil erst später abgeben lassen.»

«Wie meinen Sie das?» fragte ich kühl.

«Ganz einfach. Erst muß der Wechsel bezahlt sein!» antwortete Barber.

Damit waren wir wieder beim Thema.

Es hatte keinen Sinn, weiter um den Brei rumzureden. Ich gab zu, daß wir augenblicklich nicht in der Lage sind, das Papier einzulösen, und bat Barber, sich sofort um eine Prolongation zu bemühen.

Der hatte das vorausgeahnt und schon seine Fühler ausgestreckt. Reicher und Spitzer wären unter Umständen bereit, unseren Wünschen zu entsprechen, meinte er.

Ich schöpfte Hoffnung. «Was sind die Bedingungen?» fragte ich.

«Sie verlangen Wechsel-Bürgschaft Seiner Hoheit des Prinzen von Coburg», sagte der Advokat.

Ich mußte lachen. «Wenn ich die Bürgschaft des Prinzen habe, hol ich mir das Geld hier beim *Crédit Lyonnais* oder bei der Bank von England. Zu drei Prozent!»

Barber zuckte nur die Achseln.

«Nein, mein Lieber», fuhr ich fort, «das mit der Bürgschaft müssen sich die schlauen Herren aus dem Kopf schlagen. Nach Lage der Dinge ist das völlig undenkbar.»

«Und ich sehe dann nach Lage der Dinge keinen Weg, die Katastrophe zu vermeiden», sagte Barber. «Es bleibt nicht mehr viel Zeit. Was mich betrifft, so bin ich am Ende meines Lateins.»

Er war entschlossen, sofort nach Wien zurückzufahren. Unter dem Vorwand, daß ich das Problem mit der Prinzessin durchsprechen müßte, konnte ich ihn schließlich dazu bewegen, seinen Aufenthalt hier zu verlängern.

L

Immer wieder spricht Geza vom «Ernst unserer Lage». Es müsse ein Ausweg gefunden werden. Und zwar sofort! Sein ständiger Refrain ist: «Wir haben kein Geld mehr! Begreifst du, was das bedeutet?»

Da ich nie im Leben Geld in Händen hatte, bedeutet es mir nicht viel. Einer königlichen Prinzessin ist es versagt, Geld zu haben. Ihre Hofdame hat die Rechnungen zu bezahlen oder der Kammervorsteher. Jetzt erledigt Geza diese Aufgabe, und ich bin ihm sehr dankbar dafür.

Mein mangelndes Verständnis für finanzielle Angelegenheiten kommt ihm kindisch vor. Aber ich weiß wirklich nicht, was uns so Entsetzliches passieren könnte! Der Gemahlin eines vielfachen Millionärs und Tochter eines noch vielfacheren Milliardärs wird doch kein Mensch den Kredit verweigern! (Wenn ich nur genau wüßte, was Kredit ist). Ganz gleich, wie viele Annoncen Philipp aufgibt, solange wir verheiratet sind, muß er für mich sorgen. Wahrscheinlich will er mich mit seinen empörenden Inseraten nur zur Rückkehr zwingen. Aber das wird er nie erreichen! Und wenn er endlich in die Scheidung einwilligt, einmal wird der Tag ja kommen, dann muß er mir eine Existenzgrundlage sichern, die meinem Rang entspricht. Das ist logisch, das sagt mir mein Gerechtigkeitssinn.

Die Fugger saß neben mir im Wagen. Ich merkte, daß sie mich heimlich von der Seite ansah. Sie wollte mit mir sprechen, wollte versuchen, mich zu beraten. Aber ich war derart aufgeregt bei dem Gedanken, ihn nach den vielen Jahren wiederzusehen, daß ich außerstande gewesen wäre, ihr zuzuhören. Dabei weiß ich natürlich, wie gut sie es mit mir meint.

Der angsterfüllte Respekt, den ich als Kind immer vor ihm empfunden hatte, war wieder da. Er drohte, mich heute ebenso zu lähmen wie früher. Ein bestimmtes Erlebnis ging mir nicht aus dem Sinn. Ein albernes Erlebnis vielleicht, aber es war unlösbar mit den Erinnerungen an meinen Vater verbunden.

In den Gärten von Laeken wächst das beste Spalierobst von ganz Belgien. Uns Kindern war streng verboten, davon zu pflücken. Eines Abends ging ich allein durch den Garten. Es dämmerte schon. Ich schlenderte die Kieswege entlang. Plötzlich sah ich, halb unter dem Laub verborgen, einen wundervollen, reifen Pfirsich.

Ich vergewisserte mich, unbeobachtet zu sein. Dann riß ich den Pfirsich schnell ab und lief in eine Laube, deren dichte Berankung mir Schutz bot. Dort aß ich ihn so gierig, daß er mir nicht einmal schmeckte. Ich spülte die klebrigen Hände im Goldfischteich und kehrte ins Schloß zurück.

Am nächsten Morgen wurde ich zu meinem Vater zitiert. Er sagte mir auf den Kopf zu, daß ich die Frucht gestohlen hätte. Vor Überraschung gestand ich es sofort. Die harte Strafe lautete: Zwei Stunden zwischen den Doppeltüren.

Meine Mutter war dabei, als er Gericht über mich hielt. Sie wußte genau, wie sehr ich diese Bestrafung fürchtete. Die Kinderfrau fand mich stets in Tränen gebadet, wenn sie mich bei früheren Vergehen nach der auferlegten Zeit aus meinem dunklen Gefängnis befreite. Aber meine Mutter sagte kein Wort, um mir zu helfen.

Zwei volle Stunden stand ich eingekerkert zwischen den doppelten Türen zu unserem Unterrichtsraum und machte mir selbst die schwersten Vorwürfe. Ich hatte gestohlen, ohne zu bedenken, daß mein Vater, den ich Gott gleichsetzte, es sofort merken würde. Mein Vater sah alles, wußte alles, es war unmöglich, vor ihm etwas geheimzuhalten.

Später erwähnte unser alter Gärtner, daß der König die reifen Früchte stets zählte. Er sagte es ganz zufällig, ohne zu ahnen, was seine Worte für mich bedeuteten. Mein Vater war also nicht gottähnlich, sondern die Pfirsiche waren von ihm selber abgezählt worden. Daher wußte er sofort, wenn einer fehlte.

Schon damals versuchte ich, mit dieser Erkenntnis den tiefen Respekt zu bekämpfen, den mein Vater mir einflößte. Aber wenn es mir vielleicht auch gelang, das Piedestal, auf das ich ihn gestellt hatte, etwas niedriger zu machen, so wuchs doch gleichzeitig meine Angst vor einem König, der geizig seine Früchte zählte und jeden Verlust grausam rächte.

Als jetzt unsere Equipage durch das Tor fuhr und in den Park von «Les Cèdres» einbog, ertappte ich mich dabei, daß ich nach Pfirsichbäumen Ausschau hielt.

Vor der Villa, die mehr einem Schloß gleicht, wartete der Haushofmeister. Er geleitete uns in einen Salon und versprach, Seiner Majestät unsere Ankunft zu melden.

Dies also war das Haus, das mein Vater sich in Cap Ferrat erbaut hatte und wohin ihn meine Mutter nie begleiten durfte.

Ich wußte aus den Brüsseler Zeitungen, daß er sich nur noch selten in der belgischen Hauptstadt aufhält, da ihn der Kongo ganz in Anspruch nimmt. Was die Villa an der Riviera mit dem fernen Kongo zu tun haben sollte, blieb allerdings unerklärt.

Wir waren pünktlich zu der von ihm für die erbetene Audienz angesetzten Stunde erschienen. Er war vor fünf Tagen in Cap Ferrat eingetroffen, und ich hatte ihm sofort geschrieben.

Er ließ uns warten.

Mit jeder Minute, die verging, wurde ich nervöser. Die Fugger versuchte Konversation zu machen, aber ich antwortete ihr so einsilbig, daß sie bald schwieg.

Plötzlich wurde die Tür zum Nachbarraum, die nur angelehnt war, aufgestoßen. Ich erwartete meinen Vater zu sehen, aber es erschien nur ein winziger Hund in der Türöffnung.

Ich mußte laut lachen.

«Der König hatte schon immer eine Vorliebe für kleine Hunde», erklärte ich der Fugger, froh über die Ablenkung. «Früher besaß er einen Affenpinscher, den er ‹Squib› nannte. Mit dem spielte er sonntags oft, statt zur Messe zu gehen. Meine fromme Mutter machte ihm ernsthafte Vorhaltungen deswegen. Der König müßte dem Hof ein gutes Beispiel geben. Obwohl ihm die Ermahnungen meiner Mutter meist vollkommen gleichgültig waren, besuchte er von da an regelmäßig die Messe. Nur nahm er den Affenpinscher mit. Den winzigen Hund auf dem Arm, schritt er würdevoll und ernst zur Kapelle. Während mein Vater die Augen geschlossen hielt und entweder schlief oder mit seinen Gedanken woanders war, hörte das Tier artig und aufmerksam zu. Stephanie und ich fanden das so komisch, daß wir uns furchtbar zusammennehmen mußten, um nicht zu kichern.»

Wieder begann ich zu lachen, obwohl es sicherlich aus reiner Nervosität geschah. Die Fugger stimmte in mein Gelächter ein.

Da ertönte die bekannte Stimme: «Du scheinst viel Grund zur Heiterkeit zu haben!» Mein Vater stand in der Tür.

Gräfin Fugger machte den vorgeschriebenen Hofknicks, ich küßte seine Hand und folgte ihm in das Kabinett.

Mein Gott, dachte ich, er ist kleiner geworden! Ich sah ihn noch aus der Kinderperspektive und hatte einen Moment vergessen, daß ich inzwischen erwachsen bin.

Er nahm am Schreibtisch Platz und machte eine flüchtige Geste, daß ich mich ihm gegenüber setzen sollte.

Vor dreizehn Jahren, in Brüssel, an seinem fünfzigsten Geburtstag, hatte ich ihn zuletzt gesehen. Jetzt war sein Bart noch weißer, sein Haar noch spärlicher, die Nase länger und die Augen härter. Nicht der Schatten einer Wiedersehensfreude war auf seinem Gesicht zu lesen, nicht einmal das kalte Höflichkeitslächeln, mit dem man sogar einen Feind empfängt.

Er sah mich stirnrunzelnd an und sagte dann, Ungeduld in der Stimme: «Nun?»

In mir regte sich Trotz. Ganz so leicht wollte ich es ihm nicht machen. «Wie geht es Mama?» erkundigte ich mich.

«Schlecht», brummte er. «Sie ist genauso empört über deine skandalöse Aufführung wie ich.»

Da hatte er mich schon beim Thema. Ich sagte ihm also, weshalb ich gekommen war. Ich bat um seine Einwilligung zu einer Scheidung. Ich erklärte ihm, daß Philipp sicherlich zu diesem Schritt zu bewegen sei, wenn ihn der König von Belgien guthieße. Ich führte ihm vor Augen, wie unmöglich das Zusammenleben mit Philipp sei. Er, mein Vater, hatte vor vielen Jahren gezögert, diese Heirat zu billigen. Mit Recht. Denn Philipp und ich sind heute beide sehr unglücklich. Die Verbindung war ein Fehler, der aber durch die Scheidung aus der Welt zu schaffen sei. Dabei müßte auch eine vernünftige finanzielle Einigung erzielt werden.

Während ich sprach, blätterte er gelangweilt in irgendwelchen Akten. «Bist du fertig?» fragte er, als ich verstummte.

Ich nickte.

«Meine Liebe», sagte er, und nie habe ich diese freundlichen Worte so kühl aussprechen hören, «du hast Glück! Du besitzt einen Paravent. Und das ist dein Gatte. Was du hinter dem Paravent treibst, geht niemanden etwas an. Wichtig ist nur, daß du ihn dir erhältst. Du mußt also nach Wien zurückkehren und deine Ehe wie bisher fortsetzen. Nach außen hin, wenigstens.»

Als er dies vorschlug, war ich mir der Ungeheuerlichkeit seiner

Worte noch nicht bewußt. Ich begriff nur, daß er ablehnte, mir zu helfen.

Jetzt mußte ich gestehen, daß Philipp nicht mehr für meine täglichen Ausgaben aufkommt. Ich berichtete von der Annonce, mit der er sich selbst dem Gespött und mich meinen Gläubigern ausgeliefert hatte.

Zum ersten Mal verzog sich das Gesicht meines Vaters zu etwas, das einem Lächeln ähnelte. «Recht hat er! Das hat er gut gemacht», sagte er.

Ich schilderte meine verzweifelte finanzielle Lage und gab zu, daß ich nicht mehr wüßte, wie es weitergehen sollte. Schließlich bat ich ihn um Geld.

«Dir Geld geben hieße Wein in ein Faß ohne Boden schütten», erklärte er ungerührt.

«Dann begleichen Sie wenigstens meine dringendsten Schulden!» flehte ich.

«Angenommen, ich zahle deinen Gläubigern einen einzigen Franc. Sofort würde dein Kredit wieder steigen, den Philipp so weise untergraben hat. Die Schneiderinnen würden dir noch mehr Roben anhängen, die Modistinnen dich mit Hüten und die Juweliere mit Schmuck überschütten. Mit einem Wort: Deine Schulden würden weiter und weiter wachsen. Von mir kannst du nur eines bekommen.»

Ich sah ihn gespannt an.

«Ein Eisenbahnbillet nach Wien, meinetwegen auch einen Extrazug. Sonst nichts!»

Nach ein paar Floskeln war ich verabschiedet.

Der Haushofmeister geleitete die Fugger und mich zum Wagen, wir traten die Rückfahrt an.

Ich war wie betäubt.

Als ich Gezas erwartungsvolles Gesicht sah, brach ich in Tränen aus. Ich bat ihn, mich zu umarmen. Ich klammerte mich an ihn. Mir war, als ob ich aus einer eisigen Höhle in einen warmen, freundlichen

Raum getreten wäre. Und obwohl das ein erlösendes Gefühl war, flossen die Tränen weiter.

Geza war herzensgut wie immer. Den Mißerfolg brauchte ich nicht erst zu erwähnen, der stand mir ins Gesicht geschrieben. Trotzdem mußte ich alles haargenau erzählen.

Ich berichtete wortgetreu, was ich und was er gesagt hatte, aber ich verschwieg ihm die erschreckende Gefühllosigkeit meines Vaters. Der König akzeptiert mich einfach nicht als Menschen aus Fleisch und Blut. Ich bedeute ihm nichts. Der kleine Hund, der in den Salon gelaufen kam, steht ihm näher als seine Tochter.

Er war nie anders. Was hatte ich eigentlich erwartet? Warum sollte er sich geändert haben? Warum sollte es mir besser ergehen als meiner Mutter! Nie hat er sich bemüht zu bemänteln, wie gleichgültig sie ihm ist. Er spricht nicht mit ihr, er begrüßt sie nicht. Wenn sie plötzlich nicht mehr da wäre, er würde es nicht bemerken.

Mein kleiner Bruder, der Kronprinz von Belgien, starb mit zehn Jahren. Von dem Tag an wurde das Leben meiner Mutter immer trauriger, immer sinnloser. Mein Vater zwang sie, noch einmal mit ihm ins Bett zu gehen. Es muß sie eine ungeheuerliche Überwindung gekostet haben. Sie wurde auch prompt schwanger, eine Zeitlang besserte sich daraufhin die Stimmung in Laeken. Ich war damals vierzehn Jahre alt, und obwohl ich die Dinge nicht richtig verstand, ahnte ich doch die Zusammenhänge.

Als meine Mutter wieder einem Mädchen das Leben schenkte, bekam der König einen solchen Wutanfall, daß man ihn gewaltsam aus dem Zimmer der Wöchnerin entfernen mußte. Tagelang bewachten treue Diener die Tür des Schlafzimmers meiner Mutter aus Angst, daß er ihr ein Leid antun könnte.

Schließlich resignierte mein Vater und gab die Hoffnung auf einen Thronerben auf. Die Königin hatte in der einzigen Funktion, für die sie seiner Meinung nach da war, versagt. Wir, Stephanie und ich sowie die neue kleine Schwester, waren die traurigen Beweise ihres Versagens, und er übertrug auf uns einen Teil der Schuld, die er meiner Mutter beimaß. Wir existierten, das ließ sich nicht ändern. Mit dieser Erkenntnis erschöpften sich die Gefühle, die er für uns hegte.

Da ich das alles wußte, wie konnte ich an den heutigen Besuch irgendwelche Erwartungen geknüpft haben? Es war meine eigene Schuld, daß ich so bitter enttäuscht wurde. Aber diese Einsicht besserte meine Stimmung nicht.

Während ich Geza die Worte des Königs wiederholte, verstand ich erst, was er gemeint hatte, als er von dem Paravent sprach. Er nimmt keinen Anstoß an meinem Lebenswandel. Keineswegs! Nur daran, daß ich mich zu dem Mann bekenne, den ich liebe. Das geht gegen die Etikette. Und Etikette geht über Moral und Ehrlichkeit! «Was du treibst, geht niemanden etwas an, solange du deinen Gatten als Paravent benutzt!» befiehlt er.

«Er ist genauso frivol wie Philipp», schluchzte ich. «Um keinen Deut besser! Ist dir klar, wie verworfen er ist, was er mir rät? Wie verlogen und schmutzig?»

«Mir ist vor allem klar, daß er kein Geld rausrücken will», entgegnete Geza bitter. «Das bedrückt mich, offen gestanden, mehr als seine moralischen Überlegungen.»

G

7. März. Louise hat sich vom Wiedersehen mit ihrem Vater wahre Wunder versprochen, obwohl ich sie weiß Gott warnte, keine zu hohen Erwartungen daran zu knüpfen.

Das Unternehmen ging dann auch völlig daneben.

Nie zuvor hab ich sie so niedergeschlagen und hilflos erlebt. Sie weinte in einer Tour. Bald in Verzweiflung, bald im Zorn. Es sah aus, als würde sie sich überhaupt nicht mehr beruhigen.

Schließlich wußte ich mir nicht anders zu helfen: Ich packte sie ins Bett und mich daneben. Das wirkte. Man muß eben für alles die richtige Medizin haben.

Als ich ihr später vorschlug, das Souper abzusagen, zu dem Herzog Ernst Günther für den Abend gebeten hatte, wollte sie nichts davon hören. Sie war wieder völlig obenauf und versicherte, mit Vergnügen der Einladung des Herzogs Folge leisten zu wollen.

Im Hotel, wo ich mich für den Abend umzog, fand ich ein Billett von Barber vor. Er bat dringend um eine Unterredung. Da ich das Ergebnis des Gesprächs zwischen Louise und ihrem Vater abwarten wollte, war ich ihm geflissentlich aus dem Weg gegangen.

Eine Stunde später kam ich die große Freitreppe zur Halle herunter und überlegte gerade, daß ich mich Barber morgen stellen müßte, wie verzweifelt auch unsere Lage nach wie vor sein mochte, als ich ihn in der Drehtür erscheinen und auf den Portier zugehen sah.

Selten hab ich so schnell kehrtgemacht.

Im ersten Stock hielt ich an. Es hatte keinen Sinn, meine Zimmer aufzusuchen. In einer Minute würde dort ein Hotelpage anklopfen, um mir den Anwalt zu melden.

«Der Personalausgang!» schoß es mir durch den Kopf. Ich ging, nein, ich lief den Flur hinunter, verschwand am Ende hinter einem Vorhang und stand auf der Personaltreppe. Im Frack, mit Zylinder und weißen Handschuhen, verließ ich wenig später durch die Hintertür unbemerkt das Hotel.

Während des Soupers war ich ziemlich stumm. Ganz im Gegensatz zu Louise. Sie brillierte gleichermaßen mit Juwelen und guter Laune. Im Vergleich zum Nachmittag war sie wie ausgewechselt. Während ich unentwegt überlegte, was ich wohl Barber sagen könnte.

Endlich kam mir eine letzte verzweifelte Idee.

In einem günstigen Augenblick, als Louise von Freunden begrüßt wurde, bat ich Herzog Ernst Günther, mir am morgigen Vormittag eine Unterredung unter vier Augen zu gewähren. Es ginge um seine Verlobung mit Prinzessin Dora, an der ihm doch dringend gelegen sei, deutete ich orakelhaft an. Wir sind für halb elf verabredet.

8. März. Ich schickte Barber eine Nachricht, daß ich ihn gegen zwölf zu einem Frühstück erwarten würde, verließ das Hotel (diesmal durch den Haupteingang) und ging zu Fuß hinüber ins «West-End».

Es war ein besonders schöner Vormittag. Ich war bereit, den blauen Himmel über dem noch blaueren Meer als gutes Omen für den

Verlauf meiner Besprechung zu deuten. Obwohl mir Ernst Günther zu Schleswig-Holstein alles andere als sympathisch ist und ich die vor mir liegende Begegnung nur zu gern vermieden hätte. Aber in der Not frißt der Teufel bekanntlich Fliegen. Die kleine Dora tut mir jetzt schon leid, daß sie den Kerl heiraten soll.

Dieser Ernst Günther ist ein steifer, humorloser Preuße. Wenn er sich auch einen Packsattel voll auf sein Schleswig-Holsteinertum einbildet. Was ihn wiederum nicht hindert, ständig damit aufzuschneiden, daß der Potsdamer Oberpreuße sein Schwager ist. Wer drei Minuten die Ehre hat, mit dem Herzog zu sprechen, bekommt es todsicher zu hören.

Seine Schwester, die deutsche Kaiserin, hat bei der Verteilung der äußeren Vorzüge bekanntlich nicht gerade in der ersten Reihe gestanden. Aber gegen ihren Bruder ist sie noch glimpflich davongekommen.

Zwischen dem Herzog und seiner kaiserlichen Schwester soll es übrigens keineswegs mehr zum besten stehen. Und zwischen ihm und Wilhelm II. schon gar nicht. Der Comte de Pignard hat mir die Geschichte erzählt. Er will sie vom französischen Gesandten in Berlin erfahren haben.

Der Berliner Hof war lange Zeit durch anonyme schweinische Briefe an die Mitglieder der kaiserlichen Familie in Aufregung und Nervosität versetzt worden. Selbst S. M. wurde nicht verschont. Es soll sich um üble Schmierereien gehandelt haben, die bei aller perversen Phantasie des Schreibers unbestreitbar intime persönliche Kenntnis der Lebensgewohnheiten des jeweiligen Adressaten verrieten. Die Folge waren wüste gegenseitige Verdächtigungen unter der höchsten Hofgesellschaft, was schließlich zu mehreren Duellen nebst peinlichen Kriminaluntersuchungen führte und Wilhelm mehrfach zur direkten Intervention zwang, um zu vermeiden, daß der Skandal auch noch in die Öffentlichkeit getragen wurde.

Offiziell ist der Täter nie ermittelt worden. Unter Eingeweihten erzählt man sich hinter der vorgehaltenen Hand, daß die Briefe schlagartig aufhörten, als Ernst Günther vor zwei Jahren, nach einem dramatisch verlaufenen Gespräch mit seinem Schwager – das unmittelbar nach dem Besuch des Polizeipräsidenten von Richthofen beim Kaiser stattgefunden haben soll – Hals über Kopf den Berliner Hof verließ, um sich in die Einsamkeit seiner schlesischen Besitzung Primkenau zurückzuziehen. Angeblich ist der Herzog, der den großstädtischen Vergnügungen der deutschen Metropole sehr zugetan war, seither nicht wieder in Berlin gesehen worden.

Das ganze mag ein Gerücht sein, obwohl mir Pignard versichert, es sei die Wahrheit. Aber Gerücht oder nicht, wenn ich mir diesen Herzog ansehe, freu ich mich ehrlich, daß ich nicht Dora bin.

Ich war nota bene ein perfekter Gentleman und hab Louise von alldem kein Sterbenswörtchen erzählt. Ich bin nämlich herzlich froh, daß Dora endlich unter die Haube kommt. Es ist besser für Louise und mich, wenn wir sie los sind.

«Darf ich zunächst sagen», begann ich die Unterhaltung mit dem Herzog etwas feierlich, «daß ich ohne Kenntnis oder gar Zustimmung der Königlichen Hoheit die Initiative für unsere heutige Begegnung ergriffen habe.»

«Sie wird auch nichts davon erfahren. Niemand erfährt was, solange Sie mich nicht ausdrücklich hierzu autorisieren. Sie haben das Wort des Erbprinzen zu Schleswig-Holstein», sagte er steif und setzte sich erwartungsvoll im Sessel zurecht. «Schießen Sie los, Graf! Bin ganz Ohr!» Es klang entsetzlich preußisch.

«Zwischen Eurer Hoheit und Ihrer Königlichen Hoheit werden bald enge verwandtschaftliche Beziehungen hergestellt sein», eröffnete ich die eigentliche Partie.

Der Herzog unterbrach gut gelaunt. «Leider ist es noch nicht so weit. Meine charmante Frau Schwiegermama in spe ... ich hoffe, sie guten Gewissens so nennen zu dürfen ... läßt mich immer noch zappeln. Scheint ihr ganz einfach Spaß zu machen. Denn ich will annehmen, daß andere Gründe für ihr Verhalten nicht vorliegen.»

«Ja und nein», sagte ich. «Es gibt Gründe. Aber sie betreffen nicht Ihre Person. Das kann ich Eurer Hoheit versichern.»

«Hör' ich gern, hör' ich gern. Und nun spannen Sie mich bitte nicht weiter auf die Folter, verehrter Graf!»

«Sie wissen, daß es um die Ehe Ihrer zukünftigen Schwiegereltern nicht zum besten bestellt ist.» Ich sah den Herzog an. Seine Miene verriet nicht die geringste Reaktion. «Nun hat sich Philipp von Coburg etwas Neues ausgedacht», fuhr ich fort, «wie er die Frau Prinzessin . . . ich will mich vorsichtig ausdrücken . . . schikanieren kann.»

«Hängt das mit dieser ominösen Annonce zusammen?» fragte Ernst Günther.

«Richtig, Hoheit, die Annonce gehört mit in das unglaubliche Spiel. Der Prinz weigert sich nämlich neuerdings, seiner Gemahlin die ihr zustehenden Revenüen auszuzahlen.»

Die Behauptung entsprach nicht der Wahrheit. Philipp hatte bis zur Stunde von dem vereinbarten Unterhalt keine Krone gestrichen.

«Daß sie ihrem Mann da die eine odere andere Rechnung zuschicken läßt», sagte ich weiter, «ist nur verständlich. Aber Spaß macht ihr das nicht. Im Gegenteil. Die Frau Prinzessin ist sehr bedrückt. Speziell durch eine sich als Folge der Entwicklung mehr und mehr abzeichnende . . .» Ich bemühte mich, den Eindruck zu erwecken, als ob es mir unmöglich sei, den Satz zu vollenden.

«Durch eine sich mehr und mehr abzeichnende . . .» wiederholte mein Gegenüber mit unbewegtem Gesicht. Dann kam ein ungeduldiges «Na?»

«Wie soll ich's nennen . . . durch eine sich abzeichnende Finanzkrise im Haushalt der Prinzessin», sagte ich fast schamhaft.

Der Herzog schüttelte den Kopf. Stumm. Fassungslos.

Unanständige Briefe schreiben, das mochte es in solchen Kreisen geben. Aber kein Geld haben, das ist indiskutabel! Mir wurde klar, daß ich ihn beruhigen und wieder aufrichten mußte, wenn das Unternehmen nicht verloren sein sollte.

«Diese Misere ist natürlich nur durch das Zusammentreffen unglücklicher Zufälle entstanden», fügte ich schnell hinzu. «Das muß jedem klar sein, der weiß, daß Ihre Königliche Hoheit eine der reichsten Erbinnen der Welt ist. Und wer in Europa weiß das nicht! In kürzester Zeit sind die Schwierigkeiten überwunden. Das steht fest.»

Der Herzog schüttelte noch immer den Kopf.

Jetzt ließ ich die Katze aus dem Sack. «Aber sie erzeugen nicht gerade die rechte Stimmung, das Ja-Wort für die einzige Tochter zu geben und frohgemut Verlobung zu feiern!»

Ernst Günther zu Schleswig-Holstein stand auf. Er zündete sich umständlich eine Zigarre an, blies ein paar Tabakwolken in die Gegend und fragte endlich, steif im Raum herumstelzend, mit schnarrender Stimme: «Und was, Mattachich, sollte ich Ihrer Meinung nach tun, um die Laune der ... der ... Königlichen Hoheit im Sinn einer für mich günstigen Entscheidung zu beeinflussen?»

«Die Frau Prinzessin kann sich zur Behebung der gegenwärtigen Malaise ein kurzfristiges Darlehen verschaffen, das pünktlich zurückgezahlt wird.»

Der Herzog blieb stehen und hörte mir zu.

Ich unterschlug geflissentlich, daß es bei der Beschaffung neuer Mittel vor allem um die Bezahlung alter Wechselschulden ging. «Ein Beweis familiärer Hilfsbereitschaft seitens Eurer Hoheit», fuhr ich fort, «würde mit Sicherheit Früchte tragen.»

«Mattachich, nicht um den Brei rum!» schnarrte er. «Klar und präzis, wenn ich bitten darf!»

Wie der Kerl vor mir stand mit gerötetem Gesicht, aus dem helle Empörung über das sprach, was noch gar nicht gesagt war, gab es nicht die geringste Chance, Verständnis, geschweige denn Hilfe zu finden. Aber jetzt reizte es mich, den aufgeblasenen Popanz vollends aus der Fassung zu bringen.

«Für das Darlehen benötigt Ihre Königliche Hoheit eine Bürgschaft, deren Bonität über jeden Zweifel erhaben ist», sagte ich pointiert.

«Ich welcher Form müßte die Bürgschaft gegeben werden?» fragte der Herzog.

«Durch ein Aval auf dem auszustellenden Wechsel», erklärte ich. Und fügte seelenruhig hinzu: «Durch die zusätzliche Unterschrift einer Persönlichkeit Ihres Ansehens, Hoheit. Erst müßte die Frau Prinzessin unterschreiben und dann Sie als Bürge.»

Das hatte eingeschlagen.

«Wechsel! Aval! Bonität!» schoß es aus ihm heraus. «Sind wir denn hier bei Rothschilds?»

Leider nicht, dachte ich.

«Was heißt bei Rothschilds – in einer hebräischen Wucherhöhle!» Er begann wieder auf und ab zu stelzen. «Schlimm, verdammt schlimm, was Sie über die desolaten Finanzen der Prinzessin berichten. Verstehe ihren Gemahl nicht!» Er hielt ein und sah mich an. «Verstehen Sie ihn? Ist ja auch schnuppe!» Er ging weiter. «Unglaublich. Grauenhaft. Hatte nicht die leiseste Ahnung.» Er blieb wieder stehen. «Und Ihre Offerte, Verehrtester! Absurd! Bei Ihnen da unten in Kroatien mag das vielleicht angehen, aber, mit Verlaub, ein deutscher Herzog, noch dazu wenn er dem allerhöchsten Kaiserhaus verwandtschaftlich nahesteht, unterschreibt keinen Wechsel!»

Endlich hatte er wieder Gelegenheit, an seine kaiserliche Sippe zu erinnern.

«Kann mir, ehrlich gesagt, auch schwer vorstellen, daß eine belgische Königstochter so was tut!»

Wenn du wüßtest, wieviel Wechsel die schon unterschrieben hat, dachte ich.

«Soll sich doch verdammt an den Herrn Papa wenden! Der hat mehr Geld als alle Rothschilds zusammen! Und wir wollen dieses Gespräch am besten vergessen», sagte der Herzog, zum Schluß kommend.

Ich stand auf.

«Aber lassen Sie mich mit der Chose ein für allemal zufrieden», mahnte er. «Dann meinetwegen Schwamm drüber. Sela!»

Barber hatte nichts von meinem Versuch gewußt, den Herzog als Wechselbürgen zu gewinnen. Ich wollte erst wissen, woran ich war, bevor ich den Vorschlag unterbreitete. Nun, wo sich die Sache erledigt hatte, brauchte ich sie nicht mehr aufs Tapet zu bringen. Aber wie's jetzt weitergehen sollte, war mir völlig unklar. Entsprechend pessimistisch sah ich dem Frühstück mit dem Anwalt entgegen.

Ich hatte einen verärgerten Barber erwartet und war überrascht, ihn aufgeräumt und freundlicher Stimmung zu sehen. So kannte ich ihn kaum. Denn von Haus aus ist er ein arg fader Kerl. Ein Paragraphenfuchser, wie er im Buch steht.

Der Grund der guten Laune: Er war begeistert von Nizza und fest entschlossen, im nächsten Winter mit seiner Frau ein paar Wochen hier auszuspannen.

«In meinem Beruf muß man der ärgerlichsten Geschichte noch was Gutes abgewinnen. Sonst ist man verloren», philosophierte er. Und dann erzählte er strahlend: «Ich bin zu Fuß auf den Schloßberg gestiegen! Diese vermaledeite Treppe hinauf, die Montée Lesage. An der alten Burgruine vorbei bis auf den höchsten Gipfel. Kennen Sie die Treppe? Gleich an der Rue Ponchette beginnt sie.»

«Ich kenne sie. Aber nur von unten», sagte ich wahrheitsgemäß.

«Das ist jammerschade! Der Blick oben ist unbeschreiblich. Sie sehen die ganze Küste hinunter bis Antibes. Da schenk ich Ihnen zweimal unsern Kahlenberg. Das Meer hier! Der Himmel! Die Sonne! Bitte, um diese Jahreszeit! Wir haben März! Wenn ich ans kalte Wien denke, graust's mich richtig. Und wissen Sie, wann ich da oben war?»

Ich schüttelte den Kopf.

«In aller Früh! Um acht war ich bereits unterwegs. Wundern Sie sich also nicht, daß ich einen gesunden Appetit mitgebracht habe.»

Inzwischen war aufgetragen worden, und Barber griff nach Herzenslust zu. Auch der Chablis, den ich zum Lachs servieren ließ, mundete ihm ausgezeichnet.

Während ich zum wiederholten Mal nachschenkte, sagte er: «Ich habe eine ganze Menge geredet, aber ich hab Sie dabei genau beobachtet, lieber Graf.»

Ich sah ihn fragend an.

«Sie erwecken nicht den Eindruck», fuhr er mit einem Lächeln fort, «als ob Sie neue brauchbare Propositionen machen könnten.»

Mir blieb keine Wahl, als zu gestehen, daß ich nicht weitergekommen war. So direkt drückte ich mich natürlich nicht aus. Ich sagte, daß ich nach wie vor mehrere Eisen im Feuer hätte, er müßte sich aber noch einige Tage gedulden.

«Mit noch so viel Geduld und größter Anstrengung wird es Ihnen nicht gelingen, die Zeit anzuhalten», antwortete er. «In ein paar Tagen muß nun mal bezahlt werden. Mit Wechseln ist es wie mit dem Jüngsten Gericht: Aufschub ausgeschlossen!» Er legte das Besteck beiseite. «Aber ich wäre ein miserabler Anwalt, der sein Honorar nicht verdient, wenn ich mich auf Sie verlassen hätte!»

Ich erfuhr, daß er inzwischen telegraphisch mit den Wiener Bankiers Verbindung aufgenommen hatte. Es war ihm gelungen, den Herren verständlich zu machen, daß nach Lage der Dinge die Bürgschaft Philipps nicht zu verlangen sei. Sie hatten sich daraufhin bereit erklärt, an seiner Stelle die Kronprinzessin-Witwe Stephanie als Bürgen zu akzeptieren.

Mir wurde sofort klar, daß dies für uns die einzige reelle Chance war, fürs erste von den drückendsten Sorgen frei zu kommen. Das weitere würde sich dann ins Lot bringen lassen. Noch etwas schoß mir durch den Kopf: Mit Stephanies Bürgschaft müßten wir's sogar schaffen, zusätzliches Bargeld in die Finger zu kriegen. Wir sind ja so gut wie blank.

Ich packte den Stier bei den Hörnern und verbürgte mich dafür, die Unterschrift der Kronprinzessin rechtzeitig herbeizuschaffen, sofern die neue Wechselsumme um einen angemessenen Betrag zu Louises Gunsten erhöht würde.

Als wir uns nach zwei Stunden trennten, hatten wir folgendes vereinbart: Louise unterschreibt schnellstens einen neuen Wechsel. Laufzeit drei Monate, also bis zum 20. Juni dieses Jahres, über insgesamt 750 000 Gulden. Von dieser Summe werden 450 000 Gulden zur Bezahlung des am 20. März fälligen Akzepts benutzt, 150 000 werden bar an uns ausbezahlt, den Rest behalten Reicher und Spitzer als Zinsen und Spesen sofort ein.

Barber hofft zuversichtlich, noch heute auf telegraphischem Weg das Einverständnis zu erlangen. Er hat in meiner Gegenwart die Depesche aufgesetzt und sie diplomatisch verschlüsselt. Nur für Eingeweihte ist verständlich, um welche Art Transaktion es geht.

Jetzt heißt es, sich ein paar Stunden in Geduld fassen. Es könnte sein, daß trotz der danebengegangenen Visite bei dem uncharmanten Preußen der Tag doch noch hält, was sein blauer Himmel versprach.

8. März. Ich bin allein. Geza und Ozegovich sind in Monte Carlo. Dora, die Rouvignard und Gräfin Fugger machen eine abendliche Spazierfahrt.

Um ein Haar wäre es zwischen Geza und mir zur ersten Unstimmigkeit gekommen. Ich hielt jedoch den Mund und schwieg. Ich bin sehr stolz darauf, daß ich das geschafft habe. Wenn es nicht Geza, sondern Philipp gewesen wäre, hätte es einen heillosen Krach gegeben. Aber meine Gefühle für Geza sind so warm, so freundschaftlich über alles Intime hinaus, daß ich imstande war, klug zu handeln. Vor allem weiß ich, was immer er sagt oder tut, er will mein Bestes.

Es geht um diesen dummen Wechsel. Er wird bald fällig, hat Geza gesagt, und aus irgendwelchen Gründen muß ein neuer ausgestellt werden. Dazu braucht er meine Unterschrift und die von Stephanie.

Ich fragte, was denn um Himmels willen meine Schwester mit dem Wechsel zu tun hätte. Er sagte, ohne Stephanies Signatur wäre er wertlos. Ich müßte unbedingt sofort an sie schreiben, sie bitten, ihren Namen unter das Papier zu setzen und es mir postwendend zurückzusenden. Wenn ich den Brief heute noch aufgebe, könnte die Antwort in sechs Tagen hier sein, und das wäre der letzte Termin.

Schon als ich den kleinsten Einwand erhob, regte er sich schrecklich auf. Ich wußte, wenn ich jetzt sage, daß ich Stephanie nur sehr ungern um einen Gefallen bitte, würde es zu einer unangenehmen Auseinandersetzung kommen.

Also habe ich ihn beruhigt und nach Monte Carlo geschickt. Er ist ja so eine leidenschaftliche Spielratte. Vielleicht gewinnt er ein Vermögen im Casino. Ich würde es ihm gönnen.

Was könnte ich schreiben?

«Liebe Stephanie, Philipp benimmt sich wie der Lump, der er ja auch ist. Er teilt den Zeitungen mit, daß er für die Schulden seiner Gemahlin nicht aufkommt. Damit kann er mich nicht fangen! Deshalb gehe ich doch nicht zu ihm zurück. Nun brauche ich aber dringend ein paar hunderttausend Gulden, bis jemand ihm beibringt, daß er mich nicht verhungern lassen darf. Sei so lieb und setze auf dem beigefügten Wechsel deinen Namen unter den meinen, sonst verschafft uns der Wiener Advokat kein Geld . . .»

Unmöglich. Ganz und gar unmöglich! Wenn ich in Wien wäre, könnte ich es ihr vielleicht erklären (oder Geza könnte es). Aber brieflich? Stephanie hat sicher noch nie im Leben das Wort «Wechsel» gehört. Ich ja bis vor ein paar Monaten auch nicht. Da sie also nicht versteht, um was es sich handelt, wird sie den Obersthofmeister fragen oder einen ihrer Höflinge. Im Nu würde es in Wien heißen: Louise von Coburg steht vor dem Ruin!

Diesen Triumph gönne ich meinen Feinden nicht.

Außerdem benimmt sich Stephanie katastrophal, seit ich Wien verlassen habe. Ich bat sie, mich in Karlsbad zu besuchen. Sie benutzte die albernste aller Ausreden für ihre Absage. Nach ihren engstirnigen Begriffen habe ich mich kompromittiert. Und jetzt fürchtet sie, sich selbst auch noch zu kompromittieren, wenn sie die Verbindung mit mir aufrechterhält.

Unter solchen Umständen soll ich sie um einen Gefallen bitten? Das geht nicht. Das geht wirklich nicht.

Wie kann ich das Geza nur begreiflich machen? Sicher kommt er mir wieder mit dem «Ernst unserer Lage». Ich habe versprochen, mich sofort an den Schreibtisch zu setzen.

Ich muß also eine Entscheidung treffen. Das ist sicher. Aber welche?

Gegen Mitternacht kam Geza aus Monte Carlo zurück. Ich glaube nicht, daß er gewonnen hat.

Er fragte sofort, ob ich Stephanie geschrieben hätte.

Ich sagte: «Dein dummer Wechsel ist schon unterwegs nach Wien!»

G

16. März 1898. Heute früh kam der Wechsel aus Wien zurück. Pünktlich auf den Tag. Mit Stephanies Unterschrift. Wie Louise mir sagte, hat ihre Schwester keine Zeile dazu geschrieben. Nicht ein einziges Wort. Aber das kann uns nicht kratzen. Hauptsache, wir haben ihre Unterschrift.

Ich bin mit dem Papier gleich zu Barber, der schon seit Tagen nervös auf gepackten Koffern saß. Für die Schönheiten Nizzas hatte er keinen Sinn mehr. Er ist über die Entwicklung, die zum Schluß alles doch noch genommen hat, sehr erleichtert. Zwei Stunden, nachdem er den neuen Wechsel in Händen hatte, saß er bereits im Zug nach Wien.

Das alte Akzept wird nun also am zwanzigsten pünktlich eingelöst, und Barber kann außerdem für uns 150 000 Gulden bar kassieren. Wir haben rund 12 000 Kronen Schulden bei ihm. Die behält er zurück, den Rest überweist er sofort per Scheck.

Fürs erste haben wir Luft. Gemessen an der Klemme, in der wir vor wenigen Tagen noch steckten, ein gewaltiger Fortschritt.

𝓛

Mittwoch. Heute morgen erhielt ich einen sehr herzlich gehaltenen Brief von Ernst Günthers Mutter. Sie möchte meine Tochter gern persönlich kennenlernen, schreibt sie und lädt Dora zu einem Besuch auf Schloß Primkenau in Schlesien ein. Die Herzogin Adelheid sieht die Verlobung als vollendete Tatsache an. In ein paar vorsichtig formulierten Sätzen erwähnt sie, daß auch Philipp Doras Besuch begrüßen würde, vorausgesetzt, daß ich nichts dagegen einzuwenden hätte. Wenn es ihn nichts kostet, benimmt sich Philipp immer formvollendet.

Kann ich diese Reise verhindern? Ich würde es gern tun, aber darf ich es?

Seit wir Wien verlassen haben, hat sich Dora ganz reizend entwickelt. Die freundliche Atmosphäre, in der wir leben, seit wir Philipp und dem kalten Palais in der Seilerstätte entronnen sind, ist ihr gut bekommen. Genau wie mir. Sie akzeptiert Geza . . . als was, frage ich mich und weiß keine Antwort. Als Kammerdiener? Als Ratgeber? Freund? Oder als mehr? Ich ahne es nicht.

Dora ist längst nicht mehr so kindisch, wie sie es noch vor wenigen Jahren war. Auch das mag an der veränderten Umgebung liegen. Selbst die sauertöpfische Rouvignard ist netter geworden. Wie glücklich könnten wir alle sein, wenn Philipp weniger gemein wäre und . . . wenn Dora bei mir bliebe.

Warum sperre ich mich innerlich so gegen ihre Reise nach Schlesien? In erster Linie wohl, weil sie praktisch meine Zustimmung zu Doras Verlobung bedeuten würde. Außerdem fürchte ich mich ein wenig vor den Einflüssen, denen sie dort ausgesetzt ist. Mit welchen Augen wird sie mich sehen, wenn sie zurückkommt?

Mitten in meinen Überlegungen wurde mir Ernst Günther gemeldet. Daß sein Besuch zeitlich so genau abgepaßt war, erhöhte mein Unbehagen, obwohl sich der Herzog betont liebenswürdig gab.

Auch er habe heute von seiner Mutter einen Brief erhalten, in dem sie die Hoffnung ausdrückt, ich würde Doras Reise zustimmen. Das Kind sollte von ihrer Gouvernante und einer Zofe begleitet werden, meinte er, als ob es nur darum ginge, die technische Durchführung zu erörtern.

Während er sprach, beobachtete ich ihn genau. Er gefiel mir nicht. Dabei war er mir gestern noch durchaus sympathisch. Für meine plötzliche Aversion gab es keinerlei Grund, sagte ich mir. Aber der Gedanke, daß dieser Mann, der vier Jahre älter ist als Geza, mit meiner kleinen Tochter schlafen könnte, war mir einfach grauenhaft.

Ich fragte, wie lange die Reise dauern soll.

Das müßte allein ich entscheiden, entgegnete er höflich. Seine Mutter hätte den Wunsch geäußert, Dora seiner Schwester, der deutschen Kaiserin Auguste Victoria vorzustellen. Sie plane also auch einen kleinen Abstecher nach Berlin.

Plötzlich wurde Ernst Günther feierlich. «Ich bin darüber unterrichtet, mit welchen Schwierigkeiten Sie zu kämpfen haben, Madame!» sagte er. «Sie sollen wissen, ich stehe völlig auf Ihrer Seite.»

Ich hatte es mir zur festen Gewohnheit gemacht, meine persönlichen Probleme mit niemandem außer Geza zu besprechen. Einen Dritten einzuweihen, wäre mir äußerst taktlos vorgekommen. Da ich also nicht sicher war, worauf er anspielte, fragte ich: «Wovon reden Sie?»

«Bitte meine Worte nicht als Einmischung aufzufassen, sondern als Ausdruck meiner Verehrung und Freundschaft. Prinz Philipps Benehmen Ihnen gegenüber ist unqualifizierbar! Unentschuldbar! Stehe übrigens keineswegs allein mit dieser Meinung. Mein kaiserlicher Schwager . . .» damit meinte er Wilhelm II. «. . . ist auch nicht gut auf Philipp von Coburg zu sprechen!»

Ernst Günther ergriff meine Hand.

«Werde nicht versäumen, den Kaiser über die weitere Entwicklung zu informieren, wenn ich ihn sehe. Majestät wird empört sein! Sie haben gute Freunde am Berliner Hof, Madame! Freunde, auf die Sie sich jederzeit verlassen können! Auch ich werde notfalls meinen Einfluß geltend machen. Bin schließlich Mitglied des preußischen Herrenhauses . . .»

Und so redete er weiter in seinem Offizierston, den ich stets als etwas komisch empfand, während ich zwischen meinen ursprünglichen Befürchtungen und Dankbarkeit für sein Angebot hin und hergerissen war.

«Gestatten, daß ich meiner Mutter Ihre Zustimmung zur Reise telegraphisch mitteile?» fragte er schließlich.

Ich bat ihn, morgen wiederzukommen.

Nachts. Als ich Doras Zimmer betrat, saß sie im Negligé vor dem Spiegel, während Minette ihr die Flechten löste und das Haar bürstete. Ich setzte mich und wartete, daß Minette ihre Arbeit beendete.

Dora wird mir äußerlich immer ähnlicher. Genauso muß ich in ihrem Alter ausgesehen haben. Nur war ich damals schon verheiratet und hatte hinter mir, was ihr noch bevorsteht. Ich wurde ganz melancholisch bei dem Gedanken.

Was erwartet sie, wenn sie wirklich diesen norddeutschen Herzog heiratet? Der Altersunterschied zwischen den beiden beträgt achtzehn Jahre, er ist noch größer als der zwischen Philipp und mir. Was weiß ich von Ernst Günther? Angenehme Manieren und gute Umgangsformen haben sie alle. Die bedeuten nichts. Denn sehr bald kommt der Zeitpunkt, an dem der wirkliche Charakter entscheidet. Wie ist Ernst Günthers wirklicher Charakter? Ich habe etwas von einer langjährigen Beziehung zu einer Französin gehört. Das irritiert mich, aber ich kann es ihm kaum vorwerfen. Oh, warum ist es nur so schwer, einen Menschen richtig zu kennen!

Als Minette verschwunden war, wandte sich Dora mir zu.

«Sie wollen mich sprechen, Mama?»

Ja, das wollte ich. Nur fiel es mir schwer. «Du weißt sicherlich, daß Herzog Ernst Günther um deine Hand angehalten hat?»

Dora sah mich mit ihrem klaren blauen Kinderblick an. «Ich habe es mir gedacht», sagte sie ruhig.

«Papa ist einverstanden. Er hält es für eine gute und wünschenswerte Verbindung. Ich hingegen habe meine Zusage noch nicht gegeben.»

Dora sah mich immer noch an und schwieg.

«Bevor ich mich entscheide, wollte ich von dir wissen, wie du zu Ernst Günther stehst.»

«Von mir?» Sie klang erstaunt.

«Ja! Du sollst ihn schließlich heiraten. Niemand sonst.»

Ein wenig ratlos sagte Dora jetzt: «Ich weiß wirklich nicht, was Sie von mir erwarten, Mama.» Und dann: «Der Herzog ist immer sehr höflich und zuvorkommend.»

«Das genügt nicht, um ein Leben mit ihm zu verbringen.»

«Gewiß nicht, Mama. Sie kennen ihn sicherlich besser als ich.»

Dieser Grad der Gefügigkeit war zuviel für mich. «Dora, bitte versuche, mich zu verstehen! Ich weiß, daß es in unseren Kreisen nicht üblich ist, junge Mädchen zu fragen, ob oder wen sie heiraten wollen. Aber ich mache meine Einwilligung davon abhängig, daß du Ernst Günther heiraten möchtest. Wenn du ihn nicht leiden kannst, wenn er dir zuwider ist, dann . . .»

«Er ist mir nicht zuwider», entgegnete Dora und klang, als ob ich sie gefragt hätte, ob sie gern Mayonnaise esse.

Ich wurde immer nervöser und sagte Dinge, die ich nie sagen wollte. «Deine Großmutter mußte sich bereit erklären, den Kronprinzen des fernen Belgiens zu heiraten, ohne ihn zu kennen. Sie war ein Jahr älter als du heute bist und lebte glücklich bei ihren Eltern in Ungarn. Sie wehrte sich, so gut sie konnte, aber es nutzte ihr nichts. In Wien wurde sie zunächst per procura dem Bruder des Kaisers angetraut. Damit war sie bereits offiziell die Gemahlin eines Mannes, den sie noch nie gesehen hatte. Und dieser Mann, dein Großvater, mein Vater, damals neunzehn Jahre alt, wollte meine Mutter ebensowenig heiraten wie sie ihn.»

«Wozu erzählen Sie mir das alles?» Dora sah noch immer sehr verwundert aus.

Ich wollte nicht unterbrochen werden. Ich wollte endlich sagen, was ich auf dem Herzen hatte. «Die beiden waren ein Leben lang sehr unglücklich miteinander. Sie ist heute eine bittere, enttäuschte

Frau, und er ... geht seine eigenen Wege.» Ich nahm einen neuen Anlauf. «Ich selbst kannte deinen Vater nur ganz flüchtig, als wir getraut wurden. Ich wehrte mich nicht gegen die Verbindung. Es hätte mir auch nichts genutzt. Ich ahnte aber auch nicht, was mir bevorstand. Und deshalb muß ich aufrichtig zu dir sein», fuhr ich unbeirrt fort. «Wir sind nicht glücklich miteinander geworden. Es geht jetzt nicht darum, wer schuld ist. Aber man hat nur ein einziges Leben. Und wenn da alle Voraussetzungen falsch sind ...» Ich spürte Tränen aufsteigen.

Als ich Dora das Fiasko meiner Ehe gestand, war es, als ob zwischen uns ein dichter Vorhang gefallen wäre. Sie verkroch sich in sich selbst. Ich hatte Dinge ausgesprochen, die sie nicht hören wollte.

«Ich verstehe nicht, wozu ich das alles wissen muß», sagte sie und heftete den Blick auf die silberne Bürste, die vor ihr auf dem Toilettentisch lag.

«Du hast es besser als meine Mutter und auch besser als ich. Wir wurden nicht gefragt, was wir wollten. Du brauchst nicht blind in eine ungewisse Zukunft zu tappen. Du hast eine Mutter, die dich nach deinen Wünschen fragt. Wenn du Ernst Günther nicht willst, brauchst du ihn nicht zu heiraten. Dafür bürge ich dir, ganz gleich, was dein Vater dazu sagt.»

«Papa meint, ich soll den Herzog heiraten?»

«Es scheint so.»

«Sicherlich will er mein Bestes.»

Dora ist ein erschreckend wohlerzogenes junges Mädchen. Mademoiselle de Rouvignard hat gute Arbeit geleistet.

Ich war noch nicht bereit, die Waffen zu strecken. Aber ich erzählte ihr von der Einladung nach Schlesien. Auch davon, daß Herzogin Adelheid beabsichtigte, mit ihr nach Berlin zu fahren, um sie der deutschen Kaiserin vorzustellen.

Dora schien erfreut. «Ich habe mir schon immer gewünscht, Berlin und Potsdam kennenzulernen», erklärte sie.

«Du möchtest also fahren?»

«Darüber habe ich natürlich nicht zu entscheiden», sagte sie.

«Aber es würde dir Freude machen?»

«Ich denke schon.»

Ich rang mich zu einem Entschluß durch. «Gut, wenn es dir Freude macht, sollst du fahren. Mademoiselle Rouvignard und Minette werden dich begleiten.

Doras Augen leuchteten. «Wann reisen wir?»

«Bald, sehr bald, denke ich. Dies bedeutet aber nicht meine Einwilligung zur Verlobung! Darüber entscheide ich, wenn du zurück bist und wir noch einmal darüber gesprochen haben.»

«Ganz wie Sie meinen, Mama.»

Ich stand auf. Auch Dora erhob sich. Ich umarmte und küßte sie.

«Sie brauchen sich meinetwegen wirklich keine Sorgen zu machen, Mama», sagte sie und lächelte mich freundlich an.

«Gewiß nicht, mein Liebling. Gute Nacht.»

Mittags. Ich schlief erst gegen Morgen ein. Als ich aufwachte, war es elf Uhr. Während ich meine Schokolade trank, meldete man mir den Herzog.

Ich ließ ihn warten, bis ich angekleidet und frisiert war. Ich beeilte mich nicht. Im Gegenteil. Jede Minute, um die ich das Gespräch hinauszögern konnte, war mir willkommen.

Es schlug ein Uhr, als ich in den Salon trat.

Jetzt schnell die Sache hinter sich bringen, dachte ich und zwang mich, liebenswürdig zu sein. Ich ließ der Herzogin für die Einladung wärmstens danken und bat auszurichten, daß Dora sich sehr auf den Besuch freue.

«Dann darf ich also zusagen?» fragte Ernst Günther und strahlte übers ganze Gesicht.

«Drei Wochen gebe ich ihr. Keinen Tag länger! In drei Wochen muß sie allerspätestens wieder hier sein!»

«Selbstverständlich, wenn Madame es so wünschen.»

«So wünsche ich es!» sagte ich entschieden und blickte Ernst Günther in die Augen. «Werden Sie dafür sorgen, daß mein Kind in drei Wochen zurück ist? Kann ich mich auf Sie verlassen?»

«Ehrenwort, Madame!» Es klang aufrichtig. «Haben Sie schon einen Termin für die Abreise bestimmt?» fragte er dann.

«Je früher Dora fährt, desto schneller wird sie wieder hier sein. Wie wäre es mit Montag?»

«Vorzüglich!» sagte er enthusiastisch, schlug die Hacken zusammen und küßte meine Hand. «Werde sofort alle notwendigen Arrangements treffen!»

Damit war es entschieden. Am Montag reist Dora nach Schlesien – und ich zittere jetzt schon, ob sie dieselbe sein wird, wenn sie wieder zurück ist.

G

Dienstag. Gestern kam der sehnsüchtig erwartete Scheck von Barber.

Ich hab ihn sofort eingelöst und nur die allerdrückendsten Schulden bezahlt. Vorweg die rückständigen Bezüge des Gefolges. Dann angestandene Hotel- und Restaurantrechnungen, Stallmiete und Pferdefutter. Dabei ist das halbe Geld bald draufgegangen. Jetzt sind wir erst mal wieder für einige Zeit flott. Sofern nichts Ungewöhnliches passiert, versteht sich.

Trotzdem geht mir das leidige Problem unserer Finanzen nicht mehr aus dem Kopf. Eigentlich zum Lachen. Da bin ich mit einer der reichsten Frauen der Welt liiert und muß rechnen wie ein Haftelmacher. Mit größeren Summen, zugegeben. Aber unterm Strich kommt's auf eins raus: Pleite.

Heut nachmittag haben Artur und ich versucht, einen Überblick über unsere Schulden zu gewinnen. (Genauer gesagt, über Louises Schulden. Mich geht der Palawatsch im Grund ja nichts an.)

Die Beschäftigung war derart deprimierend, daß wir's bald aufgegeben haben und statt dessen nach Monte Carlo gefahren sind. Wir wollten dort nur dinieren. Aber dann haben wir doch noch ein Stündchen gejeut. Ein verdammt teures Stündchen.

Ich hatte zuvor ein schier untrügliches Gefühl, als ob's endlich richtig flutschen müßte. Warten tu ich ja schon lang genug darauf. Leider wieder Fehlanzeige. Man darf sich eben auf Gefühle nicht verlassen.

A propos Gefühle. Hab nach unserer Rückkehr noch kurz bei Louise reingeschaut. Mit der war auch nichts los. Doktor Schnee war gerade bei ihr. Sie hatte Migräne und sorgt sich um Dora. Das ist eine richtig verrückte Idee bei ihr geworden. Hoffentlich läßt der Fratz bald was von sich hören.

L

Donnerstag. Ich saß im Bett und trank meine Schokolade, als mir die Fugger ein Telegramm brachte.

Von Ernst Günther, dachte ich erschreckt. Dora ist krank! Irgendwas Entsetzliches ist geschehen!

Ich habe erst eine einzige Postkarte von ihr erhalten, auf der sie nur kurz mitteilte, daß sie gut in Primkenau angekommen sei. Die Karte ist schon über eine Woche alt. Daher war ich wirklich beunruhigt.

Normalerweise hätte ich die Fugger gebeten, mir das Telegramm vorzulesen, aber ein merkwürdiges Gefühl hielt mich davon ab. Ich bat sie, es auf den Toilettentisch zu legen, wo es unberührt blieb, bis ich gebadet hatte, angekleidet und frisiert war.

Dann nahm ich es und ging in den Salon.

Mein Herz schlug bis zum Hals, als ich die Depesche öffnete. Ich mußte sie ein paarmal durchlesen, bis ich den Sinn einigermaßen begriff. Sie kam nicht aus Schlesien, sondern aus Wien. Von diesem Advokaten Doktor Barber. Ich atmete erleichtert auf.

Aber langsam kamen mir Bedenken, ob der Inhalt nicht vielleicht recht unangenehm sein könnte. «Bitte Eure Königliche Hoheit ergebenst dem Chef der Wiener Staatsanwaltschaft Ritter von Kleeborn telegraphisch bestätigen zu wollen, daß Wechsel echt und korrekt ist. Doktor Barber.»

Damit soll sich Geza befassen, dachte ich. Der versteht diese Dinge besser als ich. Aber Geza war nicht da. Infolgedessen las ich das Telegramm noch einmal.

Ich soll bestätigen, daß der Wechsel echt und korrekt sei? Das muß er doch sein! Sonst hätte uns Doktor Barber kaum das Geld geschickt! Es war mir unverständlich, warum ich das jetzt nachträglich und ausgerechnet dem Chef der Staatsanwaltschaft bestätigen sollte.

Nachdem ich mich eine Zeitlang in den kompliziertesten Überlegungen ergangen hatte, sagte ich mir: Mach dir nichts vor, Louise! Du weißt genau, um was es geht! Irgend jemand in Wien hat gemerkt, daß Stephanies Unterschrift nicht echt ist. Das besagt dieses Telegramm. Und nichts anderes.

Was sollte ich jetzt tun? Etwa zugeben, daß ich statt meiner Schwester unterschrieben habe? Wie kann ich dem Staatsanwalt erklären, daß es mir aus Gründen, die ihn nichts angehen, unangenehm war, Stephanie um eine Gefälligkeit zu bitten? Eine Gefälligkeit, die unter Geschwistern normalerweise selbstverständlich wäre.

Ich klingelte und ließ anspannen.

Wenig später fuhr ich mit der Fugger in die Stadt, angeblich um Besorgungen zu machen. Ich bestellte einige Dessous bei Madame de Saligny, die mir nicht mal gefielen, aber ich erinnerte mich, daß ihr Geschäft unweit der Post liegt.

Als dann die Equipage am Postamt vorbeifuhr, ließ ich halten und sagte scheinbar ganz selbstverständlich zur Fugger: «Ich habe da drin etwas zu tun. Ich bin gleich wieder da.»

Die Gräfin sah erstaunt aus und schickte sich an, mich zu begleiten.

«Nein, Marie, ich gehe allein. Ich habe Geheimnisse vor Ihnen.» Es sollte lustig klingen, aber das tat es wohl nicht, denn die Fugger blickte mir ängstlich nach.

Da ich noch nie zuvor im Leben in einem Postamt gewesen bin, benahm ich mich wohl recht ungeschickt. Alle Leute starrten mich an. Ein Beamter, der hinter einer Barriere saß, gab mir ein Telegrammformular, auf das ich selber meine Antwort an Barber zu schreiben hatte. Ich überlegte lange, machte Fehler und mußte immer wieder um neue Formulare bitten, was der Beamte zu mißbilligen schien.

Schließlich hatte ich meine Depesche fertig und reichte sie ihm.

Sie lautete: «An den Chef der Staatsanwaltschaft Ritter von Kleeborn, Wien. Bin über das mir durch Advokat Doktor Barber übermittelte Ansuchen äußerst befremdet. Wechsel selbstverständlich echt und korrekt. Louise Prinzessin von Sachsen-Coburg und Gotha.»

Der Beamte las indiskreterweise den Text genau durch und verlangte dann vier Francs und fünfzig Centimes von mir. Ich bat ihn, die Rechnung in die Villa «Le Paradis» zu schicken, aber das wollte er nicht. Also mußte ich zur Fugger hinauslaufen und sie um zwanzig Francs bitten.

Die Gräfin sah mich völlig entgeistert an, reichte mir aber, ohne etwas zu fragen, einen Schein.

Damit ging ich wieder ins Postamt, gab dem Beamten das Geld und sagte: «Der Rest ist für Sie.»

Ich war sehr erleichtert, als ich diese unangenehme Angelegenheit hinter mich gebracht hatte. Wir fuhren noch zu meinem Schuhmachermeister und bestellten entzückende Stiefeletten, die jetzt große Mode sind.

Dann kehrten wir wieder in unser «Paradies» zurück.

G

Freitag. Unter Hofnachrichten in der Wiener *Presse* lese ich, daß die Kronprinzessin-Witwe schwer erkrankt ist. Lungenentzündung mit hohem Fieber. Die Zeitung spricht von einer ernsthaften Gefahr, falls der rasante Temperaturanstieg in den nächsten vierundzwanzig Stunden nicht gebremst werden kann. Ich überlege, ob ich Louise informieren soll. Aber sie ist imstand und fährt sofort nach Wien.

Stephanies Krankheit hin oder her, ich glaub nicht, daß meine Louise von der Hof-Clique gerade herzlich aufgenommen würde. Obendrein wird's genug Leute geben, die ihr über mich die Ohren vollblasen und Gott weiß was erzählen. Gescheiter, man läßt's erst gar nicht dazu kommen. Sie ist schon Doras wegen nervös genug.

Vielleicht bessert sich Stephanies Zustand, und das Problem erledigt sich von allein.

Montag. Heute kam folgender Brief von Barber: «Hochverehrter Graf! Es ist mir sehr unangenehm, Sie mit äußerst peinlichen Vorkommnissen konfrontieren zu müssen, die sich hier in jüngster Zeit ereignet haben.

Wie Eure Exzellenz wissen, habe ich nach meiner Rückkehr aus Nizza sofort die notwendigen Schritte unternommen, um die fragliche Angelegenheit im Consensus mit allen Beteiligten so schnell wie möglich zu bereinigen. Als sichtbarer Erfolg meiner Bemühungen ist inzwischen ein neuer Scheck zu Gunsten Ihrer Königlichen Hoheit in der besprochenen Höhe an Eure Exzellenz abgegangen. Ich darf annehmen, daß er bereits dort eingetroffen ist. Somit waren die laufenden Geschäfte, was meine Seite betrifft, minutiös abgewickelt worden.

Um so bestürzter, das mögen Sie sich vorstellen, war ich, als ich von der weiteren Entwicklung erfuhr. Es schien mir ursprünglich – heute kann ich nur sagen: leider! – nicht erforderlich, Eure Exzellenz davon in Kenntnis zu setzen, daß unsere Wiener Bankiers bei der Aushändigung des jüngsten Wechsels einen Moment stutzten, weil Ihre Kaiserliche Hoheit Kronprinzessin-Witwe Stephanie das Akzept als ‹Kronprinzessin› Stephanie unterschrieben hat, während ihr offizieller Titel doch ‹Kronprinzessin-Witwe› lautet. Ich hielt dies für ein Versehen, für nichts anderes als einen rein protokollarischen und somit gänzlich theoretischen Form- oder Schönheitsfehler. Es gelang mir daher auch ohne allzu ernste Mühe – bona fide, versteht sich – die Herren zu beruhigen, da ja nach Lage der Dinge und nach menschlichem Ermessen niemand ernsthafte oder gar begründete Zweifel an der Echtheit der betreffenden Signatur geltend machen konnte.

Retrospektiv muß ich mir jetzt bitterste Vorwürfe über den meinerseits praktizierten Leichtsinn machen, durch den, wie die Dinge sich inzwischen entwickelt haben – wenn nicht noch ein Wunder geschieht –, das Ansehen meiner Kanzlei, die sich seit über dreißig Jahren eines makellosen Rufs und des besonderen Vertrauens hoher und höchster Kreise erfreuen durfte, in einem noch nicht zu übersehenden Ausmaß Schaden zugefügt worden ist.

Sie werden sicherlich von der schweren Krankheit gehört haben, die Ihre Kaiserliche Hoheit die Frau Kronprinzessin-Witwe in diesen Tagen heimsuchte. Die ärztlichen Bulletins sprachen mehrfach von akuter Lebensgefahr für die hohe Patientin. Die Herren Reicher und Spitzer mußten der Möglichkeit ins Auge sehen, ihren Aval-Bürgen auf dem Akzept der Durchlauchtigsten Frau Prinzessin zu verlieren, und sahen sich daher nach ihrer Auffassung genötigt, die Rechtmäßigkeit der Unterschrift Ihrer Kaiserlichen Hoheit anerkannt zu bekommen, solange dies unter den gegebenen Umständen noch möglich schien. Wie sich zeigte, waren bezüglich der Echtheit der Unterschrift der Frau Kronprinzessin-Witwe trotz meines Einwirkens offensichtlich doch noch gewisse Reservationen verblieben. Die Bankiers wandten sich daher schriftlich an den Obersthofmeister Ihrer Kaiserlichen Hoheit, Graf Choloniewsky, und baten um Bestätigung, daß die Frau Kronprinzessin-Witwe sich sozusagen offiziell zu der für die Durchlauchtigste Prinzessin Louise von Coburg übernommenen Wechselbürgschaft bekennt.

Die Antwort kam postwendend und war schockierend. Graf Choloniewsky versichert in einem kurz und förmlich gehaltenen Schreiben mit allem Nachdruck, daß Ihre Kaiserliche Hoheit nichts von einem Wechsel, geschweige denn von einem von ihr vollzogenen Giro wisse. Falls eine solche Unterschrift tatsächlich bestehen sollte, müsse sie gefälscht sein. Um die mysteriöse Sache endgültig zu klären, so schloß das Schreiben des Grafen, habe sich das Obersthofmeisteramt an den Chef der Wiener Staatsanwaltschaft gewandt und ihn gebeten, umgehend entsprechend tätig zu werden.

Das, verehrter Graf, ist der Stand der Dinge, soweit ich über sie im Augenblick informiert bin. Ich bin nur ein Advokat, daher mangelt es mir an Talent, meine Gefühle in Worte zu kleiden. Es sieht so aus, als ob unser allerhöchstes Kaiserhaus rund zehn Jahre nach Mayerling vor einem neuen Skandal stünde – und der Gedanke, daß ausgerechnet ich damit zu tun haben soll, entsetzt mich.

Ich schreibe Ihnen, weil es mir opportun erscheint, Sie über die Entwicklung hier zu unterrichten. Alle weiteren Schritte muß ich mir zu meinem Bedauern vorbehalten. Denn ich bin nicht gewillt, Verantwortung oder auch nur Mitverantwortung für eine – um mich vorsichtig auszudrücken – höchst seltsame Affäre zu übernehmen, mit der ich ursächlich nicht das geringste zu tun habe. Daß ich trotzdem mit ziemlicher Sicherheit in sie hineingezogen werden dürfte, ist schlimm genug.

Ihr Ihnen, wie Sie wissen, einst sehr ergebener Dr. Barber, Hof- und Gerichtsadvokat.»

L

Wenn ich nicht genau wüßte, daß Geza es gut mit mir meint, müßte ich böse auf ihn sein. Ich bin es auch ein bißchen. So wie heute hat er noch nie zuvor mit mir gesprochen. Nichts als Vorwürfe, Vorwürfe und wieder Vorwürfe. Philipp hätte sich nicht schlimmer gebärden können. (Nein, verzeih mir, Geza, Philipp würde sich viel schlimmer gebärdet haben!)

Es ging natürlich um diesen Wechsel. Geza fiel aus allen Wolken, als er erfuhr, daß Stephanies Unterschrift nicht echt ist. Ich gab ohne weiteres zu, für sie unterschrieben zu haben. Da starrte er mich ungläubig an, als ob er nicht richtig gehört hätte.

Mit großen, erschreckten Augen erzählte er mir die Geschichte von einem Regimentskameraden, der angeblich zu drei Jahren Gefängnis verurteilt worden war, nur weil er die Unterschrift seines eigenen Onkels auf einen Wechsel gesetzt hat.

Natürlich ist es Pech, daß Stephanie ausgerechnet jetzt krank werden mußte. Das konnte ich nicht voraussehen. Aber trotz der Krankheit wäre die Sache nie aufgefallen, wenn ich nicht blödsinnigerweise statt «Kronprinzessin-Witwe» nur «Kronprinzessin» geschrieben hätte. Ich weiß überhaupt nicht, wie mir der Fehler unterlaufen konnte. Ich muß einfach unaufmerksam gewesen sein. Sonst bin ich besonders korrekt, wenn es um Titel geht. Der Fauxpas sieht mir also gar nicht ähnlich. Aber er ist passiert! Voilà! Ich kann es nicht ändern.

G

Montag abend. Louise hat Stephanies Unterschrift gefälscht! Sie sagte es im gleichen Ton, wie sie sagen würde: Ich hab mir von ihr einen Hut ausgeliehen.

Für einen Moment verlor ich die Contenance, aber ich hätt mir die Erregung sparen und an meine Gesundheit denken sollen. Ich hab gegen eine Wand geredet. Ein ruthenischer Rekrut, der nie mit Messer und Gabel gegessen hat, hätte mich eher verstanden. Ich mußte mich fragen, ob sie nur so tut oder ob sie allen Ernstes glaubt, was sie von sich gibt. Schließlich wurde mir klar, sie glaubt alles. *Sancta simplicitas!*

Vielleicht bin ich der Idiot! Vielleicht darf man in ihren Kreisen Wechsel fälschen!

«Geza, man kann mich doch nicht vor Gericht stellen!» hat sie immer wieder mit engelhafter Empörung und unschuldig-naivem Augenaufschlag ausgerufen. «Nenn mir einen Fall, einen einzigen Fall, wo die Tochter eines regierenden Königs vor ein Gericht kam ... zusammen mit Strauchdieben, verwahrlosten Trinkern und was es sonst noch für Verbrecher gibt!»

Ich konnte ihr natürlich keinen nennen. Und womöglich hat sie recht. Ich will's hoffen. Denn mir ist bei der Sache, offen gestanden, verdammt mulmig.

Bei Licht betrachtet, geht's mir wie Barber: Ich hab nicht das geringste mit der Chose zu tun, aber ich werd froh sein, wenn ich mit einem blauen Auge davonkomme.

Ich war eben noch mal bei ihr. Inzwischen hat sie etwas Vernunft angenommen. Man kann schon mit ihr reden. Ich hab ihr klargemacht, daß ein Skandal so gut wie sicher ist, wenn wir nicht sofort die Initiative ergreifen.

Nach langem Hin und Her waren wir uns einig, daß nur Stephanie selber helfen kann. Einen Moment überlegten wir, ob Louise kurz entschlossen zu ihr fahren sollte, verwarfen die Idee aber gleich wieder. Man würde Louise kaum Gelegenheit geben, ihre Schwester allein zu sprechen. Aber nur unter dieser Voraussetzung wäre eine Reise sinnvoll.

Louise war sichtbar erleichtert, als wir den Plan fallenließen. Der Gedanke an eine Begegnung mit Stephanie unter den gegebenen Umständen war ihr deutlicherweise gräßlich. Um so begeisterter stimmte sie meinem Vorschlag zu, Stephanie telegrafisch um ihre schwesterliche Loyalität und Hilfe zu bitten. Louise gab mir *Pleinpouvoir*, in ihrem Namen alles zu depeschieren, was ich wollte.

Ich setzte daraufhin die folgende Depesche auf und veranlaßte die sofortige Expedition:

«Bin sehr besorgt über deine Krankheit und wünsche dir von Herzen gute Besserung. Bitte mich in der bewußten Sache nicht im Stich zu lassen. Wie oft haben wir uns als Kinder gegenseitig beigestanden. So soll es doch trotz allem immer zwischen uns bleiben. Bitte gib mir sofort telegraphisch Nachricht, daß alles in Ordnung ist. Es umarmt Dich Deine Dich liebende treue Schwester Louise.»

Dienstag abend. Keine Antwort aus Wien.

Mittwoch. Noch immer keine Antwort von Stephanie. Ich hab das Gefühl, daß sich was zusammenbraut.

Kann sein, Stephanie will nicht antworten, weil sie ganz unterm Einfluß dieses widerlichen Grafen Choloniewsky und der übrigen Hof-Clique steht. Kann auch sein, daß sie die Depesche überhaupt nicht zu Gesicht bekommen hat. Wenn ich's mir jetzt überlege, war's ziemlich naiv zu glauben, mit dem Telegramm etwas erreichen zu können.

Heute regnet's den ganzen Tag. Das Wetter paßt haargenau zu meiner Gemütsverfassung. Ich sitz da, schau in die graue Nässe vor meinen Fenstern und spekulier, wie wir aus der Klemme rauskommen. Das Ei des Columbus hab ich noch nicht gefunden. Trotzdem bin ich mir über einiges klargeworden. Die Unterschrift ist und bleibt gefälscht. Das wird sich kaum mehr aus der Welt schaffen lassen. Da müßte Stephanie schon sagen, sie hätte im Fieberwahn dummes Zeug geredet. Jetzt, wo's ihr besser ginge, erinnerte sie sich wieder an die Bürgschaft, die sie aus geschwisterlichen Gefühlen übernommen hätte.

Das sind Wunschträume. Bleibt praktisch nur ein Ausweg: Den Wechsel so schnell wie möglich bezahlen! Besser heut als morgen! Wenn wir das Papier einlösen, ist niemand geschädigt. Außerdem bekommen wir es zurück in unsere Hände. Damit wäre das *Corpus delicti* vom Tisch.

Irgendwo hat meine Louise nämlich recht. Es ist gar nicht so einfach, ihr einen Prozeß anzuhängen. Je mehr ich darüber sinniere, halt ich's jetzt ebenfalls für ziemlich unwahrscheinlich.

Andererseits kann man auch eine Prinzessin nicht lustig Wechsel fälschen lassen.

Deshalb wär vielleicht allen geholfen, wenn das Akzept schnell eingelöst und danach von der Bildfläche verschwinden würde. Das mag Louise nicht gerade den Franz Josephs-Orden einbringen, aber vielleicht wäre man auch in Wien heilfroh, die Affaire auf diese Weise still liquidieren zu können.

750 000 Gulden sind eine Menge Geld! Jetzt muß Louise beweisen, daß eine Königstochter mehr kann als gewöhnliche Sterbliche. Es geht um die Wurst. Das Geld muß her – und zwar schnell!

L

Geza setzt mir hart zu. Ich soll Geld beschaffen. Ausgerechnet ich! Wenn meine feine Verwandtschaft nicht zulassen kann, daß ich wie andere Sterbliche vor Gericht komme, muß sie sich das was kosten lassen, erklärt er immer wieder.

Er vertrat diesen Standpunkt so hartnäckig, daß ich lachen mußte. «Also gut», sagte ich. «Wen wollen wir anpumpen?»

«Ganz oben, bei den Kaisern fangen wir an!» entschied er. «Wie bist du mit Wilhelm II. verwandt?»

«Willy ist mein Cousin zweiten Grades», antwortete ich. «Er ist der Enkel von Queen Victoria. Seine Mutter, die Kaiserin Friedrich, ist die Nichte meines Vaters.»

«Das reicht! Er ist unser Mann!»

Ich widersprach. Wo Dora jeden Tag dem Kaiserpaar in Berlin präsentiert werden kann, ist es ein Ding der Unmöglichkeit, Willy mit so etwas zu belästigen.

Geza schien das zu begreifen. «Bist du mit dem Zaren verwandt?»

«Queen Victoria ist die Großmutter von Alix.»

«Und wer ist, bitte schön, Alix?»

«Die Zarin. Sie ist meine Nichte.» Schnell fügte ich hinzu: «Dabei ist sie kaum jünger als ich.»

Geza überlegte kurz und entschied dann: «Rußland ist zu weit. Die Reise wird zu teuer.» Er dachte nach. «Franz Joseph fällt leider auch aus. Ich seh schon, mit den Kaisern werden wir nichts. Was ist mit Queen Victoria? Wenn sie die Großmutter deiner Nichte ist, gehört sie doch auch zur Familie.»

«Und ob! Ihre Mutter und mein Großvater waren Geschwister. Dadurch war mein Großvater Victorias Onkel. Er war aber auch ihr Cousin, weil er in erster Ehe mit ihrer Cousine Charlotte verheiratet war.»

«Charlotte?» Er sah mich etwas verzweifelt an.

«Charlotte war das einzige Kind Georgs IV. Sie sollte Königin von England werden, aber sie starb noch zu Lebzeiten ihres Vaters. Dadurch fiel die Thronfolge an Victoria. Und mein Großvater akzeptierte die belgische Krone, als sie ihm angeboten wurde. Victoria und er waren übrigens herzlich befreundet. Er arrangierte auch ihre Heirat mit seinem Neffen Albert. Dadurch wurde er zum zweiten Mal ihr Onkel.»

Geza schüttelte den Kopf. «Komplizierte Familienverhältnisse!» sagte er. «Wie du das alles behalten kannst?»

«Es ist so ziemlich das einzige, was man uns als Kindern beigebracht hat.»

«Bitte um Nachhilfeunterricht: Ich hab noch immer nicht kapiert, wie du mit Queen Victoria verwandt bist!»

«Ich dachte, das hätte ich eben deutlich erklärt», sagte ich lachend. «Sie ist meine Tante.»

«Wie steht ihr miteinander?»

«Ich war oft bei ihr zu Gast. Früher mit meinen Eltern und später mit Philipp. In Windsor und auch auf Balmoral.»

Die Besuche auf Balmoral gehörten zu den Schrecken meiner Kindheit. Das riesige graue Bauwerk, mitten in den einsamen schottischen Highlands, flößte mir Angst ein. Ich war überzeugt, daß es im Schloß spukte. Wenn die Mullgardinen sich im Wind bauschten, sah ich deutlich alle möglichen Gespenster. Nachts glaubte ich, das Rasseln von eisernen Ketten zu hören, und machte die Kinderfrau so verrückt mit meinen Phantasien, daß sie sich bald genauso fürchtete wie ich.

«Queen Victoria ist winzig und dick», erklärte ich Geza. «Obwohl sie sehr komisch aussieht, flößt sie allen Menschen großen Respekt ein. Als ich noch klein war, glaubte ich steif und fest, daß sie keine Füße hätte, sondern Rollen. Sie bewegt sich wie eine aufgezogene Puppe. Ich wollte immer ihren Rock aufheben, um die Rollen zu sehen, aber das traute ich mich natürlich nicht. Stell dir vor, die Arme hat neun Kinder in die Welt gesetzt. Alle neun sind am Leben, alle neun haben geheiratet und ihrerseits wieder ungeheure Mengen von Kindern gezeugt.»

«Für jeden Thron einen englischen Prinz!» spottete Geza.

«Nein. Für jeden Thron einen Coburger», verbesserte ich ihn. «Victoria ist selbst halbe Coburgerin, und ihr Albert war ein ganzer. Bismarck hat einmal sehr bissig geäußert: ‹Die Coburger sind die Zuchthengste Europas.›»

Das fand Geza köstlich. Ob mir das auch die Gouvernante beigebracht hätte, wollte er wissen.

«Nein. Der deutsche Botschafter in Wien bei einem Empfang in der Burg», antwortete ich. «Victoria war übrigens meinem seligen Großvater sehr dankbar, daß er ihr den heißgeliebten Albert zugeführt hatte.»

«Dann wollen wir ihr jetzt Gelegenheit geben, der Enkelin einen kleinen Teil der Dankesschuld abzutragen», entschied Geza.

Die Vorstellung, bei Tante Victoria als Bittstellerin anzutreten, erfüllte mich mit wahrem Schrecken. Ich versuchte zu rebellieren, da sagte Geza etwas, das jede Rebellion im Keim erstickte: «Willst du dich von Philipp in die Knie zwingen lassen?»

Nein, das wollte ich auf gar keinen Fall. Zögernd erklärte ich mich bereit, nach London zu schreiben.

Aber Geza war nicht dafür, den Besuch anzukündigen. «Das gibt ihr nur Gelegenheit, Ausreden zu machen», meinte er. «Du mußt völlig überraschend eintreffen, damit sie uns nicht absagen kann.»

G

2. April 1898. Nachdem wir ihre ganze illustre Verwandtschaft durchgegangen sind, haben wir uns für Queen Victoria entschieden. Ich glaube, die alte Dame könnte am ehesten zu beschwatzen sein, ihrer Nichte aus der Patsche zu helfen. Es ist also beschlossen, wir fahren nach England.

Louise hat nicht gerade schnell, aber ich denke um so gründlicher begriffen, was auf dem Spiel steht.

Da kein Tag verschenkt werden darf, hab ich durchgedrückt, daß wir schon morgen reisen. Louise verabscheut solche kurzen Termine, aber ich ließ nicht mit mir handeln. Sie hätte sich nur noch ein Dutzend Kleider und Hüte für London machen lassen. Ich bin froh, daß ich das auf diese Weise zu verhindern wußte. Denn Kleider und Hüte besitzen wir weiß Gott genug.

Es ist wichtig, unser Reiseziel geheimzuhalten. Wir benutzen deshalb zunächst den gewöhnlichen Zug nach Turin, was in Nizza nichts über die Endstation der Fahrt verrät. Auch nach Wien oder München führt der Weg über Turin. Erst ab dort nehmen wir einen eigenen Salonwagen. Extrazug kommt natürlich diesmal nicht in Frage. Das wäre die falsche Tour, wenn man jemanden anzapfen will. Louise fühlt sich jetzt schon, als ob sie wie eine Marktfrau 4. Klasse reisen müßte.

Wir werden eine denkbar kleine Gesellschaft sein. Außer uns beiden nur die Fugger. Und die Dienstboten. Drei Zofen für die Damen, einen Diener für mich. Louise wollte noch Doktor Schnee dabei haben, ich konnte ihn ihr jedoch ausreden. Jede Figur, die wir in Nizza lassen, ist Balsam für die Reisekasse. Außerdem soll's in England hervorragende Ärzte geben, während ich den braven Schnee für einen miserablen Vertreter seiner Zunft halte. Er ist ein lieber Kerl, eine Art Seelentröster für Louise – manchmal sicher auch etwas Beichtvater –, loyal und ergeben. Aber was seine medizinischen Qualitäten betrifft, könnte er meiner bescheidenen Meinung nach eher Garnisonsmedicus in Czernowitz sein als Leibarzt einer Prinzessin.

Artur ist bereits als Vorkommando unterwegs nach Turin, um wegen des Salonwagens alles zu regeln. Er erwartet uns dort morgen abend und fährt dann sofort nach Nizza zurück.

Ich hab ihm eingehämmert, daß er mir unsere Schäflein hier brav an die Kandare nimmt, bis wir wieder da sind. Aber das wird kein zu großes Problem sein, denn die Leute sind durchweg anhänglich und zuverlässig. Im Grunde muß er nur aufpassen, daß die Pferde bewegt und versorgt werden. Und daß nicht zuviel Geld ausgegeben wird. Ich hab übrigens genug dagelassen. Niemand braucht zu hungern, während wir weg sind.

Gläubiger soll er grundsätzlich auf Louises Rückkehr vertrösten. Unsere Kriegskasse darf in diesen Zeiten durch keinerlei unnötige Ausgaben geschwächt werden. Offiziell sind wir in Wien. Das soll er jedem sagen, der nach uns fragt. Und was besonders hartnäckige Gläubiger angeht, so sind wir in Wien, um Geld zu holen.

Der gute Artur wär gern nach London mitgekommen. Ich hätt ihm die Reise auch von Herzen gegönnt. Aber er ist ein alter Soldat und sieht ein, daß er hier jetzt wichtiger ist.

«Keine Sorge», sagte er, als wir uns eben verabschiedeten, «die Festung Nizza wird von Artur Ozegovich gehalten. Bis zum letzten Franc! Dann mußt du sie entsetzen.»

Er ist ein Schatz. Leute wie Artur sollte es mehr geben auf der Welt.

L

Im Zug. Das Reisen im Salonwagen ist die Höhe der Unbequemlichkeit. Man fühlt sich eingepfercht, kann sich nicht bewegen, und schlafen kann man auch nicht.

Morgen früh sind wir in Boulogne, abends werden wir in London ankommen, und übermorgen soll die Begegnung stattfinden, vor der ich mich so fürchte. Mit jeder Umdrehung der Räder rückt sie näher.

Ich habe Tante Victoria zuletzt vor vier Jahren gesehen. In Coburg bei einem großen Familientag. 1893 war Herzog Ernst II. gestorben, der Chef des Hauses Coburg, ohne es zustande gebracht zu haben, einen einzigen kleinen Erben in die Welt zu setzen. Victoria, der das Stammhaus mindestens so am Herzen liegt wie England, Indien und alle überseeischen Besitztümer zusammen, wußte es zu arrangieren, daß ihr Sohn «Affie», der Duke of Edinburgh, neuer Chef des Hauses wurde, was ihm zudem noch ein hübsches Einkommen von über sieben Millionen Kronen pro Jahr sichert. Also siedelten «Affie» und seine russische Gemahlin Maria, die Tochter von Zar Alexander II., nach Coburg über. Mit der deutschen Sprache standen beide etwas auf dem Kriegsfuß, aber das störte niemanden. Ein Jahr darauf feierte man die Vermählung von «Affies» Tochter Melitta mit dem Großherzog Ernst Ludwig von Hessen.

Victorias persönliches Erscheinen war der Clou des Coburger Familientreffens. Zum Empfang hatte Willy ihr preußisches Dragonerregiment am Bahnhof aufmarschieren lassen. Der Extrazug lief ein, die Regimentskapelle spielte *God save the Queen,* alles stand stramm, präsentierte, salutierte, winkte, starrte.

In der Tür ihres Salonwagens erschien die kleine, dicke Gestalt, die mir so unvergeßlich in Erinnerung geblieben ist. Seit dem Tod ihres Albert, von dem sie nur als dem «Innigstgeliebten» spricht, trägt sie immer Trauerkleidung.

Sie umarmte ihren Sohn «Affie», den frischgebackenen Regenten von Sachsen-Coburg, und ihren Enkel Willy, den deutschen Kaiser. Dann wurde sie vorsichtig in eine Sänfte gehoben, in der man sie die wenigen Schritte vom Perron zur Kutsche trug. Tante Victoria «rollte» nicht mehr. Mit eigener Kraft konnte sich die Fünfundsiebzigjährige kaum noch fortbewegen.

In der Kutsche thronte sie neben Willy auf einem hohen Kissen, denn sie mochte es nicht, wenn jemand, der neben ihr saß, auf sie herabsah.

Inzwischen hatte sich aus dem Extrazug ein farbiges Gefolge von Indern, Schotten und ähnlichen Exoten ergossen, die von den Coburger Bürgern wie fremde Tiere im Zoo angestarrt wurden.

Ich durfte Tante Victoria erst bei der Soiree im großen Saal von Schloß Ehrenburg begrüßen. Es war der Vorabend der Hochzeit, hätte also ein lustiger Polterabend sein sollen, statt dessen war es eine feierliche Witwenprozession.

Die gesamte Verwandtschaft stand in Reih und Glied, als die Queen, auf einen Stock gestützt, den Saal betrat. Es folgten ihre älteste Tochter Vicky, verwitwete deutsche Kaiserin Friedrich, und die Herzogin Alexandrine, Witwe des früheren Chefs des Stammhauses.

Ich gestehe, daß mir die drei ewig trauernden Gestalten in ihren schwarzseidenen Roben lächerlich vorkamen. Victorias «innigstgeliebter Albert» war schon 33 Jahre tot, Kaiser Friedrich sechs und Herzog Ernst über ein Jahr.

Victoria ist geradezu leidenschaftlich Witwe. Sie findet es verwerflich und unmoralisch, wenn Witwen wieder heiraten. Ich weiß von einer Hofdame, deren Gatte gestorben war und die sie auf der Stelle entließ, als sie die Absicht bekundete, sich neu zu verehelichen.

Ein wahres Wunder, daß Victoria in England nicht die Witwenverbrennung einführte. Ihr von allen beneideter indischer Lieblingsdiener Abdul Karim, der «Munshi», hätte ihr das leicht einreden können, wenn er nur gewollt hätte. Er soll ja enormen Einfluß auf sie gehabt haben. Genau wie vor ihm ihr legendärer schottischer Diener John Brown.

Weshalb rufe ich mir all diese boshaften Erinnerungen ins Gedächtnis, wo ich doch zu ihr fliehe, Hilfe zu erbitten? Um die Angst vor der kommenden Begegnung zu dämpfen?

Ich weiß nicht, ob diese Frau England wirklich regiert. Das kann ich nicht beurteilen. Ich weiß nur, daß sie ihre Familie regiert. Mit eiserner Hand. Aber – und das ist meine einzige Hoffnung – auch mit viel Liebe. Gerade die spürte ich als Kind und war eifersüchtig darauf. In Windsor gab es nichts von der kalten Gefühllosigkeit, die bei uns in Laeken herrschte. Victorias Familienleben war vorbildlich gewesen, ganz im Gegensatz zu dem meiner Eltern. Beide Ehen wurden einst von meinem Großvater gestiftet. Wie traurig, daß er bei meinem Vater und meiner Mutter nicht dieselbe glückliche Hand bewiesen hat.

G

In England. Die Fahrt durch Frankreich verlief programmgemäß und ziemlich angenehm. In Lyon und Paris wurden wir umrangiert, brauchten aber unseren Wagen nie zu verlassen. Insofern war es bequem wie im Extrazug.

Auch mit der Verpflegung klappte es recht gut. Artur hatte in weiser Voraussicht telegraphisch auf allen größeren Stationen für die Befriedigung unserer Mägen vorgesorgt, wobei jeweils die besten Hotels oder Restaurants am Ort aufgeboten waren. In Paris wurden wir sogar von «Maxim's» verpflegt.

Wie sich rausstellte, war der einzige wirkliche Engpaß das Wasser. Genauer: warmes Wasser zum Waschen. Und für mich auch zum Rasieren. Hierfür sind von den Konstrukteuren des sonst sehr geschickt aufgeteilten Salonwagens seltsamerweise keinerlei Vorkehrungen getroffen worden. Aber das Problem ließ sich letzten Endes doch lösen. Unser Wagen stand verhältnismäßig lang auf einem Abstellgleis der Gare de Lyon in Paris, bevor wir um die halbe Stadt zur Gare Saint-Lazare gezogen wurden, von wo es später weiterging. Diese Zeit benutzte mein Diner Mirko und schleppte mit Hilfe einiger Streckenarbeiter ein Dutzend Kessel mit heißem Wasser aus der Küche der Bahnhofswirtschaft herbei, so daß wir alle uns leidlich frisch machen konnten.

In Boulogne tauschten wir den Zug mit dem Schiff. Die Überquerung des Kanals bei ruhiger See verlief ohne bemerkenswerte Vorkommnisse.

Dafür erwartete uns in Folkstone die große Überraschung. Eine gewaltige Menge, ich schätze einige tausend Männer, Frauen und Kinder, drängten sich in hochgemuter Stimmung auf dem Kai zwischen Hafenbecken und Bahnhof.

Die erwartungsvollen Massen, die englischen Farben an Rockaufschlägen und Mänteln, die Kinder mit bunten Papierfähnchen in Händen, blockierten den kurzen Weg vom Pier zum Perron.

Louise war von dem Anblick der vielen festlich gestimmten Briten so verblüfft, daß sie einen Augenblick allen Ernstes glaubte, sie wären zu ihrer Begrüßung gekommen, und richtig böse wurde, als ich sie herzlich auslachte.

Aber eine Minute später war auch meine Stimmung auf dem Nullpunkt. Als ich mich nämlich erkundigte, was das Ganze zu bedeuten hätte, stellte sich heraus, daß der Wirbel niemand anderem als der Queen galt, die – man höre und staune! – auf dem Weg an die Riviera war. Wie ich erfuhr, hat sie dort in einem Vorort von Nizza, in Cimiez, eine Villa gemietet. Ihr Extrazug wurde jeden Moment in Folkstone erwartet, wo sie sich zur Überquerung des Kanals sofort an Bord der königlichen Jacht *Victoria and Albert* begeben würde.

Ausgerechnet an die Riviera fährt sie! Louise, wegen meiner anfänglichen Bemerkung noch immer etwas gereizt, machte mir auf der Stelle Vorwürfe. Sie hätte bekanntlich gesagt, daß sie ihre Visite ankündigen müßte. Dann wäre diese Panne nicht passiert. Aber ich hätte es ja ausdrücklich untersagt. Daran sollte ich mich gefälligst erinnern. Die Quittung dafür würde uns jetzt präsentiert.

Das wurde sie wirklich. Der Extrazug der Königin war auf dem von Soldaten abgesperrten Perron inzwischen eingefahren. Wir konnten das Ereignis zwar nicht selbst beobachten, um so deutlicher hörten wir den Wettstreit zwischen der *God save the Queen!* schreienden Menge und einer flotte Märsche spielenden Militärkapelle. Der Lärm war ohrenbetäubend, und die ganze Darbietung paßte höchst schlecht in das Bild, das ich mir bisher vom angeblich so wohlausgewogenen, unterkühlten britischen Temperament gemacht hatte.

Eingekeilt in der jubelnden Masse, konnten wir von unserem Platz aber wenigstens den ebenfalls abgesperrten Kai übersehen, an dem die königliche Jacht festgemacht war. Draußen im Hafenbecken lagen zwei Torpedoboote unter Dampf, die der *Victoria and Albert* das Ehrengeleit nach Frankreich geben sollten. Ein Musikkorps der Kriegsmarine, das neben dem überdachten Zugang zur Jacht Aufstellung genommen hatte, begann jetzt auch zu spielen, und falls überhaupt möglich, verstärkten sich der allgemeine Lärm und das Geschrei noch.

Obwohl es nur einige Schritte vom Zug zum Schiff waren, benutzte die Monarchin zur Überwindung dieser Distanz eine wohl eigens hierfür hertransportierte Equipage luxuriöser Bauart. Auf dem Bock saß ein schottischer Hochländer im Kilt, der kutschierte. Daneben, ein Horn auf den Knien, eine Art Postillon. Hinten auf dem Wagen standen zwei Hoflakaien. Je drei Offiziere verschiedener Regimenter, in prächtigen Paradeuniformen, ritten vor und hinter der Equipage, zu beiden Seiten ein Stallmeister im Gehrock mit Zylinder. Alle auf prächtigen schwarzen Araberhengsten.

Wir konnten das Schauspiel nur wenige Sekunden sehen und die Königin im geschlossenen Wagen nur ahnen. Denn die Kutsche hielt vor dem überdachten und seitlich abgedeckten Zugang zur königlichen Jacht an, wo sie unseren Blicken entzogen war.

«Jetzt wird Tante Victoria aus dem Wagen gehoben, auf ihren Rollstuhl gesetzt und die Gangway hinaufgeschoben», sagte Louise verbittert. «Das haben wir wirklich wunderbar abgepaßt!»

Eine Stunde später saßen wir im Zug Richtung London. Nach dem ersten Schock, den uns das so unerwartete Ereignis in Folkstone bereitet hatte, überlegten wir einen Augenblick sehr ernsthaft, ob es vielleicht ratsam sei, die Reise an Ort und Stelle abzubrechen und nach Nizza zurückzukehren, um die Queen dort zu sprechen. Vielleicht wäre die südlich entspannte Ferienatmosphäre ein besonders günstiges Klima. Aus zwei Gründen entschlossen wir uns dann aber, doch weiter nach London zu fahren. Der eine war rein praktischer Natur. Unser Gepäck, trotz größter Einschränkungen recht umfangreich, konnte erst wieder in London von uns übernommen werden, da Artur es in Turin direkt bis Victoria Station aufgegeben hatte. Es bestand also in Folkstone keine Möglichkeit, an die Koffer zu kommen. Der zweite Grund ließ uns das momentane Ärgernis des ersten ertragen.

Kurz vorher noch den Tränen nah, wurde Louise nämlich mit einem Mal ganz heiter. Sie hatte sich plötzlich entschieden, die Abreise der Queen aus England als gutes Omen für das Gelingen unserer Sache zu nehmen. Nun war sie fest entschlossen, ihren Vetter Eduard, den Prinzen von Wales, anzupumpen, von dem sie sich weit mehr Verständnis für ihre Situation verspricht als von ihrer frommen Tante. Sie hätte, wie sie mir erklärte, in England niemals den Prinzen besuchen können, ohne zuvor der Queen ihre Aufwartung gemacht zu haben. Das hätte unverzeihlich gegen das Zeremoniell verstoßen. Aber jetzt konnte sie sich direkt an Eduard wenden. Sie war geradezu beflügelt von der Aussicht, die ganze unangenehme Sache mit ihm statt mit der Königin abwickeln zu können.

Ich finde ihren Vorschlag durchaus akzeptabel und bin überzeugt, daß bei etwas Glück unsere Reise nun doch nicht vergeblich sein muß. Prinz Eduard (er wird in der Familie erstaunlicherweise Bertie genannt) ist bekanntlich kein Freund von Traurigkeit. Das ist sogar bis in die letzten Winkel der k. und k. Monarchie gedrungen. Kronprinz Rudolf und er sollen früher in London gemeinsam ganz muntere Festivitäten veranstaltet haben. Angeblich teilten sie sich sogar in die Gunst der heute schon sagenhaften englischen Schönheit Lillie Langtry, die damals alle reichen und vornehmen Erben der Insel in Aufregung versetzte.

Wie dem auch sei, ich könnte mir denken, wir haben tatsächlich einen guten Tausch gemacht.

Die Reise steht wahrhaft unter einem ungünstigen Stern. Ich schlief schlecht, obwohl meine Appartements im «Claridge» sehr komfortabel sind, und wachte mit starken Kopfschmerzen auf. In diesem Zustand sollte ich mit dem Prince of Wales sprechen? Mir schauderte! Nicht einmal Doktor Schnee war hier, der mir ein schmerzstillendes Pulver hätte verabreichen können. Geza geht wirklich arg knauserig mit mir um.

Marie Fugger ließ mir kaum Zeit zu frühstücken. Sie jagte mich buchstäblich aus dem Bett, da sie Geza versprochen hatte, ich würde um 11 Uhr abfahrbereit sein. Ich kann es nicht leiden, wenn ich mich beeilen muß.

Die Fugger machte dann auch prompt die armseligen drei Zofen, die ich mitnehmen durfte, derart verrückt, daß alles schiefging. Ilona, die mich sonst wirklich gut frisiert, fabrizierte einen gräßlichen Turmbau. Ich mußte sie noch einmal von vorn anfangen lassen.

Die ganze Nacht über hatte ich mir den Kopf zerbrochen, was ich anziehen sollte. Ich weiß doch, wie sehr Bertie auf Äußerlichkeiten reagiert und wie empfänglich er für weibliche Reize ist. Ich hatte mich schließlich für eine Création aus der Maison Doucet entschieden, ein entzückendes mauvefarbenes Kleid mit Stehkragen und leicht angekräuselten Ärmeln. Nun stellte sich plötzlich heraus, daß ausgerechnet dieses Kleid in Nizza vergessen worden war. Alle schoben sich gegenseitig die Schuld zu, meine Laune verschlechterte sich, ich wurde wirklich recht ungnädig.

Es blieb mir nichts übrig, ich mußte ein anderes Kleid wählen, und das brauchte natürlich seine Zeit. Ich entschied mich für ein Modell von Armand, genau in der Farbe meiner Haare, mit einem Einsatz aus altrosa Crêpe de Chine und zwei plissierten Volants unten am Rock.

Durch ein wahres Wunder waren der passende Hut und der richtige Sonnenschirm mitgenommen worden.

Ich schlang eine Boa aus russischem Zobel um die Schultern, betrachtete mich im Spiegel und war mit dem Resultat zufrieden.

Geza, der im «Savoy» wohnt, war schon vor über einer Stunde im

«Claridge» eingetroffen und saß ungeduldig im Salon. Als ich schließlich eintrat, stand er auf und sah mich mit so unverhohlener Bewunderung an, daß mir warm und wohlig wurde. Am liebsten wäre ich dageblieben, aber Geza war ganz Soldat. Pflicht geht vor Vergnügen!

Er geleitete mich und die Fugger zu einem Wagen, den er gemietet hatte, und versprach, in meinem Salon auf uns zu warten.

Die Fugger, die London nicht kennt, ließ sich vom Kutscher die Sehenswürdigkeiten erklären, während ich mich auf das Bevorstehende zu konzentrieren versuchte. Es ging nicht. Mein Kopf war vollkommen leer. All die Worte, die ich mir nachts sorgfältig zurechtgelegt hatte, um Bertie unsere Probleme zu schildern, waren vergessen. Total vergessen! Ich war verzweifelt.

Schon fuhr die Kutsche vor «Marlborough House» vor.

Lakaien halfen uns beim Aussteigen, wir betraten die große untere Halle.

Dort begrüßte uns der Haushofmeister des Prinzen, irgendein schottischer Lord. Ein Mac-sowieso. In der Aufregung habe ich den Namen vergessen.

Seine Königliche Hoheit wird untröstlich sein, mich verpaßt zu haben, versicherte der Schotte. Er sei gestern nach Schloß Sandringham gefahren, hätte also das Billett leider nicht erhalten, das meinen heutigen Besuch ankündigte. Von Sandringham reise er weiter zur Jagd nach Schottland, ohne vorher nach London zurückzukehren. Es sei völlig unbestimmt, wann er wieder in der Hauptstadt sein würde.

Auf meine Frage nach der Prinzessin erfuhr ich, Ihre Königliche Hoheit weile in Kopenhagen zu Besuch ihres Vaters, des Königs von Dänemark.

Also Pech auf der ganzen Linie.

Trotzdem verspürte ich eine ungeheure Erleichterung. Das werde ich Geza natürlich nie gestehen. Der gefürchtete Bittgang war mir erspart geblieben.

Ich drückte dem Haushofmeister mein Bedauern aus. Da ich nur wenige Tage in London bliebe, sei es mir leider unmöglich, die Rückkehr des Prinzen oder der Prinzessin abzuwarten.

Der Schotte geleitete uns zum Wagen und benahm sich in jeder Hinsicht untadelig.

«Marlborough House» hatte meinem Großvater als Residenz gedient, solange er mit der englischen Kronprinzessin Charlotte verheiratet war. Auch nach ihrem Tod wohnte er noch viele Jahre dort. Das fiel mir ein, als der Wagen schon anrollte. Ich wandte mich noch einmal um.

Auf dem Dach flatterte die Fahne!

Der Prince of Wales war also gar nicht in Sandringham, sondern in London. Man hatte mich angelogen. Er wollte mich ganz einfach nicht empfangen.

Ich war vor Wut außerstande die Tränen zurückzuhalten, so tief gekränkt und erniedrigt fühlte ich mich. Marie legte beruhigend den Arm um meine Schulter, aber ich konnte nicht aufhören zu weinen.

Als wir im Hotel ankamen, zog ich den Schleier vor das Gesicht und eilte durch die Halle, so schnell ich konnte.

Geza saß im Salon und blätterte in einer Modezeitschrift. «Schon zurück?» fragte er erstaunt.

Die Fugger sagte: «Seine Königliche Hoheit ist nicht in London. Er hält sich in Sandringham auf und reist von dort zur Jagd nach Schottland.» Die liebe Marie versuchte mich zu schonen.

«Seine Königliche Hoheit ist sehr wohl in London», verbesserte ich sie scharf, «aber er hat sich mit faulen Ausreden entschuldigen lassen!»

Dann schickte ich Geza fort und legte mich zu Bett.

G

Eine verlorene Schlacht bedeutet nicht den Verlust des Krieges. Das lernt jeder Offiziersschüler im ersten Lehrgang.

Louises nobler Vetter hat sie nicht empfangen.

Ihr Stolz ist bitter verletzt, und obwohl meiner dadurch nicht im mindesten berührt wurde, kann ich kaum sagen, daß ich hochgemuter Stimmung bin.

Diese angeblich so freundliche Insel scheint uns nicht gewogen zu sein. Ich sehe uns schon auf der Rückreise. Louise muß sich jetzt mit aller Energie an die Queen ranmachen. So wie's ja ursprünglich auch geplant war. In Nizza kann sie uns wenigstens nicht auskommen. Und wenn wir Tag und Nacht vor ihrer Villa antichambrieren.

Es hatte keinen Sinn, mit Louise die weiteren Pläne zu beraten. Sie war kaum ansprechbar und entfloh in ihr Schlafzimmer.

Ich entschloß mich, den Wagen wegzuschicken und zu Fuß in mein Hotel zu gehen. Ich wollte wenigstens noch einen oberflächlichen Eindruck von der Stadt gewinnen, von der ich ja bisher kaum etwas gesehen hatte.

Es war gegen Ende der Lunchzeit. In den Straßen herrschte ein erstaunlicher Betrieb. Jedenfalls für mich, der ich den Anblick nicht gewohnt war. Tausende von Menschen, vermutlich meist gehobene Kanzleiangestellte und Commis der vielen Geschäfte um Bond, Oxford und Regent Street sowie Beamte aus dem nahen Regierungsviertel, strebten wieder ihrer Arbeit zu. Daneben gibt es in der Weltstadt London natürlich immer eine Menge Ausländer jeder erdenklichen Hautfarbe, die sich zum Vergnügen hier aufhalten. Nicht zu vergessen die Repräsentanten der einheimischen, stets etwas blasiert wirkenden, offensichtlich enorm begüterten Oberschicht. Gemeinsam geben sie dem Straßenbild eine Farbe und einen Glanz, wie er vermutlich an keinem anderen Platz dieser Erde zu finden ist.

Der sich mir bietende Anblick nahm mich mehr und mehr gefangen und verscheuchte allmählich meine üble Laune. Ich beobachtete voller Interesse die Menschen. Die Eiligen, die zur Arbeit gingen, wie die Fremden, die immer wieder stehenblieben, um dies und jenes mehr oder weniger ehrfurchtsvoll zu bestaunen. Die Angehörigen der High Society fuhren in vornehmen Equipagen oder in den hierzulande üblichen Hansom Cabs vor den sündhaft teuren Schneidern, Schuh- oder Handschuhmachern vor. (Es soll in Saville Row ein Herrenatelier geben, zu dessen erlauchter Klientel sich nur zählen darf, wer von zwei bereits in der Kundenliste figurierenden Gentlemen Empfehlungen vorweisen kann.) Besonders faszinierte mich das Heer der Tagediebe, Bettler und leichten Mädchen. Von letzteren gab es um diese Stunde in der unteren Regent Street und um den Haymarket herum bereits eine stattliche Anzahl. Ähnliches habe ich nie zuvor gesehen. Selbst nicht in Paris.

Ein blutjunges, bildhübsches Geschöpf, das deutlicherweise unterwegs auf dem Strich war, fiel mir besonders auf. Ich schätzte sie höchstens sechzehn. Sie lachte mich derart unverfroren an, daß ich mich unwillkürlich im Gehen nach ihr umsah, obwohl mir nach keinem billigen Abenteuer zu Mut war. (Und nach einem teuren schon gar nicht.) Das Mädchen war stehengeblieben und lachte noch immer.

Das ereignete sich in der Regent Street.

Als ich wenig später vom Haymarket zum Trafalgar Square ging, überholte mich das hübsche Kind. Dabei schlenderte sie eine Weile absichtlich neben mir her, so daß ich mich in aller Ruhe von ihren jugendlichen Reizen überzeugen konnte.

Mit sicherm Instinkt, der einer altgedienten Liebesverkäuferin Ehre gemacht hätte, hat sie mich vermutlich nicht nur als Fremden identifiziert, sondern aus der Richtung meines Weges auch geschlossen, daß ich im Hotel «Savoy» wohne und entsprechend gut bei Kasse sein müßte. (Womit sie allerdings nur in Grenzen recht hat.) Jedenfalls spazierte sie jetzt gut zehn Schritte vor mir, bog prompt in den Strand ein und orientierte sich lediglich durch einen kurzen Blick, ob ich folgte.

Im Strand erhöhte sie ihr Tempo, so daß der Abstand zwischen uns größer wurde. Sie ging an der Einfahrt zum «Savoy» vorbei, blieb dann aber stehen – im selben Augenblick, als ich dort ankam. Das ganze Manöver war sorgfältig ausgeklügelt und mit einer Präzision durchgeführt, die verriet, daß es nicht das erste Mal praktiziert wurde.

Ich hatte angehalten. Sie stand, mir zugewandt, keine dreißig Schritt entfernt. Eine kurze Weile passierte nichts. Schließlich ging ich langsam auf sie zu. Sie wartete, bis ich auf ihrer Höhe war, dann drehte sie sich um, und wir marschierten nebeneinander her. Stumm. Sie lachte nur und freute sich offensichtlich über ihren Sieg. Nach ein oder zwei Minuten fragte sie mich, ob ich Ausländer sei.

Unsere Verständigung war nicht gerade einfach. Denn obwohl ich mein Englisch verschiedentlich auffrischen konnte, seit ich mit Louise unterwegs bin, ist nicht viel damit los. Aber hier stand das Kind seinen älteren Mitschwestern in aller Welt kein bißchen nach. Sie war nämlich erstaunlich talentiert, trotz des bestehenden Sprachenproblems, schlecht und recht eine halbwegs vernünftige Unterhaltung zu führen. Und bei allem zeigte sie einen ganz eigenwilligen, aus mädchenhafter Naivität und hurenhafter Verworfenheit gemischten Charme, der mich mehr und mehr fesselte.

Das Gespräch verlief etwa folgendermaßen:

Sie fragte, ob ich Lust hätte, mit ihr zu kommen. Ich fragte, wohin? Zu ihr nach Hause? Sie lachte und sagte, nein. Das ginge nicht und wär wohl auch nicht komfortabel genug für einen vornehmen Herrn wie mich. Sie schlug den Besuch eines sogenannten *accomodation house* vor. Wenn ich recht verstanden habe, gibt es davon jede Menge in London. Sie schwärmte von der Eleganz dieser praktischen Etablissements, die wunderbar ausgestattet wären mit roten Samtvorhängen, großen Spiegeln, sauberer Wäsche und bequemen breiten Betten. Sie würde eins kennen, das nur fünf Schilling die Stunde kostet. Wenn ich auch nicht so aussähe, als ob es mir auf den Schilling ankäme.

Das Gespräch hatte also sofort einen eindeutig professionellen Verlauf genommen.

«Wie alt bist du?» fragte ich.

«Fünfzehn», sagte sie, lachte und zeigte stolz ihre blendenden Zähne.

Sie war noch jünger, als ich geglaubt hatte.

Jetzt wollte ich mehr wissen. «Seit wann gehst du auf den Strich?» fragte ich.

Sie sah mich erstaunt und etwas schmollend an. «Ich geh nicht auf den Strich!» behauptete sie.

«Nein? Und wie nennst du das, wenn du am hellichten Nachmittag fremde Männer ansprichst und sie aufforderst, mit dir in eines dieser *accomodation houses* zu gehen?»

«Ich gehe nicht auf den Strich!» beharrte sie.

«Aber du gehst doch mit Männern für Geld ins Bett.»

«Ja. Aber ich bin keine Hure.» Sie sagte es gar nicht erbost, sondern mit unbekümmerter Nonchalance.

«Was ist deiner Meinung nach eine Hure?» wollte ich wissen.

«Eine Hure ist ein Mädchen, das regelmäßig auf die Straße geht und davon lebt.»

«Und das tust du nicht?»

«Nein. Ich wohne zu Hause bei meiner Mutter und bei meinen Geschwistern. Und meine Mutter sorgt für uns alle. Auch für mich.»

«Hast du einen Vater?»

«Jeder Mensch hat einen Vater. Das sollte man in Ihrem Alter allmählich kapiert haben», sagte sie lachend. «Nur war meiner nicht so wohlhabend wie Ihrer. Das ist mein Pech. Außerdem starb er vor ein paar Jahren und ließ meine Mutter mit fünf Kinder sitzen. Er war Hufschmied und, soweit ich es beurteilen kann, ein guter und fleißiger Mensch. Was ihm wenig genug einbrachte. Ein Hengst hat ihm eines schönen Tages mit seinen Eisen den Schädel zertrümmert. Seither muß sich meine Mutter allein plagen. Als Waschfrau im St. Bartholomew's Hospital. Abends zu Hause klebt sie noch Streichholzschachteln. Fürs Gros bekommt sie zwei Pennies!»

Wir bogen jetzt rechts ab zum Victoria Embankment hinunter und gingen das Themse-Ufer entlang.

«Und du? Arbeitest du überhaupt nicht?» fragte ich.

«Nein», sagt sie. «Meine Mutter will nicht, daß ich arbeite. Sie will, daß ihre Kinder ordentlich aufwachsen. Ich muß auf meine Geschwister aufpassen. Drei Buben und ein Mädchen. Sie sind jünger als ich. Zwischen vier und elf.» Sie sah mich an. «Warum fragen Sie das eigentlich alles? Gefall ich Ihnen nicht?»

«Im Gegenteil», versicherte ich und sagte durchaus die Wahrheit. «Bist du oft . . . so unterwegs?»

«Nein. Nicht oft. Manchmal geh ich nur raus spazieren und Geschäfte ansehen. Nichts weiter.»

«Weiß deine Mutter über dich Bescheid?»

Sie kicherte. «Sie würde mich totschlagen, wenn sie's wüßte. Aber sie ist ja tagsüber nie zu Haus. Wenn ich geh, schließ ich die Geschwister ein. Ich bin immer zurück, bevor Mutter von der Arbeit kommt. Meine Geschwister kriegen von mir Geschenke. Süßigkeiten. Die verraten mich nicht.»

«Wenn du nicht weggehst, was machst du dann den ganzen Tag?»

Sie lachte. «Ich hab genug zu tun. Keine Sorge. Ich wasch meine Geschwister und geb ihnen zu essen. Wenn was da ist. Dann mach ich das Zimmer sauber, den Fußboden ... und so. Und zum Schluß wasch ich mich.»

«Habt ihr eine Badewanne?» wollte ich wissen und ärgerte mich im selben Augenblick über die idiotische Frage.

«Eine Badewanne? Ich glaube, Sie haben nicht die rechte Vorstellung, wie's bei uns zugeht. Wir haben 'ne Schüssel und 'ne Kanne ... aber ich bin trotzdem wunderschön sauber. Ich wasch mich jeden Tag vom Kopf bis zum großen Zeh.» Sie sah mir frech ins Gesicht. «Alles! Sie sollten sich bald davon überzeugen, denn wenn wir uns noch lang unterhalten, weiß ich nicht, ob mir die Sache noch Spaß macht.»

Wir waren inzwischen bis zur Waterloo Bridge gekommen. Oben an der Böschung sah ich die breite, dem Fluß zugewandte Front des Hotels «Savoy».

Ich blieb stehen, griff in die Tasche meines Paletots und holte eine Zehn-Schilling-Note hervor. «Hier. Das ist für dich. Reicht es?»

«Oh, ja», sagte sie, von der Höhe des Geschenks sichtbar beeindruckt. Sie ließ das Geld schnell in ihrem Ridikül verschwinden.

«Wie heißt du eigentlich?»

«Jane!»

«Na also, Jane, dann kauf dir was Schönes. Ich muß jetzt rauf ins Hotel.»

Zum ersten Mal hatte es ihr die Rede verschlagen. Als ich mich nochmals umdrehte, stand sie auf demselben Fleck und sah mir noch immer verwundert nach.

Ich wunderte mich nicht weniger als sie. Was ist aus mir geworden? In Warasdin (und nicht nur dort) war ich ein guter Kunde solcher Damen. Und heute spiele ich den selbstlosen Wohltäter der Zunft. Idiotisch!

Werde ich alt?

L

Ich lag im Negligé auf dem Bett und starrte die Decke an. Irgendwann mußte ich eingeschlafen sein, denn ich wachte davon auf, daß die Fugger mir zuflüsterte: «Der Prince of Wales!»

Ich verstand nicht, was sie meinte.

«Seine Königliche Hoheit, der Prince of Wales!» wiederholte sie. «Er ist nebenan im Salon.»

Ich sprang auf. Noch bevor ich einen Blick in den Spiegel werfen konnte, stand er in der Tür.

Ich war nicht frisiert, nicht einmal angezogen, und ich wußte nicht, wie ich aussah. Das alles irritierte mich dermaßen, daß ich ihn völlig verwirrt anstarrte, ohne ein Wort rauszubringen.

Er kam auf mich zu, küßte mich auf beide Wangen, hielt mich dann auf Armeslänge von sich und betrachtete mich prüfend. «Mein Gott, bist du schön!» sagte er. «Du siehst aus wie ein junges Mädchen.»

Er war recht stark geworden, seit ich ihn zuletzt gesehen hatte. Das Haar war spärlicher, der Bart graumeliert.

«Ich dachte, du bist in Sandringham», brachte ich schließlich heraus.

«Nein, meine Liebe, ich bin nicht in Sandringham! Das war eine diplomatische Ausrede.»

«Und warum das?»

«Weil es ganz und gar unpassend gewesen wäre, dich zu empfangen, du Närrin!»

«Warum?» fragte ich wieder.

«Das erkläre ich dir später. Du soupierst heute abend mit mir.» Und bevor ich antworten konnte, fuhr er fort: «Ich hole dich in einer Stunde vom Hotel ab.»

Noch nie habe ich mich so schnell angezogen, aber noch nie ging auch alles so glatt. Ilona frisierte mich besser als je, das himmlische neue Abendkleid von Worth lag in Sekunden bereit, und ich trug den berüchtigten Schmuck, den Philipp mir zu meinem vierzigsten Geburtstag so unfreiwillig geschenkt und noch nicht bezahlt hat, wie Monsieur Hartog in Nizza uns immer wieder wissen läßt.

Pünktlich saß ich neben Bertie in der geschlossenen Kutsche und kam mir wie eine Abenteuerin vor.

Ich hatte beschlossen, sofort reinen Tisch zu machen. «Wenn du das nächste Mal wieder vorgibst, in Sandringham zu sein, sag deinem Haushofmeister, er soll die Fahne einholen.»

«Mac ist ein Trottel.»

«Ich hab es dir sehr, sehr übelgenommen.»

«Ich bin zerknirscht», sagte er und strahlte übers ganze Gesicht. «Wenn diese verdammte Kutsche und meine engen Hosen es zuließen, würde ich auf der Stelle niederknien und dich untertänigst um Verzeihung bitten.» Dabei tätschelte und küßte er meine Hand. «Kannst du mir vergeben?»

«Nur wenn du mir ehrlich sagst, was das Theater in Marlborough House bedeutete.»

«Dein Gemahl hat sich nicht wie ein Gentleman benommen. Er schickte der Queen eine ausführliche Epistel, in der er sich bitterlich über dein Benehmen beklagt, faszinierende Details über deinen skandalösen Lebenswandel mitteilt und dringend darum bittet, dir jede Unterstützung zu verweigern, falls du sie darum angehen solltest. Ich habe von ihr entsprechende Verhaltungsvorschriften bekommen.»

«Philipp ist ein solches ... ein so furchtbarer, ekelhafter ...» Ich konnte vor Empörung nicht weitersprechen.

Eduard lachte. «Immer frei heraus mit Kraftausdrücken. Sie schlagen sonst leicht auf den Magen und verderben den Appetit.»

«Philipp stellt mich als ein verworfenes Geschöpf hin. Ausgerechnet Philipp!» sagte ich erbost.

«Ja», bestätigte Bertie enthusiastisch. «Und das macht dich in meinen Augen doppelt attraktiv, schöne Cousine.»

Wir fuhren zu Kettner, einem französischen Restaurant in Soho. Monsieur Kettner war früher Küchenchef bei Napoleon III. gewesen. Er hatte sich noch vor dem Sturz des Kaisers nach London abgesetzt und hier ein Restaurant eröffnet.

Ein privater kleiner *dining room* war für uns reserviert, der viel Ähnlichkeit mit einem Séparée hat. Das amüsierte mich sehr. Da ich mit Bertie vollkommen offen sprechen kann, erzählte ich ihm die Geschichte des Besuches im Séparée vom «Sacher» in Wien und all seinen Folgen.

Bertie amüsierte sich köstlich und lachte über meine Imitation von Franz Joseph während der fatalen Aussprache in Stephanies Gemächern.

«Und der Stein des Anstoßes, wie sieht der aus?»

«Schön!» sagte ich enthusiastisch. «Er hat die herrlichsten, sanften braunen Augen, ist gebaut wie ein Adonis, reitet wie ein Gott, hat nicht allzu viel Aristokratisches an sich und betet mich an.»

«Ich finde es außerordentlich deprimierend, mit einer begehrenswerten Frau im Chambre Séparée zu sitzen und sich die Vorzüge ihres Liebhabers anhören zu müssen!»

«Ich habe nur deine Frage beantwortet», entschuldigte ich mich.

Bertie ließ Monsieur Kettner kommen, und nach gemeinsamer Beratung wurde ein Menü zusammengestellt, das sich als exquisit erwies.

Bertie hätte am liebsten den ganzen Abend geplaudert, gescherzt und auch ein bißchen geflirtet, aber das durfte ich nicht zulassen. Sowie es einigermaßen schicklich war, lenkte ich das Gespräch auf mein Anliegen. Ich schilderte meine Notlage, natürlich ohne den ominösen Wechsel zu erwähnen. Ich gestand, daß ich nur nach London gekommen wäre, um die Hilfe seiner Mutter zu erbitten, sie aber leider verpaßt hätte.

Bertie zog vergnügt an seiner Zigarre. «Die Idee, meine Mutter um die Finanzierung deiner Eskapaden anzugehen, ist außerordentlich originell, aber leider nicht sehr realistisch. Du solltest doch wissen, wie prüde sie ist. Nach Philipps Brief wärst du niemals zu ihr vorgedrungen.»

Jetzt nahm ich allen Mut zusammen und bat ihn um Geld.

Das behagte ihm gar nicht. «Um welche Summe handelt es sich?» fragte er vorsichtig.

«Um fünfundsiebzigtausend Pfund», sagte ich. Die Ziffer hatte Geza mir eingeprägt.

«Da bist du leider an der falschen Adresse. Es schmeichelt mir, daß du annimmst, ich könnte mir nichts dir nichts fünfundsiebzigtausend Pfund flüssigmachen. Das ist genau die Hälfte der Apanage, die mir meine sparsame Frau Mama für ein ganzes Jahr zugesteht. Davon muß ich eine Anzahl entgegenkommender Damen unterstützen und, nicht zu vergessen, eine sehr liebenswerte Gattin erhalten. Von allen anderen Ausgaben ganz zu schweigen. Das Geld reicht natürlich nie aus. Wofür du mehr Verständnis haben wirst als meine Mutter. Ich bin ebenso verschuldet wie du! Nur zerbreche ich mir darüber nicht den Kopf – und würde dir vorschlagen, es auch so zu halten.»

«Du mußt freundlichere Gläubiger haben als ich.»

«Das mag sein», gab er zu.

«Sie rechnen es sich vermutlich zur Ehre an, dem künftigen König von England Geld zu leihen.»

«Das mag sein», sagte Bertie, jetzt wieder guter Laune. «Glücklicherweise wissen sie nicht, daß meine Mutter unsterblich ist, wogegen mir meine bald sechzigjährige Leber schon sehr zu schaffen macht. Prost!» Er hob sein Glas Champagner und trank mir zu.

Sowie die Kellner die letzten Teller weggeräumt, noch eine Flasche Moët bereitgestellt und sich diskret zurückgezogen hatten, entzündete er eine neue Zigarre, blies ein paar blaue Wolken vor sich hin und fragte scheinbar ganz nebensächlich: «Hast du gut gegessen?»

«Hervorragend! Wirklich ganz vorzüglich!» versicherte ich ehrlich.

«Das freut mich», entgegnete er. «Dann kannst du es jetzt bestimmt ertragen, wenn ich dir rückhaltlos die Wahrheit sage.»

«Das könnte ich sogar mit vor Hunger knurrendem Magen. Denn ich bin fest davon überzeugt, daß du es gut mit mir meinst.»

«Mit Recht, Liebste, mit Recht!» sagte er und schenkte die Gläser nach. «Es wäre hirnverbrannt, wenn ich – ausgerechnet ich – versuchen wollte, dir aus moralischen Gründen Vorwürfe zu machen. Das würde mir nie einfallen – und selbst dein Gatte würde das wohl kaum tun.»

«Davon bin ich weniger überzeugt.»

«Wie dem auch sei, das ist jetzt Nebensache», fuhr er fort. «Mir geht es nur um dich, denn du bist mir lieb und teuer, Louise! Du bist eine große Närrin, bist eigensinnig wie ein störrischer Esel, und wenn du so weitermachst, wirst du geradewegs ins Unglück laufen.»

Es paßte mir nicht, wie er mich abkanzelte. «Wovon redest du?» fragte ich, und es klang ein bißchen gekränkt, was ihn nicht zu stören schien.

«Davon, daß du die Spielregeln verletzt! Das kann dein Vater nicht zulassen, das würde meine Mutter nie zulassen, und Philipp kann es auch nicht gestatten. Nimm dir ein Beispiel an mir. Ich bin weiß Gott kein treuer Ehemann. Wenn du's erlaubst, bin ich jede Minute bereit, es dir zu beweisen. Aber ich beachte die Spielregeln!»

«Was sind das, die Spielregeln?» fragte ich eigensinnig. «Ich weiß es nicht!»

«Red keinen Unsinn! Natürlich weißt du's. Die hat man uns allen beigebracht, bevor wir zwei und zwei addieren konnten. Auf den Schein kommt es an. Auf das äußere Bild. Tu, was du willst, nur tu es diskret, so, daß die Umwelt nichts sieht und nichts hört.»

Da war er wieder, der Paravent, von dem mein Vater gesprochen hatte. Ich bekam immer die gleiche Antwort.

«Es ist Pech, daß du eine Frau bist», fuhr er fort. «Für Männer sind die Regeln großzügiger gesteckt.»

«Das läßt sich schwer ändern.»

«Es wäre jammerschade!» Bertie verbrämte seine Vorhaltungen stets mit kleinen Komplimenten. «Viele der Damen, die meinem Herzen nahestanden, hatten dasselbe Problem wie du. Sie sind verheiratet, entstammen den ältesten Familien Englands und so weiter. Aber es ist ihnen immer gelungen, Skandale zu vermeiden.»

Das konnte ich unmöglich durchgehen lassen. «Jetzt hör bitte auf!» rief ich. «Wenn ich all die Skandale aufzähle, in die du mit deinen Damen verwickelt warst, reichen dic Finger meiner Hände nicht aus. Warum, glaubst du, versammelt sich jede Woche eine Gruppe frommer Matronen, um gegen die Verderbtheit von Marlborough House zu wettern und gemeinsam mit ihrem Bischof für die moralische Errettung des Thronfolgers zu beten?»

«Zeitungsgeschwätz. Weiter nichts!» wehrte er ab. «Außerdem

geht es jetzt nicht um mich. Nehmen wir mal an, es würde dir durch unverschämtes Glück tatsächlich gelingen, fünfundsiebzigtausend Pfund aufzutreiben. Davon bezahlst du deine dringendsten Schulden, und sicher bleibt sogar noch etwas übrig. Was geschieht, wenn das ausgegeben ist? Wen wirst du dann anpumpen? Wie soll es mit dir weitergehen? Erklär mir das!»

Das hatte ich mich selbst schon hundertmal gefragt, ohne eine Antwort zu finden.

«Es ist natürlich leichter, dir Vorwürfe zu machen, als dich zu beraten. Ich glaube, du müßtest dich mit Philipp einigen ...»

«Niemals!»

«Laß mich ausreden. Es gibt keinen anderen Weg. Es muß zu einer Versöhnung zwischen euch kommen. Nach außen hin. Nur darauf kommt es an. Du wirst deinen Adonis fortschicken müssen ... für eine Weile wenigstens, bis Gras über die Sache gewachsen ist. Wenn du sehr taktvoll und sehr vorsichtig bist, renkt sich alles von alleine ein. Selbst Franz Joseph wird mit der Zeit nachsichtig werden.»

«Es geht nicht! Ich kann es nicht», sagte ich leidenschaftlich und war den Tränen nahe. «Ich weiß nicht, wie ich es erklären soll, aber ich habe eine so unüberwindliche physische Abneigung gegen Philipp, ich könnte es nicht ertragen, ihm die Hand zu geben, mit ihm in einem Zimmer zu sein und womöglich ... Weiter darf ich gar nicht denken.»

Er zuckte die Achseln. «Du mußt dein eigenes Leben führen, Louise. Ich kann nur sagen, was ich an deiner Stelle tun würde. Wenn die Aussöhnung wirklich ganz unmöglich ist, dann denk dir in Gottes Namen eine rührende Geschichte aus und versuche dein Glück bei der Queen. Vielleicht geschieht ein Wunder.»

«Was für eine rührende Geschichte?» Ich verstand nicht, was er meinte.

«Ich will dir ein Beispiel geben. Eine entzückende lebenslustige Komtesse, deren Namen ich nicht nennen werde, vergnügte sich mit ihrem hübschen Lakai. Alle Welt wußte, daß sie ihn regelrecht verführt hatte. Die Sache blieb nicht ohne Folgen, sie bekam ein Kind. Die Familie war zutiefst empört und sagte sich von ihr los. Daraufhin ging die Komtesse zur Königin und vertraute sich ihr an. Sie erregte ihr größtes Mitleid. Die Arme, so berichtete die Queen später, war von dem gewissenlosen Lakaien mit Chloroform betäubt und vergewaltigt worden. Die herzlose Familie bestrafte das unschuldige Opfer, statt den wahren Übeltäter zur Rechenschaft zu ziehen. Wenn du also die Queen irgendwie von deiner Unschuld überzeugen kannst, hast du bei ihr gewonnen.»

«Es wird nicht leicht sein», seufzte ich.

«Noch einen Rat: Berufe dich nie auf mich! Sie hat die schlechteste Meinung von mir. Sie hält mich für beschränkt, verurteilt meinen Lebenswandel, empört sich über meine Schulden und bemitleidet das Empire jetzt schon für den Tag, an dem ich den Thron besteigen werde.»

«Ich muß dir etwas gestehen», sagte ich kleinlaut. «Ich habe Angst vor ihr.»

«Ich auch.»

Es klang so aufrichtig, daß ich nicht ernst bleiben konnte, obwohl mir noch Sekunden vorher gar nicht nach Lachen zumute gewesen war.

«Lach nicht!» sagte er und lachte selber. «Ich habe mein Leben lang Angst vor ihr gehabt. Aber du und ich, wir sind nicht die einzigen. Dein Vater fürchtet sie genauso. Dabei hat sie ihn gern, und ihm sieht sie sogar die Eskapaden nach. Trotzdem zittert er vor ihr wie ein Schuljunge vor der strengen Lehrerin.»

Der Gedanke, daß mein furchterregender Vater vor der Queen zittert, belustigte mich. «Er hat ja auch genug auf dem Kerbholz», sagte ich.

«Wer hat das nicht, Louise. Laß uns nachsichtig sein. Also fahr nach Nizza und versuch dein Glück bei meiner Mutter. Und merke dir: Sie ist fromm, bigott und prüde. Skandale sind ihr ein Greuel, und Scheidung hält sie für Sünde. Sie ist diktatorisch und außerordentlich dickköpfig. Aber sie ist auch gutmütig. Sehr gutmütig sogar, wenn man sie richtig zu nehmen weiß. Das ist deine Chance. Die einzige!»

Auf der Rückfahrt legte er im Dunkel der Kutsche den Arm um mich. Die Geste war keineswegs verwandtschaftlich.

«Warum schickst du deinen Adonis nicht dahin zurück, wo er hergekommen ist, und bleibst in London?» flüsterte er mir ins Ohr. «Ich glaube, wir beide würden uns gut verstehen.»

«Die Konkurrenz hier ist mir zu groß», versuchte ich zu scherzen.

«Die brauchst du nicht zu fürchten.»

«Es ist alles nicht so einfach», wich ich aus.

«Wo ein Wille ist, ist ein Weg», entgegnete er, und es klang schon besitzergreifend. «Morgen früh reise ich nach Sandringham.»

«Das soll ich glauben?»

«Von nun an mußt du mir immer glauben! Jeden Nachmittag steht auf dem St. Pancras-Bahnhof ein Extrazug bereit, der meine Gäste nach Sandringham bringt. Du brauchst nur nach dem *Prince of Wales Special* zu fragen. Ich warte auf dich, hörst du, schöne Cousine!»

Glücklicherweise hielt die Kutsche jetzt vor dem Hotel.

Unter den Augen des livrierten Pagen, der den Schlag öffnete, fiel die Verabschiedung sehr förmlich aus. Bertie mußte sich mit einem Handkuß begnügen. Ich bedankte mich, beantwortete sein betontes *«Au revoir!»* lediglich mit einem Lächeln und verschwand im Hotel.

Oben erwartete mich Geza. Er hatte drei Stunden in meinem Salon gesessen. Er schloß mich in seine Arme, beschwerte sich über den Zigarrenduft, der meinem Haar anhaftete, und küßte mich.

IX

G

Paris, 9. April 1898. Wir sind gestern abend hier eingetroffen. Louise wohnt diesmal natürlich nicht wie vor anderthalb Jahren im Palais Coburg, sondern im Hotel. Im Westminster. Ich wieder im Grand Hotel, in den alten, mir wohlbekannten Räumen.

Die Überraschung, die uns in Paris erwartete, war kaum weniger dramatisch als die vor einer Woche in Folkstone, obwohl sie uns hier nicht durch eine Königin bereitet wurde, sondern nur durch einen Brief. Von Artur Ozegovich. Ich hatte ihm depeschiert, daß wir uns vor der Rückkehr nach Nizza einige Tage in Paris aufhalten würden. Jetzt glaub ich allerdings kaum mehr, daß Nizza uns je wiedersieht.

Arturs Schreiben hat folgenden Wortlaut:

«Lieber Geza!

Ein gütiges Geschick ließ die verehrte Frau Prinzessin in diesen Tagen von Nizza abwesend sein. Du kannst übrigens auch drei Kreuze machen, daß Du nicht hier warst. Du hast nichts versäumt!

Was sich abgespielt hat (und teils noch abspielt), seit wir uns in Turin voneinander trennten, ist kaum zu schildern. Ich kann nur hoffen, daß Eurer Reise der erwartete Erfolg beschieden war und Ihr mit einem Sack voll Geld zurückkommt (obwohl Du Dich darüber in Deinem Telegramm ausgeschwiegen hast), denn sonst müßte ich dringend raten, um Nizza einen möglichst großen Bogen zu machen. Aber eins nach dem andern.

Ich war kaum aus Turin zurück, da berichtete mir Doktor Schnee, daß Monsieur Hartog, der Juwelier, höchstpersönlich in der Villa «Paradis» vorgesprochen hätte, um in wenig diskreter Weise darauf zu drängen, von Ihrer Königlichen Hoheit empfangen zu werden. Als ihm der Doktor versicherte, daß sie verreist sei, wurde der sonst so vornehm tuende Herr ausfallend und erging sich in Schmähungen und Drohungen gegen die Frau Prinzessin. Dabei wurde er so laut, daß die Lakaien und Mägde zusammenliefen, weil sie glaubten, der gute Schnee benötigte ihre Hilfe. Der Brillanten-Krämer kann sich glücklich schätzen, daß er nicht an mich geraten ist. Ich hätte ihm klargemacht, wie man sich in anderer Leute Häuser benimmt, zumal wenn es von einer Königlichen Hoheit bewohnt wird. Mir scheint, die Republik hat die lieben Franzosen ihre so viel gerühmten guten Manieren vergessen lassen. Aber dieser Zwischenfall war erst ein sanftes Präludium.

Tags darauf erschien derselbe Herr und wies einen amtlichen Zahlungsbefehl vor. Sicherheitshalber hatte er gleich den Gerichtsvollzieher mitgebracht. Der Vollstreckungstitel lautete über zweiundsiebzigtausend Francs. Er bezog sich auf irgendwelchen Schmuck, den die Frau Prinzessin gekauft haben soll und dessen Bezahlung ihr Gemahl (so jedenfalls Hartog) entschieden verweigere.

Nach Lage der Dinge mußte ich mich den Maßnahmen des Gerichtsvollziehers beugen. Zum Glück konnte ich ehrenwörtlich versichern, daß kein Geld im Haus sei (der Betrag, den Du mir hiergelassen hast, liegt sicher in meinem Hotel) und daß die Frau Prinzessin ihren gesamten Schmuck bei sich hätte. Ich verwies, wie zwischen uns abgesprochen, darauf, daß sie sich zur Wahrung geschäftlicher Interessen im Augenblick mit ihrem Kammerherrn in Wien aufhalte. Ich wüßte von Dir, daß Du dort für die Frau Prinzessin eine große Summe in Empfang nehmen solltest und daß ich Euch beide täglich in Nizza zurückerwarte.

Hartog ließ nicht mit sich reden und bestand auf sofortiger Pfändung, was dem wackeren Beamten angesichts der Tatsache, daß es sich um die leibhaftige Tochter des belgischen Königs handelt, der zudem hier an der Riviera besonders hoch angesehen ist, sichtlich unangenehm war. Schließlich klebte er seine Siegel widerwillig auf die Schränke mit der Garderobe Ihrer Königlichen Hoheit und versprach hoch und heilig, sie bei der Rückkehr der Frau Prinzessin sofort wieder zu entfernen, da er nicht zweifle, daß das Ganze ein Versehen sei und die Schulden bei Monsieur Hartog dann umgehend beglichen würden.

Ich war froh, als die beiden endlich das Haus verlassen hatten. Zu diesem Zeitpunkt ahnte ich ja nicht, was uns noch bevorstand.

Der Juwelier oder der Gerichtsvollzieher müssen getratscht haben. Vielleicht hat auch jemand von unseren Leuten nicht dichtgehalten. Tatsache ist, daß sich die Geschichte von der Pfändung bei Ihrer Königlichen Hoheit wie ein Lauffeuer in ganz Nizza verbreitete. Am nächsten Morgen, in aller Frühe, schickte Schnee einen Lakaien zu mir ins Hotel mit der dringenden Bitte, doch sofort nach «Le Paradis» zu kommen, wo schon wieder aufgebrachte Gläubiger randalierten.

Ich sprang in meine Kleider und eilte dem Doktor zu Hilfe.

Vor der verschlossenen Parkeinfahrt sah ich ein gutes Dutzend Menschen versammelt. Sie redeten und schrien auf den armen Schnee ein, der mit einem der Lakaien auf der Innenseite des Tores stand und die Leute offenbar zu beschwichtigen versuchte. Einer zerrte mit beiden Händen an den Gitterstäben und wollte das Schloß aufsprengen. Andere, die wohl nicht direkt beteiligt waren, beobachteten die Szene mit sichtbarem Interesse.

Ich schickte den Burschen, der mich geholt hatte, zum Stall und alarmierte unsere Reitknechte. Sie waren in wenigen Minuten zur Stelle. Gemeinsam verschafften wir uns den nötigen Respekt. Der verängstigte Doktor ließ kurz das Tor öffnen, und wir konnten das Grundstück betreten, ohne daß es einer der Randalierer gewagt hätte, uns daran zu hindern oder sich an unsere Fersen zu heften. Schnee und ich gingen ins Haus, während die Knechte auf meine Anweisung hin draußen Posten bezogen.

Wie ich jetzt erfuhr, hatte es damit begonnen, daß auf Grund der gestrigen Vorkommnisse ein idiotischer Schneider um sieben Uhr morgens mit einer Rechnung erschienen war und sofortige Bezahlung forderte. Noch während der von einem Lakaien alarmierte Schnee mit dem Kerl verhandelte, war der Metzger Vernon dazugekommen, dessen Beefsteak, wie wir alle wissen, zwar hervorragend ist, dessen Manieren aber zu wünschen übriglassen. Dennoch war es Schnee schließlich gelungen, die Männer zu beruhigen, indem er ihnen für die allernächsten Tage volle Bezahlung ihrer Außenstände versprach. Aber auf der Straße, vor dem Haus, trafen sie mit Maillot zusammen, der (wieso weiß ich nicht) ausgerechnet gemeinsam mit der Inhaberin des Hutsalons vom Quai St. Jean-Baptiste aufkreuzte (eine hübsche, etwas mollige Blondine, Du wirst sie sicher kennen, und übrigens eine sehr resolute Person). Schnee hatte, nachdem die beiden ersten Gläubiger gegangen waren, in einem glücklichen Einfall das Gartentor abschließen lassen. So standen jetzt alle vier draußen und schütteten sich gegenseitig das Herz aus. Plötzlich verlangte das Quartett laut, den Kammerherrn Ihrer Königlichen Hoheit zu sprechen. Der Doktor ließ ihnen sagen, Du seist verreist.

Nach kürzester Zeit waren es mehr als ein Dutzend Menschen geworden, die Einlaß begehrten. Sogar zwei Weiber vom Blumenmarkt waren darunter. Der Verkehr auf der Straße hatte sich belebt, Passanten gesellten sich zu der Gruppe, ein allgemeines Palavern und Diskutieren begann.

Das war die Lage, als Schnee nach mir schickte, weil er nicht mehr ein noch aus wußte. Der Lakai, der mich rief, mußte heimlich hinterm Haus über den Zaun klettern, um das belagerte «Paradis» ohne Aufsehen verlassen zu können.

Ein paar Stunden später kam es dann zu den Szenen, die dem Namen der Villa wahrhaft wenig Ehre machten und seither das Tagesgespräch Nizzas sind. Was sich im einzelnen zunächst vor dem Haus abspielte, kann ich nicht sagen. Jedenfalls hatten sich bis zum späteren Vormittag an die hundert Menschen zusammengerottet. Bäcker, Schneider, Fleischer, Kohlen- und Holzhändler, Fuhrleute, Kellner, Blumenfrauen, Wäsche- und Korsettnäherinnen. Und weiß der Kuckuck, wer noch alles. Dazwischen Tagediebe und dunkle Existenzen vom Hafen. Nicht zu vergessen die üblichen Gaffer, die überall dabei sind.

Kurz nach elf kam einer der Reitknechte und meldete mir, daß der Pöbel sich anschickte, das Gartentor einzudrücken. Als ich unmittelbar darauf vors Portal der Villa trat, war es schon passiert. Ich sah, wie unsere Leute geradezu heroisch versuchten, den Sturm abzuwehren. Sie wurden überrannt. Ich schloß rasch die schwere Eichentür. Im selben Moment wurde schon wütend dagegengehämmert. Dann schrie jemand: ‹Über die Terrasse! Über die Terrasse!› Der Lärm am Portal ließ nach, ich lief schnell zum Salon. Die ersten hatten bereits die Glastüren eingeschlagen und standen mitten im Zimmer.

Als ich ihnen entgegentrat, kamen sie einen Augenblick zur Besinnung, aber die andern – dreißig, vierzig – drängten von hinten nach, und die Straße, der Abschaum ergoß sich in das ganze Haus.

So, akkurat so, muß es in der Französischen Revolution zugegangen sein. Ohne sich um die amtlichen Siegel zu kümmern, rissen sie Schränke und Kommoden auf und plünderten, was ihnen in die Hände fiel und was sie wegtragen konnten. Kleider, Mäntel, Schuhe, Schirme, Hüte – selbst die Leibwäsche Ihrer Königlichen Hoheit mußte dran glauben. Als die Polizei eintraf, war der ganze Spuk bereits vorüber. Die Villa sah (und sieht noch) aus wie ein Schlachtfeld.

Ich will Dir und mir ersparen, über die seitdem nicht endenden polizeilichen Untersuchungen und Einvernahmen zu berichten. Der Bürgermeister gab persönlich seine Karte ab und entschuldigte sich für den barbarischen Vorfall. Ebenso der Polizeichef. Die hiesigen Zeitungen schreiben seither über nichts anderes. Zuerst ging es nur gegen die Rowdies, die den Namen der Stadt in Verruf gebracht hätten, aber dann wurde die Journaille sehr bald ordinär, wie's ja bekanntlich ihre Art ist, und erging sich in langen Ergüssen über angeblich gewaltige Schulden der Frau Prinzessin und über ihr Privatleben, wobei auch öfter Dein Name genannt wurde. Heute hieß es in der *Gazette*, daß Seine Majestät Leopold II. sich neuerdings nicht mehr vor den Gläubigern der Tochter zu retten weiß, die nach Bekanntwerden der hiesigen Ereignisse aus San Remo und Meran, ja sogar aus Wien angereist wären. Der König hat sich eine spezielle Leibgarde engagiert (so schreiben die Zeitungen), die ihn vor den Belästigungen schützen soll, und er erklärte öffentlich, daß er für die Schulden der Frau Prinzessin unter gar keinen Umständen aufzukommen gedächte.

Doktor Schnee ließ auf eigene Verantwortung gestern die Pferde verkaufen, um wenigstens die dringendsten Verbindlichkeiten begleichen zu können. Ich weiß, mein Lieber, wie sehr Dich gerade dies treffen muß, aber ich konnte es nach Lage der Dinge beim besten Willen nicht verhindern, zumal auch unter dem Gefolge Unruhe eingetreten ist, die von Tag zu Tag zunimmt. Ich werde auf jeden Fall dafür sorgen, daß wir von dem Geld genug zurückbehalten, um die restlichen Löhne und eventuell den Rücktransport unserer Leute nach Wien oder in ihre Heimatorte bezahlen zu können, sofern sich dies als notwendig erweisen sollte.

So, wie es nun einmal gelaufen ist, sehe ich hier für uns alle, einschließlich der verehrten Frau Prinzessin, keine Möglichkeiten mehr für einen gedeihlichen Aufenthalt. Ich bitte daher, mir schnellstens, am besten telegrafisch, *poste restante* Nizza, Order zu geben, wie es weitergehen soll.

Es tut mir aufrichtig leid, Dich mit solchen miserablen Nachrichten konfrontieren zu müssen, dennoch – ich kann es nur wiederholen – bin ich froh, daß Du und besonders Ihre Königliche Hoheit den hier exerzierten Zusammenbruch menschlicher Gesittung wenigstens nicht selbst mit anzusehen brauchten.

Dies ist der längste Brief meines Lebens. Ich wünschte, ich hätte ihn nie schreiben müssen.

Bitte laß bald von Dir hören.

Dein getreuer

Artur»

L

Skandale sind der Queen ein Greuel, hatte Bertie mir eingeschärft. Einen handfesteren Skandal, als er sich jetzt direkt unter ihren Augen in Nizza abspielte, konnte die wildeste Phantasie nicht erfinden. Jeder Versuch, sie um Hilfe anzugehen, ist damit sinnlos geworden.

Das Vogel-Strauß-Spiel ist vorbei. Ich beginne die Hoffnungslosigkeit meiner Situation zu begreifen.

Heute morgen ließ sich ein Prinz Oskar von Hohenlohe bei mir melden.

Marie Fugger und ich sahen uns betroffen an. Woher weiß man, daß wir in Paris sind? Wir hatten nie ein Restaurant betreten, alle

Mahlzeiten auf dem Zimmer eingenommen, waren kaum auf die Straße gegangen, nur um unsere Anwesenheit geheimzuhalten.

Die Fugger vermutete schließlich, das Hotel hätte, entgegen unserem ausdrücklichen Wunsch, meinen Namen in seiner Gästeliste veröffentlicht.

Wir berieten, ob wir den Prinzen empfangen sollten oder nicht, und fanden dann, eine bekannte Gefahr sei einer unbekannten vorzuziehen. Ich ließ bitten.

Prinz Hohenlohe, ein noch recht junger Mann, wirkte sehr preußisch und versuchte durch eine gewisse Schnoddrigkeit zu verbergen, daß ihm die Aufgabe, die ihn zu mir führte, vermutlich unangenehm war.

Er sei in Nizza gewesen, berichtete er. Als er Ozegovich mitteilte, daß er mich im Auftrag von Herzog Ernst Günther zu Schleswig-Holstein dringend sprechen müßte, gab der ihm meine Pariser Adresse.

Ich war sofort beunruhigt. Ich fürchtete, Dora sei etwas zugestoßen.

«Unbesorgt, Königliche Hoheit, der Prinzessin geht es ausgezeichnet», versicherte mir Hohenlohe. «Ich habe Auftrag, ihre herzlichsten Grüße auszurichten.»

«Was ist los? Warum schickt man Sie dann zu mir?» fragte ich ungeduldig.

«Man vermutet, die Rückkehr der Prinzessin Dora könnte Königlicher Hoheit unter den augenblicklichen Umständen unerwünscht sein . . .» stotterte er.

«Von was für Umständen reden Sie?»

«Es scheint doch, daß in Nizza gewisse . . . Komplikationen . . . aufgetreten sind.»

«Davon ist mir nichts bekannt», behauptete ich kühl.

«Herzog Ernst Günther meint, es wäre sicherlich in Ihrem Sinne, Prinzessin Dora die Aufregungen zu ersparen, die mit diesen . . . Komplikationen . . . zusammenhängen», fuhr er unbeirrt fort. «Er läßt daher durch mich bitten, Königliche Hoheit möge Prinzessin Dora gestatten, etwas länger in Primkenau zu verweilen.»

«Das ist gegen die Abrede!» brauste ich auf. «Der Herzog hat mir hoch und heilig versprochen, meine Tochter pünktlich zurückzubringen. Ich verlange, daß Dora hierher nach Paris kommt! Gleich! In den allernächsten Tagen! Richten Sie das aus. Nein, telegrafieren Sie es. Und zwar sofort!»

«Verzeihung, Königliche Hoheit, das wäre sinnlos.»

«Was soll das heißen?!»

«Ich bedaure, sagen zu müssen, daß an eine Rückkehr der Prinzessin unter den augenblicklichen Umständen nicht zu denken ist.»

«Wovon reden Sie? Dann werde ich eben selbst telegrafieren.»

«Das würde nichts nützen», entgegnete er. «Seine Majestät König Leopold hat die Ereignisse in Nizza aus nächster Nähe beobachtet und sofort Ihrem Gemahl darüber berichtet.»

Jetzt schenkte er mir reinen Wein ein: Philipp hatte daraufhin angeordnet, daß Dora nicht mehr zu mir zurückkehren darf. Vorerst soll sie noch bei Ernst Günthers Mutter bleiben und dann direkt zu ihm nach Wien fahren.

Mir war zumute, als ob mich dieser junge Fant ins Gesicht geschlagen hätte. Meine Bestürzung war so groß, daß ich kein Wort hervorbrachte.

«Ich glaube, es ist besser, Sie gehen jetzt», sagte die Fugger und geleitete ihn kurzerhand hinaus.

Ich hatte mich im Schlafzimmer eingeschlossen. Nach zehn Minuten, vielleicht war es auch nach zwei Stunden, klopfte es. Geza.

Ich machte auf.

Er nahm mich in seine Arme und sah mich forschend an. «War es sehr schlimm?» fragte er.

Die Fugger schien ihm alles berichtet zu haben.

Ich nickte.

«Nimm's nicht so schwer. Es ist ein Segen, daß Dora nicht wiederkommt», versuchte er mich zu trösten. «Sie macht sich keine Sorgen um dich, da brauchst du dir auch keine um sie zu machen. Sie würde uns nur im Weg sein bei dem, was uns bevorsteht.»

«Sie haben mich betrogen! Die Einladung zu Ernst Günthers

Mutter war nichts als ein Vorwand, um mir Dora wegzunehmen.» Ich kämpfte mit den Tränen.

«Ich kann nur noch einmal sagen, es ist besser so.» Geza klang etwas ungeduldig.

«Siehst du nicht, wie raffiniert sie es eingefädelt haben? Mein Vater telegrafiert an Philipp, Philipp benachrichtigt Ernst Günther, Ernst Günther behält Dora. Stephanie antwortet auf kein Telegramm, meine Mutter hat mir seit zwei Jahren nicht mehr geschrieben. Sie haben sich alle gegen mich verbündet!»

Geza zuckte die Achseln. «Zeit, daß du's endlich begreifst.»

Er war zu sehr mit den eigenen Gedanken beschäftigt, um sich für meine Klagen zu interessieren.

«Wir sind so gut wie am Ende», konstatierte er. «Oder hast du noch irgendeinen Vater, Großvater, Onkel oder Vetter, der uns das Geld für den Wechsel geben kann?»

Der Wechsel! Ich hatte ihn total vergessen. «Nein», sagte ich. «Es gibt offenbar keinen Menschen auf der Welt, der mir auch nur einen Gulden leiht.»

Geza begann, im Zimmer auf und ab zu gehen.

Er blieb am Fenster stehen und starrte auf die Straße hinaus. Nach einer Weile sagte er: «Wenn ich verschwinde, nimmt Philipp dich sicher wieder in Gnaden auf. Er wird dir verzeihen, den Wechsel bezahlen, und dein Leben wird weitergehen wie früher. Oder jedenfalls ähnlich wie früher.»

«Und du?»

«Ich werde nach Warasdin fahren, dem Regimentsarzt einreden, daß ich von der Malaria geheilt bin, und mich wieder zum Dienst melden.»

«Möchtest du das?»

«Ich werd's ertragen. Wirst du zu Philipp zurückgehen?»

«Willst du es?»

«Nein!»

Ich war unendlich erleichtert.

«Wir müssen uns irgendwo verkriechen», sagte Geza. «Ich brauche Zeit zum Nachdenken.»

«Warum bleiben wir nicht einfach in Paris?»

«Hohenlohe hat Philipp bestimmt schon deine Adresse telegrafiert. Jeden Augenblick kann auf Ersuchen der Wiener Staatsanwaltschaft die Polizei hier erscheinen», entgegnete Geza. Er sah mich einen Moment an. «Wenn du wirklich nicht daran denkst, zu Kreuze zu kriechen . . .»

«Niemals!»

«. . . dann weiß ich, was wir tun. Wir fahren zu meiner Mutter!»

«Zu deiner Mutter?» Er hatte seine Mutter bisher fast nie erwähnt.

«Sie ist eine kleine Landedelfrau», fuhr er fort. «Sie wohnt in einem Schlößchen, das heißt, so nennt sie es nur. In Wahrheit ist es ein besseres Bauerngut. Aber es liegt versteckt in den kroatischen Bergen, nicht allzu weit von Agram. Dort wird man uns nicht so leicht aufspüren.»

«Und was wäre damit geholfen?»

«Wir hätten Zeit nachzudenken, ohne von Gläubigern gejagt zu werden. Der Wechsel wird am 20. Juni fällig. Ich glaube, bis dahin kann uns nicht viel passieren. Ich hoffe es jedenfalls. In Lobor . . .»

«Lobor?»

«So heißt der Ort. In Lobor haben wir erst mal Ruhe. Außerdem lebt dort unser alter Familienanwalt Doktor Tonkovitsch. Mit ihm kann ich mich beraten. Er war der beste Freund meines seligen Vaters, ist klug, geschickt und gut angeschrieben bei den reichen kroatischen Familien.»

Die Vorstellung, daß einfache Freunde von Geza mich retten sollten, wo meine eigene allmächtige Familie versagt hatte, war einfach grotesk. Aber sie erschien mir wie ein heller Streifen am dunklen Horizont. «Meinst du, deine Mutter würde mich aufnehmen?»

«Sie wird es sich zur Ehre anrechnen.»

«Wenn sie aber durch uns in Schwierigkeiten gerät!»

«Das würde sie nicht abhalten zu helfen. Sie wird dich lieben und beschützen, als ob du ihre eigene Tochter wärst.»

G

12. April, unterwegs nach Kroatien. Wieder fahren wir im Salonwagen durch Frankreich. In umgekehrter Richtung.

In den paar Tagen hat sich unsere Lage allerdings gründlich verschlechtert. Nicht, daß sie auf der Reise nach England gut gewesen wäre. Aber jetzt ist die Zukunft nur noch ein einziges Fragezeichen.

Heute früh ist Artur in Turin zugestiegen. Ich hatte ihn telegrafisch entsprechend instruiert.

Er berichtete noch einmal ausführlich, was sich in Nizza getan hat. Ich kann nur sagen, ich bin von Herzen froh, daß uns wenigstens dieses Theater erspart wurde. So hat die mißglückte Englandreise doch immerhin etwas Gutes gehabt.

Doktor Schnee wird den Hausstand in Nizza auflösen. (Soweit es in «Le Paradis» noch etwas aufzulösen gibt.) Ein Teil unseres Gefolges ist von Artur bereits entlassen worden. Alle bekamen ihr restliches Salär ausbezahlt und Geld für die Heimfahrt.

Artur hat Schnee gesagt, daß er sich mit uns in Paris trifft. Von dort würde er ihm weitere Informationen geben. Auf die wird der Doktor allerdings warten müssen. Das Ganze war nämlich eine Ausrede, um die in Nizza nach wie vor in großer Zahl versammelten Gläubiger auf eine falsche Fährte zu locken. Denn vorerst darf niemand wissen, wo wir uns tatsächlich aufhalten. Kein Gläubiger und erst recht nicht dieser Wiener Staatsanwalt Kleeborn.

So gut es ging, hat Artur den Arzt noch mit Bargeld versorgt. Ich will hoffen, daß Schnee nicht abwartet, bis alles ausgegeben ist, sondern sich rechtzeitig mit den letzten Getreuen ins heimatliche Österreich absetzt.

Wir haben Mailand hinter uns. In der Lombardei riecht es nach Frühling. In Kroatien muß es schon schön warm sein.

Ich freu mich, wieder mal nach Hause zu kommen, wenn auch der Anlaß nicht besonders angenehm ist.

Ich hab mit Artur verabredet, daß wir zunächst bei ihm in Breznica Station machen. Von dort fahr ich erst mal allein nach Lobor, um alles für Louises Empfang vorzubereiten. Auch um vorher mit Mama zu sprechen. Ich möchte, daß Louise sich von der ersten Minute an in Lobor zu Hause fühlt.

Auf der Adria. Bis Venedig waren wir annähernd achtundvierzig Stunden unterwegs.

Louise hätte sich gern von den Anstrengungen der Bahnreise ein paar Tage erholt. Aber ich hab drauf gedrungen, gleich weiterzufahren. Unser Einzug in ein Hotel in Venedig wäre nicht ohne Aufsehen vonstatten gegangen. Genau das können wir jetzt überhaupt nicht brauchen.

So hatten wir praktisch keinen Aufenthalt in der Lagunenstadt. Artur fand zum Glück einen Dampfer, der nicht nur bald auslief, sondern auch nach Fiume fährt, ohne in Triest anzulegen. Auf der direkten Route ist die Seereise um die Hälfte kürzer. Außerdem wimmelt es in Triest von österreichischer Marine. Louise könnte von einem der Offiziere leicht erkannt werden. In Fiume ist die Gefahr längst nicht so groß. Und wenn wir die Stadt erst hinter uns haben, sind wir im tiefsten Kroatien, wo sich kein Mensch um uns kümmert.

In Kroatien. Bei der Landung in Fiume wollte niemand eine Legitimation von uns sehen. Endlich klappte mal wieder etwas so, wie ich's erhoffte. Ein gutes Omen für unseren hiesigen Aufenthalt.

Ich lehnte an der Reling, als das Schiff in die Bucht von Quarnero einlief. Auf der Höhe von Lovrana nahm der Dampfer Kurs dicht unter der Küste. Ich erkannte jedes Haus, jeden Baum.

Noch bevor Abbazia in Sicht kam, war auch Louise an Deck. Wir standen nebeneinander und sprachen kein Wort.

Hinter einer Landzunge tauchte das Hotel auf, in dem wir vor über zwei Jahren die ersten verrückten Nächte miteinander verlebten. Louise hob die Hand und deutete hinüber zur Küste. So blieb sie stehen, bis das Hotel unseren Blicken wieder entschwunden war.

Ohne mich anzusehen, sagte sie: «Du darfst mich nie wieder zu Philipp zurückschicken, hörst du!»

«Ich hatte gerade die Absicht, Königliche Hoheit», scherzte ich.

«Es ist mir sehr ernst», sagte sie. Dabei liefen ihr die Tränen über die Wangen.

Hinter Agram. Vom Extra-Zug (das waren noch Zeiten) über den Salonwagen und das noch halbwegs bequeme 1. Klasse-Abteil (Fiume-Agram) sind wir in einer vorsintflutlichen Kleinbahn gelandet. Aber ich weigere mich standhaft, diesem Abstieg symbolische Bedeutung beizumessen. Zumal, wenn ich zum Fenster hinausblicke. Dann sehe ich eine vertraute Landschaft, bei deren Betrachtung mir seltsam wohl und heimatlich geborgen zumute ist.

Es schien mir ratsam, unseren Aufenthalt in Agram so knapp wie möglich zu gestalten. Ich hätte gern Fremdenführer gespielt und Louise die schöne alte Stadt gezeigt, aber wir konnten uns nicht der Gefahr aussetzen, einem meiner Kameraden aus der nur fünfundsiebzig Kilometer entfernten Garnison Warasdin zu begegnen. Agram ist Sitz des XIII. Armeekorps, zu dem auch meine 13. Ulanen gehören. Irgendeiner der Offiziere des Regiments hat fast immer was beim Korps zu tun – und bei unserm Glück wären wir ihm womöglich in die Arme gelaufen. Das galt es um jeden Preis zu vermeiden.

Ich freue mich, daß Louise Land und Leute mit sichtbarem Interesse beobachtet. Und daß ihr sogar die wacklige Schmalspurbahn ein gewisses Amüsement bereitet, obwohl wir seit Paris nun volle drei Tage unterwegs sind und sie manchmal kaum noch die Augen aufhalten kann.

In einer Stunde sind wir in Konjscina. Dort werden wir von Arturs Leuten abgeholt, und in Breznica kann sich Louise bei den Ozegovichs erst mal richtig ausschlafen.

L

Breznica, Donnerstag. B-r-e-z-n-i-c-a! Noch nie im Leben hatte ich von der Existenz eines Ortes mit dem so schwer aussprechbaren Namen gehört. Aber jetzt bin ich in Breznica. Keine Eisenbahn führt hierher, und keine führt von hier wieder fort. Die letzte Station, die mit der Zivilisation durch einen Schienenstrang verbunden ist, liegt eine gute Stunde entfernt. Sie fängt mit K an. Obwohl Geza und auch Ozegovich mir den Namen hundertmal vorsagten, kann ich ihn nicht behalten. Ich habe auch keine große Lust, ihn mir für ewig einzuprägen. So schön ist K nicht.

Die Fahrt von K hierher wurde in einem Gefährt zurückgelegt, das aus Maria Theresias Zeiten stammen muß. Wahrscheinlich sogar aus denen Solimans des Großen, als hier noch die Türken herrschten.

Das ganze Dorf, denn Breznica ist ein Dorf, auch wenn die Eingeborenen es als Stadt bezeichnen, lief zusammen, als mein Gepäck, hochgetürmt auf zwei Leiterwagen, vor dem Haus der Familie Ozegovich eintraf. Eine halbe Stunde zuvor waren wir relativ unbemerkt angekommen.

Genau wie Gezas Mutter spricht auch Ozegovich von seinem Familiensitz als einem «Schlößchen». Das ist offenbar allgemein eine kroatische Übertreibung. In Wahrheit ist es ein einfacher, langgestreckter Bau, der wie das Gesindehaus eines kleineren Landguts aussieht.

Ozegovichs Eltern und seine Schwester sind brave Leute, die ganz gut Deutsch sprechen. Fast alle anderen im Haus sprechen Kroatisch, nichts als Kroatisch. Und ich verstehe kein Wort. Das Gesinde schnattert, palavert und kann nicht begreifen, daß meine Bedienten sie auch dann nicht verstehen, wenn sie noch lauter schreien als gewöhnlich.

Das ‹Schlößchen› ist sehr sauber gehalten. Der Fußboden besteht aus ungebeizten, blank gescheuerten Bohlen, die Möbel sind altmodisch, aber solid. Tapeten scheint man hier nicht zu kennen, die Wände sind kalkweiß getüncht.

Ulrike Ozegovich, das ist die Schwester, überreichte mir bei der Ankunft einen schönen Blumenstrauß und versuchte sich erfolglos in einem Hofknicks. Arturs Mutter küßte meine Hand, der Vater begnügte sich mit einer würdevollen Verbeugung.

Die Eltern haben mir für die Dauer meines Aufenthalts ihr eigenes Schlafzimmer abgetreten. Ich vermute, daß es das einzig brauchbare im Haus ist. Marie Fugger und ich werden also die Nacht in den Ehebetten der Ozegovichs verbringen.

Meine Kammerzofen zeigen mürrische Gesichter. Daher frage ich sie lieber erst gar nicht, wie sie untergebracht sind.

Für den Abend hatten die Ozegovichs die Honoratioren von Breznica und den umliegenden Dörfern zu Gast gebeten. Das war gegen die Verabredung, denn unsere Anwesenheit sollte möglichst geheimgehalten werden. Aber scheinbar konnten sie es sich nicht verkneifen, ein wenig Staat mit uns zu machen.

Ein langer Tisch war aufgestellt worden. Er brach unter dem Gewicht der riesigen Platten fast zusammen. Es gab Wildschwein, Reh, Hasen, Fasanen, Rebhühner, Kalbsbraten in Mengen, die für ein Regiment ausgereicht hätten. Alles war ohne besondere Raffinesse zubereitet, aber durchaus wohlschmeckend. Der Wein, der hier aus der Gegend stammt, ist schwer und aromatisch.

Die Gäste benahmen sich ungeschickt. Sie fühlten sich wohl durch meine Anwesenheit befangen. Die Kunst der Konversation ist ihnen nicht gegeben, und der Respekt vor mir verschlug den meisten überhaupt die Sprache. Die Roben der Damen rochen nach der Hausschneiderin, die Fräcke der Herren blickten auf ein langes, anstrengendes Leben zurück. Ich bemühte mich, taktvoll und freundlich zu sein, obwohl es ungewöhnlich langweilig und steif zuging.

Immer wieder spürte ich Gezas Blick. Er ist diesem Kreis von Menschen längst entwachsen, wenn er überhaupt jemals zu ihnen gehört hat, was ich nicht beurteilen kann. Er schien sich ihrer zu genieren, befürchtete aber gleichzeitig, daß ich sie durch irgendein unüberlegtes Wort verletzen könnte, was mir natürlich nie passiert wäre. Als er sah, daß ich allen liebenswürdig und ohne jede Herablassung begegnete, lächelte er mir dankbar zu.

Nachdem ich einige Stunden tapfer durchgehalten hatte, drückte ich meinen Gastgebern die höchste Anerkennung aus und begab mich mit der Fugger in unser Schlafzimmer.

Dort war alles aufs beste hergerichtet. Wir versanken in riesigen, weichen Unterbetten, während uns die mächtigen Plumeaus fast erstickten.

Unser Verschwinden hatte den Gästen die Sprache wiedergegeben. Bis tief in die Nacht hinein schallten Lachen und laute Stimmen zu uns herauf. Endlich hörten wir die Kutscher anspannen. Mit Peitschenknallen und Pferdegetrappel rollten die Wagen davon.

Es folgte eine Stille, die fast erdrückend war.

«Gute Nacht, Königliche Hoheit», drang leise die Stimme der Fugger aus dem Federberg neben mir.

Einen Moment war ich schockiert. Ich glaubte, Sarkasmus aus ihren Worten zu hören. Aber dann wies ich diesen Verdacht weit von mir.

«Gute Nacht, Marie», sagte ich ebenso leise.

Das gastfreundliche Haus Ozegovich konnte sich nicht damit abfinden, daß ich morgens nur eine Tasse Schokolade zu mir nehme. Auf dem Tablett, mit dem Antonia in unserem Schlafzimmer erschien, häuften sich Butter, Honig, Eier, Fruchtgelee und viele Arten von Gebäck. Antonia erklärte, daß sie sich nach besten Kräften gegen diese Art Frühstück gewehrt hätte, aber ihre Proteste waren unverstanden verhallt. Es war ihr nicht gelungen, sich gegen den kroatischen Wortschwall in der Küche durchzusetzen.

Ganz gegen meine Gewohnheit langte ich kräftig zu. Alles schmeckte ausgezeichnet, frisch und ländlich. Draußen schien die Sonne, und ich fühlte mich richtig wohl.

Als ich angekleidet war, ließ sich Geza melden. Er ist hier im Haus äußerst auf Form bedacht, was mir sehr gefällt.

Er wolle sich verabschieden, sagte er. Er führe jetzt nach Lobor hinüber, um seiner Mutter unseren Besuch anzukündigen. Er versprach, abends wieder in Breznica zu sein.

Ozegovich fragte etwas später an, ob ich Lust hätte, unter der Führung seines Vaters das Gut zu besichtigen. Da es beim besten Willen nichts anderes in Breznica zu tun gibt, willigte ich ein.

Der alte Herr von Ozegovich, gestern noch sehr zurückhaltend, taute regelrecht auf, als er uns die Stallungen zeigte. Mit altväterlichem Charme und respektvoller Höflichkeit geleitete er Marie und mich über den Hof, an einem dampfenden Misthaufen vorbei, zu den Schweine-, Pferde- und Kuhställen.

Er hat ein ganz persönliches Verhältnis zu den Tieren. Damit erinnert er mich an Geza, wenn der von seinen Pferden spricht. Es ist wohl eine kroatische Eigenschaft, die Kreatur dem Menschen fast gleichzusetzen.

Der alte Herr nannte uns Namen und Alter jeder Sau und wußte auswendig, wieviel Ferkel sie in ihrem Leben geworfen hatte.

Als wir zu den Pferden kamen, fischte er ein paar Karotten aus den Taschen seiner Joppe. Die durfte ich einem entzückenden, langbeinigen Fohlen geben. Es machte mir Spaß, die weichen, warmen Lippen des Tiers in meiner Hand zu spüren.

Der Kuhstall war blitzsauber. Die Kühe wären leider nicht zu Hause, erklärte uns der Gutsherr. Sie befänden sich auf der Weide. In einem abgesonderten, solid gebauten Abteil durften wir aus sicherer Entfernung Dragomir, den Zuchtbullen, bewundern. Er sieht sehr eindrucksvoll und furchterregend aus. Er hat Hunderte von Sprößlingen gezeugt, die Rinder von ganz Breznica und Umgebung sind seine Söhne und Töchter, erzählte Herr von Ozegovich stolz.

Dann machten wir eine Inspektionsfahrt über die Felder. Ich saß neben dem Gutsherrn auf dem Bock und durfte kutschieren. Im Prater habe ich viel selbst kutschiert, auch auf unseren Gütern in Ungarn, aber selten hat es mir soviel Freude gemacht wie heute.

Die Landschaft ist anmutig. Bewaldete Hügel wechseln mit bebauten Feldern. Die Bevölkerung ist freundlich, ihre bäuerliche Tracht kleidsam.

Nach unserer Rückkehr gab es ein ausgezeichnetes Mittagessen im

Kreis der Familie. Frau von Ozegovich und Ulrike waren nicht mehr ganz so schweigsam wie am vergangenen Abend, aber richtig unterhalten konnte man sich nur mit dem Herrn des Hauses, der mir von Minute zu Minute besser gefiel.

Nach Tisch krochen Marie und ich wieder in unsere Federbetten. Ich war rechtschaffen müde von der frischen Luft, der Bewegung, der guten Mahlzeit und dem schweren Wein.

Paris, London, Nizza und Wien liegen auf einem anderen Stern.

Ich sehe der Zukunft etwas hoffnungsvoller entgegen. In diesem einfachen Land hier läßt es sich leben. Vielleicht werden Geza und ich in Lobor wirklich eine Atempause finden. Vielleicht gelingt es ihm, diese dummen finanziellen Probleme zu lösen, vielleicht wird noch alles gut werden.

G

Die Art, wie Fiedler mich begrüßte, hätte mich stutzig machen sollen. Nichts von der Freude und herzlichen Aufgeschlossenheit wie sonst bei einem Wiedersehen. Aber ich war innerlich schon zu sehr bei der Begegnung mit der Mutter, als daß ich dem Verhalten unseres alten Verwalters Bedeutung beigemessen hätte.

Mama empfing mich im Salon.

Nicht zuletzt wegen meines besonderen Anliegens trat ich ihr mit einer mir bisher unbekannten Rührung entgegen. Vermutlich war ich auch deshalb zum ersten Mal über ihr Aussehen besorgt. Früher konnte man sie stets für jünger halten, als sie es dem Kalender nach tatsächlich war. Jetzt fand ich sie über ihre Jahre gealtert und erschrak. Ohne es mir anmerken zu lassen, versteht sich.

Ich hatte den positiven Verlauf der Aussprache nie bezweifelt. Um so unerwarteter traf mich die Entwicklung, die unsere Unterhaltung von der ersten Sekunde an nahm.

Mama wußte bereits, wo ich die vergangene Nacht verbracht hatte. Sie wußte auch, in wessen Begleitung.

Das hatten wir dem idiotischen Einfall des alten Ozegovich zu verdanken, uns zu Ehren den halben Bezirk einzuladen!

Meine Mutter eröffnete mir ohne Umschweife, daß sie mein Verhältnis zu Louise aufs entschiedenste mißbilligte. Ich sollte mir nicht einfallen lassen, ihr die Prinzessin vorzustellen. Sie könnte nur hoffen, unser ungewöhnlicher Einzug bei den Ozegovichs in Breznica sei Ausdruck einer letzten Barriere von Takt, die ich mir in einem dankenswerten Moment der Erleuchtung noch selbst errichtet hätte, nachdem mir die Unmöglichkeit bewußt geworden wäre, mit meiner höchst seltsamen Menage unter einem Dach mit der eigenen Mutter zu wohnen.

«Mein Ansehen und mein Ruf sind ein Leben lang untadelig gewesen. Daran soll sich, solange ich noch auf dieser Welt und in Lobor zu Hause bin, nichts mehr ändern», erklärte Mama mit apodiktischer Entschlossenheit. «Wenn du mit dieser Prinzessin, die wie irgendein liederliches Mensch ihrem Mann und ihren Kindern davongelaufen ist, weiter in wilder Ehe zu leben gedenkst und unseren ehemals guten Namen weiter zum Gespött der Journale machen willst, mußt du dir für euer ehrloses Treiben ein anderes Quartier als dein Elternhaus suchen! Allein bist du jederzeit willkommen. Es liegt also an dir, ob und wie lang du dich diesmal hier aufhalten willst!»

Ich war unfähig, Enttäuschung und Scham zu unterdrücken. Meine Mutter hatte Entschlüsse gefaßt, über deren Tragweite sie sich völlig klar sein mußte. Ohne zuvor mit mir gesprochen zu haben! Ohne Louise zu kennen! Auf Grund von ordinärem Zeitungsgewäsch und was weiß ich für schmutzigen Zuträgereien! Meine Empörung verwandelte sich auf der Stelle in heftigsten Zorn.

«Wovon sprechen Sie?» herrschte ich meine Mutter an. «Sie glauben dem Klatsch der Gosse, bevor Sie auch nur den Versuch unternommen haben, mich anzuhören! Sie urteilen über Dinge, von denen Sie nichts wissen, die Sie nicht verstehen, und über Menschen, die Sie nicht kennen!»

Ich schrie wie auf dem Kasernenhof. Mir wurde glasklar, daß bei unserm beiderseitigen Temperament diese Art der Argumentation zu nichts anderem als zur Katastrophe führen mußte. Zu einer Katastrophe, die ich aus naheliegenden Gründen um alles in der Welt vermeiden wollte. Aber ich konnte nicht anders.

Es hatte niemals eine auch nur halbwegs vergleichbare Szene zwischen Mama und mir gegeben. Dennoch war sie von meiner Aufführung nicht im mindesten beeindruckt. Im Gegenteil. Sie schien genau dies (oder zumindest etwas sehr Ähnliches) erwartet zu haben. Nur so konnte ich mir die Gelassenheit erklären, mit der sie meine Attacke hinnahm. Ihre eiserne Ruhe, ihre kühle Beherrschung und die zur Schau gestellte Unerschütterlichkeit, mit der sie an ihren vorgefaßten Entschlüssen festhielt, trieben mich zum Äußersten.

«Die Prinzessin ist eine der verehrungswürdigsten Frauen, die je gelebt haben!» tobte ich, als ob schon Lautstärke allein Beweiskraft hätte. «Sie wird morgen in dieses Haus einziehen und hier Schutz vor einer verleumderischen Welt finden. Ich habe mein Wort dafür verpfändet! Ich erwarte, daß ihr jeder – auch und ganz besonders Sie, Mama – mit Respekt und Freundlichkeit begegnet. Ich werde peinlich genau darüber wachen und warne alle – ohne Ausnahme! –, die sich nicht an das Gebot der Gastfreundschaft halten! Es wäre gut, wenn Sie das auch Baron Fiedler sagten. Er soll es rechtzeitig selbst dem letzten Hütebuben klarmachen. Wir treffen am frühen Nachmittag ein. Es ist das erste Mal, daß eine Königstochter nach Lobor kommt. Sie, Mama, werden alles tun, damit der Empfang dem Anlaß gemäß ausfällt!»

Ohne eine Antwort abzuwarten verließ ich den Raum.

Auf dem Hof traf ich Fiedler. Ich sagte ihm, daß meine Mutter ihn zu sprechen wünschte. Sie würde im Salon auf ihn warten.

Dann schwang ich mich in den Sattel, gab dem Pferd die Sporen und galoppierte davon.

L

Geza ist zurück! Ich war so glücklich, als ob er tagelang fortgewesen wäre.

Seine Mutter ließ mir durch ihn mit allem gebührenden Respekt die herzlichsten Grüße ausrichten und bestellen, daß sie sich sehr auf mein Kommen freue.

Morgen siedeln wir nach Lobor über.

Die Gräfin Mattachich hat mich nicht mit allem gebührenden Respekt herzlich grüßen lassen! Ich war ihr nicht willkommen! Sie wollte nicht eine einzige Nacht mit mir unter ein und demselben Dach verbringen!

Geza mußte gestehen, daß alles erlogen war. Er glaubte, sie zur Vernunft gebracht zu haben, aber als wir ankamen, standen wir vor verschlossenen Türen.

Geza hämmerte mit beiden Fäusten gegen das Tor. Schließlich wurde ein Ausguck vorsichtig geöffnet, und das Gesicht einer verschüchterten Magd erschien. Die Gräfin sei frühmorgens Hals über Kopf abgereist und habe angeordnet, das Haus solle geschlossen bleiben, berichtete sie und wollte gleich wieder verschwinden.

Geza bekam einen Wutanfall, dessen ich ihn nie für fähig gehalten hätte.

Er zeitigte sofort Resultate.

In Sekunden war Baron Fiedler zur Stelle, der Gutsverwalter der Gräfin. Geza erklärte ihm kurz und bündig, daß er als Sohn des verstorbenen Grafen von nun an hier zu befehlen hätte und nicht mehr seine Mutter.

Die Tore und Türen wurde geöffnet, das Personal versammelte sich zu einer verängstigten Begrüßung, und wir betraten das Haus, gefolgt von unserer spärlichen Entourage.

Ich war wie vor den Kopf gestoßen. Noch nie im Leben wurde mir ein derartiger Empfang bereitet, und das ausgerechnet durch die Mutter des Mannes, der mir alles bedeutet. Gedemütigt kämpfte ich mit den Tränen und hätte mich sicherlich ganz meiner Enttäuschung und Scham hingegeben, wenn Geza nicht gewesen wäre.

Er sah so bleich aus, daß ich fürchtete, er könne jeden Moment ohnmächtig werden. Hätte er eine Waffe bei sich gehabt, würde er bestimmt irgend jemand umgebracht haben. Das unqualifizierbare Benehmen seiner Mutter empörte ihn so tief, daß er zu allem fähig war.

Die Bedienten müssen das instinktiv empfunden haben, denn nachdem wir unseren Einzug in das Haus erzwungen hatten, waren wir von servilen, wahrhaft unterwürfigen Leuten umringt.

In Windeseile wurden die Fensterläden aufgestoßen, die Bezüge von den Möbeln gerissen, unser Gepäck die Treppe hinaufgetragen. Geza bestand darauf, daß ausgerechnet das Zimmer seiner Mutter für mich hergerichtet werden mußte. Der Gärtner kam mit einem riesigen Bukett, eine Magd brachte einen Fruchtkorb, ungeheure Emsigkeit ersetzte die feindselige Abwehr, der wir zuerst begegnet waren.

Ich bewegte mich in dem Trubel wie eine Marionette. Ohne eigene Willensäußerung, ja, ohne eigenen Willen. Der völlig unerwartete Affront hatte mich betäubt. Marie Fugger war es nicht anders ergangen. Selbst unseren Kammerfrauen hatte es die Rede verschlagen. Wortlos packten sie aus.

Geza kommandierte, ordnete an, befahl, und innerhalb der kürzesten Zeit nahm das Haus ein freundliches, willkommen heißendes Gesicht an.

Er führte mich in den Salon. Wir waren allein.

Er stand vor mir, noch immer sehr bleich. «Meine Mutter hat uns eine unentschuldbare Beleidigung zugefügt.» Seine Stimme klang fremd. «Ich werde es nie verzeihen und ihr nie vergessen. Ich weiß nicht, wie ich dir überhaupt noch unter die Augen treten kann.»

Dieser Morgen hatte mir Geza von einer neuen Seite gezeigt. Ich hätte es für unmöglich gehalten, daß man einen Menschen, den man zwei Jahre lang täglich sieht, nicht ganz kennt. Er war ein Feldherr geworden! Ein Befehlshaber! Ein Mann, der Gehorsam verlangt und erzwingt! Der seinen Willen durchsetzt! Nichts war übrig von der Nonchalance, der liebenswürdigen Nachgiebigkeit, die ihm sonst zu eigen ist. Ich bewunderte ihn. Und diese Bewunderung weckte mich aus meiner Betäubung.

«Ich liebe dich und nicht deine Mutter!» sagte ich.

Geza zog mich in seine Arme und küßte mich mit einer neuen, beinahe verzweifelten Heftigkeit, der ich auf der Stelle erlag.

Artur ist aus Wien zurück.

Es war ausgemacht, daß er von unterwegs keinesfalls mit mir in Verbindung treten sollte. Man kann ja nie wissen, was geht. Sicher ist sicher. Aber nachdem er mehr als eine Woche überfällig war, wurde ich ein bissel nervös. Um so größer war die Freude, ihn wiederzusehen. Er bedauerte sein langes Ausbleiben. Es hatte sich nicht umgehen lassen. Dafür brachte er beste Nachrichten mit. Und noch mehr. Auch Geld.

Louise hatte beschlossen (nicht ohne Ermunterung meinerseits), sich von dem leidigen Schmuck des uncharmanten Monsieur Hartog aus Nizza zu trennen. Es war so viel darüber in den Zeitungen gestanden, daß der ursprüngliche Spaß an der Sache gründlich verdorben war. Das machte ihr den Abschied von den Pretiosen leichter. Artur hat sie in Wien um 15 000 Gulden versilbert. Für ein Geschäft dieser Art ein stolzer Preis. Er verklärt für mich nachträglich das Ansehen des Herrn Hartog. Worüber auch der sich etwas freuen sollte. Ich fürchte allerdings, daß es ihm auf die Dauer die Bezahlung des Schmucks nicht ersetzen kann.

Die Neuigkeiten, die Artur erzählte, sind jedoch weit mehr wert als die 15 000 Gulden.

Ich hatte nach unserem Eintreffen in Lobor das allergrößte Verlangen, mich so schnell wie möglich über Entwicklung und Stand der Wechselaffäre ins Bild zu setzen. Unsere ganze Zukunft hängt ja im höchsten Maß davon ab. Informationen waren, wenn überhaupt, nur in Wien zu erhalten. Weder Louise noch ich durften selber dort erscheinen. So fiel der Auftrag des Kundschafters Artur zu. Es bedeutete, daß ich ihn einweihen mußte. Aber das konnte ich guten Gewissens. Er ist ein absolut zuverlässiger Freund und verschwiegen wie das Grab.

Der zwischen ihm und mir ausgearbeitete Operationsplan sah folgendes vor: Artur sollte Doktor Barber aufsuchen und ihm weismachen, daß er sich wegen finanzieller Differenzen von uns getrennt hätte. Im Bösen, versteht sich. Er hätte noch eine größere Forderung gegen uns und möchte sich dieserhalb mit ihm beraten. So hofften wir, würde Artur das Vertrauen des Advokaten gewinnen und aus ihm herauslocken können, woran uns gelegen war. Eine bessere Informationsquelle als Barber gab es kaum. Ganz abgesehen davon, daß Artur sich an keiner anderen kompetenten Stelle ein ähnlich glaubwürdiges und erfolgversprechendes Entree hätte verschaffen können.

Artur Ozegovichs Taktik bei der Durchführung des Unternehmens verdient größte Anerkennung. Ich weiß niemanden, der eine so schwierige Aufgabe besser gelöst hätte.

Barber ist nach wie vor sehr schlecht auf uns zu sprechen. (Ich kann's ihm nicht mal verübeln.) Dennoch hat sich sein anfänglicher Pessimismus gelegt. Er ist bekanntlich kein Dummkopf. Sein Umschwenken gründet sich auf solide Fakten. Und das ist gut so!

Das letzte, was wir hörten, war, daß die Hofhaltung der Kronprinzessin-Witwe sich an die Wiener Staatsanwaltschaft gewandt hatte. Oberstaatsanwalt Dr. Kleeborn sollte das Geheimnis der mysteriösen Fälschung von Stephanies Unterschrift lösen. Kleeborn, so erfuhr Artur nun von Barber, ahnte hinter der Affäre delikate Zusammenhänge. Ehe er einen Berg Porzellan zerschlug, wagte er sich lieber in die Höhle des Löwen. Er ließ sich beim Fürsten Montenuovo melden. Montenuovo ist nicht nur Obersthofmeister Seiner Majestät, sondern auch Diplomat. Was im übrigen nichts anderes als seine verdammte Pflicht und Schuldigkeit ist. Dennoch sei es ihm zu Ehren ausdrücklich vermerkt. Der Fürst machte nicht die Pferde scheu (wie sein Kollege Choloniewsky bei Stephanie), sondern tat das einzig Vernünftige und Naheliegende: Er setzte sich mit Philipp von Coburg ins Benehmen. Nach diesem Gespräch wurde aus der Hofburg an die Staatsanwaltschaft die Parole ausgegeben, die Wechselaffäre (so Advokat Barber wörtlich) «schonend und diskret» zu behandeln. Dr. Kleeborn verstand den Wink. An der Schwelle zum 20. Jahrhundert befiehlt selbst der allmächtige Wiener Hof der Justiz nicht mehr, dies oder jenes zu tun oder zu lassen. Er bittet vielmehr um etwas. In diesem Fall um schonendes und diskretes Vorgehen. Wo's drauf ankommt, weiß man, was damit gemeint ist. So auch Kleeborn. Er kassierte die Anzeige sofort. Und Dr. Joseph Wach, der Wiener Landgerichtsrat, der die eigentliche Untersuchung führte (sie lautete vorsichtshalber ‹Gegen Unbekannt›), stellte seine Tätigkeit umgehend ein.

Der gute Barber gab Artur unverblümt zu verstehen, daß nach seiner Auffassung der Skandal auf Intervention keines geringeren als des Kaisers selbst unterdrückt worden sei. Wenn dies zutrifft – und das enge Verhältnis zwischen Montenuovo und seinem kaiserlichen Chef spricht dafür –, dann wäre laut Barber auch damit zu rechnen, daß Philipp den fraglichen Wechsel pünktlich einlöst. Keineswegs etwa, um Louise einen Gefallen zu tun. Gott behüte! Sondern allein auf massiven allerhöchsten Druck.

Barber sprach mit sichtbarer Erleichterung von dieser Möglichkeit, berichtete Artur zum Schluß. Der Advokat rechne sich jetzt eine reelle Chance aus, daß alle Befürchtungen um seinen guten Ruf, die er nach der unglücklichen Verwicklung in den Fall für unabwendbar gehalten hatte, sich als unbegründet erweisen würden.

Artur erkannte natürlich sofort die sich für uns ergebenden Konsequenzen und hatte größte Mühe, seine Begeisterung vor Barber zu unterdrücken.

Um so weniger brauchte ich damit zurückzuhalten. Ich nahm Artur in die Arme, küßte ihn auf beide Wangen, und dann gingen wir schnurstracks hinunter in den Weinkeller.

Wir tranken (wie ich heute feststellte) fünf Flaschen Champagner und eineinhalb Flaschen Slibowitz.

Als ich spät abends zu mir kam, lag ich mit einem Brummschädel ohnegleichen auf der Chaiselongue im Salon. Baron Fiedler meldete, die Frau Prinzessin habe bereits gespeist und sich zurückgezogen. Zuvor hätte sie angeordnet, daß der halb ohnmächtige Herr von Ozegovich in einem Wagen zu seinen Angehörigen nach Breznica transportiert werde. Um bei dieser Unternehmung jedes unnötiges Aufsehen zu vermeiden, hätte man sein Pferd, auf dem er am Vormittag nach Lobor gekommen wäre, zunächst bei uns im Stall belassen.

Geza braucht nicht mehr nachts aufzustehen, um in sein Hotel zu gehen. Er muß auch über keinen Balkon in seine Zimmer zurückkehren wie in Abbazia – er bleibt ganz einfach bei mir. Wir schlafen zusammen im Bett seiner Mutter die ganze Nacht lang bis in den hellen Morgen hinein und scheren uns den Teufel darum, was Marie Fugger, die Bedienten, Baron Fiedler oder sonst jemand denken mögen.

Wenn wir unserer Liebkosungen müde sind, liege ich geborgen in seinen Armen. Und wenn ich mich im Schlaf umwende, greife ich nicht ins Leere, meine Hand streift seine warme Haut. Dämmert es, so setze ich mich oft im Bett auf und betrachte das Gesicht neben mir. Ich bewundere den Halbkreis seiner Wimpern, fahre zart mit dem kleinen Finger über die Stoppeln seines Bartes, der eine Nacht alt ist, und kann kaum erwarten, daß er die Augen aufschlägt und bei meinem Anblick lächelt. Ich ahnte nicht, wie schön das alles ist und was ich zwei Jahre lang versäumt habe.

Das Schlößchen ... ich bin Kroatin geworden, ich spreche von einem Schlößchen! Also, das Schlößchen liegt auf einem bewaldeten Hügel oberhalb des Dorfes Lobor. Wir thronen auf einer flachen Bergkuppe, wie die Raubritter im Mittelalter. Ein einziger steiler Weg führt zu uns herauf. Wir sind von anderen, höheren Bergen umgeben, aber durch unwegsame Schluchten von ihnen getrennt.

Wir leben einfach. Wir sind Landedelleute, wir Mattachichs! Nach dem Frühstück reiten wir aus, mein Reitlehrer und Gebieter voran. Ich folge. Dabei muß ich mir alles ins Gedächtnis rufen, was er mir vor hundert Jahren im Prater beigebracht hat. Auf den steilen Pfaden hier brauche ich es. Ich halte mich gut und werde belobigt. Man ist mit mir zufrieden.

Wir haben keinen Speisesaal. Dazu ist unser Schlößchen zu klein. Wir essen in der Halle vor dem riesigen Kamin, in dem jeden Abend ganze Baumstämme brennen, obwohl es überhaupt nicht kalt ist. Dabei spielen uns Zigeuner auf, vier verwegen aussehende junge Burschen, die Geza irgendwo aufgetrieben hat. Der Primas heißt Zoltan An ihm ist alles schwarz: die Augen, die Locken, der kühn geschwungene Schnurrbart und die Fingernägel. Aber er spielt wie ein Gott. Er läßt seine Fiedel jubeln, weinen, tanzen, klagen. Die Augen der anderen drei hängen an Zoltans Geige. Cymbal, Bratsche und Baß folgen ihr hündisch, wohin die Improvisationen des Primas sie auch führen mögen. Sollten wir je aus unserem neuen Paradies vertrieben werden, die Zigeuner nehmen wir mit!

Die Sorgen, die uns in Nizza, London und Paris zu ersticken drohten, werden mit keinem Wort erwähnt. So kann ich mir einbilden, sie hätten sich in Nebel aufgelöst. Lobor verführt zum Träumen.

Ich träume, daß ich alle umliegenden Berge kaufe, eine hohe Mauer um unseren riesigen Besitz errichten lasse und hier mit meinem Gemahl und Geliebten den Rest unseres Lebens verbringe. Mit schwerem Wein, prasselndem Kaminfeuer, Zigeunermusik und abenteuerlichen Nächten.

Geza bat den Advokat Dr. Tonkovitch, uns zu besuchen. Das ist der Freund seines seligen Vaters, der Mann, der alle unsere Probleme lösen soll.

Die neue Schloßherrin machte sich sehr schön, um ihn würdig zu empfangen. Aber er kam nicht. Die Frau, der das Bett gehört, in dem Geza und ich schlafen, muß ihn gegen mich eingenommen haben.

Es machte mir, offen gesagt, nicht allzu viel aus, aber Geza empfand es als tiefe Kränkung. Jede Kränkung, die mir widerfährt, sucht er durch hundertfache Zärtlichkeit gutzumachen. Und da ich seine Zärtlichkeiten sehr liebe, war ich ganz froh, daß der Advokat nicht erschienen ist.

Eine halbe Stunde Wagenfahrt von Lobor entfernt liegt Zlatar, um zehn Häuser größer als unser Dorf. Dort gibt es einen sehr primitiven Gasthof, in dem sich gestern ein Wiener eingemietet hat. Ein feiner Herr, der in einem Pferdefuhrwerk von der Bahnstation K nach Zlatar kam.

Gezas Spione berichten, daß der Herr in einen hellen Sommerpaletot gekleidet ist, einen Spazierstock mit silberner Krücke benutzt, einen weißen Panamahut trägt und daß ihm ein Pincenez an einer schwarzen Kordel um den Hals hängt. Das mitgeführte Gepäck läßt auf mehrtägigen Aufenthalt schließen.

Geza ist beunruhigt, da das elegante Äußere des Herrn nicht mit der Schlichtheit des Gasthofes in Einklang zu bringen ist, was er für verdächtig hält.

Ich aber bin auch beunruhigt, denn das Pincenez an der schwarzen Kordel weckt in mir Erinnerungen. Ein solches Pincenez hing einem Advokaten um den Hals, der des öfteren das Palais Coburg besuchte und hinter geschlossenen Türen mit Philipp Dinge besprach, die nicht für andere Ohren bestimmt waren. Meinen Zuträgern zufolge handelte es sich darum, Mätressen loszuwerden, deren Philipp überdrüssig war.

G

Der Einzug eines seltsamen Herrn aus Wien im Gasthof von Zlatar gefällt mir nicht.

Louise glaubt, ihn auf Grund eines komischen Kneifers, den er trägt, bereits identifiziert zu haben. Das scheint mir etwas kühn. Dennoch kommt mir die Sache nicht koscher vor.

Der Gedanke, daß das Geheimnis unseres hiesigen Aufenthalts so schnell bei unseren Feinden in Wien bekannt geworden sein sollte, ist etwas deprimierend.

Wir müssen vorsichtig sein.

Es ist dasselbe Pincenez und derselbe Mann! Er heißt Bachrach, mit Vornamen Adolf, und ist Anwalt.

Der Herr Regierungsrat Dr. Bachrach hatte sich von Zlatar in einem alten Landauer nach Lobor fahren lassen. Da die Gäule genauso alt waren wie das Gefährt, verweigerten sie nach einem mißglückten Versuch die Auffahrt zu unserem Schlößchen. Der Herr Regierungsrat mußte zu Fuß den Berg ersteigen und zog zwanzig Minuten später, in Schweiß gebadet und vollkommen außer Atem, am Glockenstrang vor dem Tor.

Geza befand sich mit Baron Fiedler auf einem Inspektionsritt, da er ein Stück Wald abholzen lassen will. So mußte ich den Advokaten ohne meinen Kammerherrn, nur in Gegenwart meiner Hofdame empfangen.

Nach einer unterwürfigen Begrüßung seinerseits sah mich der Regierungsrat mit dem Ausdruck tiefsten Mitleids kopfschüttelnd an. Er könne keine Worte finden, um seiner Erschütterung Ausdruck zu verleihen, daß er mich, die Prinzessin Louise von Coburg, in einer so desolaten Umgebung antreffen müsse, erklärte er und fand erstaunlich viel Worte für diese Äußerung.

«Ich weiß nicht, wovon Sie reden», entgegnete ich heiter. «Es gefällt mir hier sehr gut! Ich fühle mich besser, als ich mich in Jahren gefühlt habe! Die Landschaft ist schön, die Verpflegung ausreichend, die Unterbringung angemessen. Was wollen Sie mehr?»

Die Trauer wich nicht aus seinem Gesicht. «Ich hatte keine Ahnung, daß Königliche Hoheit gezwungen ist, in derart primitiven Verhältnissen zu leben!» klagte er.

«Von Zwang kann keine Rede sein», entgegnete ich kühl. «Was führt Sie nach Lobor, Herr Doktor?»

Ohne meine Frage zu beantworten, fuhr er in dem weinerlichen Ton, der mir auf die Nerven ging, fort: «Ich danke meinem Schöpfer, daß es mir endlich gelungen ist, Königliche Hoheit zu finden!»

«Sie haben mich gesucht?»

«Sehr richtig. Und es wird dem hohen Herrn, in dessen Auftrag ich tätig bin, eine ungeheure Beruhigung sein, wenn . . .»

Obwohl ich es wußte, fragte ich doch, wer sein Auftraggeber sei.

«Ihr Herr Gemahl, Königliche Hoheit!» Sein Gesicht verklärte sich, als ob er vom Erzengel Gabriel persönlich spräche.

Ich wurde eisig. «Prinz Philipp hätte sich die Auslagen für Ihre Reise sparen können!»

«Ich freue mich, Sie darauf bedacht zu sehen, dem Herrn Gemahl keine Kosten zu verursachen», entgegnete er mit hörbarem Spott. Dann versuchte er mir einzureden, daß nicht nur Philipp, sondern auch meine Kinder in größter Sorge um mich wären, seit sich meine Spur nach der Abreise aus Paris verloren hatte. «Der Prinz wünscht nichts sehnlicher, als daß Königliche Hoheit endlich zu ihm nach Wien zurückkehren mögen», schloß er.

«Sie belieben zu scherzen», sagte ich und legte allen Sarkasmus, dessen ich fähig war, in die Worte.

«Er ist bereit, zu vergessen und zu vergeben, was vorgefallen ist!»

«Das mag sein. Aber ich bin es nicht.»

«Weisen Sie die zur Versöhnung ausgestreckte Hand nicht zurück, gnädigste Frau», beschwor er mich. «Der unselige Zwischenfall, der die Ursache Ihrer Abreise aus Wien war, ist Prinz Philipp in schmerzlicher Erinnerung. Ich soll Ihnen ausrichten, daß er die Hoffnung nicht aufgibt, der Kaiser werde Sie, gnädigste Frau, wieder bei Hof empfangen. Ich soll ausdrücklich versichern, daß er alles tun wird, was in seiner Macht steht, um dies zu erreichen.»

Ich sah mir den Mann an und versuchte zu ergründen, was hinter seiner Stirn vorging. Glaubte er wirklich, was er mir vorschwatzte?

«Mit einem Wort», sprach er weiter, «wenn Sie sich entschließen, wieder ins Palais Coburg einzuziehen, wird alles genauso sein wie früher! Das verspricht er Ihnen!»

«Das glaube ich ihm ausnahmsweise aufs Wort!» Ich konnte meine Verbitterung nicht unterdrücken. «Es wird ganz bestimmt genauso sein wie früher. Genauso unerträglich! Und deshalb kann mich keine Macht der Welt dazu bringen, nach Wien zu gehen! Richten Sie ihm das von mir aus!»

Als Bachrach unbeirrt mit seinen Beteuerungen fortfuhr, schnitt ich ihm das Wort ab. «Geben Sie sich keine Mühe, Herr Doktor! Mein Entschluß ist endgültig.»

«Das soll ich wirklich ausrichten?»

«Ich bitte darum. Sie haben Ihr möglichstes getan. Mein Kompliment! Aber für Philipp und mich gibt es nur Scheidung. Weiter nichts! Wenn Sie dem Prinzen das begreiflich machen könnten, wäre ich Ihnen zu Dank verpflichtet.»

«Ausgeschlossen, gnädigste Frau. Schlagen Sie sich diesen Gedanken aus dem Kopf. Er wird nie einwilligen. Niemals.» Plötzlich sprach er ganz sachlich, ohne Theatralik.

«Sie selbst, Herr Doktor, kennen, so viel ich weiß, aus beruflicher Erfahrung Umstände, die dazu beigetragen haben, daß unsere Ehe nicht glücklich sein konnte. Erinnern Sie sich bitte daran!» Ich blickte zu der schweigsamen Fugger hinüber und las Zustimmung in ihrem Gesicht. «Ich will mich nicht besser machen, als ich bin. Aber wir haben uns ganz bestimmt gegenseitig nichts vorzuwerfen, mein Herr Gemahl und ich. Was für einen Sinn soll es haben, etwas gewaltsam aufrechtzuerhalten, was in Wahrheit längst nicht mehr existiert!»

Mein Besucher sah mich entrüstet an. «Sie vergessen die ethischen Belange, Königliche Hoheit. Prinz Philipp ist nicht nur ein äußerst moralischer Mensch . . .»

«Sie faseln, Herr Doktor!» Ich wurde ungeduldig.

«. . . sondern auch tief religiös!» fuhr er fort, ohne meinen Einwurf zu beachten. «Er ist ein frommer Katholik! Da ist Scheidung unmöglich!»

«Das österreichische Gesetz sieht eine Trennung von Tisch und Bett vor. Das sollten Sie als Advokat wissen!»

«Ich weiß es, Madame. Das österreichische Gesetz, aber nicht die katholische Kirche! Scheidung ist mit den Überzeugungen meines Mandanten unvereinbar!»

Jetzt reichte es mir.

Obwohl die Fugger mir warnende Blicke zuwarf, war ich nicht gewillt, dem Geschwätz von Philipps hehren Überzeugungen länger zuzuhören. Ohne meine Worte durch höfliche Floskeln zu mildern, sagte ich klipp und klar, daß ich genau wüßte, warum Philipp die Scheidung ablehne und auf meine Rückkehr dränge: Er will nicht auf das Erbe verzichten, das mir nach dem Tod meines Vaters zufließt. Es geht ihm nicht um mich, es ist ihm niemals um mich gegangen, sondern nur um das Geld! Um nichts anderes! Obwohl er ein reicher Mann ist, kennt seine Habgier keine Grenzen ...

Ich muß ziemlich laut geworden sein, denn jetzt wurde die Tür aufgerissen, und Geza trat ein. «Was ist hier los?» fragte er besorgt.

Ich hatte mich sofort wieder in der Hand. «Mein Kammerherr wird Sie hinausbegleiten», sagte ich und wandte mich dann an Geza. «Herr Dr. Bachrach wünscht zu gehen!»

Damit verließ ich den Raum und zog mich nach oben ins Schlafzimmer zurück.

G

Die Impertinenz des Advokaten Bachrach und die Hartnäckigkeit, mit der er sie völlig bedenkenlos herauskehrt, ist nicht zu beschreiben. Kreaturen wie er besorgen mit geradezu perverser Leidenschaft jede Art von Geschäft. Je schmutziger, desto lieber. Philipp hätte schwerlich einen geeigneteren Mann finden können. Damit meine ich: einen übleren, widerlicheren, gerisseneren und rücksichtsloseren. Außerdem ist der Kerl gefährlich. Sehr gefährlich. Auch darin steht er seinem Herrn nicht nach. Es wäre kindisch, sich Illusionen zu machen.

Ich fand Louise im Beisein der Fugger in einem heftigen Disput mit Bachrach vor und identifizierte ihn sofort als jenes Individuum, das mir kürzlich als Bewohner des Gasthofs von Zlatar signalisiert worden war.

Bevor die beiden Damen unmittelbar nach meinem Erscheinen in sichtbarer Erregung den Salon verließen, machte Louise uns miteinander bekannt. Damit waren die Weichen gestellt. Wir wußten gegenseitig, mit wem wir's zu tun hatten. So konnten wir uns alle Präliminarien sparen und gleich zum Thema kommen.

Ich muß zugeben, daß Bachrach der Schnellere war und die Initiative sogleich an sich riß. Mit verblüffender Unverfrorenheit packte er den Stier bei den Hörnern und bot mir ohne Umschweife die Kleinigkeit von 100 000 Gulden an. Ich hätte mich nur ehrenwörtlich und schriftlich zu verpflichten, die Prinzessin umgehend zu verlassen und nie wieder in ihrer Nähe zu erscheinen. Nichts weiter. Er wäre autorisiert und in der Lage, mir auf der Stelle den entsprechenden Scheck auszuhändigen, falls ich mich bereit fände, die Bedingungen zu erfüllen.

Einen Moment lang überlegte ich, ob ich den Kerl niederschießen, nein, ob ich ihn wie einen tollen Hund mit einem Scheit Kaminholz erschlagen sollte.

Er muß wohl in meinem Gesicht gelesen haben, was in mir vorging, denn er beeilte sich, mir zu versichern: «Betrachten Sie mich bitte als Dolmetsch Seiner Herzoglichen Hoheit! Das, sagen wir ruhig, Geschäft ist seine Proposition! Ich habe es nur zu unterbreiten. Das ist mein Beruf.»

Ich sah ihn an und glaubte, eine Spur von Spott in seinen Zügen zu lesen. Vielleicht bildete ich es mir auch nur ein. Aber dabei kam mir ein Gedanke, der mich faszinierte. Mochte der Kerl spotten oder nicht, ihn umzubringen und mich damit an den Galgen zu liefern, wäre der Gipfel der Idiotie. Ich könnte seinem Auftraggeber keinen größeren Gefallen tun. Diese Erkenntnis ermöglichte es mir, meiner inneren Erregung auf der Stelle Herr zu werden. «Richten Sie Seiner Herzoglichen Hoheit aus», sagte ich ruhig und jedes Wort betonend, «daß ich die Offerte nicht akzeptieren kann. Als Dank dafür, daß ich ihm, wie alle Welt weiß, im Duell das Leben geschenkt habe, ist der Betrag entschieden zu hoch. Hunderttausend Gulden sei er auch nicht im entferntesten wert. Für seine Frau dagegen ist das Angebot zu niedrig. Viel zu niedrig. Beleidigend niedrig. Die hier erforderliche Summe kann selbst er niemals auftreiben. Niemals! Sagen Sie ihm das wörtlich. Und jetzt verlassen Sie bitte ein für allemal mein Haus, bevor ich die Hunde loslasse. Es sind Bluthunde! Ich möchte mir nicht vorwerfen müssen, Sie nicht gewarnt zu haben. Ich bin nämlich sicher, daß die Tiere Sie nicht mögen!»

Ein paar Minuten später konnten Louise und ich vom Erker unseres Schlafzimmers aus beobachten, wie Bachrach zu Fuß den beschwerlich steilen Weg in den Ort hinunterstapfte, wo vermutlich sein Wagen wartete.

Mittwoch abend. Wie durfte Doktor Bachrach es wagen, Geza ein so niederträchtiges Angebot zu machen! Für wen hält er ihn?! Der Herr ist ein miserabler Menschenkenner, wenn er auch nur eine Sekunde glaubte, damit zum Ziel zu kommen. Seine einzige Entschuldigung ist, daß er in Philipps Auftrag handelt. Philipp hält alle Menschen für käuflich, traut jedem das Schlechteste zu.

Donnerstag. Wir müssen vor diesem Advokaten auf der Hut sein! Er ist nicht nach Wien gefahren, um Philipp auszurichten, was ich ihm bestellen ließ, sondern haust noch immer in der armseligen Herberge in Zlatar. Was hat er vor? Warum ist er nicht abgereist?

Geza fürchtet, Bachrach plane, mich mit Gewalt entführen zu lassen. In Wien hätte ich ihn ausgelacht, selbst in Nizza hätte ich es noch für unmöglich gehalten, für allzu abenteuerlich – aber vielleicht ist hier in dieser abenteuerlichen Gegend nichts unmöglich!

Geza hat unsere Knechte mit Jagdgewehren und Peitschen ausgerüstet. Er selbst trägt von heute an immer eine Pistole bei sich. Am Fuß der Auffahrt zu unserem Schlößchen ist eine bewaffnete Wache postiert. Niemand wird durchgelassen, der verdächtig aussieht.

Wir sind jetzt auf der Bergkuppe zu unseren eigenen Gefangenen geworden.

Freitag. Die Posten stehen Tag und Nacht an der Straße. Wir reiten nicht mehr aus, das Tor bleibt verschlossen, wir wagen uns kaum in den Garten.

Bisher ist alles ruhig, aber es könnte die Ruhe vor dem Sturm sein.

Gestern wachte ich mitten in der Nacht davon auf, daß einer der Jagdhunde unten im Zwinger fürchterlich jaulte. Sofort stimmte die ganze Meute ein.

Ich weckte Geza aus tiefstem Schlaf. Er griff automatisch nach der Pistole unter seinem Kopfkissen.

Inzwischen kläfften die Hunde wild und wütend.

Geza sprang aus dem Bett, zog sich schnell etwas über und wollte hinunter. Ich flehte ihn an, vorsichtig zu sein, sich keiner Gefahr auszusetzen, aber er hörte nicht auf mich und schloß die Schlafzimmertür auf.

In diesem Augenblick verstummte das Bellen abrupt. Alles war totenstill. Nur mein Herz klopfte so wild, daß ich dachte, Geza müßte es hören.

«Was war das?» fragte ich mit trockener Kehle.

Er zuckte die Achseln. Vielleicht ein Fuchs, der in den Hühnerstall einbrechen wollte und von den Hunden verjagt wurde, meinte er.

Zehn Minuten später schlief er wieder fest.

Ich beneidete ihn. Ich konnte vor Aufregung kein Auge zutun. Selbst die Stille erschien mir jetzt bedrohlich. Ich war fest davon überzeugt, daß etwas passieren würde. Ich wußte nur nicht wann und was.

Als die ersten Hähne krähten, schlief ich endlich ein. Ich muß entsetzlich geträumt haben, denn Geza weckte mich, weil ich im Schlaf geschrien und geweint hatte.

An den Traum konnte ich mich nicht mehr erinnern, aber den Schrecken wurde ich nicht los.

Dienstag. Er ist fort!

Der Advokat ist abgereist. Gezas Informant, ein Ziegenhirte aus Lobor, der seinen Käse auf dem Markt in Zlatar feilhält, hat es mit eigenen Augen gesehen. Gestern früh wurde ein Reisekorb auf den alten Landauer geladen, mit dem der Advokat vergeblich versucht hatte, unseren Berg zu bezwingen. Kurz darauf kam Bachrach im eleganten Sommerpaletot, den Panama auf dem Kopf, vom Wirt begleitet aus dem Gasthof, verabschiedete sich, bestieg den Wagen und fuhr ab.

Ein Alpdruck ist von mir genommen.

Auch Geza ist erleichtert, obwohl er es nicht zugeben will. Es besteht keinerlei Grund, weniger wachsam zu sein oder unsere Vorsichtsmaßregeln zu vernachlässigen, predigt er mir. Bachrach sei gefährlich, ganz gleich ob er sich in Zlatar aufhält oder in Wien.

Donnerstag vormittag. Mir war zumut, als ob nach langen Regentagen die Sonne wieder scheint. Ich war von einer solchen Unternehmungslust, es mußte einfach irgendwas geschehen.

Ich beschloß, eine Gesellschaft zu geben. Den Umständen entsprechend konnte es leider nur eine ganz winzige Gesellschaft werden. Ich hielt Rücksprache mit Baron Fiedler, überließ ihm alle Einzelheiten und bat, einen Boten mit einer Einladung für Artur von Ozegovich nach Breznica zu schicken. Ich hätte gern auch seine Familie aufgefordert, die so gastfrei zu mir gewesen war, aber Geza nimmt dem alten Ozegovich übel, daß er unsere Anwesenheit nicht geheimgehalten hatte. Seiner Indiskretion verdanken wir, Gezas Ansicht nach, den Besuch des Wiener Advokaten.

So waren wir ganze vier Personen: Geza, Marie Fugger, Artur und ich.

Ich machte lang und sorgfältig Toilette, sekkierte Ilona und die Zofen ein bißchen wie in alten Zeiten und sah nach einer Stunde aus, als ob ich zur Eröffnung der Pariser Oper gehen wollte. Ich trug die Robe von Worth, die ich anhatte, als ich mit dem Prince of Wales in London soupierte. Der Schmuck aus Nizza fehlte leider. Ich nahm statt dessen Perlen.

Die Zigeuner starrten mich bewundernd an, und die Diener machten große Augen, als ich schließlich in die Halle herunterkam. So hatten sie mich noch nie gesehen.

Geza und Artur waren im Frack, Marie Fugger trug eines meiner alten Abendkleider, ein Geschenk, das ihr sehr gut steht.

Im Kerzenlicht sah der einfache rustikale Raum wie verwandelt aus. Das beste Porzellan und die feinsten Gläser der Gräfin Mattachich schmückten den Tisch, Baron Fiedler hatte alles hervorragend arrangiert. Ich bedauerte fast, daß ich ihn nicht aufgefordert hatte, mit uns zu speisen, aber trotz seiner Dienstbereitschaft glaube ich, daß er im Grunde mein Feind und ein treuer Vasall der Gräfin ist.

Der Koch war bisher recht mittelmäßig gewesen, heute überraschte er uns jedoch mit wahren Raffinessen. Das Souper war vorzüglich, die Weine erstklassig.

Ich fühlte mich beschwingt und glücklich. Selbst Geza, der sich anfänglich etwas reserviert zeigte, wurde von meiner guten Laune angesteckt. Nach der zweiten Flasche Champagner war er der lustigste von uns allen.

Er sprang auf und rief: «Zoltan! Spiel mir einen Csárdás!»

Mit einem Katzbuckel und mit «Zu Befehl, gnädiger Herr!» begann Zoltan so leidenschaftlich und mitreißend zu spielen, daß man einfach nicht stillsitzen mochte. Geza tänzelte ganz allein einmal hin und zurück durch die Halle, dann zog er mich von meinem Stuhl, und wir tanzten zusammen, als seien wir in einer Dorf-Csárdá irgendwo auf dem Land in Ungarn. Die Zigeuner spielten immer wilder, wir konnten nicht aufhören. Selbst die stille Marie Fugger ließ es nicht ruhen, sie tanzte mit Ozegovich.

Außer Atem warf ich mich schließlich in einen Sessel und trank schnell ein paar Gläser Champagner. Er begann mir in den Kopf zu steigen, aber das machte nichts. Den anderen ging es ja genauso.

Ich kann mich heute beim besten Willen nicht mehr an alles erinnern, was nachts weiter geschah, jedenfalls nicht im Zusammenhang. Mir kommen nur noch Einzelheiten ins Gedächtnis.

Ich weiß genau, daß Geza irgendwann ein paar Flaschen alten Cognac, die noch aus der Zeit seines Vaters stammten, aus dem Keller holen ließ. Wir sprachen dem herrlichen Getränk reichlich zu und zwangen die Zigeuner, mitzuhalten.

Ich besinne mich, wie Zoltan mir wehmütige ungarische Weisen ins Ohr fidelte. Ich saß am Tisch, den Kopf in die Hand gestützt, und die Tränen liefen mir über die Wangen. Dabei war ich sehr glücklich.

Dann weiß ich noch, daß Geza dem Zigeuner einen Geldschein nach dem andern auf die feuchte Stirn zu kleben versuchte. Die Scheine fielen alle zu Boden, ohne daß Zoltan sein Spiel unterbrach oder sich nach ihnen bückte. Wir lachten irrsinnig darüber.

Irgendwann befahl Geza, daß der Jäger aus dem Bett geholt werden sollte. Der alte Mann erschien bald darauf und sang uns mit zittriger Stimme die schönsten kroatischen Liebeslieder vor. Geza hielt mich umschlungen und übersetzte sie mir Wort für Wort.

Als der Morgen graute, waren wir alle betrunken.

Zoltan warf Geza die Geldscheine an den Kopf, die er von ihm bekommen hatte, und machte mir leise auf ungarisch wilde Liebeserklärungen. Ich war froh, daß Geza nichts verstand. Trotzdem muß er irgend etwas geahnt haben, denn plötzlich zog er die Pistole aus der Tasche.

Ich schrie auf. Die andern wurden ganz still.

Ohne ein Wort zu sagen, entsicherte er die Waffe und schoß schnell hintereinander sechs Kerzen aus. Zwischen den Schüssen warf er Zoltan Blicke zu, die den Zigeuner ernüchtert haben müssen.

Dann leerte Geza ein großes Glas Cognac und schmetterte es gegen die Wand. Das weiß ich noch.

Ich weiß aber nicht mehr, wie ich ins Schlafzimmer kam. Als ich erwachte, lagen meine Kleider im ganzen Raum verstreut.

Antonia beklagte sich später etwas beleidigt, sie und Ilona hätten beide die halbe Nacht aufgesessen und auf mich gewartet, der Graf habe ihnen jedoch nicht erlaubt, mich zu entkleiden.

G

Samstag. Heute vormittag kam der Amtsdiener aus Zlatar mit einem versiegelten offiziellen Schreiben, das er nur mir persönlich gegen Quittung aushändigen durfte. Es stammt vom Kommando des XIII. Armeekorps in Agram und befiehlt dem Oberleutnant im 13. Ulanen-Regiment Geza Graf von Mattachich, sich am 29. Mai (das ist in zwei Tagen) pünktlich morgens um acht Uhr zur dienstlichen Feststellung seines Gesundheitszustands beim Chef der Sanitäts-Abteilung in der Agramer Prinz-Eugen-Kaserne einzufinden. Die Nichtbefolgung der Aufforderung, heißt es weiter, würde als unerlaubtes Fernbleiben von der Truppe in Verbindung mit Befehlsverweigerung angesehen und gegebenenfalls entsprechend geahndet werden. Unterschrieben ist der Wisch von einem mir unbekannten Major namens Adriano, aber – und das ist bemerkenswert – ‹Im Auftrag Sr. Exzellenz des Herrn k. und k. Generals der Kavallerie Anton Freiherr von Bechtolsheim, Kommandant des XIII. Korps und kommandierender General in Agram›.

Dieser Hinweis ‹Im Auftrag etc.› ist völlig ungewöhnlich. Noch ungewöhnlicher ist es, daß sich der Korpskommandant und kommandierende General eines Militärbezirks sozusagen persönlich um den Gesundheitszustand eines Oberleutnants kümmert. Und das höchst offiziell.

Dank Louises Verbindungen war mein Urlaub im März '96 um ein Jahr und im darauffolgenden Jänner erneut verlängert worden. Diesmal gleich um zwei Jahre. Bis zum 30. April '99. Die Aufforderung zur ärztlichen Untersuchung kommt also gänzlich überraschend.

Woher weiß Agram überhaupt von meiner Anwesenheit in Lobor? Immer wieder habe ich mir dieselbe Frage gestellt. Sie sind beim Korps ihrer Sache so sicher, daß man mir nur achtundvierzig Stunden gibt, mich dort zu stellen.

Heute sind es zehn Tage her, seit Philipps Advokat hier vorsprach. Er ist am vergangenen Montag aus Zlatar abgereist und konnte ohne weiteres einen Tag später in der Seilerstätte in Wien sein. Der Prinz, der ja nebenbei bekanntlich auch noch Feldmarschalleutnant der k. und k. Armee ist, hätte demnach Zeit genug gehabt, sich mit seinem Generalskameraden von Bechtolsheim in Verbindung zu setzen. Und wer würde einem in der geheiligten Wiener Zentrale so hoch im Kurs stehenden Mann wie Philipp von Coburg nicht mit Freuden einen Gefallen tun!

Ja, das ist die simple Aufklärung des Rätsels. Die Chose ist klar. Allzu durchsichtig. Der lange Arm des Gemahls meiner Louise hat sich gerührt. Nach dem Scheitern von Bachrachs Mission wird's jetzt mit einer anderen Tour versucht.

Ich hab gleich zu Artur rübergeschickt und ihn gebeten, schnellstens zu kommen. Dann haben wir zu dritt – Louise, er und ich – die Lage lang und breit erörtert und uns redlich bemüht, sie von jeder nur denkbaren Seite zu beleuchten. Louise war (und ist es noch) wegen der Vorladung nach Agram entsetzlich beunruhigt. Entsprechend einseitig und rührend naiv beurteilt sie auch die neue Situation. Aber niemand kennt Philipp besser als sie. Dadurch war ihr Beitrag manchmal recht aufschlußreich. Übereinstimmend sind wir immer wieder zum selben Resultat gekommen: Nachdem die Wechselaffäre auf allerhöchsten Wunsch hin unterdrückt wurde und sich aus ihr keinerlei Handhabe herleiten läßt, mit der man Einfluß auf Louise und unser Zusammenleben nehmen könnte, hat Philipp sich was Neues ausgedacht. Noch bin ich Soldat. Da bieten sich Mögkeiten! Man wird mich übermorgen vermutlich diensttauglich schreiben. Es würde mich nicht im geringsten wundern, wenn man mich anschließend sofort in eine gottverlassene Garnison nach Polen oder Siebenbürgen verfrachtet. Bin ich erst wieder im aktiven Dienst und der direkten militärischen Disziplinargewalt unterstellt, gibt es Mittel und Wege genug, mir das Zusammenleben mit der Gemahlin eines Feldmarschalleutnants unmöglich zu machen. Nirgendwo wäre das Terrain dafür besser als in einer der elenden Grenzgarnisonen im Osten, wo es oft mehr Militär als Zivilisten gibt. Dort könnte ich keinen Schritt tun, der nicht sofort bekannt würde. Und Louise natürlich auch nicht.

Wenn sich die glorreiche k. und k. Armee tatsächlich nicht zu schade ist, das Spiel des feinen Herrn Coburg mitzumachen, werde ich nicht zögern, die Konsequenzen zu ziehen und meinen Abschied zu nehmen. So schwer mir der Schritt auch fallen wird. Was sein muß, muß sein. Artur hat es schließlich auch überstanden. Aber zunächst heißt es ja erstmal abwarten. Und Ruhe und Kaltblütigkeit bewahren. In sechsunddreißig Stunden weiß ich mehr.

Ich will morgen nachmittag nach Agram fahren und die Nacht im Hotel verbringen. Ich möchte mich ausgeschlafen und in bester Verfassung den Dingen stellen, die mich erwarten.

Wir kommen nicht zur Ruhe!

Kaum glauben wir, ein bißchen aufatmen zu dürfen, schon erscheint die nächste Gefahr am Horizont. Und der Horizont ist sehr nah diesmal. Übermorgen muß sich Geza in Agram melden!

Mir schwirrt der Kopf von all den Überlegungen, die wir anstellten. Am Ende wußten wir genausoviel wie vorher: daß Philipp die Wurzel allen Übels ist!

Was ist der letzte, der dunkelste Winkel der großen österreichisch-ungarischen Monarchie? Olmütz? Tarnopol? Sarajewo? Wohin man Geza auch schicken wird, ich gehe mit! Dabei gibt es einen Ort auf der Welt, einen einzigen, wohin ich ihm nicht folgen könnte. Oder nur mit größter Überwindung. Das ist Wien! Aber darauf kommt Philipp nicht. So klug ist er nicht. Glücklicherweise!

Wie wird unser zukünftiges Leben also aussehen?

Könnte ich in ... ich stelle mir Olmütz vor ... könnte ich in Olmütz eine Villa mieten und dort als stadtbekannte Geliebte eines Oberleutnants leben? Das klingt absolut unmöglich. Skandalös! Bisher reiste ich, meinem Rang entsprechend, mit einem Hofstaat, zu dem natürlich ein Kammervorsteher gehörte. Es entsprach durchaus der Etikette. Und dieser Kammervorsteher hieß eben Graf Mattachich. Aber was jetzt käme, wäre wahrhaft anstößig. Philipp muß überzeugt sein, daß ich davor zurückschrecke.

Er irrt! Ich schrecke vor nichts mehr zurück!

In Agram. Eben hat die Kirchturmuhr geschlagen. Es ist zwei Uhr nachts. Ich sitze an einem wackligen Tisch, der mit einer staubigen roten Plüschdecke verhüllt ist, beim armseligen Licht einer noch armseligeren Petroleumlampe.

Geza schläft. Er hat bessere Nerven als ich. Aber seine Stirn ist gefurcht, er beißt die Zähne krampfhaft aufeinander und wirft sich so unruhig von einer Seite auf die andere, daß im Bett kein Platz mehr für mich bleibt.

Er wollte ursprünglich nicht, daß ich ihn nach Agram begleite, ich weigerte mich jedoch, in Lobor zu bleiben. Ich hätte es nicht ertragen, dort allein darauf zu warten, wie die Untersuchung ausgehen würde.

«Wird die Fahrt auch bestimmt nicht zu anstrengend für dich sein?» fragte er besorgt. Als ich verneinte, sah er mich dankbar an.

Wir beschlossen, so unauffällig wie möglich zu reisen. Geza verzichtete auf seinen Diener Mirko, und ich nahm nur Antonia und Ilona mit, ohne die ich mich weder frisieren noch ankleiden könnte. Die Fugger ist natürlich auch hier.

Wir wählten das Prukner, ein stilles Hotel, das als mittelmäßig gilt. Dabei sollen selbst die sogenannten erstklassigen Gasthöfe in Agram kaum als menschenwürdig zu bezeichnen sein.

Spät abends kamen wir an, gingen sofort hinauf und bestellten ein kleines Souper aufs Zimmer. Geza langte zu, während ich keinen Bissen runterbrachte und, um mich zu betäuben, viel von dem schweren Landwein dieser Gegend trank.

Im Bett hielten wir uns lange eng umschlungen. Weiter nichts. Wir küßten uns nicht einmal. Ich war von bleiernder Müdigkeit und schlief schnell ein. Aber bald wachte ich wieder auf und fand keine Ruhe mehr.

Ich habe einen geheimen Plan, von dem Geza nichts weiß. Sollte es morgen schlecht ausgehen (mein Gott, es ist ja schon heute!), ich meine, sollte man ihn gesund schreiben, will ich seinen kommandierenden General aufsuchen, diesen Freiherrn von Bechtolsheim. Schließlich ist es mir zwei Mal gelungen, Geza vom Dienst befreien zu lassen. Warum sollte es mit ein bißchen Glück nicht noch einmal möglich sein! Viel Glück habe ich allerdings in letzter Zeit nicht gehabt.

Ich kenne Bechtolsheim. Ich bin sicher, daß ich ihn kenne. Nur weiß ich beim besten Willen nicht mehr, wo wir uns begegnet sind. Dabei sehe ich ihn deutlich vor mir: groß, schlank, grauer Schnurrbart, herausquellende Augen, die Haltung etwas gebückt. Wo kann es nur gewesen sein? Bei Esterhazys auf der Jagd? Bei einem Empfang in der Hofburg? Hatte es mit Rudolf zu tun? Oder war er womöglich Gast im Palais Coburg! Das würde viel erklären.

Und es würde auch bedeuten, daß mein Besuch zum Mißerfolg verurteilt wäre.

Ich will mich aber jetzt nicht entmutigen lassen, trotz dieses trostlosen Zimmers. Antonia hat auf meine Anordnung das entzückende blaue Tuchkostüm von Paquin eingepackt, das ich noch nie getragen habe und in dem ich einen kommandierenden General in Agram beeindrucken sollte, selbst wenn er ein Freund Philipps wäre, was mir jetzt mehr und mehr wahrscheinlich vorkommt.

G

4. Juni 1898. Im Agramer Garnisonsarrest. Was sich in den letzten Tagen abgespielt hat, ist schwer zu beschreiben. Verdammt schwer. Es stürzt auf mich ein, und ich möcht alles auf einmal festhalten können. Auf dem Papier, meine ich. Aber das geht bekanntlich nicht. Also muß ich (auch wenn mir dabei schwindlig wird) die sich überschlagenden Gedanken bremsen, zähmen, ordnen und sie dann erst hübsch hintereinander schriftlich niederlegen. Müßte ich! Ob's mir gelingt, weiß ich nicht. Aber ich will's versuchen.

Bis vor kurzem hab ich nur aus Hetz Tagebuch geführt. Als ich der Louise in Wien nachgestiegen bin (wir kannten uns ja lange Zeit nur vom Sehen), damals fing ich an damit. Ich weiß heut nicht mehr warum. Vermutlich weil's gerade Mode ist. Und dann hab ich halt weitergemacht. Eine Spinnerei!

Jetzt sieht es anders aus. Jetzt, wo's mir vielleicht an den Kragen geht, muß ich versuchen, die Eintragungen so gewissenhaft wie möglich zu machen. Entweder lassen sie mich hier bald raus und versichern mir, es sei alles nur ein Irrtum gewesen. Ein bedauerliches Mißverständnis. Für diesen Fall möcht ich es aber schwarz auf weiß parat haben, wie ein unbescholtener Offizier von der eigenen Armee, der er elf Jahre treu gedient hat, behandelt worden ist. Nur so kann ich die Verantwortlichen zur Rechenschaft ziehen. Und das werd ich tun, so wahr ich Mattachich heiße! Oder diese idiotische Farce wird wirklich ernst. Was ich mir offen gestanden noch immer nicht vorstellen kann. Aber dann muß ich erst recht über alles genaue, zuverlässige Unterlagen haben, wenn ich meine Ehre und meine Haut retten will. Jedes Verhör, jedes Gespräch, jedes Detail muß ich mir in die Erinnerung zurückrufen können. Tag und Nacht. Wann immer ich's brauch. Denn dann bin ich allein auf mich gestellt. Von Gott und der Welt verlassen. Wer sich nicht mit allen Mitteln zu wehren versteht, ist rettungslos verloren. Und wer's versteht, oft genug auch.

Punkt acht Uhr morgens am 29. Mai betrat ich (in vorschriftsmäßiger Uniform selbstverständlich) das Geschäftszimmer der Sanitätsabteilung in der Prinz-Eugen-Kaserne.

Der diensttuende Unteroffizier meldete mich sofort seinem Chef, einem Stabsarzt Rosenthal, der mich keine Sekunde warten ließ, was ich als sehr sympathisch empfand.

Wir waren uns bisher nie begegnet, also machten wir uns zunächst miteinander bekannt. Dabei erfuhr ich, daß Rosenthal erst kürzlich sein derzeitiges Kommando in Agram übernommen hat. Er war bisher Bataillonsarzt in Lemberg.

Wie sich dann herausstellte, besaß er keinerlei Unterlagen über mich, was er aufrichtig zu bedauern schien und zu entschuldigen bat. Das Malheur lag aber, wie er mir versicherte, nicht an ihm. Er sei erst gestern nachmittag auf dem Dienstweg von der für heut früh angesetzten Untersuchung informiert worden. Nur auf Grund eiliger Rückfragen hätte er grad noch rausbekommen, daß ich dem 13. Ulanen-Regiment angehöre. Aber meine Krankengeschichte aus Warasdin herbeizuschaffen, wäre natürlich keine Zeit mehr gewesen.

Der gute Stabsarzt Rosenthal hörte zum ersten Mal von mir, daß ich wegen einer ebenso schweren wie hartnäckigen, mir im Manöver zugezogenen Malaria seit Jahren dienstuntauglich bin und daß mein diesbezüglicher Erholungsurlaub derzeit offiziell noch bis zum nächsten Frühjahr läuft.

Dem verwirrten Stabsarzt ging es kein bißchen anders als mir. Er wußte sich auf die ganze Geschichte keinen Vers zu machen. Wir waren grad dabei, uns gegenseitig unsere Verwunderung über das für beide so überraschend anbefohlene Unternehmen auszudrücken, als (ohne daß vorher angeklopft worden wäre) die Tür aufgerissen wurde und ein mir unbekannter Major samt vier mit Pistolen bewaffneten Soldaten ins Zimmer stürzten.

Der Major trat vor mich hin und fragte: «Oberleutnant Graf Mattachich?»

Noch völlig überrascht, sagte ich automatisch: «Jawohl!»

«Rühren Sie sich nicht! Auch nicht die kleinste Bewegung!» befahl der Major. Er wandte sich jetzt an den Arzt: «Entschuldigung, Rosenthal! Ich bin in Ausübung eines dienstlichen Auftrags!» Und wieder zu mir gewandt, sagte er, sich vorstellend: «Major Franz, Platzkommandant von Agram!» Dann: «Herr Oberleutnant, im Namen Seiner Exzellenz des Kommandierenden Generals erkläre ich Sie für verhaftet!»

Heute, beim Niederschreiben der Szene, bin ich viel erregter, als ich es vor ein paar Tagen war, während sie sich tatsächlich abspielte. Die Ruhe, die ich bei dem völlig überraschenden Erscheinen des Majors und seiner Eskorte an den Tag legte, ist mir ganz und gar unerklärlich. Ich erinnere mich genau, zuerst den Stabsarzt angesehen zu haben. Ich wollte wissen, ob er in die Intrige eingeweiht gewesen war. Praktisch hatte das nicht die geringste Bedeutung. Der Arzt war ebenso überrascht wie ich. Kein Zweifel. Seltsamerweise beruhigte mich das irgendwie. Ich war froh darüber, daß wenigstens er nicht auch zu den Verschwörern gehörte.

«Haben Sie eine Schußwaffe bei sich?» fragte der Major.

Ich verneinte.

«Ich möchte Sie hier nicht durchsuchen lassen. Ich bitte daher, mir Ihr Offizierswort zu geben, daß Sie keine Schußwaffe tragen!»

«Ich habe es bereits verneint, und das sollte genügen, Herr Major», antwortete ich. Mit einem angedeuteten Lächeln fügte ich hinzu: «Aber wenn Sie darauf bestehen, kann ich Ihnen auch mit Vergnügen mein Offizierswort geben. Ich ahnte ja nicht, was mich hier erwartet! Sonst wäre ich natürlich nicht unbewaffnet erschienen. Ich habe eine Vorladung zur ärztlichen Untersuchung bekommen. Ich wußte nicht, daß man in der österreichisch-ungarischen Armee neuerdings mit gezinkten Karten spielt!»

«Das will ich nicht gehört haben, Herr Oberleutnant. Ich tue meine Pflicht, nichts weiter!» sagte der Herr Platzkommandant, und man konnte merken, daß ihm nicht wohl in seiner Haut war. «Bitte machen Sie keinerlei Schwierigkeiten, und kommen Sie mit!»

«Wohin, Herr Major, wenn ich fragen darf?»

«In den Garnisonsarrest!»

Ich setzte meine Mütze auf und wandte mich nochmals an Rosenthal: «Damit hat sich unser Geschäft also aufgeklärt und erledigt!» Ich grüßte militärisch und sagte: «Ich danke Ihnen für die kameradschaftlich-liebenswürdige Aufnahme, Herr Stabsarzt. Es war mir ein Vergnügen. Servus!»

Ich ging zur Tür, zwei Soldaten vor, zwei hinter mir. An der Schwelle hielt ich noch einmal an und fragte in vollkommenster Ruhe: «Darf ich erfahren, weshalb ich verhaftet bin, Herr Major?»

«Das weiß ich nicht. Das kann ich nicht sagen», antwortete er und gab mir einen Wink, weiterzugehen.

Wir verließen das Zimmer. Hinter uns rief der Stabsarzt: «Alles Gute, Herr Oberleutnant!»

Unsere ungewöhnliche Marschgruppe fand auf dem Weg über das weitläufige Kasernenareal zum Arresthaus entsprechende Aufmerksamkeit. Soldaten und Offiziere blieben stehen und sahen uns nach.

Als wir endlich vor dem großen eisernen Tor des Gefängnistrakts angelangt waren und darauf warteten, daß uns geöffnet wurde, sagte der Major, ohne daß ich ihn gefragt hätte: «Ich weiß zwar wirklich nicht, um was es geht, aber soviel ich gehört habe, wird sich die Sache vermutlich bald in Wohlgefallen auflösen.»

Ich sah ihn überrascht an. Er nickte mir aufmunternd zu. Da wurde mir klar, daß seine optimistische Äußerung mir angesichts des düsteren Tores etwas Trost spenden sollte. Ich vermutete, daß der Anstoß dazu lediglich Ausdruck einer momentanen Gefühlswelle war und jeder realistischen Grundlage entbehrte. Obwohl ich dem Major für seine gute Absicht innerlich dankte, befielen mich gleichzeitig heftige Bitterkeit und tiefster Pessimismus. Ich erkannte die Zusammenhänge. Der mächtige Philipp von Coburg bleibt nicht auf halbem Weg stehen. Das entspricht ganz und gar nicht seinem Charakter. Er wird all seinen Einfluß, all seine Verbindungen und all sein Geld rücksichtslos einsetzen, um mich zu vernichten.

Im Arrest hatten mich Inspektionsoffizier Hauptmann Sekulic und sein Stabsprofos Senft übernommen.

Sekulic war nicht nur ein Landsmann von mir, er stammte auch aus derselben Gegend. Ich spürte sofort, daß er trotz seines wenig erfreulichen Postens ein anständiger Mensch war und daß man mit ihm reden konnte. Der einzige schwache Lichtblick dieses elenden Vormittags!

Als erstes wurde ich in meiner Zelle einer peinlich genauen Leibesvisitation unterzogen. Dabei mußte ich mich splitternackt entkleiden. Sekulic entschuldigte sich für die Prozedur. Sie sei nun einmal strenge Vorschrift und ließe sich nicht umgehen. Alle meine Taschen wurden aufs sorgfältigste inspiziert. Selbst das Futter meines Uniformrocks. Es stellte sich heraus, daß ich auch nicht das geringste bei mir hatte, was gegen die Verordnung über Untersuchungshaft für Offiziere verstieß.

Auf Grund früherer Erfahrung hatte ich mich darauf eingerichtet, daß die Konsultation beim Truppenarzt mit all dem üblichen Drum und Dran Stunden dauern würde. Die endlosen Wartezeiten wollte ich nutzen, meine Tagebucheintragungen zu ergänzen. In letzter Minute hatte ich daher am Morgen einen Bleistift und das kleine schwarze Wachstuchheft zu mir gesteckt. Sogar das wurde mir belassen.

Obwohl ich, wie gesagt, alles (einschließlich eines ansehnlichen Betrags Bargeld) behalten durfte, bat ich dennoch, einer plötzlichen Eingebung folgend, den Hauptmann Sekulic, meine Uhr samt Kette und den Brillantring Louise ins Hotel «Prukner» zu bringen mit dem Ersuchen, die beiden Erbstücke meines Vaters für mich zu verwahren. Hinter diesem Wunsch stand nichts als die Absicht, Louise so schnell wie möglich über das Vorgefallene und meinen derzeitigen Aufenthaltsort zu informieren. Wußte sie erst, was passiert war, würde sie Himmel und Hölle in Bewegung setzen, mich zu befreien oder zumindest Kontakt mit mir aufzunehmen, um meine Lage, so gut es ging, zu verbessern.

Mit mühsam unterdrückter Freude konnte ich feststellen, daß mein Trick zu gelingen schien. Die Chance, Ihre Königliche Hoheit, Prinzessin Louise von Sachsen-Coburg und Gotha, die inzwischen zu einer veritablen Berühmtheit avanciert war, womöglich in persona zu sehen oder gar sprechen zu können, beflügelte meinen Landsmann Sekulic offenkundig. Er versprach mir, auf der Stelle ins Hotel «Prukner» zu gehen, um der Prinzessin die Wertgegenstände auszuhändigen. Er überantwortete mich der Obhut des Stabsprofos Senft und eilte davon.

Senft, ein Südtiroler, wie sich herausstellte, harrte geduldig aus, bis ich wieder angezogen war. Dann eröffnete er mir, daß ich als Offizier mir die Zeit nach eigenem Gusto einteilen könnte. Für mich gäbe es keine festen Wach- oder Schlafstunden. Gemäß der Arrestordnung stehe es einem Offizier in Untersuchungshaft auch frei, sich außerhalb der Kaserne zu verpflegen. Nicht, daß ich etwa das Gefängnis während der Mahlzeiten verlassen dürfte, aber ich konnte mir das Essen aus einem beliebigen Speisehaus der Stadt bestellen. Ich müßte es natürlich selbst bezahlen. Ich erklärte sofort, von dieser Vergünstigung Gebrauch machen zu wollen, und händigte dem Profos fürs erste hundert Kronen zur Verrechnung aus. Wir verständigten uns dahin, daß mein Menü vom Budweiser Restaurant in der Passage der Ilica bezogen wird, nachdem mir Senft versichert hatte, daß das Budweiser wie eh und je mit Abstand das beste Etablissement Agrams sei und daß alle hohen Stabsoffiziere des Korps dort zu dinieren pflegten.

Damit war, wie es schien, erst mal das wichtigste erledigt. Unteroffizier Senft grüßte in vorbildlich strammer Haltung (ich bin ja nach wie vor Oberleutnant und sein Vorgesetzter), machte kehrt und ging.

Ich war allein in meiner Zelle. Ich hörte, wie zwei schwere Riegel zugeschoben wurden und der Schlüssel sich im Schloß drehte. Die Schritte des Profos entfernten sich. Es wurde still. Unendlich still.

Ich hatte Zeit, mich in meiner Behausung umzusehen.

Sie ist vier Schritt lang und zwei Schritt breit. Und ungeheuer hoch. Ich schätze vier bis fünf Meter. An der einen Schmalseite liegt die schwere eisenbeschlagene Tür mit dem mächtigen Schloß. In Augenhöhe ist ein ‹Spion›, durch den man vom Gang aus beobachten kann, was in der Zelle vorgeht. Er wird draußen durch eine Klappe verdeckt. Gegenüber der Tür, dicht unter der Decke, so weit oben, daß außer einem Stückchen Himmel auch nicht das geringste zu erspähen ist, gibt es ein schmales vergittertes Fenster. Hier kann selbst in den kühnsten Träumen niemand an Flucht denken.

Das Mobiliar ist wohl für eine Offizierszelle das übliche: ein Feldbett mit ein paar groben Wolldecken, ein schmaler Spind, ein einfacher Tisch, zwei Hocker, eine ursprünglich mal blau emailliert gewesene Waschschüssel, eine dito Wasserkanne, ein Blechbecher, ein Eimer mit Deckel. Beleuchtung scheint man hier zu ignorieren. Weder eine Petroleumlampe noch eine Kerze ist vorhanden. (Von elektrischem Strom ganz zu schweigen.)

Einziger Komfort ist ein an der Tür befestigter eiserner Klopfer, mit dem der Bewohner dieses feudalen Appartements sich immerhin bemerkbar machen kann, falls er der Außenwelt etwas mitzuteilen haben sollte.

Ich war vielleicht eine knappe Viertelstunde mir selbst überlassen, als ich Schritte hörte, die vor meiner Zelle verstummten. Es wurde aufgeschlossen, und Hauptmann Sekulic trat ein.

Sekulic berichtete mir, daß er auf kürzestem Weg ins Hotel Prukner gegangen sei. Die Frau Prinzessin habe er aber trotz redlichen Bemühens leider nicht selbst sprechen können.

«Dann haben Sie meine Sachen sicher der Gräfin Fugger übergeben, Herr Hauptmann?» fragte ich.

«Nein, eine Gräfin Fugger war nicht zugegen. Nicht soweit ich es feststellen konnte.»

«Sondern?» Ich wurde schon etwas unruhig.

«Im Hotel Prukner herrschte ziemliches Durcheinander», fuhr Sekulic fort. «Niemand konnte oder wollte mir eine präzise Auskunft geben, als ich nach Ihrer Königlichen Hoheit fragte. Schließlich verwies man mich an einen Herrn aus Wien.»

«Einen Herrn aus Wien?!» Ich war sofort alarmiert, obwohl ich mir noch keinerlei Vers darauf machen konnte. «Was hat das zu bedeuten, Herr Hauptmann? Ich bitte gehorsamst, spannen Sie mich nicht weiter auf die Folter!»

«Der Herr aus Wien erschien dann auch in kürzester Zeit und stellte sich mir als Regierungsrat Dr. Bachrach vor, Advokat und Bevollmächtigter Seiner Hoheit des Prinzen Philipp von Coburg.»

Ich war wie gelähmt.

Der Hauptmann registrierte meine Bestürzung. «Er machte keinen schlechten Eindruck auf mich, hatte ausgezeichnete Manieren und benahm sich, soweit ich es beurteilen kann, durchaus korrekt. Ich sagte ihm, wer ich sei und erklärte mein Anliegen. Dabei stellte sich heraus, daß er über die Ereignisse des Vormittags ... was Sie betrifft ... völlig im Bilde war. Das ersparte mir zum Glück jede unliebsame Erörterung des Falles.»

Ich fand erst langsam wieder Worte. «Dieser Bachrach ist hier in Agram und weiß über alles Bescheid!» Ich trommelte mir in ohnmächtiger Wut mit der geballten Faust gegen die Stirn, daß mir der Schädel dröhnte. «Jetzt geht mir ein Licht auf!» stöhnte ich. «Ich ahnte ja nicht, wie einfach das ist! Wie lächerlich einfach!»

«Beruhigen Sie sich, Herr Oberleutnant», sagte der Hauptmann. Es war ihm anzumerken, daß er von meiner Reaktion unangenehm berührt war.

Ich nahm mich zusammen, so gut es ging. «Bitte, Herr Hauptmann, haben Sie etwas über die Frau Prinzessin in Erfahrung gebracht? Wo war sie? Wo ist sie? Was hat Bachrach mit ihr angestellt?!»

Sekulic schüttelte den Kopf. «Ich glaube, Sie tun dem Herrn unrecht, Mattachich. Aber ich will mich jetzt darüber nicht weiter auslassen. Sie sind in keiner guten Verfassung.»

«Ich bin schon wieder ganz ruhig, Herr Hauptmann», versicherte ich ihm eilig. «Ich bitte gehorsamst, meine Unbeherrschtheit zu pardonieren. Bedenken Sie meine ungewöhnliche Lage, und sagen Sie mir bitte, was Sie über das Befinden Ihrer Königlichen Hoheit in Erfahrung gebracht haben.»

«Ich weiß leider gar nichts. Überhaupt nichts. Ich konnte den Herrn Regierungsrat ja schlecht fragen. Dazu besaß ich keinerlei Legitimation. Ich sagte ihm lediglich, weshalb ich gekommen sei, worauf er mir in liebenswürdigster Weise erklärte, daß ich Uhr und Ring ohne weiteres ihm übergeben könnte. Dem Wunsch des Eigentümers entsprechend, würden sie zuverlässig der Frau Prinzessin zur Aufbewahrung ausgehändigt werden.»

«Und Sie haben Bachrach das Zeug gegeben?» fragte ich.

«Ja», bestätigte der Hauptmann. «Ich war sicher, damit ganz in Ihrem Sinn zu handeln. Aber wenn ich Sie mir ansehe, Herr Oberleutnant, ärgere ich mich, daß ich mich in die ganze Sache eingelassen habe.»

«Nein, Herr Hauptmann, ich bitte ergebenst um Entschuldigung. Diesmal verstehen wir uns wirklich falsch. Ich bin Ihnen sehr verbunden für das, was Sie getan haben. Aufrichtig verbunden. Es ist anders gelaufen als beabsichtigt. Als es vorauszusehen war. Aber das spielt nicht die geringste Rolle, glauben Sie mir. Was mich im Moment allein beschäftigt, ist dieser Bachrach.»

«Was haben Sie gegen den Mann?»

«Seine Anwesenheit in Agram und speziell im Hotel Prukner läßt nichts Gutes für die Frau Prinzessin erwarten. Das sorgt mich. Das sorgt mich mehr als meine eigene Misere. Viel mehr!»

Hauptmann Sekulic sah mich mißbilligend an. «Ich versteh zwar nicht, worum es im einzelnen geht, Mattachich ... ich will und darf mich auch gar nicht mit Ihnen darüber unterhalten ... aber ich kann natürlich manches ahnen. Wenn Sie einen Rat von mir annehmen wollen: Versuchen Sie, gewisse Dinge völlig abzuschalten. In Ihrem Gehirn, meine ich. Sie werden Ihren Verstand und gute Nerven jetzt sehr brauchen. Mehr als alles andere. Und zwar für sich selbst. Ausschließlich. Damit Sie nicht in eine Maschinerie geraten, die Sie mit Haut und Haar verschlingt. Wenn Sie sich nicht kühl und eisern mit dieser einen Aufgabe ... und zwar ganz allein damit ... beschäftigen, drehen Sie durch. Das geht verdammt schnell. Und dann ist es vorbei. Hier denkt nämlich niemand für Sie. Kein Anwalt, keine Familie, kein Freund, kein Vorgesetzter. Das müssen Sie völlig allein besorgen. Wer sich nicht selber am eigenen Kragen aus der Scheiße herausziehen kann, mit dem ist es vorbei. Deshalb ist es entscheidend, sich allein auf dies akrobatische Kunststück zu konzentrieren. Auf nichts anderes.»

Einen Moment sahen wir uns an. Ich wußte nun endgültig, daß mein Landsmann Sekulic es gut mit mir meint.

«Vielleicht klingt das alles noch etwas Spanisch für Sie, Oberleutnant Mattachich. Nach ein paar Verhören beim Hauptmann-Auditor werden Sie sehr genau kapiert haben, was ich sagen wollte. Ich nehme an, daß man Sie morgen zum ersten Mal einvernehmen wird. Und jetzt: Habe die Ehre!»

Er machte die Andeutung eines Grußes und ließ mich allein.

Es folgte das nun schon beinahe gewohnte Geräusch der Riegel und des Schlosses.

Obwohl es dem Hauptmann durchaus gelungen war, mir eine Ahnung davon zu vermitteln, was mich in meiner neuen Lage erwartet, und ich ihn auch weit besser verstand, als er selbst es anzunehmen schien (schließlich bin ich aktiver Offizier und kenne die Militär-Strafprozeßordnung einigermaßen), so kreisten meine Gedanken weiter einzig und allein um Louise.

Wieso konnte Sekulic nicht zu ihr vordringen, fragte ich mich immer wieder. Und was steckt hinter seiner Feststellung, daß ihm niemand im Hotel Auskunft über Louise geben wollte? Das war doch nur auf Anordnung, auf Druck, auf strikten Befehl von dritter Seite möglich! Als ich heut früh das Hotel verließ, fand ich nicht den geringsten Hinweis, daß sich irgendwas Ungewöhnliches anbahnte.

Was war inzwischen geschehen?!

Bachrach ist natürlich der Schlüssel zu allen Rätseln. Er weiß bestimmt, weshalb ich verhaftet wurde. Er wußte auch, wann und wie es geschehen würde. Er hat sein Attentat gegen Louise auf die Minute danach abgestimmt. Sowie ich das Hotel verlassen hatte, war seine Zeit gekommen. Sie müssen uns schon bei unserer Ankunft in Agram beschattet haben. Natürlich haben sie das.

Aber was ist tatsächlich geschehen?!

Will man die Prinzessin jetzt allen Ernstes wegen der Unterschriftsfälschung belangen? Der Gedanke scheint absurd. Absurd und dennoch nicht von der Hand zu weisen. Dieser Philipp ist nicht mit normalen Maßstäben zu messen. Er ist ein echtes Monstrum. Gewohnt, mit dem Kopf durch die Wand zu gehen. Ich habe sein beleidigendes 100 000-Gulden-Angebot abgelehnt. Vielleicht hab ich damit Louises Urteil gesprochen!

Was passiert mit einer königlichen Prinzessin, die man wegen

Wechselfälschung belangt? Wird sie in Untersuchungshaft gesperrt? Das ist doch kaum vorstellbar. Und was hätte Bachrach dabei zu schaffen? Immer wieder frag ich mich das. Er ist doch weder Polizist noch Staatsanwalt.

Wieso darf Bachrach für Louise irgendwas in Empfang nehmen? Sie haßt den Kerl wie die Pest. Freiwillig würde sie ihm nicht mal gestatten, ihr den Handschuh aufzuheben. Ist sie nicht mehr Herr ihrer Wünsche und Entschlüsse? Geht es ihr wie mir?!

Ich werde verrückt, es dreht sich alles im Kreis: Louise, Bachrach, Philipp – Philipp, Louise, Bachrach!

Und wo zum Teufel ist die Fugger? Sie war angeblich ebensowenig zu sprechen wie die Prinzessin! Aber dafür Herr Doktor Bachrach!

Das ist doch ein Witz! Das ist . . .

Ich weiß nicht, wie lang ich so gegrübelt habe, ohne daß mir auch nur die geringste Erleuchtung gekommen wäre. Ich war in einem Irrgarten und fand nicht hinaus. Immer wieder rannte ich mir den Kopf an oder stand, wo ich schon mehrfach zuvor gestanden hatte.

Ich kam zu mir, als meine Zelle aufgeschlossen wurde. Stabsprofos Senft erschien in der Tür, schlug die Haken zusammen und meldete: «Unteroffizier Senft und Kanonier Trmcik mit dem Mittagessen für den Herrn Oberleutnant!»

In einer hier geradezu märchenhaft luxuriös wirkenden mehrstöckigen Menage (unveräußerliches Eigentum des Budweiser Restaurants in der Ilica) wurde mir ein komplettes Menü vorgesetzt. Kanonier Trmcik hatte dazu in einem Korb das notwendige Geschirr, Serviette und diverses Besteck. Ohne Messer. Stabsprofos Senft entschuldigte sich. Der Braten sei bereits in der Küche des Lokals in mundgerechte Stücke zerlegt worden. Vom Chefkoch persönlich, wie er betonte. Diese Art, das Fleisch zu servieren, ließe sich leider nicht umgehen. An im Arrest einsitzenden Militärpersonen, ganz gleich welchen Dienstgrads, dürften nun mal keine Messer ausgehändigt werden.

Die beiden Soldaten wünschten mir guten Appetit. Wenn ich gegessen hätte, möchte ich es durch Betätigung des eisernen Klopfers melden. Dann salutierten sie abermals und ließen mich allein. Die Tür wurde wieder verschlossen.

Ich aß drei Löffel Suppe. Mehr konnte ich beim besten Willen nicht runterbringen.

Es mochte eine gute Stunde vergangen sein, als ich den Profos den Gang entlangkommen hörte. Ich kannte inzwischen seinen Schritt. Er blieb an meiner Zelle stehen. Am Spion war ein kurzer Lichteinfall zu bemerken, dann wurde es dahinter wieder dunkel. Ich wußte, daß Senft zu mir herein sah.

«Was ist los, Unteroffizier?» rief ich laut.

Jetzt schloß er auf.

«Bitte fragen zu dürfen, ob ich abräumen darf, Herr Oberleutnant?»

«Ja, bringen Sie das Zeug weg», sagte ich.

Senft trat ein.

Er hob mißbilligend die verschiedenen Einsatzschüsseln und blickte hinein. «Mein Gott, Herr Oberleutnant, das schöne Essen!» entfuhr es ihm. «Das nimmt man mir doch nicht zurück! Es muß auf den Heller bezahlt werden!»

«Ich kann's nicht ändern, Senft. Ich hab keinen Appetit.»

Der Profos sah mich an und überlegte einen Moment. «Wo's doch eh bezahlt werden muß, nehm ich's mit zu mir auf die Stube», sagte er dann. «Wenn's dem Herrn Oberleutnant recht ist, versteht sich!»

«Natürlich ist mir's recht», antwortete ich und lachte zum ersten Mal an diesem Tag.

«Nicht für mich, Herr Oberleutnant. I bewahre. Ich hab einen Kameraden, den Unteroffizier Nagy aus Stuhlweißenburg. Er ist Futtermeister. Aber ich sag Ihnen, Herr Oberleutnant, der ist nicht Futter-, sondern Freßmeister! Ich hab nie einen Menschen gesehen, der solche Portionen verschlingt wie der. Die armen Eltern, die den aufziehen mußten! Die Armee müßte glatt zusperren, wenn alle Soldaten so gefräßig sein möchten. Das könnte Seine Majestät, Unser Allergnädigster Herr und Kaiser unmöglich bezahlen!»

«Grüßen Sie den Unteroffizier Nagy und sagen Sie ihm, er soll es sich besonders gut schmecken lassen!»

«Danke, Herr Oberleutnant, das wird ihn sehr freuen.»

Senft räumte die Sachen zusammen.

«Mein Kamerad ist außergewöhnlich fromm», glaubte der Profos mir noch mitteilen zu müssen, bevor er mich wieder einsperrte. «Abends betet er regelmäßig, und jeden Sonntag rennt er zur Kirche. Er wird den Herrn Oberleutnant sicherlich ins Gebet einschließen!»

«Das könnte nicht schaden», sagte ich.

Dann war ich wieder mir selbst und dem ungewissen Schicksal überlassen.

Meine Zelle liegt in der dritten Etage eines vierstöckigen massiven Gebäudes. Wände und Decken müssen enorm stark sein, denn ich kann keinerlei Geräusch von nebenan, von über oder unter mir vernehmen. Vom Hof herauf dringt ab und zu ein militärisches Kommando. Aber es klingt wie aus weiter Ferne. Die einzig vernehmbaren Laute kommen vom Gang her durch die Tür. Deshalb weiß ich inzwischen, daß beide Nachbarzellen rechts und links ebenfalls belegt sind. Ich hör, wenn dort auf- und zugeschlossen wird. Und wenn der Profos und seine Gehilfen ihre Meldungen runterleiern. Demnach müssen es auch Offiziere sein, die dort einsitzen. Es würde mich interessieren, ob die wissen, weshalb. Oder ob man sie auch so bodenlos infam behandelt wie mich.

Das Nachtmahl bestand aus Wurst, Käse, Brot und Tee. Alles auf meine Rechnung besorgt. Es wurde mir vom Kanonier Trmcik gebracht.

Danach machte ich etwas Toilette. Wie primitiv das hier zugeht, will ich dem Papier lieber nicht anvertrauen.

Es war noch hell draußen, als ich mich auf der Pritsche ausstreckte. Ich wunderte mich, wie erschöpft und müde ich mit einem Mal war.

Kurz darauf muß ich eingeschlafen sein.

Hauptmann-Auditor von Karapancsa ist nicht mein Mann. Wir werden es schwer miteinander haben. Das heißt, ich werd es schwer mit ihm haben. Denn unsere Lage ist so ungleich, wie sie nicht ungleicher sein könnte. Er bestimmt den Ton, zu dem er mich ganz nach seinem Gusto tanzen lassen kann. Wenn ich mir vergegenwärtige, welche entscheidende Bedeutung und Machtfülle ihm, ganz allein ihm zufällt, falls es im Zusammenhang mit meiner Festnahme tatsächlich zu einem Militärgerichtsverfahren kommen sollte, kann ich mich schon im voraus beerdigen lassen.

Gleich nachdem die üblichen Formalitäten abgewickelt waren, sind wir aneinandergeraten.

«Sie wissen natürlich, weshalb man Sie eingesperrt hat, Herr Oberleutnant. Wollen Sie sich zu dem Fall äußern?» eröffnete der Auditor die eigentliche Befragung.

«Ich weiß überhaupt nichts! Ich habe nicht die geringste Ahnung, Herr Hauptmann! Ich finde das ganze Vorgehen gegen mich empörend!» antwortete ich leidenschaftlich und in gerechter Erregung.

«Ich habe Ihre Conduite hier vor mir!» Er deutete auf eine Akte. «Spielen Sie also nicht die Unschuld vom Lande, Mattachich», gab er mit eisiger Kälte zurück. «Einem Mann wie Ihnen liegt die Rolle nicht. Und vor allem, befleißigen Sie sich eines anderen Tons. Sonst kommen wir schlecht miteinander aus. Was ich aufrichtig bedauern müßte!» Ich konnte seinen Zynismus nicht überhören.

Damit war das Klima bereits weitgehend festgelegt, in dem sich unsere Begegnung abspielen sollte.

So hatte es begonnen: Am Morgen nach meiner ersten Nacht im Gefängnis informierte mich Hauptmann Sekulic, daß ich am Nachmittag dem Auditor vorgeführt würde. Ich war über diese Eröffnung sehr glücklich. Ich erhoffte mir von dem Zusammentreffen mit dem für mich zuständigen Offizier des Garnisonsgerichts nicht nur Auskunft über den Grund meiner Arrestation, sondern insgeheim auch seine Aufklärung als ein Versehen, einen bedauerlichen Irrtum. Ich hielt es keineswegs für ausgeschlossen, daß ich bereits nach diesem ersten Gespräch wieder ein freier Mensch sein würde.

Der Gedanke beflügelte mich, so daß der Vormittag schnell verging und ich mir das Mittagessen schmecken ließ.

Stabsprofos Senft hatte sich in seine beste Uniform geworfen, als er mich am frühen Nachmittag, kurz vor zwei Uhr, abholte. Er führte mich hinunter in sein Dienstzimmer, wo ein Unteroffizier von der Wache und ein Soldat mit aufgepflanztem Seitengewehr darauf warteten, mich in ihre Obhut zu nehmen.

«Unteroffizier Weidlinger und Gefreiter Sedlacek!» meldete mir der Unteroffizier, während beide strammstanden. «Ich habe Auftrag, den Herrn Oberleutnant zu Herrn Hauptmann-Auditor von Karapancsa ins Garnisonsgericht zu begleiten. Ich bitte den Herrn Oberleutnant, sich mir anschließen zu wollen!»

Abermals bot ich ein höchst auffälliges Schauspiel, wie ich, den Wach-Unteroffizier zur Linken, den Gefreiten mit aufgepflanztem Seitengewehr drei Schritt hinter mir, über das Kasernengelände geführt wurde.

Der Gedanke, so durch die Stadt ziehen zu müssen, war nicht erfreulich. Der Anblick gaffender Zivilisten mußte noch schwerer zu ertragen sein als der der Soldaten. Es stellte sich jedoch heraus, daß das Gerichtsgebäude zwar am äußersten Ende, aber doch innerhalb des Kasernenareals lag. So beschränkte sich die Darbietung unserer Dreiergruppe lediglich auf Militärpersonen.

Das Garnisonsgericht war ein zweistöckiger neuer Backsteinbau, der äußerlich wohltuend gegen die tristen alten Gemäuer ringsum abstach.

Ich wurde von meinen Begleitern direkt ins Vorzimmer des zuständigen Auditors geführt. Ein Schreiber verschwand für einen Augenblick im Nebenraum, dann öffnete er weit die Tür. Wir traten ein.

An einem großen Tisch saßen drei Offiziere. In der Mitte ein Hauptmann, rechts und links Leutnants.

Auf dem Tisch lagen Papiere und Akten. An der Wand hinter dem Hauptmann hing ein Kruzifix, unmittelbar daneben ein Bild Kaiser Franz Josephs. Es war wesentlich größer als der Gekreuzigte.

Die Leutnants hatten sich von ihren Plätzen erhoben, der Hauptmann war sitzengeblieben.

Meine beiden Bewacher standen stramm. Auch ich nahm militärische Haltung an.

«Unteroffizier Weidlinger und der Gefreite Sedlacek wie befohlen mit dem Herrn Oberleutnant Graf von Mattachich!» meldete der Wachhabende.

Der Hauptmann dankte, worauf meine Eskorte abermals grüßte und dann aus dem Raum marschierte. Mit Ausnahme meiner Person war das Ritual allen Beteiligten sichtlich hinreichend geläufig.

«Nehmen Sie Platz, Herr Oberleutnant», sagte der Hauptmann. Er zeigte auf einen Stuhl, der vor dem langgestreckten Tisch stand.

Ich dankte und setzte mich. Auch die Leutnants nahmen wieder Platz.

«Dies ist das Garnisonsgericht Agram, vor dem Sie hier erschienen sind, Herr Oberleutnant», begann der Hauptmann. «Ihr Fall wurde mir übertragen. Ich bin Hauptmann-Auditor von Karapancsa.» Er sah jetzt zu dem links von ihm Sitzenden. «Leutnant Anzi, mein Auditor-Gehilfe!»

Anzi nickte mir zu.

Der Hauptmann wandte den Kopf nach rechts. «Leutnant Joost», stellte er vor, «der Protokollführer!»

Auch Joost nickte kurz.

Karapancsa ist ein großer, schlanker Mann, ein eleganter, schneidiger Typ, sicher, gewandt und offensichtlich auch beredt. Dem Tonfall und der Erscheinung nach dürfte er ungarischer Abstammung sein, dachte ich. Der Name läßt einen türkischen Ahnen vermuten, der sich vor ein paar hundert Jahren in Ungarn niedergelassen haben könnte. Das ungarisch-kroatische Verhältnis innerhalb der k. und k. Monarchie ist seit eh und je nicht das beste. Dies bedeutet nicht, daß sich Landsleute von mir und einzelne Ungarn nicht oft ausgezeichnet verstehen. Aber im allgemeinen existiert doch eine latente unterschwellige Animosität zwischen uns. Sie kam mir augenblicklich ins Bewußtsein, als ich dem Auditor gegenübersaß. Er (wie übrigens auch sein Gehilfe Leutnant Anzi) trägt die Uniform der Militärrichter. Ich schätze Karapancsa auf Mitte Dreißig, was besagt, daß er eine blendende Karriere hinter sich haben muß, wenn er's in dem Alter bereits zum Hauptmann-Auditor gebracht hat. Vor Karrieristen jeglicher Couleur muß man sich beim Militär in acht nehmen!

Die beiden Leutnants sind um die Fünfundzwanzig. Anzi, ein kleiner drahtiger Bursche mit gewelltem schwarzem Haar, dürfte Italiener sein. Joost, der Protokollführer, ist Husar, also kein Jurist, und wohl zu der augenblicklichen Aufgabe nur vorübergehend von seinem Truppenteil abkommandiert. Er macht von allen dreien den sympathischsten Eindruck. Ein typischer Reiteroffizier. Wo er zu Haus ist, konnte ich noch nicht feststellen, da er bisher (wie übrigens auch Anzi) nicht den Mund aufgemacht hat.

Nach dem anfänglichen kurzen Renkontre zwischen Hauptmann Karapancsa und mir bemühten wir uns beide, zunächst auch mit gewissem Erfolg, um einen halbwegs höflichen Ton.

«Wenn Sie bei der Behauptung bleiben, nichts über den Grund Ihrer Verhaftung zu wissen», nahm der Auditor den Faden wieder auf, nachdem er sich davon überzeugt hatte, daß unser erster Zusammenstoß von Leutnant Joost gewissenhaft protokolliert worden war, «sage ich Ihnen selbstverständlich gern, was gegen Sie vorliegt.»

«Ich bitte darum, Herr Hauptmann!»

«Gemäß einer beim Wiener Landesgericht anhängigen Voruntersuchung sind Sie in hohem Maß verdächtig, einen Wechsel gefälscht zu haben.»

«Ich?!» entfuhr es mir.

«Ich denke, ich habe mich einigermaßen deutlich ausgedrückt, Herr Oberleutnant», antwortete der Auditor. «Bei der Fälschung soll es sich um die Unterschriften Ihrer Kaiserlichen Hoheit der Frau Kronprinzessin-Witwe Stephanie und deren Schwester, der Frau Prinzessin Louise von Sachsen-Coburg, handeln. Letztere ist Ihnen ja wohl recht gut bekannt. Oder etwa nicht?»

«Ich habe also den Wechsel gefälscht!» sagte ich. Im selben Moment wurde mir klar, was für eine Intrige meine Feinde gesponnen hatten. *Ich* hatte Stephanies Unterschrift gefälscht! Und die von Louise gleich noch dazu! Das ist ein satanisches Meisterstück, das seinesgleichen sucht. Aber ich wurde der Flut der auf mich einstürzenden Gedanken auf der Stelle wieder entrissen.

«Aus Ihrer Äußerung muß ich schließen, daß Sie zumindest wissen, um welchen Wechsel es sich handelt, Herr Oberleutnant.» Der Auditor sah mich eine Sekunde an, dann sagte er: «Wollen Sie nicht auch gleich zugeben, die betreffenden Unterschriften selbst vollzogen zu haben?!»

«Ich will überhaupt nichts zugeben, Herr Hauptmann!» Ich war schon wieder heftig geworden. Schnell fügte ich in verbindlicherem Ton hinzu: «Weil ich ganz einfach nichts zuzugeben habe.»

«Ich habe also den Wechsel gefälscht! Das sagten Sie doch eben?»

«Jawohl.»

«*Den* Wechsel! Demnach wissen Sie, um welchen Wechsel es geht.»

«Ich kann es mir denken», antwortete ich vorsichtig.

«Schön.» Als Leutnant Joost von seinen Notizen aufsah, fuhr Karapancsa fort: «Sagen Sie uns jetzt bitte, wer Ihrer Meinung nach das Akzept unterschrieben hat.»

Es blieb mir keine Zeit zum Überlegen. Ich brauchte sie auch gar nicht. Ohne zu zögern, sagte ich: «Die Prinzessin Louise und die Kronprinzessin-Witwe Stephanie natürlich. Niemand sonst. Alles andere sind Hirngespinste!»

Der Hauptmann sah mich skeptisch an. Es war unschwer zu erkennen, daß er meine Worte aufs äußerste bezweifelte. «Hirngespinste?» wiederholte er. «Glauben Sie das wirklich, Mattachich?»

«Nein, vermutlich sind es keine Hirngespinste», revidierte ich mich.

«Aha!»

«Vermutlich ist es ganz einfach ein krimineller Anschlag gegen mich, der dahintersteckt. Darf ich gehorsamst darum bitten, mir mitzuteilen, wie das Wiener Landesgericht den Verdacht im einzelnen begründet, Herr Hauptmann.

Zum ersten Mal schien mir der Auditor etwas unsicher. Ich bemerkte, wie er kurz zu seinem Gehilfen Anzi sah und einen Moment zögerte, ehe seine Antwort kam. «Ich habe in der Sache noch keinen direkten Kontakt mit Wien», sagte er.

Wieder entstand eine Pause. Länger als die vorige. Es war still im Raum. Man hätte eine Nadel fallen hören.

«Darf ich gehorsamst um Auskunft bitten, Herr Hauptmann, woraufhin ich in Arrest genommen wurde, wenn nicht auf ein offizielles amtliches Ersuchen der Wiener Staatsanwaltschaft?» fragte ich.

«Selbstverständlich dürfen Sie das», antwortete Karapancsa eine Idee zu forsch. «Regierungsrat Dr. Bachrach, ein Advokat, der sich als bevollmächtigter Vertreter Seiner Hoheit des Prinzen von Coburg ausgewiesen hat, erstattete die Anzeige. Er hat vor dem Garnisonsgericht glaubhaft versichert, daß wir in aller Kürze mit einem Ihre Person betreffenden Festnahmeersuchen seitens der Wiener Strafverfolgungsbehörde rechnen können. Die Ermittlungen, an denen insbesondere auch das Obersthofmarschallamt allergrößtes Interesse hätte, seien praktisch bereits abgeschlossen.»

«Sagt Herr Doktor Bachrach!» Ich mußte trotz des grausigen Ernstes der Situation lachen.

«Das Garnisonsgericht Agram hat keine Veranlassung, an den Bekundungen des Regierungsrats zu zweifeln. Bevor das Gericht aber tätig wurde, hat es vorsorglich die Meinung seines obersten Gerichtsherrn, des kommandierenden Generals von Bechtolsheim, eingeholt. Er hat das Vorgehen gegen Sie ausdrücklich befürwortet.»

«Wenn es der Herr General befürwortet hat, ist ja alles gut», sagte ich, ohne mir Mühe zu geben, die Ironie zu verbergen. Ich war nicht mehr imstande, mein Aufbegehren zu kaschieren. «Ich spreche jetzt bewußt nicht vom Inhalt der gegen mich gerichteten Anzeige, Herr Hauptmann. Sie entbehrt jeder Grundlage. Ich spreche von diesem Doktor Bachrach! Von ihm selber. Meines Wissens ist er weder Polizist noch Staatsanwalt. Auch nicht Untersuchungsrichter. Er ist der Repräsentant meines erklärten Feindes. Nichts weiter. Wie kann das Gericht, ein kaiserlich-königliches Garnisonsgericht, tätig werden auf den bloßen Wunsch eines beliebigen Zivilisten hin? Ohne daß dieser Mann Beweise oder zumindest hieb- und stichfeste Unterlagen vorzulegen braucht?»

«Das müssen Sie schon uns überlassen, Herr Oberleutnant!» fuhr mich Karapancsa barsch an.

«Herr Hauptmann», nun wurde ich so laut, daß er mich schwerlich gewähren lassen konnte. «Hier handelt es sich meiner bescheidenen Meinung nach nicht um die Ahndung eines Verbrechens, sondern ganz einfach um die Beseitigung des Geza von Mattachich!»

Der Auditor stand von seinem Stuhl auf. Auch die Leutnants und ich erhoben uns sofort.

«Sie waren zu lang vom Dienst beurlaubt, Mattachich», sagte der Hauptmann fast leise. «Ich werde Sie einige Tage sich selbst überlassen. Ich hoffe, daß Sie zu sich finden und sich hier dann entsprechend zu benehmen wissen.» Daraufhin rief er laut: «Wache!»

Die Tür zum Vorzimmer wurde geöffnet, Unteroffizier Weidlinger erschien. «Zu Befehl, Herr Hauptmann!»

«Führen Sie den Herrn Oberleutnant Mattachich zurück in den Arrest!»

«Zu Befehl, Herr Hauptmann!»

Weidlinger trat neben mich. «Ich bitte den Herrn Oberleutnant, mir folgen zu wollen!»

Ich rührte mich nicht.

Der Unteroffizier sah mich erstaunt an. Dann suchte er beim Auditor Hilfe.

«Ich bitte gehorsamst, eine letzte Frage stellen zu dürfen, Herr Hauptmann!» sagte ich mit fester Stimme.

«Was soll das, Mattachich?» fragte der Auditor entgeistert.

Ich nahm das, obwohl es beileibe nicht so zu verstehen war, als Zustimmung. «Ich bitte gehorsamst, mir mitteilen zu wollen, was aus Ihrer Königlichen Hoheit der Frau Prinzessin Louise von Coburg geworden ist, in deren Begleitung ich vor zwei Tagen hierher nach Agram gekommen bin.»

Karapancsa überlegte einen Moment. Dann zündete er sich in aller Ruhe eine Zigarette an, machte ein paar Züge und lächelte mir freundlich zu. Er hatte alle Trümpfe in der Hand. Das wußte er und nutzte es brutal aus. «Ihre Königliche Hoheit ist gestern mittag im Extrazug nach Wien abgereist. In Begleitung ihrer Hofdame. Und falls es Sie interessiert: auch in Begleitung des von Ihnen so geschätzten Doktor Bachrach!»

Ich weiß nicht, wie ich in die Zelle zurückgekommen bin. Ich muß mich völlig mechanisch wie eine seelenlose Maschine fortbewegt haben. Mit leerem Gehirn. Unfähig, noch etwas von dem aufzunehmen, was um mich herum geschah.

Ich weiß auch nicht, wie lang ich auf meinem Feldbett gelegen haben mochte. Als sich allmählich ein entferntes Gefühl für die tatsächliche Situation, in der ich mich befand, einstellte, war es um mich herum dunkel.

Ich sah zum Zellenfenster hinauf. Es war Nacht. Ich fror.

Wie ich war, ich hatte noch Uniform und Reitstiefel an, kroch ich unter die Decken. Mir wurde wärmer, und ich zwang mich dazu, Ordnung in meinen schmerzenden Kopf zu bringen.

Louise war also ins Palais Coburg nach Wien zurückgekehrt. Sogar im standesgemäßen Extrazug! Was der Herr Hauptmann-Auditor nicht zu erwähnen vergaß. Und ich sitz im Gefängnis und wart auf einen Prozeß wegen Wechselfälschung. Die ich nicht begangen habe! Nachdem es sich bei den fraglichen Signaturen um solche von Mitgliedern der allerhöchsten Hofgesellschaft handelt, wird man mir schon ein paar Jährchen mehr aufbrummen als dem leichtsinnigen Leutnant Jubelsky, von dem ich Louise in Nizza erzählt hab.

Meine Louise!

Jetzt ist doch geschehen, was sie nie für möglich halten wollte: Sie hat vor ihrem Gemahl kapituliert und ist ihrem geliebten Geza auf und davon. Während der ihretwegen eingesperrt ist.

Nein, verkehrt. Halt! Nicht *während*, sondern *weil* er eingesperrt ist! Der Gewaltakt gegen mich war die Voraussetzung dafür, sie von mir trennen zu können. Erst mußte ich beseitigt sein, bevor sich Bachrach der Gattin seines ‹hohen› Klienten bemächtigen und sie ihm wieder zuführen konnte.

Das ist das Ende. Es wäre närrisch, sich jetzt noch was vorzumachen. Wieder unter der Zucht ihres Gemahls und im Schoß der Familie, ohne Verbindung, ohne Nachricht von mir, wird Louise resignieren.

Es hat keinen Sinn, sich in die eigene Tasche zu lügen: Das ist unwiderruflich das Ende!

Ich blättre in meinem Tagebuch.

Eine wehmütige Beschäftigung. Ich suche die Eintragung nach unserer ersten Nacht. Wo ich, noch die Walzer der Redoute im Ohr, über den Balkon direkt zu ihr ins Bett gestiegen war.

Hier hab ich's: ‹Alles riskiert und alles gewonnen. Die Frau ist es wert, daß man sich ihretwegen den Hals bricht.›

Heut füg' ich hinzu: Alles riskiert und den Hals gebrochen!

L

Im Juni 1898. Es gibt keinen Spiegel in meinem Raum. Aber wenn ich das Fenster öffne, sehe ich mich in der Scheibe. Meine Augen sind verquollen vom Weinen. Der Anblick ist unerträglich, obwohl die Fensterscheibe gnädiger zu mir ist, als es ein echter Spiegel wäre.

Das einzig Tröstliche in meiner Umgebung sind die schönen grünen Bäume draußen. Nur wird mir die Aussicht durch die eisernen Gitterstäbe vergällt, die mich von ihnen trennen.

Jeden Vormittag geht ein alter Mann, auf einen Stock gestützt, unter meinem Fenster vorbei. Er schüttelt ununterbrochen den Kopf. Ich frage mich, ob ein Leiden dieses Kopfschütteln verursacht oder ob er nicht einfach nur immer: ‹Nein! Nein! Nein!› zu allem sagen will, was mit ihm und um ihn vorgeht. Ich möchte es auch. Ich möchte immerzu schreien: Nein! Nein! Nein!

Aber ich schreie nicht. Ich benehme mich normal. Sehr, sehr normal.

Ob Geza den Brief bekommen hat, den ich ihm in Agram schrieb? Oder ob er für immer in den Taschen des Doktor Bachrach verschwunden ist, dieses Teufels in Menschengestalt?

Was wäre geschehen, wenn ich ihn mit der Pistole erschossen hätte, die unter dem Kopfkissen lag und die Geza nicht mitnehmen wollte, als er zur Untersuchung ging? Oder hätte ich mich selbst erschießen sollen? Nein! Nein! Nein! Damit hätte ich es ihnen zu leichtgemacht!

Ich kann nicht mehr schlafen. Sowie es dunkel ist, kommen mir die Bilder des letzten Morgens in Agram wieder in Erinnerung.

Ich sehe, wie sich die Tür hinter Geza schließt und ich allein bin, allein in einem abscheulichen Bett, in einem häßlichen Hotelzimmer. Aber die Einsamkeit war Gnade gegen das, was dann kam.

Ich lag weinend in den Kissen, da wurde die Tür geöffnet. Einfach geöffnet. Drei Männer betraten den Raum, von denen ich einen kannte: Bachrach.

Ich setzte mich auf und schrie: «Marie! Hilfe! Marie!»

Während Bachrach rief: «Schreien Sie nicht so laut! Seien Sie still!» kam die Fugger schon ins Zimmer gestürzt.

«Was ist hier los?» fragte sie die Männer, und ich hätte sie nie eines so resoluten Tons für fähig gehalten.

«Wir kommen, die Frau Prinzessin abzuholen», entgegnete Bachrach. «Königliche Hoheit fährt noch heute mit uns nach Wien!»

Obwohl ich mir, im Bett sitzend, die Decke bis an den Hals gezogen, unglaublich benachteiligt und lächerlich vorkam, schrie ich: «Wo ist Graf Mattachich?» und befahl der Fugger, sofort nach ihm zu schicken.

«Das hat keinen Sinn, Königliche Hoheit», sagte Bachrach. «Der Graf befindet sich unter Arrest.»

Marie Fugger warf mir einen erschreckten Blick zu.

Mit aller Energie, die ich aufbringen konnte, fragte ich, wie man es wagen könne, meinen Kammerherren zu verhaften! Was man ihm denn vorzuwerfen habe?!

«Darüber brauchen sich Königliche Hoheit nicht den Kopf zu zerbrechen! Das überlassen Sie den Militärrichtern. Die wissen, was sie tun!»

Als ich keine Ruhe gab und weiter darauf bestand, den Grund für seine Arretierung zu erfahren, sagte der Regierungsrat, es handle sich um den Verdacht der Wechselfälschung.

Darauf war ich überhaupt nicht vorbereitet. Es traf mich wie ein Blitzschlag. Geza und ich waren beide der festen Meinung gewesen, die Wechselaffäre sei beigelegt. Ich starrte stumm vor mich hin.

Der Advokat sagte: «Stehen Sie auf, Frau Prinzessin! Ihr Zug wartet!»

Ich schüttelte den Kopf. Genau wie der alte Mann unten im Garten. Ich versuchte an zwei Dinge auf einmal zu denken: Geza verhaftet wegen Wechselfälschung – und ich soll nach Wien mit diesem fürchterlichen Bachrach. Beides vermischte sich in meinem Gehirn, so daß ich gar nichts mehr begriff.

«Beeilen Sie sich, Frau Prinzessin!»

Um überhaupt etwas zu sagen, fragte ich, was ich denn in Wien solle? Was er mit mir vorhabe?

«Sie werden in die Arme Ihres Herrn Gemahls zurückkehren.»

Nichts steht so unabänderlich fest für mich, wie daß ich niemals mehr das Palais Coburg betrete. Ich sagte ihm das mit großer Bestimmtheit.

Dr. Bachrach warf einem der beiden Männer einen bedeutungsvollen Blick zu. «Dann schlage ich vor, daß Hoheit vorerst Aufenthalt in einem Sanatorium nehmen.»

«Solange Graf Mattachich sich in Haft befindet, werde ich Agram nicht verlassen», sagte ich entschlossen.

Darauf ging Bachrach nicht ein. Er entschuldigte sich nunmehr mit unüberhörbarem Sarkasmus bei mir, weil er vergessen hätte, seine Begleiter vorzustellen. Der eine, dem er den bedeutungsvollen Blick zugeworfen hatte, sei der Gerichtsarzt Dr. Hinterstoisser aus Wien (Gerichtsarzt!), der andere der Polizeichef von Agram. Er nannte auch den Namen, aber ich verstand ihn schon nicht mehr, da mich die Überlegung beschäftigte, was ein Polizist und ein Arzt hier zu suchen hätten.

«Der Herr Polizeichef hat Hilfe parat», warnte Bachrach. «Wenn Sie sich weigern sollten, werden wir Sie leider auf etwas unhöfliche Art zum Bahnhof transportieren müssen!»

Jetzt griff die Fugger ein. Es sei mir nicht zuzumuten, mich mit den Herren auseinanderzusetzen, während ich noch im Bett läge. Sie möchten das Zimmer verlassen, damit ich aufstehen könnte.

Der Arzt und auch der Polizeichef wandten sich der Tür zu, aber Bachrach hielt sie zurück. Zu seinem Bedauern müsse ich mich in Gegenwart meiner Besucher ankleiden, da mir Flucht oder Selbstmord zuzumuten seien. Obwohl ich mich ehrenwörtlich verpflichtete, weder das eine noch das andere zu versuchen, beharrte er auf seiner Forderung und ließ sich auch nicht durch scharfe Vorwürfe der Fugger davon abbringen.

Ich bat die Gräfin, meine Zofen zu rufen.

Als Ilona und Antonia eingetreten waren, erklärte ich ihnen, daß ich mich ankleiden möchte, die drei Herren sich aber weigerten, das

Zimmer zu verlassen. Dies beweise, daß sie keinerlei Anstand und Respekt besäßen. Es bliebe mir also nichts anderes übrig, als ihre Gegenwart zu ignorieren. Ich bat die Zofen, dasselbe zu tun. Damit schlug ich die Bettdecke zurück.

Jetzt hielt es Bachrach doch für angezeigt, mir den Rücken zuzuwenden, und die beiden anderen folgten seinem Beispiel.

Ich weiß heute noch nicht, woher ich den Mut nahm, so zu handeln. Ich war von dem Wunsch besessen, Zeit zu gewinnen. Als ob Zeit noch hätte helfen können!

Nachdem ich frisiert und angekleidet war, fragte ich Marie: «Haben Sie schon gefrühstückt, Gräfin?»

Sie verneinte.

Ich trug Antonia auf, Frühstück für mich und die Gräfin zu bestellen.

Sowie die Kammerfrauen das Zimmer verlassen hatten, wandte sich Bachrach ärgerlich zu mir um. «Was soll dieser Unsinn, Hoheit! Es ist spät! Wir müssen uns beeilen!»

Ich tat, als ob ich nicht gehört hätte, nahm ruhig am Tisch Platz und bedeutete der Fugger, sich ebenfalls zu setzen.

Während ich versuchte, meine Gedanken zu ordnen, beobachtete ich den Regierungsrat, wie er Laden und Schränke öffnete, das Bett durchsuchte und unter dem Kissen Gezas Pistole fand. Er hob sie triumphierend hoch und sagte zu seinen Begleitern: «Sehen Sie, wie richtig es war, die Frau Prinzessin nicht allein zu lassen?»

Jetzt hatte ich mich endlich dazu durchgerungen, das zu sagen, was ich gleich hätte sagen sollen. Aber bevor ich den Mund öffnen konnte, traten zwei Kellner ein, deckten umständlich den Tisch, brachten Brot, Butter, Gelee, Kaffee und verschwanden dann wieder. Die Fugger goß mir ein.

Ich schob die Tasse unberührt zurück und wandte mich an den Polizeichef von Agram. «Ich möchte ein Geständnis ablegen», sagte ich mit fester Stimme. «*Ich* habe den Wechsel unterschrieben!»

«Sie wissen doch gar nicht, um welchen Wechsel es sich handelt!» unterbrach mich Bachrach ärgerlich.

«Ich habe die Unterschrift meiner Schwester, der Kronprinzessin-Witwe, gefälscht!»

Die Fugger starrte mich entgeistert an.

«Lassen Sie Graf Mattachich frei», fuhr ich fort. «Ich bin bereit, meine Aussage vor jedem Gericht zu wiederholen.»

Geza hat es mal wieder besser gewußt, dachte ich. Man kann tatsächlich eine Königstochter vor Gericht stellen. Genau wie den Regimentskameraden, von dem er erzählte, der die Unterschrift seines Onkels gefälscht hatte. Ich freute mich fast ein bißchen, daß Geza recht behielt.

Meine Besucher schwiegen.

Ich stand auf und ging auf den Polizeichef zu. «Kommen Sie!» sagte ich.

Der Mann blieb unbewegt stehen.

Dr. Bachrach räusperte sich. «Es ist genau das passiert, was ich Ihnen prophezeit habe», sagte er dann zu dem Gerichtsarzt. «Ich hätte wetten mögen, daß die Frau Prinzessin versuchen wird, die Schuld auf sich zu nehmen. Sie ist völlig unter dem Einfluß dieses Kerls!»

Jetzt verlor ich die Fassung. Nur auf kurze Zeit. Aber jede Nacht, wenn ich über alles nachdenke, mache ich mir deshalb Vorwürfe. Ich verbat mir Bachrachs unverschämten Ton auf das energischste, verlangte, daß er sich respektvoll an die vorgeschriebenen Formen halte, hämmerte mit den Fäusten auf den Tisch und erklärte wieder und wieder, daß Geza unschuldig sei und ich statt seiner verhaftet werden müsse.

Als ich die mich kalt beobachtenden Augen der drei Männer sah, wurde mir klar, daß alles vergebens war. Ich fühlte Tränen aufsteigen. Da ich um nichts in der Welt in ihrer Gegenwart weinen wollte, schwieg ich und setzte mich wieder an den Tisch. Ich versuchte, einen Schluck Kaffee zu trinken.

Die Fugger legte tröstend ihre Hand auf meine. Ich erkannte so viel Mitgefühl in ihrem Gesicht, daß mir richtig warm zumut wurde.

«Was soll ich tun, Marie?» fragte ich leise.

Aber nicht leise genug, denn Bachrach antwortete: «Seien Sie vernünftig, Königliche Hoheit! Kommen Sie ohne viel Aufhebens mit. Sie wollen doch nicht hier im Hotel einen Eklat verursachen!»

Die Fugger nickte mir ermutigend zu und sagte: «Es wird uns nichts anderes übrigbleiben!»

Ich wollte nicht so schnell nachgeben. Auf keinen Fall! Ich mußte irgend etwas erreichen, bevor ich nachgab.

«Ich stelle zwei Bedingungen», sagte ich und blickte Bachrach scharf an. «Bedingung eins: Sie versprechen bei allem, was Ihnen heilig ist (Als ob ihm etwas heilig wäre!), daß ich weder das Palais in der Seilerstätte betreten muß, noch daß mir Prinz Coburg je unter die Augen kommt. Ich wünsche, ihn nie wieder zu sehen!»

«Ehrenwort, Ehrenwort, Hoheit! Aber nun wird's höchste Zeit!»

«Die zweite Bedingung, Herr Doktor! Ich möchte Graf Mattachich ein paar Zeilen schreiben und verlange, daß sie ihm noch heute ausgehändigt werden.» Ich hielt ein und wandte mich schnell an den Polizeichef. «Vielleicht sollte ich lieber Sie mit dieser Aufgabe betrauen!»

Doch schon beteuerte Bachrach, daß er die Zustellung persönlich garantiere. «Aber bitte, überlegen Sie noch einmal genau, Königliche Hoheit», sagte er dann, «ob es mit Ihrer hohen Stellung vereinbar ist, diesem Menschen zu schreiben. Ob Sie sich dadurch nicht kompromittieren! Bedenken Sie, Mattachich befindet sich unter Arrest!»

«Ich brauche keine Belehrung, Herr Doktor», sagte ich kühl und bat die Fugger, mir Papier und Feder zu bringen.

«Dies ist mein Geständnis!» schrieb ich. «Hiermit erkläre ich an Eides Statt, daß ich den bewußten Wechsel unterschrieben und eigenhändig die Signatur meiner Schwester, der Kronprinzessin-Witwe Stephanie, daruntergesetzt habe.» Dann zeichnete ich mit vollem Namen und Titel und fügte als Nachschrift hinzu: «Machen Sie Gebrauch von diesen Zeilen, lieber Graf. Ich würde es als sehr schmerzlich empfinden, wenn Sie meinetwegen schuldlos Schwierigkeiten erdulden müßten. Ihre Ihnen wohlgesonnene L. v. C.»

Ich verschloß das Kuvert und reichte es dem Polizeichef. Er streckte schon die Hand danach aus, Bachrach kam ihm jedoch zuvor und nahm es an sich.

Ich muß es endlich schwarz auf weiß hinschreiben: Ich befinde mich in der Privatheilanstalt des Professor Obersteiner in Wien. In Döbling. Es handelt sich um eine «geschlossene Anstalt», ein Ausdruck, den ich bisher nie im Leben gehört hatte. Früher nannte man so etwas ein Irrenhaus. Heute weiß ich, daß der Name nicht zutrifft, denn ich bin hier, und ich bin nicht irre.

In meiner Aufregung hatte ich mich in Agram mit dem Wort «Sanatorium» zufriedengegeben, ohne weiter zu fragen. Wenn ich mir überhaupt unter diesem Begriff etwas vorstellte, dann höchstens das Kurhaus in Baden bei Wien.

Die erste Ahnung von dem, was mich erwartete, kam mir, als ich am Bahnhof in Agram den bereitstehenden Extrazug bestieg und in meinem Salonwagen von einer Wärterin und drei Wärtern in Anstaltskleidung empfangen wurde. Die Männer seien vom Gerichtsarzt angefordert worden, falls ich einen Tobsuchtsanfall erleiden sollte, erklärte Bachrach mit einer Impertinenz ohnegleichen. Ich entgegnete, daß ich noch nie im Leben getobt hätte und es auch in Zukunft nicht zu tun gedächte.

Dabei wünschte ich, ich hätte die Kraft besessen, zu toben, auf den Bahnsteig hinauszustürzen und um Hilfe zu schreien. Aber ich fürchtete mich vor den Wärtern, denn ich glaubte, sie würden mich in eine Zwangsjacke stecken. Ohne ein Wort des Widerspruchs ließ ich zu, was mit mir geschah.

Außerdem war ja alles ganz unwichtig, wenn Geza im Gefängnis saß.

Die Wärterin bewacht mich heute noch. Sie heißt Berta Schnelzer und ist eine große, robuste Person, die zur Not allein geschafft hätte, wozu ihre drei männlichen Kollegen bereitstanden.

Ilona und Antonia hat man mir fortgenommen. Sie wurden angeblich in Begleitung von irgendwelchen kroatischen Polizisten nach Lobor zurückgeschickt, um meine Garderobe und meine persönliche Habe zu verpacken und hierher zu expedieren. Bachrach versprach, daß ihnen ihr Lohn und die Reise nach Wien bezahlt würden. Aber ich weiß, was ich von seinen Versprechungen zu halten habe, denn nicht einmal mein Gepäck ist bisher angekommen. Die beiden Mädchen weinten herzzerbrechend, als sie sich verabschiedeten, und ich weinte auch.

Meine Kammerfrau, die man mir hier besorgt hat, heißt Olga und stammt aus Böhmen. Ich bin voller Argwohn gegen sie. Ich hab nur noch einen Menschen, dem ich trauen kann, das ist Marie Fugger.

Die Türen hier haben Augen und Ohren, dafür aber keine Klinken. Marie und ich haben einen Platz in meinem Zimmer gefunden, in der Ecke gleich neben der Tür, da sind wir außerhalb des Bereichs dieser unsichtbaren Augen. Dort hocken wir und flüstern miteinander.

Sie mahnt unentwegt, ich soll den Mut nicht verlieren, mich nie gehenlassen, nicht weinen und alle Fragen wahrheitsgemäß beantworten. Die gute Marie glaubt an die Wahrheit. Trotz allem. Sie kennt Philipp noch immer nicht.

Ich klage ihr mein Leid: Geza muß glauben, ich rührte keinen Finger, um ihm zu helfen! Wie kann er wissen, daß man mich hierher verschleppt hat?

Marie wartet auf Erlaubnis, in der Stadt ein paar dringende Besorgungen für mich machen zu dürfen. Dann wird sie Ozegovich telegrafieren. Er soll sofort nach Wien kommen. Wenn er hier ist, wird sie ihm alles erzählen, und er muß versuchen, Kontakt mit Geza aufzunehmen. Wir wissen nur noch nicht, wo und wie Marie und er sich hier treffen können.

Professor Obersteiner soll ein großer Gelehrter sein. Bei meiner Ankunft begrüßte er mich ehrerbietig und fragte, ob er etwas tun könnte, um meinen Aufenthalt angenehmer zu gestalten.

Ich sagte, er möchte die Gitter von meinem Fenster entfernen lassen.

Er lachte etwas gekünstelt und meinte, das ginge leider nicht. Aber wenn ich irgendeine Ablenkung, eine Zerstreuung wünsche, könne er mir sicherlich behilflich sein.

Ich bat um ein Klavier.

Da steht es jetzt an der Wand. Ich habe es kaum berührt. Es scheint mir vollkommen unsinnig, in dieser fürchterlichen Umgebung Klavier zu spielen.

«Wie lange muß ich hier bleiben, Herr Professor?» fragte ich.

«Das hängt ganz von Ihnen ab, Königliche Hoheit», sagte er.

«O nein», widersprach ich erregt. «Nicht von mir! Sondern einzig und allein von demjenigen, der mich hier einsperren ließ. Von meinem Gemahl.»

«Das ist ein Irrtum, Königliche Hoheit», versuchte er mich zu beschwichtigen. Ich sei ausschließlich auf Veranlassung des Obersthofmarschallamtes Seiner k. und k. Apostolischen Majestät, das bekanntlich für alle Angehörigen des Hofes verantwortlich wäre, in der Anstalt untergebracht worden.

«Dann handelt das Obersthofmarschallamt eben im Auftrag des Prinzen Coburg. Oder, wenn Ihnen das lieber ist, auf seine Bitte.»

Als er Einwände erheben wollte, erklärte ich ihm, daß ich die Zusammenhänge besser kenne als er und er mich nicht vom Gegenteil überzeugen könnte.

Es empörte mich maßlos, daß dieser große Gelehrte ein solches Unrecht mit seinem Namen deckt.

Ich glaube, er erriet meine Gedanken. Jedenfalls verabschiedete er sich etwas überstürzt, nachdem er mir versichert hatte, er würde mich täglich besuchen.

Aber er kommt nicht.

Statt dessen schickt er seinen Oberarzt, Dr. Hartl. Der ist etwa 45 Jahre alt, höflich, kühl und mißtrauisch. Das merke ich an der Art, wie er versucht, mir Fallen zu stellen. Wir unterhalten uns über nebensächliche Dinge. Plötzlich überrumpelt er mich mit einer ganz unerwarteten Frage, die in keinem Zusammenhang mit dem steht, worüber wir gesprochen hatten. Er fragt also: «Wann wurde Prinzessin Dora geboren?»

Damit kann er mich nicht fangen. «Am 30. April 1881.» Das Datum weiß ich.

«In welchem Regiment dient Ihr Sohn?» Er klingt wie ein Lehrer.

«In gar keinem», entgegne ich. «Er besucht die Kadettenschule.»

Falsch! Leopold ist längst nicht mehr Kadett, teilt mir Dr. Hartl mit. Er dient als Leutnant im Husarenregiment Nr. 9.

Ich wußte es nicht. Ich hatte keine Ahnung. Ich muß dem Arzt also erklären, daß ich mit Leopold nicht in Verbindung stehe, nicht einmal mit ihm korrespondiere.

«Tut Ihnen das nicht leid, Königliche Hoheit?» fragt er lauernd.

«Nein», sage ich kühl.

Ich verschweige ihm, daß ich in den ersten Monaten meines neuen Lebens mehrmals an Leopold geschrieben habe, aber alle meine Briefe ungeöffnet zurückgekommen sind.

G

Da Hauptmann-Auditor von Karapancsa beschlossen hat, mich vorerst mir selbst und meinem Schicksal zu überlassen, und da er dies mit der ihm offenbar eigenen Konsequenz wahrzumachen scheint (ich sitze bereits seit zehn Tagen in meiner Zelle, ohne daß irgendwas geschieht), hab ich beschlossen, die Zeit zu nutzen. So gut ich das in meinen beschränkten Verhältnissen kann. Ich hab bei Hauptmann Sekulic Lektüre beantragt, Bücher übers Militärstrafrecht. Was ich während der Offizierslehrgänge davon mitbekommen hab, war ja nur für den Hausgebrauch. Jetzt geht's aber um Kopf und Kragen. Genau darum. Inzwischen bin ich nämlich fest davon überzeugt, daß die Rechtswidrigkeit meiner Verhaftung nur der Anfang einer langen Kette von wohlorganisierten Justizverbrechen gegen mich sein wird. Wenn es dabei noch eine kleine Chance geben sollte, der Teufelsmaschinerie zu entwischen, muß ich zumindest wissen, wie sie funktioniert.

Meine Bitte wurde von Sekulic an den Auditor weitergeleitet. So verlangt es die Vorschrift. Der hatte erstaunlicherweise nichts dagegen. Jetzt brüte ich von früh bis spät über einem dicken Folianten. Er ist fast so alt wie das Gesetz, um das es geht.

Bei meinem Studium ist mir mit erschreckender Deutlichkeit klargeworden: Was in diesem Buch niedergelegt und zur Institution erhoben wurde, ist für ein Land, das den Kulturstaaten zugerechnet werden möchte, eine einzige himmelschreiende Schande. Nur weil diese Art Justiz sich stets streng geheim hinter hohen Kasernenmauern vollzieht, ist es überhaupt halbwegs verständlich, daß sich die Öffentlichkeit der mittelalterlichen Strafmethoden, wie sie hier geübt werden, bisher nicht mit ehrlicher Empörung angenommen hat.

Fast könnte man versucht sein, die Franzosen um ihren Capitaine Dreyfus zu beneiden. Obwohl ich keineswegs von der Unschuld des französischen Hauptmanns überzeugt bin, haben seine Landsleute durch die Affäre doch eine Menge über die seltsamen Praktiken ihrer Militärgerichte erfahren. Ich bin sicher, daß sich auf diesem Gebiet jenseits des Rheins bald vieles ändern wird.

Die gesetzliche Grundlage, nach der die Militärjustiz in Österreich-Ungarn unmittelbar an der Schwelle zum 20. Jahrhundert arbeitet, ist die «Theresianische peinliche Gerichtsordnung – vom 31. Dezember 1768»! Dem Geist nach stammt sie aus dem Mittelalter. Dem tiefsten Mittelalter. Ich behaupte es, und so ist es auch.

Das eigentliche Kriegsgericht, das hinter verschlossenen Türen tagt, setzt sich danach aus sieben Offizieren und dem Auditor zusammen. Der Vorsitzende, der ranghöchste Offizier, hat zwei Stimmen – alle übrigen, der Auditor eingeschlossen, haben je eine. Nur der Auditor ist studierter Jurist. Die übrigen sieben werden von Fall zu Fall von der aktiven Truppe zur Verhandlung abkommandiert. Sie sind juristische Laien, die auf höheren Befehl eine dienstliche Verrichtung leisten müssen, von der sie praktisch keine Ahnung haben.

Die Person, von der allein alles abhängt, ist der Auditor. Die «peinliche Gerichtsordnung» der seligen Maria Theresia verleiht ihm bis zum heutigen Tag eine Autorität, die gleich nach dem lieben Gott rangiert. Er ist Untersuchungsrichter, Staatsanwalt, Verteidiger und Richter in einer Person.

Dabei gibt es überhaupt keine Verhandlung im eigentlichen Sinn. Der Angeklagte wird lediglich ein einziges Mal den Richtern vorgeführt, um die Verlesung seiner während der Untersuchung vor dem Auditor gemachten Aussagen mitanzuhören. Danach hat er durch Unterschrift zu bestätigen, daß das Protokoll mit der tatsächlichen Aussage übereinstimmt. Ist dies geschehen, wird er wieder abgeführt. Alles weitere findet ohne ihn statt. Erst bei der Bekanntgabe des Urteils erscheint er wieder vor den Richtern.

Die sieben Offiziere bilden sich ihre Meinung ausschließlich auf Grund des sogenannten «votum informativum». Dies ist der schriftliche Bericht des Auditors über den Verlauf seiner Untersuchungen. Gemäß § 231 der Militärstrafprozeßordnung hat der Auditor «aus den gesammelten Daten und Beweisen ein zusammenhängendes Ganzes darzustellen, den Sachverhalt faßlich und erschöpfend zu erörtern, seine Ansichten über die Tatgewißheit und die Zulänglichkeit der vorliegenden Beweise zu erklären». Und schließlich: «Seinen rechtlichen Antrag deutlich und bestimmt zu stellen».

Die sieben Laienrichter sind nach dieser im wahrsten Sinn des Wortes «peinlichen» Gerichtsordnung beim besten Willen nicht in der Lage, sich ein eigenes Bild zu machen. Nur durch die Brille des Auditors, nur aus zweiter Hand, wird ihnen der Fall unterbreitet. Sie dürfen weder den Angeklagten, noch einen einzigen Zeugen oder Sachverständigen selbst hören oder befragen.

Der Auditor hat allerdings auch seinen Meister. Er untersteht dem Justizreferenten des Armeekorps. Und der ist wieder an die Weisungen seines Gerichtsherrn, des Korpskommandanten, gebunden. In meinem Fall an die Weisungen des Generals von Bechtolsheim. Dies Gefüge garantiert dem Kommandanten die volle Durchsetzung seines Willens. Zumindest für den Fall, daß ihm danach sein sollte.

Seit über zweitausend Jahren bemühen sich Ankläger, Verteidiger und Richter durch ihre gemeinsame, einander ergänzende Tätigkeit, durch die gewissenhafte Prüfung aller Verdachts- und Entlastungsmomente mit Hilfe einer die Anklage stets überwachenden Verteidigung, die Wahrheit ans Licht zu bringen. Dieser von alters her bei allen gesitteten Völkern geltende Grundsatz der Prozeßführung ist aus der k. und k. Militärjustiz durch das barbarische Gesetz von 1768 ausdrücklich verbannt.

Meine Lektüre war sehr aufschlußreich. Leider hat sie mich wenig optimistisch gestimmt. Im Gegenteil!

Was ich vom Hauptmann-Auditor von Karapancsa zu erwarten hab, weiß ich seit meiner ersten Begegnung mit ihm. Welche Unterstützung mir das Gesetz gibt, weiß ich jetzt auch: gar keine! Und wenn ich mich schließlich daran erinnere, daß Prinz Philipp und General von Bechtolsheim sich persönlich kennen (wie Louise sich mit Bestimmtheit zu besinnen glaubte), dann brauch ich mir über meine Zukunft keinerlei Illusionen zu machen, sondern kann getrost das Schlimmste erwarten. Servus Mahlzeit!

L

Am Schottenring gibt es ein Kaffeehaus, das auch von einzelnen Damen ohne Begleitung besucht werden kann. Dort will sich Marie mit Ozegovich treffen.

Morgen darf sie in die Stadt fahren, um mir etwas Wäsche zu kaufen (man geht sehr sparsam mit mir um), da mein Gepäck immer noch nicht eingetroffen ist. Sie wird also morgen endlich zur Post gehen können, um eine Depesche nach Breznica zu schicken.

Marie meint, die Nachricht würde spätestens in zwei Tagen dort sein, was ich bezweifle. Wenn ich an Breznica zurückdenke, kann ich mir nur schwer vorstellen, daß dort überhaupt ein Telegramm ankommt.

Marie wird für das Treffen den kommenden Donnerstag vorschlagen.

Heute früh erschien eine Krankenschwester. Ich sollte hinüber ins Hauptgebäude kommen, um von Herrn Professor Sommer untersucht zu werden.

Begleitet von Marie Fugger, Olga und Frau Schnelzer machten wir uns auf den Weg. Zum ersten Mal bekam ich einen Begriff von der Lage meines Zimmers. Als ich eingeliefert wurde, war ich viel zu aufgeregt, um überhaupt etwas wahrzunehmen.

Meine klinkenlose Tür führt in einen kleineren Raum, in dem der Zerberus wacht, Bertha Schnelzer. Von dort geht es auf einen Vorplatz und über eine Treppe hinunter. Die Zimmer der Fugger und von Olga liegen im Erdgeschoß. Wir vier sind die einzigen Bewohner des Pavillons. Die Mahlzeiten werden offenbar vom Haupthaus herübergeschickt.

Wir durchquerten den parkähnlichen Garten. Dort promenierten einige Patienten, Männer und auch Frauen, teils in Anstaltskleidung, teils in ihrer eigenen Garderobe.

Wann immer wir einem Spaziergänger begegneten, traf mich ein neugieriger Blick. Ich sah ebenso neugierig zurück. Dieser Mann ... oder die Frau ... waren das Kranke? Sehen Wahnsinnige so aus? Genau wie die Fugger, die Schnelzer und Olga? Genau wie ich? Worin besteht die Krankheit dieser friedlichen Menschen? Oder werden sie, wie ich, auch nur hier festgehalten, weil sie irgend jemandem unbequem sind?

Wir betraten das Hauptgebäude, es ging eine Treppe hinauf. Wir wurden ins Konsultationszimmer geführt.

Professor Sommer ist ein Mann von fast siebzig Jahren, würde ich schätzen. Er hat freundliche blaue Augen, einen grauen Spitzbart und eine lustige Nase, auf der eine goldumrandete Brille thront. Nase und Wangen sind mit kleinen bläulichen Äderchen durchwachsen, die davon zeugen, daß der Professor gern Rotwein trinkt. Das gab er im späteren Verlauf unserer Unterhaltung auch unumwunden zu, und ich lachte zum ersten Mal wieder, seit ich Lobor verlassen habe. Es tat mir unbeschreiblich wohl.

«Königliche Hoheit», verkündete er, «ich beschäftige mich nicht mit Ihrer Seele! Die wird von mir vollkommen ignoriert. Mich interessiert nur Ihr körperliches Wohlbefinden.»

Olga mußte mich teilweise entkleiden. Ich wurde gemessen, gewogen, mein Puls wurde gezählt, der Blutdruck festgestellt. Dann gab es eine ganze Reihe seltsamer Untersuchungen mit einer Nadel, einem Zahnrädchen und einem feinen Haarpinsel. Um die Sensitivität der Nerven zu prüfen, erklärte er mir. Danach kontrollierte er meine Reflexe. Und während der ganzen Zeit machte er kleine Witze, über die ich lachen mußte.

Als die Untersuchung beendet war, fragte ich: «Wie ist Ihr Befund, Herr Professor?»

Er sah mich freundlich an: «Normal. Vollkommen normal.»

Was mir diese Worte bedeuteten, kann ich nicht beschreiben. Dabei war ich gar nicht sicher, wie er sie gemeint hatte, aber sie gaben mir ungeheuren Mut. Soviel Mut, daß ich zu fragen wagte: «Was soll das heißen, Herr Professor?»

Er sah mich belustigt an, legte den Kopf etwas zur Seite, kniff ein Auge zu und sagte: «Patientin zeigt keine Degenerationserscheinungen, keine Innervationsgebrechen, schöne, ebenmäßige Körperentwicklung, gesundes Aussehen. Das geht in meinen Bericht.»

Ich hätte ihm um den Hals fallen mögen. Jetzt erst wurde mir klar, wie sehr die Irrenhaus-Atmosphäre mich bedrückt, an meinem Selbstvertrauen genagt hatte.

«Der Puls ist ein wenig schnell. Fast 100 Schläge pro Minute. Aber kräftig, voll und rhythmisch. Braucht uns weiter nicht zu beunruhigen», fügte er hinzu.

Auf dem Rückweg durch den Park gehe ich erhobenen Hauptes zwischen meinen Begleitern. Ich habe nichts mehr mit den armen Menschen gemein, die mir begegnen und mich genauso neugierig anstarren wie auf dem Hinweg.

Nachmittags empfange ich den Besuch des Advokaten Bachrach. Er kommt in Begleitung eines Herrn, den er mir als Dr. Karl Ritter von Feistmantel vorstellt, Präsident der niederösterreichischen Anwaltskammer in Wien.

Mit öliger Stimme und so leise, als ob er Angst hätte, einen Schlafenden zu wecken, erkundigt sich Bachrach nach meinem Ergehen.

«Ich danke, Herr Doktor», entgegne ich in voller Lautstärke, was ihn zu erschrecken scheint. «Ich befinde mich bei bester Gesundheit. In jeder Beziehung, übrigens. Körperlich sowohl wie geistig.»

Was ich auch an diesem Nachmittag sage, Bachrach wirft seinem Begleiter stets einen Blick zu, der bedeutet: Sehen Sie, wie wahnsinnig die Arme ist? Jetzt wissen Sie's selbst!

Und Dr. von Feistmantel stimmt ihm jedesmal durch ernstes Kopfnicken zu.

Ich werde ungeduldig. Da ich nicht annehme, daß Bachrach sich nur nach meinem Befinden erkundigen will, soll er zum Grund seines Besuches kommen, sage ich ihm.

Er tut es. Er teilt mir mit, daß sein Begleiter, Dr. Karl Ritter von Feistmantel, vom Obersthofmarschallamt zu meinem vorläufigen Kurator bestellt wurde.

Ich wende mich an Feistmantel: «Würden Sie mir bitte erläutern, was ein Kurator ist?»

Feistmantel sieht mich gütig lächelnd an. Man hat ihm offenbar eingeredet, daß ich den Verstand eines 6jährigen Kindes hätte, also spricht er zu mir, als ob ich ein Kind wäre. «Königliche Hoheit müssen sich das so vorstellen: Wenn einem jungen Mädchen der Vater stirbt, ernennt das Gericht einen Vormund, der an Vaterstelle über das Kind wacht.»

«Herr Doktor von Feistmantel, ich bin kein junges Mädchen, und mein Vater lebt noch. Worin besteht also Ihre Aufgabe?»

«Das Obersthofmarschallamt ist der Ansicht ...»

«Sie meinen, mein Gemahl ist der Ansicht ...» unterbreche ich ihn.

«Verzeihung, Königliche Hoheit, ich spreche ausschließlich vom Obersthofmarschallamt oder, wenn Sie es vorziehen, vom Obersthofmeister Fürst Montenuovo. Man ist also ... ohne fremde Beeinflussung zu der Ansicht gekommen, daß Königliche Hoheit in Ihrem augenblicklichen ...» er zögert «... Gesundheitszustand nicht in der Lage sind, die Ausübung Ihrer Rechte wahrzunehmen. Daher hat man mich bestellt ...»

«Sie sprechen von meinem Gesundheitszustand, Herr Doktor, und meinen vermutlich meinen Geisteszustand.»

«Wenn Sie es selbst so bezeichnen wollen, ja», gibt er zu.

Bachrach betrachtet uns jetzt mit gerunzelter Stirn.

«Falls ich Sie richtig verstehe», fahre ich fort und gebe mir große Mühe, präzis zu sein, «hat das Obersthofmarschallamt ohne irgendwelche fremde Einflüsse, wie zum Beispiel die meines Herrn Gemahls, plötzlich Verdacht geschöpft, ich sei nicht ganz zurechnungsfähig. Und das, obwohl ich bis auf meinen jetzigen, äußerst unfreiwilligen Aufenthalt seit über zwei Jahren nicht mehr in Wien war.

Man mich also weder sehen noch beobachten konnte!»

«Ich muß Königlicher Hoheit mit Verlaub entschieden widersprechen», ereifert sich Feistmantel. «Es hat eine Beobachtung stattgefunden. Mein Kollege, Herr Dr. Bachrach, besuchte sie dieserhalb in Kroatien. Ich gebe offen zu, es ist seiner Einschätzung der Lage zu verdanken, daß Sie sich jetzt hier in Sicherheit befinden.»

Ich wende mich an Bachrach. «Sie müssen über geradezu seherische Kräfte verfügen, wenn Sie aus heiterem Himmel plötzlich in Wien von der Ahnung befallen wurden, mein Geisteszustand mache Ihre Reise nach Lobor dringend notwendig. Denn von dieser Reise ist doch wohl die Rede?»

Bachrach ist froh, eingreifen zu können. «Ich bitte Königliche Hoheit zu bedenken, daß ich stets nur als Vertreter des Prinzen von Coburg tätig war, bin und in Zukunft wohl auch sein werde. Ich will damit sagen, daß ich in seinem Auftrag nach Lobor reiste.»

«Dann hat Prinz Coburg die seherischen Kräfte, die ich Ihnen fälschlich zuschrieb?» frage ich sarkastisch.

«Der Prinz brauchte Sie nicht zu besuchen, um über Ihre Gesundheit besorgt zu sein. Auch von Wien aus konnte er klar erkennen, daß Sie sehr gefährlichen Einflüssen ausgesetzt waren, deren Sie sich nicht zu erwehren wußten und die ein Eingreifen dringend erforderlich machten. Ich muß wohl keine Namen nennen.»

«Sprechen Sie von meinem Kammerherrn?»

«Von Mattachich.» Er klang impertinent.

«Sie meinen Graf Mattachich», verbesserte ich ihn.

«Meinetwegen. Wenn Ihr Gemahl nichts unternommen hätte, wären Sie diesem Menschen unrettbar verfallen. Er hätte Sie weiterhin gewissenlos ausnützen und kompromittieren können. Nur durch die fürsorgliche Intervention des Prinzen . . .»

«Herr Doktor», unterbreche ich seinen Redefluß, «Sie haben mir in Agram Ihr Ehrenwort gegeben, daß Sie meinen Brief an den Grafen weiterleiten würden. Haben Sie es gehalten?»

«Selbstverständlich, Königliche Hoheit! Ich hatte es doch fest versprochen.»

Geza hat mein Geständnis, jubiliere ich innerlich.

«Ich habe Ihr Schreiben», fährt Bachrach fort, «so wie es meine

Pflicht war, der Wiener Staatsanwaltschaft übergeben. Es versteht sich von selbst, daß jeder Brief an einen Untersuchungsgefangenen die Zensur passieren muß. Zu meinem großen Erstaunen wurde mir Ihr Brief geöffnet und mit dem Vermerk zurückgesandt, daß er dem Gefangenen nicht ausgehändigt werden dürfte. So war ich nolens volens gezwungen, vom Inhalt Kenntnis zu nehmen. Ich war zutiefst betroffen über das, was ich las. Ein zwingenderes Argument für Ihre Unterbringung in ... einem solchen Sanatorium als diesen Brief kann es gar nicht geben.»

Mein Mut ist gebrochen, mein Selbstvertrauen auch.

Ich bitte die Herren, mich allein zu lassen.

Bachrach fällt wieder in seinen ölig-teilnahmsvollen Ton, während Feistmantel mich seines Mitgefühls und seiner Hilfsbereitschaft versichert.

Eines ist so widerlich verlogen wie das andere.

Professor Obersteiner vermeidet es, mich zu besuchen. Er hat ein schlechtes Gewissen. Mit Recht.

Heute schickte er die Oberschwester zu mir. Sie sollte sich erkundigen, warum ich niemals Klavier spiele. Der Herr Professor hätte gehofft, das Instrument würde zu meiner Zerstreuung beitragen, und nun rührte ich es nie an, wie ihm berichtet worden sei.

Warum spiele ich nicht? Ich versuchte, der Oberschwester einen triftigen Grund dafür anzugeben. Ich behauptete, Musik sei etwas Heiteres, Erfreuliches und entspräche daher ganz und gar nicht meiner momentanen Stimmung.

Sie erwiderte, es gäbe doch Kompositionen, die alles andere als heiter seien.

Dem mußte ich beipflichten, erklärte aber, melancholische Musik würde mich nur noch trauriger machen und wäre daher bestimmt keine Zerstreuung für mich.

Die Wahrheit verschwieg ich ihr. Nämlich, daß ich sehr schlecht Klavier spiele und es mir überhaupt keinen Spaß macht, da ich als Kind zu sehr von unserer Musiklehrerin gequält wurde.

Dann wollte sie wissen, wiederum im Auftrag des unsichtbaren Obersteiner, ob ich irgendwelche anderen Wünsche hätte.

Ich forderte sie auf, mir Vorschläge zu machen.

Sie fragte, ob ich gern lese, sticke oder zeichne.

Ich lese wenig, sticke außerordentlich ungern und zeichne kaum besser, als ich Klavier spiele. Trotzdem erschien es mir als ein Manko, keine Interessen zu haben. Ich bat also um eine Staffelei, Palette, Leinwand und Ölfarben, obwohl ich niemals über Bleistiftskizzen hinausgekommen bin.

Sie buchte es als Erfolg, daß sie mir einen Wunsch abgerungen hatte. Als ich ihr erfreutes Gesicht sah, tat ich ihr noch einen Gefallen und verlangte außerdem Lektüre.

Nachdem sie gegangen war, grübelte ich lange darüber nach, was sie wohl von mir halten mochte. Früher wäre mir das völlig gleichgültig gewesen, aber hier denke ich stets über den Eindruck nach, den ich auf meine Umgebung mache. Ich erliege der kindischen Hoffnung, daß man mich freilassen wird, wenn ich alle von meiner geistigen Gesundheit überzeugen kann. Ich gebe mir so große Mühe, einen normalen Eindruck auf meine Umwelt zu machen, daß ich manchmal befürchte, das genaue Gegenteil damit zu erreichen. Bin ich liebenswürdig und entgegenkommend, sagt man: Sie paßt sich zu schnell den Gegebenheiten an. Bin ich aber sarkastisch und aufsässig, wird mir das nicht auch als anormal angekreidet? Sage ich offen und ehrlich, welche Rolle Philipp bei meiner Einweisung gespielt hat, legt man es mir vermutlich als Verfolgungswahn aus. Wie ich mich benehme, es ist immer verkehrt.

Ich werde zusehends unsicherer.

Nachmittags wurde eine Staffelei geliefert, drei mit Leinwand bespannte Holzrahmen, ein Kästchen voller Ölfarben, eine Flasche Terpentin, eine Anzahl Pinsel, Palette, Bleistifte, Kohle und ein Skizzenblock.

Außerdem dreizehn Bücher sowie einige illustrierte Zeitschriften.

Mein Zimmer sieht wie ein Künstleratelier aus.

«Welche Kinderkrankheiten haben Sie gehabt?» fragt Dr. Hartl. Er ist sehr sparsam mit der vorgeschriebenen Anrede ‹Königliche Hoheit›.

Ich denke nach. Hat mir denn nie etwas gefehlt? Doch! Masern! «Ich hatte Masern», sage ich erleichtert.

«Wann war das?»

«Als Kind!» Er wirft mir einen strafenden Blick zu. Es muß die falsche Antwort gewesen sein.

«Irgendwelche Folgeerscheinungen?»

Was meint er damit? Ich sage gedehnt: «Nicht, daß ich wüßte!»

Er macht sich Notizen. Dann: «Woran haben Sie noch als Kind gelitten?»

Ich habe als Kind viel gelitten, aber nicht an Krankheiten.

Was soll ich ihm bloß erzählen? Ich denke nach. Plötzlich fällt mir etwas ein. Mama nahm Stephanie und mich auf eine Reise nach Luxemburg mit. Es war Sommer und sehr heiß. Damals wurde ich zum ersten Mal ohnmächtig. Das war ein großes Erlebnis. Stephanie war neidisch, Mama beunruhigt, und der Leibarzt meinte, es wären die Entwicklungsjahre. «Ich bin einmal ohnmächtig geworden», sage ich.

Das wollte er hören. Er sieht mich interessiert an. «Können Königliche Hoheit sich noch erinnern, wie alt Sie da waren?» Jetzt benutzt er sogar die korrekte Anrede.

«Noch nicht ganz fünfzehn.»

«Also schon ein junges Mädchen.» Das scheint sein Interesse zu mindern. «Wie steht es mit späteren Erkrankungen?»

Ich zucke die Achseln.

«Seuchen? Ansteckende Krankheiten?» drängt er.

«Typhus», gebe ich zu.

«Wann war das?»

«Im Winter.»

Er sieht erstaunt aus.

Die Antwort war dumm. «Es war Winter», wiederhole ich. «In Spanien. Auf das Jahr kann ich mich nicht mehr genau besinnen.»

«Vielleicht darauf, wie alt Sie waren?»

Wie alt war ich damals in Spanien? Ich muß etwa ein Jahr verheiratet gewesen sein. Wann haben wir geheiratet? Mir fällt das Datum nicht ein. Hoffentlich fragt er mich nicht danach, denke ich. Kurz nach der Hochzeit hatte ich meinen siebzehnten Geburtstag. «Ich war siebzehn oder achtzehn», teile ich ihm mit.

Dr. Hartl sagt: «Richtig.»

Er spielt schon wieder den Schullehrer.

«Handelte es sich um einen schweren Fall von Typhus?»

Ich berichte, daß es ein sehr schwerer Fall war. Ich hatte stark abgenommen, fühlte mich miserabel, und es dauerte lange, bis ich wieder einigermaßen zu Kräften kam. Ich konnte mir keinerlei Strapazen zumuten, verspürte aber ein starkes Bedürfnis nach frischer Luft, was damit zusammenhing, daß man in dem Pyrenäen-Schloß, wo wir zu Gast waren, mit einer gräßlich riechenden Kohle heizte, so daß mir oft übel wurde. Wenn ich dann Spaziergänge unternahm, ermüdete ich rasch. Philipp war sehr ungeduldig mit mir. Meinetwegen mußte unser Aufenthalt in Spanien verlängert werden, was ihm gar nicht paßte.

Während ich wahrheitsgetreu erzähle, nickt Doktor Hartl hin und wieder zustimmend. Als ich ende, blättert er in seinen Papieren, findet, was er sucht, liest und sagt: «Der Herr Gemahl drückt das so aus: Ihre Königliche Hoheit, die Prinzessin Louise, war noch längere Zeit während der Rekonvaleszenz delirant und von sehr reizbarem, renitentem Benehmen.»

«Delirant? Meine Temperatur war besorgniserregend. Vielleicht hatte ich auf dem Höhepunkt der Krankheit Fieberphantasien. Aber während der Rekonvaleszenz war ich ganz bestimmt nicht delirant. Übrigens, welchen Sinn hätte es wohl gehabt, renitent zu sein bei einem herrschsüchtigen Gemahl, der vierzehn Jahre älter ist als ich?»

Erst nachdem ich geantwortet habe, kommt mir zum Bewußtsein, daß er eben eine Äußerung von Philipp zitierte. In seiner schwarzen Ledermappe, die vor ihm liegt, steht auf vielen Papieren, was Philipp vorsorglich zusammengetragen hat, um meinen Geisteszustand als verdächtig hinzustellen. Wem wird der Arzt glauben, wenn ich Philipps Aussagen bestreite? Mir? Kann er mir glauben? Darf er? Oder schreitet dann das Obersthofmarschallamt auch gegen ihn ein?

«Wie steht es mit Unfällen?» fragt Hartl jetzt und blättert wieder. «Haben Königliche Hoheit jemals einen Unfall erlitten?»

Ich bin außerstande, meinen Ärger runterzuschlucken. «Schlagen Sie doch in Ihren Akten nach! Da steht ja offenbar alles drin!»

Dr. Hartl lächelt geduldig. «Ich würde es gern von Ihnen hören.»

«Ich kann mich an keinen Unfall erinnern», sage ich eigensinnig, weiß aber genau, worauf er anspielt.

«Ich gebe Ihnen ein Stichwort», sagt Hartl. «Steiermark.»

«Ja, das stimmt, da hatte ich einen Unfall», bestätige ich. «Wir haben bei Admont in der Steiermark eine Jagdhütte. Aber das wissen Sie natürlich schon. Während mein Gemahl auf der Jagd war, unternahm ich eines Tages allein einen Spaziergang. Es war allerdings kaum ein Spaziergang zu nennen, sondern eher eine Bergtour. Obendrein war der Boden naß und glitschig. Ich rutschte aus und kugelte einen steilen Abhang hinunter. Dabei zog ich mir ein paar schöne blaue Flecke zu. Glücklicherweise konnte ich mich schließlich an einem Baum festhalten, sonst wäre es mir wohl schlimm ergangen. Dort blieb ich erst mal sitzen, um mich von dem Schreck zu erholen.»

Waren Sie bei Bewußtsein?»

«Und ob.»

«Und wie sind Sie den Berg wieder raufgekommen?»

«Genau wie runter. Nur beträchtlich langsamer.»

«Ohne fremde Hilfe?»

«Natürlich. Ich war doch allein.»

«Hatte der Sturz irgendwelche Folgen?»

«Ja. Wie immer, wenn ich mich nicht wohl fühlte und etwas Mitleid gebraucht hätte, machte mein Herr Gemahl statt dessen eine Szene, weil ich ohne Hofdame ausgegangen war, mir ein paar Schrammen im Gesicht zugezogen hatte und meine Abwesenheit Anlaß zu einer gewissen Aufregung gewesen war.»

«Ist das alles?»

«Meiner Erinnerung nach, ja. Aber ich bin überzeugt, daß Sie eine dramatischere Schilderung des Vorgangs besitzen. Darf ich sie hören?»

Dr. Hartl lächelt. «Nach meinen Notizen stürzten Sie einen etwa

30 Meter hohen Steilhang hinunter und wurden viele Stunden später bewußtlos aufgefunden.»

Ich lache laut. Vielleicht zu laut.

«Vier oder fünf Tage lang waren Sie nur zeitweilig bei Bewußtsein, erkannten Ihre Umgebung nicht, litten unter Sprachstörungen, klagten über Schmerzen im Hinterkopf und hatten starke Kontusionen am ganzen Körper.»

«Kontusionen?»

«Quetschungen. Blaue Flecke», erklärt er und lächelt noch immer.

«Das ist mindestens zehn Jahre her . . .»

«Sechzehn, korrigiert er mich. «Es passierte im August 1882. Sie waren 24 Jahre alt.»

«Und da erinnert sich Prinz Philipp noch genau an solche bemerkenswerte Details? Das ist doch sonst nicht seine Art.»

«Die Aufzeichnungen stammen nicht von Seiner Hoheit, sondern von einem . . .» Er liest den Namen ab: «Hofrat Professor Braun.»

Philipps Leibarzt. Der würde auch schwören, daß ich mir den Schädel gebrochen habe, wenn Philipp es befiehlt.

«Der Hofrat registrierte seit diesem Sturz eine zunehmende Reizbarkeit wie eine immer auffälliger werdende Veränderung des Denkens und Fühlens seiner hohen Patientin.» Selbst der seriöse Doktor Hartl klingt jetzt ein wenig ironisch.

Was bedeutet diese Ironie? Weiß er, daß alles Schwindel ist und will mir das zu verstehen geben? Oder mokiert er sich nur über die etwas schwülstige Ausdrucksweise des Hofrats? Aber schon wird er wieder ernst.

«Der Prinz erwähnt noch ein anderes Ereignis, das mir gewichtiger scheint», sagt er und sucht wieder ein Blatt in seinen Akten. Als er es gefunden hat, sieht er zu mir auf. «Königliche Hoheit haben eine Fehlgeburt erlitten. Ist das richtig?»

Ich nicke.

«Der Prinz sagt, daß Sie danach reizbarer, mißmutiger geworden seien. Sie hätten eine ständig zunehmende, durch nichts begründete Abneigung gegen ihn gezeigt. Sind Sie sich dessen bewußt?» fragt er.

Ich wollte das Kind nicht. Aber das kann ich diesem Fremden

nicht sagen. Ich wollte mich nicht noch einmal durch eine Schwangerschaft knechten lassen. Sie war das Resultat einer regelrechten Vergewaltigung. Philipp liebt diese brutale Art des Beischlafs. Besonders da es bei mir einen Punkt gibt, wo ich einfach nicht länger Widerstand leisten kann. Das schmeichelt seinem männlichen Egoismus ungeheuerlich. Dabei weiß er natürlich, welche tiefen Gefühle des Hasses und Ekels gerade die Tatsache in mir erweckt, daß ich bei diesem ungleichen Kampf der Verlierer bin. Das in Abscheu und Widerwillen von mir empfangene und in barbarischem Triumph von ihm gezeugte Kind wollte ich einfach nicht haben. Es konnte kein gutes Kind werden. Ich tat alles, um es zu verlieren. Als es dann tatsächlich zu einer Fehlgeburt kam, hätte Philipp mich in blinder Wut am liebsten ermordet. Und das nennt er heute eine ‹durch nichts begründete Abneigung gegen ihn›!

«Ich fragte, ob Sie sich dessen bewußt sind?» wiederholt der Arzt.

«Nein!» antworte ich.

«Trifft es demnach nicht zu, daß Sie ihrem Gemahl gegenüber Abneigung empfinden?»

«Doch, das trifft zu. Ich möchte es aber nicht erklären.»

«Es wäre sehr wichtig, wenn Sie mir für dieses durchaus widernatürliche Verhalten überzeugende Gründe nennen könnten.»

Er will mich nicht vom Angelhaken lassen. Um Zeit zu gewinnen, frage ich: «Wieso ist es widernatürlich?»

«Es gehört zu den tief in der menschlichen Seele verankerten Begriffen von Moral und Ethik, daß eine Frau ihren Gatten liebt, achtet und ehrt.»

Was der Arzt hier mit ernstem Gesicht predigt, scheint mir reiner Zynismus. Wenn der König von Belgien und der Herzog von Sachsen-Coburg-Gotha beschließen, die Tochter des Königs mit dem Sohn des Herzogs zu verheiraten, so sehe ich darin keinerlei Garantie dafür, daß die Königstochter ihren Gemahl lieben, ehren und achten wird, wenn er es nicht verdient. Philipp verdient es nicht! Das soll ich Doktor Hartl erklären? Er würde nur seine Vermutung festigen, daß mir die Begriffe von Moral und Ethik fehlen, die er in der menschlichen Seele verankert sehen will.

Er erwartet auch keine Antwort mehr von mir, denn er fragt mich jetzt: «Hat Sie der Tod Seiner Kaiserlichen Hoheit des Prinzen Rudolf sehr erschüttert?»

Vorsicht! Dünnes Eis! Ich entgegne: «War nicht die ganze Nation von dieser Tragödie tief erschüttert?»

«Selbstverständlich», räumt er ein. «Ihr Herr Gemahl erinnert sich, daß Sie damals von heftigen Weinkrämpfen erfaßt wurden, die über das übliche Maß an Trauer weit hinausgingen, und daß er seit dem Tode des Kronprinzen ein zunehmend exzentrisches Wesen an Ihnen wahrzunehmen glaubte.»

Hier hat Philipp recht. Die Weinkrämpfe fanden statt, Rudolfs Tod hatte mich tatsächlich tief erschüttert, «weit über das übliche Maß an Trauer hinaus», wie Doktor Hartl es eben ausdrückte. Aber Hartl weiß nicht, wie Rudolf und ich zueinander standen, und er wird es auch nicht erfahren. Es stimmt, daß ich mich nach seinem Tod verändert habe. Das hat Philipp richtig beobachtet. Obwohl Rudolf und ich uns sehr fremd geworden waren, hat er stets einen beruhigenden Einfluß auf mich ausgeübt. Wenn auch immer seltener, so konnte ich doch mit ihm reden, und das tat gut. Nach seinem Tod war ich um vieles ärmer dran als vorher.

«Das ist alles Unsinn», sage ich wie nebensächlich. «Es gehört zu den phantastischen Vorgängen, die sich Prinz Coburg und Hofrat Braun aus etwas Wahrheit und sehr viel Dichtung zusammengebastelt haben, um mich einsperren zu lassen.»

Als Doktor Hartl auch hier wieder einhaken will und weitere Fragen stellt, bitte ich ihn zu gehen. Ich sei müde.

Aber ich bin nicht müde. Nur sind mir die entsetzlichen Wiener Jahre durch den Arzt wieder quälend ins Gedächtnis zurückgerufen worden. Allein Geza danke ich es, daß ich sie vergessen hatte.

Ich sehe Doktor Hartls vorwurfsvolles Gesicht vor mir, wenn ich ihm jetzt erzählen würde, wie verderbt meine Ehe war und wie rein dagegen mein ehebrecherisches Verhältnis.

Als Marie das Kaffeehaus am Schottenring betrat, wartete Ozegovich schon auf sie, obwohl sie eine halbe Stunde zu früh eintraf.

Der gute Artur war zutiefst erschüttert, als er erfuhr, was mir geschehen ist. «Diesem Coburg gehört der Hals umgedreht», rief er so aufgeregt und lautstark, daß Marie ihn bitten mußte, sich zu mäßigen.

Nachdem sie ihm von der Verschleppung aus Agram, der Reise und schließlich von der Einweisung in die Anstalt erzählt hatte, saß er kopfschüttelnd da und murmelte immer wieder: «Die arme Prinzessin! Die arme, gute Prinzessin!»

Marie sagt, um ein Haar wäre er in Tränen ausgebrochen.

Dann ließ sie sich von ihm berichten.

Als Geza und ich nach Agram fuhren, war Ozegovich in Lobor, wo er auf unsere Rückkehr warten sollte. Zu seinem Erstaunen traf am Tag nach unserer Abreise Gezas Mutter dort ein, von Baron Fiedler aufs herzlichste begrüßt. Sie forderte Artur auf, Lobor umgehend zu verlassen, und weigerte sich, ihm irgendwelche Auskunft über unseren Verbleib zu geben. Das beunruhigte Artur natürlich sehr.

Er fuhr zu seinen Eltern nach Breznica, wohin er Nachricht von uns zu bekommen hoffte. Als er nach einigen Tagen nichts gehört hatte, nahm er den Zug nach Agram.

Im Hotel Prukner sagte man ihm, Graf Mattachich hätte an dem bewußten Morgen das Hotel verlassen, ohne zurückzukehren. Ein paar Stunden später wäre ich in Begleitung von drei Herren abgereist. Weiter wisse man nichts.

Ich glaube bestimmt, daß man im Prukner sehr viel mehr weiß, aber man zieht es vor, zu schweigen.

Ozegovich ist aus einem wenig erfreulichen Anlaß aus der Armee ausgeschieden. Daher konnte er nicht einfach in die Kaserne gehen und sich nach Geza erkundigen. Aber am Jelacicplatz gibt es ein Restaurant, wo abends Offiziere Billard spielen, die er von früher kennt. Als er dort nach Geza fragte, trat Schweigen ein. Dann lachte einer laut auf und sagte: «Wenn du den Mattachich suchst, mußt du schon an die Riviera fahren, der lebt dort in Saus und Braus auf einem Schloß!» (Ich bin überzeugt, daß bei der Gelegenheit auch ein paar schmutzige Anspielungen auf mich fielen, aber Ozegovich ist zu taktvoll, sie weiterzuerzählen.) Artur gewann trotz der Bemerkung seines ehemaligen Kameraden den deutlichen Eindruck, daß man sehr wohl etwas über Geza wußte, aber nicht mit der Sprache rausrücken wollte.

Eine Stunde später begegnete er zufällig seinem langjährigen Burschen Petar, der jetzt Putzer bei einem Stabsoffizier im Korpskommando ist. Nach einigem Zureden, und nachdem er versprochen hatte, es für sich zu behalten, berichtete Petar, daß Geza sich in Arrest befindet. Seine Verhaftung wird streng geheimgehalten, aber irgend jemand hatte ihn erkannt, als er über den Kasernenhof abgeführt wurde. Da er durch die Stellung in meinem Hofstaat zu einer Art Berühmtheit im Korps geworden ist, hatte sich die Sache schnell rumgesprochen.

Es blieb Artur nichts übrig, als nach Breznica zurückzukehren. Dort erreichte ihn dann Marie Fuggers Telegramm, und er machte sich sofort auf die Reise nach Wien.

Ozegovich hat Marie fest versprochen, alles daran zu setzen, eine Verbindung mit Geza herzustellen. Denn Geza muß schleunigst wissen, daß ich Bachrach sofort alles gestanden habe und keine Macht mich davon abbringen kann, immer wieder und jedem zu bekennen, daß ich Stephanies Unterschrift gefälscht habe. Geza darf keinen Augenblick zögern, offen die Wahrheit zu sagen. So wie ich es auch tue.

Ozegovich ist bereits auf dem Weg nach Agram. Wenn Geza erst im Besitz meiner Botschaft ist, und ich glaube, daß es Artur gelingt, sie ihm ausrichten zu lassen, werde ich um vieles ruhiger sein.

Die Irrenwärterin Bertha Schnelzer teilt mir mit, daß meine Tochter, Prinzessin Dora, sich mit Ernst Günther von Schleswig-Holstein verlobt hat. Die Schnelzer tut das nicht etwa im Auftrag der Familie, obwohl das absurd genug wäre. Nein, sie hat es in der Zeitung gelesen und dachte, es würde mich interessieren.

Ich spürte ein geradezu schmerzhaftes Gefühl der Erniedrigung.

Der Schnelzer sagte ich aber leichthin, sie irre sich, es interessiere mich überhaupt nicht.

Hier sitze ich in Döbling, keine halbe Stunde im Fiaker zur Hofburg, zum Palais Coburg, zu Stephanie, Dora, Leopold, sogar zu Philipp – und bin vergessen und abgeschrieben. Nicht, daß ich mich nach Stephanie sehne, aber kann man es glauben, daß eine Schwester, mit der ich sehr freundschaftlich stand, nicht den Finger rührt, wenn ich in ein Irrenhaus gesperrt werde? Sie macht keinen Versuch, mir zu helfen, mich zu sehen oder mir auch nur ihr Mitgefühl auszudrücken, wozu schon ein Brief oder eine Blume reichen würden.

Noch in Nizza hatte ich eine Tochter, die mich liebte. Das mag ein Irrtum gewesen sein, vielleicht liebte nur ich sie, und meine Gefühle wurden nicht erwidert. Wenn ich mich an die kalten blauen Puppenaugen erinnere, als wir die letzte Unterredung in ihrem Schlafzimmer hatten, möchte ich es fast annehmen. Dennoch, Dora ist ihr Leben lang bei mir gewesen. Bis vor wenigen Wochen. Bis Ernst Günther und Philipp sie mir durch die niederträchtigste aller Intrigen entrissen. Habe ich keinen Platz mehr in ihrem Herzen? Braucht man ihr nur zu sagen: Du hast deine Mutter zu vergessen! – und sie tut es, gehorsam und wohlerzogen, wie sie ist?

Ich könnte akzeptieren, daß man meine Erlaubnis zu ihrer Verlobung nicht einholt. (Der Schnelzer versicherte ich, ich hätte sie längst gegeben. Sonst wäre meine Erniedrigung unerträglich gewesen.) Aber mitteilen hätte man es mir müssen. Ich lebe doch noch!

Heute erschien der Untersuchungsrichter Landgerichtsrat Dr. Joseph Wach hier, um mich im Auftrag der Wiener Staatsanwaltschaft zu befragen.

Sein Besuch war der Anstalt vorher nicht angekündigt worden und verursachte einige Aufregung. Die Oberschwester führte ihn zu mir herein und hatte bereits Platz genommen, als Herr Dr. Wach ihr erklärte, daß er unter vier Augen mit mir zu sprechen wünsche.

Sie ließ uns nur sehr ungern allein.

Das war die Gelegenheit, auf die ich schon so lange gewartet habe. Ich erzählte dem Untersuchungsrichter alles, von Anfang an, so wie ich es mir vorgenommen hatte.

Ich wäre schon öfter in die Lage gekommen, Wechsel unterschreiben zu müssen, sagte ich, aber Philipp hätte sie stets bezahlt. Eines Tages entschloß er sich, das nicht mehr zu tun, und daraufhin weigerte man sich, mir die Mittel, die ich dringend zur Bestreitung meines Unterhalts benötigte, gegen ein Papier zu geben, das von mir allein unterzeichnet war. Man verlangte die Unterschrift meiner Schwester. Da es mir aus persönlichen Gründen widerstrebte, sie um diese kleine Gefälligkeit zu bitten, schrieb ich selber ihren Namen hin, ohne mir weiter viel dabei zu denken.

Doktor Wach hörte mir ruhig zu, machte sich nur hin und wieder Notizen.

Ich war sehr zufrieden mit meiner Aussage. Es war mir gelungen, Gezas Namen überhaupt nicht zu erwähnen. Aber dann fragte der Landgerichtsrat, ob ich denn meine Geldangelegenheiten selber erledigte? Das sei doch ganz unüblich in meinen Kreisen.

Ich mußte zugeben, daß dies mein Kammervorsteher machte, jedoch in meinem Auftrag.

«Wie heißt Ihr Kammervorsteher?»

«Geza Graf Mattachich.» Jetzt bereitete es mir Freude, seinen Namen auszusprechen. «Geza Graf Mattachich», wiederholte ich noch einmal.

«Und wer waren die Wechselgläubiger?»

«Ein Wiener Bankhaus. An den Namen kann ich mich momentan nicht erinnern. Aber mein Advokat, Dr. Barber, vermittelte die Sache und kann Ihnen sicherlich nähere Auskünfte geben.»

«Zu welchen Bedingungen bekamen Sie das Geld?»

«Das weiß ich beim besten Willen nicht.»

«An wen ging die Zahlung?»

«An mich natürlich!»

Er wollte wissen, ob ich das Geld wirklich selber in die Hand bekommen hätte.

Das mußte ich verneinen. Die Zahlungen waren an Geza gegangen, der damit die dringendsten Schulden beglich.

Plötzlich sagte der Landgerichtsrat: «Wir sollten beide die Karten auf den Tisch legen, sonst kommen wir nicht weiter.» Er eröffnete mir, Geza von Mattachich stünde im Verdacht, auf einem Wechsel über 750 000 Gulden meine Unterschrift und die der Kronprinzessin-Witwe gefälscht, das Geld selber in Empfang genommen und für sich behalten zu haben.

«Ich habe Ihnen doch eben . . .», protestierte ich.

«Ich weiß, Königliche Hoheit, ich weiß», beschwichtigte er mich, «aber es wäre doch denkbar, daß Sie – aus Gründen, auf die ich nicht eingehen will – versuchen, Oberleutnant von Mattachich zu schützen und daher die Schuld auf sich zu nehmen.»

«Wenn die Schuld bei Oberleutnant von Mattachich läge, würde ich nicht den kleinen Finger krümmen, um ihm zu helfen», sagte ich sehr langsam und deutlich. «Ich hoffe, Sie verstehen mich, so wie ich Sie verstanden habe.»

«Ja, Königliche Hoheit», sagte er, und es klang ehrlich.

Plötzlich fiel mir etwas ein, was ich schon fast ganz vergessen hatte. Etwas Wichtiges! Ich erzählte es ihm sofort. Barber hatte mir nach Nizza depeschiert, ich sollte dem Staatsanwalt Dr. Ritter von Kleeborn (wie gut, daß ich mich an den Namen erinnerte) telegrafisch bestätigen, daß Stephanies Unterschrift echt sei. Das hatte ich auch getan. Das Telegramm aus Nizza, mit meinem vollen Namen gezeichnet, müsse bei der Wiener Staatsanwaltschaft liegen.

«Sehr richtig, Königliche Hoheit», bestätigte er. «Aber man könnte wieder die These aufstellen, Graf Mattachich hätte das Telegramm hinter Ihrem Rücken abgesandt und es lediglich mit Ihrem Namen versehen.»

«Mattachich weiß bis heute noch nichts von diesem Telegramm», sagte ich ruhig und fühlte, daß Dr. Wach mir glaubte. «Ich habe es ihm verschwiegen. Ich habe sogar Zeugen. Fragen Sie meine Hofdame, die Gräfin Fugger. Sie saß mit mir im Wagen, als ich vor der Post anhalten ließ.»

«Begleitete die Gräfin Sie hinein?»

«Nein, ich verbot es ihr. Aber der Beamte am Schalter wird sich bestimmt an mich erinnern, denn ich stellte mich sehr ungeschickt an. Ich hatte nie zuvor ein Postamt betreten oder ein Telegramm aufgesetzt.»

«Königliche Hoheit, jetzt bitte ich Sie, mir eine Frage ganz offen zu beantworten. Wann hat Graf Mattachich erfahren, daß Sie die Unterschrift gefälscht haben? Sie können es doch kaum lange vor ihm geheimgehalten haben.»

Ich sagte die Wahrheit. Ich sagte auch, wie bestürzt er gewesen war, als er es erfuhr. Daß er mir das Schlimmste prophezeite und Himmel und Hölle in Bewegung setzte – leider vergeblich –, um den Wechsel einzulösen und damit die Gefahr, die mir drohte, aus der Welt zu schaffen.

Als der Landgerichtsrat gegangen war, rief ich die Fugger. Ich erzählte ihr alles haargenau, und wir waren beide sehr glücklich.

Gerüchte, Gerüchte!

Es gehen Gerüchte um, so phantastisch, so unbeschreiblich, daß ich noch nicht wage, an sie zu glauben. Man war in letzter Zeit viel freundlicher zu mir geworden. Der Zerberus lächelte, Olga war liebenswürdig, selbst das Essen wurde besser und kam pünktlich.

Marie und ich bemerkten es beide, und Marie beschloß, der Sache auf den Grund zu gehen. Sie unterhielt sich öfter mit dem Zerberus und fand die Schnelzer menschlicher und zugänglicher, als es ursprünglich den Anschein hatte. Vor etwa einer Woche machte sie ihr in meinem Auftrag ein schönes Geschenk. Geld habe ich ja keines, aber ich ließ ihr einen hübschen Ridikül überreichen, der mit winzigen bunten Glasperlen bestickt ist, und habe damit genau ihren Geschmack getroffen.

Der großen, schweren Person, die aussieht, als ob nichts ihr eine Gefühlsregung abringen könnte, schossen die Tränen in die Augen. «Der Prinzessin geschieht großes Unrecht», flüsterte sie. «Wir alle hier wissen es!»

Damit war das Eis gebrochen.

Gestern nun tat sie den entscheidenden Schritt. Sie winkte Marie in eine Ecke, wo die beiden unbeobachtet waren, und erzählte ihr aufgeregt, sie hätte gehört, daß Professor Obersteiner es keinesfalls länger verantworten wolle, mich hier eingesperrt zu halten, da ich

	GTK	Herder	Heyne	Kindler	Knaur	Luchterhand	May	

GGT — Ravensburger

FWG — Reclam

Filex — rde

Fibü — RK

dtv sr — romono

dtv GA — 1955 — roro

dtv — rotele

DESCH — Scherz

DALP — edit. S.

ARENA — Ullstein

Diese Karte ist für uns ein wichtiges Hilfsmittel zum Ergänzen des Taschenbuchlagers. Entnehmen Sie die Karte daher bitte nicht dem Buch.

Ralvay, Kruger, Linson

Ergänzen:

Mindestlager:

Urban

Vand.

Erscheinungsmonat: 1 2 3 4 5 6 7 8 9 10 11 12

Fortsetzung: Belle

Erhöht um:

nicht krank sei. Er soll das beim Mittagessen in Gegenwart von Professor Sommer und Dr. Hartl gesagt haben. Sommer hätte ihm herzlich zugestimmt und Hartl geschwiegen. Der Wärter, der die Ärzte bei Tisch bedient, hat es mit eigenen Ohren gehört und später weiterberichtet. Mein Zerberus meint, demnach würde man mich sicherlich bald entlassen.

Ich habe Professor Obersteiner unrecht getan. Obwohl ich erkannt hatte, daß er von Anfang an wußte, was hier gespielt wird, habe ich nicht erkannt, daß er viel zu integer ist, um diese Kabale lange mitzumachen. Deshalb also wollte er mich zerstreuen. Deshalb schickte er mir das Klavier und die Mal-Utensilien. Er wollte mir über die schwere Zeit hinweghelfen.

Professor Sommer war von Anfang an auf meiner Seite. Es klingt mir noch in den Ohren, wie er «Normal, vollkommen normal!» sagte.

Bei Dr. Hartl bin ich nicht so sicher. Aber was vermag ein schlichter Oberarzt gegen Professoren? Noch dazu gegen einen vom internationalen Ruf des Professor Obersteiner.

Was werde ich als erstes tun, wenn ich hier herauskomme? Darauf gibt es nur eine Antwort: Mit dem nächsten Zug nach Agram fahren!

Nein. Ich darf noch keine Pläne machen, darf nicht daran glauben und nicht zu optimistisch werden . . . ich verbiete es mir!

Aber ich gehorche nicht. Insgeheim bin ich in Gedanken schon in Agram und befreie Geza aus seinem Gefängnis.

G

29. Juni 1898. Der Monat Juni geht zu Ende. Heut bin ich vier Wochen eingesperrt, ohne daß sich was tut. Es ist, als ob mich Karapancsa vergessen hätte.

Ich liege ganze Nächte wach. Dann frag ich mich immer häufiger, ob's überhaupt noch einen Menschen gibt, der an mich denkt. Oder ob ich hier bis in alle Ewigkeit warten könnt, ohne daß ein Hahn nach mir kräht. Oft glaub ich, das wär sehr wohl möglich.

Einmal, als ich's nicht mehr aushielt, hab ich mitten in der Nacht wie verrückt den eisernen Klopfer an meiner Tür gegen den Beschlag geschmettert. Die Zellennachbarn rechts und links fluchten laut und brüllten «Ruhe!» Das war Sphärenmusik für mich.

Die Wache erschien und fragte, was los sei. Ich wußte keine Antwort. Was hätt ich sagen sollen? Verärgert zog der Mann wieder ab. Aber ich war zufrieden. Der Schein seiner Blendlaterne hatte die Zelle für kurze Zeit erhellt. Mehr wollte ich nicht. Ich hatte die Nacht, die Verlassenheit, die schmerzende Stille überwunden.

Ich legte mich auf mein Feldbett und schlief sofort ein.

Ich hab mit Hauptmann Sekulic gesprochen. Es gibt keine bestimmte Frist, in der eine Untersuchung abgeschlossen sein muß. Wenn's Karapancsa Spaß macht, kann er mich monatelang schmoren lassen. Wenn er glaubt, mich so weich machen zu können, irrt er sich.

Sekulic sagte mir auch mehr oder weniger unverblümt, daß ich den schärfsten aller Auditoren erwischt hätte. Sicherlich. Aber nicht durch Zufall, wie er glaubt. Hier ist nichts Zufall. Alles läuft nach einem raffiniert ausgeklügelten verbrecherischen Plan.

Ich bin nicht vergessen! Ich bin nicht vergessen! Was für ein wunderbarer Tag!

Wunderbar und traurig zugleich. Dennoch muß ich versuchen, etwas Ordnung in meinen Kopf zu bringen.

Heut früh brachte mir der Kanonier Trmcik das Frühstück. Mir fiel auf, daß er sich etwas seltsam benahm und noch viel umständlicher als sonst mit dem Geschirr hantierte. Dabei ging er immer wieder zur offenstehenden Zellentür und spähte auf den Gang hinaus. Nachdem er sich, ich weiß nicht zum wievielten Mal, überzeugt hatte, daß die Luft rein war, trat er dicht an mich heran und schob mir einen Brief in die Hand.

«Vom ehemaligen Burschen des Leutnant Ozegovich», flüsterte er. «Ich soll so bald wie möglich Antwort bringen.»

Ich hätte Trmcik, häßlich wie er leider ist (er möge mir die Feststellung gütig verzeihen), auf der Stelle umarmen können.

Als ich wieder allein war, stellte ich mich mit dem Rücken gegen die Tür, so daß mich niemand durch den Spion beobachten konnte, und las den Brief. Er war von meinem treuen Freund Artur.

Es ist mir ganz und gar unmöglich, auch nur annähernd zu beschreiben, wie zwiespältig meine Gefühle bei der Lektüre des Briefes waren. Als ob ich abwechselnd einen heißen und einen kalten Eimer Wasser über den Kopf bekäme.

Die arme Louise. Meine arme Louise! Im Irrenhaus!

Sie im Irrenhaus, ich im Gefängnis. Das ist keine schlechte Pointe, Herr von Coburg. Hier wird reiner Tisch gemacht, das muß man Ihnen lassen. Ihre Art, Probleme zu lösen, hätte sogar einem Cesare Borgia Ehre gemacht.

Und ich hab diesem Vieh das Leben geschenkt! Statt ihn abzuknallen wie einen tollwütigen Hund. Der er ja tatsächlich auch ist. Aber das war dem fetten alten Kerl nich anzusehen, wie er mir damals mit ängstlichem, hochrotem Gesicht gegenüberstand. Ich hätte ihn niederknallen sollen. Was auch passiert wär danach, es wäre besser gewesen.

Ich kam mit der Lektüre nicht von der Stelle. Mir war total blödsinnig im Kopf. Ich hab immer wieder nur die erste Hälfte des Briefs gelesen, wo Artur mir mitteilt, was man Louise angetan hat. Ich konnt es einfach nicht kapieren. Meine Gedanken sind jedesmal auf und davon. Zu dem Duell. Philipp stand mir gegenüber. Ich legte an, schoß und traf. Immer wieder schoß ich und traf. Er lag tot am Boden. Tot!

Ganz allmählich erst gelang es mir, mich zu konzentrieren und weiterzulesen.

Louise läßt mir durch Artur ausrichten (das scheint überhaupt ihr wichtigstes Anliegen zu sein), daß sie sich frei und offen mehrmals dazu bekannt hätte, beide Wechselunterschriften selbst vollzogen zu haben, ohne daß ich davon wußte. Hinter meinem Rücken. Ich hätte mit der Sache nicht das geringste zu tun. Ich sollte daher also ganz ehrlich, ohne jede Hemmung, die volle Wahrheit sagen. Man müßte mich umgehend aus der Haft entlassen. Falls ich überhaupt noch festgehalten würde, wenn ihre Nachricht auf dem vermutlich nicht einfachen Weg endlich bis zu mir gelangt sei.

Schließlich schrieb Artur, daß er für Kurierdienste zwischen Louise und mir jederzeit zur Verfügung stünde.

Ich denk unentwegt darüber nach, warum Philipp seine Frau ins Irrenhaus gebracht hat. Denn ich bin mit Louise der Meinung, daß ganz allein er dahintersteckt. Da es weder das Prestige noch das Selbstbewußtsein eines Mannes heben kann (zumal wenn er so eitel ist wie Philipp), mit einer Verrückten verheiratet zu sein, muß was ganz Bestimmtes dahinterstecken. Etwas viel Gewichtigeres als verletzte Eitelkeit, öffentlicher Skandal und alles, was sonst noch Unangenehmes damit zusammenhängt.

Ich zermartere mir das Gehirn und komme zu keinem Schluß.

Gestern hab ich geschrieben.

Trmcik hat den Brief bereits an diesen Petar, Arturs früheren Burschen, weitergegeben. Er hat es mir heut früh zugeflüstert. Am Abend treffen sich Petar und Artur. Der wird so schnell wie möglich damit nach Wien fahren.

In wenigen Tagen weiß Louise genau, wie ich hier offiziell und definitiv aussagen werde. Darauf kam es mir jetzt vor allem an.

Ich hab ihr dringend ins Gewissen geredet, ihre eigene Aussage entsprechend zu korrigieren. Wenn zwischen ihrer und meiner Aussage Übereinstimmung besteht, sind wir ein gutes Stück weiter. Sie soll sich darauf ausreden, daß sie verständlicherweise versucht hätte, ihre Schwester aus dem Skandal herauszuhalten.

Es war von Louise ebenso liebenswert wie leichtsinnig und völlig falsch (das hab ich deutlich geschrieben), wie sie sich mit ihrem übereilten Geständnis in Gefahr gebracht hat. Kein Mensch hat von ihr erwartet oder gar verlangt, sich zur Fälschung von Stephanies

Unterschrift zu bekennen. Ich am allerwenigsten. Sie hat nur eine Aufgabe: Alles zu tun, um heil aus der Chose rauszukommen!

L

Es regnet nun schon eine Woche lang, ohne aufzuhören. Ich starre durch die Gitter meines Fensters hinaus in die grauen Wolken, die so tief hängen, daß ich meine, sie müßten die Baumspitzen berühren.

Purkersdorf liegt nur eine Stunde weiter von der Hofburg entfernt als Döbling. Mir kommt es vor, als ob es am anderen Ende der Welt läge. Hier erst ist meine Verbannung vollkommen. Die Zeit läuft, aber sonst steht alles still.

Von Geza habe ich nie eine Antwort bekommen. Auch Ozegovich ist verschollen, und ich werde kaum je wieder von ihm hören können, da Marie mich verlassen mußte.

Ich weiß nicht, ob Geza verurteilt wurde oder ob er frei ist. Manchmal frage ich Fräulein von Gebauer danach, meine neue Gesellschaftsdame. Sie behauptet, es auch nicht zu wissen. Ich mag Fräulein Gebauer nicht leiden. Ich traue ihr nicht.

Ich sehne mich nach Marie Fugger und ahne nicht einmal, wo sie ist. Von einem Tag auf den anderen – nein, von einer Stunde auf die andere, hat man sie mir entrissen.

Von dem Augenblick an, als wir erfuhren, was uns bevorstand, ließ man uns keine Sekunde mehr allein. Bachrach und dieser Gerichtsarzt, der mit ihm in Agram war, hockten da wie die Schmeißfliegen und hörten uns zu. Wir konnten nicht einmal miteinander flüstern. Olga packte meine Sachen, Marie küßte mir die Hand, und ich habe sie nicht wiedergesehen.

Obersteiner scheiterte an Philipp, Philipp ist stärker als wir alle.

Bevor Professor Obersteiner mich freilassen konnte, hat man mich schnell nach Purkersdorf überführt. Hier interessiert sich niemand für mich. Es gibt keinen Doktor Hartl, mit dem ich sprechen könnte. Ich werde nicht untersucht, nicht befragt, ich bin einfach abgeschrieben. Ein erledigtes Kapitel.

Die einzige Erinnerung an Obersteiner ist das Klavier und die Staffelei. Ich male nicht, und ich musiziere nicht. Ich sehe tagelang aus dem Fenster. Oder ich bleibe einfach im Bett. Nachts kann ich nicht schlafen. Von irgendwo ertönen Schreie, die mir das Blut in den Adern gefrieren lassen. Das Grauen packt mich und auch das Mitleid mit meinen Leidensgefährten.

Olga ist mir geblieben. Olga, das böhmische Bauernmädchen. Zumindest ein bekanntes Gesicht. Und sie ist brav.

Dora hat geheiratet. Auch das ging spurlos vorbei. Sie nahm keine Notiz von mir, und Ernst Günther natürlich auch nicht. Ob jemand sie bei den Festlichkeiten gefragt hat: «Wo ist denn Ihre Frau Mutter?» Und hat sie dann mit kühlem Kinderblick geantwortet: «Wissen Sie das nicht? In der Irrenanstalt!»

𝒢

28. August. Seit Anfang des Monats werde ich alle zwei oder drei Tage vernommen.

Den ganzen Juli über hat sich nichts getan. Ich wartete. Auf Karapancsa und auf eine Antwort von Louise. Vergeblich. Es waren die elendesten Wochen meines Lebens.

Wenn ich auf dem Gang die Schritte Trmciks hörte (allmählich erkennt man hier jeden am Schritt), bin ich hochgeschreckt. Blieb er vor meiner Zellentür stehen, konnt ich's kaum erwarten, bis er aufgeschlossen hatte. Meine Hoffnung wurde jedesmal betrogen. Ozegovich ist verschollen. Er hat nichts mehr von sich hören lassen, seit ihm mein Brief an Louise von Trmciks Kameraden Petar übergeben worden ist.

Als ich endlich zum Auditor befohlen wurde, kam mir das wie eine Erlösung vor.

Bei unserm ersten Wiedersehen tat Hauptmann-Auditor von Karapancsa, als ob wir erst gestern miteinander gesprochen hätten. Kein Wort, daß inzwischen zwei Monate vergangen waren. Und kein Wort über das damalige abrupte Ende.

Nachdem er mich aufgefordert hatte, Platz zu nehmen, fragte er mich mit geschäftsmäßiger Distanziertheit, aber keineswegs unfreundlich, ob ich ihm was zu sagen hätte.

Ich verneinte.

«Sie bleiben demnach dabei, die Wechsel-Unterschriften nicht vollzogen zu haben?»

«Ich bleibe dabei, Herr Hauptmann.»

Karapancsa ließ sich von Leutnant Joost das Protokoll geben und las vor: «Auf die Frage, wer seiner Meinung nach das Akzept unterschrieben hätte, antwortet Mattachich: Die Prinzessin Louise und die Kronprinzessin-Witwe Stephanie natürlich. Niemand sonst. Alles andere sind Hirngespinste.» Er sah auf. «Erinnern Sie sich?»

«Selbstverständlich, Herr Hauptmann.»

Er reichte Joost das Protokoll zurück und sagte wie beiläufig: «Inzwischen ist die Anzeige des Wiener Landesgerichts eingegangen. Der zuständige Untersuchungsrichter, ein Herr Dr. Wach, bezichtigt Sie der Wechselfälschung und des Betrugs. Er fügt der Anzeige ein Bündel von Dokumenten bei, die seine Anschuldigung hinreichend untermauern.» Er blätterte in einer Akte. «Mit einem der Dokumente darf ich Sie gleich mal bekanntmachen. Es gibt hier eine eidesstattliche Versicherung des Grafen Choloniewsky, Obersthofmeister Ihrer Kaiserlichen Hoheit der Kronprinzessin-Witwe Stephanie. Danach besteht die Frau Kronprinzessin-Witwe ganz energisch darauf, nicht das geringste mit der Wechselaffäre zu tun zu haben. Glauben Sie, daß ein angesehener höchster Beamter der Wiener Hofgesellschaft eine falsche eidesstattliche Erklärung abgibt?»

«Ich kenne ihn nicht und kann mir kein Urteil über den Herrn erlauben», antwortete ich.

«Sie drücken sich vorsichtig aus», sagte der Hauptmann mit mühsam verborgenem Unwillen. «Für mich steht fest, daß die Frau Kronprinzessin-Witwe sich durch ihren Obersthofmeister eindeutig zu dem Fall geäußert hat. Wir können getrost ein für allemal davon ausgehen, daß die bewußte Unterschrift nicht von Ihrer Kaiserlichen Hoheit stammt.»

Er sah mich an. «Wie verträgt sich das also mit Ihrer Aussage im ersten Verhör, die ich eben verlesen habe?»

Er versucht wieder einen Frontalangriff, dachte ich. Jetzt muß sich rausstellen, ob meine Verteidigungsstrategie was taugt.

«Ich hab über die Sache nachgedacht», begann ich ruhig. «Zeit genug war ja.»

«Mit welchem Resultat?»

«Die Unterschrift der Prinzessin Coburg ist echt. Wenn man Ihre Königliche Hoheit zu dem Fall hört, wird es keine Diskussion mehr darüber geben.» Ich machte eine Pause. «Darf ich mir höflichst die Frage erlauben, ob das Gericht sich um eine Aussage der Prinzessin bemüht hat?»

«Sie sollten sich damit abfinden, daß ich hier die Fragen stelle, Herr Oberleutnant», antwortete der Auditor gereizt.

Ohne darauf zu reagieren, fuhr ich fort: «Was die zweite Unterschrift angeht, versichere ich nochmals mit allem Nachdruck, daß ich mit ihr ebensowenig zu tun habe wie mit der ersten. Falls die Frau Kronprinzessin darauf beharrt, daß sie gefälscht sei, gibt es für mich nur zwei Erklärungen.»

«Nämlich?»

«Entweder Ihre Kaiserliche Hoheit hat dennoch unterschrieben und will sich nun, wo's zum Skandal gekommen ist, auf Betreiben ihrer Berater aus der Sache raushalten . . .»

«Wissen Sie, was Sie da reden?» unterbrach Karapancsa empört. «Das grenzt fast an Majestätsbeleidigung!»

«Ich bemühe mich, die gegen meine Person erhobenen Vorwürfe zu entkräften, Herr Hauptmann. Soviel ich weiß, ist das ein mir vom Gesetz zugestandenes Recht.»

«Fahren Sie fort.»

«Entweder will sich die Frau Kronprinzessin-Witwe . . . ich sagte ausdrücklich auf Betreiben gewisser Berater . . . nachträglich von der Unterschrift distanzieren, die sie sicherlich nur aus wärmsten Gefühlen ihrer Schwester gegenüber geleistet haben mag . . .»

«Weiter!» drängte der Auditor.

«Oder der Brief der Prinzessin Louise, dem damals der Wechsel beilag, wurde seiner Adressatin nie ausgehändigt, und irgend jemand aus der Umgebung der Kaiserlichen Hoheit hat ohne deren Wissen ihre Unterschrift gefälscht.»

Es herrschte Stille. Ich konnte sehen, wie es in den Gehirnen der mir gegenübersitzenden Männer arbeitete.

«Aus welchem Grund, Mattachich? Erklären Sie uns das», sagte der Auditor schließlich.

Die erwartete Explosion war ausgeblieben.

«Aus demselben Grund, aus dem der Advokat Dr. Bachrach mir vor drei Monaten 100 000 Gulden angeboten hat. Aus demselben Grund, aus dem er mich vor diesem Gericht denunzierte, als ich den Handel ablehnte: Um Prinzessin Louise und mich auseinanderzubringen! Und als das schmähliche Geschäft mißlang, griff man zu einer Waffe, mit der man mich endgültig unschädlich zu machen hofft. Sie müssen zugeben, Herr Hauptmann, man hat schon eine Menge damit erreicht!»

«Wer ist *man*?» fragte der Auditor.

«Mein Todfeind. Der Gemahl der Prinzessin Louise», antwortete ich ohne Zögern.

Dies war das Konzept der Verteidigung, für das ich mich entschieden hatte. Ich konnte daran festhalten, ohne Louise im geringsten zu belasten. Ich hatte es ihr in meinem Brief ausführlich erklärt und sie beschworen, alle früheren Aussagen zu widerrufen und von nun an genauso zu argumentieren wie ich.

Karapancsa wartete, bis Leutnant Joost mit dem Protokoll nachgekommen war, dann sagte er: «Eigentlich müßte ich Sie wegen Verleumdung eines Feldmarschalleutnants zu verschärftem Arrest verdonnern, Mattachich. Aber das würde die weitere Prozedur nur verlängern. Weil ich die Sache schnell hinter mich bringen will, verzichte ich also darauf. Dennoch warne ich Sie, meine Gutmütigkeit als Schwäche auszulegen. Es könnte zu nachteiligen Fehleinschätzungen führen. Kapiert?»

«Sehr wohl, Herr Hauptmann!»

Das spielte sich zu Beginn der großen Verhörrunde ab, die den ganzen August über andauerte.

Wir hatten uns offensichtlich beide vorgenommen, es nicht zu neuen Zusammenstößen kommen zu lassen. Obwohl jeder wußte, was er vom anderen zu halten hatte, entkrampfte sich unser Verhältnis von Mal zu Mal. Es entstand keinerlei Beziehung. Nicht das leiseste Verständnis füreinander. Aber gerade die kalte, sich durch nichts wandelnde Distanziertheit schaffte ein sachliches Klima besonderer Art, an dessen Erhaltung uns in gegenseitigem Interesse lag.

Zunächst wurde mein bisheriges Leben aufgeblättert und durchschnüffelt. Von der Geburt an. Ich wunderte mich, was da an echten und vermeintlichen Jugendsünden zusammengetragen worden war. Dennoch erwies sich das Unternehmen als wenig ergiebig. Dann konzentrierte sich die Wißbegierde des Auditors darauf, wie ich Louise kennenlernte, und auf die ersten Monate danach. Auch hierüber (das ergab sich aus den Fragen) wußte er hinreichend Bescheid. Philipp respektive Bachrach hatten erstklassige Arbeit geleistet. Im letzten Verhörabschnitt ging es vor allem darum, welche Finanzmittel Louise seit dem Verlassen Wiens zur Verfügung standen, wie es aus meiner Sicht zu der Wechselaffäre gekommen war und was ich zu ihrer Aufhellung zu sagen wußte. Die Einkünfte, die ich als Kammerherr bezog, spielten hier eine wichtige Rolle.

Als Karapancsa sich allen Einwänden und Widerlegungen zum Trotz hartnäckig weigerte, auch nur theoretisch die Möglichkeit ins Auge zu fassen, daß jemand anderer als ich der Fälscher sein könnte (und zwar beider Unterschriften, denn ich sollte mir das Geld hinter Louises Rücken zur Aufbesserung der eigenen Kasse erschwindelt haben), verbissen wir uns immer heftiger in die entscheidenden Details. Ich ertappte mich dabei nur zu oft, daß ich den Auditor mit Argumenten der Vernunft zu überzeugen versuchte, obwohl ich doch längst begriffen hatte, daß ihn die Wahrheit nicht im geringsten interessierte.

Dank Louises Nachricht wußte ich, daß ich mich wie eh und je auf sie verlassen konnte. Inzwischen mußte sie meinen Brief in Händen haben. Ich durfte also davon ausgehen, daß sie ihr voreiliges Geständnis korrigiert hatte und unsere Aussagen von nun an in den wesentlichen Punkten übereinstimmten. Damit war viel erreicht.

Wann immer es ging, drängte ich deshalb auf eine Gegenüberstellung mit ihr. Mochte sie in Agram oder in Wien stattfinden. Dabei durfte natürlich nie der leiseste Verdacht aufkommen, daß ich ihren Aufenthaltsort und die Umstände, unter denen man sie dort festhält, kenne.

Jeder halbwegs gewissenhafte Auditor hätte einer Gegenüberstellung mit der Hauptzeugin sofort zugestimmt. Falsch. Er hätte sie längst von sich aus angeordnet. Nicht so Hauptmann von Karapancsa. Er belehrte mich vielmehr eines Tages dahingehend, daß er jede Konfrontation von Angeklagten und Zeugen für den Bereich der Militärstrafjustiz ablehne. Grundsätzlich. Aus Erfahrung. Aus welcher Erfahrung, das verriet er allerdings nicht.

Durch das Studium der «Theresianischen peinlichen Gerichtsordnung» weiß ich, daß es ihm anheimgestellt ist, die Untersuchung ganz nach eigenem Belieben zu führen. Die Hoffnungen, die ich mir vom Ergebnis einer Gegenüberstellung mit Louise gemacht hatte, konnte ich also begraben.

Dennoch beharrte ich weiter darauf, daß Louises Aussage den Beweis meiner Unschuld liefern würde. Ich merkte, wie der Auditor dem Thema auszuweichen versuchte. Um so verbissener hielt ich daran fest. Das Verhör glich allmählich einem griechisch-römischen Ringkampf. Ohne daß ein Vorteil sichtbar wurde, wollte jeder den anderen zur Aufgabe der eingenommenen Position zwingen in der Hoffnung, den Gegner dann auf die Matte werfen zu können.

Für Karapancsa war meine Täterschaft eine Tatsache. Er brauchte keine Zeugen. Schon gar keinen, der mich entlasten würde. Während ich immer verstockter erklärte: «Bedaure, Herr Hauptmann, das könnte vermutlich nur Prinzessin Louise beantworten.» Oder: «Ich bitte gehorsamst, sich dieserhalb an Ihre Königliche Hoheit zu wenden.»

Als ich schließlich am Ende der zweiten Verhörwoche jede Antwort mit dem Hinweis verweigerte, daß zu den gestellten Fragen allein Louise Auskunft zu geben in der Lage sei, drohte Karapancsa mir erneut mit Bestrafung und brach die Vernehmung ab.

Wieder in der Zelle, zwang ich mich zur nüchternen Beurteilung der Lage und mußte das Scheitern meiner Taktik zugeben. Auf Hilfe von außen konnte ich nicht mehr rechnen.

An diesem Abend brachte mir Trmcik die lang ersehnte Antwort von Louise. Jedenfalls dachte ich das. Aber es stellte sich als Irrtum raus. Ein verzweifelter Artur teilte mir mit, daß mein Brief Louise nie erreicht hat. Vermutlich, so schrieb er, hätten Philipps Schergen der braven Fugger nachspioniert und gemeldet, daß sie sich heimlich mit ihm im Kaffeehaus getroffen hatte. Unmittelbar danach wurde sie nämlich von Louises Seite entfernt und des Landes verwiesen. Sie soll irgendwo in ihrer bayerischen Heimat Zuflucht gefunden haben. Dabei hat man es aber nicht belassen. Man hielt Louises Versteck in der Döblinger Anstalt nun wohl nicht mehr für sicher. Sie wurde noch am selben Tag, als man ihr die Fugger nahm, an einen streng geheimgehaltenen Ort verbracht. Wohin, hatte Artur trotz aller möglicher Listen nicht feststellen können.

Die vielversprechende Verbindung mit Louise war also wieder abgebrochen. Sie hatte meinen Brief nicht bekommen. Damit war der Versuch, unsere Aussagen zu koordinieren, fehlgeschlagen.

Als es in der Zelle dunkel wurde und die hereinbrechende Nacht die letzten Konturen meiner jämmerlichen Umgebung verschluckte, blieb nur die Gewißheit, daß mich Karapancsa nach dem neuerlichen Zusammenstoß wieder ein paar Wochen «vergessen» würde. So wie damals, als wir bei unserer ersten Begegnung aneinandergerieten.

Entsprechend groß war die Überraschung am nächsten Morgen. Eine Stunde eher als sonst erschien Stabsprofos Senft. In seinem Dienstraum überantwortete er mich dem Wachunteroffizier und dessen Begleiter. Unter strenger Beachtung des mir nun schon vertrauten Ritus führten mich die beiden über das Kasernengelände zum Gerichtsgebäude.

Hauptmann-Auditor von Karapancsa machte einen besonders aufgeräumten Eindruck. Wer ihn nicht besser kennt, hätte ihn für umgänglich, beinahe für liebenswürdig gehalten. Nachdem der Unteroffizier lautstark meine Anwesenheit gemeldet hatte und entlassen worden war, sagte der Auditor, mit einer einladenden Geste zu den beiden Leutnants und mir: «Ich bitte die Herren, Platz zu nehmen.» Es hörte sich an wie im Casino.

Ich dachte an das, was sich am Vortag abgespielt hatte, und traute dem Frieden nicht.

«Herr Oberleutnant», wandte sich Karapancsa an mich, «es gehört zu den selbstverständlichen Pflichten des Auditors, sich in korrekter Weise zu bemühen, alles nur irgendwie erreichbare, belastende wie auch entlastende Material zusammenzutragen, das zur Erforschung und Bewertung einer Tat von Bedeutung sein könnte. Dies geschah und geschieht selbstredend auch in Ihrem Fall. Die besonderen Umstände sind dabei nicht gerade förderlich. Im Gegenteil. So war es zum Beispiel nicht einfach, Ihre Königliche Hoheit die Frau Prinzessin von Coburg zu hören, die Sie ja mehrfach als Zeugin benannt haben. Dennoch ist auch dies geschehen.»

Ich spürte, wie mir vor Erregung das Blut in den Kopf stieg. «Ist die Frau Prinzessin in Agram, Herr Hauptmann?» fragte ich.

«Nein. Wir mußten aus zwingenden Gründen auf eine Ladung verzichten.»

Ich ärgerte mich über mich selbst. Wie konnte ich nach dem, was ich wußte, annehmen, man hätte Louise nach Agram reisen lassen.

«Wir haben den Wiener Untersuchungsrichter Dr. Wach gebeten», fuhr der Auditor fort, «Ihre Königliche Hoheit für das hiesige Garnisonsgericht kommissarisch zu vernehmen.» Er schlug eine Akte auf. «Dies ist das Protokoll.» Er sah mich so freundlich an wie nie zuvor.

«Sie hatten allen Grund, sich auf die Aussage der Frau Prinzessin zu berufen. Sie entlastet Sie in einem Umfang, wie Sie es sich nicht besser wünschen könnten. Sie erklärt rundheraus, beide Unterschriften selbst vollzogen zu haben. Hinter Ihrem Rücken, Herr Oberleutnant! Ohne Ihr Wissen!»

Louise hat demnach vor dem Wiener Untersuchungsrichter

wiederholt, was sie schon früher Bachrach gesagt hatte, schoß es mir durch den Kopf. Es ist zwar anders gelaufen, als ich es mir ihretwegen gewünscht hätte, aber an dieser Aussage kommt kein Gericht vorbei. Das wäre undenkbar.

Der Hauptmann bremste meinen Gedankenflug. «Beide Unterschriften», wiederholte er. «Beide. Also auch die der Kronprinzessin-Witwe Stephanie!» Er machte eine kleine Pause, und jetzt war er wieder der alte.

«Wie erklären Sie sich das, Oberleutnant Mattachich? Glauben Sie allen Ernstes, die Tochter Seiner Majestät des Königs der Belgier, mit einem Dutzend europäischer Herrscherhäuser aufs engste verwandt, würde Wechsel fälschen?»

«Das ... kann ich mir nicht recht vorstellen», sagte ich zögernd.

«Sie haben es wieder mal sehr diskret ausgedrückt, Mattachich. Ich sag's Ihnen deutlich: Niemand glaubt das! Kein Mensch! Auch kein Gericht, versteht sich. Das gibt es einfach nicht. Das ist absurd. Völlig absurd. Genausogut könnte eines Tages die Welt auf dem Kopf stehen. Das wäre kein bißchen verrückter!» Er beugte sich über den Tisch. «Aber wissen Sie, was ganz leicht zu glauben ist, weil's tausend Beispiele dafür gibt? Auch das will ich Ihnen sagen: Daß eine Frau das Blaue vom Himmel runterlügt, um den Geliebten zu retten!» Dann meinte er gelassen: «Auch eine Königstochter ist schließlich eine Frau.»

Ich überlegte, was und wie ich antworten sollte.

Der Hauptmann zeigte einen Anflug von Mitleid. Oder war es Spott? «Strapazieren Sie nicht unnötig Ihr Gehirn, Herr Oberleutnant. Sie waren gar so versessen auf die Aussage Ihrer Königlichen Hoheit. Da wollte ich Sie von dem Irrglauben befreien, wir würden die Prinzessin nicht zu Wort kommen lassen. Sie liebt Sie und sagt zu Ihren Gunsten aus. So einfach ist das. Aber selbst wenn sie Sie belasten würde, spielte es keine Rolle.» Er lächelte mit schlecht gespielter Verlegenheit. «Tut mir leid, daß ich Ihnen das sagen muß. Sie ist nämlich in einer Anstalt. In einer Anstalt für Geisteskranke. Wie mir Herr Dr. Wach mitteilt, rechnet er täglich mit der Entmündigung. Damit verliert sie automatisch jedes Zeugenrecht.»

Er sah mich so kalt an, daß ich trotz der Augusthitze eine Gänsehaut bekam. Dann wandte er sich an Leutnant Joost: «Sie können die hohe Frau von der Zeugenliste streichen!»

Mit Hilfe einer brutalen und schamlosen Machination hatte man Louise von jeder Möglichkeit, auf das Prozeßgeschehen Einfluß zu nehmen, ausgeschlossen. Man hat sie nicht nur eingesperrt, man hat sie auch höchst offiziell mundtot gemacht. Sie kann sagen, was sie will. Es ist in den Wind gesprochen. Nun wird alles so abrollen, wie die Weichen gestellt sind. Meine Gegner haben keinerlei Überraschung mehr zu fürchten.

Der Hauptmann-Auditor wurde wieder etwas umgänglicher.

Wie sich rausstellte, war er im Juli längere Zeit in Wien gewesen, um dort eine Anzahl Zeugen zu vernehmen: Stephanies Obersthofmeister Choloniewski (sie durfte als Angehörige der kaiserlichen Familie nicht selber aussagen), unseren ehemaligen Advokaten Dr. Barber, die Bankiers Reicher und Spitzer. Aber vor allem und in erster Linie den noblen Regierungsrat Bachrach. Ich zweifle keine Sekunde, daß Bachrach weniger als Zeuge denn als Ankläger fungierte (und noch fungiert), wobei er ganz im Sinne seines Herrn, des Prinzen Philipp, vor keiner Schandtat zurückschrecken dürfte. Wenn sie nur hilft, mich ebenso stumm zu machen und beiseite zu schaffen wie die bemitleidenswerte Louise.

Eines Tages legte mir Karapancsa das Corpus delicti vor. Den ominösen Wechsel. Ich betrachtete die beiden Signaturen und hatte Mühe, an mich zu halten. Meiner Louise war gar nicht eingefallen, ihre Handschrift sonderlich zu verstellen, als sie das verfängliche «Kronprinzessin Stephanie» hinschrieb. Damals in Nizza brannte ich so darauf, Barber den neuen Wechsel endlich auszuhändigen, daß ich mir die Unterschriften kaum ansah. Ich hegte ja keinerlei Zweifel an ihrer Echtheit.

Der Hauptmann-Auditor offenbarte mir, daß ein Schriftexperte, der auf Grund hervorragender Leistungen das Vertrauen des Agramer Garnisonsgerichts besäße, mich als den Fälscher der Namenszüge identifiziert hätte. Ganz einwandfrei. Man hatte in Lobor

Schriftproben von mir beschlagnahmt. Sie waren dem Experten für seine Analyse übergeben worden. Das Gutachten, das Leutnant Anzi verlas, schloß mit dem pathetischen Satz (ich hab ihn mir wörtlich gemerkt): «Nach den dargelegten Gründen und Beweisen steht fest, daß keinem anderen Sterblichen auf dieser Welt die fraglichen Schriftzüge auf dem betreffenden Wechsel zuzuschreiben sind als eben dem Mattachich.»

Die fanatische Besessenheit, die hier in einem Gerichtsgutachten spürbar wird, das sich durch sachlich-nüchterne Neutralität auszeichnen sollte, erinnerte mich zum zweiten Mal an Capitaine Dreyfus. Auch ihm hatten Schriftexperten das Genick gebrochen. Jetzt erfuhr ich am eigenen Leib, wie schnell das geht.

Louises Namenszug, der mir ja hinreichend gut bekannt sei, wäre die raffinierte, perfekte Fälschung schlechthin. So etwa drückt sich der Experte, ein Herr von Uliczny, aus. Den graphologischen Beweis für die Behauptung bleibt er allerdings schuldig. Es ist seinem fachmännisch geschulten Auge nicht entgangen, daß die auf dem Wechsel als Stephanies Signatur figurierenden Schriftzüge mit ihrer echten Unterschrift nicht das geringste zu tun haben. Der Experte löst dies Rätsel auf seine Weise. Ich hätte, sagt er, bei der falschen Signatur meine eigene Handschrift – man höre und staune – nur gerade so weit verstellt, daß die Bankiers getäuscht werden konnten. Weshalb sich dann aber die zwei Signaturen (Louises «perfekt und raffiniert» gefälschte und die in meiner eigenen Schrift niedergeschriebene ihrer Schwester) so ähnlich sind, darüber schweigt Herr von Uliczny. Es fordert auch niemand von ihm eine Auskunft.

Ich machte den Auditor auf alle Widersprüche aufmerksam. Er wies jeden Einwand zurück. Ich versuchte verzweifelt, darauf hinzuweisen, daß ich Stephanies Unterschrift aus zahlreichen Briefen an Louise genausogut kenne wie die von Louise selbst. Warum in aller Welt hätte ich die eine so jämmerlich schlecht fälschen sollen, wo mir die andere doch angeblich perfekt gelungen war? Damit mußte ich doch den ganzen Zweck des Unternehmens gefährden.

Karapancsa zuckte die Achseln. Für ihn war das Gutachten maßgebend.

Schließlich nahm der Hauptmann eine Lupe und betrachtete die

Unterschriften. «Eine leichtsinnige, oberflächliche Arbeit, Mattachich», sagte er mißbilligend. «Die Bleistiftstriche hätten Sie wenigstens ausradieren müssen. Bodenlos leichtsinnig. Hier!» Er reichte mir das Vergrößerungsglas und den Wechsel.

Erst jetzt konnte ich sehen, daß parallel zu beiden Namenszügen an mehreren Stellen dünne Bleistiftlinien verliefen. Als wären die Unterschriften vorskizziert worden. Auch an der Signatur Stephanies, die ich doch angeblich in meiner eigenen Handschrift geschrieben haben soll. fanden sie sich.

Ich starrte wie gebannt auf das Akzept. Es war klar, daß die Striche nicht von Louise stammten. Ebenso klar war, was man mit ihnen bezweckte. Ich spürte, wie mir vor Empörung und ohnmächtiger Wut das Blut in den Kopf schoß.

«Sie werden ja rot, Herr Oberleutnant. Das ist ganz was Neues», hörte ich die verhaßte Stimme des Auditors. «Sollten Sie angesichts der erdrückenden Beweise ein Geständnis ablegen wollen?»

Ich biß mir auf die Lippen. Nur nichts sagen, dachte ich, was deine Lage unweigerlich schlimmer machen muß, als sie schon ist. Obwohl das eigentlich kaum denkbar war. Es fiel mir verdammt schwer, aber ich schwieg eisern.

Seit diesem Augenblick weiß ich, daß Dreyfus, Jud hin oder her, unschuldig auf der Teufelsinsel sitzt.

Bei der Vernehmung zum Gutachten des Schriftexperten stellte sich zu meiner grenzenlosen Überraschung ganz nebenbei (!) heraus, daß der Wechsel inzwischen eingelöst worden ist.

Der Auditor bemühte sich, die Sache als bedeutungslos runterzuspielen, mußte aber zugeben, daß auf Philipps Geheiß, pünktlich am 20. Juni, den Bankiers die volle Summe von 750 000 Gulden bar ausbezahlt wurde. Auf Wunsch hatten die Herren dem Wiener Landesgericht daraufhin eine Erklärung abgegeben (sie lag meiner Akte bei), daß sie restlos abgefunden wären und sich demzufolge auch nicht als geschädigt betrachten könnten. Für sie war die Affäre mit der Einlösung des Papiers erledigt. Für alle Zeiten.

Und für mich ist das seit langem die erste gute Nachricht.

Ich bin kein Jurist, aber wenn die Gläubiger ihr Geld bekommen haben (und bei den Wucherzinsen sehr viel mehr als das), kann dann überhaupt noch von Betrug die Rede sein? Dann wär's doch höchstens der Versuch eines Betrugs. Soviel ich weiß, besteht da juridisch ein gewaltiger Unterschied.

Alle Bemühungen, Karapancsa darauf anzusprechen, wurden von ihm strikt zurückgewiesen. «Hier stelle ich die Fragen, Oberleutnant Mattachich!» Das Lied kenn ich ja zur Genüge.

Dennoch ließ mich der Gedanke nicht los. Als ich am Abend in der Zelle darüber nachgrübelte, kam mir noch eine ganz andere Idee. Sie hat mich die halbe Nacht beschäftigt. Am Morgen konnt ich es kaum erwarten, bis ich dem Auditor gegenübersaß.

«Herr Hauptmann, ich bitte gehorsamst auf einen Widerspruch hinweisen zu dürfen, der sich nach meiner Auffassung in den vergangenen Tagen deutlich herauskristallisiert hat.»

«Ein Widerspruch?» Karapancsa blätterte in den Akten.

«Sehr wohl, Herr Hauptmann.»

«Meinetwegen, schießen Sie los», sagte mein Gegenüber, ohne aufzusehen. «Aber machen Sie's kurz, Mattachich. Wir müssen weiterkommen.»

«Wie mir offiziell mitgeteilt wurde, hat der Prinz von Coburg den fraglichen Wechsel pünktlich auf den Tag bezahlt», begann ich.

«Na und?» Der Hauptmann sah noch immer nicht auf.

Ich hatte mir vorgenommen, peinlich korrekt und höflich zu sein. «Ich bitte gehorsamst um Entschuldigung, Herr Hauptmann, demnach steht doch fest, daß zumindest die Unterschrift Ihrer Königlichen Hoheit der Prinzessin Louise echt ist!»

Endlich hob der Auditor den Kopf.

«Einen zwingenderen Beweis könnte es gar nicht geben», fuhr ich fort.

«Ach. Wieso?» Es klang lauernd und zynisch zugleich.

Niemand rührte sich. Drei Augenpaare waren auf mich gerichtet. Es herrschte Grabesstille.

«Die Anzeige wirft mir vor, beide Unterschriften gefälscht zu haben.»

«Allerdings», bestätigte Karapancsa.

«Ich bitte für einen Moment bewußt davon ausgehen zu dürfen», fuhr ich fort, «daß die Anzeige fundiert ist und auf Tatsachen beruht.»

«Das kann ich nur begrüßen, Herr Oberleutnant.»

Ich ließ mich nicht aus der Ruhe bringen. «Das würde bedeuten, daß ich zum eigenen Vorteil, hinter dem Rücken der Frau Prinzessin, einen falschen Wechsel produziert, in Umlauf gesetzt und das auf diese Weise ergaunerte Geld zu meiner heimlichen Bereicherung in die eigene Tasche gesteckt hätte. Wenn man bedenkt, daß Philipp von Coburg davon überzeugt ist, seine Gemahlin und ich unterhielten unerlaubte Beziehungen, wenn man weiß, daß er und ich uns aus eben diesem Grund duelliert haben, und daß er seither nichts unversucht ließ, die Frau Prinzessin und mich zu trennen . . . wenn man sich all dies vor Augen führt, kann kein vernünftiger Mensch noch glauben, daß derselbe Prinz pünktlich einen Wechsel bezahlt, mit dem seine Gemahlin nichts zu tun hat. Der nicht ihre, sondern eine von dem verhaßten Nebenbuhler gefälschte Unterschrift trägt, den er dadurch höchstpersönlich mit 750 000 Gulden, ich kann auch sagen mit eineinhalb Millionen Kronen, finanziert hätte.» Ich machte eine Pause. «Wenn er das täte, müßte doch wohl er ins Irrenhaus und nicht seine arme bedauernswerte Gattin!»

Zum ersten Male, seit wir uns gegenübersaßen, flüsterte der Auditor lange Zeit mit seinem Gehilfen, dem Leutnant Anzi. Ich konnte kein Wort verstehen. Endlich fragte er mich: «Ist das alles?»

Ich bejahte.

Jetzt wandte er sich an Leutnant Joost: «Haben Sie es protokolliert?»

«Sehr wohl, Herr Hauptmann», antwortete Joost.

«Gut, dann machen wir weiter», entschied der Auditor. Er sah mich kurz an. «Ich bitte, sich in Zukunft strikt an die Beantwortung der gestellten Fragen zu halten. Ich werde die ständigen Abschweifungen nicht mehr dulden!»

Damit war das Thema abgeschlossen.

L

Olga schien etwas sonderbar, als sie heute morgen das Frühstück brachte, aber ich schenkte dem weiter keine Beachtung.

Eine Stunde später blickte ich zufällig durch die Gitter meines Fensters zur Terrasse des Haupthauses hinüber. Zwei Wärter waren dabei, die Fahne zu hissen, wie es stets an patriotischen Gedenktagen geschieht.

Wir haben September. Was für einen Gedenktag gibt es im September? Mir fiel keiner ein.

Während ich die Wärterin weiter bei ihrer Arbeit beobachtete, schrak ich zusammen. Die Flagge, die sie jetzt aufzogen, war mit Trauerflor umhängt und wurde auf Halbmast gesetzt.

Franz Joseph ist tot, war mein erster Gedanke. Wir schreiben das Jahr 1898, er ist also 68 Jahre, ein würdiges Alter zum Sterben. Deshalb also hat Olga heute morgen so seltsam ausgesehen. Sie trauert um ihren Monarchen, um meinen Feind.

Als ich mir darüber klarzuwerden versuchte, was ich beim Tod des Kaisers empfinde, klopfte es, und die Gebauer trat ein mit vom Weinen geröteten Augen.

Franz Joseph lebt. Aber die Kaiserin ist tot. Elisabeth wurde in Genf ermordet, mit einem Dolch erstochen, von einem Wahnsinnigen oder einem Anarchisten. Das wußte die Gebauer nicht genau. Sie brach wieder in Tränen aus, und es fehlte nicht viel, ich hätte mit ihr geweint. Die Brutalität dieses Verbrechens erschütterte mich.

Als ich von Brüssel nach Wien kam, war Elisabeth fast vierzig Jahre alt, schlank bis zur Magerkeit, sehr groß, sehr majestätisch und noch immer sehr schön. Ich war blutjung damals, äußerst lebenslustig und gab vermutlich viel Anlaß zum Tratsch. Nachdem Franz Joseph immer bereit ist, sich jedes Gerede anzuhören, mußte die Kaiserin auch davon erfahren haben. Ich merkte, wie sie mich bei offiziellen Diners und Empfängen beobachtete, fühlte ihre Augen auf mir, wenn ich tanzte oder, von jungen Anbetern umringt, Cercle hielt. Niemals war eine Rüge in ihrem Blick zu lesen, nur Amüsement und etwas Neugier. Deshalb liebte und verehrte ich sie. Heimlich sah ich eine Art Verbündete in ihr.

Ich war damals zu sehr mit mir selbst beschäftigt, um allzuviel über Elisabeth nachzudenken. Trotzdem entging es mir nicht, wie sehr sie sich nach Rudolfs Tod veränderte. Manche Leute begannen, an ihrem Verstand zu zweifeln. Sie wurde schwermütig, konnte das Leben bei Hof nicht mehr ertragen (was sie in meinen Augen sehr normal macht!) und brachte Franz Joseph schließlich so weit, ihr zu gestatten, Wien fast völlig fernzubleiben.

Es soll Männer in ihrem Leben gegeben haben, die ihr nah, zu nah standen. Ich weiß, daß über sie und Graf Andrassy geredet wurde. Ihrer Sympathie für ihn soll Ungarn den Ausgleich mit Österreich verdanken. Man munkelte auch über einen Engländer, Middleton oder so ähnlich hieß er, der ein toller Reiter gewesen sein muß, und über einen jungen Griechen, der ihr Vorleser war.

Ich habe keine Ahnung, ob an diesen und vielen anderen Gerüchten auch nur ein Funke Wahrheit ist, ich hoffe es nur aus tiefstem Herzen, ihretwegen. Aber selbst dann genügte es wohl kaum, sie glücklich zu machen. Diese romantische, phantasiebegabte, schöngeistige Frau war mit einem dürren, faden, pedantischen Spießer verheiratet, der zu ihrem (und meinem) Unglück Kaiser von Österreich-Ungarn ist. Ihr blieb nichts übrig, als ihm Katharina Schratt zuzuführen und die Flucht zu ergreifen.

Die hat jetzt ihr Ende gefunden.

Das Sanatorium Purkersdorf veranstaltete eine Trauerfeier.

Der Kaiserliche Rat Dr. Rudinger, Leiter unserer Anstalt, stattete mir einen seiner seltenen Besuche ab und bat mich, an der Feier teilzunehmen. Da ich, wie er es ausdrückte, mehr oder weniger zur Kaiserlichen Familie gehörte, glaube er, mit dieser Gedenkstunde meinem innersten Wunsch zu entsprechen.

Ich sträube mich gegen alles, was von Dr. Rudinger ausgeht. Deshalb wollte ich ablehnen, überlegte es mir dann anders und sagte zu.

Freitag. Heute vormittag fand die Trauerfeier statt.

Dr. Rudinger geleitete mich und Fräulein von Gebauer feierlich durch den Park zum Haupthaus in den allgemeinen Speisesaal.

Bei meinem Eintritt erhoben sich die vollzählig versammelten Patienten und das Personal. Ich bin schon so an Einsamkeit gewohnt, daß mich das fast erschreckte.

Die Tische waren auf einer Seite des schmucklosen Saals zusammengeschoben und die Stühle, wie in einem Theater, vor einem Podest in Sitzreihen arrangiert. Auf dem Podest stand eine Staffelei mit einem großen Porträt der Kaiserin, von Trauerflor umwunden, rechts und links davon zwei Töpfe mit Fächerpalmen. Außerdem ein Harmonium und ein Rednerpult.

Elisabeth war sechzig, als sie ermordet wurde. Auf dem Porträt sieht sie wie dreißig aus. Ihre Untertanen kennen sie nur so, denn mit vorrückendem Alter ließ sie sich nie mehr fotografieren. Eine kleine Schwäche, für die ich viel Verständnis habe.

Für uns waren zwischen Podest und Trauergästen drei bequeme Sessel so aufgestellt, daß wir im Profil zu den Zuschauern saßen. Dr. Rudinger hatte mich, und damit auch sich, zur Schau gestellt, und trotz des traurigen Anlasses stand ihm die Genugtuung darüber im Gesicht geschrieben.

Als ich im mittleren Sessel Platz genommen hatte, setzten sich alle anderen ebenfalls. In den vorderen Reihen sah ich Ärzte und Schwestern, dahinter die Kranken.

Ein kleiner Mann im schwarzen Anzug verbeugte sich tief vor mir, nahm dann am Harmonium Platz und begann zu spielen.

Ich ließ meine Augen über die Gesichter der Patienten schweifen, ich glaube, es müssen weit über hundert gewesen sein. Direkt hinter dem Personal saßen vermutlich die Leichtkranken. Viele trugen Trauerkleidung und gaben ein recht würdiges Bild ab. Je weiter ich nach hinten sah, desto verstörter wirkten die Menschen. Ich blickte in leere Augen, die nicht ahnten, was vorging. Ganz hinten entdeckte ich zwischen ihren Wärtern einige Kranke in Anstaltskleidung. Das sind die Gewalttätigen, sagte ich mir, deren Schreie mich nachts aufschrecken. Wie soll ich je wieder schlafen können, wenn ich von nun an zu allem auch noch ihre Gesichter vor mir sehen werde, stumpf, gequält, verständnislos. Es sind bärenstarke Männer, bei bester physischer Gesundheit. Sie haben solche Kräfte, daß sie selbst hier bewacht werden müssen. Mich packte das Grauen.

Als der Harmoniumspieler geendet hatte, schritt Dr. Rudinger zum Rednerpult. Er verneigte sich feierlich vor mir, ehe er begann.

Ich haßte ihn in diesem Augenblick aus vollstem Herzen. Er ist ein Glied in der Kette der Verschwörer, die mich meiner Freiheit berauben, obwohl sie alle, ohne Ausnahme, genau wissen, daß ich geistig gesund bin. Jetzt benutzte er mich obendrein, um durch meine Gegenwart seiner Feier einen Glanz zu verleihen, in dem er sich sonnen konnte. Ich überlegte, ob ich nicht einfach aufstehen und den Saal verlassen sollte. Aber das Gefühl, damit in den Augen der Ärzte eine «krankhafte Handlung» zu begehen, hielt mich zurück.

Derweil plätscherte Dr. Rudingers Trauerrede dahin. Er sprach mit einem Pathos, das so hohl klang, daß er keinerlei Eindruck auf mich machte. Aber die andern, die Kranken, oder jedenfalls einen von ihnen, beeindruckte er tief. Denn plötzlich begann hinten im Saal ein Mann laut zu weinen. Nicht wie ein Mensch, sondern wie ein verwundetes Tier, mit langanhaltenden, markerschütternden Heultönen. Sofort wurden andere Patienten unruhig. Dr. Rudinger begann zu stottern und blickte irritiert auf seine Zuhörer. Dann gab er den Wärtern, die rechts und links von dem Mann saßen, einen Wink. Die zerrten nun den unentwegt laut Heulenden aus dem Saal, ohne daß dadurch die Ruhe wiederhergestellt werden konnte. Im Gegenteil, der Saal wurde mehr und mehr zu einem Hexenkessel von Weinen und Klagen, der jeden Moment zu explodieren drohte. Panische Angst ergriff mich und vermutlich nicht zu unrecht, denn Dr. Rudinger beendete abrupt die Rede, der Harmoniumspieler nahm schnell wieder seinen Platz ein und begann überstürzt mit der Nationalhymne. Die Musik beruhigte die Patienten ein wenig, einige erhoben sich, ich natürlich auch, und bald erklangen zittrige Stimmen, die Gott baten, ihnen den guten Kaiser Franz zu erhalten.

Sowie der Gesang vorbei war, geleitete Rudinger mich und die Gebauer aus dem Saal, in dem die Patienten inzwischen reglos standen und mich mit großen, erschreckten Augen anstarrten.

Bei der Verabschiedung entschuldigte sich der Arzt für die so außer Rand und Band geratene Feier. Er hätte wohl doch einige der Patienten nicht teilnehmen lassen sollen, aber er wollte ihnen nicht die Freude verderben. Das waren seine Worte: die Freude!

Wieder allein in meinem Gefängnis, überlegte ich, was Rudinger eigentlich in seiner so unerwartet kurz geratenen Rede gesagt hatte. Nachdem er Elisabeths Güte, Wohltätigkeit und Schönheit gerühmt hatte, berichtete er uns, die wir außerhalb allen Geschehens stehen, von der Überführung der Leiche, ihrer Ankunft im trauernden Wien und der Beisetzung, die morgen in Gegenwart aller europäischer Potentaten stattfinden wird.

Aller europäischer Potentaten? Morgen? Bedeutet das nicht, daß morgen mein Vater und meine Mutter in Wien sein müssen? Enge verwandtschaftliche Beziehungen verbinden den Brüsseler mit dem Wiener Hof. Da ist es selbstverständlich, daß meine Eltern zur Beisetzung der Kaiserin kommen.

Ist es auch selbstverständlich, daß sie bei der Gelegenheit ihre «arme kranke Tochter» aufsuchen? Ja, das ist es! Alles andere wäre unmenschlich.

Mein Vater mag unmenschlich sein. Ich denke an Cap Ferrat. Aber nicht meine Mutter! Sie wird kommen. Das ist sicher.

Samstag abend. Der Tag der Beisetzung ist natürlich angefüllt mit offiziellen Verpflichtungen, Kondolenzbesuchen und Empfängen, bis dann am Nachmittag die Messe in der Kapuzinerkirche stattfindet.

Ich weiß noch, wie es bei Rudolfs Tod zuging. Am Abend war ich vollkommen erschöpft. Kein Wunder also, daß meine Mutter heute nicht hier war. Das konnte man ihr nicht zumuten. Aber morgen!

Sonntag abend. Ich bin früher als sonst aufgestanden, habe mich von Olga sehr sorgfältig frisieren lassen und mich dann schwarz gekleidet, wie es die Vorschrift verlangt nach einem Todesfall bei Hof.

Noch nie ist ein Tag so langsam und so ereignislos vergangen. Ich habe keinen Besuch erhalten, keine Nachricht, keinen Gruß.

Heute befinden sich meine Eltern sicherlich schon auf der Heimreise nach Brüssel. Vielleicht auch nur meine Mutter, und mein Vater fährt nach Cap Ferrat zurück oder nach Paris, seiner Wahlheimat.

Ob Mama noch ein paar Tage bei Stephanie bleibt? Ob sie vielleicht mit ihrem Besuch bei mir wartet, bis mein strenger Vater abgereist ist? Dabei habe ich meiner Schwester doch wahrhaftig nichts getan. Eher umgekehrt. Denn das ganze Unglück ist ja nur über uns hereingebrochen, weil Stephanie nicht zu mir gehalten hat.

Am Mittwoch hat Fräulein von Gebauer in der Zeitung gelesen, daß die Königin von Belgien nach den Trauerfeierlichkeiten für Kaiserin Elisabeth zusammen mit ihrer Tochter, der Kronprinzessin-Witwe Stephanie, nach Spa gereist ist, um dort die Kur zu nehmen.

G

22. September 1898. Hauptmann-Auditor von Karapancsa muß die Befürchtung gekommen sein, daß die Anklage trotz aller Manipulationen auf zu schwachen Füßen steht. Zu schwach, um den sieben Richtern einen einwandfreien Fall zu liefern und um seinen Gerichtsherrn, General von Bechtolsheim, den Freund Philipps, mit Sicherheit befriedigen zu können. Karapancsa ist ein gewissenhafter Offizier. Er weiß, was er einem hohen Vorgesetzten schuldig ist. Also hat er sich umgetan und den Beweis der Beweise aufgespürt. Heut hat er mich damit konfrontiert.

Es handelt sich um einen Brief. Sein Inhalt soll auch den letzten Zweifler von meiner Schuld überzeugen. Man hält es für geboten, die falsche Anklage mit Hilfe eines falschen Beweises gegen jede denkbare Panne in der bevorstehenden Verhandlung abzusichern.

Die Schriftzüge des betreffenden Briefs ähneln denen von Louise. Das konnte ich auf den ersten Blick sehen. Gleichzeitig erkannte ich aber auch, daß es ein Falsifikat ist. Es nennt als Absendungsort Nizza, trägt das Datum vom 8. April dieses Jahres und ist an Louises Vater, den König von Belgien, gerichtet. Louise (die angebliche Louise) bittet darin, dem Überbringer der Zeilen, dem Wiener Bankier Reicher (!), gegen einen Wechsel, den der Herr präsentieren würde, die Summe von 750 000 Gulden in bar anweisen zu lassen. Dies wäre der einzige Ausweg, einen Skandal von gewaltigen, europäischen Ausmaßen zu vermeiden. Abschließend informiert Louise ihren königlichen Vater mit nichts offenlassender Deutlichkeit, daß sie im Zustand völliger Verzweiflung und moralischer Schwäche dem Wechsel neben der eigenen Unterschrift auch die ihrer Schwester Stephanie beigefügt hätte. Nur mit dieser zusätzlich bürgenden Unterschrift eines Mitglieds des österreichischen Kaiserhauses wären die Bankiers bereit gewesen, auf das Papier das so dringend benötigte Geld zu leihen.

Nach dem, was ich bisher in diesen Mauern erfahren und hinnehmen mußte, wunderte ich mich nicht, als mir Hauptmann Karapancsa offenbarte, daß der mir schon sattsam bekannte Herr von Uliczny (und sicherheitshalber gleich noch ein weiterer sogenannter Experte der Graphologie) mich als den Schöpfer des Elaborats identifiziert hätte. Der Brief, sagte der Auditor, war ihm vom Zeugen Reicher persönlich übergeben worden. Der wiederum will ihn von mir per Post aus Nizza zugesandt bekommen haben.

Das ist natürlich eine himmelschreiende Lüge. Von Reicher? Von Bachrach? Von Karapancsa?

Ich verlangte sofort, Reicher gegenübergestellt zu werden. Das wurde kategorisch abgelehnt. Nach der Gerichtsordnung habe ich keinerlei Recht, einen derartigen Wunsch durchzusetzen. Was sollte ich tun?

Wo «Beweise» fabriziert werden, kann die Wahrheit nicht sein. Das ist jedem halbwegs denkenden und gutwilligen Menschen klarzumachen. Ich hatte es zwar mit einem sehr konsequent denkenden, aber keineswegs gutwilligen Menschen zu tun. Im Gegenteil. Der Hauptmann zeigt sich fest entschlossen, jede ihm zugespielte, noch so haarsträubende Fälschung blind zu akzeptieren. Wobei das Wort «blind» eine mehr als rücksichtsvolle Umschreibung für den Beweggrund seiner Handlungsweise ist.

Dennoch nahm ich den ungleichen Kampf noch einmal mit aller Energie auf. Ich erklärte den Brief von A bis Z für eine üble Mystifikation. Die mit ihr verfolgte Absicht wäre nur allzu leicht durchschaubar. Die nachgeahmten Schriftzüge seien noch das beste daran, obwohl jeder, der Louises Schrift einigermaßen kennt, sie unschwer als Fälschung klassifizieren kann. Auch ohne anerkannter Schriftexperte zu sein. Oder vielleicht gerade deshalb!

Ich wies darauf hin, daß Louise, eine belgische Prinzessin, bei der Korrespondenz mit dem Vater natürlich ausschließlich die französische Sprache benutzt. Dies nachzuprüfen, wäre für das Gericht eine Kleinigkeit. Mir könnte also nie die Idee gekommen sein, einen derartigen Brief auf deutsch zu schreiben. Das hätte den Empfänger unweigerlich stutzig gemacht, noch bevor er über den unglaubwürdigen Inhalt gestolpert wäre. Ich erläuterte ausführlich die Beziehung, die zwischen Vater und Tochter besteht. Ich berichtete von Louises letztem Besuch beim König in dessen Villa am Cap Ferrat und vom völligen Scheitern ihrer damit verbundenen Hoffnungen. Leopold II. hätte den Bankier in hohem Bogen an die Luft setzen lassen, wenn er mit solcher Post aufgekreuzt wäre. Da ich dies alles genau wußte, wäre es idiotisch gewesen, mir irgendwas von einer derart ungewöhnlichen und obendrein noch gefährlichen Aktion zu versprechen. Ich appellierte an den gesunden Menschenverstand des Auditors. Miserabel wie das Verhältnis Vater und Tochter war, eine so delikate Geschichte hätte Louise dennoch zu keiner Zeit einem Brief anvertraut, der dem Empfänger zudem durch einen Dritten überbracht werden sollte. Da wär sie trotz allem selber erschienen. Und ein hochintelligenter Mann wie der belgische Monarch wäre wiederum sofort mißtrauisch geworden, wenn ein Fremder mit einer solchen Sache an ihn herantreten würde.

Der vielleicht treffendste Beweis für eine Fälschung war das Datum des seltsamen Schriftstücks. Hier ist sein Fabrikant aufs Glatteis geraten. Vermutlich war es nicht bis zu ihm gedrungen, daß Louise und ich Nizza bereits am 3. April Richtung England verlassen hatten. Heimlich verlassen hatten. Am 8. April, dem Datum des Briefes, waren wir beide in London. Eine Rückfrage bei Seiner Königlichen Hoheit dem Prinzen von Wales würde dies aus allerhöchstem Mund sofort und zweifelsfrei bestätigen.

Wie zu erwarten, rannte ich mit meinen Argumenten gegen Wände. Karapancsa wußte auf alles eine Antwort. Was bewies das schon, mokierte er sich, wenn ich am 8. April in London gewesen war. Deshalb brauchte man nicht die Zeugenschaft des englischen Thronfolgers zu bemühen. Jeder Lakai hätte einen von mir auf den 8. April vordatierten Brief zum gewünschten Datum in Nizza auf die Post geben können. So und ähnlich tat er zynisch alle Einwände ab und zwang mich gnadenlos zur Kapitulation.

Es blieb mir nichts übrig, als die Waffen zu strecken und zu resignieren.

L

Ich kann nicht mehr schlafen. Die Nächte sind eine einzige Qual. Sinnlose Gedanken verfolgen mich, und ich bin außerstande, mich ihrer zu erwehren. Ich habe Dr. Rudinger um ein Mittel gebeten. Er hat mir Baldrian-Tinktur verschrieben.

Wie soll ich es aushalten, weiter in dieser totalen Isolierung zu leben?

Das schlimmste ist, ich weiß nichts von Geza. Ich habe doch alles zugegeben. Er muß also längst frei sein. Wo hält er sich auf? Warum macht er nicht den kleinsten Versuch, mich zu finden?! Hat er eine andere Frau, eine jüngere?

Sicher tue ich ihm unrecht. Man darf solchen Vorstellungen nicht nachhängen, aber wie kann ich sie verdrängen? Immer wieder sage ich mir: Geza ist der einzige Mensch auf der Welt, der dich liebt. Bevor ich ihn kannte, war ich nur von kalten Egoisten umgeben. Ich habe keine Eltern, keine Kinder und keinen Gatten mehr. Ich habe nur Geza.

Ich weiß, warum meine Mutter mich nicht besuchte, als sie in Wien war. Oder ich glaube es zu wissen. Sie ist neidisch, weil ich mich von Philipp freigemacht habe, während sie, die meinen Vater genauso verabscheut wie ich Philipp, eine treue Gattin geblieben ist. Sie hat ihm ihre Jugend, ihre Schönheit, ihr ganzes Leben geopfert. Heute ist sie eine verbitterte, über die Jahre gealterte Frau, die mir übelnimmt, daß ich nicht dasselbe Schicksal erleide wie sie, daß es mir besser geht. (Besser? In der Irrenanstalt?!)

Von meinem Vater habe ich nie im Leben ein zärtliches Wort gehört. Dabei muß er viele kennen und auch benutzen, wenn er mit seinen Tänzerinnen und Kokotten spricht, in die er von Fall zu Fall völlig vernarrt sein soll. Er ist besessen davon, Geld zu machen. Wie ein Yankee-Unternehmer, ein Spekulant. Nicht wie ein König. Seine Machtgier geht so weit, daß er sich «Empereur du Congo» nennen wollte. Man konnte es ihm nur mit Mühe ausreden. Unvorstellbare Greuel und Missetaten sollen ständig mit seinem Wissen und seiner Billigung – ja, auf sein Geheiß – im Kongo verübt werden. Auspeitschungen, Folterungen, Morde. Glaubwürdige Zeugen, Missionare und angesehene Wissenschaftler, berichten von Bergen von Händen, die grausame Verwalter den Eingeborenen abgehackt haben, wenn sie nicht genügend Kautschuk ablieferten. Die Bevölkerung wurde unglaublich dezimiert, seit die Jagd nach dem Kautschuk begonnen hat. Jeder zehnte Eingeborene soll buchstäblich ermordet worden sein.

Ich glaube diese Geschichten nicht. Ich verbiete mir, sie zu glauben! Aber in schlaflosen Nächten kann ich mich ihrer nicht erwehren, und sie passen in das Bild, das ich mir jetzt vom König mache.

Auch über Philipp denke ich viel nach. Ich versuche sogar, objektiv zu sein und ihn nicht durch die Augen meines Hasses zu sehen, aber deshalb bleibt mein Urteil doch dasselbe.

Vor über 23 Jahren wurden wir in Brüssel getraut. Ich wußte nicht, was mir bevorstand, kein Mensch verriet mir, was in einer Hochzeitsnacht geschehen würde. Noch nie hatte ich mich unbekleidet im Spiegel gesehen, und ich besaß nur eine verschwommene Vorstellung von den körperlichen Unterschieden zwischen Mann und Frau. Sicher war ich noch sehr unreif, aber selbst wenn ich neugierig gewesen wäre, hätte ich niemanden gehabt, dem ich Fragen dieser Art hätte stellen können.

Am Abend unserer Hochzeit betrat Philipp mein Schlafzimmer. Er trug einen Hausmantel. Meine Scheu und meine Ahnungslosigkeit amüsierten ihn anfänglich, machten ihn dann aber schnell ungeduldig. Dieser Mann, mir fast ein Fremder und so viel älter als ich, legte sich zu mir ins Bett und küßte mich. Ich spürte nur, daß sein Bart mir weh tat. Als er mit der Zunge in meinen Mund eindringen wollte, biß ich die Zähne fest aufeinander und versuchte, mich ihm zu entziehen. Er lachte, aber er gab mich nicht frei.

Seine Hände begannen mich zu betasten. Das hielt ich für eine unpassende Zudringlichkeit und wehrte mich nach Kräften, bis es ihm zuviel wurde. Mit einem Griff riß er mein schönes Nachtgewand, auf das ich so stolz war, in Fetzen. Ich schrie und brach in Tränen aus. Er erhob sich, warf den Hausmantel fort und stand nackt vor mir.

Der Anblick erschien mir auf so ekelhafte Weise tierisch, daß ich mich am liebsten übergeben hätte. Ich verstand, daß jetzt irgend etwas mit mir geschehen würde, und daß ich es ertragen müßte, ganz gleich wie grauenvoll, schmerzhaft und widerwärtig es auch sei. Ich schloß die Augen und durchlebte einen Alptraum.

Philipp war brutal, zielbewußt und vermutlich nur von dem Gedanken getrieben, einen Sohn zu zeugen. So hatte es mein Vater mit meiner Mutter getan und zahllose andere hochgestellte Ehemänner mit ihren ungeliebten Frauen.

Als Philipp mich endlich allein ließ, war ich dem Selbstmord nah. Ich glaubte mich schwer verletzt, das Laken zeigte Blutflecke. Ich war so voll Ekel und Abscheu gegen ihn, daß ich mit dem Gedanken spielte, mich aus dem Fenster zu stürzen, um ihn nicht wiedersehen zu müssen. Aber wenn man noch keine siebzehn ist, stürzt man sich nicht so leicht aus dem Fenster.

Wir gingen auf Hochzeitsreise, verbrachten einige Zeit im Coburgschen Palais in Budapest und kamen schließlich nach Wien.

Die Ereignisse der Hochzeitsnacht wiederholten sich oft, und ich merkte, daß es Philipp ärgerte, wie kalt und unbeteiligt ich blieb. Er versuchte Reaktionen in mir zu wecken, aber wußte nicht wie. Bisher hatte er es nur mit Halbweltdamen oder sehr erfahrenen Frauen zu tun gehabt. Unschuldige Mädchen interessierten ihn nie.

In Brüssel durfte ich höchstens bei festlichen Gelegenheiten ein Glas Wein trinken. Aber Philipp machte mich mit Vorsatz betrunken. Er brachte mir Ausdrücke bei, die ich nie im Leben gehört hatte, und die schon deshalb ihre Wirkung auf mich verfehlten, weil sie ihn erregten. Er gab mir erotische Lektüre zu lesen und zeigte mir Bilder, die er in einem geheimen Fach seiner Bibliothek verschlossen hielt.

Die Bilder, die Lektüre und der schwere Wein verursachten mir Empfindungen, die ich nie zuvor gekannt hatte. Aber ich verschwieg sie.

Was man mir als junges Mädchen über Liebe, Treue und Anstand beigebracht hatte, erwies sich als völlig unsinnig bei einem Mann, der abends in mein Zimmer kam, um mir von seinen Nachmittagen bei einer stadtbekannten Kokotte zu berichten, einem Mann, der sich entschlossen hatte, seine Beziehung zu mir als konstante Vergewaltigung zu verstehen, die ihm mehr und mehr Vergnügen bereitete.

Dabei muß Philipp eigentlich schon damals geahnt haben, daß ich nicht wie meine Mutter bin, keine Kränkungen runterschlucke, nicht den Mund halte, sondern eher meinem Vater ähnele, dessen Stolz Revanche verlangt.

In dieser Zeit kamen Rudolf und ich uns näher.

Alles, was sich in mir verkrampfte, wenn ich Philipp zu Gefallen sein mußte, war leicht, heiter und gelöst mit Rudolf. Er war jung, unwiderstehlich, charmant, zärtlich. Ich brauchte keine Bücher, keine Bilder und keinen Wein.

Er erweckte in mir einen Appetit, der nicht leicht zu stillen war. Glücklicherweise fehlte es mir nie an Bewunderern.

Es waren lustige Jahre, glaubte ich damals. Aber sie waren auch bitter, denn das Verhältnis zu Philipp wurde ständig schwieriger. Er war neidisch auf meine Erfolge, meine Freunde und mein Aussehen. Seine eigenen Eskapaden wurden immer morbider. Obendrein war er unglaublich geizig und hätte mich am liebsten in Sack und Asche gesehen.

Heute würde es mir leichter fallen, aus dem Fenster zu springen, als damals nach der ersten Nacht. Aber heute sind meine Fenster vergittert.

G

K. und k. Militärstrafanstalt Möllersdorf bei Wien, Jänner, 1898. Ein paar Tage vor Weihnachten, am 21. Dezember, trat das Kriegsgericht, bestehend aus dem Hauptmann-Auditor und sieben Laienrichtern, zu meiner Aburteilung zusammen. Den Vorsitz führte ein Oberstleutnant Altmann.

Karapancsa, begleitet von Hauptmann Sekulic, dem Inspektionsoffizier, besuchte mich vierundzwanzig Stunden zuvor in der Zelle, um mich von dem Ereignis offiziell in Kenntnis zu setzen.

Wie mir ja hinreichend bekannt war, darf der Angeklagte gemäß den Bestimmungen der Gerichtsordnung bei der Verhandlung nicht zugegen sein. Aber erst jetzt, wo ich allein zwischen den engen kahlen Wänden saß und jede Minute dreimal so lang dauerte wie sonst, erfuhr ich am eigenen Leib, was das heißt. Ein paar hundert Meter entfernt wurde über mein Schicksal entschieden. Für mich gab es keine Möglichkeit, in das Geschehen einzugreifen. Keine Möglichkeit, den ohne Zweifel nach bestem Vermögen und Wissen bemühten sieben Kameraden, die über mich urteilen sollten, auch nur einen Satz darüber sagen zu dürfen, wie sich die Geschehnisse aus meiner Kenntnis darstellen. Sie mußten sich ausschließlich mit Karapancsas Interpretation begnügen. Was das bedeutet, wußte ich.

Ich bin in diesen nicht enden wollenden Tagen nur ein einziges Mal in persona vor Gericht erschienen. Am zweiten Verhandlungstag, als meine Aussage verlesen wurde. Es nahm mehrere Stunden in Anspruch.

Dann fragte der Präses, Oberstleutnant Altmann: «Oberleutnant Mattachich, können Sie bestätigen, daß das dem Gericht zur Kenntnis gegebene Protokoll Ihrer tatsächlichen Aussage entspricht?»

Ich erhob mich und sagte in strammer militärischer Haltung: «Jawohl, Herr Oberstleutnant!»

«Danke», erwiderte der Oberstleutnant.

Hierauf mußte ich vor den Augen der Richter die vorgeschriebene Unterschrift leisten. Damit war mein Auftritt zu Ende. Ich hatte die Szene zu verlassen. Endgültig. Das Drama steuerte dem bitteren Ende zu, ohne den Hauptakteur.

Das Gericht tagte bis zum 24. Dezember.

Als es schon dämmerte und in der Oberen Stadt die Glocken des Doms und der St. Markus-Kirche den Heiligen Abend einläuteten, erschienen abermals der Auditor und Hauptmann Sekulic. Diesmal um mir mitzuteilen, daß die Verhandlung beendet sei. Nur das. Nicht das Urteil. Das würde mir nach der schriftlichen Abfassung verkündet werden. Demnächst. Mit diesem Weihnachtsgeschenk, einer tickenden Bombe gleich, ließen sie mich allein.

Erst am 31. Dezember hatte die Qual ein Ende.

Die letzten zehn Tage des Jahres waren mir so lang erschienen wie alle dreihundertfünfundfünfzig davor zusammen. Am späten Nachmittag, es war schon stockdunkel, hörte ich die Schritte des Stabsprofos Senft vor meiner Zellentür. Er schloß auf und meldete, daß man mir um sechs Uhr, das war in einer halben Stunde, das Urteil kundmachen würde. Dann kam Trmcik. Er bürstete meinen Uniformrock aus und brachte meine Stiefel auf Hochglanz.

Ich wurde von Hauptmann Sekulic, der *en parade* erschienen war, und von Senft zum Gerichtsgebäude geführt. Als wir ins Freie traten, schlug mir die eisige Kälte der hereinbrechenden Sylvesternacht entgegen. Der kalte Febermorgen vor knapp elf Monaten, an dem ich das Hotel Sacher verließ, um mich mit Philipp zu schlagen, kam mir augenblicklich in Erinnerung. Damals durfte ich noch auf mein Glück vertrauen. Heute sah die Sache anders aus. Glück konnte mir nichts nutzen. Es mußte schon ein Wunder geschehen.

Die Tür zum Gerichtssaal stand offen. An einer Seite war ein Soldat mit gefälltem Bajonett postiert, auf der anderen ein Trompeter. Als ich zwischen meinen Begleitern den Gang entlangschritt, blies der Trompeter ein Signal, bei dessen Klang wir den Saal betraten. Er war von einem Dutzend brennender Fackeln, die ringsum an den Wänden in eisernen Haltern steckten, auf beklemmend feierliche Weise erhellt.

Um den großen, mit einem grünen Tuch bedeckten Tisch stand, unbewegt wie auf einem farbenprächtigen Gemälde, das gesamte Kriegsgericht. Zur Linken des Vorsitzenden Oberstleutnants befand sich Karapancsa. Zu beiden Seiten je ein Hauptmann, ein Oberleutnant und ein Leutnant der verschiedenen Waffengattungen. Alle in Paradeuniform. Dahinter das obligate Kruzifix und das Bild Seiner Majestät des Kaisers.

Sekulic meldete mich dem Oberstleutnant, der daraufhin verkündete: «Das Wort hat der Hauptmann-Auditor!»

Karapancsa ergriff das vor ihm liegende Schriftstück. Sich seiner Bedeutung und seines Erfolges in jeder Sekunde bewußt, verlas er mit metallener Stimme das Dokument (von dem mir später eine Zweitschrift übergeben wurde):

K. u. k. Garnisonsgericht Agram

Urteil

welches von dem auf Anordnung Sr. Exzellenz des Herrn k. u. k. Generals der Kavallerie Anton Freiherrn von Bechtolsheim, Kommandant des XIII. Korps und kommandierenden Generals in Agram, zusammengesetzten beeideten Kriegsgericht gefällt wurde.

Geza Graf von Mattachich aus Lobor, Komitat Warasdin in Kroatien gebürtig, 31 Jahre alt, römisch-katholisch, ledig, mit Wartegebühr beurlaubt, Oberleutnant des k. u. k. Ulanenregiments Graf Paar Nr. 13, ist durch das Zusammentreffen von Verdachtsgründen überführt, daß er auf einem Wechsel über 750 000 Gulden, datiert Nizza, den 20. März 1898, die Unterschriften Ihrer k. u. k. Hoheit der durchlauchtigsten Frau Kronprinzessin-Witwe Erzherzogin Stephanie und der durchlauchtigsten Frau Ihrer Königlichen Hoheit Herzogin Louise von Sachsen-Coburg und Gotha angesetzt, hierdurch die Bankiers in Irrtum geführt und durch Ausstellung eines auf das Wechselgeschäft bezüglichen Briefes mit der gefälschten Schrift Ihrer Königlichen Hoheit der Frau Prinzessin von Sachsen-Coburg und Gotha veranlaßt habe, den Wechsel mit 750 000 Gulden zu belehnen, somit die Bankiers um diese Beträge geschädigt hat.

Derselbe soll daher wegen des Verbrechens des Betrugs bei nicht gestellten Ersatzansprüchen nach den §§ 508, 97, 92, 32 und 47 M.-St.-G. nebst Verlust des Adels für seine Person, Kassation von der Offizierscharge, mit schwerem Kerker in der Dauer von sechs Jahren, verschärft durch Fasten am 15., hartes Lager am 25. Kalendertage jedes Monats und Einzelhaft während des ganzen ersten und siebenten Monates jedes Strafjahres bestraft werden.

Agram, 24. Dezember 1898

G. Brenner, Leutnant — S. Josef, Leutnant

A. Eduardi, Oberleutnant — R. Getz, Oberleutnant

Othmar Freiher von Gottesheim, Hauptmann

Emil Madzarac, Hauptmann

Robert Altmann, Oberstleutnant als Präses

J. von Karapancsa, als Hauptmann-Auditor

Nach altem Brauch stand die Tür während der ganzen Zeit auf. Das sollte die öffentliche Bekanntgabe des Urteils symbolisieren.

Ein zweites Trompetensignal verkündete jetzt das Ende der Prozedur.

Ich war also «durch das Zusammentreffen von Verdachtsgründen überführt» und hatte die Bankiers (genauer die Wucherer), die pünktlich auf den Tag ihr Geld einkassieren durften, «bei nicht gestellten Ersatzansprüchen» geschädigt. Das war wirklich eine imponierende Meisterleistung der Philipp-Clique, die einem schon fast Respekt abnötigen konnte.

Als ich daran dachte, während ich bei einsetzendem Schneefall über den dunklen Kasernenhof zurück ins Arresthaus geführt wurde, mußte ich laut lachen. Sekulic sah mich besorgt an. Er fürchtete wohl um meinen Verstand.

In der Zelle brannte eine Petroleumlampe. Das war ungewöhnlich.

Ich erblickte auf dem Feldbett eine graugrüne Häftlingsmontur aus grobem billigem Tuch, ein Paar klobige Schnürschuhe, ein braunes Etwas, das ein Mantel sein sollte, und ein Käppi aus dem gleichen Stoff.

Der Anblick der Sachen verschlug mir für einen Augenblick den Atem. Erst in dieser Sekunde spürte ich bis auf die nackte Haut, wie durch die im Gerichtssaal erlebte Szene, die in ihrer starren Zeremonie etwas Unwirkliches hatte, mein Dasein schlagartig verändert worden war. Trotz allem war ich bis dahin noch immer der Oberleutnant Geza Graf von Mattachich gewesen. Den gab es jetzt nicht mehr.

Mich fror.

Plötzlich stand mir im Halbdunkel mein eigenes Spiegelbild gegenüber (obwohl es in dieser Umgebung weit und breit keinen Spiegel gab). Ich sah mich in Paradeuniform, am 18. August vor zehn Jahren, dem Geburtstag Seiner Majestät, als mir bei strahlendem Kaiserwetter das Leutnantspatent überreicht wurde. Ich konnte alles genau erkennen, meinen damaligen Kommandeur, die Kameraden neben mir, sogar den zu hoch geratenen Kragen an dem nagelneuen Leutnantsrock, der mich so einengte und irritierte, daß der Schneider ihn nachträglich noch ändern mußte. Ich hörte die Regimentskapelle den Rákóczimarsch spielen. Mit einer Mischung von Staunen und Unglauben betrachtete ich das Gesicht des jungen Ulanenoffiziers ... mein Gesicht! ... das von unbändigem Glücksgefühl und Stolz leuchtete.

«Ziehen Sie sich um, Mattachich!» hörte ich die Stimme des Inspektionsoffiziers hinter mir und schrak auf.

Sekulic und Senft traten auf den Gang hinaus, während ich, vor innerer Erregung zitternd, meine Uniform gegen die Sträflingskleidung tauschte.

Ich war kaum fertig, da erschien ein mir bis dato unbekannter Hauptmann in der offenen Zellentür. Er flüsterte ein paar Worte mit Sekulic, dann sagte er zu mir: «Machen Sie sich reisefertig! In einer Stunde verlassen Sie Agram!»

«Darf ich fragen, wohin, Herr Hauptmann?»

«Das erfahren Sie früh genug», war die barsche Antwort.

Vor dem Tor der Arrestanstalt, wo ein ziviler Fiaker wartete, stand Sekulic und wünschte mir alles Gute. Er raunte mir auf kroatisch zu, er hätte einen so überstürzten Abtransport noch nie erlebt. Es würde sonst stets drei bis vier Wochen dauern.

Ich bestieg den Wagen, in dem bereits der unbekannte Hauptmann und ein Oberleutnant saßen. Ich mußte zwischen ihnen Platz nehmen.

Die Pferde zogen an. Durch die Fensterscheibe, hinter dem Schleier dicht fallender Schneeflocken, sah ich die Mauern, in denen ich fast acht Monate eingesperrt gewesen war, verschwinden. Dabei würgte es mich im Hals, und ich hatte große Mühe, Haltung zu bewahren.

Wenn mir das damals jemand gesagt hätte, als mich der Platzkommandant Major Franz am Tor des Arrestgebäudes ablieferte, ich würde ihn für verrückt erklärt haben. Jetzt wußte ich, daß die Zeit hier ein Erholungsurlaub war gegen das, was mir bevorstand.

Hinter dem Gepäckwagen des Abendzugs, völlig separiert von den übrigen Reisenden, war eigens ein Waggon für uns angehängt worden.

Meine inzwischen auf fünf Mann angewachsene Eskorte (der Hauptmann, der Oberleutnant sowie ein Unteroffizier und zwei einfache Soldaten) nahm in einem Coupé 2. Klasse Platz. Ich mußte zwischen den beiden Soldaten sitzen, gegenüber den drei Chargen, so daß sie mich ständig im Auge behalten konnten. Meine Bewacher (selbst bei einem längeren Transport sonst nie mehr als drei) waren bis an die Zähne bewaffnet. Die Offiziere trugen Revolver, die Mannschaften Gewehre und Bajonette. Alle gehörten zu dem in Agram stationierten 53. Infanterie-Regiment.

Der Zug fuhr nach Wien, was sich nicht mehr verheimlichen ließ, als wir auf dem Perron standen. Jetzt bequemte sich der Hauptmann auch endlich, mir zu verraten, daß ich nach Möllersdorf überstellt würde. Ich hatte es mir bereits gedacht. In dem kleinen Nest südlich der Hauptstadt ist die schlimmste und verrufenste Militärstrafanstalt der k. u. k. Monarchie. Gerade das richtige für einen Schwerverbrecher wie mich!

Der Zug dampfte durch die Neujahrsnacht. Er fuhr durch eine

Gegend, die ich gut kannte. Aber im nächtlichen Schneegestöber, wo draußen nur ab und zu ein schwacher Lichtschein vorbeihuschte, war natürlich nichts von ihr zu sehen.

Es wurde kein Wort gesprochen. Das monotone Schlagen der Räder, das Schaukeln des Waggons entspannte meine Nerven und lullte mich ein. Ich dachte an Louise. Ich versuchte mir vorzustellen, wo und wie sie diese Nacht verbringen würde.

Als ich vom Quietschen der Bremsen und vom Ruck des Anhaltens erwachte, waren die Umrisse eines Bahnhofs zu erkennen, und ein paar Stimmen draußen riefen übermütig: «Glückliches Neujahr! Prosit Neujahr!»

Wir waren in Kanizca, einem ungarischen Eisenbahnknotenpunkt südlich des Plattensees. Von hier führt die Wiener Strecke schnurgerade nach Norden über Szombathely und Soppon, wo sie Ungarn verläßt und sich mit der österreichischen Südbahn vereinigt.

Nach kurzem Aufenthalt rollte der Zug weiter. Ich schlief immer wieder ein. Jedesmal, wenn ich erwachte, sah ich gegenüber ein anderes Augenpaar auf mich gerichtet. Meine Bewacher lösten sich ab. Ich war keine Sekunde mir selbst überlassen.

Im Gegensatz zu den letzten Tagen verging die Zeit jetzt schnell. Es dämmerte. Dicke Eisblumen versperrten die Aussicht. Nur ein Stück Himmel war zu sehen. Es hatte aufgehört zu schneien.

Im Abteil wurde es allmählich lebhaft. Die Offiziere blickten immer wieder auf die Uhr. Dann machten sich meine Bewacher bereit. Der Zug verminderte das Tempo und hielt schließlich an.

Beim Aussteigen bemerkte ich, daß wir in Gumpoldskirchen waren. In den Heurigenlokalen dieses niederösterreichischen Weinortes, der für seinen Weißen weitherum ebenso berühmt wie beliebt ist, hatten Ferdl und ich manche feucht-fröhliche Nacht in charmanter (mehr oder weniger charmanter) Gesellschaft durchzecht. Und gar nicht weit, im Helenental, kenne ich ein preiswertes Pensionshaus mit einer freundlichen Wirtin, bei der man zu jeder Tages- und Nachtzeit in Begleitung aufkreuzen kann, ohne gleich einen Trauschein vorzeigen zu müssen.

Der Halt des Expreßzuges in Gumpoldskirchen stand nicht im Fahrplan, er war eigens für uns arrangiert.

Während gestern in der Dunkelheit auf dem Agramer Bahnhof alles recht diskret vonstatten gegangen war, konnte hier von Diskretion keine Rede sein. Nicht nur, daß alle Reisenden die Köpfe aus den Fenstern steckten, um zu erfahren, was der unerwartete Aufenthalt zu bedeuten hätte; vielmehr hatten sich auch ein paar hundert Menschen – darunter auffallend viele Frauen – trotz der frühen Stunde und der Kälte des Neujahrsmorgens eingefunden, um etwas von mir zu erhaschen. Offensichtlich hatten die Zeitungen über meine Verurteilung berichtet und mein Eintreffen in Gumpoldskirchen avisiert.

Das dörfliche Bahnhofsgelände war nach allen Seiten offen. Es ging zu wie bei einer Prater-Gaudi. Ein Dutzend Gendarmen mußten die Menge zurückdrängen, als wir zum Stationsgebäude marschierten.

«Das ist er!» hörte ich eine Stimme.

«Schaut gar net b'sunders fesch aus!» eine andere.

«In dem Aufzug schaut a jed's grauslig aus, du Idiot!»

Im Dienstraum des Vorstands war die Mission meiner Eskorte beendet. Gegen schriftliche Quittung wurde ich wie eine Ware an den Stabsprofos Skarits und einen Beschließer-Unteroffizier der Strafanstalt Möllersdorf übergeben.

Als erstes fragte mich der Profos, ob ich für die Kosten eines Fiakers aufzukommen bereit sei. Wenn ja, könnten wir zum Gefängnis fahren. Andernfalls müßten wir zu Fuß gehen, was angesichts der draußen lauernden Menge ein ganz eigenes Vergnügen zu werden versprach. Ich erklärte mich natürlich sofort bereit, die Kosten zu übernehmen, was Skarits sichtbar erleichterte. Vermutlich war bisher noch keiner seiner Klienten in ähnlicher Weise begrüßt worden.

Wenige Minuten später bahnte sich unser Wagen einen Weg durch das gaffende Publikum. Nachdem wir die Menschen hinter uns gelassen hatten, ging es leicht bergab im Trab nach Möllersdorf.

Es dauerte nicht lang, bis die hohen Mauern auftauchten. Man mußte unsere Ankunft beobachtet haben, denn die schweren Eisentore öffneten sich wie automatisch. Wir waren am Ziel.

An einem deprimierenden, abscheulichen, unendlich trostlosen Ziel.

L

Geza ist zu sechs Jahren schwerem Kerker verurteilt worden. Eben hat Fräulein von Gebauer mir die Nachricht überbracht.

Immer und immer wieder habe ich die Wahrheit gesagt, habe zugegeben, daß ich Stephanies Unterschrift fälschte, aber meine Beteuerungen zählen nicht. Denn ich bin ja wahnsinnig.

Die Justiz ist eine schändliche Sache. Mit Recht und Gerechtigkeit hat sie nichts zu tun.

«Ist es nicht entsetzlich, Königliche Hoheit?» fragte die Gebauer und sah mich lauernd an. «Dieser undankbare Mensch hat Ihre Unterschrift gefälscht. Dabei weiß doch alle Welt, wie gütig Sie zu ihm waren.»

Mit meiner Güte spielte sie natürlich auf etwas ganz anderes an, aber ich ließ mich nicht provozieren. Ich nahm die Nachricht mit scheinbarer Gleichgültigkeit auf und hoffte nur, die Ruhe bewahren zu können, solange sie im Zimmer war.

Auch jetzt bin ich noch ruhig. Der Schlag hat mich betäubt. Ich kann nicht denken. Wozu auch? Ich kann nur mit dem Haß der Machtlosen resignieren. Ich verfluche Philipp, aber meine Flüche werden ihm nicht weh tun. Er hat die Fäden in der Hand und läßt uns tanzen. Geza sitzt auf sechs Jahre im Kerker, und ich bin im Irrenhaus. Wie lange? Nur Philipp weiß die Antwort darauf.

G

Jetzt, Ende Jänner 1899, bin ich bald einen Monat in Möllersdorf und hab mich schon einigermaßen akklimatisiert. Der Mensch ist eben ein Gewohnheitstier. Er kann sich verdammt schnell ans gute und zum Glück auch ans schlechte Leben gewöhnen. Gewöhnen ist im letzten Fall nicht ganz richtig. Aber er kann damit fertig werden.

Die Kerkerzelle, die ich mit einem sechzigjährigen ehemaligen Militärbeamten, einem recht verträglichen Mann, teile, liegt zu ebener Erde und ist ziemlich feucht. Sie mißt zweieinhalb mal sechs

Schritt. Die Einrichtung besteht aus zwei Holzpritschen mit Strohsack und strohgestopften Kopfpolstern. Es gibt sogar ein grobes, mehrfach geflicktes Leintuch, das angeblich jeden Monat gewechselt wird. Dazu eine schwere Wolldecke. Jeder hat einen winzigen Tisch, einen Stuhl sowie einen Hocker für Waschschüssel und Wasserkanne. Das vergitterte Fenster liegt wieder so hoch, daß an Raussehen nicht zu denken ist. Im Gegensatz zu Agram gibt es hier Licht. Über der schweren eisernen Zellentür, dicht unter der Decke, ist ein kleiner Mauerdurchbruch zum Gang. Gerade so groß, um eine Petroleumlampe aufzunehmen. Sie brennt die ganze Nacht durch. Die Posten, die rund um die Uhr ihren Dienst versehen, können jederzeit durch die obligaten Gucklöcher die Gefangenen inspizieren.

Die Gebräuche und Vorschriften in einem Militärgefängnis hat man aus purem Selbsterhaltungstrieb bald intus, letztere besagen ohnehin nur, was der Häftling unter Androhung schwerer Strafen nicht tun darf.

Es gibt hier Gefangene der sogenannten ersten und zweiten Kategorie. An den verschiedenen Kappen, die wir tragen müssen, sind wir sofort zu unterscheiden. Die Sträflinge der zweiten Kategorie waren vordem Angehörige des Mannschaftsstandes, die der ersten Offiziere oder Militärbeamte in Offiziersrang. Das Fundament unserer Monarchie, das hierarchische Prinzip, wird auch noch hinter ihren Zuchthausmauern so streng beachtet, daß Angehörige der beiden Kategorien völlig getrennt untergebracht sind und so gut wie nie miteinander in Berührung kommen. Die Zweitler, wie sie genannt werden, müssen in den verschiedenen Werkstätten der Strafanstalt arbeiten. Sie können auch zur Arbeit im Ort Möllersdorf ausgemietet werden. Während man uns von der ersten Kategorie höchstens im Innendienst und der Verwaltung beschäftigen darf. Und das auch nur, wenn man sich freiwillig dazu meldet.

Ein Kerkertag ohne jegliche Beschäftigung ist lang. Und wer sechsmal 365 Tage vor sich hat, kann sich kaum vorstellen, daß die Qual irgendwann ein Ende haben könnte. Abwechslungen sind rar. Frühmorgens das Wecksignal durch die schrille Glocke. Um fünf Uhr im Sommer, jetzt im Winter um sechs. Vormittags und nachmittags eine halbe Stunde Rundgang im Hof. Die übrige Zeit im ewigen Halbdunkel der modrigen Zelle. Hinter der doppelt verschlossenen Eisentür das Schlüsselrasseln der Beschließer und die schweren Schritte der Posten. Weiter nichts. Ob man will oder nicht, man verfällt unweigerlich in ein dumpfes, halb ohnmächtiges Vorsichhinbrüten. Wenn einem dann plötzlich einmal die Realität dieses Daseins bewußt wird, gerät man zumeist in eine unbeschreiblich entsetzliche Erregung, die leicht in wildeste Raserei ausartet. Aber vom Zellengenossen abgesehen, nimmt niemand Notiz davon. Und der auch nur widerwillig. Er möchte in seinem eigenen stupiden Stumpfsinn so wenig wie möglich gestört werden.

Morgens gibt es braune Mehlsuppe. Mittags, dreimal pro Woche, Brühe mit Rindfleisch und Kartoffeln (an Sonntagen 11 Deka Fleisch, am Dienstag und Donnerstag 8 Deka). Am Mittwoch und Freitag gibt es Linsen oder Bohnen, am Samstag Knödel mit Zwiebel- oder Powidelsauce. Außerdem wird morgens die Tagesration Brot ausgegeben. Wer sparsam damit umgeht, hat auch abends noch etwas zu essen. Denn sonst wird nichts Eßbares mehr verabreicht. Wasser gibt es reichlich und jeden zweiten Tag eine Art Tee. Ich bin noch nicht dahintergekommen, was es genau ist.

Man kann bei dieser Kost schwerlich verhungern. Aber wenn ich die ausgemergelten Gesichter meiner Leidensgenossen sehe, weiß ich, wie sehr sie auf die Dauer an den Kräften zehrt.

Der ganze Komplex der Strafanstalt wird von zwei enorm hohen Mauern umgeben. Hinter der inneren Mauer liegen die Kerker- und Strafzellen, die Häftlingsküche mit der Kantine und das Spital. Im Außenring, also zwischen den beiden Mauern, sind die diversen Werkstätten, in denen die Zweitler arbeiten, eine kleine Kapelle, die Verwaltungsräume und die Dienstwohnungen der Profosse und Beschließer. Der innere Bereich ist durch ein schweres Eisentor abgeschlossen. Nur in Begleitung eines Bewachers darf der Sträfling den äußeren Ring betreten, von wo das Haupttor (das besonders streng bewacht ist) in die Freiheit führt.

Die Gebäude sind mit wenigen Ausnahmen uralt und in entsprechend desolatem Zustand. Einigermaßen erträglich sehen die Kapelle und die Dienstwohnungen aus. Die gesamte Anlage war ursprünglich ein Jagdschloß Maria Theresias. Im Zellenhaus der zweiten Kategorie soll es an den Decken noch Reste alter Malereien geben, während die zu ebener Erde liegenden Kerkerräume der Offiziere in jener Zeit die Stallungen gewesen sind.

Kurz nach meiner Einlieferung in Möllersdorf kam ich für einige Tage ins Spital. Ich hatte plötzlich hohes Fieber und glaubte natürlich an einen Malaria-Rückfall. Das Ganze stellte sich aber zum Glück als eine kurze, wenn auch äußerst heftige Influenza heraus. Vermutlich ein Andenken an den Transport durch die eisige Sylvesternacht.

In meiner Krankenzelle standen vier Betten, eins davon war leer. In einem lag ein ehemaliger Hauptmann, wegen Spionage für Rußland zu sieben Jahren Kerker verurteilt. Man hatte ihm eine eitrige Geschwulst am Gesäß aufgeschnitten, ein nach drei Jahren eintöniger Haft für ihn ungemein wichtiges Ereignis, über das er nicht ausführlich genug erzählen konnte. Das andere Bett war von einem früheren Leutnant belegt, einem jungen, etwas zart wirkenden Burschen Anfang der Zwanzig. Er war nicht viel länger in Möllersdorf als ich. Was ihn an diesen unerfreulichen Ort gebracht hatte, verriet er zunächst nicht. Er sprach überhaupt recht wenig. Windegg, so hieß er, hatte gerade einen Selbstmordversuch hinter sich. Mit einem abgebrochenen, an der Zellenwand geschärften Löffelstiel wollte er sich die Pulsadern öffnen. Wie zu erwarten, ohne Erfolg, außer daß ihm die Unternehmung einen schweren Rüffel des Kommandanten und einen Platz im Spital einbrachte. Sobald er wieder auf dem Posten sein würde, erwartete ihn eine zusätzliche Strafe, vermutlich hartes Lager und Dunkelarrest.

Nach zwei Tagen wurde der Ex-Hauptmann entlassen. Ohne daß wir darüber redeten, war klar, daß weder Windegg noch ich ihm eine Träne nachweinten, und ich war jetzt, wo es gemütlicher zu werden versprach, durchaus bereit, dem Dasein im Gefängnisspital alle Vorteile abzugewinnen, die es bot, mochten sie auch noch so gering sein.

Im Gegensatz zum Arresthaus wird im Spital um neun Uhr abends das Licht gelöscht. Danach, im Dunkeln, unterhielten Windegg und ich uns zum ersten Mal etwas ausführlicher (und durch keinen Dritten gestört) miteinander. Ich erfuhr, daß er wegen homosexueller Betätigung mit einem Untergebenen zu zwei Jahren Kerker verurteilt worden war. Ein Gefreiter aus seiner Kompanie, mit dem er eine scharfe dienstliche Auseinandersetzung gehabt hatte, zeigte ihn an und beschwor vor dem Kriegsgericht, daß Windegg ihn unter Ausnutzung seines Ranges als Vorgesetzter zu unzüchtigen Handlungen gezwungen hätte. Windegg versicherte mir, daß die Sache von A bis Z erlogen sei, daß ihm aber der Meineid des Mannes das Genick gebrochen hätte. Er sah sein Leben als zerstört und sinnlos an. Ich kenne den Fall nur aus seinem Mund, aber so wie er ihn mir in dieser denkwürdigen Nacht schilderte (und nach dem, was ich aus eigener Erfahrung über Kriegsgerichte weiß), bin ich geneigt, seiner Darstellung Glauben zu schenken. Ich versuchte, den jungen Mann etwas aufzurichten, und erzählte in kurzen Zügen, wie es mir ergangen war. Vielleicht nach einer Stunde wünschten wir uns eine gute Nacht.

Ich schlief bald ein und wachte erst durch das Wecksignal auf. Es war noch stockdunkel in der Zelle. Ich sagte irgendwas zu Windegg und bekam keine Antwort. Ich rief lauter. Wieder keine Antwort. Ich stand auf und trat an sein Bett, um ihn wach zu rütteln, doch das Bett war leer. Da fiel von draußen ein Lichtschein auf das vergitterte Fenster, und ich erkannte gegen den helleren Hintergrund die Konturen eines menschlichen Körpers. Es war Windegg. Er hatte sich, während ich schlief, in aller Stille mit dem Leintuch am Fensterkreuz erhängt.

Ich hob den armen Kerl vorsichtig aus der Schlinge, legte ihn auf das Bett und drückte mein Ohr fest auf seine kalte Brust. Diesmal hatte er Erfolg gehabt, da drinnen rührte sich nichts mehr. Die Frage nach Schuld oder Unschuld hatte sich für ihn ein für alle Male erledigt.

Ich weiß nicht, weshalb ich nicht gleich die Wache alarmierte. Jedenfalls blieb ich still neben dem Kameraden sitzen, bis der Spitalprofos aufschloß und mit seiner Lampe die Zelle ableuchtete.

«Was ist los?» fragte er, als er mich am Bett des anderen sah.

«Windegg hat sich das Leben genommen, Herr Unteroffizier», antwortete ich.

«Schon wieder!» sagte er mit bestechender Logik, trat neben mich und leuchtete dem Toten ins Gesicht. Er beugte sich über ihn und zog ihm die Augenlider in die Höhe. «Idiot!» schimpfte er. «Verdammter Idiot! Ausgerechnet mir muß er die Schererei machen! Ausgerechnet mir! Ich könnt ihm noch ein paar aufs Maul geben, der schwulen Sau!» Dann lief er zur Tür und rief die Wache.

Ich wurde den ganzen Tag über vom Gefängnisarzt, vom Inspektionsoffizier, schließlich sogar vom Kommandanten vernommen und hatte alle Mühe, den Verdacht der Beihilfe zur Selbsttötung abzuwehren. Nachts lag ich allein in der Krankenzelle. Mir war elend. Ich dachte unentwegt an Windegg und konnte von Stunde zu Stunde besser verstehen, daß er Schluß gemacht hatte.

Am nächsten Tag wurde ich aus dem Spital entlassen. Ich atmete richtig auf, als ich mit dem Posten, der mich begleitete, den Gefangenenbau der ersten Kategorie betrat und wenig später wieder meinem friedfertigen Kerkergenossen gegenübersaß. Trotz aller damit verbundenen Vergünstigungen hab ich vom Spital fürs erste die Nase restlos voll.

Sogar nach der «Theresianischen peinlichen Gerichtsordnung» (wo ich nun auch noch in einem früheren Schloß der Kaiserin Maria Theresia eingesperrt bin, fang ich an, diese Person zu hassen) steht jedem durch ein Militärtribunal Verurteilten bei Erfüllung gewisser Voraussetzungen das Recht zu, gegen die erste Entscheidung einen Revisionsantrag beim k. u. k. Militär-Obergericht und in letzter Instanz beim k. u. k. Obersten Militärgerichtshof zu stellen.

Ich hab über den Inspektionsoffizier dem Anstaltskommandanten, einem Oberstleutnant von Dravodol (der nota bene ein recht ordentlicher Mann sein soll), bereits schriftlich gemeldet, daß ich unbedingt den Rekurs-Weg beschreiten möchte. Der Kommandant muß dies der Form halber genehmigen. Sowie die Genehmigung vorliegt (bei anständiger Führung darf sie nicht verweigert werden), will ich mich an die Arbeit machen. Wer des Schreibens mächtig ist, muß seinen Revisionsantrag eigenhändig zu Papier bringen. Wenn es erst soweit ist, werde ich reichlich zu tun haben und wissen, wie ich mir die Zeit vertreibe.

L

Herr Dr. Rudinger hat sich wieder mal bei mir sehen lassen. Er erschien lediglich als Bote des Obersthofmarschallamts (von dem alles Böse kommt), um mir den Besuch des Herrn Professor Freiherr von Krafft-Ebing anzukündigen. Der Freiherr sei beauftragt, namens der medizinischen Fakultät der Universität Wien ein Gutachten über mich anzufertigen. Bei seiner Arbeit würde er sich selbstverständlich auch auf den bereits vorliegenden Schriftsatz der Gerichtsärzte stützen, wolle mich aber doch vorher persönlich kennenlernen.

Ich wußte nicht, daß ein Schriftsatz der Gerichtsärzte über mich existiert, aber es ist mir auch gleichgültig. Selbst der angekündigte Besuch regt mich nicht auf.

In Döbling gab ich mir jedes Mal die größte Mühe, die Ärzte von dem Unrecht zu überzeugen, das an mir geschieht. Mit Krafft-Ebing werde ich mir keine Mühe geben. Ich bin ja doch machtlos gegen alles, was Philipp plant. Was sollte ich außerdem mit einer Freiheit ohne Geza!

In der ganzen Hoffnungslosigkeit, die mich erfüllt, gibt es einen einzigen, winzigen Lichtblick, dessen ich mich allerdings ein bißchen schäme: Ich brauche keine Angst zu haben, daß Geza in der Militärstrafanstalt mit einer anderen Frau schläft.

Aus dem Fakultätsgutachten vom 13. Mai 1899 über den Geisteszustand Ihrer Königlichen Hoheit der Frau Prinzessin Louise von Sachsen-Coburg-Gotha geb. Prinzessin von Belgien:

Dem Ersuchen des Obersthofmarschallamtes Seiner k. u. k. Apostolischen Majestät vom 26. April 1899, Z. 597, wegen Wichtigkeit und Schwierigkeit des Falles das Gutachten der Herren Gerichtsärzte über den Geisteszustand der Frau Prinzessin Louise von Sachsen-Coburg-Gotha einer Überprüfung zu unterziehen, beehrt sich die medizinische Fakultät damit zu entsprechen, daß sie ... zum Schlusse gelangte, dasselbe sei nach den Regeln der psychiatrischen Wissenschaft abgefaßt, überaus sorgfältig erstattet und in seinen Schlußfolgerungen unanfechtbar. Mit Rücksicht auf die Wichtigkeit des Falles sah sich aber die Fakultät veranlaßt, neuerlich alle Umstände ... von Grund aus in Erwägung zu ziehen ... Sie verwertete dazu, außer dem Gutachten der Herren Gerichtsärzte, Akten und Zeugenaussagen, die von dem Obersthofmarschallamte zur Verfügung gestellt wurden ... fortlaufende Aufzeichnungen der Hofdame (Frl. v. Gebauer) über das Gebaren und die Gespräche der Frau Prinzessin in dem Sanatorium Purkersdorf und die Ergebnisse der eingehenden Exploration des Referenten der Fakultät Professors Krafft-Ebing ...

Für den Ruin ihrer Ehe und die soziale und ethische Décadence, welche sie erfuhr, fehlt der Prinzessin jegliches Verständnis ...

Die Gründe der unüberwindlichen Abneigung gegen den Gemahl und der verlangten Ehescheidung sind so nichtig, kleinlich und lächerlich, daß schon daraus ein erheblicher Grad von Schwäche des Urteils gefolgert werden muß.

Trotz gelegentlicher zorniger Aufwallungen ist aber die Frau Prinzessin tieferer und ethisch motivierter Affekte nicht fähig ...

So fiel es Ärzten und Wartepersonen auf, wie geringfügig und flüchtig die Reaktion der Prinzessin war, als sie ins Irrenhaus gebracht wurde, ebenso beim Wechsel des Aufenthaltes, daß sie sich sofort gleichmütig in ganz ungewohnte, unklare Verhältnisse hineinfand.

Nicht einmal eine tiefe und nachhaltigere Reaktion stellte sich ein, als sie die nach ihrer Meinung ungerechte Verurteilung von Mattachich erfuhr.

Beraubt man einen Geistesgesunden oder einen geistig noch nicht geschwächten Kranken, der sich für gesund hält, seiner Freiheit, so sind heftige Reaktionen im Sinne von Aufbietungen aller Rechtsmittel, Fluchtversuchen, stürmischen Affekten bis zu schließlichen Selbstmordversuchen zu gegenwärtigen.

Die hohe Kranke spielt hie und da mit solchen Ideen, aber in Wirklichkeit ist sie ruhig, fügsam, ißt und schläft befriedigend und bietet überhaupt nur geringfügige Schwankungen ihres körperlichen Befindens.

Am deutlichsten ergibt sich die geistige Insuffizienz der hohen Kranken aber daraus, daß sie während der einjährigen Dauer ihrer Internierung sich mit gar nichts Nützlichem und Ordentlichem beschäftigt und dabei doch keine Langeweile empfindet. Obwohl man ihr auf Verlangen Piano und Malrequisiten herbeischaffte, benützt sie dieselben nicht oder nur gelegentlich; obwohl sie für bis zu 100 Gulden monatlich Lektüre kauft, bleibt es beim Umblättern von ein paar Seiten. Sie liegt viel zu Bett, vertändelt ihre Zeit mit Toilette, schnipfelt in der Weise von Schwachsinnigen an Kleidern und Spitzen herum, neue und wertvolle Stoffe oft verderbend ...

Aus den vorausgehenden Tatsachen ärztlicher Beobachtung ergibt sich der zwingende Schluß, daß Ihre K. Hoheit die Frau Prinzessin Louise von Coburg-Gotha von einem geistigen Schwächezustand heimgesucht ist, insofern ihre psychischen Funktionen, und zwar in ganz hervorragender Weise die höheren geistigen Vermögen wie Vernunft, Wille, ethische Leistungen, eine erhebliche Abschwächung aufweisen.

Dieses «Gebrechen des Geistes» im Sinne des § 21 des öster. A. B. G. läßt sich wissenschaftlich unter die Zustände von erworbenem

Schwachsinn subsumieren. Dieser Schwachsinn auf intellektuellem und zugleich ethischem Gebiet hat sich langsam und für die Beurteilung des Laien unmerklich bei einer von jeher neuropathisch veranlagten und durch einen schweren, 1876 überstandenen Typhus neurotisch weiter geschädigten Persönlichkeit im Anschluß an eine heftige, 1882 erlittene Hirnerschütterung entwickelt. Wenigstens hat der erfahrene Leibarzt der Frau Prinzessin von da ab «eine zunehmende Reizbarkeit und eine immer auffälliger werdende Veränderung des Denkens und Fühlens» bei Höchstderselben konstatiert ...

Die konstatierte «Änderung des Denkens und Fühlens» in ungünstigem Sinne erklärt die Tatsache, daß eine ursprünglich harmonische Ehe sich in das Gegenteil umkehrte, daß Leidenschaftlichkeit und Reizbarkeit Affekte und Konflikte heraufbeschworen, daß geschwächtes sittliches Empfinden die Ehe als eine Last und selbst Fessel erscheinen ließ, Umstände, welche zu Zerstreuungen außer dem Hause, Reisen, Sport usw. führten. Durch alle diese Umstände wurde die Entwicklung des Gehirnleidens ungünstig beeinflußt ...

Eine weitere Förderung bis zur jetzigen Höhe erfuhr das Leiden durch den Einfluß von Mattachich, der die Frau Prinzessin durch Schmeicheleien zu fesseln, schließlich ganz zu beherrschen wußte, ihren Neigungen zu planlosem Umherziehen, Verschwendung, Sport Vorschub leistete und sie selbst zu Übergenuß alkoholischer Getränke verleitete.

So kam es, daß endlich die tief zu bedauernde Kranke ganz in den Bann eines unwürdigen Menschen geriet, willenlos seinen Suggestionen Folge leistete, ganz auf ihre hohe gesellschaftliche Stellung, auf ihre Würde als Frau und Mutter vergaß, mit dem Abenteurer in der Welt herumzog, bis sie von ihrem Gemahl aus unwürdiger Umgebung, aus Not und finanzieller Déroute, aus moralischer und sozialer Décadence endlich befreit werden konnte.

Wäre die Frau Prinzessin keine Kranke, so hätte sie in der fast einjährigen Zeit der gefolgten Internierung schon längst erkennen müssen, in welcher unwürdigen Situation sie sich befunden hatte ... Sie hätte sich beschämt von einem Menschen abgewendet, der von den Gerichten schwerer Verbrechen überführt und deshalb verurteilt wurde, sie hätte denjenigen verabscheut, der seine geistige Superiorität mißbrauchte und sie als Gattin, Mutter und Fürstin vor aller Welt bloßstellte.

Von all dem trat das Gegenteil ein – die Frau Prinzessin ist indigniert über den Prinzgemahl, der sie gerettet hat ...

Bedeutsame Beweise für die Urteilsschwäche und ethische Verkümmerung der Frau Prinzessin ergeben sich weiter aus der Art, wie sie Mattachich beurteilt. Für sie ist er nach wie vor der edelste, feinfühligste Kavalier, der Ehrenmann, der es nur den Ränken des Prinzen zuzuschreiben hat, daß er zu schimpflicher Strafe verurteilt wurde ... Sie vermag Tatsachen, Beweise, Vernunftgründe nicht zu erfassen, hält daran fest, daß Mattachich ihr Kavalier und Beschützer war, und hält die Zeit in Kroatien – die Episode ihrer Erniedrigung – für die schönste Zeit ihres Lebens ...

Sie haßt den Gemahl, spricht würdelos von ihm und den hohen Verwandten ... haßt den Sohn, weil er zum Vater hält ... An Stelle der Pietät für die Eltern, der Achtung für den Gemahl, der Liebe zu den Kindern, des Bewußtseins und des Dranges zur Wahrung eigener Würde, die der Vollsinnige peinlich bewahrt, ist nur noch krasser Egoismus aufzufinden, der rücksichtslos die eigenen Pflichten ignoriert, die Rechte anderer mißachtet, überhaupt das ganze Denken und Fühlen dominiert ...

Ebenso einsichtlos für die Bedeutung der Vorgänge der Vergangenheit wie urteilslos bezüglich ihrer gegenwärtigen Situation ist die Frau Prinzessin unklar hinsichtlich der vermutlichen Gestaltung ihrer Zukunft. Sie hält sich für makellos und geistig vollkommen normal, ihre Internierung für ein kolossales Unrecht, einen Racheakt ihres Gemahls ... macht sich aber keine ernstlichen Sorgen über das, was ihr bevorsteht, wie sie überhaupt oberflächlich und flüchtig in ihren Stimmungen und Affekten ist und – eine durchaus passive Natur – nicht selbständig zu Entschlüssen und Handlungen gelangt. Auch die früheren Beziehungen zu Mattachich sind nicht oder nicht mehr von lebhaften Gefühlen betont. Bei dieser Passivität, Willensschwäche und großer Lenksamkeit dürfte die fernere Pflege und Behandlung der hohen Kranken durch eine pflichtgetreue und günstigen Einfluß übende Umgebung keine Schwierigkeiten bieten und es ermöglichen, daß der unglücklichen Prinzessin ein ziemlich großes Maß an Freiheit der Bewegung mit der Zeit verstattet werden kann.

Die medizinische Fakultät gibt ihr Gutachten dahin ab:

Ihre K. Hoheit die Frau Prinzessin Louise von Coburg-Gotha geb. Prinzessin von Belgien leidet seit einer Reihe von Jahren an seit einer Gehirnerschütterung aufgetretenem Schwachsinn mit bedeutender Herabsetzung der intellektuellen und ethischen Funktionen. Die hohe Kranke ist unfähig, ihre Angelegenheiten selbständig zu besorgen und die Bedeutung, Tragweite und Folgen ihrer Handlungen klar zu erkennen. Sie bedarf deshalb wegen Gebrechen des Geistes im Sinne des § 21 A. B. G. B. des Schutzes des Gesetzes.

Wien, den 13. Mai 1899

Für den Dekan: A. Vogl
Dr. R. Freiherr von Krafft-Ebing, k. k. Hofrat
und o. ö. Universitätsprofessor als Referent.

XIV

L

Ich bin nicht mehr in Österreich, sondern im Königreich Sachsen. Im Sanatorium Lindenhof, nicht allzuweit von Dresden. Äußerlich haben sich meine Lebensbedingungen verbessert. Ich darf sogar manchmal in die Stadt und unter Bewachung eine Konditorei besuchen. Wie in Döbling wohne ich in einem abgesonderten Pavillon, Fräulein von Gebauer und Olga sind immer noch bei mir. Auch das Klavier und die Staffelei haben mich begleitet. Man erlaubt mir Spaziergänge und hin und wieder kleine Ausfahrten, natürlich unter Aufsicht der Gebauer. Im Gegensatz zu Dr. Rudinger in Purkersdorf nimmt sich Sanitätsrat Dr. Pierson, der Leiter der hiesigen Anstalt, auf meist recht freundliche Weise meiner an.

Die Besserung meiner Lebensumstände bedeutet in Wahrheit die Verurteilung zum Tode. Oder vielmehr zu lebenslänglich. Geza ist zu beneiden. Er wird nach sechs Jahren frei sein. Ich nie.

Philipp hat alles erreicht, was er wollte. Das Fakultätsgutachten ist seit langem fertiggestellt. Man hat es mir nicht gezeigt, aber ich kenne das Resultat. Es heißt: Schwachsinn. Ich weiß auch, warum ich hierher kommen mußte. Geza verbüßt seine Strafe in Möllersdorf, keine 25 Kilometer von Wien und Purkersdorf entfernt. Diese Nähe schien Philipp gefährlich. Da er Gezas Verwahrungsort nicht ändern konnte, mußte ich verschickt werden. Dazu brauchte er einen äußeren Anlaß, das Gutachten. Vermutlich steht drin, daß eine Ortsveränderung wünschenswert wäre, und daß man mir mit der Zeit etwas mehr Freiheit gestatten könne. Hier in Sachsen ist diese Freiheit natürlich völlig ungefährlich.

Auf Grund des Gutachtens wurde die vorläufige Kuratel in endgültige Entmündigung umgewandelt und Dr. von Feistmantel zu meinem Vormund ernannt. Wie er mir erklärte, nimmt er sich «des armen Mädchens, das den Vater verloren hat, an Vaterstelle an.»

Geschieden werden kann ich als entmündigte Geisteskranke nun auch nicht mehr. Damit hat Philipp seinen größten Triumph errungen. Während ich durch die Gitter starre, kann er das Erbteil, das ich einst von meinem Vater bekommen werde, in Ruhe kassieren, ohne befürchten zu müssen, daß ich ihm damit durchgehe.

In einem langen Schreiben nach Brüssel bat ich meine Eltern verzweifelt um Hilfe. Ich mußte mich vorsichtig ausdrücken, denn man liest meine Briefe, bevor sie abgeschickt werden. Eine Antwort habe ich nie erhalten.

Ich kann nicht mehr kämpfen. Ich nehme mich nicht mehr zusammen. Wozu auch. Es ist nur unnötige Kraftverschwendung. Wenn ich mich ganz fallenlasse, werde ich vielleicht eines Tages den Segen des echten oder vielmehr des erworbenen Schwachsinns genießen dürfen.

Ich sehne mich unendlich nach Geza. Das ist mein tiefstes Geheimnis. Niemand darf merken oder wissen, wie sehr er mir fehlt. Nur in dieser Hinsicht beherrsche ich mich noch.

Meine ganze Umgebung, angefangen bei Sanitätsrat Pierson bis zu Fräulein von Gebauer, erscheint mir verächtlich, weil sie alle Philipps Spiel mitspielen. Ich zeige es aber nicht. Ich bin höflich und verschweige, was ich von ihnen denke.

Wie lange werde ich leben müssen? Ich bin 41 Jahre alt und laut Professor Sommer körperlich in guter Verfassung. Nach Philipps Tod wird man mich vielleicht freilassen. Aber dann werde ich sicherlich schon eine Greisin sein. Wenn Geza in sechs Jahren aus dem Gefängnis kommt, ist er noch ein sehr junger Mann.

Zu den Errungenschaften des Lindenhof gehört ein Spiegel. Den gab es weder in Döbling noch in Purkersdorf. Die Fensterscheiben, in denen ich mich dort sehen konnte, waren freundlich, der Spiegel ist grausam.

G

Dezember. Der erste Teil des Jahres verging wie im Flug.

Tag für Tag, Woche für Woche war ich mit der Ausarbeitung, Formulierung und Niederschrift meines Revisionsantrags beschäftigt. Ich füllte Seite um Seite, verwarf alles und fing nochmals von vorn an. Zum Schluß hatte ich ein ganzes Buch vor mir liegen. Ich las es immer wieder durch, machte da und dort letzte Verbesserungen.

Endlich war es soweit. Im Beisein des Oberstabsprofos und des Inspektionsoffiziers übergab ich das Konvolut dem Kommandanten, der mir zusicherte, es umgehend auf dem Dienstweg an das zuständige Militärobergericht weiterzuleiten.

Sommer und Herbst vergingen mit Warten.

Je weiter das Jahr voranschritt, um so langsamer verstrich die Zeit. Draußen wurde es Winter. Eines Tages war der erste Schnee gefallen.

Wenig später wurde mir das folgende Dokument ausgehändigt:

> Das k. und k. Militär-Obergericht hat auf Grund der Bitte des Verurteilten um Wiederaufnahme der Untersuchung nach vorgenommener Revision befunden:
>
> 1. Das Wesentliche der Tat ist dahin richtigzustellen beziehungsweise einzuschränken, daß der Untersuchte nur das Akzept Ihrer k. und k. Hoheit der durchlauchtigsten Frau Kronprinzessin-Witwe Erzherzogin Stephanie auf dem betreffenden Wechsel gefälscht und die Bankiers um den Betrag von 750 000 Gulden *nicht* geschädigt hat, sondern schädigen *wollte.*
> 2. Hinsichtlich der beabsichtigten Schadenshöhe und der aufgezählten strafbaren Handlungen ist es bei dem Urteil zu belassen.

3. Der § 32 M.-St.-G. ist auszuscheiden.

4. Im übrigen ist das Urteil für gerechtfertigt anerkannt.

Wien, am 5. Dezember 1899

Das k. und k. Militär-Obergericht
Ratzenhofer, Feldmarschalleutnant
Schaller, Oberst-Auditor

Heute, am 22. März 1900, heiratet Stephanie den Grafen Elemer Lonyay, ihren «bosnischen Bergwerksarbeiter». Die Zeremonie findet nicht etwa heimlich in einer Dorfkirche statt, wie man es bei einer solchen Mesalliance erwarten könnte, sondern auf Schloß Miramar – mit vollem Einverständnis und Segen seiner Apostolischen Majestät und in Anwesenheit vieler Ehrengäste.

Mit ihrer weinerlichen, verlogenen Furchtsamkeit hat meine Schwester alles erreicht, was sie wollte. Wie es sich schickt, hat sie sich keinerlei Skandal zuschulden kommen lassen, sondern gehorsam und brav gewartet. Dafür belohnte sie Franz Joseph jetzt mit seiner gütigen Einwilligung.

Ganz uneigennützig war der Kaiser kaum, denn auf die Weise ist er Stephanie los. Sie verläßt Wien und wird in Ungarn auf Schloß Oroszvar Wohnsitz nehmen, so steht es in den Dresdener Zeitungen. Zwischen dem Hof und Stephanie gab es nie viel Sympathie. Nun ist beiden geholfen.

Stephanie macht es nichts aus, einsam auf dem Land zu leben. Für mich wäre das nichts. Saure Trauben! Wie unendlich gern würde ich das Irrenhaus Lindenhof mit Schloß Oroszvar vertauschen.

Ich bin sehr neidisch auf Stephanie.

30. März. Franz Josephs Segen hat Stephanie zwar, aber nicht den unseres Vaters, lese ich eben.

Sie hatte angekündigt, daß sie auf der Hochheitsreise auch Brüssel besuchen wollte, um den belgischen Majestäten ihren neuen Ehegatten vorzustellen. Man hat ihr jedoch aus Brüssel sagen lassen, daß weder sie noch der Graf darauf rechnen könnte, empfangen zu werden.

Das finde ich die Höhe der Anmaßung! Was verlangt der König eigentlich von Stephanie? Hat sie ein Leben lang die trauernde Witwe eines ungeliebten Mannes zu spielen? Oder sollte sie warten, bis sie vielleicht doch noch eine standesgemäße Heirat machen konnte, ganz gleich ob sie den hochgestellten Gemahl dann liebt oder nicht? Solche Forderungen haben weiß Gott genug Unheil über uns alle gebracht. Aber das ist unserem Vater gleichgültig. Nicht eine Sekunde denkt er an Stephanies Glück. Nur daran, daß sie eine Mesalliance eingeht. Er gebärdet sich ahnenstolzer als der Chef des uralten Hauses Habsburg.

Ich kann mir vorstellen, wie sich Franz Joseph darüber mokiert. In seinen Augen sind wir Coburger und Belgier immer Parvenüs geblieben. Das hat mich früher in Wien oft genug geärgert, aber heute möchte ich ihm fast recht geben.

G

2. Juli 1900. Mit dem Entscheid des Militär-Obergerichts kann ich mich natürlich nicht zufriedengeben. Heute hab ich die letzte Instanz, den Obersten Militärgerichtshof, angerufen. Nun heißt es sich wieder in Geduld fassen, warten und hoffen.

Das Leben hier ist elend wie eh und je. Mein Zellengenosse hat seine Zeit hinter sich gebracht. Er ist vor einem Vierteljahr entlassen worden. Seither bin ich allein.

Ich werd wohl demnächst ein Ansuchen um irgendeine Beschäftigung stellen.

Heute wurde ich bei der Zeitungslektüre durch eine schlimme Notiz aus meiner Lethargie aufgeschreckt. Meine Mutter ist sehr krank, es müsse mit ihrem Ableben gerechnet werden, hieß es in einer Meldung aus dem belgischen Badeort Spa.

Die Tränen schossen mir in die Augen.

Ich weiß nicht, warum mich die Nachricht so erschüttert. In den letzten Jahren hing ich nicht gerade mit übergroßer Liebe an meiner Mutter. Ihre Gefühlskälte, die Art, wie sie sich von mir distanzierte, mich vollkommen im Stich ließ, hatten mich tief verletzt. Aber plötzlich empfand ich Angst vor dem drohenden Verlust und gleichzeitig brennendes Mitleid.

Was hat sie vom Leben gehabt? Nichts. Weniger als nichts! Ich kann nur wünschen und hoffen, die Tröstungen der Religion mögen ihr in diesen Stunden über die erschreckende Erkenntnis hinweghelfen, daß das Schicksal ihr alles schuldig geblieben ist, was es an Glück zu verteilen hat.

Ich ließ Dr. Pierson zu mir bitten und fragte ihn, ob es mir gestattet werden könnte, nach Spa zu fahren, da ich meine Mutter noch einmal zu sehen wünschte.

Der Sanitätsrat meinte, von ihm aus wäre nichts dagegen einzuwenden, vorausgesetzt, daß ich von einem Arzt, der Hofdame und meiner Zofe begleitet würde. Er sei bereit, Herrn Dr. Mauss, seinen Assistenten, für die Reise zur Verfügung zu stellen. Nur müsse er natürlich zuvor beim Obersthofmarschallamt in Wien anfragen, das sich vermutlich mit dem Hof in Brüssel oder auch direkt mit Spa in Verbindung setzen würde.

Ich bat ihn, sofort alles Nötige zu unternehmen, und schärfte ihm ein, daß ich nur einen Salonwagen brauchte, keinen Extrazug.

In meiner Erinnerung schwebt mir immer das Bild der schönen Mama meiner Kindheit vor. Das werde ich nicht mehr finden. Ich werde sehr erschrecken, wenn ich sie jetzt nach so langer Zeit wiedersehe. Der Anblick der sterbenskranken alten Frau wird viel von der Bitterkeit auslöschen, die so oft in mir aufsteigt. Insofern ist mein Wunsch, zu ihr zu fahren, fast egoistisch.

Wenn ich mir vorstelle, daß ich womöglich schon morgen oder übermorgen einen Eisenbahnzug besteigen soll, wird mir ganz schwindlig. Wie werde ich mich benehmen nach all den Jahren? Sehr ungeschickt? Wird man mir anmerken, daß ich nur Urlaub von der Irrenanstalt habe?

Ich muß bestimmt nicht befürchten, Papa zu begegnen. Er wird kaum an das Krankenbett meiner Mutter eilen. Seit Jahren schon lebt Mama allein in Spa, angeblich aus Gesundheitsgründen. Ich weiß nicht, ob sie vom König dorthin verbannt wurde oder ob sie dorthin vor ihm geflüchtet ist.

Womöglich kommt auch Dora nach Belgien, um ihre Großmutter noch einmal zu sehen? Ihr Bruder Leopold sollte sich ebenfalls einfinden. Und Stephanie natürlich.

Ich beginne, mich vor der Reise fast zu fürchten. Ich werde vor Aufregung kein Auge schließen.

Freitag. Ich brauche mich nicht zu fürchten, ich kann auch ruhig schlafen. Ich werde nicht nach Spa reisen.

Wien hatte nichts einzuwenden, aber selbst heute, kurz vor ihrem Tod, will meine Mutter mich nicht sehen. Sie bleibt unerbittlich und kalt bis zum Ende.

Als mir Dr. Pierson die Absage überbrachte, war ihm anzumerken, daß sie ihn genauso bestürzte wie mich. Er versuchte, sie in freundliche Worte zu kleiden, und behauptete, man wolle mir wohl die Strapazen der Reise ersparen.

Nachdem er gegangen war, konnte ich endlich weinen.

Ich werde meine Mutter also nie wiedersehen, ich kann sie schön und abweisend in Erinnerung behalten. Ich muß mich zufriedengeben, hier weiter dahindämmern und auf die endgültige Nachricht ihres Todes warten.

G

Seit einem dreiviertel Jahr arbeite ich in der Verwaltung der Häftlingsküche, der auch die Aufsicht über die Kantine untersteht. Ich führ das Lagerbuch «Tägliche Ein- und Ausgänge».

Der Beamte, dem ich zugeteilt bin, ist ein bodenloser Faulpelz. Ich hab ihm seinen Saustall erst mal einigermaßen in Ordnung gebracht. Seither bin ich bei ihm eine große Nummer. Er kümmert sich praktisch um gar nichts mehr, bleibt stundenlang unsichtbar und läßt den lieben Gott und mich brave Männer sein.

Mit dem Küchenfeldwebel und seinen Leuten komm ich gut zurecht. Ich zeig mich behilflich, wo's geht. Dafür lassen sie mir ab und zu eine Portion Tafelspitz zukommen. Oder ein Stück Apfelstrudel. Wenn's auch nicht wie im «Sacher» schmeckt, so ist es doch eine willkommene Abwechslung.

Die Kantine betreibt eine Frau Stöger. Eine junge, sehr fesche Person. Dunkel, stattlich. Alles dran. Außerdem ist sie eine Landsmännin von mir. Wir können miteinander reden, ohne daß uns gleich jeder Trottel versteht. Ihr Mann ist in der Justizverwaltung angestellt.

Obwohl sie uns hier reichlich Zeug ins Essen tun, um gewisse Gefühle zu dämpfen, wenn man die Stöger anschaut, hat es die Wirkung verloren. Bei mir jedenfalls. Ich bin öfter mit ihr allein. Wegen der Abstimmung unserer Buchhaltung. Ich müßt mich schon sehr irren, wenn mit der nichts anzufangen wär.

Die Stöger frißt mir aus der Hand. Marie heißt sie mit Vornamen.

Sie weiß natürlich, wer ich bin, und hat's drauf angelegt, mit einer Berühmtheit wie mir anzubandeln. Wann's immer geht, fordert sie mich auf ihre freche selbstsichere Art in der unverschämtesten Weise heraus. Neulich steh ich am Schreibpult und mach meine Eintragungen. Sie kommt rein. «Wo ist denn der Lindinger?» fragt sie. Das ist der Furier, mein Chef. «Was weiß ich. Keine Ahnung», sage ich und schreibe weiter. Da stellt sie sich ganz dicht hinter mich und tut, als ob sie mir über die Schulter ins Heft schaut. Dabei drückt sie sich fest an mich und schiebt ein Knie zwischen meine Beine. Sie benutzt ein einfaches frisches Parfum, das mich noch zusätzlich verrückt macht. Einen Moment bin ich wirklich dabei, den Verstand zu verlieren, denn jetzt tastet sich ihre Hand über meine Hüfte dorthin, wo meine Erregung am deutlichsten feststellbar ist. Ich denke, mein Herz bleibt stehen, aber da läßt mich das Luder schon los, tritt ein paar Schritte zurück, amüsiert sich über mein dummes Gesicht und sagt lachend: «Keine Angst, ich wollt ja nur wissen, ob's bei dir partout eine Königstochter sein muß. Gott sei Dank nicht!»

Ich mußte verdammt an mich halten. So schwer ist es mir selten gefallen. Aber ich darf mich auf nichts einlassen. Auf fast nichts! Unter gar keinen Umständen darf ich meinen schönen Posten riskieren. Das wär einfach idiotisch. Für ein Gefängnis à la *Fledermaus* hätten die hier nämlich nicht das geringste Verständnis.

Marie ist fabelhaft. Ein Teufelsweib.

Vorige Woche kam vom Obersten Militärgerichtshof die endgültige Ablehnung meines Revisionsantrags. «Mangels der hierzu in der Militär-Strafprozeßordnung erforderlichen Voraussetzungen», hieß es wörtlich.

Ich war natürlich ein paar Tage wie vor den Kopf gestoßen und lief entsprechend rum. Die Marie hat sofort spitzbekommen, daß was mit mir los ist. Also hab ich's ihr erzählt. Sie hat sich alles angehört und gesagt, ich soll die ganze Geschichte der Wiener *Arbeiter-Zeitung* zur Kenntnis bringen. Die Sozialisten würden sich für die Schweinerei bestimmt interessieren. Auf so was wären die richtig scharf. Als ich fragte, ob ich vielleicht Urlaub einreichen sollte, um bei der *Arbeiter-Zeitung* vorsprechen zu können, hat sie nur gelacht. Sie wird hingehen! Höchst persönlich! Das würde ihr grad Spaß machen. Ich soll mich ganz auf sie verlassen. Sie wird alles bestens erledigen, sofern ich ihr nur die nötigen handfesten Unterlagen übergebe. Sie aus der Anstalt rauszubringen, das wär überhaupt kein Problem.

XVI

Aus der *Arbeiter-Zeitung* Wien, vom 16. und 21. Jänner 1902: Mattachichs Gesuch enthält eine ungemein eingehende Beleuchtung sämtlicher dem Beschuldigten vorgehaltener Verdachtsgründe. Er beruft sich darin auf Zeugen, zitiert mehrere entlastende Schriftstücke und erfüllt überhaupt in umfassender Weise alle Bedingungen, von denen das Gesetz die Wiederaufnahme einer abgeschlossenen Untersuchung abhängig macht.

Es ist unmöglich, den Inhalt dieser Revisionsschrift auch nur auszugsweise wiederzugeben. Sie ist ein dickes Buch. Wir müssen uns daher mit der Versicherung begnügen, daß es Mattachich darin gelungen ist, die Verdachtsmomente nicht nur zu entkräften, sondern geradezu aufzulösen. Seine ausführlichen Darlegungen zeigen den verurteilten Oberleutnant als einen Mann von starker Denkfähigkeit und ungewöhnlicher Energie. Daß er zu ihnen, ohne jede juristische Hilfe und ohne die Möglichkeit der Akteneinsicht, im Gefängnis die Kraft besaß, läßt ihn als einen Menschen von nicht gewöhnlichen Gaben erkennen.

Das erste Gericht hatte Mattachich der Fälschung beider Unterschriften für schuldig befunden, was sachlich nichts anderes wäre, als daß er falsche, in sich wertlose Wechsel verfertigt, die sie belehnenden Geschäftsleute mit den gefälschten Unterschriften in Irrtum geführt und um den Betrag der geliehenen Summe geschädigt hätte. Das zweite Gericht hat nun aber befunden, daß die Unterschrift der Frau Prinzessin Louise *echt* gewesen ist, daß also der Betrug *nur* durch die Beisetzung der falschen Signatur der Kronprinzessin-Witwe geschehen ist.

Die ersten Richter hatten angenommen, beide Unterschriften des Wechsels seien falsch. Von dieser Annahme ausgehend, konnten sie zu der Meinung kommen, Mattachich sei es, der die Unterschriften gefälscht habe, um sich mittels ihrer Geld verschaffen zu wollen – und Geld verschafft hat. Mit dem Wegfall dieser Annahme ist aber auch die Schlußfolgerung unsinnig. Denn war die Unterschrift der Prinzessin nicht falsch, so konnte sich einleuchtenderweise Mattachich nichts heimlich für sich erschwindeln wollen, so hat er also nicht falsche Wechsel fabriziert, um sich mittels ihrer Geld zu verschaffen. Aus denselben Verdachtsgründen, aus denen geschlossen worden ist, daß er *beide* Unterschriften fälschte, kann unmöglich geschlossen werden, daß er nur die *eine* gefälscht hat.

Indem das zweite Urteil den Tatbestand von Grund aus verändert, ist es gerade das überzeugendste Argument gegen eine Verurteilung selbst geworden. Die Bestätigung dieser Verurteilung durch das Militär-Obergericht und die Aufrechterhaltung der Strafe macht es bei dieser Sachlage jedermann deutlich, daß der Fall nach einer neuerlichen Überprüfung schreit, daß die Wiederaufnahme der Untersuchung ein zwingendes Gebot der Gerechtigkeit ist.

Interpellation des sozialistischen Reichsratsabgeordneten Daszynski vom 8. Februar 1902: Ich will den Herrn Landesverteidigungsminister, der hier ja als offizieller Vertreter des Herrn Kriegsministers erscheint, auf eine Affäre aufmerksam machen, die sich vor einigen Jahren in der österreichischen Militärgerichtsbarkeit abgespielt hat, eine Affäre, wo ein Musterstück der sogenannten «Hofjustiz» zum besten gegeben wurde.

Ich meine die Affäre des Herrn Oberleutnants Mattachich. Der Oberleutnant hatte das Unglück, die Liebe einer Königstochter gewonnen zu haben, die Liebe der Prinzessin Louise von Coburg, der Tochter des belgischen Königs Leopold II. Dieser Umstand hat ihn seine Ehre gekostet, hat ihn in den Abgrund gestürzt, in das Militärgefängnis zu Möllersdorf, wo er, zu sechs Jahren schweren Kerkers verurteilt, seit vier Jahren schmachtet.

Es ist gewiß nicht der Drang nach einer seltenen Sensation, der mich bewogen hat, hier die Sache des Herrn Mattachich klarzulegen und dessen Unschuld zu verfechten. Die Sozialdemokraten sind gewöhnlich nicht die Vertreter und Verteidiger königlicher Töchter. (Zustimmung.) Wir mischen uns in die Affären der hohen Gesellschaft gewiß nur ungern ein. Uns wäre es lieber, wenn diese hohe Gesellschaft in ihrem eigenen Schmutz ersticken würde.

Vizepräsident Kaiser (das Glockenzeichen gebend): Ich bitte den Herrn Redner, sich zu mäßigen. Ich rufe ihn wegen dieses Ausdrucks zur Ordnung.

Abgeordneter Schuhmeier: Ist das vielleicht kein Schmutz?

Abgeordneter Daszynski: Uns treibt hier keine Skandalsucht. Es ist nicht Sensationssucht, die mich veranlaßt, mit diesem Faktum hervorzutreten. Ich habe heute dem Herrn Landesverteidigungsminister die Artikel der *Arbeiter-Zeitung* vom vergangenen Jänner in einer Interpellation übermittelt. Die darin angeführten Tatsachen, die Schlußfolgerungen aus diesen Tatsachen sprechen mit eherner Konsequenz für die Unschuld des verurteilten Oberleutnants Mattachich.

Die Wiener Presse war ja zumeist während der Zeit der Voruntersuchung und des Prozesses durch coburgische Einflüsse korrumpiert. (Zustimmung.) Dieselbe Presse, die den französischen Hauptmann jahrelang in Schutz genommen hat, dieselbe Presse, die die ganze Öffentlichkeit aufbringt durch die Schilderungen der Unschuld des Dreyfus, dieselbe Presse hat feige den armen Oberleutnant noch in den Schmutz hineingetreten. Durch die Einflüsse der mächtigen Coburg-Clique wurde er mit Kot beworfen, obwohl er unschuldig – das wiederhole ich – unschuldig ist.

Also nicht um die Chance, von der Presse als Verteidiger der unterdrückten Unschuld umschmeichelt zu werden, sondern nur weil die Sache des Mattachich als die direkte Folge einer schlechten Institution, als die notwendige Folgerung aus der irrtümlichen, veralteten und überholten Strafgerichtsbarkeit in Österreich betrachtet werden muß, deswegen will ich sie als Musterbeispiel hier darstellen.

Meine Herren! Der Oberleutnant hat, wie gesagt, die Gunst der Prinzessin Louise von Coburg gewonnen. Ihr Mann, der ja quasi ein Kollege unseres verehrten Herrn Landesverteidigungsministers ist, womit ich dem Herrn Minister nicht nahetreten will (Heiterkeit), der Feldmarschalleutnant Philipp von Coburg hat sich in eine Anzahl höchst unschöner Intrigen eingelassen. Ich werde den Skandal nicht breittreten. Ich schone das Privatleben, wenn es auch dasjenige des Fürsten Philipp von Coburg ist. Aber, meine Herren, es ist doch damals so weit gegangen, daß sogar der oberste Kriegsherr sich einmischen mußte und dem Coburg die Bedingung stellte: Entweder Duell oder Abdankung! Sie können sich denken, daß der reiche Prinz von da an nicht gut auf den Mattachich zu sprechen war.

Und nun geschieht etwas, was eben nur bei Militärgerichten möglich ist. Es wurde ein Wechsel auf eine Summe von 750 000 Gulden herausgegeben, und dieser Wechsel trug die Unterschrift der beiden königlichen Schwestern, nämlich der Prinzessin Louise von Coburg und der Kronprinzessin-Witwe Stephanie. Dieser Wechsel wurde im März 1898 herausgegeben und selbstverständlich honoriert. Es geht jetzt darum, meine Herren, ob dieser Wechsel gefälscht war und ob eine Schädigung vorlag. Der Wechsel war am 20. Juni 1898 fällig. Er wurde auch zu diesem Datum pünktlich auf den letzten Heller und Groschen bezahlt. Warum? Weil Prinz Coburg wußte, daß zumindest die Unterschrift seiner Frau echt war. Sonst wäre es nicht zu begreifen, daß der Prinz, der ja ein sehr geiziger Herr ist – das liegt in der Familie (Lebhafte Heiterkeit) –, den falschen Wechsel honoriert hätte.

Der Mattachich war damals mit der Prinzessin Louise in Agram. Plötzlich, Anfang Mai 1898, taucht dort ein Wiener Advokat auf, Dr. Bachrach, und gibt bei der zuständigen militärischen Behörde zu Protokoll, daß er den Oberleutnant Mattachich der Fälschung zeihe.

Abgeordneter Dr. Ofner: Der Regierungsrat Bachrach?

Daszynski: Jawohl, der Wiener Advokat und Regierungsrat Dr. Bachrach. Daraufhin wurden der Mattachich und die Prinzessin Louise verhaftet. Dies geschah auf Anregung und Vermittlung des Dr. Bachrach, der prahlte – und ich glaube, daß er es lügenhafterweise sagte –, daß er eine Vollmacht des Kaisers besäße, auf Grund derer die Verhaftung erfolgte.

Meine Herren! Sollte es einem Anwalt erlaubt sein, öffentlich in Österreich-Ungarn umherzugehen mit einer kaiserlichen Vollmacht zur Verfolgung und Vernichtung eines unschuldigen Mannes? Solange mir das nicht bewiesen wird, werde ich nicht glauben, daß

Bachrach wirklich eine Vollmacht des Kaisers besaß und daß auf diese hin die Verhaftung des Mattachich erfolgte.

Aber, meine Herren, es bleibt noch die Frage, ob Dr. Bachrach in irgendwessen Interesse gehandelt hat. Es zeigt sich, daß er nur im Interesse des Prinzen Philipp von Coburg handeln konnte, weil die Prinzessin auf dessen Geheiß in ein Sanatorium gebracht wurde. Dort erklärte man sie auf Betreiben des Bachrach für geisteskrank, und er machte auch kein Geheimnis daraus. Nachdem am 20. Juni der Wechsel honoriert worden war, sagte er in Gegenwart eines zuverlässigen Zeugen: «Jetzt werden wir die Prinzessin für schwachsinnig erklären lassen!»

Ja, ist denn das möglich? Klingt denn das nicht wie eine Gruselmär aus dem Mittelalter?

Was geschieht nun weiter? Dr. Bachrach hat eine und noch eine zweite Unterredung mit dem zuständigen Hauptmann-Auditor. Er hypnotisiert ihn. Er schiebt die Forderung des Hofes vor, daß Mattachich für schuldig erkannt werde. Meine Herren! Zum selben Zeitpunkt wurde der Staatsanwalt von Wien, Ritter von Kleeborn, zu einem Obersthofmeister gerufen. Wir wissen heute, daß daraufhin die Spur des tatsächlichen Fälschers gänzlich vertuscht worden ist. Und dann kommt es zum erstgerichtlichen Urteil. In ihm erklären die Richter frei und offenbar ohne alle Gewissensbisse (liest): «Geza Graf von Mattachich aus Lobor und so weiter ist durch das Zusammentreffen von Verdachtsgründen überführt, daß er auf einen Wechsel etcetera die Unterschriften Ihrer k. und k. Hoheit der durchlauchtigsten Kronprinzessin-Witwe Erzherzogin Stephanie und der durchlauchtigsten Frau Ihrer Königlichen Hoheit Herzogin Louise von Sachsen-Coburg und Gotha angesetzt, hierdurch die Bankiers in Irrtum geführt und etc. etc. somit die Bankiers um diese Beträge geschädigt hat.»

Unter dem Urteil sind alle Namen der Herren Richter zum ewigen Andenken angegeben. Nachdem Mattachich daraufhin das Obergericht angerufen und um Wiederaufnahme des Verfahrens gebeten hatte, hat nach fast einem Jahr – beim Militär ist Zeit nichts Kostbares, wenn der Betreffende nur hinter Schloß und Riegel sitzt, so kann es jahrelang dauern –, also erst nach fast einem Jahr hat seine Bitte folgende Antwort gefunden. Und nun, meine Herren, bitte ich dringend um Ihre Aufmerksamkeit (liest wieder): «Das Wesentliche der Tat ist dahin richtigzustellen beziehungsweise einzuschränken, daß der Untersuchte nur das Akzept Ihrer k. und k. Hoheit der durchlauchtigsten Frau Kronprinzessin-Witwe Erzherzogin Stephanie auf dem betreffenden Wechsel gefälscht und die Bankiers um den Betrag von 750 000 Gulden nicht geschädigt hat, sondern schädigen wollte.»

Ohne neue Erkenntnisse, ohne nochmals die Schriftexperten zu vernehmen, die ja früher als außer Zweifel stehend erklärten, daß *beide* Unterschriften durch Mattachich gefälscht wurden, ohne ein einziges neues Moment zuzulassen, hat doch das Militär-Obergericht zugestanden, daß Herr Mattachich nur *eine* Unterschrift des Wechsels gefälscht habe.

Dieser Spruch des Obergerichts ist von entscheidender Bedeutung in der ganzen Affäre. Denn, meine Herren, würde das Militär-Obergericht die Revisionssache einfach abgewiesen haben, dann könnten wir auch heute noch glauben, der Mattachich hätte beide Unterschriften gefälscht. Wenn aber Mattachich niemandem einen Schaden zugefügt hat, wenn die Wucherer ihr ganzes Geld mit ihrem Riesengewinn von einigen hunderttausend Gulden am fälligen Termin bekommen haben, wenn von diesem Geld nicht ein Kreuzer, was auch von den Richtern keine Minute behauptet wurde, zu Privatgunsten des Mattachich geflossen ist, so fragen wir, was für ein Interesse hätte denn der Oberleutnant gehabt, diesen erwiesenermaßen guten Wechsel der Prinzessin noch durch eine zweite, falsche Unterschrift zu vervollständigen? Einfach aus perverser Lust?

Meine Herren! Ich habe ausgeführt, daß das zweite Urteil die Sache in ein ganz anderes Licht gerückt hat. Nun hat sich Mattachich endlich an den Obersten Militärgerichtshof gewendet, und unser Oberster Militärgerichtshof hat befunden, daß das zweite Urteil zu bestätigen und die Wiederaufnahme ein für allemal abzuweisen sei. Es haben sich aber mehr und immer mehr Verdachtsmomente gehäuft, die darauf hinweisen, daß der Oberleutnant unschuldig ist. Es wurde zum Beispiel auch ein falscher Brief vorgelegt. Ein Brief in deutscher Sprache an den belgischen König Leopold II. Dieser Brief war, das ist zur Evidenz erwiesen, eine plumpe Fälschung wie viele andere sogenannte Beweise auch.

Ich sage es offen, ich bin nicht in der Lage, das ganze Material hier bekanntzugeben. Ich verfüge aber über eine stattliche Anzahl nicht von Imponderabilien, sondern von zuverlässigen Zeugenaussagen und von unumstößlich sicheren Beweisen, aus denen hervorgeht, daß Mattachich unschuldig die vier Jahre in Möllersdorf schmachtet. Man wollte ihn eben loswerden. Man wollte die Rache des prinzlichen Gemahls sättigen, und deshalb wurde in Österreich ein Militär-Justizverbrechen begangen.

Ja, meine Herren, im Interesse solcher großen und hohen Herrschaften, die viel Geld besitzen, geschieht manches im Staate, was nicht geschehen dürfte und was niemals geschehen könnte, wenn dieser Staat ein Rechtsstaat wäre. (Sehr richtig!) Nun, meine Herren, frage ich Sie: Wer ist der Schuldige? Wer ist schuld daran, daß Leute in den Kerker geworfen werden allein um der Rache des reichen Prinzen Coburg willen? Sind vielleicht die Offiziere schuld? Nein, ich sage es Ihnen ganz offen, die Offiziere sind nicht schuld. Sie würden ein solches Urteil ja niemals fällen können, wenn sie die Zeugen und den Mattachich vor sich hätten. Wenn der Mattachich seine Fragen an die Zeugen richten könnte, wenn die Presse berichten würde, wenn der außerordentlich befähigte und begabte Oberleutnant das freie Wort in einer offenen Verhandlung hätte. Ja, wenn ihm ein Advokat helfen könnte! Aber es ist keine Kunst, jemanden durch einen Auditor und durch Richter, die gar nichts wissen, aburteilen zu lassen und ihn dann in den Kerker zu werfen.

Wenn wir aber schon so weit sind, daß hier im Parlament eine solche Angelegenheit öffentlich besprochen wird, so frage ich den Herrn Landesverteidigungsminister: Was weiter? Will er als Mann von Ehre, will er als ein Mann nicht nur mit grauen Haaren, sondern auch mit ruhigem und reinem Gewissen die Foltern und Qualen des unschuldigen Mattachich auf sein Haupt nehmen? Ich frage ihn: Kann er dazu schweigen, oder will er doch reden? Und wenn er vielleicht heute nicht imstande ist, eine Stellung zu nehmen, so soll er nicht zögern, sich ehestens die volle Klarheit in dieser Affäre zu verschaffen.

Meine Herren! Ich will nicht den kaiserlichen Namen in die Debatte ziehen, aber wäre ich ein Monarchist, so würde ich mich schon längst zum Kaiser begeben und ihn auf die ganze Schweinerei gebührend aufmerksam gemacht haben. Die Sache wurde ja in Wien durch die Presse gänzlich unterdrückt. Aber ich habe hier eine ganze Menge ausländischer Journale, und sehen Sie, in diesen ausländischen Journalen gibt es eine eigentümliche Schlußfolgerung. Sie ist immerhin sehr interessant, obwohl sie natürlich nicht wahr ist. (Heiterkeit.) Ich will nur ein ganz kurzes, aber typisches Zitat vorbringen. Ein französisches Blatt – der Name ist ja ganz gleichgültig – zieht aus dieser Geschichte folgenden Schluß (liest): *«C'est une idylle, qui se termine en tragédie – comme tout ce que touche la main fatale des Habsbourgs.»* Zu deutsch: «Es ist eine Idylle, die in einer Tragödie endet – wie alles, was die fatale Hand der Habsburger berührt.»

Meine Herren! Nun ist es ja nicht die fatale Hand der Habsburger als vielmehr die der Coburger und des Bachrach (Gelächter), und warum sollen die Habsburger jetzt für den Prinzen Coburg und diesen Bachrach die Suppe auslöffeln? Deshalb sage ich nochmals, wenn ich ein österreichischer Monarchist wäre, so würde ich der erste sein, der die Revision der Angelegenheit Mattachich auf der Stelle beantragen würde.

Ich wiederhole: Ich glaube fest, Mattachich ist unschuldig, und diesem Glauben müssen beim Stand der Dinge alle anständigen Menschen in unserem Land beitreten!

XVII

G

Floridsdorf bei Wien, Anfang September 1902. Dank der zielstrebigen, mit ebenso weiblich raffinierter Schläue wie bewundernswert männlicher Konsequenz betriebenen Bemühungen von Marie Stöger wurde mein Fall seit Beginn dieses Jahres Schlag auf Schlag einer breiten Öffentlichkeit bekanntgemacht.

Wie von Marie vorausgesagt, gab die *Arbeiter-Zeitung*, das Zentralorgan der österreichischen Sozialdemokratie, den Anstoß dazu. Danach wurde die Sache von den Sozialisten offiziell in den Reichsrat eingebracht. Die hieraus resultierende Serie von Parlamentsdebatten zog sich bis zur Sommerpause hin und versprach mit unverminderter Schärfe (denn die andere Seite war natürlich inzwischen ebenfalls auf dem Plan) die Herbstsession weiter zu beschäftigen. Jetzt hatte endlich auch die gesamte österreichische Presse von links bis rechts die Affäre aufgegriffen und lang und breit unter jedem nur erdenklichen Aspekt beleuchtet und kommentiert.

Der erste Artikel in der *Arbeiter-Zeitung* erschien am 16. Jänner auf der Titelseite der Morgenausgabe. Die gesamte Auflage wurde prompt von der Zensur beschlagnahmt. Aber die Zeitung druckte sofort eine zweite Ausgabe, in der die beanstandeten Sätze fehlten. Selbst die zensurierte Veröffentlichung schlug noch wie eine Bombe ein.

Meine mutige Freundin Marie schmuggelte nicht nur die ihr von mir übergebenen Papiere aus dem Gefängnis hinaus, sie schmuggelte auch die diversen Zeitungsartikel ein. Was ich bei der Lektüre empfand, ist nicht zu beschreiben. Ich hatte fast vier Jahre hinter Gefängnismauern zugebracht. Ich hatte in einem für mich hoffnungslosen Verfahren um meinen Namen und meine Ehre gekämpft. Ich hatte mit den beiden Revisionsansuchen mein möglichstes getan, das Unrecht rückgängig zu machen. Ich hatte nur

Niederlagen erlitten. Jetzt wußte ich plötzlich, daß sich alles ändern würde. Daß es neben Marie Stöger, der ich so viel verdankte, jenseits meiner Kerkermauern Menschen gab, die über die nötigen Mittel und Wege verfügten, die mir angetane Vergewaltigung der Öffentlichkeit nicht nur innerhalb unserer Grenzen, sondern weit darüber hinaus kundzumachen. Dies würde, dies mußte Konsequenzen zeitigen. Das Ende konnte nur Freilassung und Rehabilitierung sein. Es gab keine andere Möglichkeit.

Ich war mir aber auch darüber klar, daß ich noch letzte, verzweifelte Schläge meiner Feinde zu erwarten hätte, bevor sie zu kapitulieren bereit waren. Sie kamen schneller, als ich dachte.

Jeder Mensch, nicht nur meine Gegner, mußte wissen, daß die Informationen der *Arbeiter-Zeitung* und des Abgeordneten Daszynski nur von mir stammen konnten. Aber wie war es möglich, daß ein hinter den Mauern einer k. und k. Militär-Strafanstalt isolierter Häftling mit der Außenwelt in Verbindung trat? Daß es ihm gelang, nicht nur einen kleinen Kassiber, sondern zweifellos ganze Schriftsätze durch das doppelte und dreifache Sicherungsnetz zu schleusen?

Das Reichskriegsministerium beauftragte keinen Geringeren als den Feldmarschalleutnant Pavek, dies Rätsel zu lösen. Er erschien in Begleitung eines Oberstleutnant-Auditors namens Killian in Möllersdorf. Eine Woche lang suchten, vernahmen, drohten die Herren und schüchterten jeden ein, der vor ihrem Inquisitionstribunal erscheinen mußte. Jedoch ohne die erhoffte Fortüne. Ich hatte rechtzeitig alle Papiere Marie übergeben. Nicht zuletzt auch mein Tagebuch, das bis dato in meinem Besitz gewesen war. Bei der Überstellung nach Möllersdorf hatte ich es im Stiefel versteckt, und es war mir gelungen, damit durch alle Kontrollen zu kommen.

Unter den Augen des Feldmarschalleutnants und des Oberstleutnant-Auditors wurde meine Zelle peinlich genau durchsucht, die Strohsäcke ausgeschüttet und sorgfältigst gefilzt. Jeder Stein wurde kontrolliert, ob er nicht locker und dahinter ein Geheimfach versteckt sein könnte. Vergeblich. Das gesamte Aufsichtspersonal wurde einem scharfen Verhör unterzogen. Angefangen beim letzten Muschkoten bis hinauf zum Kommandanten. Ebenso vergeblich.

Man animierte etwaige Denunzianten. Es wurde ihnen Beförderung und finanzielle Belohnung zugesichert. Alles, alles vergeblich. Die brennende Frage blieb unbeantwortet.

Auch Marie wurde vernommen. Sie war hochverdächtig. Aber den Beweis ihrer Schuld konnte man nicht liefern. Dennoch nahm man ihr den Posten der Kantineuse. Ab sofort durfte sie die Strafanstalt nicht mehr betreten.

Das zweite Opfer war kein Geringerer als der Anstalts-Kommandant Oberstleutnant von Dravodol. Er wurde von einem Tag zum andern seines Postens enthoben und in Pension geschickt.

Blieb nur noch ich übrig.

Ich hatte energisch bestritten, etwas mit den Geschehnissen draußen zu tun zu haben. Da man mir mangels Beweisen nichts antun konnte, belangte man mich wegen ungebührlichen Betragens gegenüber der hohen Untersuchungskommission. Ich will nicht behaupten, daß ich immer besonders höflich gewesen wäre, aber die Strafe war natürlich an den Haaren herbeigezogen. Sie war nichts als ein Racheakt. Das Eingeständnis ohnmächtiger Wut.

Eine der ersten Amtshandlungen des neuen Kommandanten, des wenig intelligenten, aber desto forscher auftretenden Majors Franz Schönett, war die Verkündung des mir verabreichten Denkzettels: «Fünfzehn Tage Dunkelhaft, verschärft durch dreimaliges Fasten!»

So lernte ich endlich auch noch die Korrektionshaft kennen, die mir Karapancsa in Agram bereits mehrfach angedroht hatte.

Man stelle sich ein Loch von dreieinhalb Schritt Länge und knapp zwei Schritt Breite vor. Drin eine nackte Holzpritsche, auf der etwas loses Stroh liegt. Daneben gibt es noch einen Wasserbehälter und einen entsetzlich riechenden Kübel. Kein Fenster. Nie fällt ein Strahl Tageslicht in das unterirdische Verlies.

Diese Art Dunkelhaft, verschärft durch hartes Lager, Fasten, totale Isolation und die fürchterliche Luft in unvorstellbarer Enge, nimmt den Betroffenen seelisch und körperlich grausam mit und ist, wie ich jetzt aus eigener Erfahrung weiß, zu Recht der Schrecken jedes Häftlings. Bei Gefangenen der zweiten Kategorie soll es noch keineswegs unüblich sein, sie während der Korrektionshaft in schwere Ketten zu legen. Ich kann mir vorstellen, welche zusätzliche Marter das bedeutet. Daß die Beschließer im Strafhaus ausgesucht boshafte Folterknechte und Sadisten sind, bedarf keiner Erwähnung.

Am Anfang glaubt man, die Dunkelheit nicht ertragen zu können. Man versucht mit allen möglichen Tricks, von denen einer idiotischer ist als der andere, sich ein Maß für den Zeitablauf zu bewahren. Wenn man die Sinnlosigkeit dieser Bemühungen erkannt und die Verzweiflung darüber ihren Höhepunkt erreicht hat, wird einem langsam bewußt, daß es noch einen quälenderen Peiniger gibt als die ewige Dunkelheit und den Verlust des Zeitgefühls: die Stille. Die Totenstille! Erst jetzt, wenn die neue Beklemmung einem die letzte Luft abzuschnüren droht und den Schweiß auf die Stirn treibt, weiß man, was das Wort beinhaltet. Nicht der kleinste Hauch eines Geräuschs unterbricht die zeitlose Finsternis. Nur einmal alle vierundzwanzig Stunden kommt die Wache. Sind ihre Schritte verstummt, denen man lauscht, als wär es die schönste Symphonie, ist man wieder ins Nichts zurückgestoßen. Das ohnmächtige Aufbegehren, die eigenen Schreie verhallen an unsichtbaren Wänden. Die Stille danach ist um so grausamer. Sofern das möglich ist.

Hätte Karapancsa mich damals in die Strafzelle geschickt, ich wär vielleicht völlig demoralisiert worden. Jetzt konnte mich selbst diese Tortur nicht mehr nachhaltig aus dem Gleichgewicht bringen. Ich durchlitt die Tage, als ob sie nicht Wahrheit wären. Als ob mir nur alles in einem Roman sehr wirklichkeitsnah geschildert würde.

Ich war jederzeit sicher, daß ich dieses «Buch», und wenn es mich mit dem Schlimmsten konfrontieren sollte, in Kürze beenden und für immer beiseite legen würde.

Am 7. Juni sah sich der Reichskriegsminister Freiherr von Krieghammer, der Chef des Herrn Landesverteidigungsministers, veranlaßt, der Flut der Interpellationen und der zu meinen Gunsten öffentlich vorgetragenen Aufrufe persönlich entgegenzutreten.

Er erklärte im Reichsrat: «Die gerichtliche Untersuchung wider den ehemaligen Oberleutnant Geza Graf Mattachich wurde *selbstverständlich* ohne jede Einflußnahme von welcher Stelle auch immer *ordnungsgemäß* durchgeführt. Auch die zum Gegenstand eingebrachten Interpellationen enthielten keine neuen Umstände. welche ein an dem Verurteilten begangenes Unrecht erkennen lassen und daher die Wiederaufnahme der Untersuchung rechtfertigen würden.

Die in gewissen Publikationen behaupteten Gesetzesverletzungen sind tatsächlich nicht vorgekommen und ist daher zur Einleitung einer diesbezüglichen Untersuchung kein Anlaß vorhanden. Die in diesen Publikationen vorgebrachten Vorwürfe und Einwendungen basieren lediglich auf einseitiger, nur der Verantwortung des Untersuchten entnommener Information, ohne Berücksichtigung der wichtigsten gegen denselben sprechenden Verdachtsgründe.

Endlich beruht die an den Beschlüssen der zuständigen Revisionsinstanzen gelegentlich geübte Kritik auf einer unrichtigen Auslegung der bezüglichen Bestimmungen der Militär-Strafprozeßordnung.»

Diese martialischen Worte des Herrn mit dem martialischen Namen und Chefs des Reichskriegsministeriums signalisierten den letzten verzweifelten Versuch der «Clique», die Dinge noch einmal in ihrem Sinn zu wenden. Aber die Weichen waren jetzt endgültig gestellt. In der Bewegung, in die sie geraten war, hatte die Affäre eine Eigengewichtigkeit und Kraft entwickelt, der sich niemand mehr entgegenstellen konnte.

Am 26. August, nachmittags gegen vier Uhr, erschien der Inspektionsoffizier Hauptmann Navratil und eröffnete mir, daß ich durch Erlaß Seiner Apostolischen Majestät Kaiser Franz Joseph I. begnadigt sei und am darauffolgenden Tag, dem 27. August 1902, in Freiheit gesetzt würde. Dann gab er mir die Hand, beglückwünschte mich und bedauerte, daß meine Zelle aus Gründen der allgemeinen Sicherheit und Disziplin bis zum kommenden Vormittag weiterhin in der üblichen Weise verschlossen bleiben müßte. Damit ließ er mich allein. Ich hörte, wie der Beschließer-Unteroffizier abschloß und den Riegel vorschob.

Die erste Nacht in Möllersdorf hatte ich tief geschlafen. Der lange

Transport von Agram dorthin und die quälende Woche davor hatten mich bis an den Rand der Ohnmacht erschöpft. Die letzte Nacht in Möllersdorf, die letzte nach mehr als viereinviertel Jahren hinter Gefängnismauern, fand ich keine Ruhe. Die Freude über die bevorstehende Freiheit, so groß sie auch war, wurde durch tiefe Resignation und Scham darüber getrübt, daß ich die ersehnte Freiheit nicht meiner Rehabilitierung, sondern einem Gnadenakt verdankte. Nach wie vor verweigerte man mir Ehre und Namen. Nicht der Ulanen-Oberleutnant Graf Mattachich würde morgen durch das Anstaltstor gehen, sondern der entlassene Häftling Geza Mattachich, dem man ein paar Jahre der Strafe geschenkt hat.

Vom Leben, das mich unter diesen Umständen draußen erwartete, konnte ich mir nur eine vage Vorstellung machen. So wie die Dinge standen, mußte der zweite Akt meines Kampfes sofort beginnen. Die Begnadigung allein wäre sinnlos, wenn ihr nicht die volle Rehabilitierung folgen würde.

Ich hatte nie aufgehört, an Louise zu denken. Trotzdem war sie mir im Lauf der Zeit seltsam entrückt. Manchmal fiel es mir schwer, mich an ihr Gesicht zu erinnern. Manchmal glaubte ich, den Klang ihrer Stimme vergessen zu haben. Wo ist sie? Wie lebt sie? Wie sieht sie heute aus? Was bedeute ich ihr noch?

Und dann war diese andere da. Die Stöger. Marie. Ihr verdanke ich die Freiheit. Allein ihr. Daß sie verrückt nach mir ist, darüber war ich mir klar. Wie auch darüber, daß sie ein verdammt fesches Weibsstück ist und sich nicht besonders würde anstrengen müssen, mich in ihr Bett zu kriegen.

Das alles ging mir durch den Kopf. Und noch vieles dazu.

Dabei hörte ich die Posten im Gang auf und ab gehen und registrierte, wie sie durch das Guckloch der Zellentür nach mir sahen. Schließlich verhallten die Schritte der letzten Hofpatrouille draußen vor dem Kerkerfenster. Der Tag graute.

Ich konnte erkennen, daß es ein makelloser blauer Hochsommertag werden würde.

Vor dem Gefängnistor stand ein geschlossener Fiaker. Zu meiner Überraschung kam der Kutscher auf mich zu, um mir zu sagen, daß ich erwartet würde.

Ich stieg ein – und saß neben Marie.

Auf der Fahrt zum Bahnhof erfuhr ich, daß sie mir in Floridsdorf, einem Vorort von Wien am östlichen Donauufer, eine kleine möblierte Wohnung gemietet hatte.

Zwei Stunden später – die Uhr des Floridsdorfer Rathauses, die ich von meinem Zimmer aus sehen kann, zeigte auf zwölf, und die Sirene der nahen Eisenbahnwerkstätten verkündete die Mittagspause – lagen Marie und ich in meinem bequemen Bett und feierten das Ereignis des Tages.

Marie hat eine aufregend weiße Haut und eine Figur wie ein junges Mädchen. Fest und wohlproportioniert.

Als wir nach geraumer Zeit zum Verschnaufen kamen, betrachtete ich mich seit langem zum erstenmal wieder im Spiegel. Ich fragte Marie, ob ich nicht viel zu mager wäre für ihren Geschmack.

«Das wird sich bald ändern», lachte sie. «Hauptsache, alles andere stimmt. Das ist wichtig. Und da hab ich vom ersten Moment an den rechten Riecher g'habt!»

«Du hast mir noch nie von deinem Mann erzählt», sagte ich und kroch wieder zu ihr ins Bett.

«Da gibt's nichts zu erzählen. Überhaupt nichts. Ich werde ihn verlassen.»

«Meinetwegen?»

«Ich mag ihn nicht mehr sehen», sagte sie, ohne meine Frage zu beantworten. «Er muß schaun, wie er allein weiterkommt. In den nächsten Tagen verdrück ich mich.»

L

Ich lese jeden morgen die *Dresdener Zeitung*. Das heißt, ich starre die Buchstaben an und gebe mir keine Mühe, Worte oder gar Sätze zu begreifen. Nach all den Jahren der totalen Vereinsamung interessieren mich die Vorgänge draußen wenig. Ich studiere die Todesanzeigen, betrachte die Annoncen und überfliege höchstens die Hofnachrichten.

Als ich nun heute gelangweilt die Seiten umschlug, während Fräulein von Gebauer mit ihrem Stickrahmen neben meinem Bett saß, bemerkte ich, daß ein Artikel fein säuberlich ausgeschnitten war.

«Haben Sie schon die Zeitung gelesen, Fräulein von Gebauer?» fragte ich.

«Ja, Königliche Hoheit», entgegnete sie, ohne von ihrer Stickerei aufzusehen.

«Dann erzählen Sie mir bitte, was hier stand.» Ich deutete auf die fehlende Stelle.

Die Gebauer wurde über und über rot. «Das weiß ich nicht, Königliche Hoheit», stotterte sie. «Ich habe mich selbst gewundert, was es gewesen sein mag.» Sie ist keine gute Lügnerin.

«Gehen Sie bitte zu Herrn Dr. Pierson und beschaffen Sie mir ein unzensuriertes Exemplar», befahl ich.

«Sehr wohl, Königliche Hoheit.» Sie stand gehorsam auf, legte den Stickrahmen beiseite, verschwand und kam den ganzen Vormittag nicht wieder.

Sie hatte wohl damit gerechnet, daß ich die Sache schnell vergessen würde. Da irrte sie. Als sie am Nachmittag um die Zeit, zu der wir gewöhnlich unsere Ausfahrten machen, anscheinend ganz harmlos wieder erschien, fragte ich sofort nach der Zeitung.

«Sie werden es nicht glauben, Königliche Hoheit», begann sie und errötete schon wieder, «der Artikel fehlt in allen Exemplaren. Ich konnte beim besten Willen nicht in Erfahrung bringen, worum es darin geht.»

Die Ausrede, die wahrscheinlich von Dr. Pierson stammt, war so dumm, daß ich es unter meiner Würde fand, darauf einzugehen.

Damit waren die seltsamen Ereignisse des Tages noch nicht zu Ende. Denn die Gebauer berichtete nun, daß eines der Pferde lahmte und wir deshalb leider nicht ausfahren könnten. Das war erstaunlich. Gestern waren beide Pferde noch vergnügt getrabt, aber so etwas konnte schließlich vorkommen.

Ich nahm an, daß wir nun einen Spaziergang machen würden. Der Sanitätsrat legt größten Wert darauf, daß ich jeden Tag an die frische Luft komme. Die Gebauer erklärte jedoch, Dr. Pierson sei der Ansicht, das Gehen wäre bei der herrschenden Temperatur zu anstrengend für mich. Als ich versicherte, daß ich ein bißchen Anstrengung nicht scheute, bedauerte sie, dies seien nun mal die Anordnungen des Arztes, und wir müßten sie befolgen.

Noch immer keine Ausfahrten und keine Spaziergänge. Aus unbekannten Gründen und auf unbestimmte Zeit.

Was hat das zu bedeuten?

Wieder und wieder versuche ich, von der Gebauer einen Grund für diese Anordnung zu erfahren. Aber sie behauptet steif und fest, von nichts zu wissen.

Heute besuchte mich Dr. Pierson. Zum ersten Mal seit dem Zwischenfall mit der Zeitung und seit ich Hausarrest habe. Das Obersthofmeisteramt in Wien hätte eine internationale Kommission von berühmten Psychiatern beauftragt, ein neues Gutachten über mich anzufertigen, teilte er mir mit.

Als Dr. Rudinger mir damals in Purkersdorf den Besuch Krafft-Ebings ankündigte, glaubte ich, ihm mit totaler Gleichgültigkeit entgegensehen zu können, da ich wußte, daß das Resultat feststand, noch bevor er mich auch nur gesehen hatte. Trotzdem ließen die langen Gespräche mit ihm wider besseres Wissen eine leise Hoffnung in mir aufkeimen, so daß mich die Enttäuschung am Ende sehr hart traf.

Das wollte ich nicht noch einmal durchmachen. Außerdem empfand ich die Fragen der Ärzte in ihrer unverhüllten Direktheit stets als zudringlich und peinlich. Ich versuchte, das Dr. Pierson klarzumachen.

Der Sanitätsrat hat eine entwaffnend primitive und dabei väterlich gutmütige Art, wenn er mich zu etwas überreden will. Er versicherte mir, daß die Prozedur diesmal ganz kurz und schmerzlos wäre. Die medizinischen Kapazitäten würden mich bestimmt nur wenig behelligen, da er den Auftrag hätte, ihnen alle früheren Gutachten und Beobachtungen vorzulegen.

Das empörte mich. Wenn die Ärzte die alten Gutachten zur Grundlage ihres neuen Befundes machten, könnten sie doch unmöglich zu einem anderen Resultat kommen als ihre Kollegen, hielt ich Dr. Pierson vor und bat ihn, mir diese neue Tortur zu ersparen.

«Gegen die Beschlüsse aus Wien sind wir leider machtlos, Königliche Hoheit», sagte Pierson und sah mich, wie mir schien, mitleidig an. «Die müssen wir nun mal tapfer über uns ergehen lassen.» Außerdem, und das meinte er als Trost, sei es doch bei der Monotonie meines hiesigen Lebens eine nette Abwechslung, mich mit so angesehenen Wissenschaftlern wie einem Professor Wagner von Jauregg unterhalten zu können.

Die Prozedur war wirklich kurz und schmerzlos. Da hatte Dr. Pierson recht gehabt.

Professor Jolly reiste aus Berlin an, wo er die größte Nervenklinik der Stadt leitet, der Geheime Medizinalrat Dr. Weber, Direktor der Königlich Sächsischen Landesanstalt Sonnenstein, hatte es nicht so weit, er kam nur aus Pirna. Dr. Mélis, der Leibarzt meines Onkels, des Grafen von Flandern, kam aus Brüssel, und die größte Kapazität, Professor Julius Wagner Ritter von Jauregg, aus Wien. Alle hatten es sehr eilig an die Stätten ihres Wirkens zurückzukehren.

Jeder der Herren bekam die früheren Berichte zu lesen, jeder unterhielt sich ein einziges Mal mit mir und stellte Fragen, die ich schon früher oft beantwortet hatte und die mir nur zeigten, wie voreingenommen die Seelendoktoren waren.

Das Gespräch mit Dr. Mélis war besonders schmerzlich für mich, da es sich mit meiner Kindheit in Belgien befaßte und so die Erinnerung an glücklichere Zeiten wachrief. Er überbrachte mir Grüße von meinem Onkel und meiner Tante, die ich als junges Mädchen regelrecht vergöttert hatte. Der Gedanke quälte mich, was Dr. Mélis zu Hause (plötzlich dachte ich an Brüssel als «zu Hause») über mich erzählen würde, und das Bewußtsein meiner Ohnmacht, seinen Bericht auf irgendeine Weise beeinflussen zu können, lähmte mich mehr und mehr.

Wagner von Jauregg war mein letzter Besucher. Ich hatte den Eindruck, daß er nur widerstrebend einer unangenehmen Pflicht nachkam. Mein Fall interessierte ihn nicht, und das war ihm anzumerken.

«Ich bitte Sie, mir etwas zu erklären, Herr Professor», sagte ich zu ihm. «Was ist die Veranlassung zu Ihrer Visite? Was ist in Wien vorgefallen, daß Prinz Philipp sich plötzlich in so große Unkosten stürzt, wie sie die Gutachten solcher medizinischen Berühmtheiten verursachen müssen?»

Er sah mich überrascht und zum ersten Mal aufmerksam an. «Ich weiß es nicht, Königliche Hoheit», sagte er dann. «Ich habe den Auftrag nicht von Ihrem Herrn Gemahl, sondern vom Obersthofmarschallamt erhalten.»

Das alte Lied. Nicht Philipp, sondern das Obersthofmarschallamt! Es hatte keinen Sinn, dem Professor zu erklären, daß sich das Obersthofmarschallamt nur auf Betreiben des Prinzen von Coburg um mich bemüht. Resigniert antwortete ich kurz und nichtssagend auf seine Fragen.

Zum ersten Mal wurde ich offiziell vom Resultat einer Untersuchung informiert. Dr. Pierson übergab mir das sogenannte Schlußgutachten, und ich schreibe es Wort für Wort ab.

«Wir kommen auf Grund des uns vorgelegten Aktenmaterials (kein Wunder!) sowie unserer persönlichen Wahrnehmungen (pro Gutachter ein halber Tag, um über mein zukünftiges Leben zu bestimmen!) zu folgenden Schlüssen:

1. Der bei Ihrer K. Hoheit der Frau Prinzessin Louise von Sachsen-Coburg konstatierte Zustand von krankhafter Geistesschwäche

besteht unverändert fort und macht die hohe Patientin nach wie vor unfähig, ihre Angelegenheiten zu besorgen.

2. Der dauernde Aufenthalt der Frau Prinzessin in der geschlossenen Anstalt ist in Rücksicht auf diesen Krankheitszustand und im Interesse der hohen Patientin (in meinem Interesse!) unbedingt notwendig.

3. Wir haben uns überzeugt, daß in der Anstalt des Herrn Sanitätsrat Dr. Pierson alle diejenigen Bedingungen gegeben sind, welche eine möglichst zweckmäßige und schonende Behandlung der Prinzessin gewährleisten.»

Dann folgen die Namen Jolly, Wagner von Jauregg, Mélis und Weber – in dieser Reihenfolge, alle mit ihren Titeln, Würden und Ämtern versehen.

Die Prozedur ist überstanden. Das Fünkchen Hoffnung, das sich trotz allem wieder entzündet hatte, ist gelöscht, und das Leben hier geht weiter. Sogar die Ausfahrten sind ab sofort gestattet. Wenn schon nicht ich, so ist doch wenigstens das angeblich lahmende Pferd wieder gesund.

XVIII

G

Ich führe ein elendes, miserables Leben, und es gibt nur eine einzige Möglichkeit, es zu ändern. Von Grund auf zu ändern. Schlagartig. Heut weiß ich das endlich. Ich hab lang genug darüber gegrübelt.

Die erste Zeit nach der Entlassung war ein einziger, nicht enden wollender Wirbel. Ein Zeitungsmensch gab dem andern die Klinke in die Hand. Aus ganz Europa kamen sie angereist. Als ob justament Floridsdorf plötzlich zum Mittelpunkt der Welt geworden wäre. Dazu Politiker der verschiedensten Couleur und was sonst noch alles für neugierige Besucher. Jeder wollte die Geschichte ganz genau und möglichst von meiner Geburt an erzählt kriegen.

Trotzdem waren diese Begegnungen zumeist abwechslungsreich und häufig mit Einladungen verbunden. Je nach Rang und Geldbeutel langte es vom Bier in dem meiner Wohnung gegenüberliegenden Ratskeller «Zum Senator» bis zum feudalsten Diner im «Sacher». Die Kellner dort, die mich von früher her kannten, begrüßten mich wie einen berühmten Opernstar und reservierten mir stets den besten Tisch.

Ich war noch keine Woche frei, da stand Marie mit zwei Koffern vor der Tür und zog bei mir ein. Ich fand's nicht schlecht. Sie führt seither den Haushalt. Wann immer uns danach ist, steigen wir ins Bett. Praktischerweise gibt's nur eins. Sie ist acht Jahre jünger als ich und schwört, daß sie außer mit ihrem Mann vorher mit keinem andern was zu tun gehabt hätte. Wenn's stimmt, ist sie ein Naturtalent, wie ich noch nie einem begegnet bin.

Im Lauf der Monate klang die Sensation, die ich verursacht hatte, ab. Es wurde stiller um mich. Die Journale haben ihren Coup gelandet. Ich bin für sie uninteressant geworden. Ihre Leser wollen was Neues. Auch für die Politiker taugt der Fall nicht mehr. Ich bin begnadigt und sollte damit sehr zufrieden sein. Das hör ich immer häufiger. Den Kampf um die Rückgewinnung meiner Ehre will niemand mitkämpfen. Da steh ich völlig allein.

Das Geld wird verdammt knapp. Wenn ich ehrlich sein will: Ich bin pleite wie nie zuvor im Leben. Es pumpt mir kein Mensch auch nur einen Groschen. Marie hat etwas Geld mitgebracht, doch damit ist es zu Ende. Dabei sollte es noch für die Scheidung reichen. Wenn kein Wunder geschieht, haben wir bald nichts mehr zu essen und zu heizen. Von der Miete ganz zu schweigen.

Ich hab sogar daran gedacht zu arbeiten. Aber was?

Marie sekkiert mich doch tatsächlich, wir sollten eine Tabaktrafik aufmachen. Oder einen Verkaufsstand im Prater. Wenn's sein muß, auf ihren Namen. Das hat den ersten großen Krach gegeben. Namen hin oder her, ich fragte, ob sie verrückt geworden sei. Da könnte ich sie genausogut auf den Strich schicken, hab ich ihr erklärt.

Inzwischen weiß ich, was mich rettet: Ich brauche Louise! Ich muß sie aus dem Irrenhaus holen! Sie ist jetzt in einer Anstalt in Sachsen. Auf irgendeine Tour muß mir das gelingen. Ich ahne noch nicht wie. Aber eines steht fest: Nur durch sie kann ich wieder werden, was ich war.

Eigentlich müßt ich mich ohrfeigen, daß ich erst so spät draufgekommen bin. Daran ist die Marie schuld. Gewiß, ohne sie säß ich heut noch in Möllersdorf. Aber sie hat mich auch in dieses deprimierende Kleinbürgermilieu herabgezogen. Allein dieses Floridsdorf! Nie hätte ich in ein so mieses Proletennest ziehen dürfen. Damit hat's angefangen. Und so ging's weiter.

Ich hol Louise raus! Sie wird vor aller Welt meine Unschuld bestätigen, und wir werden zusammen um unser Recht kämpfen. Sie um das ihr zustehende Geld, ich um Ehre und Namen.

Ich bin entschlossen, Tag und Nacht an nichts anderes mehr zu denken als an Louises Befreiung. Wie ich es anstelle? Es muß gelingen. Und zwar auf Anhieb. Wenn der Versuch fehlschlägt, ist es für immer vorbei mit mir. Das muß ich bei allem, was ich plane und unternehme, ständig vor Augen haben.

Marie darf natürlich nichts davon wissen. Eines Tages – ich hoffe, es dauert nicht allzu lang – wird sie's erfahren. Noch früh genug für sie.

L

Unsere täglichen Ausfahrten langweilen mich immer mehr. Mit der Gebauer kann ich nichts besprechen, also sitze ich schweigend neben ihr im Wagen und döse ein bißchen vor mich hin.

Der Weg, den der Kutscher meist wählt, führt durch ein hübsches Wäldchen. Das Gelände ist leicht hügelig, während die Fahrbahn eingeebnet ist und tiefer liegt als der Wald auf beiden Seiten.

Dort war heute ein Fahrrad abgestellt. Und zwar lehnte es so gegen die Böschung, daß es einen Teil des Wegs blockierte. Das fiel mir auf. Der Kutscher verlangsamte die Fahrt und machte einen Bogen um das Rad. Ein paar Meter weiter stand ein Mann auf der Böschung. Er starrte mich an und ließ den Blick nicht von mir, als wollte er mich hypnotisieren.

Ich erschrak. Denn er sah aus wie Geza. Aber Geza sitzt ja in der Strafanstalt Möllersdorf und steht nicht am Rand einer königlich-sächsischen Straße. Trotzdem schoß mir einen Augenblick das Blut in den Kopf.

Schon hatten wir den Mann hinter uns gelassen.

Ich drehte mich noch einmal um. Da hob er plötzlich die Hand und winkte mit einer Geste, die mir unglaublich bekannt vorkam.

Verwirrt wandte ich mich wieder nach vorn. Ich muß sehr blaß geworden sein, denn die Gebauer fragte besorgt, ob mir nicht wohl sei.

Ich schüttelte den Kopf und antwortete nicht.

Hatte ich nun tatsächlich Geza gesehen oder nur einen Doppelgänger? Diese Frage begann mich zu quälen, als ich wieder hinter meinen vergitterten Fenstern saß. Glaubte ich vielleicht in einem Fremden, der eine gewisse Ähnlichkeit mit ihm besaß, Geza erkannt zu haben, nur weil ich mich die Erinnerung an ihn nicht losläßt? Fange ich an, am hellichten Tag Gespenster zu sehen? Wird der Schwachsinn, den man mir andichtet, langsam zur Wirklichkeit?

Der Gedanke ließ mich nicht mehr los und beunruhigte mich zutiefst.

Aber dann fielen mir die rätselhaften Vorgänge der letzten Monate ein, für die ich nie eine Erklärung gefunden hatte: der Besuch der internationalen Ärzte-Kommission, das Ausgehverbot, der fehlende Zeitungsartikel. Gab es zwischen all diesen Ereignissen Zusammenhänge, die mit Geza zu tun hatten?

War Geza etwa frei? Womöglich hatte das in dem Artikel gestanden, den ich partout nicht lesen sollte? Frei? Er hat doch noch Jahre zu verbüßen. Er müßte also begnadigt sein. Das wäre allerdings äußerst unwahrscheinlich. Ist er entflohen? Flucht würde ich ihm jederzeit zutrauen.

Und je länger ich darüber nachdachte, desto sicherer wurde ich: Ich hatte keinen Doppelgänger gesehen, sondern Geza, wirklich und leibhaftig! Geza!

Dann erschreckte mich ein neuer Gedanke. Wie hatte ich ausgesehen?

Ich eilte zum Spiegel, entdeckte graue Strähnen im ungepflegten Haar und viele neue kleine Fältchen.

Schnell rief ich nach Olga und bat sie, mir auf der Stelle den Kopf zu waschen. Mein Haar ist so lockig und dicht, daß dies jedesmal zu einer wahren Tortur wird, die ich mir in letzter Zeit oft erspart hatte. Aber heute saß ich geduldig da, versuchte meiner Erregung Herr zu werden und wartete, bis das Haar trocken war. Dann probierten wir viele Frisuren aus, bis wir eine fanden, die das Grau verdeckte.

Dienstag. Den ganzen Vormittag machte ich Toilette. Am liebsten hätte ich mich nach Tisch nicht hingelegt, um die Frisur nicht zu verderben. Ich streckte mich vorsichtig aus und rührte mich nicht.

Die Zeit verging unendlich langsam.

Ob Geza wieder da sein wird? Ich grübelte unaufhörlich. Was werde ich tun? Was sagen? Ich konnte es kaum erwarten, daß der Kutscher vorfuhr.

Ich befahl ihm, denselben Weg zu nehmen wie gestern.

Als wir, in den Fond des offenen Wagens gelehnt, aus der Anstalt rollten, beobachtete mich die Gebauer von der Seite.

«Königliche Hoheit sind verändert», sagte sie schließlich.

«Nicht daß ich wüßte. Inwiefern?»

«Ich zerbreche mir schon seit gestern den Kopf und komme nicht drauf, woran es liegt», entgegnete sie, und man hörte ihr die Verwunderung an.

Ich öffnete den Sonnenschirm, einen, den Geza besonders hübsch gefunden hatte, hielt sehnsüchtig nach ihm Ausschau und vergaß die Gebauer.

Er war nicht gekommen.

Zweimal ließ ich den Kutscher das Wäldchen durchfahren, vergebens. Aus Angst, daß es auffallen könnte, wagte ich nicht, ihn ein drittes Mal die bewußte Stelle passieren zu lassen.

Wieder im Sanatorium, befiel mich tiefste Niedergeschlagenheit. Ich aß nichts und legte mich gleich zu Bett.

Von der Hofdame alarmiert, erschien Dr. Pierson, um sich nach meinem Befinden zu erkundigen.

«Ein bißchen Migräne, das ist alles. Nicht der Rede wert», erklärte ich ihm.

Er blickte mich forschend an. Wahrscheinlich hatte die Gebauer berichtet, ich hätte mich sonderbar benommen.

Ich verspürte keine Lust zu einer Unterhaltung, schloß die Augen und blieb reglos liegen, bis er mich allein ließ.

War alles Einbildung gewesen? Oder hatte ich mich so verändert, daß Geza mich nicht wiedersehen wollte? Bin ich nicht mehr «seine Louise»?

Ich schleppte mich zum Spiegel.

Ich war eine andere Louise. Geza hatte schon recht.

Ich verbrachte eine schlaflose Nacht.

Mittwoch. Es regnet den ganzen Tag ohne Unterbrechung. Ich kann nicht ausfahren. Es ist ein Ding der Unmöglichkeit. Ich stehe am Fenster, starre in den Guß hinaus und vergehe vor Unruhe.

Donnerstag. Morgens regnete es noch immer. Nach dem Essen legte ich mich hin und schlief fest.

Als Olga mich weckte, war die Sonne hinter den Wolken hervorgekommen.

Ich ließ mir Zeit für meine Toilette.

Ohne daß ich es anzuordnen brauchte, nahm der Kutscher denselben Weg.

Schon von weitem sah ich Geza.

Als wir ihn erreicht hatten, befahl ich anzuhalten und stieg schnell aus, bevor die Gebauer noch irgend etwas begriff.

Ich ging auf ihn zu. Er beugte sich über meine Hand. Wir hatten beide Tränen in den Augen.

Jetzt erschien die Gebauer neben mir. Als sei es das selbstverständlichste von der Welt, stellte ich vor: «Graf Mattachich ... Fräulein von Gebauer, meine Hofdame.»

Geza errötete, als ich den Titel nannte, den er nicht mehr führen darf. Wir konnten beide unsere Erregung nur mühsam verbergen.

«Wie geht es Ihnen?» fragte ich. Genausogut hätte ich nach dem Wetter fragen können.

«Danke ergebenst, Königliche Hoheit», entgegnete er ein bißchen zögernd. «Ich bin glücklich, Sie so gut aussehend zu finden.»

«Sie sind ... frei?»

«Ja, Königliche Hoheit», sagte er leise und lächelte, da er erriet, was ich dachte. «Keine Sorge», beantwortete er die Frage, die ich nicht zu stellen gewagt hatte. «Begnadigt.»

«Gott sei Dank.» Ich lächelte auch.

Die Gebauer räusperte sich. «Es ist spät, Königliche Hoheit», drängte sie.

«Einen Augenblick noch», bat ich.

Als sie mir den Augenblick tatsächlich gestattete, wußte ich nicht, was ich mit ihm anfangen sollte.

«Wir werden uns wiedersehen», sagte Geza mit einer Überzeugung, die mich aufhorchen ließ.

«Ja? Wann?»

Jetzt ergriff die Gebauer resolut meinen Arm, und ich befürchtete, daß sie den Kutscher zu Hilfe rufen würde.

«Lassen Sie! Ich komme schon», sagte ich und gab Geza wieder die Hand. Es tat mir leid, daß ich Handschuhe trug. Ich hätte so gern seine Haut gespürt.

«Vergessen Sie nicht, was ich gesagt habe», hörte ich ihn noch, dann hatte die Gebauer mich zum Wagen gedrängt.

«Zurück ins Sanatorium! Auf dem schnellsten Weg!» schrie sie den Kutscher an.

Auf der Fahrt sprach sie kein einziges Wort mit mir.

Dr. Pierson machte mir schwere Vorwürfe. Er fände es sehr bedauerlich, daß ich nach so vielen Jahren im Sanatorium noch immer nicht die Würde wiedergewonnen hätte, die man von einer Königstochter und Prinzessin verlangen müsse, vielmehr beim ersten Anblick des Mannes, dem ich mein ganzes Unglück verdanke, nicht zögerte, mit ihm zu sprechen, ja, ihm sogar die Hand zu geben. Er hätte gehofft, ich sei endlich von dieser unseligen Betörung geheilt. Nun müsse er aber zu seiner Bestürzung konstatieren, daß meine Einstellung zu Herrn Mattachich in all den Jahren dieselbe geblieben sei.

Ich hatte mir längst abgewöhnt, meinen Ärzten zu widersprechen. Auch jetzt wäre es besser gewesen zu schweigen, aber ich konnte es nicht. Ich versicherte Pierson, Graf Mattachich (ich benutzte absichtlich den früheren Titel) sei der einzige Mensch auf der Welt, der mir stets treu zur Seite gestanden wäre, der mir ergeben sei und auf den ich mich blind verlassen könnte. Er hat viele Jahre im Gefängnis gesessen wegen eines Vergehens, das nicht er, sondern ich begangen habe. (Obwohl ich es nicht für ein Vergehen halte!) Ich sollte nicht mit einem Menschen sprechen, der das für mich durchlitten hat? Ihm nicht die Hand reichen?

Pierson wich mir aus. Er ließ sich auf keine Diskussion ein. Er bedauere außerordentlich, Wien von dem Vorfall in Kenntnis setzen zu müssen, erklärte er, bereits auf dem Rückzug zur Tür. Es verstünde sich wohl von selbst, daß ich bis auf weiteres mein Zimmer nicht verlassen dürfe.

Man hat mich von einer Geisteskranken zu einer Strafgefangenen degradiert. Zwei Wochen lang sitze ich schon eingeschlossen in meinem Zimmer, niemand besucht mich, niemand spricht mit mir, Fräulein von Gebauer ist unsichtbar, sogar Olga schmollt auf Befehl. Stumm stellt sie mir die Mahlzeiten hin und verschwindet wieder.

Dr. Pierson hält das für eine Strafe, aber es ist keine. Die wahre Strafe ist, daß ich Geza einen kurzen Augenblick sprechen durfte und er nun wieder für immer verschwunden ist.

Fast bedaure ich es, ihn überhaupt gesehen zu haben. Ich war so gleichgültig geworden, so gefühllos und schläfrig. Das war ein gewisser Schutz, und der ist mir jetzt genommen. Die Sehnsucht ist wieder wach und mit ihr alle Hoffnungen und Ängste.

Dazu kommt die Sorge um Geza. Wenn ich bisher an ihn dachte, wußte ich ihn in einer Zelle in Möllersdorf. Das war grausam und ungerecht, trotzdem konnten ihn meine Gedanken wenigstens mit Sicherheit an diesem Ort finden. Jetzt weiß ich nichts mehr von ihm. Wie oft stand er noch im Wäldchen und wartete auf mich? Wann gab er die Hoffnung auf und reiste ab? Wohin? Wie wird er leben? Wovon? Wer sind seine Freunde? Statt einer brutalen Gewißheit bleiben offene Fragen. Und ein winziger Trost, an den ich mich kindischerweise klammere. «Wir werden uns wiedersehen!» hatte er mit überraschender Bestimmtheit gesagt.

Gegen mein besseres Wissen will ich versuchen, daran zu glauben.

G

Coswig bei Dresden, Mai 1904. Louises Aussehen hat mich tief erschreckt. Nicht in gesundheitlicher Beziehung. Im Gegenteil. Körperlich – und selbstverständlich auch geistig – machte sie einen völlig normalen Eindruck. Aber sie ist weit über ihre Jahre gealtert.

Daß es mir noch vor nicht allzu langer Zeit enormes Vergnügen bereitet hat, mit ihr zu schlafen, ist schwer vorstellbar. Wir werden ein etwas seltsames Paar abgeben.

Armer Geza!

Ich bin ihr zweimal begegnet. Das erste Mal haben wir uns nur gesehen, beim zweiten Mal konnten wir kurz miteinander sprechen. Das war das erste Ergebnis eines bis ins letzte Detail ausgeklügelten Plans und eine wichtige Station auf meinem langen, schwierigen Weg. Aber jetzt ist das komplizierte Werk in Bewegung gesetzt. Es mangelt mir weder an Helfern noch an finanziellen Mitteln. Der exakte Ablauf ist nur eine Frage der Zeit. Am Gelingen des Unternehmens gibt es für mich keine Zweifel mehr.

Die Vorbereitung hat länger gedauert als ursprünglich angenommen. Und manchmal sah es so aus, als ob ich aufgeben müßte, weil ich nicht von der Stelle kam oder weil das leidige Geld auszugehen drohte.

In solchen Situationen hat sich mein neuer Freund Josef Weitzer stets als zuverlässiger Rettungsanker erwiesen. Ihm schulde ich vieles, was mit Geld nicht zu bezahlen ist. Von den 30 000 Kronen, die er mir im Lauf der Zeit vorgestreckt hat, gar nicht zu reden. Weitzer ist ein einfacher Mann aus dem Volk, der es im Rahmen seiner Möglichkeiten zu was gebracht hat. Das Herz sitzt ihm auf dem rechten Fleck, das hat er bewiesen. Vom ersten Tag meines Floridsdorfer Aufenthalts an war er in meiner allernächsten Nähe. Er ist nämlich der Pächter des Ratskellers «Zum Senator». Wenn ich in Floridsdorf aus der Wohnung schau, kann ich ihm sozusagen direkt auf den Schanktisch und in die Kassa sehen.

Als kurz nach meiner Entlassung der Besucherstrom nicht abriß, war ich öfter mit den Herren bei ihm drüben. Er schenkt ein kühles Bier aus, die Weine sind gepflegt, und seine Frau führt eine gute Küche. Damals ergab es sich, daß er manchmal an unserm Tisch Platz nahm. Nie ohne vorher zu fragen, ob er nicht störe. Er spendierte hin und wieder eine Runde, hörte eifrig zu und konnte meine Geschichte bald besser erzählen als ich.

Er war der erste, dem ich mich eines Tages mit dem Plan, Louise zu befreien, anvertraut habe. Sofort Feuer und Flamme, versprach er nicht nur, Marie und der eigenen Frau gegenüber zu schweigen wie das Grab, sondern mich auch finanziell und durch tätige Mithilfe zu unterstützen, so gut dies in seinen Kräften stünde. Ich wollte den braven Gastronomen nicht beleidigen und nahm sein Angebot an. Heute kann ich sagen, er hat Wort gehalten. Nach wie vor ist er einer der Hauptpfeiler, auf denen das Unternehmen ruht.

Ein gütiges Geschick sandte mir den zweiten Partisan in Gestalt eines geistig (und auf Grund seines Berufes auch in natura) sehr beweglichen französischen Edelmannes. Er heißt Henri de Nousanne und betreibt aus privater Begeisterung und persönlichem Engagement das Metier des Journalisten und Reporters. Er schreibt für die Pariser Zeitung *Le Journal*, an der seine Familie auch finanzielle Interessen hat.

Im Herbst nach meiner Entlassung hielt sich de Nousanne in London auf. Der russische Revolutionär Trotzkij war damals gerade aus sibirischer Verbannung entwichen und nach London geflohen, wo er sich mit seinem Landsmann und Spießgenossen Lenin traf. De Nousanne hat die beiden aufgesucht und lange Artikel über ihre verrückten Ideen geschrieben. Er ist in manchen Dingen etwas verstiegen. Das muß man ihm verzeihen, zumal ja seine jugendliche Begeisterung jetzt auch mir zugute kommt. So ist er davon überzeugt, daß die beiden russischen Revoluzzer noch viel von sich reden machen werden. Er schwört, daß sie dem Zaren und dem ganzen dort herrschenden System äußerst gefährlich werden könnten. Das ist natürlich barer Unsinn. Aus naheliegenden Gründen hüte ich mich jedoch, es ihm gegenüber allzu entschieden zu betonen.

Der junge de Nousanne hörte erst im vergangenen Frühjahr durch puren Zufall von mir und entschloß sich (was typisch für sein Temperament ist), mich auf der Stelle aufzusuchen.

Er traf mich in einem Zustand an, der ihn sehr bewegte, und fragte sofort, ob und wie mir zu helfen sei. Er könnte sich nur glücklich schätzen, wenn ich seine Dienste nicht ausschlagen würde. Ich ergriff die Chance, die sich mir so unerwartet bot, und weihte den jungen Franzosen in meine Pläne ein. Er begriff, daß zur Realisierung beträchtliche Summen notwendig waren, und machte mir einen faszinierenden Vorschlag. Er bot mir Geld an. Bares Geld, das ich nicht zurückzuzahlen brauche. Ich mußte mich lediglich schriftlich verpflichten, die ganze Geschichte von Louises Befreiung, wenn sie erst einmal geglückt sein würde, in Form eines Interviews mit ihm ausschließlich im *Journal* zu veröffentlichen. Auch Louise sollte für keine andere Zeitung persönliche Erklärungen abgeben dürfen. Ich war natürlich einverstanden. Dafür hat mir de Nousanne respektiv seine Zeitung die Gelder zur Verfügung zu stellen, die ich brauche, um das Projekt Wirklichkeit werden zu lassen. Wir vereinbarten einen bestimmten Betrag für meine bisherigen Auslagen und ab sofort ein monatliches Fixum in Höhe von 4000 französischen Francs, das zunächst auf einen Zeitraum von einem Jahr, also auf 48 000 Francs, begrenzt sein soll.

Der vierte in unserem Kreis ist ein Preuße. Womit wir ein wahrhaft internationaler Geheimbund geworden sind. Daszynski stellte ihn mir vor einigen Monaten vor, als der Herr aus dem Norden für ein paar Tage in Wien weilte. Wir hatten von Anfang an einen besonders guten Kontakt. Er heißt Albert Südekum, ist wie de Nousanne Journalist und wie Daszynski sozialdemokratischer Abgeordneter. Allerdings nicht in Österreich, sondern im Deutschen Reichstag zu Berlin. Bevor er das Mandat erhielt, war Südekum Redakteur in Leipzig und Dresden gewesen. Aus dieser Zeit verfügt er heute noch über ausgezeichnete und zuverlässige Verbindungen im Königreich Sachsen, von denen ich jede erdenkliche Unterstützung erwarten darf. Das ist natürlich von größter Bedeutung, zumal ich mich seit meinem Aufenthalt hier davon überzeugen konnte, wie blendend Südekums Kontakte funktionieren.

Ich wollte erst einmal an Ort und Stelle ein möglichst genaues Bild meines späteren Operationsgebietes gewinnen. Über vier Wochen bin ich deshalb in dieser verfluchten Gegend wie ein Dieb rumgeschlichen, bis ich alles ausgekundschaftet hatte. Die Schwierigkeiten, die wir im Ernstfall hier antreffen werden, sind beträchtlich, aber nicht unüberwindbar.

Bevor ich mich mit den gewonnenen Erkenntnissen wieder davonmachte, um das weitere Vorgehen mit meinen Freunden zu beraten, ging es darum, Louise ein Zeichen zu geben. Sie wissen zu lassen, daß ich frei bin und mich um ihr Schicksal kümmere. Nachdem jeder denkbare Weg und Umweg durchgespielt war, wurde deutlich, daß nur ein Mittel den beabsichtigten Zweck mit Sicherheit erfüllen würde. Ich mußte riskieren, Louise bei einer der von mir beobachteten regelmäßigen Ausfahrten persönlich gegenüberzutreten und ihr dabei mehr oder weniger deutlich zu verstehen zu geben, um was es geht. Dies würde notwendigerweise nicht nur den ganzen Lindenhof, sondern womöglich auch Wien aufschrecken. Trotzdem blieb nichts anderes übrig. Mein Plan sieht vor, daß ich nun, nachdem die Begegnung mit Louise stattgefunden hat, dem Land Sachsen für mehrere Monate den Rücken kehre und abwarte, bis Gras über die Sache gewachsen ist. Unsere Gegner sollen glauben, daß ich nach all dem, was passiert ist, Louise einmal wiedersehen wollte, aber sonst nichts weiter im Schilde führe.

Morgen fahre ich erst mal nach Berlin, um Südekum über den Stand der Dinge zu informieren.

L

Bad Elster, Hotel Wettiner Hof. Ich bin für vier Wochen zur Kur in Bad Elster, einem Nest im sächsischen Vogtland.

Nach mehr als fünf Jahren Irrenanstalt ist das wie Biarritz, Nizza, Ostende, San Sebastian und die Isle of Wight zusammen. Der Ort wird von braven Bürgern, Beamten und Angestellten und deren ebenso braven Frauen besucht. Eine leibhaftige Prinzessin wurde vor meiner Ankunft hier noch nie gesichtet. Daher verursache ich ungeheueres Aufsehen, zumal es sich bei mir ja sogar um eine angeblich geisteskranke Prinzessin nebst Anhang und Bewachung handelt.

Der Anhang besteht aus dem unvermeidlichen Fräulein von Gebauer und meiner Olga, die ich nachgerade liebgewonnen habe. Die Bewachung wird von Dr. Mauss angeführt, dem Assistenten und Vertreter von Dr. Pierson. Zusammen mit dem Badedirektor, Herrn von Alberti, befehligt Dr. Mauss eine Schar von Polizisten, Wächtern und Aufpassern, teils in Zivil, teils in Uniform. Wenn ich mit der Gebauer und Mauss zur Brunnenhalle spaziere, um meinen täglichen Becher abscheulich salzig schmeckenden Wassers zu mir zu nehmen, marschieren zwei Aufpasser vor und zwei hinter mir. Wenn ich im Badehaus ein Moorbad nehme, beziehen vier Mann vor der Tür Posten. Wenn wir im Speisesaal essen, sind sämtliche Eingangstüren bewacht.

Mein Appartement, das aus dem Schlafzimmer und einem besonders häßlichen kleinen Salon besteht und im ersten Stock liegt, hat nur eine einzige Tür zum Korridor, die nachts, wenn ich mich zur Ruhe begeben habe, von außen abgeschlossen wird. Im Zimmer auf der gegenüberliegenden Seite des Ganges hat ein Leibwächter Quartier bezogen. Seine Tür muß stets weit offenstehen, damit er den Eingang zu meinem Appartement im Auge behalten kann. Rechts von mir wohnt die Gebauer, links Olga.

Die Bewachung ist derart übertrieben, daß die anderen Kurgäste mich entweder für gemeingefährlich oder für äußerst bemitleidenswert halten müssen, je nachdem ob sie glauben, ich sei schwachsinnig oder geistig normal.

Jedenfalls bin ich die Sensation des spießbürgerlichen kleinen Badeorts. Sobald ich mit meinem Troß den Kurpark betrete, bleiben alle wie angewurzelt stehen, verstummen und starren mich mit offenen Mündern an.

Ich habe diese unerwartete Reise dem Sanitätsrat zu verdanken, den es jammerte, mich nach der Begegnung mit Geza und der nachfolgenden Haft immer elender werden zu sehen. Er teilte seine Bedenken Wien mit und erhielt die Erlaubnis, mir einen Badeaufenthalt zu ermöglichen unter der Voraussetzung, daß ich dort auf das strengste bewacht werden könnte. Die Wahl des Ortes lag nahe, denn die Gattin des hiesigen Hoteliers war in erster Ehe mit Dr. Piersons Bruder verheiratet und ehelichte nach dessen Tod den Besitzer des Wettiner Hofs, einen Herrn Bretholz.

Über das Hotel ist zu sagen, daß es das beste am Platz ist, was ein recht betrübliches Licht auf Bad Elster wirft.

Trotzdem erhole ich mich zusehends, denn selbst diese streng bewachte Freiheit ist ungeheuer erfrischend. Ich besuche unter Aufsicht das Kurkonzert, das Theater und alles, was die Badeverwaltung sonst noch an Unterhaltungen bietet. Obwohl das nicht sehr viel ist, ist es doch weit mehr, als ich lange, lange Zeit zu sehen bekommen habe.

Heute abend dinierten wir wie üblich im Speisesaal, die Gebauer, Dr. Mauss und ich. Wir wurden von einem jungen Kellner bedient, der sich etwas betont um mich bemühte. Ich danke Gott, daß weder die Gebauer noch Dr. Mauss es merkten. Der Kellner stand hinter den beiden und blickte mich mit großen, ängstlichen Augen unverwandt an. Dann kam er um den Tisch herum und ging so dicht an mir vorbei, daß er mich streifte und meine Serviette zu Boden fiel. Er stotterte: «Bitte tausendmal um Vergebung, Königliche Hoheit. Ich bringe sofort ein neues Mundtuch!»

Wenige Sekunden später reichte er mir eine frische Damastserviette. Als ich sie entfaltete, entdeckte ich, daß ein Brief darin verborgen war.

Der Kellner stand jetzt wieder hinter meinen Tischgenossen und sah mich aufgeregt an.

Ich weiß nicht, woher ich die Selbstbeherrschung nahm, aber ohne mit der Wimper zu zucken, ließ ich das Kuvert unauffällig in der Tasche meines Kleides verschwinden, während ich mich ruhig weiter mit Dr. Mauss unterhielt. Ich sah noch, wie sich der Kellner erleichtert entfernte.

Sobald es einigermaßen schicklich war, entschuldigte ich mich mit Migräne und begab mich in mein Appartement, gefolgt von dem Arzt und der Gebauer. Dr. Mauss wollte mir ein Kopfschmerzmittel verabreichen, die Gebauer mir Gesellschaft leisten, aber ich bestand darauf, allein sein zu wollen. Man schloß mich ein und versprach, in Kürze wieder nach mir zu sehen.

Ich zog den Brief aus der Tasche. Das Kuvert trug keinerlei Anschrift. Ich riß es auf und entfaltete den Briefbogen. Mein Herz klopfte zum Zerspringen, als ich Gezas wohlbekannte Schriftzüge sah.

«Geliebte!» schrieb er. «Ich habe alles zu Deiner Flucht vorbereitet. Keine Angst, es wird gutgehen. Theo, das ist der junge Kellner, ist auf unserer Seite. Er verehrt Dich. Er wird Dir weiter Nachrichten zuspielen. Aber erst muß ich wissen, ob Du einverstanden bist. Wenn Du morgen vormittag um zehn Uhr, ein weißes Taschentuch in der rechten Hand, auf den Balkon trittst, so bedeutet das Dein Einverständnis. Nie wieder wird es eine solche Gelegenheit geben!

Vergiß das nicht und sei mutig! Vor allem vergiß nicht, daß ich Dich liebe. G.»

Ich weiß nicht, ob Geza ahnt, in welches Abenteuer er sich einläßt und wie gut ich bewacht werde. Aber ich habe keine Möglichkeit, ihn zu warnen. Ich kann nur tun, was er mir vorschreibt, und ich tue es blind.

Von dreiviertel zehn bis viertel elf stand ich auf dem Balkon. Nie im Leben war ich so pünktlich und so ausdauernd.

Die Gebauer, die im Salon saß und Zeitung las, wollte wissen, was ich denn an der Aussicht so interessant fände, daß ich mich gar nicht von ihr trennen mochte.

Ich sah über den kleinen Vorplatz auf die einmündenden Sträßchen, die angrenzenden Villen und Gärten. Irgendwo, für mich unsichtbar und doch so nah, ist Geza und beobachtet mich. Ich war aufgeregt und dabei so guter Laune wie schon in Jahren nicht mehr.

Wenn die Gebauer ein besserer Menschenkenner wäre, hätte sie bestimmt Verdacht geschöpft.

Samstag. Keine Nachricht von Geza, und meine Zeit hier geht zu Ende. Am nächsten Freitag reisen wir ab. Ob er das weiß und sich entsprechend beeilt? Ob irgend etwas schiefgegangen ist? Hat man ihn womöglich aufgespürt und verhaftet? Die Fragen überstürzen sich, beunruhigen mich, nehmen mir den Schlaf.

Nun bin ich es, die den jungen Kellner während des Diners fragend anstarrt. Wenn Theo nicht im Blickfeld meiner Begleiter ist, zuckt er ratlos die Achseln. Er weiß also auch nichts.

Sonntag. Sollte es jetzt nicht gelingen, werde ich mit Gewißheit den Rest meiner Tage hinter den Mauern der Irrenanstalt verbringen. Der Gedanke ist unvorstellbar grauenhaft.

Heute sagte Dr. Mauss: «Königliche Hoheit waren schon so gut erholt. Aber in den letzten Tagen scheint ein kleiner Rückfall eingetreten zu sein. Habe ich recht?»

Und ob er recht hat.

Womöglich wären die Moorbäder zu anstrengend, meinte er. Vielleicht sollte ich damit aufhören.

Ich versuchte ihm einzureden, daß der Kuraufenthalt zu kurz sei und ich länger bleiben müsse, aber er sagte, das käme überhaupt nicht in Frage. Ich solle dankbar sein, daß Dr. Pierson diese vier Wochen in Wien für mich durchgesetzt hätte.

Montag. Ich entschuldigte mich mit einem neuen Migräneanfall, ließ mich von Olga entkleiden und in meinen Zimmern einschließen. Dann las ich den Brief, den mir Theo heute zuspielte.

Geza hat an alles gedacht. Umsichtig und klug hat er die kleinste Einzelheit vorbereitet. Er hat das Hotel genau beobachtet, die Bewachung ausgekundschaftet, jede Gefahrenquelle einkalkuliert. Wie ein General vor der Schlacht.

Mittwoch nacht wird es passieren.

Theo wird meine Tür aufschließen. Geza hat sich einen Wachsabdruck des Schlosses besorgt und einen Schlüssel anfertigen lassen. (Hoffentlich paßt er!) Ich soll nur das Notwendigste mitnehmen, nicht mehr als Theo und ich tragen können, bestimmt aber meinen Schmuck und Geld. (Geld habe ich überhaupt keins.) Die Schuhe muß ich in die Hand nehmen und auf Strümpfen gehen, da die Bohlen in den Gängen entsetzlich knarren. Der Wächter im Zimmer gegenüber sei bestochen, ich brauchte ihn nicht zu fürchten. Alle Eingänge zum Hotel wären verschlossen und bewacht. Daher würde mich Theo vom ersten Stock ins Erdgeschoß hinunterführen in das Zimmer eines österreichischen Freundes, Herrn Joseph Weitzer aus Floridsdorf. Wenn ich mir Herrn Weitzer vorher ansehen möchte, er säße allein an einem kleinen Tisch im Speisesaal unweit der Tür und trüge eine rosa Nelke im Knopfloch. Weitzers Zimmer liege nach hinten hinaus, und dort müßte ich mit seiner Hilfe aus dem Fenster klettern, würde aber direkt in Gezas Armen landen.

Dienstag. Herr Weitzer ist dick, hat ungeheuren Appetit und sieht schon jetzt so aufgeregt aus, daß ich nicht weiß, ob er die Anstrengungen der Nacht, die vor uns allen liegt, überstehen wird.

Als er merkte, daß ich ihn beobachtete, starrte er auf seinen Braten, da er ganz unauffällig sein wollte, nickte aber ständig mit dem Kopf, um so meine unausgesprochene Frage zu bejahren, und fingerte gleichzeitig an der rosa Nelke im Knopfloch, damit ich sie nur ja nicht übersah.

Auch Theo ist etwas mitgenommen. Der Bursche, der sonst eine blühend gesunde Gesichtsfarbe hat, war blaß und ließ beim Servieren einen Teller fallen, was den ganzen Speisesaal aufschreckte.

Hoffentlich habe ich bessere Nerven.

Mittwoch nacht. Ich sitze fertig angezogen in meinem Zimmer.

In weniger als einer Stunde muß Theo kommen und mich befreien. Neben mir steht ein kleiner Koffer mit meinem Schmuck und den notwendigsten Toilettengegenständen, über dem Stuhl liegt ein Bündel mit Kleidern. Ich trage einen Staubmantel, einen Hut mit Schleier, und mein Herz klopft so, daß ich es bis in den Hals hinauf spüre.

Ich bin mir darüber klar, daß ich eine ungeheuer wichtige Entscheidung treffe, daß ich mich in Gefahr begebe und die fragwürdige Geborgenheit des Sanatoriums gegen die totale Ungewißheit vertausche.

Wenn die Flucht gelingt (sie *muß* gelingen!), wenn Geza mich wirklich aus diesem lebenslangen Dahindämmern errettet, will ich es ihm ewig danken.

XIX

Meldungen der *Neuen Freien Presse*, Wien, 1. bis 6. September 1904:

Wien, 1. September 1904. Bis zur Stunde ist noch nicht festgestellt, wohin die entführte Prinzessin Louise von Coburg aus Bad Elster gebracht wurde. Nach wie vor hält sich die Vermutung, die Prinzessin und ihr Entführer seien von Bad Elster mittels Automobil abgereist und hätten sich nach der Schweiz oder nach Frankreich gewendet. Alle Nachforschungen nach dem augenblicklichen Aufenthalt der Prinzessin sind jedoch bisher erfolglos geblieben.

Der Entführer der Prinzessin ist Geza Mattachich. Das unterlag von Anfang an keinem Zweifel.

Die Prinzessin dürfte sich bei ihrer Flucht in gewöhnlicher Strassentoilette befunden haben. Sie hat von ihren Effekten nichts mitgenommen außer einer kleinen Handtasche, in der sich der ihr verbliebene Schmuck befindet. Dieser soll keinen allzu großen Wert repräsentieren. Er dürfte einen Betrag von 5 000 Kronen kaum übersteigen.

Dresden, 1. September 1904. Die in Elster eingeleiteten Nachforschungen nach den Flüchtigen werden mit fieberhaftem Eifer betrieben. Die Behörden sind mittätig, da es sich um eine Entführung handelt. Nachdem die Angehörigen der Prinzessin sowie Sanitätsrat Dr. Pierson telegrafisch von der Flucht verständigt waren, wurden die ersten Anordnungen für die Verfolgung getroffen. Die Spuren führen nach Bayern. Man mutmaßt jedoch, daß sie für die Verfolger zurechtgemacht sind, da die Entführer auf sofortige eifrige Nachforschungen gefaßt sein mußten. Von Bad Elster wurden nach allen Seiten hin Estaffetten ausgeschickt, und die Zahl der einlaufenden Anzeigen, wo man das zur Flucht verwendete Automobil gesehen haben will, wird immer größer.

Sanitätsrat Dr. Pierson wird noch heute in Bad Elster erwartet. Fräulein von Gebauer und Herr Dr. Mauss sind nach dem Sanatorium Lindenhof zurückgekehrt. Fräulein von Gebauer ist vor Aufregung erkrankt.

Wien, 2. September. Prinz Philipp befand sich gestern, eben von einer Ausflugspartie zurückgekehrt, in seinem Schloß zu Ebenthal in Niederösterreich, als eine Depesche des Regierungsrats Dr. Bachrach eintraf, in der die Flucht kurz gemeldet wurde. Die Nachricht versetzte den Fürsten in größte Bestürzung. Im Laufe des Tages liefen weitere Depeschen mit genaueren Nachrichten ein. Der Fürst beschloß, sogleich nach Wien abzureisen, behufs Besprechung weiterer Maßnahmen. Im Laufe des morgigen Tages wird er bereits hier eintreffen. Regierungsrat Dr. Bachrach und der Kurator der Prinzessin, Dr. von Feistmantel, wurden von Bad Elster aus verständigt.

Brüssel, 2. September 1904. Die ausführlichen Meldungen über die Entführung der Prinzessin Louise erregen hier ungeheures Aufsehen. Um so befremdender berührt eine Note des hochoffiziösen *Etoile Belge* des Inhalts, Donnerstag abend habe man weder im Königspalast noch im Palast des Grafen von Flandern sowie im Ministerium des Äußeren eine Bestätigung der Entführung erhalten.

Wien, 2. September. In Wien sind an interessierter Stelle nachstehende Mitteilungen eingetroffen. Die Spur der Flüchtlinge, die sich bisher in Hof/Bayern verlief, kann nunmehr weiterverfolgt werden.

Nach authentischen Berichten führt sie in die Schweiz. Bekanntlich fuhr die Gesellschaft gestern vormittag von Hof nach München. Nachmittags erfolgte die Ankunft in München. Mit dem nächsten Zug wurde die Weiterfahrt angetreten, welche die Prinzessin mit ihrer Begleitung an den Bodensee brachte. Abends kam die Gesellschaft in Lindau an, wo aber gleichfalls nicht lange Rast gemacht wurde. Wohin der Kurs dann genommen wurde, ist noch unbekannt. Aber man weiß, daß die Flüchtlinge sich in der Schweiz aufhalten, und man vermutet, daß das nächste Reiseziel Zürich sein dürfte.

Paris. König Leopold von Belgien ist in Paris eingetroffen. Er weiß nicht, wo seine Tochter weilt, und kümmert sich auch nicht darum. Keinesfalls hat er sie gesehen, noch beabsichtigt er, dies zu tun.

Wien. Wie wir erfahren, haben die Konferenzen, die im Laufe des heutigen Vormittags zwischen den Vertretern des Prinzen von Coburg, des Obersthofmarschallamtes, dem Kurator der Prinzessin und anderen in Betracht kommenden Faktoren stattfanden, zu dem Ergebnis geführt, daß die notwendigen Schritte behufs strafgerichtlicher Verfolgung des Geza Mattachich, des Entführers der Prinzessin, eingeleitet werden.

Bad Elster, Gespräch mit dem Badedirektor Alberti: Mittwoch abend war ich noch mit der Prinzessin im Theater. Sie war in bester Stimmung und versprach, am Donnerstag, dem Tag vor ihrer geplanten Abreise, zum Benefiz der hier sehr beliebten Schauspielerin Hanna Proft wiederzukommen. Ich geleitete sie zum Wagen. Die Prinzessin soupierte mit ihrer Hofdame, Fräulein von Gebauer, sowie ihrem Leibarzt, Herrn Dr. Mauss. Um Mitternacht verließ die Zofe das Schlafzimmer, als die Prinzessin schon zu Bett lag. Die

Balkontür war versperrt, die Tür zum Korridor abgeschlossen. Die zugezogenen Vorhänge wurden, da die Prinzessin früh lange schläft, mit Stecknadeln verheftet. Ganz so fand man alles am Morgen, als ihr Verschwinden entdeckt wurde. Die Kammerjungfer verständigte den Arzt und mich, die Hofdame und den Hotelier Bretholz. Dieser hatte sogleich Verdacht auf den angeblichen Floridsdorfer Gastwirt Joseph Weitzer, der in der Tat aus seinem Parterrezimmer verschwunden war.

Wenn mir die Prinzessin nicht eine Ansichtskarte schreibt, sagte Herr von Alberti, so habe ich keine Ahnung, wo sie sich befindet. Ihren Schmuck trug sie im Pompadour mit sich. Sie hat haselnußgroße Brillantboutons, deren jedes auf 80 000 Kronen geschätzt wird, Perlenkolliers, Broschen und den kostbaren Rosenkranz, den ihr Papst Leo zum Geschenk gemacht hat.

Brüssel, 3. September. Die Brüsseler Blätter nehmen ohne Unterschied der politischen Richtung die Nachricht von der Flucht der Prinzessin Louise aus Bad Elster mit größter Genugtuung auf. In Hofkreisen, wo die Überraschung natürlich eine unangenehme war, herrscht ein gewisser Skeptizismus vor.

Bern, 3. September. Gegenüber den Meldungen der Blätter, daß sich Prinzessin Louise von Coburg in Zürich oder in der früher von Psychiater Forel geleiteten Heilanstalt «Burghölzli» aufhalte, teilt die Schweizerische Depeschen-Agentur mit, nach von ihr eingezogenen Erkundigungen könne mit fast absoluter Bestimmtheit erklärt werden, daß Prinzessin Louise nicht in Zürich sei.

Bad Elster, 3. September 1904. Die Prinzessin hat an ihre Kammerzofe einen Brief zurückgelassen, worin sie von dieser Abschied nimmt. Der Brief ist auf blaues Velinpapier mit Bleistift geschrieben. Er hat die Überschrift: «Liebe Olga». Endlich enthält er folgenden bezeichnenden Passus: «Ich bin weg, Gott hat mein Gebet erhört. Leben Sie wohl.» Zum Schluß dankt die Prinzessin der Zofe für ihre Dienste.

Wien, 5. September. Prinz Philipp von Coburg hat bekanntlich die Hilfe des Obersthofmarschallamtes angerufen. Sein Gesuch beruft sich auf die von uns zitierte Haager Konvention vom Jahre 1896. Das Obersthofmarschallamt hat nach Prüfung des Tatbestandes der Klage im Sinne derselben entschieden und rechtswirksam verfügt, daß Prinzessin Louise in die Gewalt ihres Gemahls zu bringen sei. Nach der Haager Konvention wird sich das Obersthofmarschallamt, sobald der Aufenthalt der Prinzessin eruiert sein wird, an die zuständige ausländische Behörde um Durchführung des Urteils wenden, und diese wird eventuell mit Gewalt die Prinzessin zu ihrem Gemahl zurückführen.

Brüssel, 5. September. Das Brüsseler Comité der belgischen Liga für Menschenrechte richtete an den Schweizerischen Bundesrat eine Adresse mit der Bitte, die Prinzessin Louise von Belgien den Mandataren des Prinzen Philipp von Coburg nicht auszuliefern, solange nicht eine vom Bundesrat bestellte Kommission von Psychiatern bewiesen habe, daß die Geflüchtete wirklich irrsinnig sei.

Der sozialdemokratische Abgeordnete des Deutschen Reichstages Albert Südekum, welcher an der Bewerkstelligung der Flucht der Prinzessin Louise mitgewirkt hat, berichtet in der Pariser *Humanité* folgendes:

Prinzessin Louise von Coburg ist zur Stunde in vollkommener Sicherheit. Nach ihrer Flucht aus Bad Elster hat sich die Prinzessin über Hof nach Berlin begeben und ist von Mittwoch bis Samstag «im Haus eines sozialistischen Deputierten» geblieben.

Sie war bei mir. Seit langer Zeit hatte ich mit Mattachich verabredet, daß er im Falle des glücklichen Gelingens der Entweichung der Prinzessin die Gastfreundschaft meines Hauses in Anspruch nehmen sollte. Die Behauptungen einiger deutscher und österreichischer Juristen, daß die Prinzessin in Deutschland nicht verhaftet werden könne, sind nicht zutreffend. Es liegt allerdings kein Delikt vor, aber das augenscheinlichste Recht schützt nicht immer gegen rohe Gewalt. Die Prinzessin hat dies schon einmal an sich erfahren, als sie in Agram ohne Richterspruch aus dem Bette geholt und in die Irrenanstalt gesperrt wurde. Kaiser Wilhelm soll zwar geäußert haben, daß man sich in diese Sache nicht mischen möge, aber in einer Zeit, in welcher die russischen Exilierten rohen Gewalttaten ausgesetzt waren, haben solche Erklärungen nichts zu bedeuten.

Während ihres Aufenthalts in meinem Hause habe ich oft Gelegenheit gehabt, mit der Prinzessin lange Gespräche zu führen, ich kann mir also ein Urteil über sie erlauben. Sie ist eine außerordentlich lebhafte und interessante Frau und befindet sich nach meinem Dafürhalten im vollen Besitz ihrer geistigen Kräfte. Sie hat sicherlich die Fehler, welche ihrem Ursprung und ihrer Erziehung anhaften. Sie ist viel zu sehr Prinzessin, um sein zu können wie jedermann. Aber wenn das genügend Grund sein könnte, um jemanden ins Irrenhaus zu sperren, dann müßten in vierundzwanzig Stunden alle Fürstenschlösser Europas und anderswo in Irrenhäuser umgewandelt werden.

Bougival. Nie im Leben bin ich so unbeschreiblich glücklich gewesen.

Ich sitze vor der offenen Balkontür an einem hübschen kleinen Schreibtisch und blicke auf einen wundervoll ländlichen, wild überwucherten Garten mit Obstbäumen, Gemüsebeeten und vielen bunten Blumen. Alles ist friedlich und schön.

Nach den aufregenden Tagen habe ich endlich richtig ausgeschlafen, und morgen ziehen wir von Bougival, wo uns Monsieur de Nousanne sein Landhaus für ein paar Tage zur Verfügung gestellt hat, nach Paris.

Unten im Salon gibt Geza ihm gerade das versprochene Interview für seine Zeitung, die Herren sind schon stundenlang bei der Arbeit.

Heute kann ich herzlich lachen, wenn ich daran denke, wie ich, geführt vom Kellner Theo, auf Strümpfen über die Korridore und Treppen des Wettiner Hofs in Bad Elster schlich, aber damals war mir bitterernst zumute. Mit jedem Schritt wurde mir die ungeheure Gefahr deutlicher bewußt, der Geza sich meinetwegen aussetzte. Wenn man uns verhaftet hätte, wäre ich zurück ins Sanatorium gewandert, als sei nichts geschehen. Er hingegen riskierte seine mühsam gewonnene Freiheit.

Vor der Tür des Herrn Weitzer wollte ich fast umkehren. Aber Theo war bereits verschwunden, und es wurde geöffnet. In der Dunkelheit griff eine Hand nach mir und zog mich ins Zimmer, in dem ich nichts als die Umrisse des Fensters erkennen konnte.

Eine Stimme flüsterte: «Ziehens Ihna liaber die Schuh an, Königliche Hoheit!»

Ich schlüpfte in meine Schuhe.

Sofort drängte mich mein Helfer zum Fenster. «Gemma, gemma, Hoheit!» flüsterte er.

Ich setzte mich auf den Sims und schwang die Beine nach außen.

Schon spürte ich Gezas Arme, die mich umschlangen und langsam zu Boden gleiten ließen. Jetzt reichte Weitzer mein spärliches Gepäck aus dem Fenster und kletterte dann selber hinaus.

Ohne ein Wort zu sprechen, schlichen wir in der Dunkelheit davon.

Wir gingen einen schmalen Weg zwischen den Gärten hindurch, bis wir auf eine Straße kamen, wo uns eine alte Kalesche erwartete. Als ich einstieg, bemerkte ich eine weibliche Gestalt im Fond, neben der ich schnell Platz nahm. Geza und Weitzer setzten sich uns gegenüber.

Sowie der Wagen anrollte, stellte mir Geza meine Nachbarin vor.

«Das ist Frau Marie Stöger», sagte er. «Sie wird Ihnen als Kammerfrau und Gesellschafterin dienen.»

Ich war überwältigt. Obwohl Geza wahrhaftig andere Sachen im Kopf gehabt haben mußte, hatte er daran gedacht, eine weibliche Begleitung für mich zu engagieren. Dankbar drückte ich ihm die Hand.

«Ich bin sehr glücklich, daß Ihre Flucht gelungen ist, Königliche Hoheit», sagte Frau Stöger. Nichts Serviles oder Unterwürfiges war in ihrer Stimme, eher ein gut Teil Selbstsicherheit. Das gefiel mir.

Geza hatte zuvor auf der Landkarte einen komplizierten Weg ausgeklügelt, wie wir nach Hof kommen konnten, ohne die stark frequentierten großen Chausseen zu benutzen, auf denen man zuerst nach uns fahnden würde. Aber in der Dunkelheit verfehlte der Kutscher irgendeine Abzweigung mit dem Resultat, daß wir unseren Zug nach Berlin verpaßten, der um dreiviertel fünf Uhr morgens Hof verließ. Der nächste ging erst vier Stunden später. Wir mußten versuchen, bis dahin möglichst unsichtbar zu bleiben. Auf Rat des Kutschers fuhren wir in ein kleines Hotel. Dort war nur ein einziges Zimmer frei, das ich mit Frau Stöger teilte, während die beiden Herren und der Kutscher im Vestibül blieben.

Es wurde schon hell, so daß ich meine neue Kammerfrau endlich nicht nur hören, sondern auch sehen konnte. Sie hat ein interessantes Gesicht, ohne schön zu sein, schwarze Haare, schwarze Augen über slawisch ausgeprägten Backenknochen, einen breiten Mund und eben diese angenehme, leise, sichere Stimme.

Ich bat sie, mich zu entkleiden. Mein Wunsch verwirrte sie. Mir wurde klar, daß sie wohl zum ersten Mal im Leben Kammerfrauendienste versah. Ich streckte mich nun ein paar Stunden im Bett aus, ohne schlafen zu können, während Frau Stöger in einem Sessel am Fenster saß.

Diesmal waren wir pünktlich am Bahnhof. Der Kutscher, der mir herzhaft die Hand schüttelte und dem Geza ein reichliches Trinkgeld gegeben hatte, versprach, nicht vor der kommenden Nacht nach Elster zurückzukehren, so daß wir inzwischen einen guten Vorsprung gewinnen konnten.

In Berlin holte uns Herr Südekum vom Anhalter Bahnhof ab und brachte uns in seine Wohnung, die in der Düsseldorfer Straße in Wilmersdorf liegt, einer stillen, noch wenig bebauten Gegend am Rande der Stadt. Dort waren wir bis zu unserer Weiterreise vorzüglich aufgehoben. Von Anfang an war Paris unser Ziel gewesen. Nur in einer Republik fühlten wir uns vor Ausweisung sicher. In dieser Annahme bestärkte uns auch Herr Südekum, der sozialdemokratischer Abgeordneter des deutschen Reichstages ist und ein intelligenter, humorvoller Mann.

«Sie sind der erste Sozialist, den ich persönlich kennenlerne», sagte ich zu ihm.

Er entgegnete lachend: «Sehen Sie mich gut an, Königliche Hoheit! Keine Hörner, kein Schwanz und kein Pferdefuß! Nicht mal ein rotes Taschentuch!»

Herr Weitzer, der in einem Berliner Hotel übernachtet hatte, kam am nächsten Morgen zu uns nach Wilmersdorf heraus, um sich zu verabschieden. Ich dankte ihm von ganzem Herzen für seine selbstlose Hilfe.

Erst jetzt erfuhr ich, daß ursprünglich geplant war, mich aus dem Sanatorium Lindenhof zu entführen. Aber mitten in den letzten Vorbereitungen reiste ich ahnungslos nach Bad Elster, was sich dann letzten Endes als Vorteil erwies.

Wir berieten mit unseren Gastgebern, die uns nach Paris begleiten wollten, wie die Weiterreise vor sich gehen sollte. Der kürzeste Weg durch Belgien schied von Anfang an aus. Dort würde ich zu leicht erkannt werden.

Herr Südekum bot an, uns in seinem Automobil bis nach Metz zu bringen. Da wir mit einem Auslieferungsantrag aus Wien rechnen mußten, war das Verlassen des deutschen Reichsgebiets der riskanteste Teil der Reise. Südekum meinte, wir sollten uns keinesfalls irgendwo heimlich «durchs Hintertürchen aus Deutschland rausschleichen», wie er sich ausdrückte, sondern ganz einfach und selbstverständlich in Metz den Zug nach Paris besteigen. Geza stimmte dem bei, der Vorschlag wurde angenommen. Die meisten Zeitungen vermuteten uns sowieso schon im Ausland. Das kam unserem Plan entgegen.

Nach vier Ruhetagen in Berlin machten wir uns auf den Weg. Dem Chauffeur sagte man, ich sei eine entfernte Verwandte des Hausherrn. Staubmantel, Autobrille und Schleier machten mich weitgehend unkenntlich. Wir mieden die größeren Städte und übernachteten in abgelegenen kleinen Gasthöfen. Südekums gute Laune und sein Humor ließen das Abenteuer fast zu einer Erholungsreise werden. So kamen wir unbehelligt nach Metz.

Vorsichtshalber bestiegen wir den Zug in zwei getrennten Gruppen. Geza begleitete Frau Südekum und Frau Stöger, während ich mit Herrn Südekum ein Abteil nahm.

Ich gestehe, daß ich jetzt doch sehr nervös wurde. Als der Schaffner kam, um die Billets zu kontrollieren, zuckte ich zusammen. Südekum drückte dem Mann ein Markstück in die Hand, worauf er ihm und der «Frau Gemahlin» eine gute Reise wünschte. Wieder allein, mußten wir beide herzlich lachen. «Hat der nun mich für den Prinzen von Coburg gehalten oder Sie, Hoheit, für eine Parteigenossin von mir?» wollte Südekum wissen.

Nachdem wir die französische Grenze passiert hatten, ohne den geringsten Verdacht zu erregen, feierten wir alle die gelungene Flucht im Speisewagen bei einem Glas Champagner.

Die Südekums blieben in Paris, während Geza und ich sowie Frau Stöger am Bahnhof von Monsieur de Nousanne abgeholt und direkt nach Bougival gebracht wurden.

Gestern abend kamen die Südekums zu uns heraus, und wir nahmen bei einem vorzüglichen Souper voneinander Abschied. Heute fahren sie nach Berlin zurück.

Paris, Ende September. «Grand Hotel». Appartement 21 bis 24. Zum dritten Mal bewohne ich jetzt dieselben Räume in dem für mich unbestreitbar angenehmsten Hotel der französischen Metropole.

Ich fühl mich hier richtig zu Hause und genieße den Respekt und die Beflissenheit, mit der man mir vom Direktor bis zum jüngsten Pagen entgegenkommt. Die Interview-Reihe im *Journal* (es waren vier aufeinanderfolgende mehrspaltige Artikel, die jeweils auf der Titelseite begannen) hat mich ohne die geringste Übertreibung im Moment zu einer der populärsten Figuren von ganz Paris gemacht. De Nousanne und seine Zeitung sind auf ihre Kosten gekommen. Ich auch.

Aber damit ist der Presserummel keineswegs abgetan. Bisher hatten wir uns in Bougival ja buchstäblich versteckt. Seit wir offiziell in Paris Einzug gehalten haben, hängt eine Meute von Reportern an uns. Wir können kaum einen Schritt tun, ohne ihnen und ihren nicht enden wollenden Fragen zu entgehen. Ich bekenne freimütig, daß ich das alles sehr genieße.

Als ich vor sieben Jahren zum ersten Mal diese Räume bewohnte, hatte ich mich den aufregenden Abwechslungen der Weltstadt Paris mit der naiven Unbefangenheit eines Hans im Glück hingegeben. Eines Hans im Glück, dem im wahrsten Sinne des Wortes über Nacht die schöne reiche Prinzessin erschienen war. Ein Jahr später, auf der Rückreise von London, ahnte ich bereits das bittere Ende des Märchens. Nur wer halbwegs nachzuempfinden vermag, wie unsagbar tief der Sturz dann tatsächlich war, kann sich eine Vorstellung davon machen, welcher Art das Gefühl, nein, der Glücksrausch ist, der mich heute in dieser Stadt durchtobt.

Louise wohnt, wie in den denkwürdigen Tagen des Frühjahrs 98, wieder im Hotel «Westminster». Ich beobachtete, daß es ihr bis zu einem gewissen Grad ähnlich geht wie mir. Was sich bei ihr übrigens in erster Linie in einer bisher ungeahnten Kauforgie ausdrückt. Und wenn ich nach all dem, was ich auf diesem Gebiet erlebt habe, sage «ungeahnt», so bedeutet das etwas!

Dank de Nousanne, der sich gerade in diesen Tagen als wahrhaft großzügig erweist, sind wir zum Glück mit Geld versorgt. Außerdem drängen sich die hiesigen Geschäftsleute seit dem Erscheinen des Interviews, der berühmten Tochter Leopolds II. und ihrer Begleitung jeden Kredit zur Verfügung zu stellen. Kein Wunder, denn auf Grund der gewaltigen Gummi- und Kupfervorkommen ist der Schätzwert des Kongo (und damit Louises zu erwartendes Erbe) in den vergangenen Jahren ums Zehnfache gestiegen. Was unsere Gläubiger in Nizza erleben mußten, ist total vergessen, und es kann mir niemand verübeln, wenn ich es in der gegenwärtigen Situation nicht zu meinen Aufgaben zähle, daran zu erinnern.

Die tüchtige und jeden Tag hübscher werdende Marie, die ebenfalls im «Westminster» wohnt, hat sich bewundernswert unserm neuen Lebensstil angepaßt und hält in jeder Beziehung mit. Sie verwandelte sich binnen kürzester Zeit in ein echtes französisches Modepüppchen. Keiner der eleganten Pariser Herren, die ihr in der Oper oder den Luxusrestaurants begehrliche Augen machen, würden ahnen, daß sie noch vor kurzem Kantineuse in einer österreichischen Strafanstalt gewesen ist. Ich selbst kann es kaum glauben, wenn ich sie mir heut ansehe.

Um ehrlich zu sein, auch ich bin dabei, mich wieder standesgemäß zu equipieren. Es hat mir noch nie im Leben auch nur annährend so viel Spaß gemacht, zu einem bestimmten Anzugtuch das passende Plastron oder zu einem eleganten Schuh die passenden Gamaschen auszusuchen.

Das wichtigste aber, was jetzt zu geschehen hat, das einzig wichtige überhaupt ist, daß Louise von den besten Psychiatern, die nur irgendwie aufgetrieben werden können, untersucht wird. Die ersten Schritte hierfür habe ich mit Hilfe von Henri de Nousanne bereits eingeleitet. Die Ärzte müssen der Welt beweisen, welches schändliche Verbrechen Philipp von Coburg und der Wiener Hof an Louise begangen haben.

Wenn das geschafft ist, kann ich daran denken, meinen eigenen Fall nochmals aufzurollen. Dabei weiß ich, so wie die Dinge heute liegen, offen gestanden gar nicht recht, ob sich der ganze Ärger überhaupt noch lohnt. Alle Welt nennt mich wie eh und je Graf. Oder sogar Exzellenz. Praktisch ist das Agramer Schandurteil also längst revidiert.

Was will ich eigentlich mehr?

L

Stephanie ist in Paris!

Sowie sie von meiner Befreiung hörte, eilte sie hierher, statt direkt von einem Besuch in London nach Böhmen zu reisen, wo ihre und Rudolfs Tochter, inzwischen mit einem Fürsten Windischgrätz verheiratet, das erste Kind erwartet. Der Graf und die Gräfin Lonyay sind im Hotel «Bristol» abgestiegen. Gleich nach ihrer Ankunft schickte mir Stephanie einen ungewöhnlich herzlichen Brief, in dem sie um ein Wiedersehen bat.

Sie fürchtet, daß ich ihr die Sache mit dem Wechsel nachtrage, womit sie nicht ganz unrecht hat, aber ich bin so zufrieden mit der Gegenwart und so hoffnungsvoll für die Zukunft, daß ich die Vergangenheit vergessen und begraben will.

Ich sandte ihr ein wunderschönes Blumenarrangement und kündigte meinen Besuch für heute nachmittag vier Uhr an.

Wir sind uns in die Arme gesunken und haben abwechselnd geweint und gelacht. Lonyay begrüßte mich strahlend. Er ist ein wenig älter und um vieles würdiger geworden seit Abbazia.

Stephanie kam sogleich auf meine angebliche Geistesstörung zu sprechen. Sie schwor bei allem, was ihr heilig ist, daß sie tatsächlich glaubte, ich sei erkrankt, denn Philipp hatte es ihr nur allzu überzeugend geschildert.

Ich mußte alles genau erzählen, durfte nichts, nicht das kleinste Detail auslassen.

Die Tränen liefen ihr über die Wangen, als ich von den furchtbaren Jahren in der Irrenanstalt sprach. Sie war zutiefst erschüttert und geriet zusehends in helle Empörung über Philipp wie auch über Franz Joseph, der die schmähliche Affäre sanktioniert hat.

Entschlossen ging sie zum Schreibtisch und warf einige Zeilen auf einen Briefbogen, den sie mir dann reichte.

Ich las:

«Seine Hoheit Prinz Philipp von Coburg, Seilerstätte, Wien.

Habe soeben meine Schwester wiedergesehen. Louise ist nicht verrückter als Sie! Bin zutiefst empört über Ihre Ungerechtigkeit der armen Unschuldigen gegenüber. Werde alles tun, um ihre Ehre, die Sie ihr genommen haben, wiederherzustellen. Prinzessin Stephanie.»

Sie läutete dem Lakaien und befahl, die Depesche sofort aufzugeben.

Sie versicherte mir, daß sie darüber hinaus heute abend Franz Joseph schriftlich um eine Audienz bitten werde. Noch bevor sie zu Erszi nach Böhmen reist, will sie nach Wien fahren, um dem Kaiser zu berichten. Sie ist überzeugt, daß er die volle Wahrheit bisher nie erfahren hat. Um so dringender wäre es, sie ihm keine Minute länger vorzuenthalten.

Äußerlich hat sich Stephanie nicht verändert. Die Jahre sind ihr kaum anzumerken. Aber sie ist erstaunlich selbstbewußt geworden. Die alte Stephanie hätte nie an Philipp telegrafiert und würde es nie unternehmen, mit Franz Joseph zu sprechen. Ich weiß natürlich, daß sie durch diese plötzliche Aktivität wiedergutmachen möchte, was sie in vergangenen Jahren unterlassen hat. Trotzdem rührt es mich und erfüllt mich mit Dankbarkeit.

Als wir gemeinsam in die Hotelhalle hinunterkamen, erwartete uns ein Rudel von Journalisten. Stephanie sagte ihnen, wie sehr es sie beglückte, ihre Schwester gesund wiederzusehen, und betonte, welch großes Unrecht mir wiederfahren sei. Morgen wird es in allen Zeitungen stehen.

Wir dinierten zu dritt bei «Maxim's». Als ich in mein Hotel zurückkehrte, war ich beschwingt und glücklich.

Heute bekam ich einen Brief von Stephanie, dem ein Schreiben des Kaisers beilag, das sie in Wien im Hotel «Imperial» vorfand, als sie und Lonyay dort eintrafen. Es lautete:

Wien, 28. September 1904

«Liebe Stephanie,

In Beantwortung Deines Schreibens teile ich Dir mit, daß ich Dich nicht sehen werde.

Daß du Deine Schwester nach ihrer skandalösen Flucht in Paris aufgesucht hast, daß Du nach allem, was vorgefallen ist, so entschieden für sie Partei ergreifst (Beweis: Dein unqualifizierbares Telegramm an Philipp von Coburg) sowie auch die unverschämte Presse-Campagne, welche in Bewegung gesetzt ist, machen es mir unmöglich, Dich zu empfangen.

Ich bin entschlossen, mich von der ganzen traurigen Angelegenheit, die mich gottlob nichts angeht, fernzuhalten, und kann nur wünschen, daß dieselbe in Ruhe, mit Hilfe der beiderseitigen Advokaten oder auf gesetzlichem Wege, einer gedeihlichen Lösung zugeführt werde.

Ich möchte noch eine recht dringende Bitte an Dich richten: nämlich, daß Du Erszi jetzt nicht besuchst, da die Aufregung, in welcher Du Dich momentan befindest, gewiß nachteilig auf ihre Gesundheit mit Rücksicht auf ihre Schwangerschaft einwirken würde.

Hoffend, daß Du meinen Wunsch erfüllen wirst, und mit den besten Grüßen

Franz Joseph»

Arme Stephanie! Zum ersten Mal im Leben wollte sie sich für eine Sache einsetzen, und schon bekommt sie wieder die alte Bevormundung zu spüren, unter der sie so lange gelitten hat.

Mit keinem Wort schreibt meine Schwester, ob sie dem Kaiser gehorchen und nicht zu ihrer Tochter fahren wird. Sie gibt nicht einmal ihrer Empörung über dies Ansinnen Ausdruck.

Ich fürchte, die veränderte, mutige Stephanie war nur eine Ilusion oder vielmehr eine kurzlebige Erscheinung, durch echtes Mitgefühl für mich hervorgerufen, die bereits wieder der Vergangenheit angehört.

G

Sieg auf der ganzen Linie!

Nach ungemein gründlichen Beobachtungen und Untersuchungen, die sich über Monate hinstreckten (und die Louise mit wahrhaft bewundernswerter Geduld über sich ergehen ließ), ist heute das Gutachten der französischen Ärztekommission veröffentlicht worden. Die drei ersten Kapazitäten des Landes, erfahrene Praktiker wie lehrende Professoren zugleich, die Doktoren Magnan, Dubuisson und Granier, Mitglieder der Akademie für Medizin und vereidigte Sachverständige beim Seine-Gerichtshof, haben ihr Votum abgegeben. Es widerlegt Punkt für Punkt, was vordem von sogenannten Experten über Louises Geisteszustand gesagt wurde, und hinterläßt gleichzeitig ein deprimierendes Bild von der Integrität oder fachlichen Qualifikation der bisher mit dem Fall befaßt gewesenen Ärzte. Sie alle (es waren ja nicht wenige) mögen selber entscheiden, welcher der beiden Vorwürfe für sie leichter zu tragen ist.

Das letzte Kapitel im Hauptteil des Pariser Gutachtens hat die Überschrift «Klinische Analyse der Tatsachen» und gipfelt in dem Schlußsatz: «So, wie sie heute ist, bietet Ihre Königliche Hoheit niemals das Bild einer Kranken. Ob man ihre geistigen Fähigkeiten im eigentlichen Sinn oder ob man ihre moralischen Fähigkeiten analysiert, vergeblich sucht man bei ihr Anzeichen von Wahnsinn oder Bewußtseinstrübung.»

Das Gutachten muß jetzt auf diplomatischem Weg – über das französische Justiz- und Außenministerium – der hiesigen österreichischen Botschaft zur Weiterleitung an die zuständige Kuratelbehörde, das Wiener Obersthofmarschallamt, eingereicht werden.

Die Formulierung des offiziellen Antrags auf Rücknahme der Entmündigung bedarf der Hilfe eines tüchtigen Anwalts. Henri de

Nousanne empfiehlt uns Raymond Poincaré. Er ist Mitglied des französischen Senats, war mehrfach Minister und verfügt über die denkbar besten Verbindungen zu allen möglichen amtlichen und halbamtlichen Instanzen in und außerhalb des Landes. Louise wird Monsieur Poincaré in den nächsten Tagen zu sich bitten und ersuchen, das Mandat zu übernehmen.

L

Heute erhielt ich einen rührenden Brief von Olga.

Sie ist in Dresden und bittet, sie wieder in meine Dienste zu nehmen. Das Obersthofmarschallamt hat sie nach meiner Flucht aus Bad Elster auf der Stelle entlassen, der Nachlässigkeit beschuldigt und ihr nicht mal das Geld für die Rückreise nach Wien ausbezahlt. Sie versichert mich ihrer Liebe und Anhänglichkeit, bittet um Verzeihung dafür, daß sie mich anfänglich im Auftrag der Ärzte bespitzelt hat, aber ihr wurde erst nach und nach klar, welch bitteres Unrecht man mir zufügte. In wirklich herzlichen Worten gibt sie ihrer Freude Ausdruck, daß mir die Flucht gelungen ist.

Ich bat Geza, Olga sofort kommen zu lassen. Er sah mich etwas erstaunt an und fragte, ob ich mit Frau Stöger nicht zufrieden sei.

Ich entgegnete, daß ich Frau Stöger selbstverständlich behalten werde, aber nur als Gesellschafterin. Olga wäre unter meiner Anleitung eine erstklassige Friseuse und wirklich tüchtige Zofe geworden, wogegen Frau Stöger solche Dienstleistungen auf die leichte Schulter nähme.

Ich verschwieg ihm, daß mir der nahe Umgang mit der Stöger nicht sympathisch ist. Ich lasse mich ungern von ihr an- und auskleiden. Sie beobachtet mich stets ein wenig abschätzend dabei. Olga dagegen erledigt ihre Aufgabe sachlich und gewissenhaft, und ich brauche mich nicht darum zu kümmern, was in ihrem Kopf vorgeht.

Geza versprach, ihr sofort das Reisegeld zu schicken.

G

16. Jänner. Die Kuratel ist schon seit geraumer Zeit aufgehoben, und gestern wurde nach unsagbar zähen Verhandlungen der beiderseitigen Anwälte vor dem Gothaer Landgericht (ohne Anwesenheit der beiden Hauptbeteiligten, versteht sich) die Ehe getrennt.

Prinz Philipp und sein ihm treu gebliebener Gehilfe Bachrach wetteiferten miteinander, alle nur denkbaren Schwierigkeiten zu machen. Hinter jedem neuen Lügenmanöver und Winkelzug war ihre Strategie erkennbar: die Scheidung um jeden Preis zu verhindern. Wir waren nicht minder entschlossen, sie herbeizuführen. Philipp (von den Kindern und seinem Schwiegersohn, dem Herzog von Schleswig-Holstein, rückhaltlos unterstützt) versuchte, die Hand auf dem belgischen Erbe zu halten. Eben das galt es für uns zu vereiteln.

Wenn es in der Hauptsache auch eine Schlacht der Anwälte war, mußten Louise und ich doch für gemeinsame Beratungen, Rückfragen und Auskünfte jederzeit zur Verfügung stehen. Je nach dem augenblicklichen Stand der Entwicklung zwischen Hoffen und Bangen schwankend, wurden es auch für uns hektische und aufregende Monate. Die Gegenseite verwies immer wieder heuchlerisch auf Rom und verschanzte sich hinter der Unantastbarkeit des Ehesakraments. Aber unsere Advokaten fanden eines Tages heraus, daß Philipp als Abkömmling eines regierenden deutschen Fürstenhauses nach coburgischem Haus- und Privatfürstenrecht geschieden werden konnte. Das war völlig legal, machte die katholisch-österreichische Scheidungsprozedur ganz und gar überflüssig und enthob den Papst einer Stellungnahme.

Angesichts der jedes Kind überzeugenden Gründe forderten wir daraufhin energisch diese Art der Eheauflösung. Gleichzeitig sorgten wir dafür, daß die Zeitungen davon unterrichtet wurden. In Wien wird erzählt, Philipp hätte einen Tobsuchtsanfall bekommen, tagelang sein Palais nicht verlassen und wäre für keinen Menschen mehr zu sprechen gewesen. Erst nachdem der Kaiser, von der neuen Entwicklung unterrichtet, ihm befohlen hätte, die Affäre nunmehr schnellstens zu einem Ende zu bringen, wäre er zu bewegen gewesen, die erforderlichen Schritte zu tun.

Danach entzog sich das Geschehen dem grellen Rampenlicht der Wiener Szenerie. Das letzte Kapitel wurde in der beschaulichen Atmosphäre der kleinen deutschen Provinzstadt Gotha geschrieben.

Das Urteil war zu diesem Zeitpunkt nur noch eine Formsache. Nachdem durch den genialen Vorstoß unserer Anwälte endlich Bewegung in die Fronten gekommen war, konnte Louise alles nicht schnell genug gehen. Sie sah nur noch die lang ersehnte Scheidung und gab sich viel zu kompromißbereit, was die materiellen Bedingungen anging. Zum ersten Male, seit wir uns kennen, fanden meine Einwände und Warnungen kein Gehör. Entsprechend ist das Ergebnis. Louise bekommt von Philipp eine einmalige Abfindung in Höhe von 200 000 Gulden. Außerdem eine jährliche Apanage von 42 000 Gulden. Sie legt dafür alle Coburger Titel ab und führt in Zukunft den Namen Louise Prinzessin von Belgien. Der Brüsseler Hof zahlt der neuen-alten belgischen Prinzessin ein zusätzliches Nadelgeld von 35 000 Gulden pro Jahr. Macht zusammen 77 000 Gulden oder 154 000 Kronen. Was sich zwar besser anhört, aber aufs selbe rauskommt.

Eine hiesige Zeitung, die heut früh über die Scheidung berichtet, schreibt: «Die Prinzessin wird also in Zukunft aller finanziellen Sorgen behoben sein.» Diese Feststellung erlaube ich mir entschieden zu bezweifeln.

Im übrigen ist uns selbstverständlich ein Stein vom Herzen. Auch wenn das große Geld, das wir uns ursprünglich von der Scheidung erhofft haben, leider nicht geflossen ist. Aber ihr Vater wird ja nicht ewig leben. Er ist über siebzig. Ein schönes Alter. Und der Gesündeste soll er auch nicht mehr sein. Kein Wunder bei dem Lebenswandel. Wenn's soweit ist, bekommt Louise einen Haufen Geld und braucht Philipp keinen Centime davon abzugeben. Damit sollte ich mich über die verpaßte Gelegenheit hinwegtrösten.

Wenn ich nicht sehr irre, beginnt für uns ein neues Leben. Ich denke, man kann es ohne Übertreibung so nennen. Es enthält viele Fragezeichen. Ich bin jedoch außerstande, mir wie früher im voraus den Kopf zu zerbrechen. Ich will es einfach nicht. Ich bin vielmehr fest entschlossen, zu genießen, was es zu genießen gibt, und im übrigen die Dinge zu nehmen, wie sie kommen. Damit will ich nicht sagen, daß ich nicht verdammt neugierig wär, zu wissen, wo die Reise hingeht.

Heute abend gibt es erst mal ein großes Fest. Wir haben den hinteren Raum bei «Maxim's» reservieren lassen und erwarten unsere alten und viele neue Freunde.

Wir haben Paris abermals Gesprächsstoff geliefert. Die Scheidungsfeier bei «Maxim's». Sie wird schon jetzt als das Ereignis der Saison bezeichnet, obwohl die Saison gerade erst begonnen hat. Louise ist darüber fast so glücklich wie über die endlich erfolgte Trennung der Ehe. Ich muß zugeben, mit gewissem Grund, denn *tout Paris* ist der Aufforderung gefolgt, ihre Rückkehr ins mondäne Leben zu feiern. Oder zumindest *fast tout Paris*.

Bourbonischer und napoleonischer Adel war ebenso vertreten wie die Creme des republikanischen Frankreichs. Die sonst auf kühle Distanz bedachten feindlichen Parteien schienen der Gastgeberin zuliebe für eine Nacht den dynastischen und politischen Streit vergessen zu haben. Neben dem echten behauptete der Geldadel seinen Platz. Er bemühte sich mit Erfolg um den Beweis, daß die Colliers seiner Damen den Diamantkronen der Herzoginnen in nichts nachstanden. Einige Absagen, die Louise zunächst entsetzlich gekränkt hatten (wie die des Grafen von Paris und des Baron de Rothschild), waren bald vergessen, und mit dem zunehmenden Konsum des Champagners stieg die Stimmung. Trotzdem glaube ich, daß viele nur aus purer Neugier gekommen sind. Ob sie weiter Louises Einladungen so zahlreich folgen werden, scheint mir mehr als ungewiß.

Als ich die junge Baroneß Montlong zum Tanz auffordern wollte, wandte sie ostentativ ihren schönen Kopf zur anderen Seite. Ich bemerkte es sofort und wußte auch, was es zu bedeuten hatte. Scheinbar ganz harmlos und desinteressiert ging ich an ihr vorbei auf ein Blumenarrangement zu, aus dem ich mir eine Nelke brach und ins Knopfloch steckte. Ich hatte meine Ruhe und mein Gesicht gewahrt, obwohl meine Beherrschung auf eine verdammt harte Probe gestellt wurde. Ein paar Minuten hörte ich nun einem Gespräch zwischen

Poincaré und dem belgischen Militärattaché zu. Es ging wieder mal um das Lieblingsthema unseres prominenten Anwalts, die kriegerische Auseinandersetzung mit Deutschland, die er für unabwendbar hält.

Wenn es tatsächlich zum Krieg kommt, wird Österreich womöglich reingezogen. Das könnt eine schöne Hetz werden. Der Gedanke, daß ich als gemeiner Soldat einrücken müßte, hob meine Laune auch nicht gerade.

Ich sah mich nach Louise um. Dabei fiel mir auf, daß unsere Gäste, ob Mann oder Frau, jung oder alt, sich im Grunde ähnelten wie ein Ei dem andern. Sie waren alle entsetzlich reich, entsetzlich vornehm, entsetzlich selbstbewußt und erschreckend sicher, daß ihnen diese Privilegien bis ins Grab erhalten bleiben. Ein beneidenswerter Kinderglaube!

Jetzt entdeckte ich Louise. Sie tanzte mit Vallencourt, dem Erben der größten Kohlenmine Frankreichs. Er ist um vieles jünger als ich, besitzt Millionen und kann tun und lassen, was er will. Ich bin bald vierzig, ein davongejagter Offizier, ein begnadigter Sträfling ohne einen Heller eigenes Geld in der Tasche und muß mich mit allen erdenklichen Listen behaupten. Keiner von den feinen Leuten hier, schoß es mir durch den Kopf, würde auch nur ein Wort mit mir sprechen ohne die alternde Frau dort im Arm des von allen umschwärmenden Vallencourt.

Was mochten sie in Wahrheit von mir denken? Was dachten sie alle von mir, während sie sich so ungezwungen heiter und vorbildlich höflich gaben? Ich hätte sie, wie sie da versammelt waren, um Louises Champagner zu trinken und ihren Kaviar zu essen, auf der Stelle fragen mögen. Aber wozu? Ich kannte ja ihre Antwort im voraus. Sich darüber was vorzumachen, wäre eine törichte Illusion. Baroneß Longmont hatte sie mir schon gegeben.

Ich muß gestehen, daß ich jetzt mehr trank, als mir zuträglich war. Nicht daß ich betrunken gewesen wäre. Jedenfalls hab ich mich nach außen hin bis zum Schluß tadellos gehalten. Erst als alle Gäste gegangen waren (wir mußten ja solange bleiben), hatte ich mir noch ein letztes Glas Champagner servieren lassen, laut gerufen «Auf gute Reise!», es auf Anhieb ausgetrunken und unter nochmaligem

Rufen «Auf gute Reise!» halb lachend, halb weinend an die Wand geworfen, wo es klirrend in Stücke ging.

Sowohl Louise als auch Marie berichten übereinstimmend von dieser Episode. Ich selbst hab nicht die leiseste Erinnerung daran. Der Abend ist schon weit weg und mein Kopf leer.

XXI

Budapest, 22. März 1919. Graf Michael Karolyi an das ungarische Volk:

Bisher haben wir dem Willen des Volkes gehorchend und mit Unterstützung des ungarischen Proletariats regiert. Jetzt jedoch mußten wir erkennen, daß die zwingende Gewalt der Umstände einen neuen Kurs fordert. Neben der drohenden Anarchie und dem Zusammenbruch der Volkswirtschaft ist auch die außenpolitische Lage äußerst kritisch. Die Pariser Friedenskonferenz hat sich entschlossen, den größten Teil Ungarns militärisch besetzen zu lassen. Die Demarkationslinie soll fortan als Staatsgrenze gelten. Dies verfolgt offenbar den Zweck, Ungarn zum Aufmarsch- und Operationsgebiet gegen die an der rumänischen Grenze kämpfende russische Sowjetarmee zu machen. Das uns geraubte Gebiet aber ist die Belohnung der Rumänen und Tschechen, die die Sowjetarmee besiegen sollen.

Als provisorischer Präsident der ungarischen Volksrepublik bitte ich das Proletariat der Welt um Unterstützung gegen diese Maßnahmen. Die Regierung und ich selber haben abgedankt und die Macht an das Proletariat übergeben.

Michael Graf Karolyi

Budapest, 23. März 1919. Funkspruch der ungarischen Räteregierung an Lenin:

Das ungarische Proletariat, das gestern nacht die Staatsgewalt an sich gebracht hat, begrüßt Sie als Führer des internationalen Proletariats. Wir drücken Ihnen unsere revolutionäre Solidarität aus und entbieten dem ganzen revolutionären russischen Proletariat unseren Gruß. Der Rat der Volkskommissare hat Bela Kun zum Kommissar für auswärtige Angelegenheiten gemacht. Die ungarische Räterepublik erbittet ein Schutzbündnis mit der russischen Sowjetregierung.

Funkspruch aus Moskau vom 23. März 1919.

Hier Lenin! Meinen aufrichtigsten Gruß der Proletarierregierung der ungarischen Räterepublik. Und insbesondere dem Genossen Bela Kun. Ich habe soeben Ihre Botschaft im Kongreß der kommunistischen Partei des bolschewistischen Rußlands verlesen. Sie wurde mit unendlicher Begeisterung aufgenommen. Mit kommunistischem Gruß und Händedruck

Lenin

XXII

L

Budapest, 11. Mai 1919. Morgen früh wird man mich in den Kasernenhof führen, an eine Wand stellen und erschießen. Das hat dieser Matrose gesagt, und Berlinger hat mit dem Kopf genickt. Er ist Gefängniswärter. Ein alter Beamter.

Absurd, daß ich einen so dramatischen Tod sterben werde. Aber im Grunde kann es mir gleich sein.

Meine Zelle ist finsterer, elender und feuchter als irgendeine, in der Geza jemals gesessen hat. Wenn ich nur wüßte, ob er noch lebt.

«Bin am Bahnhof in Budapest», steht auf der Postkarte, die ich vor drei Jahren von ihm bekam. «Gleich geht unser Transport weiter an die russische Front. Näheres weiß ich nicht. Sobald ich kann, geb ich wieder Nachricht. Vergiß mich nicht, und behalt mich lieb. Dein Geza, ein Leben lang.»

Budapest, 2. Juni 1916, 8 Uhr 30 – ist noch heute auf dem Stempel deutlich zu entziffern.

Kurz darauf gelang den Russen bei Luzk ein großer Durchbruch, und sie nahmen 200 000 österreichisch-ungarische Soldaten gefangen. Geza war dabei. Jedenfalls glaube ich das fest, obwohl ich nie wieder von ihm gehört habe.

Die Feldpostkarte ist alles, was mir geblieben ist, und das kleine schwarze Wachstuchheft mit seinen Aufzeichnungen. Die Stöger fand es, als sie Gezas Sachen zusammenpackte, nachdem man ihn Hals über Kopf eingezogen und weggeschickt hatte. Nicht einmal verabschieden konnte er sich, so überstürzt ging alles.

Es war Pech, daß wir uns bei Kriegsausbruch zufällig in München aufhielten. Auf der Durchreise. Plötzlich saßen wir fest und konnten nicht weiter. Als feindliche Ausländerin wurde mir der Paß abgenommen. Und Geza mußte sich jede Woche beim österreichisch-ungarischen Konsulat melden.

Ob ich von Soldaten oder Matrosen erschossen werde?

Seit Geza fort ist, blättere ich jeden Tag in dem schwarzen Heft. Ich verstehe nichts außer meinem Namen, den ich immer wieder zwischen den fremden kroatischen Worten entdecke. Sicher steht da, wie sehr Geza mich liebt, daß ich sein ganzes Leben bin, und daß ich ihm alles bedeute. Alles!

Olga und ich wohnten ein paar Wochen in einer entsetzlichen Mansarde im Münchner Universitätsviertel. Es war der kalte Winter, in dem wir nur Kohlrüben aßen. Sie sagte, im Zimmer nebenan hause ein kroatischer Student. Sie meinte den blassen jungen Mann, dem man einen Arm amputiert hatte. Wenn ich mich beim Treppensteigen auf dem Stuhl in der dritten Etage ausruhte, um wieder zu Atem zu kommen, ging er manchmal an mir vorbei. Er würde mir sicherlich Gezas Aufzeichnungen übersetzen, sagte Olga. Ich lehnte ab. Ich weiß ja, was drin steht.

Die Füße tun mir weh, und das Kreuz schmerzt. Nicht mehr lange.

Zwei ganze Wochen war ich von München nach Budapest unterwegs. Ich traute mich nicht, durch Österreich zu fahren. Also reiste ich über Prag, Brünn und Preßburg. In alten Eisenbahnwaggons, manchmal in Güterwagen. Tage- und nächtelang standen wir auf Abstellgeleisen, weil endlose Transporte mit Kriegsgefangenen in die Heimat zurückkehrten, die Vorrang hatten.

Die ganze Zeit verzehrte ich mich vor Ungeduld. Ich mußte in Budapest sein, wenn die Gefangenen aus Rußland dort eintrafen. Graf Karolyi, der neue Präsident von Ungarn, würde mir bestimmt helfen, Geza zu finden. Ich kenne Karolyi gut von früher.

Aber während ich mit fremden Menschen zusammengepfercht von Ort zu Ort durch Böhmen fuhr, dankte Karolyi ab, die Räterepublik wurde ausgerufen, und Bela Kun kam an die Macht.

Ich hatte nur eine kleine Reisetasche mit, so leicht, daß ich sie selbst tragen konnte. Darin war Gezas schwarzes Heft, seine Feldpostkarte, mein saffianledernes Tagebuch, das ich so lange vernachlässigt habe, ein Stück Seife, ein Handtuch (das einer Pension in Schwabing gehört, die ich verlassen mußte, weil ich die Miete nicht bezahlen konnte), eine Zahnbürste, ein Kamm, ein Nachthemd und eine Flasche Parfüm. Sie ist längst leer, aber sie duftet noch immer wundervoll. Und natürlich Olgas Paß. Den hat Olga mir geradezu aufgedrängt, obwohl ich meine belgischen Papiere gleich nach dem Krieg von der Polizei zurückbekam. Olga sagte, in Revolutionszeiten muß man als Bürgerliche reisen, nicht als Prinzessin.

Ein Exekutionskommando von Soldaten wäre mir lieber. Ich denke, sie zielen besser. Aber bestimmt werden es Matrosen sein.

Kaum war Geza fort, erklärte mir Frau Stöger, sie hätte einen alten Onkel, dessen Sohn gefallen sei und der dringend ihrer Hilfe bedürfe. Sollte ich antworten, daß ich eine alte Frau bin, die auch dringend Hilfe braucht? Ich sagte es nicht. Ich war gekränkt, denn ich hatte mir albernerweise eingebildet, daß sie auch mich in all den Jahren etwas liebgewonnen hätte. Außerdem fand ich es beschämend, daß ich gerade ihr soviel Geld schuldete. Wie alle hatte sie ebenfalls auf die Erbschaft meines Vaters gerechnet. Nach seinem Tod kam raus, daß er den Kongo dem belgischen Staat geschenkt und sein übriges Vermögen uns Schwestern durch allerlei Schiebungen entzogen hatte. Mit Beginn des Krieges hörten die Zahlungen aus Belgien auf. Meine Apanage von Philipp war längst gepfändet. Was konnte ich tun, um die Stöger zu entlohnen? Ich besaß selber nichts.

Ich will nicht, daß sie mir die Augen verbinden. Onkel Maximilian erlaubte es auch nicht, als sie ihn in Mexiko erschossen.

Auf dem Bahnhof in Budapest wußte ich nicht mehr aus noch ein. Nie im Leben war ich so verlassen. Überall hingen rote Fahnen, Horden von Arbeitern und Soldaten zogen durch die Straßen. Die Läden waren geschlossen, die Hotels verrammelt. Ich stand hilflos da, umklammerte die Reisetasche und begriff zum ersten Mal den Wahnsinn meines Unternehmens, vor dem Olga mich so gewarnt hatte. Nach Karolyis Flucht gab es niemand, an den ich mich wenden konnte.

Ich war sehr müde und sehr hungrig. Ohne zu überlegen, fast schlafwandlerisch, ging ich zu dem einzigen Ort, der für mich in Budapest einmal eine Art Heimat gewesen ist, ins Palais Coburg.

Die Fensterscheiben waren eingeschlagen, lange rote Fahnen hingen vom Altan. Das Palais war von Matrosen besetzt. Ich hätte umkehren sollen, aber ich rannte blind ins Unglück.

Als ich die ehemals vertraute Halle betrat, fühlte ich mich plötzlich als Hausherrin und empörte mich über die Verwüstung, die ich sah. Vor Erschöpfung und Nervosität außerstande, mich zu beherrschen, benahm ich mich hochmütig und arrogant. Trotzdem, oder vielleicht gerade deshalb wäre es mir fast gelungen, die frechen Burschen einzuschüchtern. Aber dann kam ihr Anführer dazu und verlangte meine Papiere.

Ich gab ihm Olgas Paß.

Er studierte ihn mißtrauisch.

Da rief jemand: «Das ist ja die Frau Prinzessin!» Einer unserer alten Gärtner stürzte auf mich zu und küßte mir die Hand.

Jetzt war ich für die Matrosen eine erklärte Spionin, die sich mit falschen Papieren nach Ungarn eingeschleust hatte, eine Agentin der Aristokratie, eine Verräterin an der Sache der proletarischen Revolution, wie sie das nennen.

Sie wollten mich auf der Stelle erschießen.

Ich widersprach nicht, verteidigte mich nicht, ich schwieg einfach. Das machte sie ganz wild. Sie beschlossen, mich in die Hadik-Kaserne zu überführen, um mir vor dem Tod das Geheimnis meines Spionage-Auftrags abzuringen.

In einem offenen Automobil fuhren wir mit wehenden roten Fahnen, einem halben Dutzend Matrosen auf Sitzen und Trittbrettern, durch die ganze Stadt und über die Elisabeth-Brücke zur Kaserne.

Geza liebte Automobile. Er war ganz vernarrt in sie. Unterwegs schloß ich die Augen. Ich versuchte mir einzubilden, er säße neben mir und wir machten eine Ausfahrt in den Bois de Boulogne.

Erst sperrte man mich in ein Sammelgefängnis, aber schon nach einer halben Stunde holte Berlinger mich raus und brachte mich in ein Kellerverlies. Dort blieb ich allein. Eine ganze Woche lang.

Berlinger ist nett zu mir. Er nennt mich «Königliche Hoheit», und einmal hat er mir sogar ein Stück Konfekt mitgebracht. Es sei von Gerbeaud, sagte er. Gerbeaud! Das beste Konfekt der Welt. Einer Welt, die es nicht mehr gibt.

Heute wurde ich zum Verhör geholt. Ich erwartete, einem Richter vorgeführt zu werden, aber es waren wieder Matrosen.

Berlinger sagt, seit der Revolution sei es Mode, Matrose zu sein.

So viele, wie jetzt rumlaufen, hätte es in der gesamten österreichisch-ungarischen Marine nie gegeben.

Ich beantwortete keine Frage und schwieg beharrlich. Auch als sie mir mitteilten, daß das Todesurteil morgen früh vollstreckt würde. Durch Erschießen.

Seitdem mache ich mich mit dem Gedanken des Sterbens vertraut und finde ihn durchaus erträglich. Hätte ich zugegeben, warum ich nach Budapest gekommen bin, vielleicht hätte man mir geglaubt und mich laufenlassen. Aber genau das wollte ich nicht. Die Freiheit hat nichts Verlockendes mehr für mich. Ich sehe keinen Grund, weiterzuleben. Morgen früh – nein, inzwischen ist es schon heute früh – wird man mich einer schweren Entscheidung entheben, zu der ich wahrscheinlich nicht die Kraft gehabt hätte. Dafür bin ich sogar dankbar.

Ich blättere noch ein wenig in Gezas schwarzem Heft und in meinem Tagebuch, damit die Zeit vergeht. Wenn Berlinger kommt, um mich zu holen, gebe ich ihm die beiden Bücher. Er soll sie verbrennen.

Ich werde nicht mehr erfahren, ob Geza noch lebt. Wozu auch? Was könnte es ändern? Wir haben vieles falsch gemacht. Aber wir haben uns geliebt. Das macht alles wieder gut. Das allein zählt.

Noch draußen auf dem Kasernenhof werde ich nur an ihn denken. Wenn die Matrosen die Gewehre auf mich richten, will ich seinen Namen rufen, so laut und so oft, wie sie mir Zeit lassen, und ich werde ihm näher sein als je zuvor.

Louise wurde nicht hingerichtet, sondern, angeblich auf persönliches Eingreifen von Bela Kun, ohne weitere Erklärungen freigelassen. Sie fand auf dem Schloß ihrer Schwester Stephanie im ungarischen Oroszvar eine Zuflucht. Louise mußte versprechen, Geza Mattachich, falls er noch am Leben sei, nicht wiederzusehen.

Ein Jahr später wurde Mattachich aus russischer Kriegsgefangenschaft entlassen. Als er sie, totkrank, im Herbst 1923 rief, eilte Louise zu ihm nach Paris. Er starb dort am 1. Oktober in ihren Armen. Louise, die den Pakt mit Stephanie gebrochen hatte, durfte nicht mehr nach Oroszvar zurückkehren. Völlig vereinsamt und ohne Geld kam sie nach Wiesbaden. Warum gerade dorthin, ist nicht mehr festzustellen. Auf den Tag fünf Monate nach Mattachichs Ableben meldete Wolffs Telegraphisches Büro ihren Tod, der infolge einer Herzlähmung eingetreten sei.

Über das Einwohnermeldeamt der Stadt Wiesbaden stellte der Herausgeber dieser Aufzeichnungen fest, daß die Prinzessin dort in einer kleinen Pension gewohnt hatte, die von einer Frau Holzmann und deren Tochter geleitet wurde.

Die Tochter Holzmann lebt heute in einem Altersheim. Das betagte Fräulein erinnert sich noch recht gut an ihre damalige Pensionärin. Sie schildert sie als eine schrullige alte Dame, die ununterbrochen Briefe schrieb, aber äußerst selten welche erhielt. Sie war nicht sehr beliebt im Haus. Ihre ewigen Erzählungen von der königlichen Abstammung und dem riesigen Vermögen, auf das sie Anspruch hätte, langweilten die anderen Gäste. In den Augen der Holzmanns waren diese Geschichten nichts als mitleidheischende Ausreden, da die Prinzessin stets mit der Miete im Rückstand gewesen ist.

Eines morgens kam das Dienstmädchen, das ihr das Frühstück bringen wollte, schreiend aus dem Zimmer gelaufen. Louise lag neben dem Bett tot auf dem Boden.

Die Wiener Neue Freie Presse *meldete am 5. März 1924: Die Prinzessin Louise von Belgien wurde heute, nachmittags 2 Uhr, auf dem Südfriedhofe in Wiesbaden beigesetzt. Die Leiche ruht in einem*

Eichensarge, der einen mit Atlas ausgeschlagenen Zinksarg umschließt. Das Trauergefolge bestand aus etwa 30 Personen, die zum großen Teil der belgischen Kolonie in Wiesbaden angehörten. Als einzige ihrer noch lebenden Angehörigen folgte die Tochter der Verstorbenen, die Großherzogin Theodora von Schleswig-Holstein, dem Sarg. Philipp von Coburg, von dem die Prinzessin bekanntlich seit langem geschieden war, starb im Jahre 1921, und ihr Sohn Leopold wurde 1916 das Opfer eines Attentates seiner Geliebten, einer Dame der Wiener Halbwelt. Neben der Großherzogin Dora ging ein Hofbeamter aus Brüssel als Vertreter des Königs von Belgien. Im Trauergefolge wurde eine Abordnung der belgischen Besatzungsbehörde bemerkt, die aus drei Offizieren und einigen Mannschaften bestand und einen Kranz mit den belgischen Farben trug. Die Feier verlief in den schlichtesten Formen und dauerte kaum länger als eine Viertelstunde. Das einfache Grab, das die Großherzogin von Schleswig-Holstein angekauft hat, ist mit einem schlichten Kreuz geschmückt, und niemand ahnt, daß es die letzte Ruhestätte einer Frau ist, die einmal der strahlende Mittelpunkt rauschender Feste in Wien war.